dtv *galleria*

Anno Domini 1350, am Hofe in Sevilla. König Don Pedro I. ist nicht nur ein begeisterter Bauherr, er verhilft auch Handwerkern und Kaufleuten zu besseren Gesetzen und schützt die muslimischen und jüdischen Minderheiten in seinem Land. Zugleich aber ist er der Schrecken seiner Zeit. Unablässig führt er blutige Kriege und lässt seine politischen Gegner rücksichtslos vernichten. Der Volksmund nennt ihn *El Cruel* – den Grausamen. Nur einer steht ihm nahe, sein Kammerherr und Bruder im Geiste, Don Juan. Von Jugend an ein Zweifler und Spötter, ist er zeitlebens auf der Suche nach der großen Liebe und schreckt, um seine Ziele zu erreichen, auch vor Mord nicht zurück.

Siegfried Obermeier, 1936 in München geboren, lebt als Roman- und Sachbuchautor in Oberschleißheim bei München. Neben Erzählungen, Essays und Glossen veröffentlichte er bisher rund dreißig Romane und Sachbücher, die in mehrere Sprachen übersetzt wurden.

Siegfried Obermeier

Don Juan

Der Mann, den die Frauen liebten

Roman

Deutscher Taschenbuch Verlag

Von Siegfried Obermeier
sind im Deutschen Taschenbuch Verlag erschienen:
Caligula (20353)
Die Geschichte des Judas (20500)
... und baute ihr einen Tempel (20542)
Mein Kaiser – Mein Herr (20587)
Sappho (20677)
Messalina (20742)

Ungekürzte Ausgabe
Februar 2005
Deutscher Taschenbuch Verlag GmbH & Co. KG,
München
www.dtv.de

Erstveröffentlichung: München 2000
Umschlagkonzept: Balk & Brumshagen
Umschlagbild: © Bridgeman Art Library Ltd.
Gesetzt aus der Aldus 10/11,5·
Gesamtherstellung: Druckerei C. H. Beck, Nördlingen
Gedruckt auf säurefreiem, chlorfrei gebleichtem Papier
Printed in Germany · ISBN 3-423-20777-9

*Dieses Buch ist all jenen Leserinnen gewidmet,
die Don Juan für das Urbild des rücksichtslosen und
immer siegreichen Verführers halten.
Genau betrachtet aber war er der ewige Verlierer.*

Buch I

Der Hochmut leiht dir böser Pläne Glauben:
die Reisenden der Schätze zu berauben,
die Fraun, selbst Ehefraun, zu nehmen mit Gewalt,
und Jungfern gar und Nonnen, jung und alt.

Durch Hochmut fiel ein ganzes Menschenheer.
Die Engel selbst – vereint mit Luzifer,
dem undankbaren Wesen so zuwider –,
sie fielen tief aus Himmelshöhn hernieder.

Sehr viele, deren Sein der Wohlstand würzt,
durch Hochmut werden sie gestürzt;
wie viele könnte ich auf tausend Blättern nennen,
die so in ihr Verhängnis rennen.

Wie viele Kriege, Schlachten, Metzelein,
grässlicher Zank, blutige Streiterein
besteht der Mensch, weil du sie stiftest
und so die ganze Welt vergiftest.

Juan Ruiz (ca. 1283–1350)
aus ›El libro de buen amor‹

1

Das Zwillingspärchen María und Juan hatte seine Geburt weniger einem Akt der Liebe als der Tatsache zu verdanken, dass Jofré Tenorio, *almirante* eines Teiles der kastilischen Armada, in jenen friedlichen Tagen zur Untätigkeit verdammt war. Es hatte auch damit zu tun, dass König Alfonso aus seiner Residenz Burgos ins ferne Sevilla gezogen war, weil er dort Granada, dem letzten maurischen Königreich auf der Iberischen Halbinsel, näher war und den ihm ohnehin schon tributpflichtigen Sultan Mohamed besser im Auge behalten konnte. Bis jetzt hatte Don Jofré vergeblich auf einen Ruf seines Königs gehofft und das hatte ihn unleidlich und ungeduldig werden lassen.

Die Ehe des *almirante* war bereits mit zwei kräftigen Söhnen gesegnet – nicht gerechnet die drei anderen, schon im Säuglingsalter verstorbenen Kinder. Die beiden jungen Männer standen – das verstand sich von selbst – im Sold des Königs und hatten bei Truppe und Armada ihren Dienst – dort unten, weit im Süden …

Don Jofré seufzte. Er rannte im Zimmer auf und ab und jedes Mal, wenn er Doña Ana, seiner Gemahlin – sie saß im Erker und stickte – näher kam, stieß er empörte Bemerkungen aus, um dann, keine Gegenrede erwartend, sich schnell umzudrehen und wieder in Richtung Tür zu rennen.

»Weiß der König überhaupt, dass es mich noch gibt? Ha? Dass im Hafen von Caronium ein Teil seiner Flotte liegt? Ha?«

Doña Ana schaute kurz auf und versuchte ihren Blick verständig und zustimmend zu machen, nicht teilnehmend oder mitleidig – o nein, das hätte sofort seinen Zorn erregt.

Doña Ana, klein, rundlich und von sanftem, aber auch beharrlichem Wesen, hatte den so genannten Freuden des Ehebettes nie sehr viel abgewinnen können und war – wenn sie es auch nicht zeigte – doch recht erleichtert gewesen, als ihr Gemahl sie seit einigen Jahren unbehelligt ließ. Sie näherte sich dem vierzigsten Jahr und war alles in allem genommen mit ihrem Leben auf dem Landgut bei Sobrado – einige Meilen südlich von Caronium gelegen – recht zufrieden.

Zu tun gab es genug. Einige kleinere Dörfer mit Pachtbauern gehörten zu dem Anwesen, auch eine größere Olivenpflanzung und ein etwas unergiebiger Weinberg, den Don Jofré eigensinnig hegte und pflegte und dessen Säuerling er seinen Gästen als einen guten Tropfen – ja, so nannte er ihn tatsächlich – kredenzen ließ. So sehr er dies alles schätzte, seine Familie hochhielt und seine Zeit an Land nur hier verbrachte – sein Herz hing doch mit aller Inbrunst an der ihm anvertrauten Flotte, und wenn die Schiffe monatelang nur im Hafen dümpelten, dann geriet Don Jofré in den vorhin genannten Zustand.

Um diese Zeit hatte sich der Frühling nun mit aller Macht durchgesetzt. Die düsteren Regentage waren seltener geworden und wenn es am Morgen eine Stunde goss, dann schien wieder die Sonne und ihr heißer Atem sog die Nässe weg, ehe man sich dreimal umdrehte.

»Ich muss irgendetwas unternehmen!«, rief Don Jofré und raufte sich den schon seit Tagen nicht mehr gepflegten Seemannsbart, der sonst kurz geschnitten sein breites, etwas bäurisches Gesicht rahmte. Eigentlich war es Siestazeit und er hätte sich etwas ausruhen müssen, umso mehr, als ihm die üppigen Speisen und der etwas reichlich genossene Wein schwer in den Gliedern lagen.

Er blieb vor seiner Frau stehen und räusperte sich. »Es wird etwas warm, die Sonne hat schon eine ziemliche Kraft – ich glaube ... ich glaube, wir sollten uns etwas hinlegen – was meinst du?«

Doña Ana stand gehorsam auf. »Haben wir das nicht immer um diese Zeit getan?«

Er blickte sie verwirrt an. »Ja – gewiss ...«

Er hätte Mühe gehabt, seine Gefühle zu erklären, aber von solchen heiklen Dingen war zwischen den Eheleuten ohnehin nie die Rede gewesen. Gerade heute hatten sich verschiedene Ereignisse zusammengefunden, die in Jofré Tenorio etwas entfachten, das er längst für überwunden glaubte, nämlich die Lust, mit seiner angetrauten Gemahlin geschlechtlichen Umgang zu pflegen. Wenn er von Zeit zu Zeit im Hafenviertel von Caronium in ein Hurenhaus ging, dann nannte er es in der Männerrunde seiner Seekapitäne »eine aufs Kreuz legen« oder »wieder einmal anständig vögeln«, aber was er und die anderen mit ihren Frauen machten, wurde weder beredet noch kommentiert, und selbst wenn – wie jetzt – Don Jofré daran dachte, dann formulierten sich nur schickliche Worte in seinem Kopf.

Seit eh und je hatten sie ihre Siesta in unterschiedlichen Räumen verbracht – sie im ehelichen Schlafgemach, er in seinem kleinen Arbeitsraum auf dem schmalen Feldbett.

Don Jofré fasste seine Frau an der Hand. »Ich werde dich begleiten, *querida* ...«

Doña Ana blickte auf, erschrak fast über das ungewohnte Kosewort, errötete leicht und senkte dann ihr zierliches Haupt, dessen Haare schon da und dort silbrig glänzten.

Er machte dann nicht an der Türe zur *alcoba* kehrt, um in sein eigenes Zimmer zu gehen, sondern betrat mit ihr den kühlen dämmrigen Raum, wo er die zuerst Sprachlose auszukleiden begann – so ungeschickt und fahrig, dass sie ihm zur Hand ging.

»Aber Jofré – nein – ich weiß nicht recht ... das gehört sich doch nicht ... so mitten am Tag ...«

Er schwieg, führte sie zum Bett, breitete die fast Willenlose hin wie ein Kleidungsstück, doch dann – als erinnere sie sich ihrer Pflichten als christliche Ehefrau – spreizte sie ihre recht üppigen Schenkel, drehte den Kopf zur Seite, schloss die Augen und betete in Gedanken ein Ave-Maria.

Was sich heute in Don Jofré angestaut hatte, die frühsommerliche Hitze, die gewürzten Speisen, der schwere Wein, dazu Bitterkeit und Ungeduld über das Schweigen des Königs und die erzwungene Untätigkeit, dies alles bündelte sich nun in seinem Bauch und machte sein Geschlecht jenem Besenkraut gleich, dessen Fruchtkapseln – wenn sie ausgereift sind – bei der kleinsten Berührung platzen und ihre Samen weithin verstreuen. Nicht anders erging es Don Jofré, dessen Erguss so mächtig war, dass – als Doña Ana später aufstand – ein Rest davon aus dem übervollen Schoß lief und auf ihrem Schenkel eine silbrige Spur zeichnete.

Von da an gab sich der *almirante* ruhig und gelassen.

Doña Anas leise Befürchtung, der Liebestrieb ihres Gatten sei wieder so stark erwacht wie in den Jahren ihrer jungen Ehe, erwies sich als grundlos. Don Jofré tat, als sei nichts gewesen, und verbrachte seine Siesta wieder in dem mit Seekarten, Bordbüchern und nautischen Messgeräten voll gestopften Arbeitszimmer.

Als zwei Wochen später ein Bote mit der Nachricht erschien, dass sich Piratenschiffe des Königs von Marokko im Golf von Biscaya gezeigt hätten, nahm er diese Botschaft hin, als habe er sie längst erwartet.

Auf diese Nachricht hin ritt Don Jofré sofort nach Caronium und befahl die Kapitäne seiner Flotte in das am Hafen gelegene Haus der Admiralität. Die Piratenflotte hatte – so viel wusste man bis jetzt – auf der Höhe von Bilbao zwei Handelsschiffe aufgebracht, beraubt und versenkt und sei jetzt wieder auf dem Weg nach Westen, vielleicht auf der Höhe zwischen Santander und Gijon.

»Wie viele unserer Schiffe sind zum Auslaufen bereit?«

Auf diese Frage ihres Admirals duckten sich einige Köpfe, denn die lange Untätigkeit und die Abwesenheit des Befehlshabers hatten Zustände einreißen lassen, die einer kastilischen Armada schlecht anstanden.

So begann gleich am nächsten Tag ein heftiges Sägen, Hämmern und Klopfen, das den Hafen mit Lärm, auch mit

Unruhe erfüllte, weil die vielen Zimmerleute, Segelmacher, Nagelschmiede, Seiler und deren Hilfskräfte überall herumwimmelten.

Sie hätten sich gar nicht so beeilen müssen, denn die maurische Flotte ließ sich Zeit, kreuzte im Golf herum, um dann und wann bei kleineren unbefestigten Ortschaften anzulegen, um sie auszurauben. Freilich, für die Bevölkerung war Zeit genug, ins Hinterland zu fliehen, aber was nicht niet- und nagelfest war, nahmen die Piraten mit und setzten dann zum Abschied noch den roten Hahn aufs Dach.

Als sie dann – gegen Ende Juni – doch auf der Höhe von Caronium auftauchten, schien es offensichtlich, dass sie nicht daran dachten, diesen für sie gefährlichen Kriegshafen anzusteuern.

Wenige Tage zuvor hatte Jofré Tenorio aus einem Schreiben seiner Frau erfahren, dass sie guter Hoffnung sei. So stiftete der *almirante* für seine Kapitäne und Steuerleute ein Fass guten Weines aus Campados, um seine werdende Vaterschaft zu feiern.

Schon etwas trunken rief er: »Da weiß man wenigstens, wofür man kämpft!«

»Kämpft?«, fragte es mehrfach erstaunt zurück.

Don Jofré erhob sich. »Ja, glaubt ihr denn, meine Herren, dass wir dieses maurische Räubergesindel ungestraft mit seiner Beute abziehen lassen?«

Viele hatten es geglaubt, denn nach allem, was man erfahren hatte, waren es an die dreißig Schiffe, während die kleine Armada im Hafen von Caronium es höchstens auf ein Dutzend brachte. Das waren leichte schnelle Schiffe, zwar geeignet, auch schwere große Kriegsgaleonen mit Brandpfeilen zu beunruhigen, ohne sich der Gefahr auszusetzen, verfolgt und angegriffen zu werden, untauglich jedoch für eine wirkliche Seeschlacht.

Don Jofré Tenorio hatte den tollkühnen Plan gefasst, die feindliche Flotte mit seinen schnellen Schiffen zu umkreisen und sie dabei mit Brandpfeilen unter Dauerfeuer zu setzen.

Deshalb besetzte er jedes seiner Schiffe mit ausgesucht guten Bogen- und Armbrustschützen und belud sie mit einem großen Vorrat an Pfeilen und Brandpech.

Am frühen Morgen des nächsten Tages kam die feindliche Flotte in Sicht, aber noch ehe die Kapitäne den Plan des *almirante* durchführen und die großen Schiffe einkreisen konnten, hatte man dort die schweren *arcubalistas* am Heck verankert, und dann kamen die großen Brandpfeile geflogen. Diese Wurfmaschinen waren einer Armbrust nachgebildet, hatten aber die Größe eines Pferdegespanns und mussten von zwei Mann bedient werden. Doch sie schossen fünfmal weiter, als Bogen- oder Armbrustschützen es vermochten, und zwar Pfeile von der Länge einer Lanze.

Es dauerte nicht lange, dann brannte die gesamte kastilische Flotte lichterloh, und die Männer waren so sehr mit dem Löschen beschäftigt, dass sie zu spät das Nahen von sechs der mittelschweren feindlichen Galeonen wahrnahmen. Diese fuhren mit ihren bronzeverstärkten Bugen in die kleinen Schiffe wie Messer in einen Brotlaib. Als die *moros* zwei Stunden später ihre Fahrt wieder aufnahmen, hinterließen sie von der kastilischen Armada nur rauchendes verkohltes Kleinholz und die dazwischen treibenden Leichen halb verbrannter Männer.

Der *almirante* Don Jofré Tenorio kam um, als ihn eine herabfallende Segelstange bewusstlos schlug und er ins Meer stürzte. Das kalte Wasser brachte ihn noch kurz zum Bewusstsein, doch er konnte – wie fast alle Seeleute – nicht schwimmen.

»Gott segne mein ungeborenes Kind ...« Mit diesen geflüsterten Worten versank Don Jofré im salzigen Wasser des Atlantik. Von ferne war gerade noch die gewaltige Granitmasse des Cabo Finisterre zu erkennen, das einer der jungen schwimmkundigen Seeleute nach mehreren Stunden zu Tode erschöpft erreichte. Als einziger Überlebender und Unglücksbote erschien er wenig später in Caronium und überbrachte die schreckliche Nachricht.

Als Doña Ana vernahm, dass sie nun Witwe sei und ihr Kind – das sie für November erwartete – seinen Vater niemals kennen lernen würde, begann sie mit Gott zu hadern.

Da sie einige Sonntage weder zur Messe noch zur Beichte erschienen war, kletterte Don Silvio, der alte Stadtpfarrer von Sobrado, auf seinen alten Maulesel und beide – Tier wie Mensch – legten den steinigen Weg von einigen *millas* unter Ächzen und Stöhnen zurück, während eine feurige Augustsonne das karge hügelige Land erbarmungslos durchglühte.

»Wenn ich Euch meine Tochter nenne, Doña Ana, dann nicht nur wegen meiner priesterlichen Autorität, sondern weil ich schon fast siebzig bin und tatsächlich Euer Vater sein könnte. Nennt mir also den Grund, warum Ihr das Haus des Herrn seit einiger Zeit meidet.«

Sie blickte ihn mit ihren etwas hervorquellenden, vom vielen Weinen geröteten Augen an. Ihr rundes faltenloses Gesicht, das früher immer so gerne gelächelt hatte, war versteinert, der Mund schmerzlich nach unten gezogen.

»Könnt Ihr Euch das nicht denken, Don Silvio? Solange ich nicht weiß, warum mich der Herr so schwer gestraft hat, möchte ich sein Haus nicht betreten – vielleicht wäre es ihm auch gar nicht recht? Bin ich eine Sünderin, die Strafe verdient? Ich weiß es nicht ...«

Der Priester räusperte sich, hob mit zittriger Hand den Weinbecher und tat geräuschvoll einige Züge. Als er das Gefäß langsam zurückstellte, benutzte er beide Hände und lächelte entschuldigend.

»Ihr seht, ich werde alt ... Nun, Euer Gemahl war um einiges jünger und Ihr wollt wissen, warum der Herr ihn zu sich geholt hat. Ich weiß es nicht, denn Gottes Wille ist unerforschlich, aber mein armer Menschenverstand sagt mir, dass er es nicht ohne Grund getan hat. Euer Gatte war ein kühner Krieger und – wenn ich das sagen darf – außer mit Euch mit seiner geliebten See vermählt. Er hat sich entschlossen und mutig mit unterlegenen Kräften den Ungläubigen entgegengeworfen, und vielleicht hat ihn der Herr dafür mit einem schnellen Tod belohnt. Könnt Ihr Euch Don Jofré vorstellen, wie er hilflos ans Bett gefesselt dem Tod entgegendämmert? Ich nicht, meine Tochter – ich nicht! Und zudem hat Euch Gott nicht nur etwas genommen, sondern Euch auch das schönste und kostbarste Geschenk gemacht, das – neben der ewigen Seligkeit – uns Menschen zuteil werden kann: Er hat Euren Leib gesegnet und das in einem Alter, da Frauen kaum noch fruchtbar sind. Gott hat Euch auserwählt, meine Tochter, und Ihr meidet sein Haus! Denkt an die Geschichte von Elisabeth und Zacharias, wie sie uns der Evangelist Lukas erzählt. Beide waren sie schon betagt und dennoch gebar Elisabeth Johannes den Täufer, weil Gott es so wollte. So erkennt auch in Eurer naturwidrigen Schwangerschaft die Absicht Gottes, der Euch keineswegs strafen will, sondern Euch ein Geschenk macht, so dass Euer Gemahl nicht nur als Seele im Himmel, sondern auch im Blut seines Kindes fortleben wird.«

»Ich habe schon zwei Söhne, Don Silvio ...«

Der alte Priester winkte ab. »Die gehören Euch nicht mehr, sie sind fern und leben ihr eigenes Leben. Euer Kind aber – glaubt mir, meine Tochter – wird Euch über alles hinwegtrösten, doch zuvor solltet Ihr Euch mit Gott versöhnen.«

Der kluge Don Silvio hatte den richtigen Ton angeschlagen und er sah ihr an, dass er sie schon halbwegs gewonnen hatte.

»Aber muss ich mich nicht schämen vor den anderen Witwen? Diese Frauen besuchen nach der Messe die Gräber ihrer Gatten, beten dort, legen Blumen nieder ...«

Ah – das ist es, dachte Don Silvio fast belustigt. Er berührte mit einer liebevollen Geste ihre rundliche Hand.

»Auch daran habe ich gedacht. Wir werden einen namhaften Künstler beauftragen, Eurem Gemahl ein Epitaph zu schaffen, das wir neben dem Altar in die Kirchenwand einfügen werden. Seine Verdienste sollen dort aufgezeichnet werden, und wenn Ihr mich dazu beauftragt, werden an seinem Namens- wie an seinem Todestag feierliche Messen gelesen.«

In diesem Augenblick fühlte Doña Ana, wie das Kind sich zum ersten Mal in ihrem Leib regte. Da brach sie in Tränen aus, kniete nieder und küsste Don Silvios runzelige Hand. Der zeigte sich gerührt, stand auf und half ihr wieder auf die Füße.

Von da an war Doña Anas ganzes Trachten auf die bevorstehende Geburt gerichtet. Sie machte sich bei den Pachtbauern kundig, wo eine gesunde junge Frau etwa um die gleiche Zeit gebären würde, hielt zugleich Ausschau nach einer tüchtigen *ama,* einem Kindermädchen, das Tag und Nacht um das Kleine sein würde. Da brauchte sie nicht lange zu suchen, denn die Witwe eines vor zwei Jahren verstorbenen Schafhirten lebte noch auf dem Gut, eine tüchtige Frau, die sich als Mädchen für alles nützlich – ja, fast unentbehrlich gemacht hatte. Ihr verstorbener Mann war zugleich ein Heilkundiger gewesen, der jedes Kraut zu benennen wusste und seine geheimen Kräfte kannte. Er verstand es, Glieder einzurenken, Wunden auszubrennen und hohes Fieber nach wenigen Tagen zu bannen. Magdalena hatte sich viel davon angeeignet, und wenn es nicht gerade um Leben oder Tod ging, zogen die Gutsherren es vor, sie zu den Kranken zu rufen – auch, anders als ihren Mann, zu den Gebärenden.

Als ihre Niederkunft – es war Ende Oktober – bald bevorstand, ließ Doña Ana die heilkundige Lena rufen.

An dieser Frau war nichts Liebedienerisches oder Geducktes. Erhobenen Hauptes trat sie ein, stämmig und ihre eher zierliche Herrin fast um Hauptеslänge überragend. Ihr ovales, bräunliches Gesicht war von Blatternarben gezeichnet, aber keineswegs entstellt. Sie verliehen ihren Zügen etwas Herbes und Bestimmendes, was ihrem Verhalten den Kranken gegenüber entsprach. Wenn einer es wagte, den Kräutertrank nicht zu schlucken, die kalten Kompressen abzustreifen oder sich dem Brandeisen bei einer schwer heilenden Wunde zu entziehen, dann brach sie ihre Behandlung ab.

»Setz dich, Lena!«

Sie schüttelte den Kopf. »Das gehört sich nicht, *dueña* …«

Lena nannte Doña Ana nie beim Namen, sondern immer nur *dueña* – Herrin.

»Was sich gehört, bestimme in meinem Haus nur ich!«

So nahm Lena Platz auf der äußersten Stuhlkante, aufrecht und unbewegten Gesichts.

»Du weißt, dass ich bald mein Kind zur Welt bringe, und ich habe mich entschlossen, keine *comadrona* aus der Stadt zu rufen, sondern dir das Amt einer Hebamme anzuvertrauen.« Sie lächelte. »So neu ist das ja nicht für dich.«

»Nein, *dueña,* wenn ich bisher auch nur beim Gesinde ...«

»Ach Gott, Lena, Frau ist Frau – beim Gebären sind wir doch alle gleich. Du sollst dich dann auch weiterhin um das Kleine kümmern, als *ama,* bis es eben den Kinderschuhen entwächst.«

Lena neigte leicht ihr Haupt. »Es ist eine Ehre für mich, *dueña.*«

»Die du dir redlich erworben hast!«

Von da an lebte die tüchtige Lena im Haus, und ihr kundiges Auge schätzte den Zeitpunkt der bevorstehenden Geburt ab. Was sie etwas verwirrte, war der gewaltige Bauch ihrer Herrin. Gut, die kleine Gestalt der Doña Ana ließ die Schwangerschaft besonders deutlich hervortreten, aber ihr Leib wölbte sich zuletzt so weit vor, dass sie nur noch ein paar Schritte tun konnte. Wenn sie draußen auf dem Hof etwas Luft schöpfen wollte, dann tat sie es am sorglich stützenden Arm von Lena, die bei sich dachte: Entweder wird es ein Riesenkind und deshalb keine leichte Geburt oder es werden Zwillinge.

Letzteres traf zu – Doña Ana gebar ein Zwillingspärchen und es wurde eine leichte und schnelle Geburt. Kaum war das Mädchen abgenabelt und hatte den ersten Schrei getan, erschien der mit dunklem Flaum bedeckte Kopf des Jungen. Und dies geschah am 8. November, dem Namenstag des seligen Don Jofré.

Ein Zeichen? Ein Zeichen! Alle flüsterten es, murmelten es, wisperten und tuschelten.

»Ein Zeichen!« Don Silvio sprach es laut aus, als er der Taufe wegen die Wöchnerin besuchte.

»Da habt Ihr es, Doña Ana, und deutlicher könnt Ihr es wohl nicht verlangen. Gott hat Euch am Namensfest Eures verstorbenen Gemahls mit zwei Kindern beschenkt – in Seiner übergroßen Gnade!«

»Ja, Don Silvio, und ich werde mich in jeder Weise dankbar zeigen.«

Es waren kleine, zierliche Kinder und Doña Ana, bestärkt von Lena, hielt es für richtig, einige Wochen zu warten, ehe sie in der Kirche von Sobrado feierlich getauft wurden – natürlich von Don Silvio. Sie hatte den Hinweis auf das Wunder der biblischen Elisabeth nicht vergessen, und so wählte sie für den Jungen den Namen Juan Bautista und für das Mädchen den der allerseligsten Jungfrau, zu der sie die letzten Wochen vor der Niederkunft innig gebetet hatte.

Zu dem feierlichen Ereignis trugen die Kinder ein spitzenbesetztes Taufhemdchen, das am Hals lose verschnürt war. Als Juans Taufpate hatte sich ein entfernter Verwandter des verstorbenen Don Jofré angeboten, nämlich der lange verwitwete Notar und Sekretär des *alcalde* von Sobrado, Don Diego Tenorio – ein hagerer, etwas steifer, schwarz gekleideter Herr in mittleren Jahren, der als wohlhabend und einflussreich galt und dem gewisse Verbindungen zum Hof des Königs nachgesagt wurden.

Er also hielt das Kind – recht ungeschickt übrigens – über das Taufbecken, während Don Silvio, zittrig und nicht weniger ungeschickt, den Ritus vollzog und schon bei der Salbung sich in das zierliche Bändchen des Taufkleides verhedderte, wobei es sich öffnete. Als Don Silvio die Worte sprach:

»*Ego te baptista in nomine Patris et* –«, da traf ihn ein gelber Strahl aus dem winzigen Penis des Täuflings mitten ins Gesicht, wobei er so zornig schrie, dass sein Köpfchen rot anlief. Nur wenige nahmen es wahr, aber der Priester hielt verwirrt inne, wischte sich mit seiner breiten, von Altersflecken gesprenkelten Hand übers Gesicht und fuhr fort: »– *et Filii, et Spiritus Sancti.*«

Lena, die *ama* der Kinder, hatte den Zwischenfall sehr wohl bemerkt, und über ihr pockennarbiges Gesicht flog ein schadenfrohes Lächeln, gedankenschnell, so dass es nur jemandem aufgefallen wäre, der sie länger beobachtet hatte. Doch aller Augen waren zu diesem Zeitpunkt auf die heilige Handlung gerichtet.

María verschlief ihre Taufe und quäkte nur leise, als das Wasser sie dreimal netzte.

Zur Tauffeier begab sich die ganze Gesellschaft auf die Finca von Doña Ana, wo ein Festmahl gerichtet war. Noch ehe sie das Gut erreichten, prasselte ein eisiger Novemberregen herab, was Lena, die mit den beiden Wickelkindern unter einer Plane in der breiten Familienkutsche saß, zu der leisen Bemerkung veranlasste: »Das ist nun die wirkliche Taufe, die von oben kommt und nicht aus der Hand des Pfaffen.«

»Was hast du gesagt, Lena?«, fragte die daneben sitzende Amme.

»Nichts, *amiga,* nichts, hab nur über das Sauwetter geschimpft.«

Mit Lenas christkatholischem Glauben stand es nicht zum Besten, sie hatte die meiste Zeit ihres Lebens draußen in der Natur verbracht, und wenn sie eine Kirche betrat, dann wurde es ihr eng ums Herz, sie schwitzte und ihre Hände begannen zu zittern.

2

Nach dem Taufmahl waren die Gäste wieder nach Hause gefahren, Don Diego Tenorio aber war geblieben, weil er aus verwandtschaftlicher Verbundenheit der Witwe in verschiedenen Dingen beizustehen beabsichtigte. Er hatte es ihr erklären müssen.

»Euer Gemahl, Doña Ana, der *almirante* Don Jofré Tenorio, ist als ein Held Kastiliens zu betrachten. Er hat sich in kühner Todesverachtung den Ungläubigen entgegengeworfen und dabei als wahrhaft christlicher Ritter den Tod gefunden, vergleichbar dem Cid Campeador, der sein Leben im Kampf gegen die Mauren aufopferte.

Nun, als Witwe dieses Helden habt Ihr begründeten Anspruch auf zwei Dinge, die Hand und Herz betreffen. Eure Hand soll Anteil haben an dem Eurem Gatten vom König bezahlten Sold, der Euch, wenn auch vermindert, weiterhin zusteht. Euer Herz aber sehnt sich nach der von Don Silvio versprochenen Gedenkstätte eines Epitaphs in der Kirche, aber soviel ich weiß, ist noch nichts zu ihrer Verwirklichung unternommen worden. Falls Ihr einverstanden seid, werde ich Euch als *abogado* vertreten, auch im Namen der vaterlosen Kinder, zu deren Vormund Ihr mich bestellen könnt. Die Familie Tenorio ist weit verzweigt und einige werden mit obskuren Erbansprüchen an Euch herantreten, denen Ihr nur wirksam begegnen könnt, wenn Euch die entsprechenden Gesetze geläufig sind.«

»Davon verstehe ich nichts, Don Diego.«

»Das habe ich auch nicht erwartet. Aber Ihr könnt mir vertrauen ...«

Doña Ana blickte auf und schaute dem Vetter in die etwas verschwommen blickenden graublauen Augen. Die standen ruhig in seinem schmalen bleichen Gesicht und wichen ihrem Blick nicht aus. Doña Ana seufzte. Was konnte sie als schwache Frau, als Witwe mit zwei unmündigen Kindern schon bewirken? Natürlich war Don Jofrés Tod seinen beiden erwachsenen Söhnen angezeigt worden, doch es kam keine Antwort. Vermutlich waren die beiden an den Kämpfen im Süden von Andalusien beteiligt und für Nachrichten nicht erreichbar.

So wurde aus Diego Tenorio der »Mann im Haus«, doch er vermied es, sich in Doña Anas Rechte und Pflichten einer Gutsherrin einzumischen. Er wirkte im Hintergrund, sah viel, wusste viel und machte da und dort seinen Einfluss geltend.

Etwa nach einem Jahr kam der Bescheid vom Schatzmeister des Königs mit einer Urkunde über den gnädig bewilligten Ehrensold für die Witwe des Seehelden. Des Weiteren hatte Don Diego angeregt, die ehemals dem *almirante* unterstellten Kapitäne mögen eine Sammlung veranstalten, und da Don Jofré bei ihnen recht beliebt gewesen war, erbrachte sie mehr, als für ein schönes Grabmal notwendig war. So wurde ein tüchtiger Steinmetz beauftragt, eine Grabplatte mit dem lebensgroßen Bild des *almirante* herzustellen. Zwei Jahre später wurde sie in einer Nische neben dem Altar feierlich enthüllt.

In dieser festlichen Stunde wurden María und Juan aus Lenas Obhut entlassen, und Doña Ana nahm ihre Kinder bei der Hand und führte sie vor das Grabmal von Don Jofré.

»Juan, María, seht euch dieses Bildwerk genau an – es ist euer Vater, der in einer Seeschlacht gegen die Mauren als christlicher Held gestorben ist und euch jetzt vom Himmel aus stolz und liebevoll betrachtet.«

Die beiden Dreijährigen verstanden nichts davon, außer dass dieser steinerne Mann ihr Vater sein sollte und dass er im Himmel war, denn davon hatte die Mutter schon oft gesprochen.

»Ein Held?«, fragte Juan. »Was ist denn das?«

María belehrte ihn naseweis. »Ein Held ist, wenn man tot ist, aber vorher viel – viel gemacht hat.«

»Ihr werdet das später besser verstehen«, sagte Doña Ana und übergab die Kinder ihrer *ama*.

Als sie in ihrer *carreta* heimwärts fuhren, fragte Juan: »Was ist ein – ein Held, Lena?«

Der Wagen holperte ratternd über den steinigen Feldweg und Lena hatte anstatt *héroe* das Wort *hereje* verstanden. Sie schüttelte den Kopf. »Was weißt du schon von einem Ketzer? Wo hast du das aufgeschnappt? Das sind schlimme Leute, die ausgepeitscht werden und im Büßergewand vor der Kirche mit einer Kerze in der Hand sühnen müssen.«

Lena wusste auch nicht genau, was ein Ketzer ist, aber sie hatte solche Leute schon gesehen, wie sie allsonntäglich im härenen Kleid vor dem Kirchenportal büßen mussten. Wieder schüttelte sie ihren Kopf. Was dieser Junge so alles fragte!

Don Diego Tenorio, der Notar und frühere Sekretär des *alcalde* – diese Tätigkeit hatte er aufgegeben –, lebte auf Doña Anas Finca und es hatte sich, fast ohne sein Zutun, wie von selber ergeben, dass er in die Rolle des Gutsherrn hineingewachsen war.

Doña Ana hatte den Vetter immer mit verwandtschaftlichen Augen betrachtet und nicht als einen Mann, der vielleicht ihr neuer Lebensgefährte hätte werden können. Damit hatte sie nun endgültig abgeschlossen – mit heimlichem Stolz trug sie ihre Witwenschaft als die Gemahlin des volkstümlichen Seehelden und Mutter seiner Kinder.

Don Diego hatte immer deutlich erkennen lassen, dass Ana für ihn nur die Frau seines verstorbenen Vetters war und er ihr als *abogado* und Gutsverwalter beistand. Um dies noch zu betonen, hatte er die ihm von Zeit zu Zeit bezahlten Honorare nicht abgelehnt, sondern sie ordentlich gegen Quittung und mit einer Verbeugung entgegengenommen. Oft war er in Geschäften unterwegs – einmal sogar fast drei Monate, die er im Süden und meist in Sevilla verbrachte.

Als er um die Weihnachtszeit zurückkehrte, waren die Zwillinge gerade sechs Jahre alt geworden und er herzte die kleine María – die in eine Art duldsame Steifheit verfiel – wie die eigene Tochter, während er den kleinen Juan auf die Wange küsste, spaßhaft seine Schulter stupste und ihm einen zierlichen maurischen Dolch als Geschenk überreichte.

»Aber Don Diego!«, wehrte die Mutter ab, »er ist noch zu klein dafür, kann sich verletzen ...«

Über Diegos ernstes bleiches Gesicht flog ein Lächeln. »Daran habe ich natürlich gedacht. Ein Feinschmied hat die

Klinge mit der Scheide so verbunden, dass es die Kraft eines Mannes braucht, sie zu ziehen. Sobald er dazu imstande ist, kann er sie lösen, und dann wird er auch damit umzugehen wissen.«

Juan hatte mit großen Kinderaugen das Gespräch verfolgt. »Ich danke Euch für das Geschenk, Don Diego – und – und werde es in Ehren halten.«

Noch ehe der *abogado* etwas sagen konnte, quengelte María dazwischen. »Und ich? Was ist mit mir? Bekomme ich kein Geschenk?«

Don Diego schlug sich leicht an die Stirn. »Aber natürlich – fast hätte ich es vergessen!« Er entnahm seiner auf dem Tisch liegenden Satteltasche ein schön aus Binsen geflochtenes und mit Blumen bemaltes Körbchen, öffnete es und legte es María in den Schoß. »Da hast du den Reichtum unseres Landes auf einem Platz versammelt.«

In dem Körbchen lagen fein aneinander gereiht die Früchte der drei Jahreszeiten – in Honig kandiert.

Don Diego beugte sich nieder. »Schau, es beginnt im Frühling mit Kirschen und Aprikosen, dann folgen die Pflaumen, Mispeln und Feigen des Sommers und es endet mit den im Herbst geernteten Trauben, Mandeln und Nüssen.«

María, mit ihren vom Vater ererbten zartgrauen Augen, blickte auf. »Das ist so schön – so schön, dass ich es nicht anrühren werde. Es kann doch nicht faulen oder schimmeln?«

»Nein, aber ewig wird es nicht halten. Du solltest schon von Zeit zu Zeit davon naschen.«

»Und ich – kriege ich nichts davon?« Juans dunkle Augen glühten neidisch.

»Du hast doch den Dolch«, versuchte die Mutter ihn zu besänftigen.

»Vielleicht lasse ich dich ein wenig kosten«, sagte María und fügte mit einem schadenfrohen Lächeln hinzu: »Von deinem Dolch kannst du ja nicht abbeißen ...«

Dann kam die *ama* und führte die Zwillinge hinaus.

Don Diego sagte mit gedämpfter Stimme: »Ich bitte Euch, mir nach dem Essen noch eine Stunde zu schenken.«

»Gerne – aber worum geht es?«

»Um – um die Familie ... Das lässt sich nicht in wenigen Worten sagen, aber ich werde zur rechten Zeit ...«

»Ist gut, Don Diego, ich werde meine Neugier zähmen.«

Er verneigte sich und ging hinaus, etwas steif und linkisch, wie es seine Art war.

Was wird er mir sagen wollen, überlegte Doña Ana, während sie nach alter Gewohnheit der Köchin ein wenig zur Hand ging. Sie vermutete, dass Don Diego, nachdem er alles zu ihrer Zufriedenheit geregelt hatte, sich zurückziehen und – vielleicht? – eine neue Ehe eingehen wolle. Nun, sie würde seine unaufdringliche Gegenwart, seine stets bereite Hilfe schon vermissen, aber es musste auch ohne ihn gehen und schließlich war er in Caronium nur eine Tagesreise von hier entfernt.

»Au!« Sie hatte sich beim Säubern der Bohnen in den Finger geschnitten. Die Köchin schüttelte entrüstet ihren Kopf, wobei ihr stattliches Doppelkinn wackelte wie ihr legendäres Fruchtgelee.

»Doña Ana, ich habe Euch schon tausendmal gesagt, dass diese Küchenarbeit Euch nicht ansteht! Es genügt, dass Ihr Eure Wünsche äußert, und wir werden bemüht sein, sie zu erfüllen.«

Doña Ana stand auf. »Du hast ja Recht, aber es macht mir einfach Spaß, da und dort ein wenig hinzugreifen.«

Die *cena* zog sich hin, und am Ende hatte sie Don Diegos Wunsch vergessen. Nach dem Dankgebet sah er sie fragend an. Sie stutzte und nickte dann.

Die Nacht hatte sich draußen über die kahlen spätherbstlichen Felder gebreitet, und Doña Ana befahl der Dienstmagd, im Kaminzimmer ein paar Buchenscheite nachzulegen.

»Wie früh es jetzt schon dunkel wird ...« Sie hüllte sich fester in ihren mit Fransen besetzten Wollschal. »Und von Tag zu Tag wird es kühler.«

Er nickte, rückte ihr den Sessel zurecht und wartete, bis sie sich gesetzt hatte. Dann schob er mit dem Fuß ein aus der Glut ragendes Holzscheit ins Feuer und nahm ihr gegenüber Platz.

»Ich bitte Euch jetzt, mir einfach nur zuzuhören, und danach können wir meine Vorschläge bereden. So wie ich es sehe, gibt es für mich drei Möglichkeiten: Ich kann mich wieder in meine alte Notarstube in Caronium verkriechen, aber das wird meinen Sohn nicht freuen, der dort schon seit Jahren das Geschäft übernommen hat. Ich könnte mich aber auch aus der Welt zurückziehen, mich in ein Stift einkaufen, um dort, bis Gott mich abruft, gelehrte Studien zu treiben. Doch dazu – das sage ich Euch offen – fühle ich mich nicht alt genug. Die dritte Möglichkeit wäre, Euch zu heiraten, damit die Kinder – besonders der Junge – wieder einen Vater haben und die Finca einen Herrn, denn ich fürchte, die Lage bleibt nicht so ruhig, wie sie in den letzten Jahren war. Unser König ist zwar noch nicht alt, aber er lebt ein sehr gefährliches Leben, setzt sich beim Kampf gerne an die Spitze und konnte schon mehrmals nur mit großer Mühe aus gefährlicher Lage gerettet werden. Gott möge ihn schützen, aber es ist fast abzusehen, dass unser kühner *matamoros,* unser Maurentöter, eines Tages auf dem Schlachtfeld bleiben wird. Dann steht es schlecht um die Monarchie. Pedro, sein einziger legitimer Sohn, ist noch ein Kind, um das sich der König ebenso wenig kümmert wie um María de Portugal, seine rechtmäßige Gemahlin. Nun – alle Welt weiß, wer das Herz unseres Königs gefangen hält: Leonor de Guzmán, Mutter von sechs Kindern, die er hegt und pflegt und hütet und hätschelt. Stirbt der König, wird es Unruhen und Umbrüche geben und so mancher Besitz wird den Herrn – oder die Herrin wechseln.«

Doña Ana wollte etwas sagen, doch der *abogado* hob die Hand.

»Ich bin gleich fertig, meine Freundin. Eure beiden erwachsenen Söhne werden Ansprüche stellen und sich mit den Zwillingen um den Besitz streiten. Da tauchen schwierige Rechtsfragen auf und es wäre besser, wenn ich Euch dann nicht nur als *abogado* beraten, sondern als Euer angetrauter Ehemann handeln könnte.«

Doña Ana sagte zunächst nichts, starrte ins Feuer und schnippte einen angeflogenen Funken von ihrem Hausgewand. Dann wandte sie sich ihm zu und ihre sonst eher fröhlichen dunklen Augen blickten ernst, ihre glatte Stirn war leicht gerunzelt.

»Ich nehme Eure Argumente nicht auf die leichte Schulter, sie sind zweifellos gewichtig und wollen bedacht sein. Eben darum bitte ich Euch um Bedenkzeit bis morgen Abend. Ich werde beten und Gott oder die Jungfrau Maria um ein Zeichen bitten. Seid Ihr damit einverstanden?«

Er war es, stand auf und verbeugte sich schweigend.

Tat sie etwas Unsinniges, als sie gleich danach ins Zimmer der Kinder ging? Die Kleinen konnten ihr doch nicht weiterhelfen. Was verstanden Sechsjährige von Heirat, Besitz und Erbstreitigkeiten?

Dennoch tat sie es und schickte die *ama* weg. Aufrechten Hauptes ging Lena hinaus, ihr pockennarbiges Gesicht blieb unbewegt. Die Kinder hatten vor der Nachtruhe noch gespielt; nun standen sie da und blickten die Mutter erwartungsvoll an. Sie kniete nieder, presste die Kleinen an sich und küsste sie auf Mund und Wangen. María begegnete den ungewohnten Liebkosungen mit Zurückhaltung, während Juan sich ihnen entgegenwarf und sie mit feuchten täppischen Küssen erwiderte. Die Mutter konnte sich ihm nur mit Mühe entwinden.

»Nun, nun, Juan, warum gleich so stürmisch? Schließlich bin ich nur deine Mutter und nicht dein – dein Liebchen ...«

Sogleich ließ er sie los. »Was ist das, ein Liebchen?«

»Das ist eine Freundin, die du dir als junger Mann zulegen wirst.«

»Da brauche ich nicht zu warten – du bist meine Freundin!«

»Meine auch!«, mischte María sich ein und blickte den Bruder grimmig an.

Die Mutter erhob sich. »Ihr beide seid meine Kinder und meine Freunde und ich liebe Juan nicht weniger als María und dich –«, sie stupste das Mädchen in den Bauch – »nicht weniger als Juan. So hätte es auch euer Vater getan und nun ergibt sich die Möglichkeit, dass ihr wieder einen bekommt.«

»Einen Vater?«, fragten sie wie aus einem Mund.

Juans Gesicht leuchtete auf. »Ist er denn zurückgekommen? War er gar nicht tot?«

»Hat ihn der liebe Gott aus dem Himmel entlassen?«, erwog María.

»Nein, nein, nichts davon. Euer Onkel Diego will mich heiraten, um euch einen neuen Vater zu geben.«

Juan runzelte die Stirn. »Geht denn das? Dann hätten wir ja zwei Väter – einen im Himmel und einen im Haus.«

»Das ist in vielen Familien so, wenn sich Witwen einen neuen Mann nehmen, damit ihre Kinder nicht vaterlos aufwachsen.«

»Dann wird aus dem Onkel Diego ein Papa ...«, meinte María nachdenklich.

»Wenn ihr einverstanden seid?«

»Wenn es sein muss ...«

»Es muss nicht sein, Juan, aber für uns alle wäre es besser, wenn die Finca wieder einen Herrn hätte.«

»Müssen wir dann Papa zu ihm sagen?«

»Ja, besser wäre es schon.«

»Ich tue es nicht!«, trotzte Juan. »Ein Onkel bleibt ein Onkel – sein Leben lang, so wie ein Mädchen ein Mädchen bleibt. Man kann doch aus María keinen Jungen machen – oder?«

Doña Ana blieb geduldig. »Nein, das nicht, aber aus Don Diego wird schließlich keine Frau, sondern euer – euer Stiefvater, denn in einem gebe ich euch Recht: Euer echter Vater kann er nicht werden.«

Juan nickte. »Gut, dann werde ich ihn Stiefvater nennen.«

Die Mutter seufzte. »Das ist er zwar, aber so dürft ihr ihn nicht nennen, denn das wäre eine Beleidigung. Und es klingt auch seltsam: *padrastro.* Nennt ihn doch einfach Papa, er hat viel für uns getan und verdient es.«

»Na gut ...«, murrte Juan.

»Warum nicht?«, sagte María schulterzuckend.

Ohne lange nachzudenken, sagte Doña Ana zu der draußen wartenden *ama:* »Lena, ich habe mich entschlossen, Don Diego zu heiraten – die Finca braucht wieder einen Herrn.«

Wenn sie überrascht war, so zeigte sie es nicht. »Meinen Glückwunsch, *dueña!* Es wird wohl für uns alle das Beste sein.«

»Ja, das glaube ich auch.«

Hatte Don Diego mit ihrem Einverständnis gerechnet? Ja und nein. Ja, weil er auf ihre Vernunft vertraute und hoffte, dass die Sorge um die Zukunft ihrer Kinder letztlich ihre Entscheidung bestimmte. Nein, weil er verstehen konnte, dass sie keinen Mann mehr im Bett haben wollte, dass sie sich längst mit ihrer Witwenschaft abgefunden hatte. Don Diego war ein frommer, auf Gott vertrauender Mensch und hoffte, dass der Herr ihr zur richtigen Entscheidung verhalf.

Als Don Silvio sie in der Pfarrkirche traute, war er so wackelig und auch vergesslich geworden, dass sein Kaplan ihn stützen und ihm den Text gelegentlich vorsagen musste.

Einige Wochen nach der Trauung war überraschend *capitán* Alfonso Tenorio erschienen, Doña Anas ältester Sohn. Er kam mit der Trauerbotschaft, dass sein Bruder in einer der Seeschlachten gegen die *moros* gefallen war und so das Schicksal seines Vaters geteilt hatte.

»Du hast dich lange nicht sehen lassen ...« Alfonsos etwas mürrisches bärtiges Gesicht verzog sich zu einem spöttischen Lächeln.

»Es ist ja auch viel geschehen inzwischen ... Mein jüngerer Bruder ist tot, dafür habe ich einen neuen bekommen und eine Schwester dazu und jetzt auch noch einen Stiefvater. Da bin ich eigentlich überflüssig – oder?«

»So sollst du nicht reden, Alfonso!«

»Warum nicht? Ein Soldat ist immer geradeheraus! Mein König, denke ich, braucht mich nötiger als du, liebe Mutter, da du ja jetzt wieder Mann und Kinder hast.«

Don Diego mischte sich da nicht hinein, aber als Alfonso ihn alleine sprechen wollte, ahnte er schon, worum es gehen würde. Am Ende, so dachte er, geht es immer darum, wenn Menschen über etwas verhandeln.

Alfonso kam gleich zur Sache. »Ich will mein Erbteil ausbezahlt haben, Don Diego.«

»Das ist Euer gutes Recht.« Er brachte es nicht über sich, den Stiefsohn zu duzen, holte das Buch mit den Zahlen über die Einnahmen und Ausgaben. »Bargeld ist nicht viel da, das könnt Ihr Euch ja denken. Es gab in den letzten Jahren ein paar schlechte Ernten hintereinander und wir mussten den Pächtern einiges an Abgaben erlassen. Wir könnten etwas Land verkaufen …«

Alfonso lächelte düster. »Ihr seid Euch schon darüber im Klaren, dass ich als Erstgeborener ein Erbrecht auf die Finca habe und ich es bin, der seine Geschwister auszuzahlen hat?«

Nun ging Don Diego aufs Ganze. »Aber ja – wer bestreitet das? So schlage ich Euch vor, Ihr übernehmt die Verwaltung des Gutes und wir – das heißt Eure Mutter, ich und die Kinder – ziehen nach Caronium, wo mein geräumiges Haus ohnehin leer steht. Aber zuvor müsst Ihr Doña Ana und die Geschwister auszahlen; ich schätze, das wird Euch an die dreißigtausend Doblas kosten.«

Alfonsos Unterkiefer sank herab, und er sah aus, als hätte ihn sein König vom *capitán* zum gemeinen Soldaten degradiert. »Aber – aber, wie soll ich – woher werde ich –«

»Nun, das ist Eure Sache, *capitán.* Übrigens werdet Ihr sechs bis acht Jahre brauchen, um eine Finca Gewinn bringend zu verwalten, und es wird nicht gehen, ohne viel Lehrgeld zu bezahlen.«

Der *capitán* begann zu schwitzen. »Aber könnt Ihr – könnt Ihr mir denn meinen Anteil auszahlen?«

»Vielleicht ein Drittel davon in barem Geld, der Rest wird als Besitztitel stehen bleiben. Zuvor aber müsst Ihr auf Euren Erbanspruch als Erstgeborener verzichten – zugunsten Juans.«

Der *capitán* Alfonso Tenorio war ein Krieger mit Leib und Seele und es graute ihm davor, ein Gut verwalten zu müssen. Er wollte seinem König und der Truppe nahe sein und plante, sich in Sevilla ein Haus zu kaufen.

Sie einigten sich schließlich, der *capitán* verschwand wieder und hinterließ keine Lücke.

3

Als der *capitán* Alfonso Tenorio in Sevilla ankam, herrschte einige Aufregung. Nach langen Feldzügen war der König in seine Hauptstadt zurückgekehrt und residierte wieder im Alcazar. Da jetzt mit den *moros* eine Art Waffenstillstand herrschte, hatte der Monarch einen Teil seiner Truppen entlassen, meist junge Söldner aus Bauern- oder Handwerkerfamilien, die jetzt wieder in ihre Heimatorte zurückkehrten.

Der *capitán* Alfonso aber war ein Berufssoldat und meldete sich bei seinem Truppenführer.

»Ihr seid der Leibtruppe des Königs zugeteilt – meldet Euch sofort im Alcazar!«

Dieser Dienst war nicht beliebt, weil dort immer eine gewisse Spannung herrschte zwischen der kleinen, aber bescheidenen Hofhaltung der rechtmäßigen Königin María und der aufwändigen von Leonor de Guzmán, der Geliebten des Königs. Solange er abwesend war, konnte Doña María sich freier bewegen, wobei sie den Teil des weitläufigen Alcazars mied, den Leonor mit ihrer Dienerschaft bewohnte. Diese wiederum blieb in ihren Räumen, wenn ihr gemeldet wurde, die Königin sei unterwegs. Wenn sich aber der König in seiner Residenz aufhielt, so bestand er darauf, dass Doña María in ihren Gemächern blieb, während er mit Leonor und seinen zahlreichen Kindern den größten Teil des Alcazars besetzt hielt.

Der Oberst der Palastwache war ein gemütlicher älterer Herr aus einer alten, hoch angesehenen, aber schon etwas dünnblütig gewordenen Familie. Er ging jedem Ärger tunlichst aus dem Weg und weil er wusste, wie wenig beliebt der Dienst im Wohnbereich der Königin war, und er nicht wegen Vetternwirtschaft ins Gerede kommen wollte, verloste er unter den Hauptleuten die Dienstbereiche. Diesmal traf es den *capitán* Alfonso Tenorio und er begab sich in jenen abgelegenen Teil des Palastes – die Mauren hatten ihn damals als Dienerwohnungen benützt –, wo Doña María de Portugal sich mit ihrem Sohn Pedro und einigen Leibdienern eingerichtet hatte. Sie empfing ihn sofort, und er beugte das Knie.

»Ich bin zu Euer Gnaden Wachdienst mit meinen Leuten eingeteilt und möchte fragen, ob Euer Gnaden besondere Befehle für mich haben?«

Doña María war eine noch junge, groß gewachsene Frau mit dunkelblondem Haar, einer schmalen langen Nase und einem ausgeprägten Kinn. Mochte man sie nach landläufigem Geschmack auch nicht als Schönheit bezeichnen, so war sie doch eine ansehnliche wohlgestaltete Frau, deren hohe Abstammung – sie war eine Schwester des Königs von Portugal – nicht zu übersehen war, ebenso wenig wie der bittere Zug um ihren Mund und ihre melancholisch verschatteten Augen.

»Besondere Befehle? Nein, die habe ich nicht – das heißt, ich hätte sie schon, aber man würde sie kaum erfüllen. So tut denn Eure Pflicht, Don Alfonso, und freut Euch auf die Ablösung ...«

Der *capitán* war kein Höfling und nicht wortgewandt genug, um schmeichlerisch zu antworten. »Es ist mir eine Ehre, Euer Gnaden zu dienen.«

Sie winkte ab. »Ich weiß, was in euren Köpfen vorgeht. Ihr könnt mich übrigens Doña María nennen – spart Euch die servile Anrede für die andere, die Edelhure, die Gebärmaschine in königlichen Diensten.«

Er verneigte sich nur stumm und wartete auf ein Wort der Entlassung, als die Tür aufflog und ein etwa siebenjähriger Junge hereinstürzte.

»Warum darf ich meine Brüder nicht besuchen, nicht mit ihnen spielen? Papa hat sie doch wieder alle mitgebracht – Enrique, Fadrique und den kleinen Sancho! Niemand kann mir verbieten –«

María schlug ihren Sohn leicht, wie spielerisch auf die Wange. »Ich kann es! Die du deine Brüder nennst, sind nur Halbbrüder, illegitime Bastarde und kein Umgang für dich, den Kronprinzen und Thronfolger. Da ist es mir lieber, du spielst mit den Kindern der Torwächter, Stallmeister und Kammerherren als mit dieser anmaßenden Brut.«

Pedro – der seiner Mutter auffällig glich – rieb sich die Wange. »Deshalb hättest du mich nicht zu schlagen brauchen!«

»Dann merkst du es dir besser.«

Der *capitán* räusperte sich. »Doña María, darf ich mich –?«

»Ach, Ihr seid auch noch da? Pedro, das ist Don Alfonso Tenorio, *capitán* unserer Bewacher.«

»Aber Doña María ...«

»Ihr braucht nicht beleidigt zu sein. Die Beleidigte in diesem Trauerspiel bin nur ich – ich allein.«

Pedros rundes Kindergesicht wurde ernst, fast hart. »Aber wir brauchen doch nur abzuwarten, Mama! Wenn ich einmal König bin, dann ist es aus mit den Bastarden, aus mit Leonor – und vielleicht auch mit Euch, Don Alfonso. Dann zählt nur noch, wer zu uns, zu mir und Mama, gehalten hat!« Atemlos hatte der Kleine die Drohung herausgestoßen, seine Augen blitzten, sein Gesicht hatte sich gerötet.

»Don Pedro, ich werde immer treu dem König dienen, mag er Don Alfonso, mag er Don Pedro heißen. Auf der Seite von Bastarden werdet Ihr mich niemals finden.«

Pedro lächelte gnädig. »Möge Gott Euch dabei helfen, Don Alfonso.«

Er spricht wie ein Erwachsener, dachte der *capitán,* dieser arme Junge ist vermutlich niemals ein Kind gewesen – hat es nie sein dürfen.

Während er in seine Wachstube zurückging, fiel ihm ein, dass der Kronprinz zuerst mit seinen Halbbrüdern hatte spielen wollen, um gleich darauf mit ihrer Auslöschung zu drohen. Nun ja, dachte der *capitán,* schließlich ist er noch ein Kind – die sagen mal dies, mal das.

Später kam er noch häufiger mit der Königin in Berührung und musste sich fast widerwillig eingestehen, wie korrekt und höflich sie mit ihm umging und dass sie weder Launen noch Willkür zeigte. Don Pedro behandelte ihn manchmal von oben herab, als säße ihm schon die Krone auf dem Kopf, dann wieder burschikos wie einen Spielkameraden.

Als der *capitán* einmal von seinem Bruder Juan sprach, horchte er auf.

»Wie alt ist er?«

»Genauso alt wie Ihr, Don Pedro.«

»Dann könnte er ja mein Zwilling sein ...«

»Er hat eine Zwillingsschwester.«

»Eine Schwester ist nichts! Mädchen sind ganz anders. Enrique hat einen Zwillingsbruder – Fadrique, aber mit denen darf ich ja nicht spielen, weil sie Bastarde sind. Da wäre mir Euer Bruder schon lieber.«

Don Alfonso stieß sich nicht daran, dass Pedro ihn abwechselnd duzte und dann wieder in der Höflichkeitsform ansprach. Seine gerade soldatische Art schien allmählich Doña Marías Misstrauen zu zerstreuen und auf Pedro – mit seiner Mutter eng verbunden – färbte dies ab. Immer wieder kam die Rede auf Juan, und es gehörte schon zum Spiel ihrer seltsamen Unterhaltungen, dass der Thronfolger scherzhaft darum bat – ja, ihm befahl, endlich diesen Zwilling herbeizuschaffen.

»Wollt Ihr das wirklich, Don Pedro?«

Der Junge verzog sein Gesicht. »Du unternimmst ja doch nichts, missachtest meine Befehle – ich werde dich in die Torre del Oro sperren lassen!«

Alfonso fiel auf die Knie. »Gnade, edler Prinz, Gnade! Dort schmachten Hoch- und Landesverräter, erspart mir das und ich will tun, was Ihr wollt.«

Pedro lächelte gnädig. »Also gut, noch einmal sei dir verziehen, aber du musst versprechen, dass du deinem Bruder – meinem Zwilling – schreibst.«

Mit dem Schreiben sah es beim *capitán* schlecht aus, so richtig hatte er es nie gelernt. Aus Loyalität fragte er die Königin, die zwar den Kopf schüttelte, aber doch zustimmte.

»Warum nicht? Die Tenorios sind *fidalgos* und etliche von ihnen stehen seit Generationen in königlichen Diensten. Euer Bruder könnte später hier am Hof Page werden – später! Die Dinge müssen erst wieder ins Lot kommen, aber das kann ja schon bald sein ...«

Don Alfonso Tenorio diktierte dem Sekretär der Königin ein Schreiben, in dem er andeutete, dass Juan die Möglichkeit hätte, am Königshof in Sevilla als Page zu dienen.

Als Don Diego seiner Gemahlin Doña Ana das Schreiben vorlas, begann sie ihren Kopf zu schütteln, und das tat sie immer noch, als er den Brief auf den Tisch legte.

»Sehr ehrenvoll und gewiss eine Überlegung wert, aber ich gebe den Jungen nicht her – nicht solange er noch so klein ist, nicht ehe er etwas gelernt hat. Wir haben ja kürzlich erwogen, ihn bei den Zisterziensern in die Schule zu geben, und dabei, so meine ich, soll es bleiben. Schließlich haben wir das Kloster quasi vor der Haustür.«

Der *abogado* hob die Hand. »Halt, meine Liebe! Von einer Schule dort kann keine Rede sein, dieser Orden kümmert sich seiner Tradition nach vor allem um Ackerbau und Viehzucht ...«

Ihr rundes gutmütiges Gesicht mühte sich vergeblich um Strenge. »Ich habe nachgeforscht; es gibt dort einige Mönche, die auch Unterricht erteilen. Padre Mateo tut dies sogar in einigen Fächern, und zwar in Latein, Geschichte, Geographie und natürlich Religion.«

»Sieh an, du hast dich also hinter meinem Rücken erkundigt ...«

Sie errötete und wollte etwas sagen, doch er wehrte ab.

»Nein, nein, es ist ja dein Fleisch und Blut, und du hast mir einige Mühe erspart. Ich werde in den nächsten Tagen hinüberreiten und mir diese Lehrer einmal ansehen.«

Als *abogado* und früherer Gemeindesekretär von Sobrado war Don Diego schon öfters dienstlich dort gewesen und hatte jedes Mal gestaunt, wie weitläufig sich dieser Klosterkomplex in die Landschaft erstreckte. Durch Stiftungen, Vermächtnisse und das stete Wohlwollen der Könige von Kastilien war diese strengere Form des Benediktinerordens sehr wohlhabend geworden und Sobrado dos Monxes, wie die *gallegos* es nannten, gehörte zu den reichsten Klöstern im Land. Über der Eingangspforte prangte das Wappen der Zisterzienser mit den goldenen Lilien auf blauem Grund, die an seinen französischen Stifter erinnerten, den Benediktinerabt Robert von der Champagne.

Es dauerte eine Weile, bis der *abogado* in die Zelle des Padre Mateo geführt wurde, der sich erhob und ihm Platz anbot.

»Zwar kenne ich Euch nicht persönlich, *abogado,* aber ich habe schon öfter von Euch gehört.«

Don Diego verneigte sich leicht. »Nur Gutes, hoffe ich. Auch Ihr seid mir dem Namen nach bekannt, Padre, und zwar als bemühter und gewissenhafter Lehrer, der einige unserer Heranwachsenden in verschiedenen Fächern ausbildet. Nun sind meine Gemahlin und ich zu der Auffassung gelangt, dass Juan, mein siebenjähriger Stiefsohn, nicht als grober unwissender Klotz in die Welt hinausziehen soll, sondern als ein Mann, der nicht seinen Sekretär rufen muss, wenn er ein Schreiben erhält oder eines verfassen soll, und der nicht verschämt den Mund halten muss, wenn von der Geschichte unseres Landes die Rede ist.«

Padre Mateo war nicht das, was das Volk respektlos einen feisten Pfaffen nennt, doch seine stämmige Gestalt und seine vollen Wangen verrieten, dass er sich nichts abgehen ließ und leiblichen Genüssen durchaus zugetan war. Seine Stimme klang etwas hoch und immer leicht belegt, mit einem satten behaglichen Ton, als hätte er gerade eine vielgängige Mahlzeit hinter sich.

»Eines habt Ihr bei Eurer Aufzählung vergessen, Don Diego: die Religion! Sie liegt mir naturgemäß besonders am Herzen und soll jedes meiner Fächer begleiten, wie sie uns Christen leitet von der Geburt bis zum Tod.«

»Amen! Da sprecht Ihr mir ganz aus dem Herzen, Padre!«

Noch etwas war zu klären: Ein Juan Tenorio, Sohn eines wohlhabenden *fidalgo,* konnte nicht allein zum Kloster reiten, auch wenn der Weg nur ganz kurz war.

»Juan braucht einen Diener, einen Burschen, der etwas älter ist als er und ein Auge auf ihn hat, wenn er draußen ist.«

Doña Ana pflichtete ihrem Gemahl bei, und sie überlegten, wem diese Aufgabe zu übertragen sei. Da kamen einige in Frage, doch Juan entschied es selber.

»Miguel soll es sein! Er ist schon lange mein Freund und ...« Dann folgte eine Aufzählung gemeinsamer Unternehmungen, die sich Don Diego zerstreut anhörte.

»Wir sollten uns den Burschen einmal ansehen.«

Miguel war jetzt zwölf Jahre alt und Lenas einziges überlebendes Kind. Sie machte nicht viel von ihm her, doch sie behielt ihn im Auge. Der wendige Bursche hatte schon einen Teil ihrer früheren Aufgaben übernommen, war für vieles zu gebrauchen, aber wenn er etwas nicht konnte oder wollte, dann sagte er es und keiner brachte ihn dazu, es zu tun. Auf

Miguels Kopf wuchs ein ungebärdiger Schopf rotbrauner Haare, die Wangen und seine Stupsnase waren mit *pecas* gesprenkelt, die im Winter verblassten, aber im Sommer so aussahen, als hätte man ihn mit braunem Lehm bespritzt.

Juan erkannte ihn als Einzigen vom ganzen Haus- und Hofgesinde als seinesgleichen an. Schon früh hatte Miguel seinen ganz eigenen Kopf gezeigt und weder gutes Zureden noch Prügel hatten ihn ändern können.

Nun stand er im Salon seiner Herrschaft – er hatte ihn noch niemals von innen gesehen – und hielt seine fleckige Lederkappe in der Hand. Don Diego musterte ihn zuerst schweigend von Kopf bis Fuß.

»Also – Miguel, wir haben für dich eine neue Aufgabe, die dein bisheriges Leben ändern wird. Unser Juan wird vom nächsten Montag an im Kloster Unterricht nehmen, und du sollst ihn dorthin begleiten und wieder abholen. Ihr seid ja ohnehin so etwas wie Freunde geworden und gut miteinander vertraut.«

Miguel rieb sich verlegen die braun gesprenkelte Stupsnase und trat von einem Bein auf das andere. »Was soll ich dazu sagen, Herr ...«

»Nichts, solange du nicht gefragt wirst«, wies ihn Don Diego freundlich zurecht.

»Deine Kleidung wird sich ändern müssen«, meinte Doña Ana, »außerdem möchte ich, dass du künftig Schuhe trägst.«

»Ändern, Doña Ana ...?«

»Aber schau dich doch an! Weste und Hose sind vielfach geflickt und gehören längst ins Feuer. Wir werden dich einfach, aber anständig kleiden, und du wirst künftig mehr auf Sauberkeit achten. Du bist der Ältere und sollst Juan ein gutes Beispiel geben.«

Miguel verstand sehr wohl, dass diese neue Aufgabe so etwas wie ein Aufstieg in der hierarchischen Ordnung der Finca war. Als Leibdiener des jungen Herrn konnte er anders auftreten als der herumgescheuchte Handlanger für alles und jeden.

Auch seine Mutter, die *ama* Magdalena, empfand einigen Stolz, doch sie zeigte es nicht. Juan würde bald seinen achten Geburtstag feiern und brauchte kein Kindermädchen mehr. Doch bei den *fidalgos* war das geachtete Amt einer *ama* quasi eine Lebensstellung und nicht selten wandten sich erwachsene Männer und junge Ehefrauen an ihr altes Kindermädchen, wenn sie einen Rat brauchten.

María, Juans Zwillingsschwester, nahm die neue Lage nicht so ohne weiteres hin. »Und was ist mit mir? Darf ich nichts lernen? Soll ich zu Hause versauern?«

Doña Ana verwies ihrer Tochter die freche Rede. »Danke Gott, dass du ein solches Zuhause hast! Es ist weder üblich noch notwendig, dass Mädchen Schreiben und Lesen oder gar Latein lernen. Es genügt, dass du dich in allem kundig machst, was die Leitung eines großen Haushalts betrifft, denn das wird von dir verlangt, wenn du einmal unter die Haube kommst. Diese durchaus nützlichen Dinge kannst und wirst du lernen, wenn du mich von nun an beim täglichen Tageslauf begleitest.«

María wollte noch etwas sagen, doch die Mutter schnitt ihr das Wort ab. »Schluss – aus und Amen! Und versuche ja nicht, bei deinem Vater etwas anderes zu erreichen! Er ist derselben Meinung wie ich und wird dich gar nicht anhören.«

Darin hatte sie sich aber getäuscht. Don Diego Tenorio hatte im Laufe der Jahre zu seiner Stieftochter ein weitaus besseres Verhältnis gefunden als zu Juan, der sich nicht selten sperrig und eigensinnig verhielt, ihn Onkel Diego nannte und ihn nicht vergessen ließ, dass sein wirklicher Vater als Seeheld in Stein am Altar der Pfarrkirche zu bewundern war.

Bei María war das anders. Sie liebte ihren Zwillingsbruder von Herzen, war stolz darauf, dass sie ihn hatte, und sie hielten gegen die Welt der Erwachsenen fest zusammen. Niemals hätte María ihn verraten und Juan, der manchmal bockig, ja tückisch sein konnte, hätte für María ohne mit der Wimper zu zucken das Blaue vom Himmel heruntergelogen.

Dass sie nicht von derselben Art waren, entdeckte María als Dreijährige. Juan hatte etwas Unrechtes gegessen und ihn plagte tagelang ein Durchfall, so dass die *ama* ihn ständig säubern musste. Da war es María erstmals aufgefallen, dass bei ihrem Bruder etwas zwischen den Schenkeln baumelte, das sie nicht hatte. Um ganz sicher zu sein, schaute sie nach – nein, da war nichts. Sie fragte die *ama*. Lena schmunzelte.

»Das ist eben der Unterschied zwischen euch: Du bist ein Mädchen und er ist ein Junge. Später, wenn ihr groß seid, ist er ein Mann und du bist eine Frau – wie ich.«

Das genügte vorerst, doch María wünschte sich ein Junge zu sein, damit sie gemeinsam zur Schule gehen durften.

»Du musst dich damit abfinden, dass du ein Mädchen bist«, versuchte die *ama* sie zu trösten. »Das hat auch Vorteile, weißt du.«

»So – und welche?«

»Na, schau dir einmal deinen richtigen Vater an, der musste mit seinen Schiffen hinaus, als vor unserer Küste die *moros* erschienen, musste kämpfen, verlor und ist mit all seinen Männern ertrunken, bis auf einen. Nicht anders erging es einem deiner beiden erwachsenen Brüder, den du nie gesehen hast – er starb in der Schlacht. So etwas kann uns Frauen nicht geschehen, wir sitzen friedlich zu Hause und wenn unser Ehemann draußen irgendwo umkommt, dann heiraten wir eben noch einmal – so, wie es deine Mutter getan hat.«

»Du aber nicht ...«

»Nein, denn ich habe ja euch, da kann ich mich nicht auch noch um einen Mann kümmern.«

Am ersten Schultag ritt Juan auf seinem braven graubraunen Maulesel hinüber zum Kloster, und der rotschopfige Miguel begleitete ihn auf einem bockigen Esel, der manchmal ohne Grund stehen blieb und herzerweichend schrie.

Der Unterricht wurde in der Sakristei der Klosterkirche

erteilt, einem Raum, der nach der Frühmesse leer stand und dem Lehrer mit seinen fünf Schülern genügend Platz bot.

Feixend betrachteten die vier anderen ihren neuen Mitschüler, nur Pablo, der Jüngste, blieb ernst. Das war ein lieber pausbäckiger Junge von vielleicht sechs Jahren, während sich die anderen im Alter zwischen acht und zwölf bewegten. Pablito, wie ihn alle nannten, war einige Wochen vor Juan in die Schule gekommen, und nun ging es bei ihnen darum, zuerst und vor allem Schreiben und Lesen zu lernen.

»Deshalb«, so erklärte Padre Mateo, »werdet ihr künftig eine Stunde vor den anderen hier erscheinen, und in dieser Stunde werden wir nichts anderes tun, als uns um Wort und Schrift zu bemühen.«

Als der Padre dies erklärte, blickte er nur Pablito an, dessen liebes pausbäckiges Kindergesicht in gesammelter Aufmerksamkeit erstarrte.

Warum schaut er mich nicht an, überlegte Juan. Vielleicht mag er mich nicht ...?

Juan vergaß es schnell wieder, weil ihn in den darauf folgenden Tagen und Wochen andere Absonderlichkeiten beschäftigten.

Neben der Sakristei gab es einen kleinen Raum für Dinge, die nur selten gebraucht wurden, wie Tragestangen für die bei Prozessionen benützten Baldachine, schadhafte Kerzenleuchter, zur Wiederherstellung vorgesehene Heiligenfiguren, die ergänzt oder neu gefasst werden mussten – und vieles mehr. Auch ein paar wackelige und zerschlissene Hocker standen an der Wand, und einen davon benützte Padre Mateo, um seine Schüler zu bestrafen. Das tue er nur deshalb hier in der Abgeschlossenheit, um den anderen keinen Grund zur Schadenfreude zu liefern.

Auch Juan lernte den düsteren, nur von einem Fensterschlitz erleuchteten Raum bald kennen, als er schon zum wiederholten Mal das Alphabet in der falschen Reihenfolge oder unvollständig aufgesagt hatte. Da musste er die Hose herunterlassen und sich bäuchlings über den Hocker legen.

Dann sauste die Rute herab und je nach Verfehlung wurden fünf bis fünfzehn Hiebe aufgezählt. Es tat nicht besonders weh, denn der Padre strafte nicht hart und betonte immer wieder, dass ihn die Strafe mehr schmerze als seine Schüler.

Den kleinen Pablito aber traf es besonders oft. Er war zerstreut, lernte schwer, vergaß viel und konnte es – diesen Eindruck gewann Juan – dem Padre nie recht machen. So wurde er jeden zweiten oder dritten Tag ins Strafzimmer geführt; Juan hörte die Rutenhiebe sausen und klatschen, aber den tapferen Pablito dabei kaum schreien, wie es die anderen taten – mehr aus Protest denn aus Schmerz. Dann dauerte es seltsam lang, bis die beiden wieder erschienen, doch in Pablitos rundem Kindergesicht hatte die Strafe keine Spuren hinterlassen, und er rieb sich auch nicht mit verzerrtem Gesicht den Hintern wie alle anderen. War dies schon ungewöhnlich, so erschien es Juan noch seltsamer, dass der Kleine nur in der ersten Stunde gestraft wurde, die er mit ihm allein verbrachte. Sobald die anderen Schüler kamen, wurde Pablito vom Padre in Ruhe gelassen, mochte er sich noch so dumm anstellen.

Fast alle Menschen sind Zeit ihres Lebens neugierig, aber achtjährige Buben sind es in besonderem Maße und stellen alles auf den Kopf, um diesen übermächtigen Drang zu befriedigen. So dauerte es nicht lange, dann hatte Juan herausgefunden, dass die Tür zum Nebenraum ein großes Schlüsselloch besaß, das mit einem Fetzen Stoff verstopft war. Warum? Wen konnte schon interessieren, was in dieser Rumpelkammer vorging? Jeder kannte den Raum aus eigener schmerzlicher Erfahrung, es gab also dort keine Geheimnisse. Oder doch?

Juan nutzte eine kurze Zeit – er war nur eine Viertelstunde eher erschienen –, die er hier allein verbrachte, um den schmutzigen Lappen herauszuziehen und durch das Schlüsselloch zu gucken. Da wurde ein großer Teil des düsteren Raumes sichtbar und als Juan Schritte hörte, riss er ein kleines Stück ab und steckte es so zurück, dass es etwas hervorstand und aussah wie zuvor.

Heute war es Pablito auch nach mehreren Versuchen nicht gelungen, das Paternoster fehlerfrei herzusagen.

»Es ist schändlich, wie du das heiligste Gebet unserer Religion verstümmelst. Ich sehe schon, dass längst wieder eine Tracht Prügel fällig ist, um deinem Fleiß auf die Beine zu helfen. Komm mit!«

Sie verschwanden im Nebenraum, und Juan wartete auf das vertraute Sausen und Klatschen der Rute. Als er es hörte, lief er geschwind zur Tür und zog den Fetzen heraus. Was er sah, verblüffte ihn so, dass er die Augen schloss, um sie sofort wieder zu öffnen, doch es war das gleiche Bild: Padre Mateo stand unter dem schmalen Fenster, schwang die Rute und ließ sie niedersausen, aber nicht auf Pablitos Hinterteil, sondern sie traf einen der zerschlissenen mit Leder bespannten Hocker und wirbelte jedes Mal etwas Staub auf. Der kleine Pablo stand grinsend daneben und stieß bei jedem der Hiebe mit gespitztem Mündchen einen leisen Schmerzenslaut aus – ah – oh – au – ui – und rieb sich dabei demonstrativ sein Gesäß.

Juans Staunen mündete in die Frage, worauf diese Heuchelei hinausgehen würde, denn für diese Scheinbestrafung würde Pablito doch irgendeinen Preis zu zahlen haben. Ja – das war es! Der Kleine stammte aus einem reichen Elternhaus, verfügte über Geld und kaufte sich so von der Strafe los ...

Nun herrschte Stille, der zehnte Hieb war gefallen und Padre Mateo legte die Rute aus der Hand. Was? Was war das?

Der Lehrer wandte sich mit einem lüsternen Grinsen seinem Schüler zu, raffte mit beiden Händen seine Kutte, entblößte dabei seinen fetten Hintern und einen beachtlichen Schwengel, der halb aufgerichtet wie eine Waffe auf Pablito zielte. Der legte jetzt aufreizend langsam sein Wams ab, zog sich das Hemd über den Kopf und ließ die Hosen herab, so dass sie nur noch seine Füße bedeckten. Dem Padre traten dabei fast die Augen aus dem Kopf: Mit einer Hand hielt er seine Kutte fest, mit der anderen begann er den Knaben zu tätscheln, streichelte ihm die Wangen, ließ seine großen fetten Hände über Bauch und Gesäß gleiten, rieb den winzigen Penis, und dies alles duldete Pablito mit einem süßen Unschuldslächeln. Inzwischen hatte sich das Gemächt des Padre steil aufgerichtet, Pablito kniete nieder, fasste es mit beiden Händen, sperrte seinen Kindermund weit auf und –

Juan hielt sich die Hand vor den Mund, um nicht aufzuschreien. Der Kleine wird ihm doch nicht den Pimmel abbeißen? Der Padre hatte schon seinen Mund zu einem Schrei geöffnet, aber dann presste er die Hand davor, während Pablito den steifen Schwengel in seinem weit geöffneten Mund festhielt wie ein zu großes Stück brühheißer Wurst, die man mit Lippen und Zunge herumrollt, um auf ihre Abkühlung zu warten.

Da begann es den Padre zu schütteln, als rase ein Fieber durch seinen stämmigen Körper, er stöhnte hinter vorgehaltener Hand, verdrehte die Augen zur Decke wie in himmlischer Entrückung. Alles Weitere ging sehr schnell. Pablito ließ den Schwengel fahren, spuckte etwas aus und griff gleichzeitig nach seinen Kleidern. So langsam er sich ausgezogen hatte, so schnell war er jetzt angekleidet; der Padre ließ seine Kutte fallen und schon waren sie auf dem Weg zur Tür.

Juan lief auf Zehenspitzen zurück, setzte sich und beugte sich tief über das aufgeschlagene Buch – eine Sammlung von Gebeten zu verschiedenen Anliegen. Da kamen sie schon herein, die beiden, vorweg Pablito, der engelrein lächelte, dahinter Padre Mateo mit rotem schweißfeuchtem Gesicht. Er deutete auf den Kleinen.

»Diese Strafe war längst fällig gewesen, um deinen zerstreuten Sinn zu festigen und deine Faulheit zu vertreiben.«

»Jawohl, Padre Mateo!«, rief Pablito eifrig.

Dann war die Stunde ohnehin zu Ende, und von draußen konnte man schon das Getrampel der anderen Schüler hören.

Zum einen war Juans Neugier auf die Vorgänge in der

Rumpelkammer gestillt, zum anderen aber hatte das rätselhafte Geschehen ein Bündel neuer Fragen aufgeworfen. Was war es nur, das den Padre bewog, sich den Pimmel ablutschen zu lassen und dabei ein Gesicht zu machen, als würde man ihn abstechen? Sollte er sich Pablito einmal vorknöpfen? Er hatte den Kleinen gern und wollte ihn nicht in Verlegenheit bringen, andererseits hatte er bisher sein Mitleid an den in seinen Augen zu oft und meist ungerecht Bestraften vergeudet.

Beim Heimritt öffnete er schon den Mund, um sich Miguel anzuvertrauen, der ja schließlich älter war und über solche Wunderlichkeiten Bescheid wissen musste.

Aber etwas hielt ihn davon ab – erst wollte er in Ruhe darüber nachdenken.

4

Seit Juan die Klosterschule besuchte, hatte sich auch in Marías Leben einiges verändert. Das Zimmer, das sie seit Jahren mit ihrem Bruder geteilt hatte, gehörte ihr nun ganz, und für Juan war neben dem Arbeitsraum seines Stiefvaters eine Studierstube eingerichtet worden, wo auch in einem durch einen Vorhang abgeteilten Raum sein Bett stand. In einer daran anschließenden lichtlosen Kammer schlief sein Diener Miguel, der nun zum ersten Mal in seinem Leben ein eigenes kleines Zimmer besaß. Mit Duldung der Eltern durften die Zwillinge sich regelmäßig besuchen, aber es war immer die *ama* oder Doña Ana dabei, weil man – wie die Gutsherrin andeutete – heranwachsende junge Menschen verschiedenen Geschlechts niemals allein lassen durfte, auch keine Geschwister.

Inzwischen war María zehn Jahre alt geworden, doch ihre Mutter hatte nicht das Geringste unternommen, um sie über die Eigenheiten der Geschlechter aufzuklären oder auf ihre künftige Rolle als Ehefrau vorzubereiten. Doch es war nicht ausgeblieben, dass sie da und dort von gleichaltrigen oder älteren Mädchen etwas hörte. Um ihrer Tochter einen standesgemäßen Umgang zu verschaffen, machte Doña Ana mit ihr in der schönen Jahreszeit häufig Besuche bei anderen Gutsbesitzern in der Umgebung und lud diese reihum auf ihre Finca.

Da fielen dann manchmal Worte, die María nicht verstand – etwa, wenn eine ältere Freundin unter Ächzen und Stöhnen bekannt gab, sie habe nun auch ihre Tage bekommen und das sei schon eine rechte Last. Um nicht dumm zu erscheinen, verbiss sich María die Frage, was denn da nun wirklich geschehen sei.

Freilich, María wuchs auf einer Finca heran und da gab es alle bäuerlichen Nutztiere von der Henne bis zur Kuh und es blieb nicht aus, dass sie Zeugin der Fortpflanzung wurde. Der Hahn trat seine Hennen, der Widder besprang die Schafe und der Bock die Ziegen. In gewissen Zeiten führte man dem schwer schnaubenden Stier die Kühe zu und sie hatte schon ein paar Mal gesehen, wie man einen Hengst auf die Stutenweide ließ. Aber was sich dabei wirklich abspielte, wusste sie nicht und sie dachte nicht im Traum daran, aus diesem Geschehen auf das Verhalten der Menschen zu schließen, bis andere sie darauf aufmerksam machten.

Als sie mit einer älteren Freundin auf das Thema Kinderkriegen kam, sagte María versonnen: »Dass die kleinen Kinder im Bauch der Frauen heranwachsen und dann irgendwie herauskommen, weiß ich natürlich auch. Aber wie kommen sie hinein?«

Da lachte die Freundin. »Was – das weißt du nicht? Dazu braucht es immer und überall zwei, das kannst du ja bei den Tieren auf eurer Finca sehen. Ob Hahn, Bock, Stier oder Hengst – die Männer machen es genauso, aber halt im stillen Kämmerlein. Niemand will sich dabei zusehen lassen.«

»Aber was genau geschieht da?«

Die Freundin tat empört. »Na hör mal! Schließlich bin ich

noch Jungfrau, und wen soll man fragen? Die jungen Ehefrauen tun recht geheimnisvoll und einem älteren Bruder kann man solche Fragen nicht stellen. Ich weiß nur so viel: Auf irgendeine Weise bringt der Mann etwas in den Bauch der Frau und dann wächst ein Kind heran.«

Da auf solche Weise nichts herauszufinden war, wandte María sich an die *ama.*

Über Lenas pockennarbiges Gesicht flog ein Grinsen. »Wundert mich ehrlich, dass du nicht schon früher gefragt hast. Aber jedes Ding hat seine Zeit, Schätzchen, das musst du dir merken. Also – du willst wissen, wie die Kinder gemacht werden, nicht mehr und nicht weniger? Wie das bei den Viechern geht, kannst du ja fast täglich beobachten, aber lass dir nicht einreden, dass es bei den Menschen genauso ist. Freilich, eines ist klar: Ob bei Hund, Katze, Sau oder Schaf, Ziege oder Stute – das Männchen macht sich ran und spritzt dem Weibchen seinen Samen in den Bauch, und bei den Menschen ist es nicht anders, aber das ganze Drumherum unterscheidet sich schon sehr. Vor allem eines: Die Menschen können immer, an jedem Tag, ob Sommer oder Winter, Herbst oder Frühling. Die Tiere aber sind an feste Zeiten gebunden, bei den in Freiheit lebenden noch mehr als bei unseren Nutztieren.«

Lena schwieg und schaute nachdenklich aus dem Fenster, wo sich draußen gerade die spätherbstliche Dämmerung über Haus und Hof breitete. Sie holte den Leuchter und steckte die beiden Kerzen an. María hatte geduldig gewartet, jetzt aber dauerte es ihr doch zu lang.

»Also, Lena, wie ist das mit dem ganzen Drumherum? Was machen die Menschen anders als die Tiere?«

Die *ama* stellte den Leuchter auf den Tisch und setzte sich María gegenüber. »Lass es mich so erklären: Du weißt ja von deinem Bruder, dass die Buben da was zwischen den Schenkeln tragen, das uns fehlt und das bei erwachsenen Männern natürlich viel größer ist als etwa bei Juan. Dieses Ding da brauchen sie auch zum Pinkeln, und deshalb bleiben sie dabei stehen. Aber im Grunde gehört das Ding uns, den Frauen. Es will immer dorthin, wo wir sind, und sein Ziel ist es, an die Stelle zu gelangen, wo ihr Leben begonnen hat, wo sie ans Licht der Welt getreten sind. Das hat der Herrgott so eingerichtet, um die Menschheit nicht aussterben zu lassen. Wenn die Buben einmal dreizehn, vierzehn geworden sind, dann haben sie nichts anderes im Kopf, als eine Frau zu finden, die sie ranlässt. Da dies aber nur ganz selten der Fall ist, gehen sie entweder zu Huren, die es für Geld tun, oder sie machen es sich selber und warten ungeduldig darauf, dass die Eltern ihnen eine Braut besorgen. Dann tun sie nichts lieber, als sich mit der jungen Frau ins Bett zu legen, den Pimmel in die Muschi zu stecken und ihren Samen abzuspritzen. Und damit sie es gerne und freiwillig tun, hat die Natur diesen Vorgang – vor allem für die Männer – so lustvoll eingerichtet, dass er jede andere Lust übertrifft, also zum Beispiel die Freude am Essen und Trinken oder den Spaß an einem Spiel. Hast du ungefähr verstanden, worum es geht?«

»Ja, schon … Aber für die Frauen ist es nicht so schön – oder? Empfinden die kein Vergnügen dabei?«

»Das ist wohl bei jeder anders … Die eine duldet es, die andere will es, eine dritte sucht es. Das wirst du einmal selber herausfinden müssen.«

Das meiste, was die *ama* ihr erzählt hatte, vergaß María wieder, nicht aber, dass dieses Ding zwischen den Beinen der Männer eigentlich den Frauen gehört und immer dahin will, wo sie sind.

Ähnliche Fragen hatten auch Juan bewegt, doch er führte ein nicht so behütetes Leben wie seine Schwester und in den Kreisen der Schüler ging es rauer und offener zu. Noch tagelang hatte ihn sein Erlebnis beschäftigt, er hatte sich noch ein paar Mal vergewissert, dass ihn damals nicht ein Traum genarrt hatte, aber was er sah, glich dem ersten Bild aufs Haar. Es hatte ihn schon verlockt, dem so unschuldig dreinblickenden Pablito sein Wissen an den Kopf zu werfen, aber noch ehe er zu einer Entscheidung kam, war es Padre Mateo, der sie ihm abnahm.

Juan lernte leicht, war an Geschichte und Geographie interessiert, kam schnell mit Schreiben und Lesen voran, aber gegen Religion hegte er einen leisen Widerwillen, dessen Grund wohl in der Abneigung gegen seinen Stiefvater lag.

Don Diego war ein sehr frommer Mann, der es mit den katholischen Christenpflichten übergenau nahm. Die Bühne des Kirchenjahres fand in ihm den eifrigsten Darsteller, die Beicht- und Fastengebote waren ihm ehernes Gesetz, und wenn andere sich am Freitag mit leckeren Fischgerichten trösteten, so aß Don Diego nur Wasser und Brot. Zur Beichte ging er alle zwei Wochen und es gab keinen Sonn- oder Feiertag, der ihn nicht als einen der Ersten in der Kirche sah.

Sogar Doña Ana, gewiss auch eine glaubenstreue Christin, konnte es sich nicht versagen, dann und wann den frommen Eifer ihres Gemahls mit leisem Spott zu kommentieren.

Für Juan war das Balsam auf sein Gemüt, und er übertrug die Abneigung gegen den Stiefvater nicht auf die Lehren der Religion, sondern auf ihre Forderungen.

So kam es dazu, dass Padre Mateo ihn erwischte, als er am Freitag in der Mittagspause ein mit Wurst belegtes Brot verzehrte, während die anderen Schüler sich mit Käse oder Obst begnügten.

»Zeig mal her!«

Juan reichte ihm sein angebissenes Brot, der Padre roch daran und deckte es auf.

»Wurst! Fleischspeisen sind am Freitag streng untersagt, das weißt du genau! Was hast du als Entschuldigung vorzubringen? Bist du krank und der Arzt hat dir kräftige Kost verschrieben? Bist du auf Reisen oder in einer Notlage?«

Die anderen lauschten vergnügt diesem Verhör, und einige feixten schadenfroh. Pablito aber saß mit halb offenem Mündchen da und riss seine unschuldigen Blauaugen erschreckt auf. Juan war schließlich sein Freund und es tat ihm Leid, wenn er in Schwierigkeiten kam.

»Nein, Padre, ich hab einfach vergessen, dass es Freitag ist. Zu Hause achtet man sehr darauf, aber heute war ich in Eile, hab mir selber eine Wurst aus der Speisekammer geholt, ohne dran zu denken, dass ...«

Der Padre schüttelte streng seinen runden Kopf. »Das ist eine Ausrede und keine Entschuldigung! Dein Vergehen muss streng bestraft werden – komm sofort mit!«

Juan wusste, was ihm bevorstand, und fühlte heißen Zorn in sich aufsteigen. Als Padre Mateo nach der Rute griff und grimmig ankündigte, dass er diesmal zwanzig Hiebe für angemessen halte, stieß Juan hervor:

»Und ich halte es für angebracht, dass Ihr den Hocker schlagt, wie Ihr es bei Pablito tut. Ich weiß Bescheid, Padre, und sehe nicht ein, dass ein Sünder den andren belehren darf. Ihr selber habt uns beigebracht, was in der Gewissenserforschung zum sechsten Gebot steht – nämlich: Habe ich Unkeusches getan, allein oder mit anderen, oder es zugelassen? Habe ich sündhaften Umgang gehabt? Und dann habt Ihr uns die Unterschiede aufgezeigt zwischen einer lässlichen Sünde, wozu die Verletzung des Fastengebots gehört, und einer Todsünde, wie es Euer unzüchtiger Umgang mit dem kleinen Pablo ist.

Ihr habt nun die Wahl, Padre Mateo, entweder Ihr zählt dem Hocker die zwanzig Hiebe auf oder ich werde meinen Vater über Euren sündhaften Umgang unterrichten, und der wird nicht säumen, es Eurem Vorgesetzten zu melden.«

Das feiste Gesicht von Padre Mateo war zuerst rot und dann blass geworden. Er ließ die Rute fallen und wischte sich den Schweiß von der Stirn. Schwer schnaufend setzte er sich auf den knarrenden Hocker, doch Juan zischte ihn an:

»Auf, auf! Die anderen draußen lauschen gespannt und wollen die Rute pfeifen hören.«

Der Padre gehorchte wie ein Schuljunge, erhob sich sofort und schlug zwanzigmal auf den Hocker ein. Juan tat ihm und den anderen draußen nicht den Gefallen, Schmerzenslaute vorzutäuschen. Er stand nur grinsend da und ging grinsend hinaus, ohne sich demonstrativ den Hintern zu reiben. Mochten die anderen denken, was sie wollten!

Nach dem Unterricht hielt ihn Padre Mateo zurück. »Hat Pablito geplaudert? Ich muss das wissen!«

»Nein, Padre, der Kleine weiß nichts davon. Ich selber habe Euch bei dem sündhaften Treiben gesehen.« Juan ging zur Tür der Rumpelkammer und zog den Fetzen aus dem Schlüsselloch. Er grinste. »Es war ganz einfach ...«

Der Padre stand auf und ging stampfend und schnaufend auf und ab. Dann blieb er stehen. »Wenn du etwas davon verlauten lässt, werde ich es einfach ableugnen und Pablito wird schweigen.«

»Dann verletzt Ihr auch noch das achte Gebot. Warum seid Ihr eigentlich Mönch geworden, Padre, und nicht Soldat? Da gehören Unzucht und Lüge zum Alltag – so jedenfalls wird es erzählt. Gut, ich werde meinen Mund halten, bitte mir aber aus, von Euch niemals mehr geschlagen zu werden und in all meinen Fächern die beste Beurteilung zu erhalten.«

Der Padre verzog schmerzlich sein Gesicht, als habe er in eine Quitte gebissen. »Juan, du darfst mir glauben, dass ich lieber zu einer Frau ins Bett stiege, als Pablito in Anspruch zu nehmen. Aber ich habe vor Gott das Keuschheitsgelübde abgelegt und weil das nur Frauen betrifft, hoffe ich auf seine Gnade. Im Übrigen bist du ein rechter Teufelsbraten, Juan, und wirst es auf diese Weise noch weit bringen. Ich will mich weder rechtfertigen noch entschuldigen, dich aber an einen Ausspruch des Evangelisten Markus erinnern, der für dich, mich und alle sündhaften Menschen gilt: ›Wachet und betet, dass ihr nicht in Versuchung fallet! Der Geist ist willig, aber das Fleisch ist schwach.‹«

»Besonders das Eure!«, stieß Juan hervor und erntete dafür eine saftige Maulschelle.

Padre Mateos ohnehin hohe Stimme überschlug sich. »Ich werde mir von dir nicht alles bieten lassen! Hinaus mit dir!«

Juan nahm es ihm nicht übel, er genoss seinen Triumph.

Von da an unterließ Padre Mateo seine »Strafaktionen« mit Pablito, der nicht recht wusste, woher der Wind nun wehte. Juan hielt es für seine Pflicht, den Freund aufzuklären. Der Kleine riss auf seine unnachahmliche Art die großen unschuldigen Augen auf.

»Dann hast du uns also zugesehen?«

»Reine Neugier, Pablito. Du hättest bei den Rutenhieben lauter schreien müssen und danach nicht so munter dreinschauen dürfen. Jetzt sag einmal ehrlich, warum du etwas so Ekliges getan hast. Hat es dir vielleicht auch noch Spaß gemacht?«

Der Kleine schüttelte den Kopf. »Spaß? Nein, mir nicht. Aber erwachsene Männer brauchen das wohl, und wenn sie keine Frau haben ...«

Juan schüttelte den Kopf. »Als Mönch hat er doch ein Keuschheitsgelübde abgelegt. Uns predigen sie laut die Sittsamkeit, betrachten ein Wurstbrot am Freitag als schweres Vergehen und sie selber ...«

»Lass es gut sein, Juan. Ich bin an der Sache ja mit schuld. Der Padre hat versprochen, mich meinem Vater als fleißigen und aufmerksamen Schüler hinzustellen, mich auch niemals zu züchtigen, wenn ich ihm – nun, diesen Gefallen tue. Man gewöhnt sich auch daran und ich hatte ein schönes bequemes Leben. Wenn ich seinen Wünschen nicht nachgekommen wäre, hätte der Padre mich geprügelt und mein strenger Vater noch dazu. So ist es doch einfacher, oder? Weißt du, ich habe noch drei ältere Brüder und bin deshalb für die geistliche Laufbahn vorgesehen.«

»Was? Du sollst Priester werden?«

»Ja, schon, aber da ist noch viel Zeit. Ich mache mir darüber noch keine Gedanken.«

Ja, das war so die Art des kleinen Pablo: faul und bequem in den Tag hineinleben, ohne sich viele Gedanken zu machen.

Padre Mateo aber überwand sich und ließ Pablito von nun an in Frieden, überhörte und übersah es auch, wenn Juan ihm einsagte oder auf andere Weise half. Ihre gemeinsame Sonderstunde wurde abgeschafft und der Padre unterrichtete sie zusammen mit den anderen Schülern.

Von Juli bis September gab es keinen Unterricht, und Don Diego – im Gedenken an Juans Vater – hielt es für notwendig, dem Stiefsohn eine soldatische Grundausbildung zukommen zu lassen, und stellte deshalb einen Waffenmeister ein.

Genau genommen war es nicht Don Diegos Idee, denn diese Anregung kam von Alfonso, dem *capitán* in der königlichen Palastwache. Auf nachdrücklichen Wunsch der Königin Doña María war er in ihren Diensten verblieben, und das war ihm ganz recht, denn er verstand sich gut mit ihr und ihrem Sohn, dem Kronprinzen Pedro. Er hielt es für vorteilhaft, wenn ein weiteres Mitglied der Familie Tenorio in den Hofdienst trat, und hatte die feste Zusage der Königin, dass Juan nach seinem vierzehnten Lebensjahr als Page des Kronprinzen nach Sevilla kommen sollte. Bis dahin, so schrieb Alfonso, müsse Juan mit Schwert, Lanze und Streitaxt umgehen können – die für einen *caballero* unumgängliche Grundausbildung. Dass Juan reiten konnte, setzte sein Bruder voraus, aber der Waffenmeister war da anderer Meinung.

»Gut, Juan, du kannst reiten, wenn es darum geht, von einem Ort zum anderen zu kommen. Aber für einen Ritter genügt das nicht! Kommt es zum Kampf, dann geht es vor allem darum, im Sattel zu bleiben, wenn ein Pfeil in deinem Kettenhemd steckt, wenn ein geschleuderter Stein dich am Helm trifft oder eine Lanze dich streift. Dies alles ist dazu angetan, dich aus dem Sattel zu heben, denn wenn du herunterfällst, bist du so gut wie verloren.«

Juan schätzte die Übungen an den ritterlichen Waffen – Schwert, Lanze, Keule – nicht sehr, aber er sah die Notwendigkeit ein und tat sein Bestes. Dass er Page am Königshof in Sevilla werden sollte, erfüllte ihn mit Genugtuung und einer stillen Vorfreude. Weg aus dem Gefängnis dieser Finca, weg von dem frömmlerischen Don Diego, weg von seiner gluckenhaft besorgten Mutter – weg leider auch von María und Lena, die er beide liebte. Aber das war der Preis, und er war bereit, ihn zu zahlen.

Als sein Waffenmeister allmählich das hölzerne Schwert durch ein eisernes – wenn auch stumpfes – ersetzte, ging Juan allzu sorglos damit um. Und so kam es, dass er damit, vom eigenen Schwung mitgerissen, seinen linken Oberschenkel traf. Das Schwert hatte zwar eine stumpfe Spitze, war aber dennoch scharf geschliffen, so dass Juan sich eine tiefe Fleischwunde zuzog. Er blutete ganz fürchterlich und Miguel wurde sofort losgeschickt, den *médico* des Klosters zu holen.

Der Waffenmeister tat inzwischen das einzig Richtige. Er schnürte den Oberschenkel mit einer Bogensehne so fest ab, dass die Wunde zu bluten aufhörte. Man hatte den halb Bewusstlosen in das breite bequeme Bett seines alten Zimmers gelegt, und die ganze Familie saß im Kreis herum und erwartete den Arzt.

Der bärtige *médico* in seinem Mönchshabit lobte zuerst den Waffenmeister für sein richtiges Handeln und besah sich dann die Wunde. Er nickte mehrmals. Dann murmelte er: »Wer das Schwert nimmt, soll durch das Schwert umkommen …«

Don Diego, der ihm am nächsten saß, hatte es verstanden. »Ja, so steht es bei Matthäus im sechsundzwanzigsten Vers, aber ich glaube nicht, dass es hierher passt.«

Der Arzt sagte nichts, holte ein Fläschchen aus seinem Lederbeutel und wusch die Wundränder mit verdünntem Branntwein. Da kam Juan zu sich, stöhnte schmerzlich und wollte sich aufrichten. Don Diego drückte ihn sanft zurück.

»Gleich ist es vorbei, Juanito.«

Der Arzt strich Wundsalbe auf ein Baumwolltuch, legte es über die Verletzung und umwickelte den Schenkel mit einem straffen Verband.

»Es ist Sommer und da wird das Wundfieber nicht ausbleiben. Ich werde ein fiebersenkendes Mittel hier lassen, das braucht man nur mit heißem Wasser …«

»Ich kenne mich da aus!«, fiel ihm Lena ins Wort.

Der *médico* blickte unwillig auf.

»Das ist unsere Lena, die *ama* der Kinder«, sagte Doña Ana schnell. »Sie ist heilkundig und hat schon oft geholfen.«

»So? Also, Lena, wie würdest du Juan behandeln, wenn sein Körper fiebrig glüht und er zu phantasieren beginnt?«

Lena straffte sich und hob den Kopf. »Zuerst lege ich kalte Wadenwickel an, wir haben draußen einen tiefen kühlen Brunnen. Die werden von Viertelstunde zu Viertelstunde erneuert. Dazu braue ich einen Tee aus Fieberkraut und Rosmarin, von dem ich ihn reichlich trinken lasse.«

Der Arzt rang sich ein gezwungenes Lächeln ab. »Da habt Ihr ja einen Schatz im Haus, Doña Ana. Die eben geschilderte Behandlung kann ich gutheißen. Will das Fieber nicht weichen, muss ein Aderlass gemacht werden, am besten mit Blutegeln. Habt Ihr welche im Haus?«

Allgemeines Kopfschütteln.

»Ich werde Euch welche senden.«

Von nun an richtete sich der Tageslauf von Doña Ana, María und Lena nach den Wachstunden bei Juan.

Am Morgen des zweiten Tages setzte das Wundfieber ein, und Lena begann unverzüglich mit ihrer Behandlung, die sie so lange fortsetzte, bis die Gluthitze aus Juans Körper wich. Die lange rot geränderte Wunde sonderte Eiter ab und musste immer wieder neu verbunden werden und alle waren froh, dass die *ama* dies kundig und geschickt tat.

Dann kam jener Sonntag, da die Familie beschloss, gemeinsam die Morgenmesse zu besuchen und – es war gut gemeint – auch Lena mitzunehmen, um ihr diese verdiente Erholung zu gönnen. María blieb zurück. Sie sagte, sie fühle sich heute nicht ganz wohl und könne ja unterdessen ein Auge auf den Bruder haben. Das mit dem Unwohlsein hatte sie vorgetäuscht, denn in ihrem Kopf war ein Plan zur Reife gelangt, den sie nur durchführen konnte, solange ihr Bruder geschwächt und gehunfähig seiner Genesung entgegendämmerte.

Um seine Wunde nicht zu behindern, trug Juan nur ein kurzes, knapp über die Oberschenkel reichendes Hemd und lag wegen der Sommerhitze ohne Zudecke auf seinem Bett. Kurz zuvor hatte er seinen morgendlichen Stärkungstrank zu sich genommen, einen Becher mit einigen in Süßwein geschlagenen Eiern. Das machte ihn immer so schön müde, und er versank in einen wohligen Wachschlaf, der ihm nun schon zum wiederholten Mal das Bild vorgaukelte, er stünde entblößt in jener Rumpelkammer und der kleine Pablo mache sich an seinem Glied zu schaffen. Dabei fühlte er ein schmerzlich-süßes Ziehen in seinem Geschlecht, geleitet von der Vorstellung, Padre Mateo hätte sich nicht zu solch unkeuschem Tun verleiten lassen, wäre es nicht so lustvoll gewesen. Sein Schwengel war steif geworden, was ihn freudig erregte, aber zugleich auch quälte, weil er diese Spannung wieder loswerden wollte.

Da öffnete sich leise die Tür, seine Schwester erschien und Juan tauchte aus seinem Traum empor. Er schämte sich seines steifen Gliedes, hielt die Augen geschlossen und spielte den tief Schlafenden.

María trat auf Zehenspitzen näher und wollte nun ergründen, ob Lenas Behauptung der Wahrheit entsprach, dass dieses männliche Ding den Frauen gehört und immer zu ihnen will.

So groß hatte sie es sich nicht vorgestellt, denn beim letzten Mal – das war schon lange her – war es noch so klein gewesen wie eine Olive. Jetzt aber ragte es zeigefingerlang steil empor, was sie mit Staunen und Neugier erfüllte. Wie mochte es sich wohl anfühlen? Kühl? Warm? Hart? Weich?

Sie beugte sich vor, umfasste es zart mit Daumen und Zeigefinger und drückte es leicht. Das genügte, um Juans lange aufgestauten Samen zur Entladung zu bringen. María spürte, wie ihr die warme klebrige Flüssigkeit über die Hand lief und zog sie erschreckt zurück. Im selben Augenblick ging die Tür auf und die Eltern kamen herein. Ihr nach der Messe geplanter Besuch bei Freunden war wegen Krankheit unterblieben.

Doña Ana blickte entsetzt auf die Szene und presste verstört eine Faust vor den Mund. Don Diego trat schnell heran.

»Bist du wahnsinnig geworden?«, rief er empört. »Du kannst doch nicht deinen schlafenden Bruder – kannst ihn nicht – o nein! Raus mit dir und auf dein Zimmer!«

Dann zog er schnell die Decke über Juans nackten Unterleib.

Der spielte den langsam Erwachenden, schlug die Augen auf, gähnte und blickte verstört um sich. »Was ist – was ist los? Warum seid ihr alle da?«

»Wir haben nur nach dir gesehen, Juan, es ist nichts ... Wie fühlst du dich?«

»Recht gut«, sagte Juan, und er sprach die Wahrheit, denn Marías Berührung hatte ihm süße Lust gebracht und seine Anspannung gelöst.

Mit María aber wurde ein strenges Verhör angestellt. Sie begann zu weinen und sagte nur immer, sie habe nach Juan sehen wollen und als sie dabei war, ihn zuzudecken, habe sie ihn unabsichtlich berührt.

So glaubhaft es klang, so sehr weigerte sich Don Diego, in María die völlig Unschuldige zu sehen. Eva ist die geborene Verführerin, das lehrte schon die Heilige Schrift, und so wie die Urmutter von Gott bestraft wurde, musste auch María bestraft werden. So siegte seine vermeintliche Christenpflicht über die Zuneigung zur Stieftochter, der er im Grunde seines Herzens jede Strafe erspart hätte, wenn nicht – ja, wenn nicht der rächende Gott da droben eine Sühne verlangt hätte, und Don Diego tat alles, um den Zorn des Herrn nicht auf sich und seine Familie zu lenken.

Doña Ana hingegen war geneigt, ihrer Tochter zu glauben, und meinte, ein Schwerverletzter im Haus sei eine Ausnahmesituation und dafür könne man nicht María zur Verantwortung ziehen.

So einigte man sich darauf, die Sünderin für die Zeit von vier Wochen in ein kleines nahe gelegenes und als außerordentlich streng bekanntes Frauenkloster zu stecken, wo sie bei Redeverbot, hartem Lager und strengem Fasten büßen konnte.

María musste sich fügen, aber sie empfand die Strafe nicht als gerecht. Ehe sie zum Kloster aufbrach, stellte sie empört und gekränkt ihre *ama* zur Rede.

»Hast du mir nicht gesagt, das Ding gehört uns Frauen und will immer hin, wo wir sind? Davon habe ich bei Juan nichts gemerkt, außer dass er mich angepinkelt hat.«

Lena legte den Arm um sie. »Mein lieber Schatz – erstens einmal habe ich im Gleichnis gesprochen, so, wie es unser Herr Jesus Christus oft tat, und zum Übrigen gilt es nur für Frauen und du bist mit deinen elf Jahren noch keine. Dazu kommt, dass Juan dein Bruder ist, und wenn Geschwister es miteinander treiben, dann nennt man das Blutschande und die wird hierzulande ausnahmslos mit dem Tod bestraft.«

María schmollte. »Wann bin ich dann endlich eine Frau?«

»Wenn du deine Tage hast – also, wenn du einmal im Monat unten blutest. Dann kannst du heiraten und Kinder kriegen.«

Nach Juans Genesung meldete Don Diego seinen Stiefsohn in der Klosterschule ab. Der inzwischen noch dicker gewordene Padre Mateo atmete auf. Er hatte die ganzen Jahre über gefürchtet, dass Juan einmal doch seine Zusage brechen und ihn verraten könnte. So hatte er ihn behandelt wie ein rohes Ei und einfach weggehört, wenn der Junge seinen Mitschülern laut und ungeniert einsagte. Bei diesen sprach es sich schnell herum, dass Juan offenbar Padre Mateos Liebling sei und sich alles straflos erlauben dürfe. Um es nicht zu auffällig zu machen, nahm der Padre ihn von Zeit zu Zeit mit in die Strafkammer und ließ einige Rutenhiebe auf die schon sehr mitgenommenen Polster des alten Hockers sausen.

Nun war er dieses Menetekel los und zündete vor der

Statue des heiligen Benedikt – dem Ordensgründer – eine dicke Kerze an, übrigens schon zum zweiten Mal. Die erste hatte er gespendet, als im Vorjahr Pablito von der Schule genommen wurde, denn zwei seiner älteren Brüder waren einer damals grassierenden Seuche erlegen und seine Eltern hatten mit ihm – der nun gut einen Kopf größer geworden war und nicht mehr wie ein unschuldiger Engel aussah – jetzt ganz andere Pläne.

5

König Alfonso von Kastilien weilte zu seinem Namensfest am 30. Oktober ausnahmsweise im Alcazar von Sevilla, und wieder einmal kam er als Sieger, denn er hatte nach der Seeschlacht bei Algeciras den *moros* diese und ein halbes Dutzend weiterer Hafenstädte abgenommen und seinen Ehrennamen *matamoros* – Maurentöter – ein weiteres Mal glänzend verteidigt.

Mag es auch so aussehen, als sei dieser König ein Maurenhasser gewesen, so ist das nicht ganz richtig. Er bewunderte von Herzen ihre großartigen Leistungen auf den Gebieten der Baukunst, der Bewässerung und einiger kriegerischer Errungenschaften wie die Ausbildung unübertroffener Armbrustschützen. So scheute er nicht davor zurück, den zuvor schon halb verfallenen Alcazar von Sevilla von maurischen Baumeistern wiederherstellen zu lassen, und ein Teil seiner Leibwache bestand aus den erwähnten tüchtigen Armbrustschützen, die ihm sein Vasall, Sultan Mohamed von Granada, überlassen hatte.

Der König von Kastilien war vor kurzem sechsunddreißig Jahre alt geworden, doch er sah aus wie ein Greis. Sein Bart und die schütteren Kopfhaare waren grau geworden, er hinkte und war auf einem Ohr taub, seit eine Bombarde in seiner Nähe explodiert war und den Kanonier zerrissen hatte. Sein

Geist jedoch war ungebrochen und seine jähe Art hatte sich eher noch verstärkt. Er machte kein Hehl mehr daraus, dass er seine legitime Gemahlin hasste, und seinen Sohn Pedro, den Thronfolger, strafte er mit Nichtachtung.

Inzwischen war es Mitte November geworden, und der König hatte es nicht der Mühe wert gefunden, Frau und Sohn einen Besuch abzustatten oder sie auch nur kurz zu begrüßen, obwohl Juan de Alburquerque, ein in spanischen Diensten stehender portugiesischer Edelmann, es ihm dringend anriet. Dem wendigen *fidalgo* – sein Alter von über sechzig sah ihm keiner an – war es gelungen, sich die Gunst der Königin María zu erschmeicheln und als eine Art Erzieher für den Thronfolger zu fungieren. Der König hatte gerne zugestimmt, weil er hoffte, in dem Portugiesen einen willfährigen Zuträger zu finden, der ihm alles über Umgang und Pläne seiner verstoßenen Gemahlin berichten würde, doch darin hatte er sich getäuscht.

Alburquerque, ein großer bulliger Mann, der stets finster und misstrauisch blickte, hatte vor allem zwei Dinge im Sinn: Er setzte seinen ganzen Verstand dazu ein, immer auf der richtigen Seite und damit im Vorteil zu sein, und zum Zweiten war er darauf bedacht, seine leidenschaftliche Neigung für bartlose glatthäutige Knaben zwischen acht und zwölf zu verbergen. Er hatte es sich angewöhnt, so frech und anzüglich mit verschiedenen Hofdamen zu schäkern, dass er als Schwerenöter galt und manche Damen sich gegenseitig bezichtigten, einander den potenziellen Liebhaber weggenommen zu haben.

Wie immer hatte König Alfonso mit seinen Kindern und Gefolgsleuten den Alcazar bis in den letzten Winkel besetzt. Sein ganzer Stolz waren Leonor de Guzmáns erstgeborene Zwillinge: Enrique, der Graf von Trastámara, der zehn Minuten vor seinem Bruder das Licht der Welt erblickt hatte, galt als der heimliche Thronfolger. Seinen Bruder Fadrique ließ der König im Alter von zehn Jahren zum Großmeister des

Santiago-Ordens wählen, gegen den Willen der *los trezes,* dem Kollegium des Rates der Dreizehn, denn sie wollten kein Kind zum *maestre* küren. Das erregte beim König einen so gewaltigen Zorn, dass er gleich den ganzen Rat absetzen und verbannen wollte, doch besonnene Hofleute überredeten die Dreizehn zu dem gewünschten Votum mit dem Hinweis, in einigen Jahren sei Fadrique ein erwachsener Mann und habe überdies das Ohr des Königs.

Jetzt aber war er noch ein Knabe und machte sich einen Spaß daraus, im weißen, mit einem roten Kreuz geschmückten Ordensmantel durch den Alcazar zu toben. Wer sollte ihn, den Königssohn und *maestre* von Santiago, aufhalten können? Sein Übermut trieb ihn zu dem abgeschlossenen Gebäudekomplex, wo die Königin María mit ihrem Sohn Pedro quasi gefangen gehalten wurde. Fadrique stellte sich breitbeinig vor dem Portal auf, das von zwei Männern in Helm und Kettenhemd bewacht wurde.

»Ich bin der *maestre* Fadrique und möchte meinen Bruder besuchen!«

Die zwei jungen Soldaten blickten sich verwirrt an, bis einer herausstieß: »Wartet ein wenig, Senyor, ich hole den *capitán.*«

Der Junge musste laut lachen, weil der Wachmann ihn mit Senyor angesprochen hatte, eine Anrede, die allein dem König zustand. Aber er sagte nichts, und als der *capitán* erschien, rief er laut: »Warum lassen diese Dummköpfe mich nicht zu meinem Bruder? Wissen die nicht, wer ich bin?«

Alfonso Tenorio verneigte sich. »Vermutlich nicht, *maestre.* Ich werde Euch sogleich anmelden.«

Wieder lachte der Junge laut und gehässig. »Mich anmelden? Ich habe überall Zutritt – hört Ihr, überall!«

»Dies ist der Wohnbereich von Doña María, der Königin, und dem Kronprinzen Pedro. Als Sohn des Königs solltet Ihr schon wissen, dass diese Personen im Rang weit über Euch stehen, und bei Hof ist es allgemein üblich, dass der Niedrigerstehende beim Höherstehenden um Audienz bittet.«

»So? Da ist mein Vater, der König, wohl anderer Ansicht, und ich werde ihm sofort von Eurer Unverschämtheit berichten.«

Don Alfonso verneigte sich mit steinernem Gesicht. »Tut das, *maestre.*«

Dann informierte er sofort Juan de Alburquerque, Pedros Hofmeister, über das Geschehnis.

Der nickte nur grimmig. »Diese Bastarde nehmen sich viel heraus! Ich bin nach dem Mittagsmahl ohnehin zu einem Treffen beim König befohlen und werde auch darüber Bericht erstatten.«

Alfonso Tenorio atmete auf. Er hasste es, sich in die Händel der Großen zu mischen, hatte es aber für richtig gehalten, keinen dieser Bastarde ohne vorherige Anmeldung einzulassen.

Der König hatte gut gegessen, einige Becher vom besten Wein getrunken – er saß bequem und sein lädiertes Bein schmerzte heute kaum. So war er in gnädiger Stimmung und versuchte Fadriques Benehmen herunterzuspielen.

»Aber nehmt das doch nicht so ernst, Alburquerque! Er ist halt noch ein verspielter, etwas trotziger Bub und weiß nicht immer, was sich gehört.«

»Ich denke wie Ihr, Senyor, und nehme es bei Gott nicht ernst. Aber alles läuft darauf hinaus, dass Don Pedro sich vernachlässigt und quasi in die Ecke gestellt fühlt. Ihr solltet ihn von Zeit zu Zeit spüren lassen, dass er der Kronprinz ist und wenn nicht Eurem Herzen, so doch dem Thron am nächsten steht.«

Der König zögerte, fuhr ein paar Mal mit den Fingern durch sein graues schütteres Haar. »Ja, und das bleibt er auch, denn Doña María ist vor Gott meine Gemahlin und Pedro mein – mein rechtmäßiger Erbe. Aber sagen will und kann ich es nicht – da müsste ich mein Herz vergewaltigen. Sagt Ihr es ihm in meinem Namen und wünscht ihm Glück.«

Wenige Tage später reiste der König ab, denn er musste wieder einmal ein großes Heer zusammenziehen, um dem Sultan von Marokko die letzte große Hafenfestung auf spanischem Boden abzunehmen: das schwer zugängliche, von schroffen Felsen geschützte Gibraltar, von den *moros* Djebel al Tarik genannt, weil sie von hier vor fast sechshundert Jahren unter ihrem Feldherrn Tarik zur Eroberung der Iberischen Halbinsel aufgebrochen waren.

Bald darauf geschah es, dass der König den *capitán* Tenorio auswechseln ließ. Einer seiner Hofschranzen hatte ihm berichtet, dass dieser in nicht mehr vertretbarem Maße das Vertrauen der Königin und des Kronprinzen genieße und es besser sei, einen königstreuen Mann an seine Stelle zu setzen.

Alburquerque reichte ihm zum Abschied die Hand. »Es tut mir Leid für Euch, für Doña María, für Don Pedro und auch für mich, der Euch über die Maßen schätzte. Ich weiß, dass der Kronprinz Euch wegen Eurer Entschlossenheit den Bastarden gegenüber bewundert hat. Auf Euren Nachfolger werden wir jedenfalls ein Auge haben müssen.«

Don Alfonso Tenorio wurde wieder dem regulären Heer zugeteilt, doch ehe er sich auf den Weg zur Belagerungsarmee vor Gibraltar machte, schrieb er einen Brief nach Hause.

Schneller, als er dachte, sei nun die Zeit gekommen, Juan seine Pagenstelle hier antreten zu lassen, weil es im Interesse der ganzen Familie sei, einen Tenorio bei Hof zu haben, denn die Zukunft läge beim Kronprinzen Don Pedro.

Don Diego Tenorio empfing diese Nachricht mit Erleichterung. Seit sein Stiefsohn Juan nicht mehr in die Klosterschule ging und der Waffenmeister seine Ausbildung für abgeschlossen erklärte, hing der Bursche nur so auf der Finca herum, störte das Gesinde bei der Arbeit und zeigte im Gespräch ihm gegenüber eine störrische Widersetzlichkeit. Ohne Vorbehalt höflich zeigte er sich nur noch gegenüber seiner

Mutter, doch er hörte immer weniger auf ihre Wünsche und Ratschläge. Er sagte zwar »Ja, Mama – gewiss, Mama – ich werde es tun, Mama«, aber dann tat er doch nur das, was ihm gefiel. Juan war jetzt in einem Alter, wo ihn mit aller Kraft nach etwas verlangte, das er noch nicht zu fordern wagte.

Auf dem Hof lief ein halbes Dutzend leidlich hübscher Mägde herum, von denen einige, ohne zu zögern, mit ihm ins Heu gesprungen wären, aber Juan war in dieser Zeit einer Vielzahl wirrer Gefühle ausgeliefert und wünschte sich in die Rolle des Padre Mateo, der einfach forderte, wonach es ihn verlangte. Freilich, der Padre hatte ihm deutlich zu verstehen gegeben, dass Pablito ein Notbehelf war und er lieber einer Frau beigelegen hätte. Dann wieder kam die Erinnerung an Marías Berührung, als er krank im Bett lag – an ihre wundersame Berührung, die in ihm auslöste, was auch bei überreifen Granatäpfeln geschah: Sie platzten beim leisesten Anstoß und ihr Samen strömte heraus. Aber er fühlte, dass dies nur der Anfang war, dass es da noch etwas anderes, Besseres gab, dass die wahren Liebesfreuden sich nur in inniger Zweisamkeit erschlossen.

Es wäre nur noch eine Frage der Zeit gewesen und Juan hätte seine Scheu überwunden, hätte verführt oder sich verführen lassen, aber wie schon einige Male in den letzten Jahren hinderte ihn und viele seiner Mitmenschen etwas Übermächtiges an der Befriedigung ihrer Lüste und Wünsche, an der Ausführung ihrer Pläne und Taten.

Diesmal rasten die Blattern durch Kastilien und verweilten länger im nördlichen Teil, ohne dass die Krankheit – wie etwa die Pest – ganze Landstriche entvölkerte. Sie lief in Zickzacklinien durch die Dörfer, Märkte und Städte, verschonte da einen Ort, dort eine Stadt, um dann anderswo mit raschen Sensenhieben die Menschen reihenweise niederzumähen. Nicht selten geschah es auch, dass sie in einem Ort nur zwei oder drei Menschen anfiel, ein Dutzend *leguas* weitersprang, ein Dorf zu zwei Dritteln auslöschte und dann eine rätselvolle Pause machte.

Kommt sie wieder? Hat Gott uns genug gestraft? Geht sie anderswohin oder lässt sie uns ein paar Jahre in Frieden? Diese bangen Fragen peinigten die Menschen und ließen die Kirchen Tag und Nacht von Bitten und Gebeten, von Messen und Andachten widerhallen. Die Nachrichten von der Seuche hatten sich mit Windeseile verbreitet, und wer es sich leisten konnte, schloss Tür und Tor und ließ so lange kein lebendiges Wesen mehr ein, bis die Krankheit erloschen war.

Zu solchen Schutzmaßnahmen konnte es auf Doña Anas Finca nicht mehr kommen, weil die Blattern schon zugleich mit der Schreckensnachricht eintrafen. Der sie brachte, war ein Schäfer des Klosters, der aber – ohne es zu wissen – schon erkrankt war und den *portero* des Gutes ansteckte, als er mit ihm zusammen einen Becher Wein trank. Der Pförtner gab die Botschaft sofort an das Herrenhaus weiter, und zwar an die erste Person, die ihm begegnete – das war eine Stubenmagd. Die Magd war seine Frau, und das Ehepaar steckte im Lauf der folgenden Tage das halbe Gut an.

Diese von den Ärzten als *pápula* oder *variola* bezeichnete Krankheit nimmt sich – das hatte man längst herausgefunden – einige Zeit, bis sie bei dem von ihr Angesteckten zum Ausbruch kommt. Die einen Ärzte rechneten mit sieben, andere mit zehn, zwölf oder sogar fünfzehn Tagen, bis hohes Fieber mit Schüttelfrost, Kopf- und Gliederschmerzen einsetzte, was aber auch auf andere Erkrankungen hinweisen konnte. Das eindeutige Signum der Blattern sind jedoch die blassroten Flecken an Bauch und Oberschenkeln, die am zweiten Tag auftreten. Gefährlich wird es dann am vierten Tag, wenn die Haut anschwillt und der Kranke nur unter Schmerzen schlucken oder Wasser lassen kann. Danach lässt die Krankheit ihre Giftbläschen aufblühen, die den Körper von oben nach unten mit Pusteln überziehen, die – und das ist die schlimmste Phase – am sechsten Tag zu eitern beginnen und das Fieber in lebensgefährliche Höhen treiben. In diesem Zustand starb etwa ein Drittel der Kranken, während die Genesenden es an Gesicht und Körper entstellt überlebten.

Auf der Finca waren schon der Pförtner und ein Stallknecht gestorben, als sich bei Juan die ersten Anzeichen der Krankheit zeigten – ungeachtet der vom Arzt empfohlenen Vorsichtsmaßnahmen. Diese bestanden darin, sich mehrmals täglich Gesicht und Hände mit Essig zu waschen, bei den Mahlzeiten nur das eigene Geschirr zu benutzen und dieses danach in kochendes Wasser zu legen. Auch die Kleider mussten öfter als üblich gewechselt und gewaschen werden. Zudem sollte man – dieser Rat kam von den Priestern – dreimal in der Woche das ganze Haus mit Weihrauch ausräuchern, um den vom Teufel gesandten Gifthauch zu vertreiben.

Wer diese Krankheit heil überstanden hatte, war auf Lebenszeit dagegen gefeit und brauchte sich keine Sorgen zu machen. Bei Magdalena war dies der Fall, und so kehrte Juans frühere *ama* jetzt als Krankenpflegerin an sein Bett zurück. Er hatte sein früheres nach Norden gelegenes Zimmer bezogen und seine Schwester María musste sich unterdessen mit einer abgelegenen Dachkammer begnügen, um sich so gut wie möglich vor einer Ansteckung zu bewahren.

Bei Juan hatte nun die Krankheit ihr gefährliches Stadium erreicht, sein Körper war mit eitrigen Pusteln übersät, die aber – was selten vorkam – Gesicht und Hals weitgehend verschont hatten. Vielleicht hatte ihn ein heftiges, immer wieder einsetzendes Nasenbluten davor bewahrt und die giftigen Säfte aus Stirn und Wangen abgezogen. Das Fieber aber war mit gesteigerter Heftigkeit zurückgekehrt und wütete wie ein Feuersturm in seinem abgemagerten Körper, auf dem die rot umrandeten gelben Giftknospen der Seuche aufblühten.

Lena tat, was sie konnte, wandte unermüdlich die kalten Wadenwickel an, betupfte die aufbrechenden Pusteln mit einem starken Absud aus Eichenrinde und wusch seine glühende Stirn mit kaltem Minzewasser.

Dies alles geschah – so war es mit den Eltern abgemacht – bei offener Tür, so dass Doña Ana mehrmals täglich aus gebotener Entfernung die *ama* befragen und den Verlauf der Krankheit beobachten konnte.

Diesmal aber war die Tür geschlossen, und Doña Ana klopfte. Lena öffnete und gebot mit ihren Händen Abstand.

»Ich bin gefeit gegen die Blattern, *dueña,* aber Ihr müsst Euch fern halten. Ich habe die Tür wegen des Windes geschlossen, um unseren Kranken nicht dem geringsten Luftzug auszusetzen. Es steht schlecht um Juan, das möchte ich Euch nicht verhehlen. Das Fieber bringt sein Blut schier zum Kochen, sein ganzer Körper ist vereitert, sein Geist ist verwirrt, so dass er niemand mehr erkennt. Ihr müsst mit dem Schlimmsten rechnen, *dueña.*«

Doña Ana schlug die Hände vors Gesicht und begann zu schluchzen. »Ist denn gar nichts mehr zu machen? Die Ärzte ...«

»Sind oft selber krank und haben kein Mittel gegen die Seuche.«

Am Nachmittag erschien ein blutjunger verängstigter Kaplan mit zwei Ministranten auf dem Hof. Er sei von der Pfarrei ausgesandt, um den Todkranken die Letzte Ölung zu spenden. Ob hier ein Bedarf sei ...?

Es war dem verschreckten Milchgesicht anzusehen, dass er zu Gott hoffte, wieder weiterziehen zu dürfen, aber man führte ihn an Juans Krankenlager. Zuvor hatte er sich gründlich Arme und Hände mit Essig gewaschen und ein dünnes essiggetränktes Tuch um Mund und Nase gebunden, so dass er nur noch mühsam atmen konnte.

Hastig und mit zittrigen Händen vollzog der Priester dieses Gnadensakrament der Kirche, bestrich Juans Augenlider, Ohren, Nase und Mund mit dem geweihten Öl und zeichnete zuletzt auf seine Füße mit dem ölgetränkten Tüchlein ein Kreuz. Juan ließ es reglos mit sich geschehen, öffnete einmal kurz die Augen und schloss sie gleich wieder.

Die *ama* hatte sich in eine Ecke zurückgezogen, wo sie mit abweisendem Gesicht die Zeremonie beobachtete. Ehe der Kaplan hinausging, zischte er sie an: »Du hättest dabei ruhig niederknien können!«

»Ich knie nur vor Gott, Priester, und hoffe, Don Juan hat Euer Tun nicht bemerkt. Es könnte ihm die Hoffnung auf Genesung nehmen.«

»Die Hoffnung auf ein ewiges Leben hat hier wohl den Vorrang!«

Lena schwieg und trat zurück. Der Kaplan ging so eilig aus dem Haus, dass es aussah wie eine Flucht.

Inzwischen war Juans Mutter erschienen.

»Es steht schlecht, *dueña,* und wenn Ihr gestattet, werde ich ein letztes Mittel versuchen.«

»Tu, was du willst, Lena, aber rette unserem Juan das Leben!«

»Ich darf dabei durch nichts gestört werden und muss die Türe abschließen.«

Doña Ana nickte heftig, wandte sich um und ging davon.

Die *ama* betrat das Krankenzimmer, drehte den Schlüssel um und ließ ihn stecken.

Juan erlebte eine seiner kurzen Pausen, da das Fieber etwas sank und er halbwegs bei Sinnen war. Er versuchte ein Lächeln, aber es wurde nur eine Grimasse daraus.

»Du weißt, dass du schwer krank bist, Juanito?«

»Nicht immer, Lena, aber in diesem Augenblick weiß ich es.«

Sie nickte und löste dabei ihre hochgebundenen Haare auf, die sich wie eine dunkle Flut über ihren Rücken ergossen.

»Muss ich jetzt sterben?«

»Nein, mein Kleiner, das musst du nicht! Vergiss den dummen Priester mit seinem Hokuspokus – das hat noch keinem geholfen. Ich weiß da etwas anderes ...«

Er schloss müde die Augen; das Fieber kehrte zurück und gaukelte ihm Trugbilder vor. War nicht die Königin – in deren Dienst er treten sollte – eben jetzt in sein Zimmer geschwebt, um den zukünftigen Pagen auf seine Eignung zu prüfen? Ja, da stand sie neben dem Bett, hoch ragte ihre königliche Gestalt und ihm zuliebe hatte sie ihr schönes Haar geöffnet ...

Lena schlüpfte aus ihren Kleidern, sie hatte sich eine schöne anmutige Gestalt bewahrt, wenn auch die Haut auf Brust, Bauch und Schenkeln von Blatternarben bedeckt war, was nicht unschön wirkte, weil es aussah, als überziehe ein feines Netz ihren Körper. Sie setzte sich neben Juans Schulter auf das breite Bett, schlug die leichte Decke zurück und begann ihn mit ihren Haaren sanft zu liebkosen. Sie ließ die dunkle Flut über sein Gesicht, seinen Hals und seine Schultern gleiten, kitzelte seine Brustwarzen und seinen Bauch – sah, wie seine von den Eiterpusteln dicht gesprenkelte Haut erschauerte.

Er öffnete die Augen und hauchte: »Was machst du da, meine Königin?«

Sie hielt inne und beugte sich über sein Ohr. »Ich hole dich zurück ins Leben«, flüsterte sie, »denn du bist dabei, etwas aufzugeben, das du nicht kennst. Denke an den Königshof, wo du an der Seite des Kronprinzen höfische Sitten lernen wirst, wo du im Zentrum des Reiches stehst, im Glanz der Krone, von dem auch ein Schimmer auf dich fällt. Und denke vor allem an die Frauen, Juanito – die schönen Frauen in Kastilien, in Portugal, Frankreich, in ganz Europa – ja, auf der ganzen Welt! Du hast noch keine von ihnen erkannt, bist ein Jüngling noch und kein Mann. Sie warten auf dich, diese Frauen, die Blonden, Braunen, Roten und Schwarzen, sie werden dich mit ihren weißen Schenkeln umklammern, dir Torheiten ins Ohr flüstern, dich umgarnen, umklammern, umarmen, dich festhalten in der tiefen warmen Süße ihres Schoßes – und dies alles willst du lassen? Es ist etwas anderes, als alter Mann, erfahren und lebensmatt, ins Grab zu sinken, weil es nichts mehr gibt, das ein Weiterleben lohnte, aber du bist jung und wie ein offenes Gefäß bereit, aufzunehmen, was das Leben dir bietet. Du sollst eine Ahnung davon haben ...«

Sie beugte sich über seinen Körper und begann seinen Penis mit ihrer warmen rauen Zunge flink zu umkreisen, umschloss ihn, als er sich leicht aufrichtete, mit ihren Lippen und spürte dabei die Fieberhitze.

Juans Gedanken verwirrten sich, aber er spürte, dass die bisher so allmächtige, alles verdrängende Fieberglut zu weichen begann, dass etwas sie beiseite drängte.

Lena kniete nun auf dem Bett über ihm, ihre kräftigen Schenkel flankierten wie Wächter seinen halb aufgerichteten Penis, den sie nun zart in ihren Schoß einführte und eine Weile festhielt wie einen gefangenen Vogel.

»Das ist es, Juanito, nicht wahr? Da gehört er hin, dein Kleiner, das mag er, da hält er sich gerne auf, und wenn du weiterlebst, wird er noch oft diesen Weg gehen, wird nicht müde werden, es zu tun. Das Fieber hat ihn schwach werden lassen, aber wenn du wieder gesund bist, dann wirst du stark sein wie ein Stier, brünstig wie ein Hengst, ausdauernd wie ein Kaninchenbock, hartnäckig wie ein liebestoller Kater, der die von ihm Erwählte tagelang verfolgt.«

Juan spürte, wie sich etwas über ihm bewegte, presste sich schwach dagegen, um den Rhythmus zu finden, und dann verströmte er sich in einem sanften kurzen Orgasmus, der ihn so schwächte, dass er mit einem leichten Lächeln auf den vom Fieber aufgesprungenen Lippen sofort einschlief.

Lena löste sich von ihm, tauchte den Schwamm in die neben dem Bett stehende Schüssel, reinigte Juan und rieb sich selber von oben bis unten ab. Dann legte sie ihre Kleider an und steckte das Haar auf. Sie deckte den Kranken sorgsam zu, befühlte seine Stirn und nickte zufrieden.

Doña Ana blickte ihr angstvoll entgegen, doch die *ama* lächelte.

»Ich glaube, Juan ist über den Berg. Er schläft ganz ruhig, und das werde ich jetzt auch tun. Sorgt dafür, *dueña,* dass er weiterhin seine kalten Wickel erhält und immer genügend trinkt.«

Lena hatte über drei Tage und zwei Nächte kaum richtig

geschlafen, und da sie wusste, dass es auf der Finca ein paar gegen die Blattern gefeite Menschen gab, konnte sie jetzt die Pflege für einige Zeit anderen überlassen.

»Was hast du mit ihm gemacht, Lena? Du kannst es mir ruhig sagen, ich werde es für mich behalten.«

Die *ama* lächelte müde. »Ich auch, *dueña* – ich auch, und ich bitte Euch, es mir nicht zu verargen. Ich tat das Rechte, Doña Ana, und hoffe zu Gott, dass auch er zu Juans Genesung beiträgt.«

Doña Ana nickte und blickte Lena dabei seltsam an. Sie wusste, dass nichts und niemand diese Frau dazu bringen konnte, etwas preiszugeben, wenn sie es nicht wollte.

»Ich danke dir, Lena. Schlafe dich jetzt gründlich aus.«

Als Juan elf Tage später sein Krankenlager verließ, hatte das schwere Fieber alle Erinnerung ausgetilgt. Nur eines war ihm im Gedächtnis geblieben. Wie durch einen Nebel sah er das Bild einer Frau, die an seinem Bett stand und ihre Haare öffnete. Dann – ja, was war dann? Die Frau hatte mit ihm irgendetwas Schönes angestellt und er hätte es gerne wieder erlebt. Aber Träume lassen sich nicht beliebig wiederholen und so richtete Juan seinen Blick auf die nahe Zukunft, denn im kommenden Frühjahr sollte sein Aufbruch erfolgen.

Juan war für einen Dreizehnjährigen hoch aufgeschossen, er überragte schon seine Mutter und hatte das Körpermaß von Don Diego erreicht.

»Wenn das so weitergeht, dann wird er mit achtzehn auf uns alle herabblicken«, scherzte Doña Ana, aber es ging nicht so weiter. Es war, als hätte die schwere Krankheit Juans Wachstum angehalten, doch da hatte er es schon auf fünf und einen halben *pie* gebracht, was für einen erwachsenen Mann nicht besonders groß, aber auch nicht zu klein war. Die Krankheit hatte ihn auch reifen lassen. Sein Gesicht begann das Bubenhafte zu verlieren, war härter und eckiger geworden, zudem spross ihm der erste Bartflaum, dunkel wie Haar und Augen.

»Juan!« Miguel umarmte ihn stürmisch. »Tag und Nacht habe ich Gott und die Virgen del Campo angefleht, dich wieder gesunden zu lassen – und siehe da –«

»Und wer, glaubst du, hat meine Genesung bewirkt – der liebe Gott oder die Jungfrau?«

Miguel ließ verdutzt von ihm ab. »Wie – wie meinst du das?«

»Wie ich es gesagt habe.«

»Also, das müssen die im Himmel miteinander ausmachen, wer bei wem zur Hilfe eingeteilt ist, aber es ist klar, dass du –«

»Klar ist gar nichts! Und lass künftig den Himmel aus dem Spiel, es gibt hier unten genug zu tun. Du weißt ja, dass du mich als mein Diener nach Sevilla begleiten wirst?«

Miguel senkte seinen Kopf und zeigte den wirren Schopf rotbrauner Haare.

»Los, schau mich an!«

Er hob sein Gesicht, auf dem die sommerlichen *pecas* zu verblassen begannen. »Ja, es wurde davon geredet ...«

»Aber du freust dich nicht?«

Er zuckte die Schultern. »Freuen, was heißt schon freuen? Ich bin hier geboren und aufgewachsen, meine Mutter lebt hier und mein Liebchen auch ...«

Juan boxte Miguel in die Seite.

»Menschenskind, hast du nicht einmal Lust auf etwas Neues? Auf andere Städtchen, andere Mädchen? Willst du hier dein Leben lang versauern? Jeder andere würde einen Freudentanz aufführen beim Gedanken an die lange Reise nach Süden, die uns nicht in eine elende Herberge führt, sondern an den Königshof – in den Alcazar!«

»Ja, ja, schon, ich freue mich ja auch, aber dort wird alles so fremd sein, so unvertraut ...«

Juan schüttelte den Kopf. »Du bist kein Stück Eisen, aus dem man Funken schlagen kann, sondern wie ein träger Klumpen Blei, der nur plop – plop macht. Aber du wirst sehen: Wenn es einmal so weit ist, wird es dir auch gefallen.«

»So wird es wohl sein.«

Juan legte ihm eine Hand auf die Schulter. »Wir sind doch fast so etwas wie Geschwister, deine Mutter war unsere *ama*, und wenn mir wer das Leben gerettet hat, dann nicht die Virgen del Campo, sondern sie mit ihrer unermüdlichen Pflege. Lena versteht mehr von Krankheiten als alle Ärzte zusammen!«

Das Lob seiner Mutter brachte Miguels Gesicht zum Strahlen und seine Sommersprossen glühten auf. »Na ja ...«, murmelte er verlegen.

»Ich streite mich nicht mit dir herum, Miguel!«, rief Juan und verabreichte dem Älteren eine spaßhafte Ohrfeige.

»Ich auch nicht!«

Dann kam die hochheilige Weihnachtszeit; die Seuche hatte sich schon seit Ende Oktober verzogen, und alles war festlich gestimmt. Das Jahr des Herrn 1349 brachte einen außerordentlich milden Winter, dem schon Ende Februar der Atem ausging und der sich davonstahl wie ein ungebetener Gast.

Die Abreise war – je nach Wetterlage – zwischen Ende März und Mitte April vorgesehen, aber schon seit dem Februar war für alles vorgesorgt. Für Juan stand ein gutmütiger Wallach mittleren Alters bereit, für Miguel ein kräftiges Maultier, dazu drei Maulesel für das Gepäck.

Juan hatte schon bald nach seiner Gesundung begonnen, seinem Diener Miguel das Fechten beizubringen, aber ohne besonderen Erfolg, denn es fehlte beim Schüler an Wendigkeit und schneller Reaktion. Er schlug mit dem Stock um sich wie ein Berserker, ohne Regel, ohne Ziel, so dass Juan sich weigerte, die Übung mit scharfen Waffen fortzusetzen. Dafür war Miguel ein zielsicherer Steinschleuderer, der die Wurfschlinge virtuos handhabte. Das ist für Schafhirten oft lebenswichtig, um Diebe abzuschrecken oder wild gewordene Jungwidder zur Vernunft zu bringen.

Juan zeigte sich unbesorgt. »Damit sind wir ein Gespann, das sich gut ergänzen wird. Du bekämpfst den Feind aus der Ferne, ich in der Nähe.«

Damit aber wollte Doña Ana sich nicht begnügen. Sie bestand auf der Begleitung von mindestens vier Bewaffneten, und Don Diego fügte sich – er fügte sich gern, wenn nur der störrische Stiefsohn seiner Wege ging.

Doña Ana aber weinte herzerweichend. »Ob wir uns jemals wieder sehen? Sevilla ist so fern – so fern ...«

Juan versuchte sie zu trösten. »Der König besucht von Zeit zu Zeit seine alte Residenz in Burgos, und da kann ich mich gewiss anschließen.«

Im Grunde ein schwacher Trost, denn der König hatte schon seit vielen Jahren die Nordprovinzen seines Landes nicht mehr besucht, da ihn die Maurenkriege unentwegt im Süden festhielten. Aber sie nickte nur tapfer.

»Dann musst du uns besuchen – versprich es!«

Er versprach es.

6

Don Diego hatte darauf bestanden, dass sein Stiefsohn vor der Abreise eine Generalbeichte ablegte, und zwar im Kloster, wo er sechs Jahre zur Schule gegangen war. Zuerst wollte Juan mit dem Argument dagegen protestieren, er habe nicht gesündigt und so gäbe es auch nichts zu beichten, doch dann überlegte er es sich anders.

Als Beichtvater wählte er einen ihm unbekannten, noch jungen Padre, der vor geistlichem Eifer sichtlich glühte.

Juan kniete nieder. »Segnet mich, hochwürdiger Vater, denn ich habe gesündigt.«

Er sah, wie der Priester hinter dem Sprechgitter ein Kreuz in die Luft zeichnete.

»Der Herr sei in deinem Herzen und auf deinen Lippen, damit du alle deine Sünden recht beichtest – im Namen des Vaters, des Sohnes und des Heiligen Geistes. Amen.«

Juan beugte sich ans Gitter und flüsterte: »In Demut und

Reue bekenne ich meine Sünden. Meine täglichen Gebete habe ich eingestellt, weil ich seit einiger Zeit vermute, dass Gott taub ist. Taub und stumm. Dafür fluche ich jetzt täglich bei den geringsten Anlässen, denn das erleichtert mein Herz. In die Messe gehe ich nur, um meine Mutter nicht zu vergrämen, ansonsten bedeutet mir dieser heilige Klamauk nicht viel –«

Der Beichtvater rang nach Worten. »Was – was erzählst du da? Ist das wirklich dein Ernst – ja, bist du denn – ich meine, glaubst du überhaupt noch –«

»Das geht Euch nichts an, Hochwürden. Jetzt zum vierten Gebot. Ich liebe meine Mutter und verachte meinen Stiefvater, weil er ein Duckmäuser und Betbruder ist. Das fünfte Gebot überspringe ich, denn getötet habe ich bis jetzt noch nicht, aber ich werde diese Erfahrung wohl irgendwann machen. Zum sechsten Gebot wäre viel zu sagen, aber ich möchte mich auf das Wesentliche beschränken. Ich wälze ständig unkeusche Gedanken im Kopf herum und mühe mich ab, an einen Weiberarsch zu kommen, um nicht ständig das Spiel des Onan betreiben zu müssen. Von dem heißt es ja in der Bibel, er habe seinen Samen auf die Erde fallen lassen. Ganz so mache ich es zwar nicht, aber einmal habe ich meiner Schwester in die Hand gespritzt, worüber das arme Ding sehr erschrocken war. Mir hat's recht gut gefallen ...«

»Du hast – du hast mit deiner eigenen Schwester Unzucht getrieben? Etwas so abgrundtief Verworfenes habe ich noch nie im Beichtstuhl gehabt – ich weiß gar nicht ... Wie alt bist du eigentlich?«

»Gerade vierzehn geworden – warum?«

»Erst vierzehn! Und da treibst du schon Dinge, die einem Wüstling – ja, einem Wüstling ...«

»Halt, Padre, ich bin noch lange nicht fertig. Meine *ama* hat es mir mit dem Mund gemacht, das war noch viel schöner! Ihr müsst das unbedingt einmal versuchen! Unter den Klosterschülern wird sich gewiss einer finden, der Euch den Gefallen tut.«

Der Padre sagte nichts mehr.

»Hat's Euch die Sprache verschlagen? Macht nichts, dann rede ich weiter. Gelogen habe ich schon oft, aber die Erwachsenen zwingen einen ja dazu. Es spart einem Prügel, Ohrfeigen, Stubenarrest und andere Strafen, wenn man zur rechten Zeit lügt. Ihr werdet das ja früher auch erlebt haben, oder? Gestohlen habe ich kaum, das ist in meiner Lage nicht notwendig. Da wäre noch das zehnte Gebot, wo es unter anderem heißt: ›Lass dich nicht gelüsten deines Nächsten Weib‹. Dazu muss ich sagen, dass es mich nach jedem Weib zwischen vierzehn und vierzig gelüstet, aber ich fand einfach noch nicht die Gelegenheit – doch was geht Euch das an? Jetzt zu den Kirchengeboten, von denen ich nur sagen kann, sie kümmern mich wenig. Ich faste nur, wenn es mir übel ist, ansonsten ...«

»Es reicht!«, zischte ihm der Padre ins Ohr, begleitet von einem feuchten Speichelregen. »Bereust du wenigstens deine zahlreichen Sünden?«

»Nein – warum auch? Was einem Spaß gemacht hat, kann man doch nicht bereuen. Das wäre nicht ehrlich Gott gegenüber. Im Gegenteil, ich freue mich schon darauf, mein sündhaftes Leben fortzusetzen.«

»Du bist des Teufels! Ich sollte dich vor ein geistliches Gericht bringen ...«

»Aber Padre, Ihr vergesst das Beichtgeheimnis! Nun, welche Ratschläge gebt Ihr einem verstockten Sünder?«

Der Priester faltete die Hände. »*Misereatur tui omnipotens Deus* ... Nur darum kann ich Gott bitten, aber einen Reuelosen in seinem Namen lossprechen kann ich nicht. Ich werde für dich beten, dass der Herr dich einsichtig und fähig macht, deine Sünden zu bereuen.«

Juan lachte. »Danke, Padre, ich bin neugierig, ob der Herr etwas Zeit übrig hat, um sich mit mir zu befassen. Lebt wohl und gönnt Euch zur Erholung von Eurem schweren Amt ein paar Sünden.«

Er stand auf, wandte dem Beichtstuhl den Rücken zu und ging an der Kirchenwand entlang zum Portal. Er hatte dabei ein Gefühl, als sei er plötzlich erwachsen geworden. Nie zuvor hatte er in einem solchen Ton zu jemand gesprochen. Ihm war, als sei es ohne sein Zutun geschehen, als habe ein anderer sich seiner Stimme bemächtigt.

Mitte Mai erreichten sie Sevilla, und es war inzwischen so heiß geworden, dass einem schon zur späten Morgenstunde die Kleider patschnass am Leib klebten.

Während der langen Reise hatte Juan viel Zeit zum Nachdenken gehabt und in seiner Vorstellung schuf er sich ein ideales Bild vom Königshof. König, Königin, dazu die königlichen Prinzen und Prinzessinnen verglich er mit Sonne, Mond und den Sternen, die machtvoll und gütig auf die Welt ihrer Untertanen hinabschauten – ohne Fehl und Tadel, strahlendes Vorbild für jedermann.

Alfonso Tenorio war von seinen Pflichten entbunden worden, bis sein Bruder in Sevilla eintraf. Er wollte mit dem Jungen sprechen, ehe der seinen Dienst am Hof antrat, um den gewiss Ahnungslosen auf Verschiedenes vorzubereiten.

Im Alcazar gab es eine große Anzahl von Gästehäusern und Wohnungen für Besucher jeden Standes. Das begann mit kleinen, wohl ausgestatteten Palästen für die Infanten mit ihrem Gefolge und endete bei scheunenartigen Schlafsälen für das niedere Gesinde.

Dem *capitán* war in einem der größeren Häuser eine schöne ebenerdige Wohnung zugeteilt worden, mit Stube, Schlafzimmer und einer schmalen Kammer für seine beiden Burschen.

»Groß bist du geworden, Juan – fast schon ein Mann. Bist du schon bei einer Frau gelegen?«

Juan schüttelte stumm den Kopf.

Alfonso lachte. »Ich sagte ja – *fast* schon ein Mann. Nun, das wird sich finden. Du wirst morgen deinen Dienst antreten, und ich werde dich jetzt auf einige Umstände hinweisen, auf die du vorbereitet sein musst.«

Der *capitán* schenkte aus einem Krug zwei Becher voll. »Magst du Wein?«

»Ja – schon, mit viel Wasser.«

Sein Bruder schlug mit der Faust zweimal auf den Tisch. Ein Bursche stürzte herein. »Wasser!«, befahl der *capitán*.

Als alles gerichtet war, rief Don Alfonso: »Und nun verschwindet nach draußen! Striegelt die Pferde, putzt eure Waffen – tut irgendwas!«

Dann wandte er sich grinsend zu Juan. »Für dieses Gespräch brauchen wir keine Lauscher; diese Burschen haben nämlich Ohren wie Luchse. Also, hör zu! Du wirst deine Pagenzeit nicht am großen Hof verbringen, sondern am kleinen der Königin Doña María und ihres Sohnes, des Kronprinzen Don Pedro. Da geht es etwas karg und bescheiden zu; manches wird dir recht seltsam erscheinen. Der große Hof ist der des Königs und seiner – hm, zweiten Familie, nämlich der von Doña Leonor und ihren mittlerweile sechs Kindern, von denen aber nur die Zwillinge Enrique und Fadrique zählen; die sind ein halbes Jahr älter als der Kronprinz. Enrique hat der König zum Grafen von Trastámara ernannt, Fadrique ist der *maestre* des Ordens von Santiago. Diese Bastarde führen sich auf, als hätten sie schon ganz Kastilien in der Tasche, aber sobald König Alfonso stirbt, wird das Blatt sich wenden; denn nur Don Pedro hat einen legitimen Anspruch auf den Thron. Auf ihn musst du setzen – nicht nur, weil du sein Page bist. Don Pedro fühlt sich durch diese Lage mit Recht erniedrigt. Als ich noch *capitán* in seiner Wachmannschaft war, hat er oft spaßhaft gesagt, auch er wünsche sich einen Zwillingsbruder, und ich habe ebenso spaßhaft dich vorgeschlagen, weil du im selben Jahr geboren bist. Er hat von dir immer wieder wie von seinem Bruder gesprochen, und du musst so tun, als sei dir das längst bekannt. Aber dränge dich ihm nicht auf, er ist stolz, schnell beleidigt und – wie sein Vater – von jäher Natur. Spürt er Treue und Zuneigung, hast du in ihm den besten Freund und Fürsprecher, fühlt er sich aber hintergangen, wird er zum reißenden Wolf.

Du machst ein zweifelndes Gesicht, Juan? Vermutlich, weil

ich von einem Vierzehnjährigen wie von einem Erwachsenen spreche? Aber es gehört zu den Geheimnissen eines Königshofes, dass dort die Menschen schneller erwachsen werden – auch schneller altern. Wenn Don Pedro – woran ich kaum zweifle – dich akzeptiert, wirst du auch mit der Königin zurechtkommen, die vor allem eines im Auge hat: Wohl und Fortkommen ihres einzigen Kindes, des Infanten von Kastilien.

Ich bin die langen Reden nicht gewohnt, aber zu dieser musste ich mich aufschwingen – meinem jüngeren Bruder zuliebe. Hast du noch Fragen, Juan?«

»Ich – ich habe mir das ein wenig anders vorgestellt – einfacher, übersichtlicher ... Die Königin, so dachte ich, führt in der Abwesenheit des Königs den Hof, aber dass sie eine so geringe Rolle spielt ...«

Alfonso schüttelte den Kopf. »Das ist etwas schwierig, mein Lieber. Naturgemäß haben sich im Alcazar zwei Parteien gebildet, oder besser drei. Die einen – dazu gehöre ich – setzen auf die Zukunft und stellen sich offen oder stillschweigend auf die Seite des Kronprinzen. Die anderen setzen auf den König und Doña Leonor, weil sie jetzt die reale Macht verkörpern und Vorteile oder Privilegien nur über sie zu erlangen sind. Die dritte Partei wartet ab, hält sich zurück und wird im rechten Augenblick ihr Fähnlein nach dem Wind richten. Dieser Augenblick aber ist leicht zu versäumen, und dann sieht es für solche Herrschaften schlecht aus. Ich hoffe, du weißt jetzt, was du zu tun hast?«

»Ja, Alfonso – immer zu Don Pedro halten.«

»So ist es. Sperr die Ohren auf, blicke ruhig einmal nach links oder rechts, aber lass dich nicht von deinem Weg abbringen.«

Juan war seinem Bruder für diese Ratschläge sehr dankbar, aber sein Bild vom idealen Königshof geriet ins Wanken. Die Sonne war verblasst, der Mond fahl geworden und die Sterne glanzlos. Aber nun war er einmal hier und wollte – musste das Beste daraus machen.

Am Tag, als Juan Tenorio seinem künftigen Herrn, dem Kronprinzen Don Pedro, vorgestellt werden sollte, war dieser besonders guter Laune, weil er es erreicht hatte, dass sein Hofkaplan ausgewechselt wurde. Sein Hofmeister und Vertrauter Juan de Alburquerque hatte schon vor einiger Zeit den Verdacht geäußert, der Kaplan sei von der Gegenseite gekauft.

»Das habt Ihr gut gemacht, *maestro!* Was gibt es heute noch?«

»Vor dem Mittagsmahl wolltet Ihr noch die Tenorios empfangen ...«

»Ach ja, unseren früheren *capitán* und seinen Bruder, meinen künftigen Pagen ...«

Als die beiden eintraten, ging der Kronprinz auf den *capitán* zu und schlug ihn derb auf die Schulter. »Don Alfonso! Nett, Euch wieder zu sehen! Warum habt Ihr mich – ah, ich weiß, mein Vater ließ Euch abberufen, weil Ihr Euch nicht als Zuträger habt missbrauchen lassen. Und das ist mein ›Zwilling‹ – habe ich Recht?«

Juan beugte das Knie und küsste ihm die Hand.

Der Kronprinz lachte kurz. »Aber sehr ähnlich sehen wir uns nicht! Steh auf, Juan, und stell dich neben mich. Was sagt Ihr, Alburquerque, sehen wir uns gleich?«

»Nein, Don Pedro, ich erkenne nicht die geringste Ähnlichkeit.«

Die war auch nicht vorhanden, denn der kräftige groß gewachsene Kronprinz überragte Juan fast um eine Hauptes-länge. Sein rötlich blondes Haar, die blauen Augen und das eckige, stark ausgebildete Kinn unterschieden sich schon sehr von der schlanken, eher zierlichen Gestalt seines künftigen Pagen, ebenso wie von dessen dunklen Haaren und nussbraunen Augen.

Don Pedro stupste Juan in die Seite. »Da wir uns äußerlich nicht gleichen, hoffe ich wenigstens auf eine Seelenverwandtschaft.«

Juan verneigte sich. »Ich werde mich bemühen, Euch alles recht zu machen, Don Pedro.«

Alburquerque, dem es stets gelungen war, seine pädophilen Neigungen geschickt zu verbergen, betrachtete den zierlichen glatthäutigen Juan mit versteckter Lüsternheit. Diesen Burschen würde er nicht aus dem Bett weisen, aber hier war besondere Vorsicht geboten.

Der Kronprinz hatte auch zuvor schon einige Pagen beschäftigt, aber jedes Mal stellte sich heraus, dass es Kreaturen des Königs oder seiner Geliebten waren, und Doña María jagte sie davon. Es genügte schon, dass Juan ein Bruder von Alfonso Tenorio war, der Pedros Vertrauen besaß, um dem neuen Pagen mit Wohlwollen zu begegnen. Bald erwies sich ihre Wesensverwandtschaft in vielen Dingen, und Don Pedro machte sich einen Spaß daraus, Ansichten, Neigungen und Geschmack seines »Zwillings« zu prüfen. Sogar ihre Vorlieben bei den Mahlzeiten glichen sich aufs Haar. Wie Pedro mochte auch Juan keine breiartigen verkochten Speisen, sondern schätzte das Feste, Kernige, wie gebratenes Wild, Geflügel am Spieß, harte scharfe Käsesorten, dazu frisches knuspriges Brot, das nicht älter als einige Stunden sei durfte.

Als sie am Sonntagmorgen gemeinsam zur Hofkapelle gingen, begegnete ihnen ein Priester mit zwei Ministranten, der zu einem Versehgang eilte. Alle knieten nieder oder verneigten sich tief, nur Pedro blieb stehen, den Kopf kaum gebeugt, und lächelte spöttisch. Danach flüsterte er Juan zu: »Ich mag diese langberockten Pfaffen nicht, auch wenn ich sonst durchaus eine Vorliebe für Röcke habe ...«

Später erzählte ihm Juan von seiner Generalbeichte, obwohl er es niemals für möglich gehalten hätte, mit jemandem darüber zu sprechen.

Da verlor Don Pedros Gesicht jede Starrheit, seine kalten Augen begannen zu leuchten und er lachte, wie man ihn selten lachen hörte.

»Bei allen guten Geistern, Juan, das ist köstlich und verlockt mich, es dir nachzutun. Dass es dich nach jedem Weib zwischen vierzehn und vierzig gelüstet! Wie viele davon hast du schon aufs Kreuz gelegt – sei ehrlich!«

Juan, im Bestreben, den Kronprinzen niemals anzulügen, zögerte etwas und sagte dann leise: »Keine ... Es hat sich einfach nicht ergeben.«

Pedro zwickte seinen Pagen in den Arm und rief pathetisch: »Du Unglückseliger! Das fehlte mir gerade noch, mit einer männlichen Jungfrau herumzuziehen! Ich werde dich den geschickten Händen« – er kicherte – »und nicht nur den Händen von La Rubia übergeben. Dann sind wir nicht nur Zwillinge im Geist, sondern echte, handfeste Lochschwager.«

Juan hatte das derbe Wort noch nie gehört und schaute den Kronprinzen fragend an.

»Das kennst du nicht? Ich hab's von den Wachsoldaten gehört ... Wenn zwei Männer dasselbe Weib bumsen, dann sind sie Lochschwager – kapiert?«

Juan nickte. »Wer ist La Rubia?«

»Unsere Wäschemeisterin, eine recht muntere Witwe, die was für grüne Jungen übrig hat. Musst ihr halt ein schönes Geschenk machen ...« Er grinste lüstern. »Ein prächtiger Schwanz allein macht sie nicht satt, und wenn er noch so lang ist.«

Juan senkte den Kopf. Sprach so ein künftiger König? Durfte er so sprechen?

Aber bald entdeckte er, dass es zwei Pedros gab. Den einen bei Tisch, zusammen mit Königin María oder mit den wenigen Gästen, die den Verfemten einen Besuch abstatteten. Da gab er sich als Infant Don Pedro, sprach vornehm, geziert und vermied jedes unpassende Wort. Der private Pedro aber hatte ein loses Maul, gebrauchte gerne die Gossensprache, die er zwangsläufig bei Dienern, Gärtnern und Wachsoldaten erlernt hatte, denn die waren ja für ihn, den Gemiedenen, in der Hauptsache der Umgang gewesen.

Pedro lachte auf seine trockene, freudlose Art. »Aber es kann auch einem künftigen König nicht schaden, dem Volk aufs Maul geschaut zu haben. Dann versteht er vielleicht die Sorgen der einfachen Leute besser.«

Juan pflichtete ihm höflich bei, musste aber daran denken,

dass die einfachen Leute auf der Finca – auch Miguel – niemals eine so derbe und anstößige Sprache geführt hatten wie Don Pedro, der behauptete, sie von ihnen gelernt zu haben.

So bröckelte Stück um Stück seiner hehren Vorstellung vom Leben am Hof ab, doch eine Person gab es, die noch mit seinen früheren Wunschbildern übereinstimmte. María de Portugal, die Königin von Kastilien und León, war – zumindest nach außen hin – das Idealbild einer Fürstin. Mit hocherhobenem Haupt begegnete sie – scheinbar unbeeindruckt – den ständigen Demütigungen und Herabsetzungen – nichts konnte den fürstlichen Gleichmut ihrer Miene beeinträchtigen. Wenn ihr etwas außerordentlich missfiel, dann erschien eine Falte auf ihrer schönen hohen Stirn und ihre hellen Augen – Don Pedro hatte sie geerbt – wurden kalt und fixierten den Schuldigen so lange, bis er seinen Blick senkte.

Juan kam gut mit der Königin zurecht, denn er fand ihr gegenüber sofort den richtigen Ton, gemischt aus Respekt, Bewunderung und Ergebenheit.

In den Sommermonaten stellte König Alfonso seine Kriegsvorbereitungen ein, denn – das hatte er schon bitter erfahren müssen – er fürchtete die fast alljährlich im Juli und August grassierenden Seuchen und wollte seine kostbare Truppe dieser Gefahr nicht aussetzen. Man musste nur einen Blick in die Geschichte tun, um zu erkennen, dass so manches dreifach überlegene Heer eine Schlacht verloren hatte, weil sich die Seuche immer als der stärkere Gegner erwiesen hatte.

So erschien der König in den letzten Julitagen im Alcazar, begleitet von seinen Zwillingssöhnen Enrique und Fadrique.

War es eine versöhnliche Geste, als die Zwillinge ihrem Halbbruder einen förmlichen Besuch abstatteten? Oder verbarg sich eine neue Demütigung dahinter?

In Gestalt und Antlitz glichen sich die beiden wie ein Ei dem anderen, aber durch ihre Kleidung waren sie leicht zu unterscheiden. Enrique trug ein langes höfisches Festgewand aus blauem silberbesticktem Brokat; im Gürtel steckte ein prunkvoller maurischer Krummdolch, um den Hals trug er eine schwere Goldkette mit dem Wappen der vereinten Königreiche von Kastilien und León. Sein Bruder Fadrique hingegen trug den weißen, mit einem roten Kreuz geschmückten Ordensmantel eines *maestre* von Santiago und – gemäß dem Brauch eines geistlichen Ritterordens – kurz geschnittenes Haar, während Enriques dunkle Lockenpracht fast bis zu den schmalen Schultern reichte.

Er und sein Zwillingsbruder waren mit ihrer eher zierlichen Gestalt ganz nach der Mutter geraten, was Don Pedro immer wieder mit stiller Genugtuung erfüllte. So kann jeder hier sehen, dachte er, dass diese Bastarde rechte Hurenkinder sind.

Juan bediente mit anderen bei Tisch und erkannte gleich, dass ihr häufiger Aufenthalt im Feldlager die Sitten der Zwillinge nicht verfeinert hatte. Sie schlangen die Mahlzeit in sich hinein, rülpsten laut, redeten mit vollem Mund und tauchten ihre Finger nur flüchtig in das nach jedem Gang gereichte Handwaschbecken.

Auf Doña Marías hoher Stirn bildete sich die Falte strenger Missbilligung, und sie hielt sich sehr lange dort. Don Pedro kleidete seine Abneigung in höfische Konversation, doch die Zwillinge schienen nichts davon zu bemerken.

»Dass ich mit unserem Vater, dem König, schon dreimal ins Feld durfte, hat das Ordenskapitel sehr beeindruckt«, brüstete sich Fadrique und fügte hinzu: »Diese Herren sind sehr eigenwillig und brauchen eine feste Hand! Man muss ständig ein Auge auf sie haben ...«

»Aber ja, Fadrique, da seid Ihr gewiss der Richtige! Zeigt ihnen nur, dass auch eine Kinderhand recht fest sein kann ...«

Enrique zog die Augenbrauen hoch. »Wir sind ein halbes Jahr älter als Ihr, Don Pedro – was also soll diese Bemerkung?«

Der Kronprinz lächelte arglos. »Damit wollte ich nur meinen Respekt ausdrücken ...« Dann beugte er sich neugierig vor und deutete auf das um Enriques Hals hängende Wappen. »Das ist aber nicht das Wappen der Grafen von Trastámara?«

Enriques zierliche Gestalt straffte sich. »Nein, aber unser Vater hat es mir zum letzten Geburtstag geschenkt, und ich bin stolz, es tragen zu dürfen.«

Pedro nickte mehrmals, ohne seine Augen von dem quadrierten Wappen zu lassen, das je zweimal auf rotem Grund die drei Türme und auf silbernem die Löwen von Kastilien und León zeigte.

»Und doch fehlt etwas daran, meint Ihr nicht?«

Enrique schien verwirrt. »Fehlen? Was soll daran fehlen?«

»Der schwarze Balken«, sagte Pedro leise und lächelte kurz. Enrique senkte den Kopf, um seinen hilflosen Zorn zu verbergen. »Es ist – es ist das Wappen unseres Vaters, nicht das meine!«

»Stimmt«, sagte Pedro, »aber meines ist es schon, als der legitime Thronfolger des Königs von Kastilien und León.«

»Das musst du nicht eigens betonen«, mischte Doña María sich ein, »denn ich glaube, Don Enrique und sein Bruder wissen und respektieren das.«

»Gewiss, Doña María«, sagte Fadrique und stopfte sich mit beiden Händen eine gefüllte Wachtel in den Mund.

Dann kam der Nachtisch und es gab – gemäß der Jahreszeit – frische Erdbeeren, dazu wurde in schön bemalten irdenen Schüsseln mit Honig gesüßter Rahm serviert.

Juan beugte sich zu Enrique herab. »Darf ich Euch auf die Erdbeeren ...?«

»Nur zu, Page, hau einen ordentlichen Schlag drauf!«

Juan tauchte die Kelle in den Rahm und kippte die schneeweiße Pracht über die roten Früchte, tat es aber so ungeschickt, dass ein Teil davon auf Enriques blausilbernes Hofkleid spritzte.

»Oh – verzeiht, Don Enrique!«, rief er laut und zu den Dienern: »Bringt sofort heißes Wasser!«

»Du bist ein Tölpel, Page!« Enrique sagte es ganz gemessen, aber seine dunklen Augen funkelten vor Empörung.

Don Pedro verbiss ein Lachen, und als Juan sich niederbeugte, um ihn zu bedienen, flüsterte er: »Da er keine Bastardbalken im Wappen trägt, habe ich ihm dafür ein paar Fettflecken verpasst.«

Kindereien, gewiss, doch solche kleinen Gesten schätzte Don Pedro überaus, denn sie bewiesen, dass sein Page für ihn gegen die Bastarde Partei ergriff. Juan tat dies nicht nur, um den dringenden Rat seines Bruders zu befolgen, sondern weil er sich hingezogen fühlte zu Don Pedro, dem legitimen Thronfolger, der mit zäher Geduld auf seinen Tag wartete und in vertraulichen Gesprächen durchblicken ließ, dass dies ein fürchterlicher Tag der Rache sein würde.

Juans Dienst war nicht schwer, er lebte sorglos in den Tag hinein und hatte am Abend seinen eigenen Diener Miguel, der ihm Kleidung, Wohnung und sein Reitpferd in Ordnung hielt.

Auch für Miguel gab es nicht viel zu tun – er trieb sich mit den anderen Dienern im Alcazar herum, an dessen Südseite ein riesiger verwilderter Garten grenzte, wo sie die Zeit mit Stockfechten, Steinschleudern und Ballspielen totschlugen. Da gab es auch genug verschwiegene Winkel, um mit einem Liebchen ganz andere Spiele zu treiben, und wenn es von irgendwoher raschelte und ein rhythmisches Stöhnen erklang, dann grinsten sich die anderen zu und konnten sich nicht genugtun mit obszönen Gesten.

Juan freilich hatte es nicht nötig, sich hier mit einem Mädchen zu verstecken, denn La Rubia bewohnte ein eigenes Zimmer, wo er sie – wenigstens zu Anfang – mehrmals in der Woche besuchte. La Rubia versuchte, diesen so feurigen wie täppischen Jungen auf den weiblichen Körper einzustimmen und ihm zu vermitteln, dass nicht Hast und Häufigkeit den Wert eines Liebesspiels ausmachten, sondern Beherrschung, Geduld und Ausdauer.

Juan lernte schnell und war bald bemüht, seine Kenntnisse weiterzugeben. Nach La Rubia wurden seine Mädchen immer jünger, und in ihren Kreisen wuchs sein Ruf, ein ganz besonderer, aber auch ein sehr wankelmütiger Liebhaber zu sein. Bald ging der Ruf um, aus Don Juan, dem *mariposo,* wird niemals ein rechter *esposo.* Da hatten sie dem weiblichen Wort *mariposa* – Schmetterling, einfach das männliche »o« angehängt, des Reimes und seines Wankelmutes wegen. Auch flüchtig angelegte Liebschaften verlangen insgeheim nach Dauer, und so stieß Juan immer häufiger auf Ablehnung.

Eine Hofdame, deren Gemahl schon seit Monaten im Feld stand, sagte ihm auch, warum. »Während du in meinem Bett liegst und mir heiße Liebesworte ins Ohr flüsterst, habe ich das Gefühl, diese Worte gelten schon einer anderen – der Nächsten. Keine Frau schätzt so etwas, mein Lieber, und wenn die meisten noch so verschwiegen sind – einige sind es nicht.«

Juan hörte nur mit halbem Ohr hin, aber er spürte die Auswirkung seines Verhaltens.

Sogar Doña María hielt es für angebracht, ihn zu maßregeln. Das war kurz nach seinem Geburtstag in der ersten Novemberwoche. Draußen fegte ein Herbststurm durch die Straßen und wirbelte dabei so viel Dreck auf, dass der Himmel sich verdüsterte.

»Das muss sein wie bei Euch zu Hause, Don Juan. Ich habe mir sagen lassen, droben im Norden gibt es um diese Zeit manchmal einen so dichten Nebel, dass man Weg und Steg nicht mehr findet.« So eröffnete sie das Gespräch, aber Juan ahnte, dass nicht nur vom Nebel die Rede sein würde.

»Ihr seid nun fünfzehn geworden, wie ich höre, und damit fast volljährig – so gut wie ein Mann. Deshalb würde ich Euch raten, auch Euer Benehmen danach einzurichten. Lasst es mich gleich deutlich sagen: Ihr bringt einige Unruhe ins Frauenvolk, wobei zu bedenken ist, dass Ihr zu meiner Hofhaltung gehört, die ja ohnehin nur geduldet ist. Meinem Sohn habe ich auch schon Zurückhaltung angeraten ...«

Ihre blaugrauen Augen hielten seinen Blick gnadenlos fest. Als er etwas entgegnen wollte, kam sie ihm zuvor.

»Sagt jetzt nichts, Don Juan, es wären ja doch nur Ausflüchte. Denkt an meine Worte und ändert Euer Verhalten.«

Als er sich mit einer tiefen Verneigung zurückzog, flog ein Lächeln über das stolze Gesicht der Königin. Dabei streifte sie flüchtig der Gedanke, wie es wäre, wenn ... Aber sie dachte ihn nicht zu Ende, weil sie spürte, dass eine solche Vorstellung unschicklich und einer Königin nicht würdig sei.

7

Ehe König Alfonso in den ersten Februartagen nach Süden aufbrach, ließ er seinen Sohn Pedro wissen, dass er nach langen Überlegungen zu dem Entschluss gekommen sei, ihn nicht am Feldzug teilnehmen zu lassen. Er hatte den Thronfolger in seine Privatgemächer befohlen, wo Pedro noch einen Hauch des von Doña Leonor bevorzugten Duftwassers spürte, eine Mischung aus Zimt und Jasmin – etwas herb zwar, aber durchaus zur Geliebten des Königs passend, die eine harte und ehrgeizige Frau und keineswegs gesonnen war, ihre in langen Jahren eroberte Stellung aufzugeben.

»Setz dich, Pedro.«

Der König nahm auf der Fensterbank Platz, so dass sein Gesicht im Schatten blieb.

»Ich will dir auch erklären, wie ich zu meinem Entschluss gekommen bin, der – ich will ganz ehrlich sein – mehr der Pflicht als meiner Neigung entsprang. Vor Gott und den *Cortes* bist du mein legitimer Nachfolger, daran kann – ausgenommen das Schicksal – niemand etwas ändern. Lasse ich dich nun am Feldzug teilnehmen, so besteht die wenn auch geringe Gefahr, dass du dabei umkommst. Dann geht es leider nicht so, wie ich es mir wünsche, nämlich dass Enrique mir nachfolgt, denn die beiden Infanten stehen dem Thron am nächsten und haben – nach mir – einen legitimen Anspruch darauf. Den größeren aber hat Don Juan Núñez de Lara, der Infant von Cerda, denn er stammt in direkter Linie von meinem Urgroßvater Alfonso X. ab. Bei Don Fernando, dem Marquese von Tortosa, ist der Anspruch weniger begründet, aber auch er wird Befürworter und Anhänger finden. Weil ich nicht will, dass der Thron von Kastilien an einen dieser Infanten fällt, sehe ich dich lieber in der Sicherheit des Alcazars von Sevilla als im Heerlager vor Gibraltar.«

Don Pedro wollte etwas sagen, doch der König hob die Hand.

»Nur eines noch: Kehre ich nicht mehr aus dem Feldzug zurück, so bist du mein unbestrittener Nachfolger, aber du hast auch sechs Halbbrüder, die du – wie ich sehr gut weiß – wenig schätzt, aber sie sind nun einmal da und zwei von ihnen, Enrique und Fadrique, sind so gut wie erwachsen. Ich lege sie dir nachdrücklich ans Herz und möchte dich bitten, ihr Leben nicht anzutasten und ihren Besitz nicht zu mindern. Ob du ihn mehren willst, muss ich dir überlassen, aber das ist mein Vermächtnis, und so ist es auch in meinem Testament niedergelegt. Halte Doña Leonor de Guzmán und ihre Kinder – deine Halbgeschwister – in Ehren, denn damit ehrst du mein Angedenken. Kannst du mir das versprechen?«

»Gewiss, Senyor – vorausgesetzt, sie bleiben auf den Plätzen, die das Schicksal ihnen bestimmt hat.«

Der König stand auf und setzte sich Pedro gegenüber. Er konnte jetzt deutlich das Gesicht seines Vaters sehen, und es war nicht das eines Achtunddreißigjährigen, sondern das faltige verbrauchte Antlitz eines alten Mannes.

»Was willst du damit sagen?«

»Ihr habt Eure – Eure Gefährtin und deren Kinder schon

zu Lebzeiten gut ausgestattet und wohl versorgt. Dabei soll es bleiben, das kann ich Euch versprechen, Senyor. Wenn sie aber mehr wollen ...«

»Das werden sie nicht«, versprach der König, doch es klang eher nachdenklich als bestimmt.

Neun Tage später reiste der König zu seinen Truppen nach Süden, die dort vor Gibraltar lagen, um den entscheidenden Schlag gegen die letzte Bastion des Sultans von Marokko zu führen.

Die Schicksale der Völker werden nicht nur durch Verträge, Heiratspolitik, Schlachten oder Naturkatastrophen verändert, denn manchmal – und gewiss durch Gottes Willen – genügt dazu ein kleines, unscheinbares Lebewesen. Es handelt sich um ein flügelloses Insekt mit acht Beinen – von denen die hintersten kräftiger sind –, kurzen Fühlern und winzigen, aber messerscharfen Kiefern, geeignet, die Haut von Mensch und Tier aufzuritzen. Dabei haben die Flöhe ihre Beute aufgeteilt und sich jeweils auf Katze, Hund, Marder, Igel, Eichhorn, Maus und Fledermaus festgelegt, doch es gibt auch Arten, die gleichermaßen etwa Mensch und Ratte anfallen und deren Blut saugen.

Nun hatte der Sultan von Marokko zur Unterstützung seiner Besatzung einige Schiffe mit Söldnern von Tanger aus auf den Weg gebracht. Das waren meist arme Kerle ohne feste Arbeit, die im Hafen und auf den Gassen herumlungerten, dann mehr oder weniger gegen ihren Willen eingezogen wurden – und ein verlockendes Handgeld gab es auch. Sogar zum Abhacken einer Hand verurteilte Diebe ließ der Sultan begnadigen. Sie durften sich bei der Truppe bewähren, doch sie erhielten kein Handgeld. Der Sultan brauchte jeden Mann, denn ein Generalangriff der Spanier auf die Festung Gibraltar stand täglich zu erwarten.

Unter den Söldnern befand sich Ibrahim, der sich zuvor mit Lumpen- und Knochenhandel mühsam durchgebracht hatte und eigentlich gesonnen war, eine Familie zu gründen, doch das Geld reichte niemals hin und so bediente er sich von Zeit zu Zeit bei billigen Hafenhuren.

Zwei Tage ehe er sich anwerben ließ – im Grunde froh, aus dem Elend hier wegzukommen –, hatte er in dem vor Ungeziefer wimmelnden Bett einer *puta* gelegen und war von einem Floh gebissen worden. Diese kleinen Quälgeister ließen Ibrahim kalt, er war mit ihnen aufgewachsen und nahm sie hin als einen unabänderlichen Teil seines armseligen Lebens. Einen Tag zuvor aber hatte sich das Insekt von einem mit Pest behafteten Seemann einen Tropfen Blut geholt und das tödliche Gift auf Ibrahim übertragen. Die Ärzte hatten herausgefunden, dass zwischen Ansteckung und Ausbruch der Krankheit etwa fünf bis zehn Tage vergehen, so dass sich Ibrahim noch gesund und munter fühlte, als das Schiff von Tanger ablegte.

Als sich sechs Tage später bei ihm die ersten Anzeichen der Seuche bemerkbar machten, stand er schon unter der Fuchtel eines Ausbilders, der aus den Angeworbenen in kurzer Zeit wehrhafte Söldner zu machen hatte – mit sehr fragwürdigem Erfolg. Aber als Handlanger konnte man sie allemal gebrauchen.

Der Feldscher erkannte schnell, wie es um Ibrahim stand, und ließ ihn in dem eigens dafür errichteten Seuchenzelt auf einem abgelegenen Strandstück isolieren. Da lagen die mit Ruhr, Blattern und Pest Behafteten und warteten darauf, im Sand verscharrt zu werden.

In einer nahe gelegenen Abfallgrube hausten die Ratten, und da fand nun ein Austausch statt, als ein Floh von Ibrahim zu den Nagern überwechselte und sie mit der Seuche ansteckte. Nicht anders als Menschen, so sterben auch die Ratten an dieser Krankheit, doch ein unfehlbarer Instinkt treibt die gesunden Tiere fort, sobald sie spüren, dass sich bei anderen die Pest zeigt. So machten sich ein paar Dutzend von ihnen ins Landesinnere davon, stießen dabei auf die ins Gigantische wachsenden Abfallgruben der spanischen Truppen und wurden von den dort hausenden Verwandten nicht einmal vertrieben, weil für alle genug da war. Ihre Flöhe nahmen sie mit. Unter den vermeintlich Gesunden befanden sich aber einige, die schon den Keim der Pest in sich trugen, und es dauerte nicht lange, dann verfaulten die verendeten Tiere zusammen mit den Abfällen. Die Flöhe aber, zwar gefeit gegen die Seuche, aber um ihre Nahrungsquelle gebracht, machten sich davon zu den Menschen, und etliche von ihnen gelangten in das Zelt des Königs.

Der Monarch stand mit einigen seiner Truppenführer vor einer primitiv gezeichneten Karte und besprach mit den Herren seinen für die nächste Woche geplanten Generalangriff.

Ein Diener servierte Wein, Nüsse und Trockenobst, doch sein Gang war unsicher und auf seinem Gesicht stand ein blödes Grinsen.

Diese letzten Märztage waren kalt und regnerisch gewesen, und der Diener hatte sich – da er nun schon an der Quelle saß – immer wieder aus den Weinvorräten bedient. Die Flöhe aber lieben vergälltes Blut nicht und einige sprangen von dem Diener ab und verkrochen sich in den Falten des königlichen Feldbettes. Als der König sich bald nach Sonnenuntergang dort zur Ruhe legte, biss ihn ein mit der Pest behafteter Floh in den Hals oberhalb des Schlüsselbeins und saugte sich in aller Ruhe voll, wobei er seinen ätzenden Speichel in die Wunde spritzte – und mit ihm das Gift der Pestilenz.

Als der König am nächsten Morgen frohgemut erwachte, war er voller Tatendrang. Endlich hatte er genügend Truppen, endlich ging es voran! Zerstreut kratzte er sich am Hals – diese verdammten Biester, eine wahre Gottesgeißel, eine rechte Plage!

Es dauerte dann doch etwas länger, bis der Angriffsplan ausgearbeitet war, und gerade als der Zeitpunkt unwiderruflich feststand, brach beim König am Abend hohes Fieber aus und sein Leibarzt bemerkte mit Entsetzen die Schwellungen an Achseln, Hals und Schenkeln.

In aller Eile ließ der *médico* einige Männer zusammenrufen, welche die Beulenpest überlebt hatten und so den Kranken gefahrlos pflegen konnten. Doch Don Alfonso hatte der Krankheit nicht viel entgegenzusetzen. Sein Körper war von den dauernden Strapazen der Feldzüge geschwächt. Er hatte sich niemals geschont, war glühender Hitze und eisiger Kälte ausgesetzt gewesen, hatte verseuchtes Wasser getrunken und verdorbene Nahrung gegessen – stets das eine Ziel vor Augen: die *moros* aus Spanien zu verjagen und ihnen für immer und ewig das Verlangen nach einer Rückkehr auszutreiben.

Vier Tage nach dem Ausbruch seiner Krankheit, am 26. März des Jahres 1350, schloss Alfonso XI., König von Kastilien und León, seine Augen und zwei Ärzte machten sich eilends daran, den ausgezehrten, von eitrigen Pestbeulen übersäten Körper für den Transport nach Sevilla zu präparieren. Sie waren in lange Mäntel gehüllt, trugen Handschuhe und die schnabelförmige Pestmaske, um sich vor Ansteckung zu schützen.

Enrique und Fadrique, die illegitimen Zwillingssöhne des Königs, hatten vor dem Zelt ihres Vaters gewacht, wohl wissend, dass mit seinem Tod ihr Stern sank und sie – wenn es dem neuen König gefiel – nichts weiter waren als lästige vogelfreie Bastarde. Sie versuchten den Tod wenigstens für Stunden geheim zu halten, um ihre Anhänger um sich zu versammeln und ihre Flucht vorzubereiten.

Doch die Nachricht verbreitete sich schnell, und ehrgeizige Boten machten sich noch am selben Tag auf den Weg, um Doña María und ihrem Sohn, jetzt König Pedro I., die – nun ja – Glücksnachricht zu überbringen, denn eine Hiobsbotschaft bedeutete es nur für Doña Leonor und ihren Anhang.

Es war ein herrlicher sonnentrunkener Frühlingstag gewesen, als Don Pedro mit seiner kleinen Gefolgschaft – darunter Juan Tenorio und der Hofmeister Alburquerque – von einem Ausritt in die Uferauen des Guadalquivir zurückkehrte.

Zusammen mit seinen Pagen nahm Don Pedro ein ausgiebiges Bad in den halb verfallenen und kaum noch benutzten Anlagen, als ein Diener hereinstürzte, atemlos und aufgeregt, gefolgt von einem Mann in verschmutzter Reisekleidung.

»Don Pedro, ein wichtiger Bote …«

Der Kronprinz stand in Unterkleidern da und blickte auf den verschwitzten staubbedeckten Mann, der ihm zu Füßen fiel und stammelte: »Euer Vater, Senyor, König Alfonso – ist – ist im Herrn verschieden …«

Don Pedro schüttelte verwundert den Kopf. »Aber da war doch keine Schlacht. Wie konnte – wie konnte das geschehen?«

Der Bote richtete sich auf. »Euer Vater starb an der Pest, Senyor, im Zeltlager vor Gibraltar, vor drei Tagen.«

Hastig schlüpfte Don Pedro in seine Kleider. »Weiß es schon jemand?«

»Nur Doña María, Senyor.«

»Steh auf! Der Mann soll gut versorgt werden, aber bis auf weiteres unter Hausarrest bleiben.«

Dann winkte er seinem Pagen. »Komm, Juan, wir gehen zu meiner Mutter.«

Es könnte eine Täuschung sein, dachte Juan, eine Finte, um Don Pedros Verhalten zu prüfen. Er zupfte ihn am Ärmel und zog ihn in eine Ecke.

»Vielleicht ist es eine gezielte Falschmeldung, Don Pedro! Der König will Euer Verhalten prüfen und – und wenn es nicht so ist wie erwartet, dann …«

Der Kronprinz blickte sich um; die Diener warteten in respektvoller Entfernung. »Du hast Recht, Juan, das muss ich in Betracht ziehen. Der Bote mag zwar guten Glaubens sein, aber schließlich hat er meinen Vater nicht sterben sehen. Ich danke dir für deine Mahnung, wir müssen jetzt sehr auf der Hut sein.«

Doña María hegte den gleichen Verdacht. »Das sieht ganz nach einer Falle aus, um dich zu unbedachten Handlungen zu verleiten. Wir sollten auf eine Bestätigung warten.«

Diese kam am selben Abend.

Etwa eine Stunde vor Mitternacht traf der *capitán* Alfonso Tenorio mit einem Dutzend Soldaten ein. Zuerst trank er so hastig einen mit Wasser gemischten Krug Wein leer, dass ihm die hellroten Bäche über Mund und Hals liefen.

Doña María hatte ihn gebeten, sitzen zu bleiben, während sie, Don Pedro, Alburquerque und Juan erwartungsvoll um ihn herumstanden.

»Ich habe den toten König kurz gesehen – zum Skelett abgemagert und mit Pestbeulen bedeckt. Noch ehe ich meine Leute um mich sammeln konnte, verbreitete sich im Lager das Gerücht, die Bastarde seien geflohen.«

Er stand auf, ließ sich auf ein Knie nieder und hob die rechte Hand zum Schwur. »Ich bin stolz darauf, der Erste zu sein, der Euch den Treueid schwört, Senyor!«

»Werdet Ihr ihn auch halten, Don Alfonso?«

»So wahr mir Gott helfe!«

»Ich schließe mich an«, sagte Juan mit vor Aufregung heiserer Stimme.

Der junge König lächelte kurz und sagte fast liebevoll: »Dummkopf! Dir bleibt ja gar nichts anderes übrig, denn –«, er beugte sich zu Juans Ohr, »– wir wissen zu viel voneinander.«

Dann wandte er sich an den *capitán.* »Ruht Euch jetzt gut aus, Don Alfonso, und befehlt Euren Männern, das Gleiche zu tun und bis morgen früh den Mund zu halten. Eine Stunde nach Tagesanbruch habt Ihr hier zu erscheinen.«

Der *capitán* war pünktlich zur Stelle, seine Männer warteten draußen. In dem kleinen Empfangszimmer saßen Don Pedro und Doña María auf zwei Sesseln, vor ihnen – auf einem niedrigen Tisch – lag ein Kruzifix. Als Erstes ließ der König seine Wachmannschaft aufziehen, und jeder musste aufs Kreuz seine Treue schwören. Danach ließ er einen Schreiber kommen.

»Jetzt möchte ich einige Ernennungen bekannt geben. Ihr,

Don Juan Alfonso de Alburquerque, werdet von heute an mit meiner verehrten Mutter Doña María, Königinwitwe von Kastilien, einen Regentschaftsrat bilden, der mir so lange zur Seite steht, bis ich mich in der Lage fühle, allein zu regieren. Meinen bisherigen Pagen Don Juan Tenorio ernenne ich zum Kammerherrn und zum Obersten Mundschenk, das heißt, er darf – wie bisher – meine Gemächer jederzeit unangemeldet betreten. Seinem neuen Rang entsprechend, soll er künftig den Adelsnamen Don Juan de Tenorio tragen.«

Don Pedro streckte seine rechte Hand vor, und Juan kniete nieder und küsste sie.

Es folgten noch weitere Ernennungen, aber auch Entlassungen all jener, die der neue König verdächtigte, Zuträger und Vertraute seines Vaters und der Leonor de Guzmán gewesen zu sein. Jeden dieser Männer verabschiedete Don Pedro mit den Worten: »Geh mir aus den Augen, suche dein Brot woanders und ich rate dir, es nicht in meiner Residenzstadt zu tun!«

Unruhe hatte den Alcazar erfasst, Gerüchte flogen hin und her, aber Doña Leonor winkte ab.

»Das wird sich schnell wieder legen, nötigenfalls lasse ich Don Pedros Wohnbezirk einige Tage bewachen.«

Sie war dick geworden, die Lebensgefährtin von König Alfonso, und die vielen Geburten hatten ihren Leib schlaff und träge werden lassen.

Als sie aufstand und aus dem Fenster in den großen Palasthof blickte, trat gerade ein Herold auf, begleitet von zwei Fanfarenbläsern, die lautstark das militärische Signal »Hab Acht!« in die Luft schmetterten. Dann verkündete der Herold mit weithin hallender Stimme, dass König Alfonso in den Frieden Gottes eingegangen sei und sein legitimer Sohn als König Pedro der Erste die Nachfolge angetreten habe.

Der königliche Palastbezirk erstarrte. Die Diener unterbrachen ihre Arbeiten, die Wachen umklammerten erschreckt ihre Hellebarden, doch diese Lähmung wich, als Don Pedro mit seinem Hofstaat erschien. Soldaten und Höflinge liefen ihm in Scharen zu, stürmten auf ihn ein, umschwärmten ihn wie Bienen ihre Königin. Sie versuchten seine Hände, seine Kleider, seine Füße zu küssen, doch die Leibwache wehrte sie ab.

»Später, meine Freunde, später!«, rief der König und betrat den Palast seines Vaters, wo ihn schon Doña Leonor am Eingang erwartete.

»Alles hat ein Ende«, begrüßte sie der König und verneigte sich übertrieben tief.

»Senyor – ich ...«

»Endlich kehrt wieder Recht und gottgewollte Ordnung ein, die Regentschaft von Bastarden und Mätressen ist zu Ende! Von nun an steht Ihr unter Hausarrest, Leonor de Guzmán, und zwar in dem abgelegenen Teil des Alcazars, wo Ihr meine Mutter und mich hinverbannt habt. Eure Kinder könnt Ihr mitnehmen.«

»Was ist mit Enrique und Fadrique? Habt Ihr sie ...«

»Ich habe gar nichts! Die beiden haben sofort die Flucht ergriffen, aber das wäre nicht nötig gewesen. Ich will mit meinen Halbbrüdern in Frieden leben und das gilt auch für Euch. Ich werde mich über Eure Zukunft beraten und Euch den Entscheid wissen lassen.«

Aber die Verwandten und Günstlinge von Leonor de Guzmán mochten sich nicht auf die Gnade des jungen Königs verlassen und hatten eilends die Flucht ergriffen.

Auch als König wich Don Pedro nicht von seiner Gewohnheit ab, die Stunde vor der Nachtruhe mit seinem »Zwilling« zu verbringen. Er trank dann mit Juan ein Glas Wein, und sie plauderten über dieses und jenes.

Don Pedro hatte sich auf das Bett gelegt und verschränkte die Arme hinter dem Kopf. Juan saß auf der Fensterbank und schaute dem Wachwechsel zu.

»Jetzt zieht gerade die Nachtwache auf ...«

»Noch vor wenigen Tagen hat jeder dieser Männer meinem Vater und seiner *barragana* gedient. Werden sie den beiden nachtrauern? Ob der neue König, dieser *mocoso*, ihnen Respekt einflößt? Ich glaube nicht, Juan, sie tun nur so als ob und hören eher auf die Entschlüsse des Regentschaftsrates. Aber wenn es drauf ankommt, dann setze ich meinen Kopf schon durch, auch wenn sie mich einen Grünschnabel nennen.«

Juan stand auf und setzte sich auf einen Hocker neben dem Bett.

»Da bin ich mir ganz sicher, Don Pedro. Auch für mich hat sich einiges verändert, ich konnte das gleich nach meiner Ernennung spüren. Nun war ich nicht mehr der kleine Page eines beiseite geschobenen Prinzen, sondern der Kammerherr und Oberste Mundschenk des Königs. Jeder am Hof hier weiß, dass ich Euer Vertrauen genieße und, wie man so sagt, das Ohr des Königs habe. Da gab es geflüsterte Anfragen, Bittschriften, Geldangebote bis in die Höhe von zweitausend Reales ...«

Don Pedro lachte leise. »Das war zu erwarten. Und welche der Bittsteller hast du gnädig erhört? Welche Summe war hoch genug, um deine Hand zu öffnen?«

Juan war keineswegs beleidigt, er kannte Don Pedros beißende, oft kränkende Ironie und wusste sie zu nehmen.

»Keinen erhört, kein Geld genommen, keine Bitte an Euch weitergegeben. Ich wollte Euch in diesen turbulenten Tagen nicht behelligen. Wäre es etwas Schwerwiegendes gewesen, hätte ich es Euch natürlich anvertraut. Einmal wäre ich aber beinahe schwach geworden ...«

Don Pedro richtete sich neugierig auf. »Erzähle, Juan – los, heraus damit! Sicher geht es um eine Frau ...«

»Erraten, Don Pedro. Es handelt sich um Manuela de Soto ...«

»Was? Aus dieser hinterhältigen Verräterfamilie? Ihr Vater hat sich gleich zu Anfang auf die Seite der Hure Leonor geschlagen und alles getan, um meine Mutter und mich schlecht zu machen! Nein, mein Lieber ...«

Juan hob die Hand. »Don Pedro, das war nicht ihr Vater, sondern der Großvater. Ihr Vater hat sich immer neutral verhalten und, um nicht Stellung nehmen zu müssen, sich auf seinem Gut bei Córdoba verkrochen. So wenigstens hat Doña Manuela es mir erzählt. Nun aber ist er festgenommen worden und gehört zu denen, die auf Euer Urteil warten. Ich zweifle überhaupt daran, ob sich alle diese Menschen schuldig gemacht haben, nur weil sie Eurem Vater die Treue hielten.«

Juan erwartete eine zornige Antwort, aber Don Pedro sagte ganz ruhig: »Da hast du freilich Recht und wir werden uns bemühen, die Schuldigen herauszufinden. Im Übrigen geht es nicht um jene, die meinem Vater treu gedient haben, sondern nur um solche, denen Leonor de Guzmán, ihre Stellung als Lieblingshure nützend, zu Ämtern und Vermögen verholfen hat. Nur um diese geht es! Lebt der alte de Soto noch?«

»Nein, er ist vor kurzem gestorben, und sein Sohn muss nun schauen, wie er den schlechten Ruf loswird.«

»Und seine Tochter bittet für ihn – nun gut, gefällt sie dir?«

Diese Frage zauberte Juan augenblicklich das süße Bild der Doña Manuela vor Augen, mit ihrem ovalen mädchenhaften Gesicht und der reizenden Stupsnase über den vollen, immer leicht geöffneten Lippen, was ihrem Antlitz einen Zug verwunderten Staunens verlieh. In ihr schulterlanges, leicht gewelltes Haar von der tiefbraunen Farbe reifer Oliven hatte sie ein schwarzes Band geknüpft – aus Trauer um ihre Familie, wie sie sagte. Ob sie keinen Bruder habe, hatte er sie damals gefragt.

»Zwei sogar, Don Juan. Der eine ist im Dienst des Königs vor Tarifa von den *moros* gefangen genommen worden, und wir haben nie mehr von ihm gehört.«

»Und der andere?«

»Der war Kammerherr bei Doña Leonor und sitzt jetzt in der Torre del Oro gefangen. Vermutlich war es nur ein Ehrenamt – hier habe ich ihn niemals gesehen.«

Ja, Juan kannte ihn gut, den wuchtigen Gefängnisturm am Ostufer des Guadalquivir – Schatzhaus und Kerker zugleich. Er ließ sich mit der Antwort so lange Zeit, dass Don Pedro ungeduldig wurde.

»Was ist? Du bist mir eine Antwort schuldig!«

»Ja – ja, sie gefällt mir schon ...«

»Dann nütze die Gunst der Stunde und lasse sie für die Freigabe von Vater und Bruder einen Preis bezahlen.«

Juan tat, als verstünde er nicht. »Welchen, Don Pedro?«

Der zog ihn schmerzhaft am Ohr. »Stell dich nicht so dumm, du weißt genau, was ich meine.«

»Ich habe also Euer Wort, Senyor?«

»Ja, die beiden kommen frei – ob du sie ins Bett kriegst oder nicht. Wie du es anstellst, überlasse ich dir. Sei aber nicht zu großmütig, hörst du?«

Der Bischof erschien pünktlich. Der König empfing ihn stehend mit einer leichten Verneigung und ohne Handkuss. Doña María blickte ihren Sohn unwillig an, beugte das Knie und küsste den Ring. Alburquerque machte sein finsterstes Gesicht, beugte sich tief über die bischöfliche Hand – ohne den Ring zu berühren. Wer nicht daneben stand, konnte meinen, er habe es doch getan.

Dann teilte der König dem Bischof mit, wie er sich den Ablauf wünsche. Nach der feierlichen Totenmesse mit dem am Altar aufgestellten Sarg werde er sich vor das Allerheiligste knien, und der Bischof möge ihm dann ganz formlos und nach einem kurzen Gebet seines Vaters Krone aufsetzen. Danach werde er aufstehen, sich zum Volk wenden und ein paar Worte sprechen.

Der geistliche Herr schluckte mehrmals und es klang, als müsse er einen schweren Brocken hinunterwürgen. »Aber – aber, Senyor, das genügt doch nicht ... Eine Königskrönung ist doch fast etwas wie ein Sakrament. Ihr müsst feierlich gesalbt, neu eingekleidet und mit den Kroninsignien versehen werden, so wie das bei Eurem Vater ...«

Don Pedro war die Ungeduld anzusehen. »Später, *reverendísimo,* später. Das wird alles zu gegebener Zeit nachgeholt werden. Zuvor soll sich die *Cortes* versammeln, um ihren neuen König kennen zu lernen.«

»Wie Ihr wünscht, Senyor. Aber noch etwas, wenn Ihr gestattet. Sevilla, die Residenzstadt Eures Vaters und nun wohl auch die Eure, hat keine würdige Kathedralkirche. Was wir so nennen, ist ein maurischer Tempel, freilich längst zum christlichen Gotteshaus geweiht, aber noch immer in den alten heidnischen Formen. Jedes Mal, wenn ich den Bau von außen betrachte, blutet mir das Herz. Wir sollten uns ein Beispiel an Toledo nehmen, da wurde schon vor über hundert Jahren die Moschee niedergerissen und ein wahrhaft christliches …«

Wieder war Don Pedro ungeduldig geworden. »Genug davon!«, fuhr er dem Bischof ins Wort. »Ihr könnt es ja auch andersherum sehen: Eigentlich müsste Euch die einstige Moschee daran erinnern, dass Christus über den Islam triumphiert, denn nicht die Stimme des Muezzins schallt von der Giralda, sondern christliches Glockengeläut ruft zur Messe. Was könnte es Schöneres geben?«

Die Frage war in einem spöttischen Ton gestellt, und der junge König feixte dabei, als habe er einen Lehrer übertölpelt. Dem Bischof fiel jedenfalls keine treffende Antwort ein, und er verabschiedete sich bald.

Die Totenmesse am darauf folgenden Sonntag zog sich über drei Stunden hin, danach lief alles nach Don Pedros Wunsch ab.

Er stand auf der obersten Altarstufe und rief mit seiner hellen wohltönenden Stimme: »Als Erbe und legitimer Nachfolger meines zu Gott heimgegangenen Vaters, des Königs Alfonso, werde ich von nun an mit Unterstützung von Doña María und Don Juan Alfonso de Alburquerque das vereinigte Königreich von Kastilien und León regieren. Ich weiß, dass ich mir euer Vertrauen erst verdienen muss, aber mit Gott und seiner gnädigen Hilfe wird es mir gelingen. Beten wir jetzt gemeinsam das Paternoster.«

Er wandte sich zum Altar und kniete nieder. Nach dem Gebet setzte der Bischof ihm die Krone auf, Don Pedro wandte sich um und zeigte sich seinen Untertanen. Von da und dort kamen Hochrufe, einige klatschten.

Als der König wenig später die Kathedrale verließ, drängte sich das Volk auf den Straßen und bejubelte den neuen Herrscher.

8

Der ehrgeizige Bastard Enrique de Trastámara hatte sich in einem kühnen Handstreich, unmittelbar nach dem Tod seines Vaters, den größten Teil der Kriegskasse angeeignet. Mit ihr und einigen Dutzend seiner Getreuen war er in ein unwegsames Gebiet an die portugiesische Grenze geflohen, um dort die Entwicklung abzuwarten. Inzwischen waren einige seiner Leute damit beschäftigt, gute und erfahrene Kriegsleute anzuwerben, denn der Bastard dachte keinen Augenblick daran, sich so einfach beiseite schieben zu lassen. Die Abgeworbenen empfanden dies keineswegs als Verrat, denn nur König Alfonso hatten sie Treue geschworen und der war in seiner Liebe zu den Söhnen von Leonor de Guzmán so befangen gewesen, dass er es versäumt hatte, ihnen seinen legitimen Thronfolger vorzustellen. Don Pedro war für sie nur eine Schattengestalt – in ihrer soldatischen Vorstellung so etwas wie ein bleicher verängstigter Milchbub, der sich im Alcazar unter den Röcken seiner Mutter verkroch.

Die Bastarde hingegen waren ihnen seit Jahren aus dem Feldlager vertraut: Enrique und Fadrique, stramme Burschen, die schon als Vierzehnjährige recht geschickt mit dem Schwert umzugehen wussten. Hätte König Alfonso seinen Erstgeborenen Enrique zum Nachfolger bestimmt, so wären die meisten von ihnen freudig bereit gewesen, seiner Fahne zu folgen – Bastard hin oder her!

Als Don Pedro davon erfuhr, lachte er nur verächtlich. »Mag er doch ein Trüppchen sammeln – wer schert sich schon darum? Der König bin ich, und wenn ich mich erst mit den *Cortes* verständigt habe, dann kräht kein Hahn mehr nach ihm.«

Da mochte er schon Recht haben, aber da gab es noch Leonor de Guzmán, die im Land noch erstaunlich viele Anhänger besaß. Der emsig tätige Alburquerque hatte das längst herausgefunden, und auf sein Betreiben war sie von dem Sevilla zu nahen Carmora in das weiter entfernte Städtchen Talavera gebracht worden, das, mit einer dreifachen Mauer umgeben, leicht zu bewachen und kaum einzunehmen war.

In dieser Zeit war Juan de Tenorio, Kammerherr und Oberster Mundschenk des Königs, so heftig mit eigenen Angelegenheiten befasst, dass er seine – gewiss nicht allzu schweren – Aufgaben als Hofmann fast vernachlässigte, allerdings mit stiller Duldung seines Herrn, der recht gut wusste, um was es dabei ging.

Juan hatte Manuela de Soto eine Nachricht zukommen lassen, in der er andeutete, dass er unter gewissen Umständen vielleicht etwas für ihre Familie tun könne. Er hatte jetzt eine größere Wohnung bezogen und aus Miguel war ein Kammerdiener geworden. Zuerst hatte der Bursche sein Gesicht verzogen.

»Da muss ich ja jetzt dauernd so geschniegelt herumlaufen!«

Juan schüttelte den Kopf. »Ich weiß nicht, was du willst. Das ist doch ein Aufstieg für dich – jetzt bist du Kammerdiener des Obersten Mundschenks, bewegst dich frei im Palast, siehst fast täglich den König. Du hebst dich deutlich ab von anderen Dienern, und du wirst bald bemerken, dass auch die Frauen dich mit anderen Augen betrachten werden.«

Dass Miguel künftig an die Tür zu klopfen habe, wenn ein Besuch anzumelden war, hatte er endlich verstanden. Er klopfte.

»Komm herein!«

Miguel öffnete die Tür einen Spalt, und sein brandroter Schopf erschien. »Da ist eine Doña Manuela, und einen Mann hat sie auch dabei.«

»Komm rein!«, befahl Juan. »Erstens einmal ist es ungehörig, sich mit seinem Herrn durch einen Türspalt zu verständigen, und zweitens heißt es: Darf ich Doña Manuela und ihren Begleiter anmelden. Wiederhole es!«

Das tat Miguel und leierte den Satz mit störrischem Gesicht herunter.

Juan seufzte. »Also hole sie schon herein.«

Seite an Seite traten sie ein, der schon ältere Herr stellte sich als Manuelas Verwandter vor, er sei ein Onkel ihrer Mutter, und da im Augenblick keine näheren männlichen Verwandten verfügbar seien ...

»Gut, aber ich muss dennoch darauf bestehen, mich mit Doña Manuela allein zu unterhalten, da es – wie Ihr wisst – um sehr heikle Dinge geht. Wenn Ihr wollt, könnt Ihr unterdessen auf der Reitbahn drüben Euer Pferd bewegen.«

Manuela nickte ihm zu und er verschwand sichtlich erleichtert. Sie nahm Platz, Miguel brachte Wein, Wasser und süßes Mandelgebäck, wobei einige der Plätzchen zu Boden fielen. Als er sie schnell in die Schale zurücklegen wollte, zischte Juan ihm zu: »Unterstehe dich! Verfüttere den Dreck an die Maultiere!«

Doña Manuela konnte ein Lächeln nicht unterdrücken. »Wo kommt denn Euer Diener her?«

»Vom Land – wie ich.«

»Oh, verzeiht ...«

»Da gibt es nichts zu verzeihen, aber auch nichts zu verleugnen. Irgendwann sind wir alle einmal vom Land in die Städte gekommen, sagte mein Geschichtslehrer. Ich danke Euch für den Besuch, Doña Manuela. Bei einem Gespräch mit dem König ist auch der Name Eures Vaters gefallen, und ich sah mich zu der Bemerkung veranlasst, dass nicht er, sondern Euer Großvater es war, der zu den Vertrauten der Leonor de Guzmán gehörte. Dem König war aber nicht auszureden, dass auch Euer Vater und Euer Bruder den Verkehr zu dieser Dame nicht abbrachen und daraus Vorteile zogen. Solche Menschen betrachtet Don Pedro zunächst als seine Feinde und es bedarf großer Mühe, ihm den wahren Sachverhalt nahe zu bringen.«

Juan schwieg, um die Wirkung seiner Worte abzuwarten. Wie immer hatte Doña Manuela ihre Lippen leicht geöffnet; dahinter schimmerten perlweiß einige ihrer zierlichen Zähne.

Ob sie während einer feurigen Liebesstunde den Mund schließen oder ihn, stöhnend vor Lust, noch weiter öffnen würde? Schon begann er sie mit den Augen auszuziehen, half ihr aus dem kurzärmeligen weißgrün gestreiften Übergewand, dessen nicht zu tiefer Ausschnitt den Ansatz ihrer festen kleinen Brüste sehen ließ. Ihre Stimme riss ihn aus seinen Träumen.

»Verzeiht – ich habe nicht genau zugehört …«

Ihre Miene wurde abweisend, und sie sah ihn an, als hätte sie seine Gedanken gelesen. Mit erhobener Stimme wiederholte sie: »Ihr wisst recht wohl, dass mein Bruder nur dem Titel nach Kammerherr bei Doña Leonor war – er hat dieses Amt niemals wirklich ausgeübt. Doch Euer Verhalten lässt mich hoffen, Don Juan. Habt Ihr vor, Euch weiter um meine Familie zu bemühen, worum ich Euch bitten möchte, aber wie kann ich – womit soll ich …«

Wie eine Gazelle, dachte Juan, zart, scheu und misstrauisch. Dennoch scheint sie bereit zu einer Gegenleistung …

»Ihr könntet mir Euer Herz schenken, Doña Manuela, Eure Liebe – nicht für immer, nur auf Zeit, und wenn Ihr meiner überdrüssig seid, dann lasst es mich wissen.«

Ihr ovales Gesicht überzog sich mit einer sanften Röte, wie eine Frucht im ersten zarten Reifegrad. »Wie soll ich das verstehen, Don Juan?«

»Seid Ihr einem Mann versprochen, steht eine Ehe in Aussicht?«

»Nein – nein ... Mein Vater hatte zwar einige Möglichkeiten erwogen, aber jetzt, da meine Familie einflusslos – ja, verfemt ist ...«

Ich will sie haben, dachte Juan, sie erwärmt mir das Herz, es könnte – es könnte vielleicht von Dauer sein ... Nein, dauern soll es nicht, aber sie muss bezahlen, ja, das muss sie!

»Dann werde ich mich deutlicher ausdrücken. Dass Ihr mir Euer Herz schenkt, kann ich weder erwarten noch verlangen, aber gewährt mir die Liebe einer Nacht. Dann seid Ihr wieder frei und noch wichtiger: Euer Vater und Euer Bruder sind es dann auch. In der Torre del Oro herrschen zurzeit die schlimmsten Zustände und sie werden nicht besser, das kann ich Euch versichern. Zehn Männer müssen sich eine enge Kerkerzelle teilen, bald werden es zwölf oder fünfzehn sein. Die Ersten sind schon an Krankheiten gestorben ...«

Ihr Gesicht war bleich geworden, ihre Augen schwammen in Tränen, die sie schnell und verschämt wegwischte. »Ihr nützt meine Lage schamlos aus, Don Juan. Fällt es Euch so schwer, etwas für Gotteslohn zu tun?«

»Gotteslohn? Darunter kann ich mir nichts vorstellen. Im Leben geht es auf und ab und Ihr mögt das als Lohn oder Strafe des Himmels ansehen – ich jedenfalls bin anderer Meinung.«

»Wie alt seid Ihr?«

»Was tut das zur Sache? Ich bin jung an Jahren, doch alt an Erfahrung. Alt geworden, hier am Hof. Mein Bruder hatte schon Recht, als er sagte, an einem Königshof altere man schnell – rascher als anderswo. Aber das kann doch für Euch nur von Vorteil sein: Ihr bekommt einen jungen und sehr kundigen Liebhaber. Diese Gelegenheit solltet Ihr nutzen ...«

Sie erhob sich abrupt. »Ich lehne Euer Ansinnen ab, Don Juan! Vielleicht werde ich mich an den König selber wenden.«

Er verneigte sich. »Daran werde ich Euch gewiss nicht hindern, Doña Manuela – ich wünsche Euch Glück und Erfolg.«

Da standen sich die beiden jungen Menschen gegenüber – zornig, verhärtet, enttäuscht und dann kam es wie ein Blitz über ihn. Er räusperte sich.

»Setzt Euch wieder, Doña Manuela, ich bitte Euch.«

Sie zögerte und er wiederholte seine Bitte.

Das wäre wohl zu einfach, dachte er, für sie und für mich, und so leicht will ich es uns beiden nicht machen.

»Ich habe mich schlecht benommen, habe allen Anstand und meine Christenpflicht vergessen, die uns gebietet zu helfen, wo und wie man kann. Und wenn Ihr mich fragt, warum dies alles, so kann ich nur sagen, dass mich Euer Anblick, Eure süße Gegenwart zu einer solch unverzeihlichen Ungeduld und zu Forderungen verleitet hat, derer ich mich jetzt schäme. Ja, Doña Manuela, ich schäme mich und bitte Euch, mir zu verzeihen – falls Ihr es noch könnt.«

Dieser Umschwung verwirrte die junge Frau so sehr, dass sie mit gepresster Stimme um Worte rang. »Es – es freut mich, dass Ihr – dass Ihr jetzt so – so großherzig denkt. Heißt das, Ihr werdet beim König ...«

»Ja, Doña Manuela. Ich werde mich beim König für die Freilassung Eures Vaters und Eures Bruders einsetzen, mit allen Kräften.«

»Und Ihr verlangt nichts dafür?«

»Nichts – es sei denn, Ihr gebt es mir freiwillig.«

»Wie ist das zu verstehen?«

»Wenn die beiden Herren frei sind, so könnt Ihr ganz nach Belieben verfahren. Ihr könnt meine Hilfe Eurem Vater gegenüber verschweigen und mich vergessen. Falls Euch das nicht gelingt und Ihr mir auf irgendeine Weise danken wollt, so lehne ich schon jetzt jede Dankesbezeigung ab – ausgenommen die eine.«

Sie schaute ihn verstört an. »Aber dann verlangt Ihr jetzt doch –«

»Ich verlange nichts, Doña Manuela, aber wenn Ihr mir danken wollt, dann nur auf diese eine Weise. Die Entscheidung liegt bei Euch und hat nichts mit meiner Hilfe zu tun.«

Dann klopfte Miguel und Manuelas Vetter erschien. Er blickte sich misstrauisch um, legte eine Hand auf den Griff seines Dolches und brummte: »Hast du mir etwas zu berichten, Manuela, ist etwas Ungehöriges geschehen?«

Sie schüttelte nur stumm den Kopf und wandte sich zur Tür. Juan verneigte sich und Miguel geleitete die beiden hinaus.

»Das war wohl nichts?«, fragte er grinsend und kratzte sich am Kopf.

»Was soll gewesen sein? Im Übrigen ist bei dir dringend ein Haarschnitt fällig. Du läufst herum wie ein struppiger Kater.«

»Ja, Herr.«

Juan erstaunte es, dass ihn der König gleich beim nächsten Mal darauf ansprach. »Nun, Juan, wie ist es dir mit Doña Manuela ergangen?«

Er mochte Don Pedro nicht belügen, bis jetzt hatte er es nicht getan. »Ich habe es ihr anheim gestellt.«

»Was heißt das – anheim gestellt?«

»Nun, ich habe ihr den Preis genannt, es aber ihr überlassen, ob sie ihn zahlen will oder nicht.«

Don Pedro lehnte sich zurück, lachte wiehernd, schlug sich auf die Schenkel. »Also entweder bist du dümmer, als ich dachte, oder erzschlau. Damit hast du sie also in Seelenqualen gestürzt, nicht wahr? Du kämpfst für die Freiheit von Vater und Bruder, holst sie schließlich aus dem Kerker, und Doña Manuela steht ohne Gegenleistung da. Nicht schlecht, mein Lieber, gar nicht schlecht. Wie soll's jetzt weitergehen?«

»Das muss ich ihr überlassen, aber Ihr steht doch zu Eurem Wort, Don Pedro?«

Der König wurde ernst. »Bei meinen Freunden – ja! Meine

Feinde werde ich täuschen, hintergehen, belügen und vernichten, vernichten, vernichten!«

Die letzten Worte hatte er zornrot herausgestoßen. Er war dabei aufgesprungen und es schien, als fülle seine große, breitschultrige Gestalt den Raum.

»Weißt du überhaupt, was hier vorgeht? Während du mit der Kleinen herumturtelst, reißen mich die Leute in Stücke. Jeder will etwas, es hagelt Eingaben, Bittschriften, Denunziationen – vor allem Letztere. Jeder denunziert jeden. Wie soll ich da Freund von Feind scheiden können? Ich musste zwei Hilfssekretäre einstellen, um dieser Flut Herr zu werden. Meine Mutter unterstützt mich nach Kräften, gewiss, Alburquerque jedoch ist selten da, immer auf Reisen, um meine Feinde aufzuspüren, wie er sagt.«

Der König hatte sich wieder gesetzt, beugte sich jetzt vor und flüsterte: »Weißt du, was ich glaube? Dieser Mensch geht seine eigenen Wege, ist dabei, ein falsches Spiel zu spielen. Meine Mutter vertraut ihm blind, ich glaube, die beiden haben gemeinsam etwas ausgeheckt. Jetzt ist er auf dem Weg nach Talavera, wo Leonor gefangen sitzt. Er hat sich ordnungsgemäß bei mir abgemeldet und mir nahe gelegt, dass er diese Frau nach wie vor für gefährlich hält und sie nach Frankreich oder Navarra abschieben will. Ich aber glaube etwas anderes ...«

Er beugte sich noch weiter vor und flüsterte in Juans Ohr: »Er will sie umbringen! Ich mochte ihn nicht direkt danach fragen, aber er hat entsprechende Andeutungen gemacht.«

Er lehnte sich wieder zurück und zog ein verächtliches Gesicht. »Glaube nur ja nicht, dass es mir etwas ausmacht! Diese Hure hat genug Verwirrung ins Land gebracht, aber ich stehe bei meinem Vater im Wort. In die Hand habe ich ihm versprechen müssen, sie und ihre Kinder nach seinem Tod nicht zu behelligen, ihr Vermögen zu schützen. Er hat sogar das Ansinnen an mich gestellt, seinen geliebten Enrique mit einem Fürstentum zu belehnen, aber das habe ich davon abhängig gemacht, ob der Herr Bruder gesonnen ist, mit mir und nicht gegen mich zu arbeiten. Und wie sieht es jetzt aus? Er drückt sich in den Bergen an der portugiesischen Grenze herum und sammelt Truppen. Gegen wen wohl? Nur um sein gefährdetes Leben zu schützen, wie er verbreiten lässt, doch diese Lüge ist zum Greifen. Es geht gegen mich, aber daraus wird nichts! Ich habe schon Order gegeben, aus den alten erfahrenen Soldaten eine Kerntruppe zu bilden, und deinen Bruder werde ich zum *comandante* ernennen. Du kannst es ihm gleich selber sagen, wenn er aus dem Süden zurückkommt.«

»Oh, besten Dank, Senyor!«

Don Pedro winkte ab. »Du brauchst mir nicht zu danken, er hat es verdient.«

Doch alles kam anders. Als der *capitán* Alfonso Tenorio aus dem Süden zurückkehrte, musste Juan ihm eine Trauerbotschaft übermitteln. Einige Tage zuvor war aus der Heimat eine Nachricht von der Mutter gekommen. Don Diego, ihr zweiter Gemahl, war an einem Schlaganfall verstorben und sie wünschte sich, dass ihr ältester Sohn die Verwaltung der Finca übernahm.

Alfonso schlug sich an die Stirn und rief erregt: »Ein Bauer soll ich werden? Wie stellt sie sich das vor? Zeitlebens bin ich Soldat gewesen, habe nie etwas anderes gewollt, und nun bietet der König mir noch die Beförderung zum *comandante* an! Ich wäre ja verrückt, dieses Angebot abzulehnen! Außerdem habe ich auf mein Erbteil verzichtet und mich abfinden lassen. Die Finca gehört dir, Juan, also geh du hin und übernehme sie!«

»Ich kann nicht! Es wäre ein Unding, meine Hofämter einfach aufzugeben und damit die Freundschaft zu Don Pedro. Für unsere Familie zählt das mehr, glaube ich. Wir müssen beides unter einen Hut bringen, Alfonso. Es geht nicht an, dass wir die Mutter jetzt im Stich lassen. Du musst schauen, dass die Dinge dort wieder ins Lot kommen. Suche einen fähigen und verlässlichen Verwalter, und dann trete hier deinen Posten an. Ich werde das beim König für dich regeln, sehe keinerlei Schwierigkeiten.«

Don Pedro war sofort einverstanden. »Ich habe für den Herbst die Versammlung der *Cortes* einberufen, die diesmal im Norden tagen werden, in Burgos oder Valladolid. Dort kann dein Bruder dann zu uns stoßen.«

Von der Versammlung der Stände hing viel ab. Sie setzte sich aus Abordnungen von Adel, Klerus und Städten zusammen und der König hatte sich von Zeit zu Zeit mit ihren Forderungen zu befassen. Don Pedro nahm es auf die leichte Schulter.

»Was soll schon sein? Schließlich bin ich kein Usurpator, der sich den Thron erschlichen oder gewaltsam erkämpft hat. Alles ist legal vor sich gegangen. Bastarde hat es immer gegeben, auch mein Großvater hat einige davon in die Welt gesetzt und ich werde es vermutlich auch tun. Man macht sie zu Grafen, Bischöfen, Äbten – mehr haben sie nicht zu erwarten. Sollten Leonors Kinder sich damit nicht begnügen, dann muss ich ihnen klarmachen, wo ihr Platz ist, und ich hoffe, dass die *Cortes* mich dabei unterstützen.«

Auch hier schlug das Schicksal einen anderen Weg ein. Von den aus dem Süden zurückströmenden Truppen hatte Don Pedro immer wieder Generäle und Kommandanten empfangen und sich dabei mit Blattern angesteckt. Juan brauchte kein Arzt zu sein, um sogleich zu wissen, worum es sich handelte.

In einer fieberfreien Phase schaute der König seinen Kammerherrn verwundert an. »Du hier, Juanito? Hast – hast du keine Angst –?«

Juan wies auf die vereinzelten Narben an Stirn, Nase und Kinn. »Überstanden und genesen, ich kann mich also nicht mehr anstecken. Mit meiner Hilfe werdet Ihr die Krankheit besiegen.«

»Die Ärzte …«

»… sind überwiegend Dummköpfe. Meine *ama* hat mich

damals gerettet, und ich bin gewiss, dass ich Euch mit ihren Mitteln über den Berg bringe.«

Doña María duldete es stillschweigend, dass Juan die Hauptpflege des Kranken übernommen hatte. Sie, Juan, Alburquerque und viele andere wussten, dass der Tod des Königs auch ihren Untergang bedeuten würde.

So ließ der Oberste Mundschenk seinen Herrn nicht aus den Augen, schlief in seinem Zimmer und tat alles, um ihm die Plagen der Krankheit zu erleichtern. In der kritischen, von hohem Fieber begleiteten Phase wechselte er unentwegt die feuchten kalten Tücher auf Waden und Stirn, sorgte für leicht verdauliche Kost und kühle Getränke, wusch sorgfältig die Eiterpusteln aus, sobald sie sich öffneten und redete lange beruhigend auf den von heftigen Fieberphantasien gequälten Kranken ein.

Die Genesung zog sich sehr lange hin, und im Land verbreitete sich das Gerücht, das Krankenbett des Königs sei zu seinem Totenbett geworden. Als habe ein Adler sie verbreitet, so schnell flog diese Schreckensnachricht durch das Land, und bald traten so genannte Thronprätendenten auf, die – mit einigem Grund – auf ihr legitimes Nachfolgerecht pochten.

In dieser Zeit schwang sich Alburquerque – mit Doña Marías ausdrücklicher Billigung – zum Kanzler von Kastilien auf und nutzte diese Stellung, um sich maßlos zu bereichern. Er tat dies vor allem auf Kosten der Freunde und Anhänger von Leonor de Guzmán. Auf sein Geheiß und wohl auch mit Billigung der Königinwitwe ließ er die frühere Geliebte von König Alfonso im Sommer dieses Schicksalsjahres auf der Burg Talavera erwürgen.

Nun aber musste er sich mit den Infanten und möglichen Thronfolgern Fernando von Aragón und Juan Núñez de Lara auseinander setzen, die – zu seinem und Don Pedros Glück – einander heftig befehdeten. Noch ehe diese ehrgeizigen Herren sich einigen oder weiter reichende Beschlüsse fassen konnten, war der König genesen und zeigte sich im Spätherbst wieder in der Öffentlichkeit. Das wirkte wie ein Wunder, und es dauerte keine Woche, dann verstummten alle Gerüchte im Land.

Wie bei Juan hatte die Krankheit Don Pedros Gesicht fast völlig verschont, nur auf der linken Wange waren zwei kleinere Narben geblieben, die sein glattes, großflächiges Gesicht eher schmückten als verunzierten. Einen weiteren kleinen Schaden hatte er während eines Fieberdeliriums davongetragen, als er so stark um sich schlug, dass er aus dem Bett fiel und sich ein Knie verletzte, das von da an beim Gehen hörbar knackte. Schon begann er wieder zu scherzen.

»Es wäre ja recht ungewöhnlich gewesen, wenn ich die Krankheit nicht überstanden hätte, da Zwillinge bekanntlich das gleiche Schicksal haben.«

Don Pedro, nun im siebzehnten Lebensjahr, setzte den Regentschaftsrat ab und trat sehr selbständig auf, doch der finstere Alburquerque blieb Kanzler und Erster Minister.

»Warum soll ich ihn mir jetzt zum Feind machen?«, bemerkte er einmal zu Juan. »Er darf noch eine Weile Kanzler spielen – zumindest bis ich die *Cortes*-Versammlung hinter mir habe.«

Der neue Termin wurde um ein Jahr auf den Herbst 1351 verschoben, und die Versammlung sollte in Valladolid stattfinden.

»Eine stille, friedliche Zeit«, bemerkte Juan, als er Don Pedro mit zwei Leibdienern zur Nachtruhe begleitete. Der König scheuchte die Lakaien davon, als sie den Schlafraum betraten.

»Wir machen das allein ...«

Er legte sein Obergewand ab und ließ sich aufs Bett fallen. »Bezieht sich dein ›still‹ und ›friedlich‹ auf die winterliche Jahreszeit oder auf die politische Lage?«

»Eher auf Letzteres ...«

Don Pedro schaute seinen Kammerherrn belustigt an. »Das wird nicht so bleiben, Juanito, glaube mir. Viele dieser Herren, die mein langes Krankenlager zu verräterischen Umtrieben veranlasste, mögen sich wünschen, ich hätte vergessen und vergeben – einige von ihnen glauben es vielleicht sogar. Aber hier drin –«, er schlug mit der Faust auf seine hohe, bleiche Stirn, »– hier drin ist alles aufnotiert, und was da nicht Platz hat oder in Vergessenheit geraten ist, steht auf der schwarzen Liste, sorgsam geführt von Fernando Sanchez.«

Juan kannte den Geheimschreiber des Königs flüchtig, wie ihn auch andere am Hof nur flüchtig kannten, denn Sanchez besaß keine Freunde. Er tat seine Arbeit – still, beharrlich, unermüdlich, stand zu jeder Tages- oder Nachtzeit zur Verfügung und bewohnte irgendwo auf dem Palastgelände ein kleines, stilles Haus.

»Ein zuverlässiger Mann ...«, bemerkte Juan.

Don Pedro nickte. »Dazu treu und verschwiegen. Aber sonst ist er nur schwer zu durchschauen. Als ich vor einiger Zeit seinen Lohn erhöhen wollte, winkte er ab und sagte, darauf käme es ihm nicht an, sein höchster Lohn sei die Arbeit im Dienste des Königs und die wolle er so gut wie möglich tun. Falls ich nur den geringsten Tadel für ihn hätte, möge ich es ihm sofort sagen. Ein seltsamer Mensch ... Alle sind hinter Geld und Ämtern her, er nicht.«

Don Pedro stand auf und ging zu dem schmalen, mit maurischer Schnitzerei verzierten Wandschrank neben dem Fenster.

»Da wir gerade von Geld sprechen – ich habe befohlen, neue Silberreales prägen zu lassen, und gestern kamen die ersten Muster. Da – schau sie dir an.«

Sie traten ans Fenster, wo auf dem breiten Sims einige Lämpchen flackerten. Juan beugte sich über die matt funkelnde Münze. Die Vorderseite war im Zentrum von einem großen »P« beherrscht, über dem die Lilienkrone schwebte. Die doppelseitige Umschrift lautete: *Dominus mihi adiutor et ego dispiciam inimicos meos.*

»Du hast doch Latein gelernt, Juan, du darfst es ruhig übersetzen.«

»Mit Gottes Beistand werde ich meine Feinde erkennen ...«

»Ja, mein Lieber, das ist alles, was ich mir für die nächste Zukunft wünsche.«

Juan drehte die Münze um, und da war das schöne quadrierte Wappen der vereinten Königreiche eingeprägt mit der dreitürmigen Burg von Kastilien und dem aufgerichteten Löwen von León. Die Umschrift verkündete: »Petrus, König von Kastilien und León«.

»Ein schönes Stück mit einer deutlichen Botschaft, Don Pedro.«

Der König lächelte und Juan erschien dieses Lächeln etwas hinterhältig. Oder lag es an dem Flackerlicht, das die Gesichtszüge undeutlich und zugleich vieldeutig erscheinen ließ?

»Du hast Recht, die Botschaft ist eindeutig, aber die zweite Hälfte hatte ich verschwiegen, und sie müsste lauten: ... und erbarmungslos vernichten!«

»Wann werdet Ihr das tun, Senyor?«

»Nach der Zusammenkunft der *Cortes*, denn die muss ich auf meiner Seite haben.«

Als Juan einige Tage später seine geräumige, im Osten des Palastbezirks gelegene Wohnung betrat, empfing ihn Miguel mit einem gesiegelten Schreiben in der Hand.

»Das hat ein Bote vor einer Stunde gebracht und ehe ich ihn fragen konnte ...«

»Gib schon her!«

Juan nahm ihm das Schreiben aus der Hand und betrachtete das Siegel. Das war kein Familienwappen, sondern nur eine sitzende Taube mit einem Olivenzweig im Schnabel.

Miguel hatte in der Wohnstube ein Feuer entfacht, doch ein kalter, böiger Dezemberwind fauchte durch den Kamin und blies immer wieder Funken in den Raum.

Juan behielt den Mantel an, setzte sich und zog die Lampe näher. Er brach das Siegel und entfaltete das kleine Blatt. Die Schrift war groß, deutlich, doch etwas ungelenk – er las:

»Ich möchte keine Namen nennen, aber Ihr wisst, wer ich bin und dass ich Euch noch Dank schulde. Am Donnerstagnachmittag sind im Dom die Beichtstühle unbesetzt – Ihr könnt dort nach der Siesta den Priester spielen.«

Juan ließ den Brief sinken und schüttelte ungläubig den Kopf. Kam der von Doña Manuela? Er hatte das Mädchen schon fast vergessen und längst die Hoffnung aufgegeben, von ihr jemals wieder zu hören. Und nun das? Konnte es eine Falle sein? Nein! Niemand wusste von dieser Sache und mit Manuela war es besprochen, dass sein Name ungenannt blieb. Die Freilassung von Vater und Bruder war durch den König erfolgt, der ihre Unschuld erkannt hatte. Natürlich würde er hingehen …

Am nächsten Tag besorgte ihm Miguel eine Mönchskutte aus der Kleiderkammer. Es war keineswegs ungewöhnlich, dass jemand verkleidet den Alcazar verließ – sogar der König hatte es schon ein paar Mal getan, um unerkannt eine Dame aufzusuchen.

Am betreffenden Tag hatte zum Glück um die Mittagsstunde ein leiser Regen eingesetzt, der sich nach der Siestazeit verstärkte und die meisten Menschen in ihre Häuser trieb.

Zum Dom hinüber waren es nur einige Schritte, dennoch kam Juan triefnass dort an und schüttelte sich in der Vorhalle wie ein nasser Hund. Er huschte an dem vor sich hin dösenden *portero* vorbei und schritt dann langsam wie betend durch die Säulenreihen der früheren Moschee zu den an der Nordwand aufgereihten Beichtstühlen. Die Kirche war um diese Zeit fast leer und niemand achtete auf den stillen Mönch, der scheu um sich blickte und sich dann auf den Priestersitz eines der *confesionarios* zwängte. Doch ein *sacristán* hatte ihn beobachtet und trat behutsam näher.

»Seid Ihr Padre Esteban?«

Juan zog seine Kapuze tiefer in die Stirn und flüsterte: »Nein, mein Sohn, ich bin Gast hier und erwarte ein Beichtkind.«

Der *sacristán* verbeugte sich und ging weg. Juan spähte in die dämmrige Kirche, sah eine Gestalt zwischen den Säulen auftauchen. Es war eine verschleierte Frau, die sich zögernd dem Beichtstuhl näherte.

»Doña Manuela!«, rief er leise.

Sie trat schnell heran und kniete nieder.

»Nun, meine Tochter, du bist gekommen, um vor Gott deine Sünden zu bekennen ...«

Mit gepresster, atemloser Stimme wisperte sie: »Nein, Padre, ich bin gekommen, um Euch mitzuteilen, dass ich sündigen werde ...«

Juan beugte sich vor. »Manuela, erzählt – was ist geschehen? Aber macht schnell, ehe der *sacristán* misstrauisch wird!«

»Ihr habt Euer Versprechen eingelöst, Vater und Bruder kamen frei, aber unser Vermögen wurde beschlagnahmt, die Finca von der Krone eingezogen. Geblieben ist nur ein bescheidenes Stadthaus ... Könnt Ihr Euch an meinen damaligen Begleiter erinnern?«

»Ja – ein älterer Herr ...«

»Don Luis Alvarez ist fast dreimal so alt wie ich, seit vier Jahren verwitwet, seine Kinder sind jung gestorben – und er ist reich. Er hat bei meinem Vater um mich angehalten, denn für ihn gebe es nur zwei Möglichkeiten: entweder er kaufe sich als Pfründner in ein Kloster ein oder er heirate mich und sein Vermögen geht an unsere Familie. Meine Mutter wäre damit nicht einverstanden gewesen, aber sie starb, als ich zwölf war.«

Sie begann zu schluchzen. Obwohl sie flüsterte, klang ihre Stimme scharf und verbittert. »Ich werde im kommenden Februar achtzehn und soll zu dieser zittrigen Gestalt ins Hochzeitsbett steigen! Das ist gegen die Natur, Don Juan! Lieber stürze ich mich in den Guadalquivir! Ihr müsst diese Ehe verhindern, ich bitte Euch! Als Jungfrau soll er mich jedenfalls nicht kriegen. Wenn ich schon mit einem Mann ins Bett muss, dann soll es ein richtiger Kerl sein, voll Saft und Kraft und nicht ein schon fast lebloses Gerippe!«

»Ihr sprecht eine deutliche Sprache, Doña Manuela … Aber was kann ich tun? Soll ich mich in Familienzwiste mischen? Das ist hierzulande nicht üblich, da hätte auch der König kein Verständnis. Ihr dürft nicht glauben, dass ich Euch vergessen habe! Wenn ich mich nach einer Geliebten sehnte, dann stand mir sogleich Euer liebliches Bild vor Augen …«

»Ja, ja!«, sagte sie drängend, »nun knie ich leibhaftig vor Euch und gehöre Euch mit Haut und Haar – Ihr braucht nur die Hand auszustrecken …«

»Aber wo könnten wir uns ungestört treffen? Als Kammerherr des Königs kennt mich alle Welt, es wird nicht einfach sein.«

Was mühst du dich ab, hörte Juan eine innere Stimme sagen, du kriegst auch so fast jede Frau dieser Stadt! Warum sich in unwägbare Gefahren stürzen? Manuela wird gewiss einen Ausweg finden; mischst du dich da ein, wirst du den Kürzeren ziehen! Blödes Gerede! Es ist nun einmal so, dass ich diese Frau will – diese und keine andere! Aber warum gerade sie, fragte die innere Stimme, doch sie war ganz leise geworden und Juan ging nicht auf die Frage ein.

»Ich werde diese Ehe verhindern«, sagte er halblaut, mehr zu sich als zu ihr.

»Ich gehöre Euch, Don Juan. Am Sonntag, nach der Messe, werden Vater, Bruder und Vetter an der alljährlichen Vogeljagd in den Flussauen teilnehmen. Sie ziehen dabei dem Strom entlang nach Süden und übernachten jeweils in den Landhäusern von Freunden. Der Jagdausflug endet in Sanlucar und wird wohl acht bis zehn Tage dauern. In dieser Zeit bewohne ich das Stadthaus mit meiner alten *ama* und einigen Dienstboten allein. Die *ama* ist halb taub, die Dienstboten wohnen im Gartenhaus, nur der Pförtner schläft in einer Kammer neben der Haustür. Wenn Ihr kommt, wird er besonders tief schlafen …«

»Ich soll also – wann darf ich kommen?«

»Am nächsten Montag, etwa drei Stunden nach Sonnenuntergang. Ich selber werde Euch die Tür öffnen.«

Noch ehe Juan etwas sagen konnte, war Manuela verschwunden. Dann tauchte gleich wieder der *sacristán* auf.

»Padre, wenn Ihr in einer fremden Kirche die Beichte abnehmt, dann ...«

Juan nickte und drückte dem Mann hastig zwei Maravedis in die Hand.

Am nächsten Tag erstattete er Don Pedro Bericht, denn er wollte nichts ohne sein Wissen unternehmen. Wie Schulbuben steckten der König von Kastilien und sein Kammerherr die Köpfe zusammen, grinsten und kicherten.

»Bleibt nur die Frage, ob sie gekommen ist, um dir endlich den überfälligen Dank abzustatten, oder um dich als Eheverhinderer einzuspannen.«

»Das verstehe ich nicht ganz, Don Pedro ...«

Der boxte ihm scherzhaft in die Schulter. »Ich werde es dir erklären. Wenn es dieser Frau nur darum gegangen wäre, deine damalige Forderung einzulösen, dann hätte sie dich nicht fast ein Jahr lang warten lassen. Jetzt aber, da ihr die Heirat mit dem alten Vetter droht, verbindet sie möglicherweise das Angenehme mit dem Nützlichen. Sie will ihre Jungfernschaft an einen jungen kräftigen Mann verlieren, an einen, den sie mag, und sich nicht von einem vermutlich halb impotenten Tattergreis befummeln lassen.«

»Und was ist das Nützliche?«

»Bei allen Heiligen! Und du willst mein Zwilling sein? Sie wird dich überreden wollen, den Alten auf irgendeine Weise beiseite zu schaffen. Für einen feigen hinterhältigen Mord wirst du kaum zu haben sein, also sorgt sie dafür, dass ihr in flagranti ertappt werdet. Was kann der Verlobte dann tun, um die Familienehre zu retten? Er wird dich fordern und du als der Jüngere und Geschicktere bringst ihn um. So einfach ist das ...«

»Ist das Euer Ernst, Don Pedro?«

»So etwas geschieht doch jeden Tag, in Spanien, in Frankreich – überall, wo habgierige Väter ihre Töchter an betuchte Greise verkuppeln wollen.«

»Und wie geht es dann weiter?«

»Sie wird dich heiraten wollen, schon aus Dankbarkeit.«

»Und wenn ich nicht will?«

»Dann kriegst du es mit dem Herrn Papa zu tun.«

»Und den soll ich auch umbringen?«

»Das wird sich finden, mein Lieber. Es gibt immer eine Lösung, für alles.«

»Da ist es wohl besser, ich gehe gleich gar nicht hin?«

Der König grinste bübisch. »Feigling! Dann verzieh dich gleich in ein Kloster oder lass dich kastrieren! Anstatt alles haarklein zu durchdenken und die möglichen Risiken abzuwägen, solltest du dich nur auf diese eine Nacht konzentrieren. Irgendwie geht es dann schon weiter.«

Nach diesem Gespräch fragte sich Juan, ob er in jedem Fall bei seinem Entschluss geblieben wäre, auch ohne Don Pedros spöttische Ermunterung. Ja, er hätte sich von nichts und niemandem abhalten lassen, doch vorsichtig wollte er dennoch sein.

Bald senkte sich die Abenddämmerung über den Alcazar und die Stadt. Als er den Palastbezirk verließ, hatte sich die Giralda, das frühere Minarett und der jetzige Glockenturm des Domes, in einen länglichen Kubus verwandelt, der schwarz und bedrohlich in den grauen Himmel ragte.

Die Luft war feucht und kühl, doch er spürte es nicht. Er schwebte auf einer warmen Woge, und es war, als fiele die Vergangenheit von ihm ab. Es hatte niemals eine Rubia gegeben, niemals willige Dienerinnen, verliebte Hofdamen und lüsterne Witwen. Er hatte sich wieder in den Knaben verwandelt, der todkrank und fiebrig im Bett lag und den die *ama* mit beschwörenden Worten und kosenden Lippen zurück ins Leben zog. »Und denke vor allem an die Frauen, Juanito – die schönen Frauen in Kastilien ... Du hast noch keine von ihnen erkannt, bist ein Jüngling noch und kein Mann. Sie warten auf dich, diese Frauen ...« Ja, und auch er hatte gewartet auf sie, die Eine und Einzige, war wieder zum Jüngling geworden, hatte viele Frauen gehabt, aber keine erkannt.

Er hatte die Sanduhr zweimal durchrieseln lassen und beim dritten Mal nur zur Hälfte und dann war er aufgebrochen.

Das Haus der Familie de Soto gehörte zur Pfarrei San Martin im Norden der Stadt, und Juan war zwei Tage zuvor bei Tageslicht vorbeigeritten, hatte sich den Ort eingeprägt. Diesmal ging er zu Fuß, in einen Kapuzenmantel gehüllt, wich jedem aus, der entgegenkam, doch die dunklen Straßen und Gassen waren um diese Zeit fast leer. Er ging um die Kirche herum und bog in die Calle del Negro ein. Etwa in der Mitte dieser kurzen engen Gasse, eingezwängt zwischen größeren Gebäuden, stand das schmale zweistöckige Haus der Familie de Soto.

Da und dort glommen Lampen vor den Türen der Häuser und tauchten die Gasse in ein schwaches Licht, das gerade ausreichte, die Portale der Häuser in ihren Umrissen erkennen zu lassen.

Juan hatte bisher laute Schritte vermieden, doch nun stampfte er ein paar Mal laut auf. Bald regte sich etwas, er hörte das leise metallische Geräusch eines Schlüssels, und die Tür öffnete sich einen Spalt. Er vernahm ein geflüstertes »Don Juan?«, trat näher und flüsterte zurück: »Ja, ich bin's.«

Er schlüpfte ins Haus, eine kalte Hand ergriff die seine und führte ihn eine steile Treppe hinauf, die erbärmlich knarzte, mochte man noch so behutsam auftreten. Oben wies Manuela auf eine Tür.

»Da schläft meine *ama,* aber die ist stocktaub. Dem Pförtner habe ich ein Schlafmittel in den Wein gemischt.«

Sie öffnete die Tür daneben und zog ihn hinein. Dann stellte sie den Leuchter ab, hob das zarte Oval ihres Gesichts und schaute ihn an.

»Ich habe es gewollt – du auch?«

Er lächelte sie an. »Dann wäre ich ja nicht hier, und ich muss gestehen, dass ich so aufgeregt bin wie einer, der zum ersten Mal – zum ersten Mal ...« Er stockte, als sie ihm einen Finger auf die Lippen legte.

»Davon möchte ich nichts wissen.«

Er umfasste ihren schlanken Leib, spürte den feinen Duft nach Minze und Jungmädchenhaut. Das war anders als die schweren süßen Schwaden nach Moschus und feuchter Bereitschaft, mit der ihn die Frauen so oft empfangen hatten. Da war ihm das Blut in die Lenden geschossen, und er hatte sich hineingestürzt in die schwülen Betten, zwischen die geilen Schenkel, und hatte getan, was er von sich und sie von ihm erwarteten. Ihre Gesichter? Die kannte er manchmal kaum, denn dies waren Spiele der Dämmerung, und wenn ihn untertags bei Hof eine mit wissenden Augen musterte, dann war sie – vielleicht? – eine seiner nächtlichen Gespielinnen, die allen Grund hatten, untertags nicht mit ihm gesehen zu werden.

Manuelas sonst immer leicht geöffnete Lippen waren jetzt geschlossen, aber als er seinen Mund auf den ihren presste, öffneten sie sich und sie erwiderte nach einigem Zögern sein Zungenspiel. Er küsste ihren schlanken Hals, den Ansatz ihrer Brüste, und als er versuchte, das Mieder zu öffnen, schob sie ihn sanft zurück. Sie ging zum Bett, zog den Vorhang auf und hob ihre Hand, als er sich nähern wollte.

»Nein, Juan, du musst warten, bis ich bereit bin.«

Er setzte sich an die Fensterbank, stand gleich wieder auf, feuchtete Daumen und Zeigefinger an und löschte zwei Kerzen des dreiflammigen Leuchters, den er auf ein Tischchen neben der Tür stellte. Dann legte er schnell seine Kleider ab, warf sie auf die Truhe neben dem Fenster und setzte sich darauf.

Er hatte noch nie einer Jungfrau beigelegen, wollte sie nicht erschrecken oder verstören. Manche seiner Gespielinnen am Hof hatten es geschätzt, wenn er sich ihnen mit erregter Männlichkeit näherte. Eine hatte sogar die Lampe hochgehalten, um den priapischen Phallus genau zu betrachten. »Eure Gestalt ist eher zierlich, Don Juan«, hatte sie dazu bemerkt, »aber die Natur hat es mehr als ausgeglichen.« Das fiel ihm jetzt ein und fast schämte er sich, dass ihn diese törichte Bemerkung auch noch stolz werden ließ. Hatte sie jetzt Angst bekommen und rührte sich nicht oder war sie gar eingeschlafen?

Doch dann kam der Vorhang in Bewegung, öffnete sich einen Spalt, und er hörte ihre flüsternde Stimme, ohne ein Wort zu verstehen. Er nahm es als Aufforderung, kroch in den Bettkasten, fand genug Platz und seine tastenden Hände spürten ihren starren Körper, der erschreckt zusammenzuckte.

»Nur ruhig, Manuela, es geht nicht um Leben oder Tod, sondern um die schönste Sache der Welt.«

»Was – was muss ich jetzt tun?«, hörte er ihre kleine verängstigte Simme. Er rückte näher, bis er ihren Körper an dem seinen spürte.

»Nichts, Manuela, nichts musst du tun – oder vielleicht doch ...«

Er hatte festgestellt, dass sie ein Nachthemd aus Linnen trug, das vom Hals bis zu den Knöcheln reichte und sie sich da hineingewickelt hatte wie in einen Panzer.

»Lege bitte dein Nachthemd ab, denn zur Liebe braucht es die Berührung von Haut zu Haut.«

Sie zögerte, und so half er ihr dabei, mit aller Behutsamkeit, das Hemd über den Kopf zu streifen. Dann drehte er sich zur Seite, legte ein Bein über ihre Schenkel und begann sanft ihre Brüste zu liebkosen, spürte dabei, wie ihr zuerst starrer und kalter Leib sich entkrampfte und langsam erwärmte.

Er ließ sich Zeit und wunderte sich über seine Geduld, die er sonst nie aufgebracht hatte. Warum auch? Keine der anderen hatte sie von ihm erwartet oder verlangt ... Auch Manuela nicht, gewiss, aber er spürte genau, dass Hast und

Ungeduld alles verdorben hätten. War eine Stunde vergangen – waren es zwei? Die Zeit stand still, verlor jede Bedeutung.

Als ihre Hand warm und ihr Körper weich und lebendig geworden waren, wollte er behutsam einen Schritt weitergehen.

»Ich will mehr von dir spüren, Liebste, will dich nicht nur aus der Ferne streicheln wie einen Hund oder eine Katze, denn die Liebenden sollen – so steht es in der Heiligen Schrift – ein Fleisch werden.«

»Ja – ja, Juan, tue, was dir beliebt ...«

»Nicht mir allein, Manuela, auch dir muss es belieben. Eines soll dem anderen wohl tun, nur so kann Liebe sich erfüllen. Wenn einer der Liebenden unter der Berührung leidet, dann stimmt etwas nicht, dann muss man es anders machen – oder ganz lassen.«

So hatte er zuvor bei Frauen nie geredet, Manuela brachte in ihm Saiten zum Klingen, deren Töne ihm neu waren.

Er richtete sich auf, stützte sich auf Knie und Ellenbogen, so dass sein Körper über dem ihren schwebte, ohne ihn zu berühren. Dann begann er sie mit sanften Küssen zu streicheln, die sie nur leicht an Wange, Lippen, Hals und Brüsten berührten und ihren Körper erschauern ließen.

Dieses Spiel erregte ihn so, dass sein Glied sich verhärtete. Er richtete sich auf, nahm ihre schlaffe Hand und ließ sie es fühlen. Sie zuckte zurück.

»Aber nein, du musst spüren, dass ich bereit bin, sollst den Körper deines Geliebten kennen lernen. Man fürchtet nicht, was man kennt – gut kennt.«

Da legte sie von sich aus ihre Finger um sein Geschlecht und begann es zögernd zu streicheln.

Er lachte leise. »Greif nur fester hin, Manuela, eine Frauenhand kann nicht wehtun.«

Diesmal gehorchte sie nicht, sondern zog seinen Kopf zu sich herab, und nun wurden seine Küsse fester, derber, inniger, und während er sie küsste, strich sein Glied suchend über ihren Schoß, wie ein Wesen, das um Einlass bittet. Langsam, ganz langsam öffneten sich ihre Schenkel, sein Suchen wurde drängender, ihre Zungen stießen heftig aneinander, er saugte an ihren Brustwarzen, begleitet von leichten Bissen, und dann drang er behutsam in sie ein, spürte einen Widerstand, der ihn erregte, sein Glied härter werden ließ; dann kam ihr leiser Schrei, und sie wollte sich ihm entziehen, doch er presste sich dagegen, blieb bewegungslos in ihr, bis er spürte, wie ihr Körper sich entspannte.

»*Adiós virginidad!*«, scherzte er, und sie fragte zurück:

»Kommt da noch etwas, Juan?«

»Aber ja, *mi amor*, das war nur der Anfang, du hast deine Jungfernschaft verloren, sonst ist weiter nichts geschehen.«

Ganz langsam begann er den Liebesrhythmus, und als er spürte, dass sie sich fordernd gegen ihn presste, bewegte er sich schneller und härter, pflügte ihren Schoß liebevoll und gründlich, wie ein Bauer seinen Acker. Sie stieß kleine spitze Schreie aus, krallte sich in seine Lenden, rief: »Ja – ja, Juan, ja – ja, Liebster ...«

Er war schon nahe daran gewesen zu glauben, dass es von Frau zu Frau kaum noch Unterschiede gäbe, dass es am Ende doch immer gleich war, aber mit Manuela war es wieder neu geworden – erregend, lustvoll und überraschend, als sei es das erste Mal.

Dann schliefen sie beide erschöpft ein. Sie erwachten noch vor der Dämmerung, wiederholten ihr Spiel, und am Ende dachten beide dasselbe: So muss es weitergehen, es muss ein nächstes Mal geben, ein drittes und viertes Mal – so muss es weitergehen – ewig, ewig.

Im Morgengrauen stahl er sich davon, übermüdet und dennoch hellwach, spürte bei jedem Schritt sein wund geriebenes Glied und genoss den Schmerz als lustvolle Erinnerung an die vergangene Nacht. Warum war es bei ihr so anders, überlegte er. Ihr Gesicht? Gewiss, es war ein hübsches Gesicht, das zarte Oval, die kecke Stupsnase, die köstlichen, immer leicht geöffneten Lippen, ihr langes Haar in der Farbe reifer Oliven – aber andere hatten das auch. Oder war es ihre jungmädchenhafte Unschuld, ihre Scheu, ihre Unerfahrenheit? Damit war es jetzt wohl vorbei, und beim nächsten Mal würde sie sich nicht in einer Ecke des Bettes verkriechen, würde nicht vor seinem steifen Glied zurückschrecken, würde seine Küsse erwidern und seine Geliebte sein – wie die anderen? Nein, das nicht! Aber was war es dann?

9

Juan Alfonso de Alburquerque spürte, wie Don Pedro ihm allmählich entglitt. Noch vor kurzem hatte er die Vorschläge des Kronrates fast immer ohne Vorbehalt akzeptiert, jetzt aber war der Kronrat abgeschafft, er wurde zusehends misstrauischer, stellte unangenehme Fragen und schaute sich jedes Dokument sehr genau an.

Alburquerque sah nur einen Weg, ihn von diesem störenden Verhalten abzulenken, und darüber sprach er mit Doña María, der Königinwitwe.

»Einesteils freut es mich, dass der König nun allmählich zum Mann heranreift, von sich aus Verantwortung übernimmt und Entscheidungen trifft. Andererseits …« Er hielt inne und runzelte die Stirn, was sein Gesicht noch finsterer erscheinen ließ.

Doña María wurde ungeduldig, und es war ihr anzusehen. »Nun?«

»Ich weiß nicht, wie ich mich ausdrücken soll … Manche seiner Entschlüsse sind so unausgegoren, dass ich ihm helfend beispringen möchte, aber das will er nicht, es macht ihn eher störrisch und erregt seinen Zorn. Ich möchte aber meinen König nicht erzürnen, das könnt Ihr doch verstehen, Doña María?«

»Gewiss, aber was schlagt Ihr vor? Auch auf mich hört er immer weniger.«

»Er müsste eine Frau an seiner Seite haben, die er liebt und schätzt, die zudem imstande ist, sein Temperament etwas zu zügeln, aber auch unser Vertrauen genießt – Eures und meines.«

»Denkt Ihr an eine Ehefrau?«

»Nein, nein, jetzt noch nicht.«

»Also an eine Geliebte, doch da findet Ihr bei mir keine Unterstützung, denn früher oder später wird er doch heiraten müssen. Dann aber ist die Geliebte da, hat vielleicht schon Kinder geboren – nein! Ich weiß, wie es ist, mit einem Mann verheiratet zu sein und weniger zu gelten als der Spatz auf dem Dach. Nein, mein Freund, ich plädiere für eine Ehe, und zwar gleich nach der *Cortes*-Versammlung. Da ist er dann inzwischen siebzehn und alt genug für eine Heirat. Bedenkt auch, wie wichtig es gerade jetzt ist, dass Don Pedro möglichst bald einen Thronfolger vorweisen kann. Nur das wird Don Enrique, den Infanten und allen, die nach dem Thron schielen, den Wind aus den Segeln nehmen.«

Alburquerque seufzte schwer, aber er hatte mit diesem Vorschlag gerechnet. »Und wer käme als Gemahlin in Frage?«

»Portugal scheidet aus, da gibt es zurzeit keine heiratsfähige Prinzessin, zudem leben wir im besten Einverständnis mit meinem Bruder, dem König Affonso. Aragón? Diese Möglichkeit halte ich für gefährlich, denn der König dort unterstützt eher seinen Bruder, den Infanten Fernando. Nein, Alburquerque, hier kommt nur eines in Frage, nämlich eine Verbindung mit Frankreich. Unser Verhältnis zu König Jean ist ausgezeichnet, im Übrigen läuft dieses Jahr sein Waffenstillstand mit England aus, und da hat er andere Sorgen, wird froh sein, uns notfalls als Verbündete zu haben. Ich schlage vor, wir senden noch in dieser Woche Gesandte nach Paris, um dort die Aussichten zu prüfen. Blanca de Borbón hielte ich am ehesten für geeignet. Sie wird fünfzehn, ist eine Nichte des Königs, würde also in jeder Beziehung zu Don Pedro passen.«

Alburquerque fügte sich, gab aber keineswegs die Absicht auf, dem König eine Geliebte unterzuschieben, die ihm, dem Kanzler, verpflichtet war.

Als man Don Pedro vom Zweck dieser Reise unterrichtete, wurde sein Gesicht starr und abweisend. Zuerst blickte er kurz seine Mutter an, dann lange seinen Kanzler Alburquerque, bis dieser die Augen senkte.

»Bis heute war ich der Meinung, der Kronrat sei aufgehoben. Jetzt aber bestimmt man über mich, als sei ich ein unreifer Junge, der gegängelt werden muss.«

Doña María hob energisch ihr Kinn. Pedro kannte diese Geste recht gut und wusste, dass seine Mutter dann unverblümt ihre Meinung äußerte.

»Nein, Pedro. Das siehst du falsch! Wir haben nur dein Wohl und das unseres Landes im Sinn. Sobald ein Kronprinz in der königlichen Wiege liegt, werden Enrique und die Infanten ihre Träume begraben müssen. Nichts kann deinen Thron sicherer machen als ein legitimer Nachfolger. Das wusste auch dein Vater. Auch wenn ihm seine Bastarde noch so am Herzen lagen, die Stütze seines Thrones warst du!«

Don Pedro hob beschwichtigend seine Hand. »Das sehe ich alles ein, aber es macht mir wenig Freude, wenn die Gesandten mit einer hässlichen Ziege aus Frankreich zurückkehren und sagen: ›*Voilà,* mein König, diese Vogelscheuche wird Eure künftige Gemahlin sein.‹«

»Also, Senyor, ich muss doch bitten!«

»Regt Euch nicht auf, mein Lieber, aber so könnte es doch immerhin sein. Zudem finde ich es nicht schön, mit einem König verschwägert zu sein, dessen Verschwendungssucht und Günstlingswirtschaft inzwischen schon sprichwörtlich ist.«

»Spiele hier nicht den Tugendwächter des französischen Königs!«

Don Pedro grinste auf seine freche jungenhafte Art. »Bis

es so weit ist, werde ich mich anderweitig trösten müssen – Sevilla ist mit hübschen Mädchen überreich gesegnet.«

»Da hast du dich auch bisher nicht zurückgehalten«, sagte Doña María streng, doch ein leises Lächeln huschte dabei über ihr herbes Gesicht.

Juan setzte seine nächtlichen Besuche bei Manuela auch in den nächsten Tagen fort und wurde dabei immer sorgloser. Was konnte denn schon sein? Niemand würde es wagen, den Freund und Obersten Mundschenk des Königs zur Rechenschaft zu ziehen!

Manuela sorgte ihrerseits dafür, dass die *ama* in ihrem Zimmer blieb, der Pförtner gut schlief und die Dienstboten pünktlich ihre Wohnungen aufsuchten. Schöpfte denn niemand Verdacht?

Während der dritten Nacht – Manuela und Juan waren gerade ermattet eingeschlafen – pochte es laut an die Tür. Manuela schreckte hoch, und sie rüttelte Juan am Arm.

»Hörst du das?«

Noch zweimal klopfte es, dann ging die Tür auf, und die vorgehaltene Kerze beleuchtete das runzelige Gesicht der *ama*.

»Manuelita? Ist etwas mit dir? Ich habe Stimmen und Geräusche gehört.« Das rief sie nach Art der Schwerhörigen so laut, dass man es im ganzen Haus hören konnte.

Manuela sprang aus dem Bett und lief zur Tür.

»Das hast du geträumt, *madrecita* – ich habe geschlafen, wie alle im Haus.« Sie hatte diese Worte der Alten laut ins Ohr gesagt.

Die *ama* nickte, blickte sich aber danach misstrauisch im Zimmer um. Wie immer hatten sie Juans Kleider unters Bett gestopft, so dass nichts seine Anwesenheit verriet.

»Na gut …« Sie wackelte mit dem Kopf und wandte sich zum Gehen.

»Vielleicht solltest du künftig von innen abriegeln.«

»Das werde ich tun, *madrecita*.«

Dann schlüpfte sie zurück ins Bett, und sie erstickten ihr Lachen in einem langen Kuss.

Sie hatten es so abgesprochen, dass Manuela ihn sofort verständigen würde, wenn ein Bote die Rückkehr von Vater und Bruder ankündigte.

»Heute gibt es etwas zu feiern«, scherzte Juan, als sie sich in der Nacht zum Montag heftig umarmten. Sie hielt sein Glied in der Hand und drückte es sanft.

»Was sollen wir feiern, Liebster?«

»Es ist unsere siebte Nacht und sieben ist eine heilige Zahl. Da gibt es die sieben Todsünden ...«

Sie kicherte. »Und was soll daran heilig sein?«

Nun lachte auch er. »Du hast Recht – nichts. Aber es gibt die sieben Sakramente, sieben Tugenden, den geheiligten siebten Tag der Woche ...«

Sie drückte fester zu und Juan schrie leise auf.

»Ja, ja, aber dich gibt es nur einmal und mich auch, und das sollten wir nützen.«

Wie sie sich in diesen wenigen Tagen verändert hat, dachte Juan. Aus dem schüchternen Mädchen ist eine Frau geworden, die durchaus weiß, was sie will und was nicht.

»Von nun an müssen wir sehr vorsichtig sein«, flüsterte sie ihm beim Abschied zu. »Jede Stunde kann der Bote erscheinen und ihre Rückkehr melden. Ich werde dich dann sofort benachrichtigen.«

Juan gähnte. »Aber ein paar Tage wird es doch noch dauern?«

»Bis zum Christfest werden sie in jedem Fall zurück sein.«

»Und wie geht es dann weiter?«

»Wir werden sehen ...«

Er war viel zu spät dran, schlüpfte hastig in seine zerknüllten und zerknitterten Kleider und schlich die unentwegt knarzende Treppe hinab. Er hörte den Pförtner in seiner Kammer rumoren, drehte schnell den gut geölten Schlüssel, und als er langsam die schwere Tür öffnete, kam der Pförtner heraus und sah gerade noch, dass ein Mann nach draußen entschwand. Er wollte ihm nachlaufen, als er Manuelas Stimme von oben hörte.

»Halt, halt – ist schon in Ordnung.«

Sie konnte ihm weismachen, er habe so tief geschlafen, dass sie den Boten einließ, und der sei jetzt wieder gegangen.

»Mein Vater wird morgen oder übermorgen zurückkehren«, flunkerte sie ihm vor, gähnte und verschwand in ihrem Zimmer.

Ich werde langsam alt, dachte der *portero,* früher bin ich bei dem leisesten Geräusch aufgewacht. Hoffentlich erfährt der Herr nichts davon ...

Als Juan in der nächsten Nacht davon hörte, erschrak er ein wenig. »Aber was ist, wenn der wirkliche Bote erscheint?«

»Der *portero* wird mich nicht verraten, denn ich habe ihm versprechen müssen, meinem Vater seine Nachlässigkeit zu verschweigen.«

»Ein Spiel mit dem Feuer ist es schon ...«

»Ist es das nicht wert?«

Er schwieg, küsste sie und wunderte sich über ihren Leichtsinn. War es nicht seit jeher das Vorrecht der Männer gewesen, kühn, tatkräftig und leichten Sinnes zu sein?

Ihre Körper erhitzten sich, sie begannen schneller zu atmen, Juan spürte, wie das Blut in seinen Lenden pulsierte, spürte, wie seine Geliebte sich öffnete, ihr Leib sich erregt an den seinen drängte – doch dann wurde das lustvolle Treiben jäh unterbrochen. Es musste wohl schon länger geklopft haben, aber das Liebesspiel hatte sie so taub werden lassen wie die alte *ama,* die nun ins Zimmer kam und den Bettvorhang zurückziehen wollte. Manuela hielt ihn geistesgegenwärtig fest, Juan kroch schnell auf die andere Bettseite und verbarg sich unter der Decke.

»Was gibt es so Wichtiges?«, hörte er die Geliebte fragen.

»Sie sind da! Der Torwächter hat sie gerade noch in die Stadt gelassen. Don Luis ist bei der Jagd vom Pferd gestürzt und deshalb ...«

»Was? Ist er tot?«

»Aber nein!«, tönte die laute Stimme der *ama,* »nur eine schwere Prellung. Er leidet noch, der Arme, und deshalb wollten sie die Jagd nicht fortsetzen und sind eher gekommen. Soll ich dir beim Ankleiden helfen?«

Doch Manuela wehrte ab, schob die Alte aus dem Zimmer und drehte den Schlüssel um. Juan streckte seinen Kopf aus dem Alkoven. Er fühlte, wie sein Herz schneller schlug, doch er blieb ruhig und gefasst.

»Wie komme ich jetzt hinaus?«

»Vorerst gar nicht, denn das Haus wimmelt vor Menschen. Auch die Dienstleute werden aufstehen, um den Herrn zu empfangen. Da kommt keine Maus ungesehen durch ...«

Sie sagte es fast heiter, als stelle sie nur eine unwichtige Tatsache fest. Juan genoss die Situation, hoffte fast, es würde zu einer Begegnung kommen, denn dann ... Ja, was dann? Sollte er mit drei Männern den Kampf aufnehmen? Erst einmal musste er aus dem Haus. Er kleidete sich schnell an und blickte aus dem Fenster. Er sah einige Menschen mit Laternen aus den Dienerwohnungen hasten und ins Herrenhaus laufen. Dann wurde es dunkel und still.

»Ich springe aus dem Fenster in den Hof, wickle mich in meinen Mantel und spiele einen verirrten Reitknecht, der sich hier nicht auskennt ...«

»Ist es nicht zu hoch?«

»Ich halte mich am Fensterkreuz fest, dann geht es schon.«

Wieder klopfte es an die Tür.

»Ich komme gleich, bin noch beim Anziehen!«, rief Manuela, während Juan das Fenster öffnete, seinen Mantel hinauswarf, das Fensterkreuz umfasste und sich fallen ließ. Der Aufprall war hart, aber er kam schnell wieder auf die Beine, hüllte sich in den Mantel und lief zum Hintereingang des Herrenhauses. Niemand achtete auf ihn. Der Pförtner stand neben dem offenen Portal und fasste Juan am Ärmel. Er riss sich los und murmelte: »Habe mich hier verlaufen, bin nur ein *palafrenero* der hohen Herrn ...«

So konnte er sich davonmachen, musste sich aber sagen, dass er nicht jedes Mal ein solches Glück haben würde. Ganz leise stahl es sich in seine Überlegungen. Ist es nicht genug ... Du hast deine Jungfrau gehabt, Juan, nun lass dem Alten auch seinen Spaß ... Wie lange wird Don Luis noch leben? Du kannst abwarten, bis Manuela Witwe ist, dann findet sich schon ein Weg, um euer Spiel weiterzutreiben ...

»Nein!«, sagte er laut, »dem Alten gönne ich sie nicht! Ich liebe sie – ja, ich liebe sie doch!«

»Liebe ich sie ...?«, kam es wie ein Echo zurück.

Don Pedro erzählte er nichts davon; er wollte ein paar Tage abwarten und dann schauen, wie es weiterging. Mehrmals streifte ihn der Gedanke, beim alten de Soto um Manuelas Hand anzuhalten, doch das verwarf er schnell wieder. Was hatte Liebe mit Ehe zu tun? Nichts, wie es sich überall zeigte. Das reichte vom König, der nach dynastischen Erwägungen heiraten musste, bis hinab zum Landarbeiter oder Taglöhner, der eine Braut mit fünfzig Reales Mitgift einer solchen mit zwanzig vorzog.

Aber eines tat Juan sofort: Er nahm seine Fechtübungen wieder auf, die er in Don Pedros Diensten arg vernachlässigt hatte. Vom Leben am Hof wusste er, wie schnell man in einen Zweikampf verwickelt war und dass eben der den Kürzeren zog, der mit seiner Waffe nicht genügend vertraut war. Schon sein Fechtmeister auf der Finca hatte Juans Geschick und schnelle Reaktion gelobt, mit der er die unterlegene Kraft seines eher zierlichen Körperbaus ausgleichen konnte.

Schnell war die Woche vergangen, und es ließ ihm keine Ruhe mehr, er wollte und musste etwas unternehmen. Er begann sich über die eigene Unentschlossenheit zu ärgern und fasste schließlich den verrückten Plan, die de Sotos aufzusuchen und sie im Namen des Königs nach ihrem Ergehen zu fragen. Da musste er freilich Don Pedro Bescheid sagen, und das hatte er sich für den nächsten Morgen vorgenommen.

Noch ehe er seinen Dienst im Palast antrat, kam ein Bote mit einem Schreiben, und das Siegel zeigte nicht eine Taube, sondern das Familienwappen der de Sotos. Mit förmlichen Worten bat ihn Manuelas Vater um eine Unterredung in seinem Haus.

Juan erschrak. Ob ihn damals doch jemand gesehen hatte? Aber warum dann diese späte Reaktion – nach über einer Woche?

Wie auch immer – vielleicht bahnte sich irgendeine Lösung an. Auf die Rückseite des Briefes schrieb er, es freue ihn, übermorgen um die vierte Tagesstunde der Einladung Folge leisten zu können.

Ehe Don Pedro sich zur Mittagsruhe zurückzog, machte ihn Juan mit seiner heiklen Lage bekannt. Diesmal fand der König nichts zum Lachen, sondern blickte seinen Kammerherrn nachdenklich an.

»Du beschläfst also dieses Mädchen sieben Nächte hintereinander, und dann machst du dich aus dem Fenster davon ... So, wie du es geschildert hast, kann dich niemand erkannt haben. Die de Sotos müssen es auf anderem Weg erfahren haben, vielleicht – nein, ich will mich dazu nicht äußern. Ein anderer Grund scheidet wohl aus?«

»Ich kann mir keinen denken, Senyor.«

»Gut, ich muss dich ermahnen, den Fall ehrenhaft zu regeln, kann dir aber sagen, dass ich nichts dagegen habe, wenn du diese Familie ein wenig beschneidest. Du verstehst, was ich meine? Ich halte nämlich diesen de Soto nach wie vor für einen Verräter, wenn er auch heimlich tut, wozu sich sein Vater – weil es damals ungefährlich war – öffentlich bekannte. Don José, sein Sohn, war ja immerhin Kammerherr bei der Hure Leonor. Aber was immer geschieht, es sollte in aller Stille geschehen – hörst du?«

»So still es eben geht, Senyor.«

»Vergiss nicht, Juan, du bist nicht ein Irgendwer, du stammst aus einer alten *fidalgo*-Familie, bist ein adliger *ca-*

ballero und versiehst ein hohes Hofamt. Man wird dich nicht an deinen jungen Jahren messen, sondern an Name, Herkunft und Amt.«

»Das weiß ich, Senyor.«

»Jetzt sei nicht gleich so steif! Wir sind Zwillinge und ich muss dir das sagen ...« Dann lachte Don Pedro doch und schlug sich auf die kräftigen Schenkel. »Bei allen Heiligen, du bist mir schon einer! Gehst täglich in das Haus der de Sotos und vögelst – entschuldige – und führst die schöne Manuela in die Kunst der Liebe ein. Wir geben nur weiter, was die gute La Rubia uns beigebracht hat, nicht wahr, lieber Lochschwager!« Er boxte Juan in die Schulter. »Jetzt hau ab und übe dich weiter in den Waffenkünsten. Vielleicht wirst du sie bald brauchen können ...«

Daran dachte Juan, als er an diesem kühlen sonnigen Morgen – wenige Tage vor Weihnachten – mit Miguel durch die Straßen ritt. An seiner Seite trug er die schön gearbeitete *espada,* ein Geschenk des Königs, von maurischen Waffenschmieden in Toledo gearbeitet. Miguel ritt auf einem Maultier hinterher und blickte unbehaglich drein. Unter seiner Samtkappe lugten die roten Haare hervor, an seinem Gürtel hing ein maurischer Krummdolch, ein auf dem Markt billig erworbenes Beutestück aus den Kriegszeiten. Sein Herr hatte angedeutet, dass der bevorstehende Besuch vielleicht mit Gefahren verbunden sei, ohne sich näher darüber zu äußern. Juan empfand keine Furcht, nur Neugier. Ob sie ihn in eine Falle lockten? Daran hatte er gedacht, doch er sorgte sich nicht darum. Bei einem Freund und Kammerherrn des Königs würde das niemand wagen.

Die de Sotos waren keine hochadelige Familie, jedoch über viele Generationen angesehene wohlhabende *fidalgos,* bis – ja, bis Manuelas Großvater auf das falsche Pferd gesetzt und zum Freundes- und Vertrautenkreis der Leonor de Guzmán gezählt hatte. Wenn auch niemand den Sohn wegen der »Sünden« seines verstorbenen Vaters anklagte, so stand die

Familie doch in dem Ruf, der Klientel von Doña Leonor anzugehören, was sie die Finca und den Sohn die Freiheit gekostet hatte. Juans Eingreifen hatte die Lage dann verändert, aber so, wie es jetzt aussah ... stehen sie kaum noch in meiner Schuld, überlegte Juan, da Manuela ja den von mir geforderten Preis gezahlt hat. Gleich wird es sich zeigen ...

Sie stiegen vor dem Haus ab, das Portal öffnete sich, die Stallknechte liefen herbei. Laut informierte Juan seinen Diener: »Vergiss nicht, Miguel, in spätestens zwei Stunden müssen wir zurück sein – der König empfängt einige Gäste zum Mittagsmahl!«

»Jawohl, Herr, ich werde dran denken.«

Manuelas Vater, der gerade aus der Tür trat, musste es wohl gehört haben, und für ihn war die Bemerkung auch gedacht. Der große hagere Mann verneigte sich leicht.

»Mein Haus ist das Eure, Don Juan.«

Sie betraten einen gewölbten Raum mit holzgetäfelten Wänden und dem Wappenrelief der de Sotos über dem Kamin. Dort warteten schon Don Luis Alvarez und Manuelas Bruder Don José. Die Herren standen auf und stellten sich vor. Manuelas Vater stützte sich mit beiden Händen auf die geschnitzte Lehne einer der hohen Stühle.

»Wir brauchen uns nicht zu setzen, meine Herren. Was ich zu sagen habe, ist kurz und hört sich im Stehen besser an. Ihr, Don Juan de Tenorio, habt meine Tochter entehrt. Manuela hat uns die Zusammenhänge geschildert, und es scheint, als hätten mein Sohn und ich Eurer Fürsprache unsere Freiheit, vielleicht sogar unser Leben zu verdanken. Wenn wir allerdings gewusst hätten, mit welcher Gegenleistung dies erkauft war, so wäre es mir und meinem Sohn lieber gewesen, Ihr hättet Euch nicht für uns verwendet. Doch geschehen ist geschehen, und wir sind sozusagen quitt. Aber für Don Luis gilt das nicht, denn er ist mit Manuela verlobt und die Heirat stand kurz bevor. Nun aber ist Don Luis wegen seines Alters und seines schweren Sturzes vom Pferd Euch gegenüber im Nachteil, und so hat sich mein

Sohn bereit erklärt, für ihn und mich mit der Waffe die Ehre der Familie de Soto und von Don Luis Alvarez wiederherzustellen. Ich denke, das ist auch in Eurem Sinn, Don Juan?«

Den aber ritt der Teufel und er sagte: »Keineswegs, meine Herren, ich werde Doña Manuela heiraten.«

Die starren Mienen der Herren bröckelten ab wie tönerne Masken und wurden vor Staunen und Verblüffung wieder recht lebendig. Mit allem hatten sie gerechnet, aber damit nicht.

»Aber – aber, sie ist doch mit mir verlobt ...«, stotterte Don Luis.

Juan zuckte die Schultern. »Aber ich liebe Manuela, und sie liebt mich. Wir haben nur etwas vorweggenommen, wie manche Liebende dies tun.«

»Dann muss ich um Bedenkzeit bitten ...«, kam es leise vom Vater.

Don José nickte sein Einverständnis, und Don Luis schloss sich nach kurzem Zögern an.

Miguel zeigte sich erstaunt, als sein Herr nach so kurzer Zeit wieder erschien. »Schon erledigt, Herr?«

»Nein, Miguel, leider nur aufgeschoben. Aber alles wird sich finden.«

Juan empfand ein Gefühl wie nach jener Beichte im Kloster. Weder damals noch heute hatte er sein Verhalten geplant. Es war, als brauche er eine Herausforderung, um – quasi gegen seine Absicht – zu handeln, doch es bereitete ihm großes Vergnügen. Manuela schien ähnlich zu empfinden, sonst hätte sie ihre Familie nicht freimütig aufgeklärt. Sie liebt mich! Er atmete ein paar Mal tief ein und aus. Es war eine Lust, so zu reden, eine Lust, so zu handeln – eine Lust zu leben!

Schon am nächsten Tag kam die Nachricht, ob es Don Juan genehm sei, sich mit Don José de Soto um die sechste Tagesstunde an der Torre del Oro zu treffen.

Juan meldete sich beim König ab und ritt hin – allein.

Miguel schien erleichtert. Er spürte, dass sich gefährliche Dinge anbahnten, und wollte nicht in einen Streit der *caballeros* hineingezogen werden. Er diente in allem seinem Herrn freudig, aber den Kopf für etwas hinhalten, das ihn nichts anging – nein!

Juan durchschaute ihn gleich. Er saß zu Ross und blickte spöttisch lächelnd auf seinen Diener. »Ah – Miguel, wenn es gefährlich wird, dann erlahmt dein Diensteifer …«

Miguel hob den Kopf. »Gefährlich? Ich weiß nicht, wovon Ihr redet, Herr …«

Juan lockerte die Zügel und schnalzte mit der Zunge. Sein Pferd setzte sich in Trab. »Du wirst es noch rechtzeitig erfahren«, rief er über die Schulter zurück.

Die wuchtige, sechseckige Torre del Oro war schon unter den Mauren erbaut worden, um die damals bis zum Fluss reichenden Befestigungsanlagen des Alcazars zu schützen. Jetzt stand der Turm einsam am Flussufer, im oberen Teil mit goldenen Fliesen verkleidet, die sich im träge dahinströmenden Wasser spiegelten.

Im Schatten einiger Bäume lungerten die Wachen herum, denn in diesem Turm war nicht nur ein Teil des Kronschatzes untergebracht, sondern auch hochrangige Staatsgefangene.

Als die Wächter Juans höfische Kleidung erkannten, sprangen sie auf. Doch er winkte ab und hielt auf einen Reiter zu, der gerade sein Pferd am Stamm einer Steineiche festband. Juan stieg ab und ging auf ihn zu.

»Don José?«

Der Mann trat hervor. »Ja, ich bin's, Don Juan.«

Bei dem kurzen Treffen im Haus der Familie de Soto war ihm Manuelas Bruder größer erschienen, aber auch weniger kräftig. Jetzt, im Licht einer fahlen Wintersonne, sah Juan einen untersetzten muskulösen Mann vor sich, vielleicht zwei oder drei Jahre älter als er selber.

Don José verzichtete auf jede höfliche Einleitung. »Mein Vater hat sich erwartungsgemäß entschieden, Euer infames

Angebot abzulehnen. Ich wurde dazu ausersehen, mit der Waffe die Ehre unserer Familie wiederherzustellen.«

»Was ist an meinem Antrag so infam, Don José?«

»Ihr wusstet, dass Manuela mit Don Luis verlobt ist.«

»Gegen ihren Willen.«

»Bei uns entscheidet allein der Wille des Familienoberhauptes.«

»Nun hört, was ich infam finde, nämlich ein junges unschuldiges Mädchen an einen Greis zu verschachern, des Geldes und einiger Vorteile wegen.«

»Ihr seid ein ehrloser Schuft, Don Juan, so jung wie verdorben, ein haltloser Wüstling, dem nichts heilig ist.«

Je aufgebrachter Don José sich zeigte, umso ruhiger gab sich Juan. Er deutete lächelnd auf die Torre del Oro.

»Ihr habt da drinnen gesessen, Don José, und würdet es ohne meine Hilfe vielleicht noch heute tun. Zählt das nichts?«

»Doch, aber Ihr hattet Euren Preis und der wurde bezahlt.«

»Es geschah freiwillig.«

»Ihr habt die Ahnungslosigkeit eines jungen Mädchens schamlos für Euch ausgenützt.«

»Nun gut, und was wollt Ihr jetzt?«

»Mit dem Schwert Genugtuung fordern!«

»Also mich töten – mich, den Retter und Befreier Eurer Familie.«

»Ich habe gesagt, was zu sagen ist.«

»Und wann soll das Treffen stattfinden?«

»Den Zeitpunkt könnt Ihr wählen, Don Juan.«

»Dann soll es übermorgen sein.«

Der andere schrak zusammen. »Aber das ist der Tag von Christi Geburt!«

»Und – was stört Euch daran? Christus wurde an diesem Tag geboren, und Ihr könntet sterben – oder ich.«

»Nein! Entweder gleich morgen oder am Tag von St. Stephan!«

»Ah – und Ihr sagtet vorhin, ich könne den Zeitpunkt wählen.«

»Nicht am Christtag, Don Juan!«

»Dann überhaupt nicht! Zudem werde ich dem König davon Bericht erstatten, dass Ihr es auf mein Leben abgesehen habt. Ihr werdet Euch dann sehr schnell wieder dort einfinden.« Juan wies mit ausgestrecktem Arm auf den goldfunkelnden Turm.

»Da muss ich erst mit meinem Vater …«

»Seid Ihr ein kleiner Junge, der für alles die väterliche Erlaubnis braucht?«

»Also gut.«

Sie ritten ein Stück flussaufwärts, wo die dichten Uferauen begannen und der Guadalquivir kaum noch zu sehen war. Juan zügelte sein Pferd und zeigte auf eine kleine Lichtung, die durch das lockere Gesträuch zu sehen war.

»Passt Euch der Platz?«

José nickte nur.

»Gut, dann am Weihnachtsmorgen bei Sonnenaufgang.«

José sah ihn hasserfüllt an.

»Wer nicht erscheint, hat den Kampf verloren und wird zudem für ehrlos erklärt.«

»Bestimmt Ihr das? Nun gut, wie Ihr wollt.«

Juan wandte sein Pferd und galoppierte über die Uferwiesen davon.

Don Pedro nickte, als er Juans Bericht hörte. »Es musste ja so kommen …«

Dann ließ er sich den Platz genau beschreiben.

»Ich habe mich inzwischen erkundigt. Don José de Soto gilt als Raufbold und geübter Fechter. Du solltest dich vorsehen!«

»Aber wie?«

»Geh in die Rüstkammer und lass dir ein gutes Kettenhemd geben, das zumindest über die Knie reicht.«

Juan lachte. »Um die edelsten Teile zu schützen …«

Don Pedro grinste zurück. »Ja, auch deshalb.«

Am Abend vor dem Kampf instruierte Juan seinen Diener Miguel, der sofort zu schluchzen begann.

»Nein, Herr, nein ... Ihr werdet Euch doch nicht –«

»Das liegt nicht in meiner Hand!«, sagte Juan schroff. »Schlaf jetzt und sei rechtzeitig bereit, mir beim Ankleiden zu helfen.«

Juan verwandte keinen Gedanken an den morgigen Tag und schlief sofort ein. Das war nicht Mut oder Gleichgültigkeit, diese Einstellung sollte ihn sein Leben lang begleiten. Auch wenn es ungleich für ihn stand, vertraute er auf seinen guten Stern und plagte sich nicht schon vorher mit wichtigen Entschlüssen herum, sondern wartete ab, bis eine Entscheidung unumgänglich war, und dann traf er sie nach Gutdünken.

Am nächsten Morgen fragte Miguel: »Seid Ihr nicht besorgt, Herr?«

»Ich sorge mich eher darum, dass es Männer gibt, die sich die Jungfernschaft eines Mädchens mit Menschenleben aufwiegen lassen. Findest du das richtig?«

Miguel machte ein verlegenes Gesicht und fuhr mit der Hand heftig durch seinen roten Schopf. »Richtig, richtig ... Was für unsereinen falsch ist, halten andere für richtig. Ihr müsst da nicht hingehen, Herr. Was kann der de Soto schon tun? Ihr steht unter dem Schutz des Königs ...«

»Stimmt alles, Miguel, aber etwas zwingt mich, den Strauß auszufechten. Das lässt sich nicht mit einem Wort benennen, weißt du. Es ist das ›de‹ vor meinem Namen, es ist das Andenken an meinen Vater, es sind meine Ämter bei Hof ... Der König würde mich schützen, gewiss, aber er würde mich dann mit anderen Augen betrachten ... Die Summe all dessen nötigt mich zu tun, was ich lieber nicht täte – das gebe ich zu. Aber um deine Frage zu beantworten: Sorgen mache ich mir keine. Dafür ist noch Zeit, wenn Don José auf mein Herz zielt.«

»Das er nicht treffen wird«, sagte Miguel und strich über das weit über die Knie reichende Panzerhemd.

Als Juan die Lichtung in den Flussauen erreichte, ging im Osten die Sonne blutrot auf. Die Lichtung war noch leer, er stieg vom Pferd und band das Tier an einen Baum. Die Regenfälle der letzten Tage hatten den Boden mit einer spärlichen Pflanzenschicht überzogen, die vom Morgentau in der Sonne funkelte wie achtlos verstreute Edelsteine.

Er hörte ein Geräusch und wandte sich um. Zwei Reiter erschienen auf der Lichtung. Der eine kam näher, es war Don José de Soto.

»Ihr seid allein gekommen?«

Juan nickte. »Ihr offenbar nicht.«

Don José gab seinem Begleiter einen Wink, und er verschwand im Dickicht.

»Ich hoffe, Ihr habt Euren Frieden mit Gott gemacht?«

»Mit Gott habe ich keinen Streit und mit Euch habe ich keinen gesucht. Was heute geschieht, habt allein Ihr vor Gott und der Welt zu verantworten. Wenn ich falle, seid Ihr ein Mörder und müsst Euch vor dem König rechtfertigen.«

Don José zog ein Schwert.

»Das nehme ich auf mich!«

Dann wollte er seinen Gegner in eine Position mit dem Gesicht zur Sonne drängen.

Juan rief empört: »Nein, Don José – so nicht! Wir kämpfen in Richtung Nord-Süd, oder ich reite davon!«

Der andere schwieg, nahm aber die vorgeschlagene Position ein und eröffnete sofort den Kampf. Stoß folgte auf Stoß und Hieb auf Hieb, nicht sehr kunstvoll, aber mit zorniger Kraft.

Juan focht zuerst nach den Vorschriften seiner Lehrer, nutzte die ganze Stärke seiner *espada* zur Abwehr und die halbe zum Angriff. Eine Weile ging das gut, Don Josés Stöße drangen nicht durch, aber die ständige Abwehr kostete Juan so viel Kraft, dass sein Angriff allmählich erlahmte.

Der Kerl ist doppelt so stark wie ich, dachte er, und dem kann ich nur mit Finten beikommen. So versuchte er einen Hieb nur anzudeuten, um gleich darauf den Stoß zu führen, aber auch Don José trug ein Waffenhemd, und die Spitze prallte ab.

Allmählich kam Juan in Bedrängnis, wich immer weiter zurück, sah ein mörderisches Licht im Auge des Gegners funkeln und wusste, dass es schwer sein würde, hier lebend wegzukommen.

Don José drängte ihn von der Lichtung ins Unterholz, Juan stolperte und fiel zu Boden. Sein Gegner trat einige Schritte zurück, wartete, bis er wieder auf die Beine kam.

Ich sollte liegen bleiben und mich tot stellen, ging es ihm durch den Kopf. Wenn er sich dann niederbeugt, könnte ich ihm den Dolch in die Kehle stoßen.

Er tastete verstohlen nach dem Stilett am Gürtel, doch Don José bemerkte es.

»Wollt Ihr mit dem Messer weiterkämpfen, Don Juan? Nun gut, ich bin auch dazu bereit.«

»Nein – ich wollte mich nur vergewissern ...«

Er kroch aus dem Gesträuch und richtete sich auf. Kaum stand er wieder auf den Beinen, drang Don José so ungestüm auf ihn ein, dass Juan erneut stolperte und rückwärts zu Boden stürzte.

»Wird es Euch zu viel? Ich setze Euch ganz schön zu, nicht wahr?« Don Josés Stimme troff vor Hohn. »Aber seid beruhigt, lange wird es nicht mehr dauern ...«

Ich hätte mich für die de Sotos nicht einsetzen sollen, dachte Juan, dann wäre ich jetzt besser dran ...

Er ließ den Degen sinken. »Ich gebe mich geschlagen. Don José, Ihr könnt Euch zum Sieger erklären.«

»Ihr stellt Euch das zu einfach vor! Wir sind nicht auf dem Fechtboden und üben zum Zeitvertreib – es geht um Leben und Tod!«

»Darum geht es doch immer«, scherzte Juan matt und hob seine Waffe. Ein wuchtiger Schlag, und die *espada* entglitt ihm. José wartete, bis er sie wieder in der Hand hielt, dann stieß er zu. Juans Abwehr kam zu spät, und der auf seine Kehle gezielte Stoß streifte den Hals. Er fühlte einen sengenden Schmerz, seine Linke fuhr zur Wunde, er sah das Blut an den Fingern. Verzweifelt drang er auf den Gegner ein, doch der gewann schnell wieder die Oberhand, traf Juans linken, vom Panzerhemd nicht bedeckten Unterarm. Juan wich einige Schritte zurück, als plötzlich hinter Don José eine mächtige Gestalt auftauchte. Der Mann war gut sechs Fuß groß und wie ein gemeiner Soldat in ein ledernes Panzerhemd gekleidet. Den Kopf bedeckte eine lederne Kappe mit herabgezogenem Augenschutz, so dass sein Gesicht unkenntlich blieb.

Mit tiefer Stimme rief er halblaut: »Don José!«

Der drehte sich erschreckt um, und der Unbekannte stieß ihm mit Berserkerkraft ein langes schmales Stilett in die Brust, das den Kettenpanzer durchdrang, als sei er ein Wollhemd. Ohne einen Laut sank Don José zu Boden, zuckte ein wenig und streckte sich dann.

Juan stand wie erstarrt, und noch ehe er reagieren konnte, war der Verkappte im Dickicht verschwunden. Mit zittrigen Händen steckte Juan seine *espada* weg, trat näher und beugte sich über den Erstochenen.

Don José lag mit weit geöffneten Augen da und starrte in die Sonne, seine Waffe hielt er noch in der Hand.

Juan richtete sich auf, schob den zerfetzten Ärmel zurück und betrachtete die Wunde am Unterarm. Lang, aber nicht tief – nur ein Kratzer. Auch die am Hals – nur ein Kratzer. Er aber ist tot. José de Soto ist tot – Manuelas Bruder. Wie ist das jetzt mit der Familienehre? Ist sie gerettet? Und die meine?

Er ging zu Don Josés Pferd, band es los und versetzte ihm einen Schlag auf die Kruppe. Mit einem leisen Wiehern lief das Tier auf die Lichtung, machte vor seinem toten Herrn Halt und beschnupperte ihn kurz. Dann begann es in aller Ruhe die Gräser neben dem Leichnam abzurupfen.

Miguel lief ihm schon entgegen. »Juan, du bist – du bist –«

»Schrei nicht herum!«, fuhr er ihn an und ging schnell ins Haus. »Hilf mir aus den Kleidern!«

»Du bist – Ihr seid ja verwundet! Soll ich einen Wundarzt kommen lassen?«

»Unsinn! Da ist nur die Haut aufgeritzt. Hol Verbandszeug und eine Wundsalbe.«

Juan säuberte die Wunden mit Branntwein und nahm einen tiefen Schluck von dem scharfen Gebräu. Dann kam Miguel und verband ihn. Er legte sich aufs Bett, betastete den Halsverband und lachte.

»Wer mich am Hof so sieht, mag glauben, dieser Stutzer wolle eine neue Kleidermode einführen. Es wird überhaupt etwas –«

Da pochte es laut an der Tür, und noch ehe er reagieren konnte, flog sie auf.

»Wer seid Ihr – was –«

Der Mann legte seinen Kapuzenmantel ab, und Miguel sank in die Knie.

»Senyor – welch eine Ehre!«

Der König winkte ihn hinaus und setzte sich neben das Bett, wobei sein Knie laut knackte.

»Bleib liegen und hör gut zu! Man wird noch heute die Leiche finden und nachforschen, wie es geschehen konnte.«

»Aber Don Pedro – woher wisst Ihr –?«

Der König grinste und sah dabei aus wie ein Junge, dem ein Streich gelungen ist. »Glaubst du, ich lasse mir meinen Zwillingsbruder abschlachten? Und deine Hofämter müsste ich auch neu besetzen ...«

»Ihr habt also –?«

»Lass das jetzt! Du bleibst ein paar Tage im Haus und machst dich dann unauffällig davon.«

»Und die Christmette heute Abend?«

»Da wirst du fehlen. Ich lasse verbreiten, dass du bei einer Waffenübung schwer verletzt wurdest, was ja nicht ganz unwahr ist – oder? Die es angeht, werden Bescheid wissen, denn ich glaube nicht, dass die Familie de Soto euren Zweikampf geheim gehalten hat. Schließlich ging es um die Ehre einer Adelsfamilie!«

»Wenn die Sprache darauf kommt –«

»– dann wirst du sagen, dass er im Kampf mit dir gefallen ist, nachdem er dich schwer verwundet hatte. Du brauchst nicht so ungläubig dreinzuschauen! Auch der Schwächere kann einmal siegen, und dass ein Toledoschwert fast jedes Panzerhemd durchdringt, ist hinreichend bekannt. Aber ich möchte nicht, dass du jetzt in der Stadt bleibst. Also wird der Hof bekannt geben, dass du wegen dringender Familienangelegenheiten in deine Heimat gereist bist. Mein persönlicher Auftrag lautet: Du triffst dort deinen Bruder – der längst zurück sein sollte – und wartest auf meine Nachricht. Wir werden uns dann in Valladolid bei der *Cortes*-Versammlung treffen. Inzwischen ist Gras über die Sache gewachsen.«

Als Miguel es erfuhr, stieß er einen Freudenschrei aus.

»Nach Hause! Meine Mutter wird staunen, wenn sie erfährt, was aus mir geworden ist!«

Juan gähnte. »Und was ist aus dir geworden?«

»Der Kammerdiener des Obersten Mundschenks und Kammerherrn …«

Da war er schon eingeschlafen.

10

Wie wenig hatte sich auf der Finca verändert und wie viel in Juans Leben. Waren tatsächlich nur zwei Jahre vergangen? Ihm schien, als läge ein Jahrzehnt dazwischen. Und doch hätte er sich hier wieder blind zurechtgefunden, denn alles lag, stand und hing an seinem alten Platz – kleine wie große Dinge. Das galt für die Möbel in seinem früheren Zimmer genauso wie für die Bürste und den Schaber am Eingang zum Herrenhaus, wo ein dienstbarer Geist jedem der Eintretenden den Schmutz von den Schuhen entfernte. Die Heiligenfiguren und Kruzifixe im Haus standen und hingen an der gewohnten Stelle, ja sogar die Schwalbennester unter dem

Dachfirst des Kuhstalls waren so, wie er sie als Bub gezählt und beobachtet hatte. Es fehlte keines, und keines war hinzugekommen.

Die Menschen? Seine Mutter war so, wie er sie in Erinnerung hatte; klein, rundlich, mit sanftem Blick, der manchmal auch störrisch werden konnte. Nur ihre Haare waren nun vollends weiß geworden. María, seine Schwester, hatte vor einem halben Jahr in die Gegend von Lugo geheiratet, einem Städtchen, das etwa eine Tagesreise entfernt lag.

»Sie hat es nicht schlecht getroffen; ihr Gemahl ist ein erfolgreicher Pferdezüchter und hat das Gestüt von seinem Vater ...«

Juan hörte kaum noch zu und wurde ungeduldig, weil die Mutter nichts von seinem Bruder erwähnte.

Dann fragte sie: »Wie lange wirst du bleiben, Juan? Die Finca gehört schließlich dir, während dein Bruder ...« Sie senkte den Kopf und schwieg.

»Mutter – was ist mit Alfonso?«

Sie blickte auf und seufzte. »Du wirst es ja doch erfahren müssen. Als sich im letzten Sommer die Nachricht verbreitete, der König sei gestorben, war Alfonso ganz verstört. Nun könne er nicht einmal mehr sein Amt als *comandante* antreten, und es sei fraglich, ob der nächste König ihn haben wolle. Dann überlegte er hin und her, wer als Nachfolger in Betracht käme, und es dauerte nicht lange, da tauchten hier schon die Werber von Don Enrique auf, um die *fidalgos* von Galicia auf seine Seite zu ziehen. Alfonso sprach nicht weiter darüber, stellte einen Verwalter an und verschwand. Ich nehme an, dass er jetzt Don Enrique dient ...«

»Aber Don Pedro lebt! Das muss sich doch auch hier herumgesprochen haben – oder nicht?«

»Freilich, aber die Nachricht kam sehr spät, und viele hielten sie für eine gewollte Täuschung der Infanten, die Zeit brauchten, um Anhänger zu sammeln.«

»Und wo ist Alfonso jetzt?«

Sie ging zu dem hohen altersdunklen Schrank, holte ein

Schriftstück heraus und streckte es Juan hin. »Dort soll er notfalls zu erreichen sein.«

Er las in ungelenker Schrift die Worte:

»Der Kastellan von Zamora weiß, wo ich mich aufhalte. Alfonso Tenorio.«

Juan wusste, dass man dort, nahe der Grenze zu Portugal, das Hauptlager von Don Enrique vermutete. Er gab Doña Ana den Zettel zurück.

»Ich werde mich mit ihm in Verbindung setzen.«

»Aber er hat doch nichts Böses getan?«, fragte sie ängstlich.

»Nichts Böses – nein, aber gewiss das Falsche.«

Am nächsten Tag sandte Juan einen Boten nach Zamora mit dem Hinweis, dass er sich bis zur Zusammenkunft der *Cortes* in der Finca aufhalte.

Wie kann der Kerl nur so dumm sein! Zuerst auf das richtige Pferd setzen und dann alles hinwerfen ...

Der neue Verwalter, ein kinderloser Witwer, hatte sein kleines verschuldetes Gut aufgegeben und verdiente nun sein Brot in fremden Diensten. Don Gonzalo, ein ruhiger besonnener Mann in mittleren Jahren, stellte sich Juan am selben Tag vor. Juan nahm freundschaftlich seinen Arm.

»Ich mische mich nicht in Eure Angelegenheiten. Wenn Ihr etwas zu besprechen habt, dann tut das wie bisher mit Doña Ana. Seht mich als einen Besucher an, der sich hier ein paar Monate vom Hofdienst erholt.«

Der Mann war sichtlich erleichtert, und seine zuerst besorgte Miene machte einem frohen Lachen Platz. »Das ist ein Wort, Don Juan! Seid bedankt und versichert, dass ich wie bisher mein Bestes für die Finca tun werde.«

Die *ama* hatte sich nicht verändert, es war, als hätte er sich gestern von ihr verabschiedet. Juan küsste sie mehrmals auf die pockennarbigen Wangen und stammelte: »Nach meiner Mutter sehe ich dich hier am liebsten! Geht es dir gut?«

Sie hob ihr stolzes Haupt. »Ich lasse es mir nicht schlecht gehen ... Hat Miguel sich gut gehalten?«

»Ah – Miguel ist ein treuer und zuverlässiger Diener, ich kann mich auf ihn in jeder Lage verlassen. Er hat sich gute Manieren zugelegt und verkehrt bei Hof wie ein *caballero.*«

»Jetzt übertreibst du aber!«

»Nein, keineswegs! Sogar das Schreiben habe ich ihm beigebracht. Als Stallknecht wird er künftig ungeeignet sein ...«

Sie lachte und zog Juan am Ohr. »Wie ich sehe, seid ihr beide jetzt flügge geworden.«

Er grinste. »Kann schon sein ...«

»Erzähl mir ein wenig vom Hof. Können dort alle Menschen schreiben und lesen? Sind sie immer sonntäglich gekleidet – wie bringt man dort seinen Tag hin?«

Juan stand am Fenster und sah eine junge Frau aus dem Stall kommen, gebeugt unter der Last zweier Melkeimer. Trotz ihrer verschmutzten Arbeitskleidung war nicht zu übersehen, dass sie eine wilde Schönheit ausstrahlte. Ihre schulterlangen dunklen Haare trug sie zu einem losen Zopf geflochten, und als sie ihre Melkeimer für eine kurze Rast abstellte, sah Juan ihr Gesicht. Unter der hohen Stirn funkelten große dunkle, etwas schräggestellte Augen mit schön geschwungenen Brauen darüber. Der reizende volle Mund öffnete sich gerade zu einem herzhaften Gähnen, wobei sie kurz ihre perlweißen Zähne zeigte, die – etwas groß geraten – einem Raubtiergebiss ähnelten. Eine *loba* – eine Wölfin.

»Willst du meine Fragen nicht beantworten?« Lena trat neben ihn und schaute aus dem Fenster. »Ah – das ist es! Du bist nicht der Einzige, der Rosita anglotzt wie ein belämmerter Ochse. Jeder hier zwischen acht und achtzig starrt sie an, und deine Mutter hätte sie längst wieder fortgeschickt, besäße sie nicht eine *mano de leche.*«

»Was ist das – eine Milchhand?«

»So bezeichnet man Melker, die fähig sind, aus Kuh, Ziege oder Schaf den letzten Tropfen zu pressen, ohne den Tieren wehzutun. Seit Rosita die Kühe melkt, fällt pro Woche ein Laib Käse mehr ab. Das ist schon was ...«

»Wo kommt sie her?«

»Nicht weit von hier ist eine kleine Finca abgebrannt. Der kinderlose Eigentümer hat das Land verkauft und ist in die Stadt gezogen. Sie hatte dort gearbeitet ...«

»Ihre Angehörigen?«

»Die Eltern sind tot, Geschwister hat sie keine ... Einen Ehemann hätte sie längst, aber da ist sie heikel, hat überhaupt eine Menge Flausen im Kopf. Sie will einen Prinzen oder gar keinen – so ungefähr redet sie daher. Um sich die anderen vom Leib zu halten, hat sie sich mit dem Schmied angefreundet und einmal spaßhaft gesagt, wenn sie keinen *fidalgo* kriegt, dann nimmt sie ihn ...«

»Was – den *giboso?*«

»Der Buckel scheint sie nicht zu stören. Und der arme Kerl hat ihr Gerede auch noch ernst genommen, überschlägt sich vor Aufmerksamkeiten und macht ihr von Zeit zu Zeit kleine Geschenke.«

Rosita war mit ihren Melkeimern verschwunden, und Juan wandte sich vom Fenster ab.

»Du bist eine kluge Frau, Lena, alle wissen und schätzen das. Nun sage einmal ganz ehrlich, was du von Rosita hältst.«

»Du weißt, ich rede nicht lange herum. Im Grunde ist sie ein armes Ding, hat weder Besitz noch Familie, nur eben eine schöne Gestalt und ein hübsches Gesicht. Das ist alles, was ihr gehört, und darum hütet sie es wie eine Kostbarkeit. Sie spürt das Begehren um sich herum, steht sozusagen im Mittelpunkt der männlichen Aufmerksamkeit und wenn sie sich einem Einzigen zuwendet, müsste sie diese Rolle aufgeben. So schützt sie sich mit der Behauptung: entweder ein *fidalgo* oder der *giboso*, womit natürlich gemeint ist – oder keinen. Lange kann sie dieses Spiel nicht mehr durchhalten. Schönheit und Jugend vergehen ...«

Juan strich Lena leicht über den Arm. »Schau doch dich

an! Du bist gut doppelt so alt wie ich und noch immer eine ansehnliche begehrenswerte Frau. Befänden wir uns nicht im Haus meiner Mutter, wo alle Augen auf mich, den Herrn der Finca, blicken, so würde ich heftig um dich werben!«

Sie lachte herzlich und kniff ihn recht fühlbar in die Wange. »Und das sagt mir einer, dem ich den Hintern geputzt habe! Bilde dir nicht zu viel ein, du Lausebengel!«

Juan grinste sie liebevoll an. »Ich habe da so eine verschwommene Erinnerung, dass du dich während meiner Krankheit sehr liebevoll um mich bemüht hast, aber vielleicht war es nur ein Fiebertraum?«

Sie erhob sich, und ihr Gesicht nahm wieder die verschlossene, etwas hochmütige Miene an. »Es war das Fieber, Don Juan, da phantasiert man sich so allerlei zusammen.«

Er fasste sie an den Schultern und nickte ihr zu. »Gut, Lena, bleiben wir dabei, aber unter einer Bedingung – dass du mich weiterhin mit ›du‹ anredest und den ›Don‹ weglässt.«

Sie lächelte flüchtig. »Gut, Juanito, bleiben wir dabei.«

Während der folgenden Tage zeigte es sich, dass Juan in die Reihe derer trat, die Rositas Leben und Treiben mit gespannter Aufmerksamkeit verfolgten, nur gab es den Unterschied, dass er, Don Juan de Tenorio, ein *fidalgo* und Herr der Finca war.

Rosita verbrachte ihre Siesta gerne im Freien, im Schatten des hochgebauten *granero,* des alten Getreidespeichers, wo eine riesige dicht belaubte Kastanie ein kühles Dämmerlicht spendete. Vor kurzem hatte sie den Wunsch geäußert, es wäre schön, wenn es hier eine Ruhebank gäbe, und zwei Tage später stand wie durch Zauber eine dort.

Bisher hatte niemand es gewagt, ihre Siesta dort zu stören, und auch Juan dachte nicht daran, einfach mit der Tür ins Haus zu fallen. Er wartete ab, bis sie am späten Nachmittag ihre Arbeit wieder aufnahm, und richtete es so ein, dass er zufällig des Weges kam.

»Darf ich eine Bitte äußern?«

Ihre dunklen Augen blitzten ihn an. »Ihr seid der *dueño* hier, Don Juan, Ihr müsst nicht bitten, Ihr könnt befehlen.«

»Könnte ich – ja, aber ich will es nicht. Ich möchte dich bitten, dir einmal beim Melken zuschauen zu dürfen. Alle sagen hier, du hast eine *mano de leche,* das ist ja fast so etwas wie Zauber. Bist du etwa eine *bruja?*«

Sie lachte hell und etwas laut. Es klang wie das Wiehern einer Stute. »Ich wollte, ich wäre eine! Dann müsste ich nicht tagaus, tagein den Melkeimer schleppen, sondern bäte den Teufel, mir einen Schatz zu zeigen. Den würde ich dann heben und durch eine solche Mitgift ...«

Sie schwieg, senkte leicht den Kopf und blickte ihn von unten an.

»Nun?«

»Ich rede nicht weiter, das gehört sich nicht. Natürlich könnt Ihr mir beim Melken zusehen, wann und so oft Ihr wollt.«

Aber er ließ sich damit Zeit, sprach zuerst mit seiner Mutter darüber. Die seufzte nur.

»Ach ja, die Rosita ... Es wäre besser, sie käme bald unter die Haube, ehe sie noch alle hier verrückt macht.«

»Ihr meint, alle Männer?«

»Nein, Juan, es sind auch die Frauen betroffen, denn die werden neidisch und – soweit sie verheiratet sind – misstrauen ihren Männern, weil alles, was Hosen trägt, sie umsummt und umschwärmt wie eine *abeja reina* – eine Bienenkönigin.«

»Das wird sich legen, wenn Rosita einen Mann erwählt, Kinder kriegt ...«

Doña Ana lachte unfroh. »Hast du nicht gehört, was man von ihr sagt? Sie will einen *fidalgo* oder keinen. Da kann sie lange warten und noch viel Verwirrung stiften.«

»So schlimm wird es nicht werden ... Habt Ihr etwas dagegen, wenn ich Rosita beim Melken zuschaue? Man erzählt sich ja Wunderdinge darüber ...«

Wieder seufzte Doña Ana. »Ich kann dir nichts mehr verbieten, Juan. Du wirst ja doch tun, wozu es dich drängt. Lieber wäre es mir allerdings, du würdest deine Schwester in Lugo besuchen. Schließlich ist es nur ein Tagesritt und María würde sich sehr freuen. Je länger du damit wartest, desto anstrengender wird die Reise. Es ist jetzt schon so heiß, dass –«

»Ich bin jung und widerstandsfähig, mir macht die Hitze nichts aus. Bis zum Herbst sind es noch gut drei Monate, es ist also genügend Zeit.«

11

Juan mochte nicht länger warten, beobachtete am Abend die Rückkehr der Kuhherde in die Ställe, wo sich bald die drei Melker einfanden, zuletzt Rosita mit ihrem stolzen Schlendergang, Haar und Stirn von einem roten Kopftuch bedeckt. Sie liebte überhaupt die Farbe Rot, immer schmückte ihre Kleidung ein Stück davon, und wenn es nur ein Haarband oder ein schmaler Gürtel war.

Ein warmer dumpfer Geruch umfing ihn, als er den dämmrigen Stall betrat und Ausschau nach dem roten Kopftuch hielt. Die beiden anderen Melker – ein älterer Mann und sein Sohn – beachteten ihn nicht, denn es war nicht üblich, diese Arbeit zu unterbrechen, es sei denn, man wurde dazu aufgefordert.

Rosita hatte an der Rückwand begonnen und arbeitete sich melkend nach vorne. Er hörte das scharfe zischende Geräusch, das klang, als zerreiße man Seidenstoff. Sie blickte nicht auf.

»Rosita ...« Das war wohl zu leise. Er hob seine Stimme. »Rosita!«

Sie hielt inne und blickte auf. »Ach, Ihr seid es, Don Juan ...«

»Darf ich –?«

Sie nickte und deutete auf einen der einbeinigen Melkschemel, von denen mehrere an der Wand lehnten. Juan holte ihn und nahm vorsichtig Platz.

»Das wackelt aber ...«

»Ihr müsst beide Beine spreizen und die Füße seitwärts fest auf den Boden stellen.«

»Ja – so geht es. Also, Rosita, setze deine Arbeit fort, aber erkläre mir, wie es geht, was man beachten muss.«

Im Halbdämmer des Stalles funkelten ihre Augen wie die einer Katze und wenn sie lächelte, schimmerten ihre Zähne wie geschliffener Alabaster. »Dann seht einmal genau hin.«

Er beugte sich vor und spürte die Nähe ihres Körpers – oder war es nur die animalische Wärme der geduldig wartenden Kuh?

Rosita ergriff eine der Zitzen ganz oben und stieß mit der Faust sanft gegen das Euter.

»Ihr müsst dabei die Bewegungen des Kälbchens nachahmen, wenn es mit dem Maul nach oben stößt, um – ja, wie soll ich sagen – um den Hahn zu öffnen. Ihr spürt dann deutlich, wie die Milch einschießt, aber sie kommt nicht von selber heraus, weil das Kalb dann zu saugen beginnt, was unsere Finger nicht können. Um etwas Ähnliches zu erreichen, muss ich – seht genau her! – die Zitzen pressen, streicheln und ziehen – fest, aber nicht grob.«

Juan sah zu, und dann gaukelte ihm seine Phantasie vor, Rosita übe ihre Tätigkeit an seinem Geschlecht aus, presste und streichelte es –

»Natürlich mache ich das mit beiden Händen und an zwei Zitzen zugleich. So –« Sie führte es vor. »Es ist auch wichtig, dass man den Takt einhält – also nicht einmal schneller und dann wieder langsamer wird. Seht Ihr, wie es strömt!«

Juan sah es und konnte wegen einer heftigen Erektion kaum noch sitzen. Er seufzte.

»Was habt Ihr? Langweilt es Euch?«

»Nein, o nein, aber das ungewohnte Sitzen auf diesen wackeligen Dingern ...«

Sie hielt inne. »Steht nur auf, Don Juan, mehr kann ich Euch nicht zeigen, und es warten noch zwei Dutzend Kühe auf mich.«

Juan erhob sich. »O doch, Rosita, du könntest mir schon mehr zeigen – das heißt, ich könnte es oder wir beide zusammen ...«

Sie lächelte, und ihre Alabasterzähne schimmerten. »Verzeiht, Don Juan, aber Ihr redet Unsinn. Für Euch schickt es sich nicht, an meiner niedrigen Arbeit Anteil zu nehmen, und für mich – und ich ...«

»Dann danke ich dir, Rosita.«

Sie nickte und setzte ihre Arbeit fort. Juan spähte kurz umher, aber die anderen Melker waren nicht zu sehen. Er beugte sich schnell nieder und küsste Rosita auf den gesenkten Nacken, auf das kleine hell schimmernde Stück Haut, das der dicke seitlich über die Schulter hängende Zopf frei ließ. Sie zuckte leicht zusammen, unterbrach aber ihre Arbeit nicht und wandte sich auch nicht um. Dabei hatte er ganz leicht ihren Rücken mit seinem erregten Geschlecht berührt und war versucht gewesen, sie zu packen, auf den Boden zu werfen und ihr Gewalt anzutun. Das war nur eine ganz kurze Regung gewesen, und Juan wusste, dass er ihr niemals nachgeben würde – niemals, in welcher Lage auch immer.

Als er hinausging, dröhnte in seinem Kopf ein Gong – ich will sie haben, ich muss sie haben, ich werde sie haben, ich will sie haben, ich muss sie haben, ich werde ... Immer wieder drängten sich diese Worte zwischen andere Gedanken – fordernd, beharrlich, lästig.

Als er am nächsten Morgen mit diesen hämmernden Worten erwachte, rief er Miguel und schrie ihn an:

»Sattle mein Pferd – sofort! Wir werden nach Lugo reiten, ich will meine Schwester besuchen. Los, beeile dich!«

María freute sich – ja, aber auf eine zurückhaltende vornehme Art, die Juan zuerst erheiterte, dann etwas befremdete. Freilich, ihr Gemahl war ein sehr angesehener *fidalgo* mit einer über Generationen bekannten Pferdezucht. Als Juan sich danach erkundigte, wurde sein Schwager etwas verlegen.

»Die habe ich fast eingestellt, züchte jetzt lieber Maultiere.«

»Aber warum –?«

Da wurde er fast ärgerlich. »Das kann sich doch jeder ausrechnen! Mit dem Tod von König Alfonso hat sich sein in Jahren gesammeltes und immer wieder verstärktes Heer aufgelöst und wenn man nur davon ausgeht, dass jeder zehnte Mann beritten war, könnt Ihr Euch vorstellen, welche ungeheuren Mengen an Pferden jetzt zurückströmen. Mit Maultieren habe ich keine Probleme, die werden immer gebraucht und ihre Zucht ist weniger aufwändig.«

Sie gingen zurück ins Haus.

»Eure Schwester war schon etwas enttäuscht, dass sie nun anstatt eines Pferdezüchters einen Eseltreiber zum Mann bekam. Aber wisst Ihr, ich pflege Frauen zu behandeln wie eine störrische Stute: mit harter Hand und unbeugsamem Willen! Sie dürfen nur nicht die Oberhand gewinnen, sonst werfen sie uns aus dem Sattel.«

So redete er, dieser Schwager, aber bei der Abendmahlzeit sah es anders aus. Juan bemerkte zu seinem Erstaunen, dass María ihren Ehemann herumscheuchte wie einen Diener, ihm ins Wort fiel und durchaus nicht immer einer Meinung mit ihm war. So erkenne ich dich wieder, Schwesterchen, dachte er und zwinkerte ihr zu.

Als Juan nach einigen Tagen zurückritt, hielt Miguel ein schönes weißes Maultier am Zügel, das Juan seinem Schwager zum halben Preis abgehandelt hatte. Es sollte ein Geschenk für Rosita sein, dazu hatte er sich jählings entschlossen. Das würde Aufsehen und Neid erregen, aber niemand würde es wagen, ihm deswegen Vorwürfe zu machen. Niemand, außer Doña María und vielleicht Lena. Er schmunzelte. Es wird mir nicht schwer fallen, beide Damen von Sinn und Absicht meines Geschenkes zu überzeugen. Und Rosita? Wie wird sie darauf reagieren? Wird sie es nehmen? Wie auch immer, Juan freute sich über die zu erwartende Abwechslung, verlor aber dabei sein eigentliches Ziel niemals aus den Augen: Rosita musste gewonnen werden! Nicht genötigt, erpresst, erzwungen oder gar mit roher Gewalt – nein, er wollte sie erobern in allen Ehren, auch wenn List und Tücke dabei ins Spiel kamen. Ein Spiel war es – ja, ein wunderschönes Spiel.

Nach Juans Abreise hatte Rosita einiges aushalten müssen an Sticheleien und mehr oder weniger deutlichen Anspielungen. Sie wehrte sich nicht dagegen, trug ihr schönes Haupt nur umso höher und war insgeheim stolz auf Don Juans Beachtung. Sie hatte den Kuss auf ihren Nacken nicht vergessen, hatte auch geahnt, was dabei so hart und fordernd ihren Rücken streifte.

Rosita hatte längst ihre Jungfernschaft verloren, doch ihre Erfahrungen mit Männern waren nicht die besten gewesen. Die Mutter war nach ihrer Geburt im Kindbett gestorben, und der Vater hatte bald darauf eine schon ältere, aber wohlhabende Witwe geheiratet, um – wie er es ausdrückte – Tochter und Sohn eine neue Mutter zu geben. Rositas drei Jahre älterer Bruder hatte dann seine erwachende Männlichkeit an der Schwester erprobt, da war sie elf und er vierzehn. Er war ein roher und gewalttätiger Bursche, den die Stiefmutter oft und hart züchtigte, was aber wenig half. Mit sechzehn lief er weg, geriet in die Fänge von Soldatenwerbern und verschwand.

Als sich kurz darauf der betrunkene Vater an sie heranmachte, rammte sie ihm ein Küchenmesser in den Bauch und schrie der hinzukommenden Stiefmutter die Schande ins Gesicht. Als der Vater verblutet war, einigten sie sich darauf, dass er betrunken nach Hause gekommen und beim Versuch, sich ein Stück Schinken abzuschneiden, ins eigene Messer gefallen war.

Der *alcalde* kam, sah das Messer in der Hand des Toten, sah Schinken und Brot auf dem Tisch und roch den sauren

Weindunst, den der Leichnam ausströmte. Ohne zu zögern, bestätigte er den Unglücksfall. Rosita bedauerte nichts, wanderte einige Tage nach Westen und verdingte sich auf einer Finca als Stallmagd. Hier gewann sie ein etwas älteres Mädchen zur Freundin, und die sonst etwas Beschränkte brachte ihr alle Feinheiten der Melkkunst bei.

Juan legte sich von nun an keine Zurückhaltung mehr auf, doch an einige Regeln wollte er sich schon halten. Dazu gehörte, dass er zuerst seine Mutter davon in Kenntnis setzte.

Doña Ana schlug die Hände zusammen, dann setzte sie eine strenge abweisende Miene auf, doch bei ihrem rundlichen gutmütigen Gesicht gelang es ihr nicht recht.

»Juan, das wird großen Unfrieden stiften! Rosita ist als Letzte auf den Hof gekommen, und wenn du sie jetzt so reich beschenkst, werden die anderen sich benachteiligt fühlen und die entsprechenden Schlüsse ziehen.«

Juan berührte seine Mutter liebevoll am Arm. »Auch Ihr zieht die falschen Schlüsse, wenn ich das bemerken darf. Nehmt doch als Vergleich einen tüchtigen verdienten Soldaten, den sein General bei der Beuteverteilung bevorzugt, weil er sich kühn und angriffslustig verhalten hat – eben weil er besser war als die anderen. Das gilt nun auch für Rosita. Sie ist die beste Melkerin weit und breit, hat eine begnadete Milchhand und steigert unseren Gewinn. Warum soll sie dafür nicht belohnt werden?«

»Weil es auf unserer Finca seit jeher üblich ist, dass alle ihr Bestes tun, ohne dafür eine Belohnung zu erhalten.«

»Dann muss man es eben ändern! Auch ein Tölpel versucht sein Bestes zu tun, und was kommt dabei heraus? Zerbrochene Krüge, verschüttete Milch, verdorbener Käse. Man muss mit Erfolg das Richtige tun, und dafür ist Rosita ein lobenswertes Beispiel. Wir können das Maultier ja ein Zweckgeschenk nennen. Es gehört ihr, aber sie wird es unter anderem dafür nutzen, Geflügel, Käse und Eier auf den Markt nach Sobrado zu bringen. Was haltet Ihr davon?«

Doña Ana winkte ab. »Du lässt es dir ja doch nicht ausreden ...«

Rosita schwebte wie auf Wolken. Sie, die niemals etwas besessen hatte, ausgenommen das Gewand, das sie trug, und ein paar wertlose Schmuckstücke – sie sollte nun ein schönes gesundes Maultier ganz zu Eigen haben. Es gehörte ihr allein und Don Juan hatte ja ausdrücklich gesagt, sie könne es auch verschenken oder verkaufen.

»Das werde ich niemals tun, Herr!« Sie hielt das Tier am Zügel und tätschelte seinen Hals.

»Eigentum verpflichtet aber auch! Das soll heißen, dass man dir ein paar Goldmünzen vom Lohn abziehen wird – für Stall und Futter.«

Sie knickste und lächelte so breit, dass ihre Alabasterzähne aufleuchteten. »Wenn es nur das ist ...«

»Es ist nicht nur das ...«

Am Abend lud er sie zu einem Ausritt ein.

»Das Tier soll dich kennen lernen, und ich möchte dabei zusehen, wenn ich darf.«

»Ihr seid der Herr, Don Juan ...«

»Nein, Rosita, das will ich nicht hören! Dein Herr bin ich nur, wenn es Angelegenheiten der Finca betrifft. Mit wem du ausreitest, musst du allein entscheiden.«

Sie stiegen auf und trabten schweigend bis zur Wegkapelle, wo die Straßen nach Sobrado und Mellid sich kreuzten. Die Finca war hinter einem Hügel verschwunden, die Abendsonne warf ihr purpurnes Licht über die frisch abgeernteten Stoppelfelder, ein sanfter Wind bewegte die silbrigen Blätter der Olivenbäume, und es klang wie leises Seufzen. Sie stiegen bei der Kapelle ab und banden die Tiere an einer alten verkrüppelten Steineiche fest.

Ohne lange zu überlegen, kniete Rosita nieder, schlug das Kreuzzeichen und murmelte ein Gebet. Juan blieb stehen und sah ihr zu. Dann stand sie auf.

»Und Ihr? Betet Ihr nicht?«

»Jetzt nicht – nein. War es ein Bittgebet?«

Sie zögerte. »Ja ... es war eines.«

»Darf ich es wissen?«

Etwas wie Trotz erschien auf ihrem anmutigen Gesicht. »Warum nicht? Ich habe die Madonna darum gebeten, dass Ihr nicht seid wie alle – wie die anderen Männer.«

»Wie sind die?«

»Na – Ihr wisst schon ... Da schenken sie dir ein billiges Band oder eine Halskette aus Glas und dafür sollst du mit ihnen – mit ihnen ...«

Er klopfte dem Maultier auf den Rücken. »Mein Geschenk ist nicht billig, aber darum geht es nicht. Es geht allein darum, dass ich noch niemals im Leben ein so liebreizendes Geschöpf wie dich getroffen habe. Alles an dir ist vollkommen ...« Er strich ihr leicht über Gesicht, Hals und Schultern. »Da hat die Natur ein Wunderwerk vollbracht – eines, das ihr vielleicht nur alle hundert Jahre gelingt.«

Rosita war etwas zurückgewichen und errötete. »Ihr übertreibt, Herr! Aber selbst wenn es stimmt, was habe ich davon? Die Weiber beneiden und hassen mich, die Männer stellen mir nach ...«

Juan lächelte. »Das ist wohl der Preis dafür. Aber dieser Zustand ließe sich leicht abstellen. Du brauchst dir nur einen zu erwählen, auf den du zählen kannst – der dich liebt ... *giboso* würde diese Rolle gerne übernehmen.«

Sie rümpfte die Nase, was aber den Liebreiz ihres Gesichts nicht minderte. »Der Bucklige? Ja, der würde mich sofort nehmen und auch beschützen. Ein kräftiger Kerl ist er ja und sein Buckel, so sagt man, bringe Glück ...«

Sie hatten auf der Bank an der Rückwand der Kapelle Platz genommen. Da Juan schwieg, sprach sie weiter. »Aber es ist nicht das, was ich will. Mein künftiger Gemahl soll kein so grober Kerl sein, sondern feiner, vornehmer ...«

»Ah – dann stimmt es, was man von dir erzählt? Entweder du kriegst einen *fidalgo* oder du nimmst keinen. Eine kleine Mitgift hast du ja jetzt.«

»Das Maultier? Für unsereins ist das nicht so klein. In ein paar Jahren könnte ich mir einige Maravedis ersparen, da wäre es nicht so schwer, einen Mann zu finden – einen Taglöhner, Sauhirten oder Stallknecht ... Aber einen solchen will ich nicht! Da gehe ich lieber ins Kloster!«

Juan lachte. »Diese Worte habe ich schon einmal gehört, und am Ende haben sie einen Mann das Leben gekostet. Aber wie willst du an einen *fidalgo* kommen? Wenn er jung ist, verlangt er eine beträchtliche Mitgift, und wenn er alt ist, willst du ihn vermutlich nicht haben. Ich wüsste da einen Mittelweg.«

Misstrauisch runzelte sie ihre hohe glatte Stirn. »Und wie sähe der aus?«

»Du nimmst mich. Ich bin ein *fidalgo* und ein *caballero* dazu, werde dich lieben und stets in Ehren halten – nur heiraten kann ich dich nicht.«

»Ihr seid ein *burlador,* Don Juan.«

Er tat empört. »Ich, ein Spötter. Da kennst du mich aber schlecht. Was ich sage, das meine ich auch!« Er legte seine Arme um sie und blickte sie zärtlich an. »Die Entscheidung liegt bei dir, liebreizende Rosita. Bekomme ich wenigstens einen Kuss mit auf den Weg?«

Ihr Gesicht war heiß, ihre Augen glänzten wie im Fieber. Noch ehe sie etwas sagen konnte, pressten sich seine Lippen auf ihren Mund und als sie ihn öffnete, begann ein heftiges erregtes Zungenspiel, dann fühlte sie eine Hand auf ihrer Brust, die andere schob ihren Rock hoch – ach, es war, als würden hundert Männer ihren Leib erkunden, sie tausendmal küssen und dann blieben noch immer Hände übrig, die den ihren in sanfter Gegenwehr begegneten, sie festhielten und zurückdrängten.

Das war – ja, das war schon anders als die rohen Kerle, die nichts konnten, als grob ihre Knie auseinander zu zwängen. Don Juan aber machte respektvoll Halt vor ihrem Schoß, streichelte und küsste ihre Schenkel, aber das Eigentliche schien ihn nicht zu interessieren. So gewann er ihr Zutrauen, und es dauerte nicht lange, dann spielte sie freudig das lustvolle und gefahrlose Spiel mit.

Plötzlich hielt er inne. »Lassen wir es für heute gut sein, Rosita. Jetzt ein Mehr zu fordern, verbieten mir Anstand und Achtung. Verstehe mich aber nicht falsch! Ich will dich ganz – mit Haut und Haar, Leib und Seele ...«

»Aber das ist Sünde! Die Kirche verlangt –«

»Die Kirche! Das sind die Pfaffen, und du darfst mir glauben, dass ihnen keine Sünde fremd ist. Sieh dir die Heilige Schrift an! In den Büchern des Neuen Testaments ist kaum von Ehe, aber hundertfach von Liebe die Rede. Die Sünde ist eine Geißel, so recht für die Pfaffen gemacht, uns damit zu züchtigen.«

»Davon verstehe ich nichts, Don Juan, bin nie zur Schule gegangen, weiß nur, was der Priester am Sonntag predigt.«

»Dann lass dir von einem sagen, der diese Priester nicht nur aus der Ferne einer Sonntagsmesse, sondern aus der Nähe des Schulunterrichts erlebt hat, dass viel lüsterne Geilheit, viel Lug und Trug unter ihnen ist. Nach Ehrbaren und Ehrlichen, nach wirklich Frommen musst du lange suchen, und dann kann es sein, dass hinter der Frömmigkeit ein bigotter Fanatiker steht, der beim Anblick der kleinsten Sünde nach Hölle und Verdammnis schreit.«

Rosita stand auf, strich ihren Rock glatt, knüpfte das rotbraune Leibchen zu und band ihr Kopftuch.

»Ihr wart auf der Schule, ich aber nicht. Euer Wissen sagt mir nichts, aber ich sehe, dass Ihr unseren Glauben nicht sehr ernst nehmt. Denkt Ihr nicht manchmal an Eure unsterbliche Seele?«

»Die ist mir jetzt nicht wichtig. Ich denke an dich und wenn du so redest, dann bin ich wirklich geneigt, dich besser im Kloster zu wissen. Doch dein Kuss – ja, deine Küsse sprechen dagegen. Aber wo ist da der Widerspruch? Heiße Liebe und ehrliche Frömmigkeit müssen einander nicht ausschließen.«

Sie banden ihre Tiere los.

»Mit wem teilst du dein Zimmer?«

»Mit einer Stallmagd und ihrem Kind. Es ist erst zwei Jahre alt.«

»Hat sie keinen Mann oder wurde das Kind jungfräulich empfangen wie bei der Madonna?«

»Ihr lästert schon wieder, Don Juan! Der Kerl ist auf und davon, wie das eben so ist.«

»Es kann auch anders sein. Ich werde dafür sorgen, dass du eine eigene Kammer bekommst.«

»Was werden die anderen sagen?«

»Die werden sich schon jetzt ihre Mäuler zerreißen, wenn sie uns gemeinsam heimkommen sehen. Wenn du willst, kannst du vorausreiten, und ich kehre ein paar Stunden später zurück.«

»Nein, Don Juan. Es dämmert schon, warum sollt Ihr meinetwegen in der Dunkelheit herumirren? Sollen die doch denken, was sie wollen!«

Er lachte und schwang sich aufs Pferd. »So gefällst du mir, Rosita – ja, so gefällst du mir.«

Einige Tage nachdem ihr die neue Kammer zugewiesen worden war, hatte Juan sich vor Arbeitsschluss hineingeschlichen und harrte in einer dunklen Ecke auf Rositas Erscheinen. Wie hätte er sie sonst treffen sollen, ohne die ganze Finca aufzustören? Freilich, wen sollte er fürchten? Seine Mutter? Sie würde ihm wohl Vorwürfe machen, aber letztlich – nein, Rosita war es, auf die er Rücksicht nehmen wollte.

Dann kam sie herein, gar nicht leise, und aus ihrem Benehmen war herauszuhören, wie sehr sie sich über die eigene Kammer freute, wo sie auf nichts und niemanden Rücksicht zu nehmen brauchte. Sie stieß die halb offenen Fensterläden auf, beugte sich hinaus und atmete tief.

Inzwischen hatte die Dämmerung eingesetzt, doch das sanftgraue Abendlicht genügte, um Juans Versteck auszuleuchten. Er trat einen Schritt vor.

»Rosita, erschrick nicht – ich bin es, Juan.«

Schnell wandte sie sich um. »Wie lange seid Ihr schon hier?«

»Nicht lange, aber wenn ich gehen soll, dann sag es nur. Es ist dein Zimmer, und ich will nicht ohne deine Erlaubnis hier bleiben.«

»Was wollt Ihr von mir, Don Juan?«

»Dich lieben, Rosita.«

Sie setzte sich auf ihr schmales Bett. »Mich lieben? Ich soll Euer Bettschatz werden, so ist das doch gemeint? Ich mag Euch, Herr – ja, das schon, aber ich stehe zu meinem Vorsatz. Die Nacht mit Euch oder einem anderen Mann muss meine Brautnacht sein. Ihr habt mich gelehrt, meinen eigenen Willen zu haben, und daran halte ich mich.«

Juan setzte sich neben sie und legte einen Arm um ihre Schultern. »Aber ein Kuss darf es doch sein?«

Noch ehe sie antworten konnte, umschlang er sie heftig, bedeckte ihr Gesicht, ihren Hals, ihre nackten Arme mit Küssen. Wieder überkam sie das Empfinden, als seien es hundert Lippen und tausend Hände, die sie küssten und streichelten, sie sanft bedrängten. Als sie ihre Knie zusammenpresste, ließ er von ihr ab.

»Nichts gegen deinen Willen, Rosita. Darf ich wiederkommen?«

Sie atmete schwer. »Wenn – wenn Ihr möchtet ...«

»Ich lasse dich nicht, Rosita, und wenn du dich mir tausend Jahre verweigerst.«

Sie seufzte nur schwer und schwieg, als er sich durch das ebenerdige Fenster davonmachte. Ein alter Brauch auf den Landgütern verlangte es zwar, dass das ledige weibliche Gesinde in den oberen Stockwerken schlief, aber Juan hatte es darauf ankommen lassen. Keiner würde wagen, dies hier auszunützen, und für ihn war es einfacher, durch das Fenster zu kommen und zu gehen.

Dann ging der Monat August seinem Ende zu und Juan musste täglich mit dem Erscheinen eines Königsboten rechnen, der ihn von hier fortrief.

»Sie soll ihren Willen haben«, sagte er leise und ging zu Doña Ana.

»Die Tage werden schon kühler, und mir bleibt nicht mehr viel Zeit. Ehe ich weggehe, möchte ich meine alte Schule besuchen, möchte schauen, was aus Sobrado dos Monxes geworden ist.«

»Tue das, mein Sohn. Vielleicht kannst du dort gleich die Beichte ablegen ...«

»Wir werden sehen ...«

Ob Padre Mateo noch lebte? Der Bruder Pförtner bestätigte es.

»Aber er ist seit längerem krank und unterrichtet nicht mehr.«

»Krank? Was fehlt ihm denn?«

»Wie das halt so ist, wenn man älter wird. Es zwickt da, es zwickt dort ... Das Essen schmeckt ihm auch nicht mehr, aber das wird er Euch alles selber erzählen. Ihr dürft ihn in seiner Zelle besuchen.«

Juan hätte Padre Mateo nicht wieder erkannt. Die sonst von seinem stämmigen Körper prall gefüllte Kutte schlotterte ihm am Leib, das feiste Gesicht war schmal geworden und die früher lüstern und lebenslustig funkelnden Augen schauten trüb und verständnislos auf den Besucher.

»Habe ich mich so verändert? Ich bin Juan Tenorio, Euer früherer Schüler.«

»Ach, da gab es so viele ... Es freut mich, dass Ihr Euren alten Lehrer besucht.«

»Ja, Padre, aber nicht ohne Grund. Ich möchte Euch bitten, mich mit einem Mädchen zu trauen – heimlich, denn meine Mutter, Doña Ana, darf zunächst nichts davon wissen.«

Padre Mateo ließ vor Erstaunen seinen Mund offen stehen und Juans Blick fiel auf ein paar schwarze Zahnstummel.

»Euch trauen? Aber das habe ich nie ... Und noch dazu heimlich ... Nein, mein Freund, da müsst Ihr Euch schon anderswohin wenden.«

»Das werde ich nicht tun, Padre, doch Ihr sollt eine Geschichte hören. Euch ist gewiss noch der kleine Pablito in Erinnerung, Euer süßer Geliebter, der sich Prügel ersparte, wenn er Eure Geilheit befriedigte. Der ist jetzt ein fast erwachsener Mann, und ich habe ihn kürzlich besucht. Nun ist ihm bewusst geworden, wie schwer er damals gesündigt hat, und er plant, ein öffentliches Schuldbekenntnis abzulegen, um sich die Last von der Seele zu nehmen. Da werden dann Ross und Reiter genannt ...«

Auf Padre Mateos bleicher Stirn hatten sich dicke Schweißperlen gebildet, eine davon lief in sein Auge und er wischte sie mit dem Ärmel weg.

»Ach – ach – ach ...«, stöhnte er leise und schlug sich mit der Faust an die Stirn.

Juan blieb ungerührt. »Ja, Padre, diese alten Geschichten können manchmal sehr lästig sein, doch seid beruhigt, ich habe Pablito den Plan ausreden können und ihm geraten, nach Santiago de Compostela zu pilgern und dort eine Generalbeichte abzulegen. Er hört auf mich, und ich werde dafür sorgen, dass er es auch tut – dafür aber ...«

»Ich werde Euch trauen, Don Juan ...«, ächzte der Padre.

Juan erhob sich. »Na, seht Ihr, alles lässt sich in gutem Einverständnis regeln. Ich werde übermorgen mit meiner Braut hier erscheinen, etwa um die achte Tagesstunde. Da frönen alle der Siesta, und Ihr werdet uns an einem stillen Seitenaltar in der Klosterkirche ehelich verbinden.«

»Aber da muss ich doch den Prior ...«

»Nein, das müsst Ihr nicht! Niemand darf davon wissen, nur wir drei. Ich bereite eine Heiratsurkunde vor, die Ihr nur zu unterschreiben braucht.«

»Aber –!«

»Keine Angst, Ihr könnt irgendeinen Namen dorthin setzen – darauf kommt es nicht an.«

Der Padre nickte ergeben. »Gut, aber dann werdet Ihr mich nie wieder behelligen?«

Juan lächelte verbindlich. »Darauf habt Ihr mein Wort, Padre.«

Juan war gegen Abend zurück, wartete die Nacht ab und pochte leise an den geschlossenen Fensterladen von Rositas Kammer.

»Ach – Ihr seid es?«

»Darf ich hereinkommen?«

»Ja, wenn Ihr nicht –«

»Nein, nein, Rosita, du mein Augenstern ...«

Er küsste sie leidenschaftlich und fühlte, wie ihr Körper nachgab. Jetzt ist sie so weit, dachte er, und ich könnte Padre Mateo in Frieden lassen ...

Doch plötzlich erwachte ihr Widerstand, und sie versuchte, sich aus seiner Umarmung zu lösen.

»Recht so, Rosita, wir wollen es uns aufsparen für die Brautnacht.«

»Was? Treibt keine üblen Scherze mit mir, Juan.«

»Es ist kein Scherz – ich bitte dich, meine Frau zu werden.«

»Mein Herz sagt Ja, aber mein Verstand – nein, das wird nicht gehen, Eure Mutter würde es niemals zulassen.«

»Daran habe ich auch gedacht, und deshalb soll es heimlich geschehen. Padre Mateo – mein früherer Lehrer – wird uns übermorgen in der Klosterkirche trauen. Es muss schnell geschehen; der Bote des Königs kann täglich erscheinen, und dann muss ich für eine Weile fort. Die Hochzeitsurkunde lege ich in deine Hand, und du darfst es nur öffentlich machen, wenn meine Mutter stirbt oder wenn dich die Nachricht von meinem Tod erreicht. Ansonsten musst du meine Rückkehr abwarten.«

»Und wenn ich schwanger werde?«

»Ja, dann auch ...«

Auch als Juan weg war, hielt ihr Herzklopfen noch lange an. Jetzt ist es erreicht, dachte sie, ich werde Gemahlin eines *fidalgo* und Herrin einer Finca. Sie stammelte ein langes, heißes Dankgebet, beruhigte sich und schlief ein.

Als sie am Morgen erwachte, hielt sie ihr Erlebnis für einen Traum. Dass es keiner war, erfuhr sie noch am selben Tag, als Juan sich während der Siesta zu ihr auf die Bank setzte, was nur wenigen entging, und die erfuhren es von den anderen.

»Hör jetzt genau zu«, begann Juan zu flüstern. »Ich habe meiner Mutter erzählt, dass im Kloster eine Nachricht für dich bereitliegt. Da ist die Rede von einem entfernten Verwandten, der dir etwas hinterließ. Um dies zu regeln, musst du in eigener Person beim Notar des Klosters erscheinen, und ich werde dich begleiten, um zu bestätigen, dass die im Testament genannte Rosita mit dir identisch ist.«

»Aber das Ganze …«

»– stimmt nicht, ich weiß. Doch ich musste einen gewichtigen Grund erfinden, um unser beider Abwesenheit zu begründen. Morgen wird uns der Padre trauen.«

Also war es doch kein Traum? Aber da keimten in Rosita die ersten Zweifel, für die sie sich schämte. Juan war schließlich ein *fidalgo,* ein *caballero,* und es war schier undenkbar, dass er mit dem heiligen Sakrament der Ehe seine Späße trieb.

Als sie am nächsten Morgen bei Tagesanbruch ihre Reittiere bestiegen, spürte Rosita die vielen hass- und neiderfüllten Blicke, und es war, als träfen sie Pfeile in den Rücken.

Miguel sah ihnen traurig nach und wunderte sich, dass Juan ihn nicht mitgenommen hatte.

»Diesmal nicht, mein Lieber, später wirst du verstehen, warum. Aber wir werden ohnehin bald nach Valladolid aufbrechen müssen und da bist du natürlich dabei.«

Den ganzen Tag wisperte und flüsterte es in den Kammern, Scheunen und Ställen der Finca: »Zuerst lockt sie den Herrn in ihr Hurenbett und jetzt hat sie auch noch geerbt …«

12

Am Tag nach Maríae Geburt brach Don Pedro, König von Kastilien und León, mit seiner Leibtruppe nach Norden auf, um in Valladolid an der *Cortes*-Versammlung teilzunehmen. Auf dem Weg dorthin – etwa acht Reisetage von Toledo entfernt – lag Villareal, wo er sich mit seinem Halbbruder Enrique, dem Grafen von Trastámara, treffen wollte. Vor genau hundert Jahren hatte König Alfons der Weise auf den Trümmern der von den *moros* zerstörten Stadt eine Festung anlegen lassen, weil ihm die hier reich begüterten Templer und der Ritterorden von Calatrava zu mächtig wurden. Deshalb nannte er sie auch Villareal – die königliche Stadt.

Don Pedro – begleitet von seinem Kanzler Alburquerque – zog in die Festung ein, ließ die beiden Stadttore schließen und stellte eine Wache auf.

Der lange nicht mehr benützte Audienzsaal wurde in aller Eile so hergerichtet, dass er etwas wie königliche Pracht auszustrahlen begann. An der Stirnseite hatte man auf einem Podest einen Prunksessel mit einem aus einer Kirche entliehenen Baldachin aufgestellt; die schon etwas zerschlissenen Brokatvorhänge wurden zurückgezogen und gerafft, um ihre Schäbigkeit zu verbergen.

Wie zuvor besprochen, traf Don Enrique pünktlich um die vierte Tagesstunde mit seiner Begleitung dort ein, eine Viertelstunde später kam Don Pedro mit seinem Gefolge. Voraus schritten zwei Pagen; auf ihrer Prunkkleidung leuchteten die Landeswappen mit den roten Löwen und den goldenen Türmen. Jeder trug auf einem Kissen Krone und Zepter des Königs von Kastilien und León.

Don Pedro nahm auf dem Thronsessel Platz, die Pagen reichten ihm kniend die königlichen Insignien. Auf einen Wink des Zeremonienmeisters trat Don Enrique vor, kniete nieder und küsste die Hand seines Halbbruders.

»Es freut mich, Euch zu sehen, Graf von Trastámara. Ihr habt lange gezögert, dem König zu huldigen, wie es für einen Adelsmann Brauch und Sitte ist.« Das klang nicht vorwurfsvoll, es war nur eine höflich geäußerte Feststellung.

»Ja, Senyor, da habt Ihr wohl Recht, aber es gab Umstände, die mich daran hinderten.«

Ein leichtes Lächeln flog über Don Pedros Gesicht. »Gewiss, Don Enrique, die gab es, aber Ihr habt ja nun Eure

Pflicht nachgeholt. Habt Ihr von mir, Eurem König und Lehnsherrn, etwas zu erbitten, zu erfragen oder zu beanstanden?«

Don Enrique zögerte. Dann straffte sich seine schlanke zierliche Gestalt, er hob sein bärtiges Kinn und richtete seine dunklen Augen auf den König.

»Senyor, ich bin zufrieden mit dem, was ich habe. Ich will nur behalten, was unser Vater mir übereignet hat – will Sicherheit für mich und meine Brüder.«

»Niemand hat es Euch streitig gemacht, am wenigsten ich, der König. Unsere Getreuen in diesem Saal rufe ich als Zeugen an, dass es mein innigster Wunsch ist, mit Euch in Frieden zu leben!«

Der König erhob sich, ging auf Don Enrique zu, umarmte und küsste ihn.

Das war nun der offizielle Teil des Empfangs, und der hatte nur eine halbe Stunde gedauert. Danach bat Don Pedro seinen Bruder zu einer persönlichen Unterredung in ein kleines behaglich eingerichtetes Turmzimmer. Der König trat ans Fenster und winkte seinen Bruder herbei.

»Schaut da hinaus, Don Enrique, und sagt mir, was Ihr seht.«

Neben Don Pedros mächtiger Gestalt wirkte der Graf in seiner betont prunklosen Kleidung wie ein um etliche Jahre jüngerer Page.

»Nun?«

Don Enrique zögerte. »Da ist nicht viel ... Links ein Kirchturm, vor uns die Stadtmauer, Dächer, Giebel von Häusern ...«

Don Pedro grinste bübisch. »Habt Ihr da nicht etwas übersehen – hinter der Mauer?«

»Nun – da sind einige Zelte ...«

Der König ging in den Raum zurück und setzte sich. »Kommt her und nehmt Platz.« Don Pedros Gesicht war ernst und etwas ärgerlich geworden. »Ja, da sind Zelte, aber nicht einige, sondern ein paar Dutzend. In ihnen hausen Eure

Soldaten, lieber Bruder, eine kleine beachtliche Truppe, schwer bewaffnet und fast alle beritten. Ihr habt mir gestern ausrichten lassen, dass diese Männer Stadt und Festung berennen und in Brand stecken würden, falls – nun, falls Euch etwas geschieht. So ist es doch?« Ohne eine Antwort abzuwarten, sprach der König weiter, doch seine Stimme schwoll an. »Habe ich Euch nicht gleich nach der Thronübernahme mein Wort gegeben, dass ich die von unserem Vater gewünschten Verpflichtungen einhalten werde?«

»Ja, Senyor, das habt Ihr – aber ...«

Mit einer rüden Bewegung schnitt ihm der König das Wort ab. »Warum erscheint Ihr dann hier mit Truppenmacht – zieht auf wie zu einer Schlacht? Begegnet so der Bruder dem Bruder? Sagt es frei heraus, Don Enrique, wollt Ihr meinen Thron? Oder was wollt Ihr sonst?«

Schon während Don Pedros Rede hatte der Graf den Kopf geschüttelt, und er tat es bis zuletzt.

»Nein, nein und nochmals nein! Ihr seht das falsch, Senyor! Ich habe begonnen, die Truppen zu sammeln, als mich die Nachricht von Eurem Tod erreichte. Was hättet Ihr getan? Warten, bis die Infanten ihrerseits mit Truppenmacht aufziehen, um ihre fraglichen Rechte einzufordern? Unser Vater hat niemals einen Zweifel daran gelassen, dass ich der nächste Thronanwärter bin – ich, sein erstgeborener Sohn! Würdet Ihr gerne Don Juan de Lara oder Don Fernando de Tortosa auf dem Thron von Kastilien sehen? Ich hätte mein Leben gegeben, um das zu verhindern. Als endlich die sichere und beglaubigte Botschaft eintraf, dass Ihr Eure schwere Krankheit überstanden habt, waren diese Männer schon in meinem Dienst und auf mich eingeschworen. Sollte ich sie davonjagen?«

»Ich traue Euch nicht, Don Enrique.« Der König sagte es so ruhig und leichthin, als rede er von etwas Belanglosem.

Der Graf lehnte sich zurück und sagte ebenso ruhig: »Und ich traue Euch nicht. Was können wir da tun?«

»Uns vertragen, Bruder. Nach der *Cortes*-Versammlung

werden wir die Lage neu überdenken. Ihr haltet Euch bis dahin ruhig?«

Don Enrique nickte leicht. »Was bin ich gegen Euch? Ein kleiner Graf mit einer Hand voll Männer.«

Don Pedro erhob sich. »Trotz allem freut es mich, dass Ihr gekommen seid.«

Wenig später verabschiedete der König seinen Bruder mit dessen Begleitung. Da stutzte er.

»Ah – Don Alfonso Tenorio! Aber was tut Ihr hier an der Seite von Don Enrique? Auf Euch wartet doch der Posten eines *comandante* in meiner Leibgarde.«

»Hat Don Juan Euch nicht –«

»Nein …«

»Ich habe meinen Bruder nicht getroffen, Senyor. Als die Nachricht von Eurem Tod kam, bin ich bei Don Enrique in Dienst getreten.«

»Und als Ihr wusstet, dass es nur ein Gerücht war?«

»Da hatte ich schon den Treueid geschworen, Senyor.«

»Einen falschen Eid … Es gab eine Zeit, da habe ich Euch sehr geschätzt, Don Alfonso, aber nun dient Ihr ja einem anderen Herrn.«

Alfonso Tenorio vergaß niemals den Blick des Königs, als er diese Worte sprach. Es war ein Basiliskenblick – kalt, grausam, gnadenlos.

Auch Don Enrique musste ihn bemerkt haben, denn später, im Zeltlager, meinte er: »Ich kenne meinen Bruder nicht sehr gut, weil wir nie miteinander spielen durften und uns später kaum noch sahen. Aber eines weiß ich: Dieser Mensch vergisst nichts und er sieht Euch als Verräter. Übrigens nicht nur Euch … Weil ich Euch schätze und achte, hört meinen Rat. Wenn der König nach der Versammlung der *Cortes* seine Stellung im Land gefestigt hat, werden einige Köpfe rollen. Ihr solltet dann für eine Weile aus Kastilien verschwinden und in den Dienst des Königs Affonso von Portugal treten. Ich habe ihn kennen gelernt und werde Euch dort empfehlen.«

Alfonso Tenorio schüttelte ratlos den Kopf. »Aber er kann

mir doch nicht verübeln, dass ich Opfer eines Irrtums – eines Gerüchtes geworden bin!«

Enriques kurzes trockenes Lachen klang wie ein Hüsteln. »Er tut es! Und sobald er seiner Macht ganz sicher ist, wird es nicht nur bei Worten bleiben – dann werden Taten folgen.«

Einen Augenblick hatte der König daran gedacht, ob er seinem »Zwilling« noch trauen durfte. Als er aber hörte, dass die Brüder sich bis jetzt nicht gesehen hatten, schob er den Gedanken von sich. Er diktierte seinem Sekretär Fernando Sanchez einen sehr persönlich gehaltenen Brief an Don Juan, in dem er ihn aufforderte, unverzüglich die Reise nach Valladolid anzutreten. Danach winkte er den Schreiber heran.

»Senyor?«

»Wir müssen einen weiteren Namen auf unsere schwarze Liste setzen. Er lautet: Alfonso Tenorio, derzeit *comandante* in der Truppe des Grafen von Trastámara.«

Der Sekretär hob sein graues hageres Gesicht. »Ist dieser Herr mit Don Juan irgendwie verwandt?«

»Er ist sein Bruder.«

Sanchez nickte und notierte sich den Namen.

Der Brief des Königs traf am Abend des Tages ein, an dem Don Juan zusammen mit Rosita den Weg zum Kloster genommen hatte.

Padre Mateo, verstört, zittrig und um seinen Ruf besorgt, hatte sich schon in der Kirche bereitgehalten. Rosita knickste und küsste ihm die Hand.

»Habt Ihr zuvor gebeichtet?«

Sie schüttelte den Kopf. »Ich kann es jetzt tun, es ist nicht viel …«

Hastig nahm Padre Mateo ihre Beichte ab, während Juan vor dem Altar stand und tat, als bete er. Dann verließ Rosita den Beichtstuhl und kniete nieder.

Juan zog den Padre beiseite und flüsterte: »Da ich nicht

gesündigt habe, werde ich nicht beichten, aber Euch um etwas bitten, Don Mateo.«

»Ja – was? Macht schnell!«

»Ihr müsst die Zeremonie so gestalten, dass sie ungültig ist. Lasst einfach etwas weg oder ändert etwas ab – das überlasse ich Euch. Ich habe mich entschlossen, mich vorerst nur zu verloben. Also segnet einfach unsere Verlobung und macht es ein bisschen lang und feierlich.«

»Nein, Don Juan, dazu gebe ich mich nicht her! Ihr wollt dieses Mädchen betrügen und das ...«

»Padre Mateo, denkt an Pablito! Ich werde ihn dieser Tage aufsuchen und dazu bewegen, den Bußgang nach Santiago zu tun. Er hört auf mich und kann sich auch anders entscheiden ...«

»Ihr seid ein Werkzeug des Teufels!«, zischte Padre Mateo, »aber es kann auch sein, dass Gott Euch zu meiner Buße gesandt hat.«

So warf Padre Mateo ein Messgewand über sein Mönchshabit und hielt eine Zeremonie ab mit lateinischen Gebeten, Segnungen und Verbeugungen vor dem Altar. Am Ende band er mit seiner Stola die Hände der Brautleute zusammen, murmelte etwas von einer *sposalia,* einer Verlobung, und sprach den Segen: »*Benedicat vos omnipotens Deus, Pater et Filius et Spiritus Sanctus* – Amen.« Dabei stand ihm der Schweiß auf der Stirn und er versprach sich mehrmals.

Die von Juan vorbereitete Urkunde unterzeichnete er mit einem Phantasienamen und raffte sich zu dem kläglichen Scherz auf, daneben *arcipreste* zu setzen – Erzpriester. Dann faltete er das Papier mehrmals und verschloss es mit Siegelwachs. Er wartete ein wenig, drückte sein Wappen darauf, aber nur ganz leicht. Der Ring war sein einziges väterliches Erbe, denn Padre Mateo entstammte einer verarmten und jetzt erloschenen *fidalgo*-Familie. Der Abdruck war so undeutlich, niemand würde dieses Siegel deuten oder einordnen können.

Juan nahm die Urkunde mit einer Verbeugung entgegen

und drückte dem Padre drei Reales in die Hand. Draußen nahm er Rositas Hand.

»Jetzt aber schnell weg von hier, ehe die Leute aus ihrer Siesta erwachen. Ich möchte unsere Hochzeitsnacht in aller Ruhe mit dir verbringen – nein, feiern! Ja, Rosita, wir machen diese Nacht zum Fest – aber nicht hier.«

»Wo denn?«

Mit ihren wunderschönen großen Augen blickte sie ihn an und setzte seinen Körper in Flammen. Das Blut durchrauschte ihn wie eine erregende Woge, das Licht wurde zu einer Gloriole, die sie beide einhüllte, die Farben des Himmels, der Bäume und Büsche, der Wege und Häuser verstärkten sich zu einer magischen Leuchtkraft. Er nahm sie an den Händen und machte einige Tanzschritte.

»Wir sind das glücklichste Liebespaar der Welt!«

»Ehepaar, Juan. Ihr meint gewiss Ehepaar?«

»Natürlich, *mi carina,* natürlich. Aber unsere Ehe ist noch nicht vollzogen, und zu diesem Zweck reiten wir noch heute nach Santiago de Compostela, der heiligen Stadt. Da wird dann der Apostel Jakob unserer Verbindung seinen besonderen Segen spenden.«

Sie schaute ihn von der Seite an. »Wenn Ihr meint … Aber es wird Nacht sein, wenn wir ankommen.«

Er lachte und half ihr in den Sattel. »Die Nacht ist die Freundin der Liebenden.«

Todmüde und bei einbrechender Dunkelheit langten sie vor der Stadtmauer an. Dort gab es Pilgerherbergen für solche Spätankömmlinge, aber die großen Schlafräume waren schicklicherweise nach Geschlechtern getrennt.

Juan flüsterte Rosita ins Ohr: »Da werden wir unsere Hochzeitsnacht morgen nachholen müssen – schlafe gut, *mi amor!*«

In dieser Nacht mühten sich Wanzen und Flöhe vergeblich, Rosita oder Juan aus dem Schlaf zu wecken, und konnten so in Ruhe ihre Mahlzeit beenden. Als sie dann beim

Frühstück in einer Schenke saßen, hielt die Rechte das Brot, während die Linke unaufhörlich die juckenden Stellen am Körper kratzte.

»Das wird uns nicht noch einmal zustoßen!«

Juan hatte nämlich vor, eine der besseren Unterkünfte aufzusuchen. Als er vor Jahren mit seinem frommen Stiefvater zu einer Pilgerfahrt hierher gekommen war, hatte Don Diego im Westen der Stadt nahe der Kirche Santa Susana Quartier genommen.

Wer immer in der Pilgerstadt eintraf, konnte erfahren, dass hier jeder nach seinem Stand unterzubringen war. Das begann bei den einfachen Pilgerherbergen mit weiträumigen Schlafsälen für eine Blanca pro Nacht, wobei mittellose Pilger bis zu drei Tage umsonst hier wohnen durften. Aber diese waren nicht gerne gesehen und erfahrene Herbergsväter erkannten auf den ersten Blick, wie es um sie stand. Dann war leider alles belegt …

Über bessere Herbergen, kleine und größere Wohnungen reichte das Angebot bis zum eigenen Haus mit Garten und Dienstleuten.

Warum nicht? Hatte er sie schon um die Hochzeit betrogen, so sollte das Brautgemach vom Feinsten sein! Wenigstens für einige Tage sollte sie glauben, nun tatsächlich eine Doña Rosita geworden zu sein. Er mietete den *palacio* einer verarmten Adelsfamilie, die jetzt in den oberen Stockwerken wohnte, wo früher ihre zahlreiche Dienerschaft untergebracht war.

Rosita ging mit großen Augen und wie auf Zehenspitzen durch die schon etwas verblichene Pracht des Patrizierhauses. Das Schlafzimmer schaute auf einen kleinen stillen Garten, wo ein Marmorbrunnen in Form einer Muschel Wasser aus einem bronzenen Fischmaul hätte aufnehmen sollen. Doch sprudelte nichts mehr, der Brunnen war zur Pflanzschale geworden und zum Teil mit Efeu überwuchert.

Nachdem sie sich eingerichtet und ihre Reittiere versorgt hatten, spazierten sie in Richtung Kathedrale und je näher sie ihr kamen, umso mehr Läden und Schenken gab es, desto mehr Menschen drängten sich in den Straßen.

»Willst du zuerst die Kirche sehen oder jetzt gleich einkaufen?« Juan hatte ihr versprochen, sie dürfe sich hier von Kopf bis Fuß neu einkleiden.

Rositas Augen glitzerten, als sie die Pracht der Tuch- und Kleiderläden bestaunte, aber dann siegte doch ihr christliches Gewissen.

»Es gehört sich, dass wir zuerst dem heiligen Jakob einen Besuch abstatten. Außerdem haben wir gebeichtet, aber noch nicht kommuniziert. Nüchtern sind wir ja längst wieder.«

»Du hast Recht! Das werden wir jetzt gleich nachholen.«

Sie betraten die Kathedrale durch den Pórtico de la Gloria, über dem Christus in all seiner Herrlichkeit thronte, umgeben von Engeln und den vier Evangelisten, überwölbt von einer Bogenleiste mit den vierundzwanzig Reitern der Apokalypse. Den Mittelpfeiler aber schmückte eine wunderschön bemalte Statue des Apostels Jakob.

Rosita sank in die Knie, umgeben von wogenden Pilgerscharen, die herein- oder hinausdrängten.

»So also hat der Heilige ausgesehen! So schön – so würdig – so ernst ...«

Juan hatte seinen federgeschmückten Hut abgenommen und blickte hinauf zu dem bärtigen Apostel. Vielleicht sollte ich mir auch einen Bart stehen lassen, überlegte er.

Dann betraten sie die von Menschen wimmelnde Kirche und drängten sich mit den anderen vor zum Hauptaltar, wo die hölzerne Statue des Heiligen stand, versehen mit Axt und Pilgerstab.

»Warum – warum trägt Santiago eine Axt?« Der Lärm war so groß, dass Rosita ihm die Frage ins Ohr schreien musste.

Er brüllte zurück: »Damit wurde er enthauptet!«

Dann bestiegen sie die Treppe hinter dem Altar, berührten die über dem Haupt des Heiligen schwebende silberne Krone und sprachen die rituellen Worte: »Freund, empfehle mich Gott!«

An einigen der zahlreichen Seitenaltäre wurden Messen gelesen, und in der Capilla de San Andrés hatte gerade eine begonnen. Rosita kniete nieder und ging, als der Priester die Kommuniongebete gesprochen hatte, mit Juan nach vorne zur Altarschranke.

»*Corpus Domini nostri Jesu Christi custodiat animam tuam in vitam aeternam. Amen.*«

Und schon legte ihm der Priester die Oblate auf die vorgestreckte Zunge. Alles in Juan sträubte sich. Ich will das nicht! Er faltete in gespielter Andacht beide Hände vor dem Gesicht und streifte dabei mit Daumen und Zeigefinger die schon zu einer Gallertmasse gewordene Hostie von der Zunge. Er wusste selber nicht, warum er es tat, aber seine Verweigerung befriedigte ihn. Während sie sich mit der Menge zum Ausgang schoben, schnippte Juan den an seinen Fingern klebenden Teigrest zu Boden.

Ein paar Stäubchen Mehl mit Wasser – mehr ist es nicht. Ihm gefiel der Gedanke, dass nun tausend Füße über diesen vermeintlichen Leib Christi hinwegtrampelten. Dabei floss kein Blut, niemand sank tot um, kein Blitz streifte den Frevler.

Ihr Mittagsmahl verzehrten sie in einer guten *taberna,* wo sich nicht unsäglich schmutzige Tische und Bänke auf wenig Raum aneinander drängten, sondern breite bequeme Stühle mit viel Platz dazwischen um festlich gedeckte Tafeln standen.

Juan bestellte Lamm am Spieß, dazu Gurken und Zwiebeln in scharfer Tunke und – um die Wartezeit abzukürzen – Fasanenpastete mit appetitanregender *gazpacho,* einer kalten Brühe aus Essig, Öl, Knoblauch und dem Saft ausgepresster Gurken, Zwiebeln und anderer Gemüse. Dazu tranken sie den erfrischenden, leicht säuerlichen Ribero-Wein.

Rosita, die noch niemals in so vornehmer Umgebung gespeist hatte, schaute von Zeit zu Zeit aus den Augenwinkeln auf Juan, handhabte Löffel und Messer mit wachsendem Geschick. Beim Wein hielt sie sich zurück, nippte nur und goss viel Wasser dazu.

Inzwischen war es Nachmittag geworden, die Straßen hatten sich geleert, die Läden waren geschlossen. Juan sah Rositas enttäuschtes Gesicht.

»Macht nichts, *mi amor!* Dafür werden wir morgen den ganzen Vormittag zu Einkäufen nutzen und du kannst schon jetzt dein schönes Köpfchen anstrengen, um zu überlegen, was du möchtest.«

In ihrem *palacio* hatten die Dienstleute brav gewartet, bis die Herrschaften eintrafen, und zogen sich danach gähnend zur Siesta zurück.

Juan ließ sich im kühlen abgedunkelten *dormitorio* auf das breite Ehebett fallen und klopfte einladend auf das zweite Kissen.

»Das ist für dich, Rosita – komm und lege dich neben deinen Gemahl.«

Nun fühlte auch er sich schläfrig, und noch ehe er sah, ob Rosita seiner Aufforderung gefolgt war, hatte ihn der Schlaf übermannt. Er erwachte in den sinkenden Tag hinein, streckte die Hand aus und fand das Bett leer.

»Rosita?«

Er sprang aus dem Bett und stieß die Läden auf. Sie saß im kleinen Garten unter einem Granatapfelbaum und kehrte ihm den Rücken zu.

»Rosita? Was machst du da draußen?«

Sie wandte sich um und lächelte, dass ihre Alabasterzähne aufleuchteten. »Ich genieße die Abendsonne.«

Und ich möchte dich genießen, dachte Juan.

»Komm herein …«

Er ging schnell ins Zimmer zurück und da kam sie auch schon, lachend und frisch wie eine eben erblühte Blume. Er legte fest seine Arme um sie, presste ihren Körper ungestüm an den seinen.

»Unsere Ehe ist noch nicht vollzogen, *mi bellísima flor!*«

Sie stemmte sich gegen seine Brust. »Aber dafür ist doch die Nacht da …«

»Liebende können die Nacht zum Tag und diesen zur Nacht machen. Das Glück kennt keine Stunde.«

Sie seufzte und verzog schmollend ihr schönes Gesicht. Warum wollten die Männer immer nur das? Sie hatte sich draußen im Garten so wohl gefühlt und daran gedacht, zur Abendmesse in den Dom zu gehen. Davon konnte nun keine Rede mehr sein – sie war die Ehefrau und hatte zu gehorchen.

Noch während sie dies dachte, hatte sich Juan schon an den Knöpfen ihres Obergewandes zu schaffen gemacht. Sie ließ es geschehen, ohne ihm behilflich zu sein.

Das war am Hof von Sevilla anders gewesen, ging es ihm durch den Kopf. Da waren ihm flinke Hände zuvorgekommen – ja, man hatte geradezu gewetteifert, wer am schnellsten aus den Kleidern geschlüpft war.

Aber dann war es ihr doch ganz recht, als er sich wieder auf seine zauberische Art vervielfachte, tausend Hände sie streichelten, tausend Münder sie küssten. Ein träges, süßes Gefühl durchströmte sie, das Blut in ihrem Körper pulsierte immer heftiger, ihr feuchter Schoß drängte sich ihm entgegen, aber als er sanft ihre Schenkel öffnen wollte, traf es sie wie ein Schlag. Da war sie wieder, die kleine Magd, der man mit schmutzigen haarigen Knien die Beine auseinander zwängte, ihr unter gotteslästerlichen Flüchen Gewalt antat und sie dann liegen ließ wie verdorbenes Fleisch.

»Nein!«, rief sie schrill, »nein – das nicht!«

»Aber Rosita! Was ist mit dir? Wir haben doch schon öfters ...«

»Ja, Juan, ja! Aber das ist – das ist – warte, habe Geduld mit mir ...«

»Aber du bist doch keine Jungfrau mehr?«

»Nein«, sagte sie mit kleiner Stimme, »aber ich habe keine guten Erfahrungen gemacht.«

Juan ließ von ihr ab. »Aber doch nicht mit mir! Habe ich dich je zu etwas gezwungen oder dir auf irgendeine Weise Gewalt angetan?«

»Nein ...«

»Siehst du! Ich habe dich stets in Ehren gehalten und bin

mit dir vor den Traualtar gegangen. Was willst du mehr? Was fehlt noch? Sollen wir eine Josephsehe führen – willst du das?«

Sie schaute ihn mit großen Augen an. »Was ist das, eine Josephsehe?«

»So nennt man eine keusche Ehe, der heilige Joseph hat bekanntlich die Gottesmutter niemals berührt. Sie hat ja vom Heiligen Geist empfangen und blieb zeitlebens jungfräulich.«

»Ja, das weiß ich … Nein, das möchte ich nicht, ich will auch Kinder von dir haben …«

Er lachte spöttisch. »Vom Heiligen Geist wirst du sie nicht empfangen.«

Sie sprang aus dem Bett und kleidete sich schnell an.

»Nein, Juan, ich habe nur eine Bitte: Warten wir die Nacht ab, und dann werde ich – werde ich – nun, du weißt schon.«

Immerhin hat sie mich jetzt schon geduzt, dachte er, vielleicht überwindet das den Abstand, löscht ihre bösen Erinnerungen …

»Du solltest vergessen, was dir dumme und rohe Männer angetan haben. Blicke nicht zurück, lass diese schmerzlichen Erlebnisse hinter dir – schau nach vorn und vertraue mir!«

Rosita stand vor ihm und lächelte ihn an, mit diesem zauberisch-verführerischen Lächeln, das die Alabasterzähne aufleuchten ließ und ihr hübsches Gesicht noch anziehender machte. Da musste Juan an die rohen Kerle denken, die sich an dieser Schönheit versündigt hatten.

»Weißt du, Rosita, was ich mir jetzt wünsche? Ich möchte, dass einer von denen hier wäre, die dir Gewalt angetan haben. Ich würde diesen elenden Schurken mit meiner *espada* von einer Ecke in die andere jagen und ihn dabei langsam in Stücke schneiden. Zuerst ein Ohr, dann das andere, darauf die Nase … Ich würde ihm die Lippen aufschlitzen, die Brust zerschneiden, den Bauch aufschlitzen und seinen lästerlichen Schwengel scheibenweise abhacken – ja, das würde ich tun!«

»Ich glaube es dir«, sagte sie ernst.

An diesem Abend gingen sie nicht mehr aus, sondern speisten, was die Dienstleute für die Herrschaften im Oberstock zubereiteten.

Juan, sonst eher nüchtern und dem Wein nur in Maßen zugetan, ließ sich eine zweite *pinta* aus dem Keller holen.

»Diesmal, *mi amor encantador* –«, er lachte. »Hast du das gehört? Es reimt sich sogar ... Diesmal trinken wir den Wein unverdünnt und wollen Bacchus huldigen anstatt der leider verhinderten Venus.«

Sie schüttelte den Kopf, dass der Zopf von einer Schulter auf die andere flog. »Davon verstehe ich nichts, Juan ...«

»Einfacher ausgedrückt: Wir wollen saufen, anstatt zu bumsen!«

Er trank in vollen Zügen und hielt ihr den Becher hin. »Schenke gleich nach!« Dann fasste er sich an die Stirn. »Halt – da habe ich vorhin etwas entdeckt.«

Er stand auf und ging etwas schwankend zu dem Wandschrank neben der Tür. Er hielt ein zerfleddertes Buch hoch.

»Weißt du, was das ist?«

»Aber ich kann doch nicht lesen.«

»Macht nichts – ich lese dir daraus vor. Dieses Buch trägt den Titel ›El libro de buen amor‹ und weißt du, wer es verfasst hat?«

»Nein, Juan. Vermutlich ein – wie nennt man das gleich? Ein Schreiber?«

»Nein, ein Dichter. In seinen Gedichten ist viel von Liebe und von schönen Frauen die Rede, und jetzt höre und staune, dieser Dichter war ein Pfaffe! Er hieß Juan Ruiz und soll vor kurzem im Gefängnis gestorben sein, aber sein Werk lebt!«

Schmunzelnd blätterte er in dem Band. »Halt – hier! Das wird dir gefallen. In diesen Versen ist die Rede von einem Priester – damit meint der Dichter wohl sich selber –, der einen Gebirgspass überqueren muss und dem eine muntere Hirtin dabei hilft. Also höre!«

In schönen Vierzeilern erzählte Ruiz von dem beschwerlichen Aufstieg bei Kälte, Hagel und Schnee.

Da traf ich eine Hirtin an der Bergesmatte.
Ich fragte sie, wie sie sich nennen lässt.
Ich halte hier, ein starkes Weib, die Männer fest!

Dann forderte sie einen Wegzoll, und der Priester gab ihr eine Spange und eine Tasche aus Fell.

Sie riss mich an die Brüste voll Entzücken
und trug mich Huckepack auf dem Rücken
und sparte mir so manchen schweren Übergang ...

Dann erreichten sie eine Berghütte, die Hirtin fachte den Ofen an und bereitete dem Gast eine üppige Mahlzeit.

Greif zu, mein Freund, und überstürz dich nicht,
sprach sie, versuche jegliches Gericht;
wir futtern uns erst richtig an
und gehen an die Arbeit – dann!

Rosita lauschte mit Entzücken und in ihrem schönen Gesicht malten sich die geschilderten Abenteuer. »An die Arbeit? Wie ist das gemeint? Sie kann doch den Priester nicht zu einer Arbeit zwingen!«

Juan grinste. »O doch, meine Schöne, denn es handelt sich um eine Arbeit, die jeder Mann gerne tut. Höre nur!

Und jetzt, Genosse, gehen beide Teile,
vereint für eine ganze gute Weile
frisch an die Arbeit nach genossenem Schmaus.
Steh auf und zieh die Kleider aus!

»So ist das gemeint! Aber als Priester – ich weiß nicht ...«

Juan winkte ab. »Da habe ich noch ganz andere Geschichten mit den Pfaffen erlebt!«

Dann trank er wieder, las vor, trank und wurde plötzlich so müde, dass er das Buch sinken ließ.

»Ich – ich lege mich etwas hin und dann – und dann ...« Er sank aufs Bett und schlief sofort ein.

Rosita streifte seine Schuhe ab und deckte ihn zu. Da wird es wohl nichts mit der Hochzeitsnacht, dachte sie und bedauerte es sogar ein wenig. Juan hatte sie davon überzeugt, dass er nicht wie die anderen sei, und nun hätte sie gerne gewusst, wie anders er war ... Aber auch sie hatte mehr getrunken, als ihr gut tat, konnte gerade noch heftig gähnend ihr Obergewand ablegen und sank in tiefen Schlaf, noch während sie sich hinlegte.

Juan erwachte mit einem Kopf, in dem die Wespen summten und immer wieder schmerzhaft an die Schädeldecke stießen. Seine Zunge fühlte sich an wie im Wasser gequollenes altes Leder, dazu kam eine schmerzhafte Erektion, als hätte er Cantharis-Pulver geschluckt. Das hatte er in Sevilla einmal spaßeshalber getan und eine Zeit lang gemeint, man habe ihm einen feurigen Pfahl zwischen die Schenkel gerammt.

Da lag sie nun, die schöne Rosita, zusammengerollt wie ein schlafendes Kätzchen, und kehrte ihm ihr Hinterteil zu, das ihn – ihr Hemd war hochgeschoben – anlachte wie eine reife Frucht, die es nur noch zu pflücken galt.

Juan schälte sich behutsam aus seinen Kleidern und rückte langsam dieser prallen Frucht näher. Sein Zauberstab berührte sacht die Furche, glitt an ihr herab wie auf einem eingefahrenen Weg, und als er den Eingang zur Grotte berührte, schrak Rosita zusammen, seufzte, streckte sich und drehte sich um. Juan küsste die noch halb Schlafende; sie legte ihre Arme um ihn, öffnete ihre Schenkel, und Juan versank in ihrem Schoß. Es schien ihm, als habe sie nur darauf gewartet, sie stöhnte leise, öffnete die Augen und erstarrte unter seinem Blick, als habe sie ein Basilisk angeschaut.

»Aber Rosita – Liebes ...«

»Nein, nein, bleib nur, ich habe noch geschlafen und dachte – dachte ...«

Da war es plötzlich eng geworden, als hätte sich Rositas Schoß in ein Foltergerät verwandelt, das ihn klammerte und presste wie eiserne Daumenschrauben. Er hielt inne, und als er sanft ihr Gesicht, ihren Hals und ihre Brüste zu küssen begann, spürte er, dass sie weicher und lockerer wurde. Irgendwie brachte er die Sache zu Ende und war froh, als er sich wieder von ihr lösen konnte.

Sie schaute ihn seltsam an. »Das war wohl nichts Rechtes …?«

»Es wird besser werden – von Mal zu Mal.«

Aber daran glaubte er selber nicht und hielt es für angebracht, sofort abzureisen.

Den Vormittag nutzten sie zu Einkäufen, und Juan musste Rosita mehrmals auffordern, nicht immer das Billigste auszuwählen.

Am nächsten Tag verließen sie noch vor Sonnenaufgang die Stadt.

13

Juan war noch nicht abgestiegen, da lief ihm die Mutter schon entgegen und streckte ihm ein gesiegeltes Schreiben hin.

»Ein Königsbote hat es vor vier Tagen gebracht – es sei sehr dringend.«

Rosita fühlte sich mit einem Mal beiseite geschoben. Sie hatte gehofft, Juan würde mit ihr in aller Ruhe die Zukunft erörtern, sie allmählich in ihre Aufgabe als *dueña* einweisen – zuerst natürlich heimlich, doch dann, wenn der Tag kam – dieser Tag … Wird er jemals kommen? Seit er zurück war, hatte Juan kaum noch ein Wort, kaum noch einen Blick für sie übrig gehabt. Aber sie war doch seine Frau! Die vom Priester unterschriebene und gesiegelte Urkunde hatte sie unter ihrem Bett versteckt, zusammen mit dem angeblichen Erbe.

Noch in Compostela – das war am Morgen ihres Einkaufs – hatte Juan zwei goldene Doblas bei einem Juden in Reales, Maravedis und Blancas umgewechselt, wobei er darauf achtete, dass es alte, abgegriffene Münzen waren. Dazu hatte er einen stark gebrauchten Lederbeutel erworben, die Münzen hineingefüllt und ihn ihr überreicht.

»Das ist dein Erbe, Rosita. Wenn sie dich auf der Finca nach dem Testament deines Verwandten fragen, dann verweist du auf diesen Beutel, den du am besten meiner Mutter in Verwahrung gibst.«

Das würde sie auch tun, aber noch nicht jetzt. Wo der Kopfteil ihres Bettes stand, hatte sie auf dem Boden einen Ziegelstein gelockert und Urkunde samt Beutel hineingeschoben.

Natürlich hatte es sich herumgesprochen, dass Don Juan von seinem König nach Valladolid gerufen wurde, und alle waren ein wenig stolz, dass ihr Gutsherr ein Hofamt innehatte und zu den Vertrauten des Königs gehörte.

Nur Rosita dachte anders. Ihr wäre es lieber gewesen, Don Juan hätte sein Amt als *dueño* der Finca ausgeübt und so nach und nach durchsickern lassen, dass sie, Rosita, nicht nur seine Buhle, sondern seine Gemahlin sei. Doña Rosita – so mussten dann all jene sie nennen, die ihr jetzt scheel, neidisch und voll Misstrauen begegneten.

Dann aber kam Don Juan doch, und zwar nicht heimlich und nach Anbruch der Nacht durchs Fenster, sondern mit Miguel an seiner Seite durch die Tür.

»Wir wollen uns von dir verabschieden, Rosita. Du hast ja jetzt geerbt und kannst zusammen mit deinem Maultier auf eine Mitgift verweisen. Es würde mich aber freuen, wenn du deine Auswahl hier auf der Finca träfest, denn ich will eine so tüchtige Melkerin nicht verlieren.«

Er stupste Miguel in die Schulter. »Geh schon voraus und schau dir nochmals unser Gepäck an.«

Über Miguels sommersprossiges Gesicht flog ein Grinsen, ehe er verschwand.

Juan umarmte Rosita und küsste sie.

»Das geschah nur zu unserer Sicherheit, damit ja kein Verdacht aufkommt. Lebe und arbeite weiter wie bisher und denk immer daran, welch schöner Lohn dir – nein, uns winkt. Und vertraue das Erbe meiner Mutter an, ich habe sie schon vorbereitet. So kann es dir niemand stehlen oder abschwatzen. Sei guten Mutes – bald sehen wir uns wieder!«

Und schon war er draußen. Freilich, seine Worte gaben ihr neue Hoffnung, aber sie waren nicht sehr deutlich gewesen. Ein schöner Lohn soll uns winken – was hat er damit gemeint? Sie schob alle Zweifel beiseite, straffte sich und flocht energisch ihren aufgegangenen Zopf neu, legte ein rotes Band darum und warf ihn über die linke Schulter.

Am Tag nach Don Juans Abreise trug sie den Beutel zu Doña Ana. Sie knickste.

»Don Juan hat mir geraten, mein Erbe Euch anzuvertrauen, Doña Ana. Das tue ich gerne, denn bei Euch weiß ich es in Sicherheit, und sollte ich es brauchen ...«

»Dann werde ich es dir aushändigen, Rosita.« Es klang abweisend und hochmütig.

Wenn du weiter so mit mir umspringst, dann werde ich dir die Heiratsurkunde unter die Nase halten! Das dachte Rosita nur, bedankte sich vielmals und ging schnell hinaus.

Die Tage vergingen, der Herbst kündigte sich mit kühlen und steifen Westwinden an, die dürre Äste von den Bäumen fegten, die Männer ihre Hüte und die Frauen ihre Kopftücher festhalten ließen. Dann setzte der Regen ein, die Tage wurden kürzer, und es verbreitete sich die Nachricht, dass die *Cortes*-Versammlung nun begonnen habe und wohl weit bis ins nächste Jahr hinein dauern würde.

Konnte sie noch länger warten? Es drängte Rosita, etwas zu tun – irgendetwas. Sollte sie sich Don Gonzalo anvertrauen, dem Gutsverwalter? An Doña María wollte sie sich vorerst nicht wenden, deutlich spürte sie deren Abneigung – aber wie sollte es weitergehen?

Der *giboso* verfolgte sie jetzt dauernd mit traurigen Hundeblicken, die anderen ließen hämische Bemerkungen fallen, aber immer so, dass es keinen Zeugen gab, dass es notfalls leicht abzuleugnen war.

Rosita hatte sich in die Vorstellung verrannt, dass sie jetzt die eigentliche Gutsherrin war, und fand es zunehmend unerträglich, von allen nur als kleine Melkerin angesehen und als Don Juans verlassene Geliebte gehänselt zu werden. Dabei stand sie doch über allen! Manchmal war sie nahe daran, die Urkunde aus ihrem Versteck zu holen, ihr Maultier auf den Hof zu führen und sich von Doña Ana den Münzbeutel aushändigen zu lassen. Dann wollte sie ihr *mulo* besteigen, mit der einen Hand das Schriftstück und mit der anderen den Beutel hochstrecken.

Ihre Augen glänzten und ihre Hände zitterten vor Genugtuung, wenn sie sich diese Szene ausmalte. Wort für Wort wusste sie, was sie dann sagen, ausrufen, den Gaffern entgegenschreien wollte. Da! Seht euch an, was ich hier habe! Das eine ist ein Heiratskontrakt, im Kloster Sobrado dos Monxes ausgestellt. Dort hat ein Priester Don Juan und mich am Altar getraut. Das andere ist ein Beutel, gefüllt mit Doblas – genug, um hier die halbe Finca kaufen zu können. Von nun an möchte ich von euch Doña Rosita genannt und mit Respekt behandelt werden!

So ungefähr würde sie reden, aber den richtigen Zeitpunkt hielt sie noch nicht für gekommen. Sie wartete das Weihnachtsfest ab, harrte über die Fastenzeit aus und ließ die Karwoche vergehen.

Da nun Don Juan weder erschienen noch etwas von einer Nachricht bekannt geworden war, sah Rosita die Zeit für gekommen und bat Don Gonzalo, den Gutsverwalter, nach dem gemeinsamen Ostermahl um eine Unterredung. Das war nicht ungewöhnlich, denn gerade an den Feiertagen, wenn nur die allernötigste Arbeit zu leisten war, war Zeit für klärende Gespräche.

Don Gonzalo, ein tüchtiger, ruhiger, aber etwas schwermütiger Mann – seine junge Frau war im ersten Kindbett gestorben – redete zwar nicht viel, doch er war ein scharfer Beobachter. Natürlich war ihm nicht entgangen, was die Leute über Rosita und Don Juan redeten, aber auch er – als ehemaliger Gutsbesitzer – hielt es nicht für ungewöhnlich, dass sich ein junger *fidalgo* eine hübsche Magd ins Bett holte. Doch dass Don Juan abreiste, ohne bei ihm irgendeine Weisung zu hinterlassen, machte ihn stutzig. Er hatte schon erwartet, Don Juan würde sich in diesem Fall an ihn wenden, etwa mit der Bitte, ein Auge auf das Mädchen zu haben, ein wenig die Hand über sie zu halten, bis – ja, bis wann? Von einer Rückkehr war nicht die Rede gewesen. Don Juan hatte mehrmals zu verstehen gegeben, dass er nun wieder seinen Hofdienst übernehmen werde. Vielleicht war das angebliche Erbe nur eine Art Abfindung gewesen für erwiesene Liebesdienste? Eine Art Hurenlohn?

Don Gonzalo hielt alles für möglich. Dann kam Rositas Bitte um ein Gespräch, und sie gingen ins Verwalterhaus über der Pforte.

»Setz dich, Rosita. Was hast du auf dem Herzen?«

Sie nahm auf der Stuhlkante Platz und presste ihre rechte Hand auf das Brusttuch, wo die Zukunft lag, deren Siegel sie durch den Stoff spürte.

»Ich muss es Euch sagen, Don Gonzalo, ich kann es nicht länger für mich behalten.«

Da sie schwieg, sagte er freundlich: »Was willst du mir sagen? Hast du etwas angestellt?«

»Nein – nein ... Don Juan hat mit mir etwas angestellt ... Da, seht Euch das an!«

Sie holte die Urkunde hervor und hielt sie ihm hin. Er zögerte. »Was ist das?«

»Der Heiratskontrakt. Ein Priester im Kloster hat uns damals getraut – damals, als wir gemeinsam – wegen meiner Erbschaft ...«

Don Gonzalo schüttelte erstaunt den Kopf, nahm das

Schriftstück und beugte sich über das Siegel. »Das Klostersiegel ist es nicht ... Der Abdruck ist sehr undeutlich ...«

Er brach es mit dem Daumennagel auf und begann zu lesen. Schon bald ließ er das Blatt sinken und schaute Rosita mitleidig an.

»Eine Eheurkunde ist das nicht – nein, eher ein, wie soll ich es nennen? Da steht etwas von einem Verlöbnis, das du brechen kannst, wenn Don Juan nicht innerhalb der nächsten vier Wochen zurück ist und es bestätigt. Es tut mir Leid, Rosita –«, er hob das Papier hoch, »aber das hier ist nichts. Die Unterschrift ist kaum leserlich und daneben steht *arcipreste.* Im Kloster aber gibt es diesen Rang nicht – dies alles ist im Grund nur – nur eine *broma,* ein Jux, ein Unfug ...«

Rosita begann zu schluchzen. »Aber Don Gonzalo, das ist doch nicht möglich! Ich bin mit Don Juan vor dem Altar gestanden, der Priester hat lateinische Worte gesprochen ...«

»Mag sein, mag sein, aber das hier bedeutet nichts, kann dich nur lächerlich machen. Wirf es ins Feuer und vergiss es!«

»So hat Don Juan mich betrogen?«

Don Gonzalo vergaß nicht, in wessen Dienst er stand. »So würde ich es nun nicht nennen ... Vermutlich hast du ihn falsch verstanden? Vielleicht wollte er sich auf diese Weise zu dir bekennen, hat eine spätere Ehe ins Auge gefasst, wenn die Umstände für euch günstiger sind – aber so wie es aussieht ...«

»Ihr seid sehr freundlich, Don Gonzalo, aber auch für ein ungebildetes Mädchen wie mich ist klar zu erkennen, dass ich die Betrogene bin. Don Juan wollte mich haben, aber nicht mit Gewalt. Doch ich blieb fest und um mich gefügig zu machen, hat er mir eine Heirat vorgetäuscht. Mit unsereinem kann man es ja machen! Kann weder schreiben noch lesen, verstehe kein Latein ...«

Wieder begann sie zu schluchzen und Don Gonzalo sah sich veranlasst, tröstend ihre Schulter zu tätscheln.

»Hat er dann sein Ziel erreicht? Ich meine, hat es eine – eine Hochzeitsnacht gegeben?«

Sie wischte sich die Tränen mit dem Ärmel ab, hob ihr Rockende und schnäuzte herzhaft hinein. »Nein – nein, etwas Richtiges ist es nicht geworden … Zuerst wollte ich nicht, dann war er zu betrunken und zuletzt – nein, eine Brautnacht war es nicht. Wir wollten das hier nachholen, aber da lag schon der Brief vom König, und Don Juan reiste überstürzt ab.«

»Aber zuvor – alle haben es gesehen – ist er doch in dein Zimmer gegangen, zusammen mit Miguel …«

»Den er dann fortgeschickt hat, ja. Da sprach er dann davon, welch schöner Lohn mir bald winkt, und ich solle guten Mutes sein.«

Don Gonzalo stand auf, und Rosita tat es ihm sofort nach.

»Das sollst du auch – ich meine, guten Mutes sein. Du bist jung, hübsch, tüchtig und hast ein wenig geerbt. Damit bist du schon besser gestellt als viele andere. Was kann dir schon geschehen? Vergiss Don Juan, er steht im Dienst eines jungen Königs, sie werden viel reisen, und unser Land ist groß. Vielleicht besucht er dann und wann seine Mutter, aber darüber können Jahre vergehen. Wir werden nicht jünger, Rosita …«

Ihre Tränen waren getrocknet, die Augen noch rot und leicht verschwollen.

Wie schön sie trotzdem ist, dachte Don Gonzalo, nichts kann ihren Reiz mindern.

»Was soll ich jetzt tun, Herr?«

»Nenn mich nicht so, Rosita – Don Gonzalo genügt. Tue weiter deine Arbeit, halte dein Geld zusammen und schau dich nach einem guten Mann um. Es muss ja nicht der *giboso* sein …«

Sie lachte trotzig. »Warum? Bei ihm hätte ich es nicht schlecht, und jeder weiß, dass Bucklige keine buckligen Kinder zeugen.«

»Das stimmt, aber er ist auch viel älter als du.«

»Das seid Ihr auch …«

»Ja – gut, aber wie meinst du das? Bin ich etwa dein Freier?«

»Nein, Don Gonzalo – verzeiht, das habe ich nur so hingesagt.«

»Schon gut …«

Dennoch konnte Don Gonzalo diese Worte nicht vergessen. Hatte Rosita ein Auge auf ihn geworfen? Er war Witwer, fast mittellos und etwa ein Dutzend Jahre älter.

Fast mittellos? Nun, so ganz stimmte das nicht. Vom Verkauf seiner Finca waren nach Abzug der Schulden zweihundertdreiundvierzig Doblas geblieben, die er bei einem Juden in Caronium gut angelegt hatte, womit er dem Rat seines Vaters gefolgt war. »Traue keinem Christen, wenn es um Geld geht! Mit solchen Geschäften sind die Juden befasst. Sie ernähren sich und ihre Familien davon und leben vom Vertrauen ihrer Kunden. Da wirst du nicht um eine einzige Blanca betrogen.« Dazu kam, was er hier verdiente, und wenn er es zusammenrechnete, so könnte er bald eine kleine Finca im Bergland erwerben. Man müsste sich auf ein Erzeugnis festlegen, etwa auf die Erzeugung von Käse … Ein paar Dutzend Kühe, vielleicht noch etliche Bienenvölker …

Warum Käse? Er fühlte sich bei seinen eigenen Gedanken ertappt. Da hast du wohl eher an die Melkerin als an die Kühe und den Käse gedacht … Er schob den Gedanken beiseite, doch diese Vorstellung hatte sich in ihm festgesetzt wie eine Mistel in einem Baum. Der will es zwar nicht, aber die feinen Wurzeln des Samens bohren sich ins Holz, die Pflanze wächst und gedeiht, grünt und blüht – trägt am Ende Frucht.

Don Gonzalo bat die Gutsherrin um ihren Rat, wollte zugleich ihre Meinung hören. Wider Erwarten zeigte sich Doña Ana keineswegs abgeneigt.

»Warum nicht? Rosita ist aufgeweckt und tüchtig, sie weiß dann, wo sie hingehört, und das Gerede wird verstummen. Zwar tut mir der *giboso* Leid, aber ich glaube, irgendwer wird immer auf der Strecke bleiben – was man auch tut oder lässt.«

Doch sie verbarg ihre Erleichterung darüber, dass Rosita dann für Juan nicht mehr erreichbar war.

Don Gonzalo aber kämpfte noch einige Tage mit sich, überlegte hin und her, doch im Grunde stand längst fest, was er wollte – und nun tat er es auch.

Rosita zierte sich etwas, gab aber dann ihr Jawort. Als Don Gonzalo ihr von seinen Plänen erzählte, fiel sie ihm lachend und weinend um den Hals, aber sie sprach nicht aus, was sie dachte.

Nun habe ich doch erreicht, was ich wollte, und werde bald *dueña* sein, auch wenn ich nur Herrin über ein paar Kühe und einige Bienenstöcke bin.

Rosita und ihr Schicksal gehörten in diesen Tagen zu den Dingen, die Don Juan am wenigsten beschäftigten. Er war noch vor dem König in Valladolid eingetroffen und geriet in einen Wirbel hektischer Vorbereitungen.

Der *palacio* Real war in den letzten hundert Jahren immer wieder Königsresidenz gewesen, meist aber nur für kurze Zeit, so dass er klein und unscheinbar geblieben war. Zur Versammlung der *Cortes* reichte zwar der große Bankettsaal aus, aber ihre Unterkunft mussten die Herren woanders suchen, und so wurde an allen Ecken und Enden gesägt und gehämmert, geschleppt und gefegt, geklopft und gebohrt.

Einige Herren des Hofes waren vorausgereist, um diese Arbeiten zu überwachen, doch sie begegneten Juan mit spürbarer Distanz und manchmal bekam er zu hören: »Der Name Tenorio hat zurzeit keinen guten Klang ...«

Juan zeigte sich davon nicht beunruhigt, denn damit konnte wohl nur sein Bruder Alfonso gemeint sein, dessen »Verrat« sich inzwischen herumgesprochen hatte.

In den ersten Oktobertagen zog dann der König ein, mit Pauken und Trompeten, begleitet von einer deutlich verstärkten Truppe, die er zum Teil unterwegs angeworben hatte. Anfangs gab Don Pedro unentwegt Audienzen und empfing die Abgeordneten der *Cortes* zu Vorbesprechungen.

Juan hatte am Stadtrand ein nobles Quartier gefunden, das er seinem Rang bei Hof und seiner gut gefüllten Börse verdankte. Er zögerte, den König jetzt zu behelligen, aber dann stöberte ihn ein Bote auf mit dem Befehl, unverzüglich im *palacio* Real zu erscheinen.

Don Pedro winkte den Schreiber und die Diener hinaus. Seine großen starren Augen musterten Juan ohne ein Lächeln.

»Dein Bruder hat mich verraten.«

Juan hob gleichgültig die Schultern. »Bin ich der Hüter meines Bruders?«

Da lachte der König kurz und trocken. Derb schlug er dem Freund auf die Schulter. »Ein Bibelwort passt immer, Juanito, nicht wahr? Aber wir beide scheinen mit unseren Brüdern kein Glück zu haben. Zwar habe ich mich inzwischen mit Enrique versöhnt, aber ich traue dem Frieden nicht. Der Kerl schielt nach wie vor auf meinen Thron, weiß aber vorerst nicht, wie er es anstellen soll. Hätte er nur friedliche Absichten, wie er ständig betont, dann müsste er nicht immer neue Männer anwerben – so wie deinen Bruder. Übrigens habe ich Don Alfonso in Villareal gesehen – er gehört zum Vertrautenkreis von Don Enrique, ist nach dem Gerücht von meinem Tod zu ihm übergewechselt und dabei bleibt er jetzt.«

»Es ist sein Leben, seine Entscheidung. Ich an seiner Stelle hätte versucht, den Irrtum zu berichtigen. Er tat es nicht, und so muss er die Folgen tragen.«

Der König grinste. »Du scheinst für ihn wenig brüderliche Liebe zu empfinden.«

»Wie sollte ich? Er hat sich über zehn Jahre nicht sehen lassen und ist für mich wie ein Fremder. Ich fühle mich Euch mehr verbunden als ihm.«

Don Pedro zog ihn spaßhaft am Ohr. »Das will ich dir auch geraten haben. Uns wird in den kommenden Wochen wenig Zeit für private Gespräche bleiben, aber ich bitte dich, deine Pflichten als *copero mayor* genau und pünktlich auszuüben. Alle sollen sehen, dass du mein volles Vertrauen hast, dass sich zwischen uns nichts geändert hat. Ich sehe das so: Während und nach der Zusammenkunft der *Cortes* wird sich so nach und nach herausstellen, wer für und wer gegen mich ist – da werden wir erstaunliche Dinge erleben. Weißt du noch, was auf meinen Münzen steht?«

Juan nickte. »Mit Gottes Beistand werde ich meine Feinde erkennen.«

»Ja, Juan. Eigentlich müsste der Spruch lauten: Mit Gottes und meiner Freunde Beistand ... aber das versteht sich von selbst. Jetzt etwas Erfreuliches: Die Abreise meiner Braut hat sich verzögert – im Süden von Frankreich gab es Unruhen; nun sind die Pässe verschneit und sie wird dort überwintern.«

»Eine Gnadenfrist für Euch ...«

»Meinetwegen darf sie dort noch dreimal überwintern! Aber jetzt zu etwas anderem. Alburquerque, mein ach so besorgter väterlicher Freund, hat mir umständlich zu verstehen gegeben, dass er es für angemessen halte, mir die lange Wartezeit zu verkürzen – kurz gesagt, er hält eine Frau für mich bereit.«

»Da steckt doch etwas anderes dahinter?«

»Das ist leicht zu erraten. Er spürt deutlich, wie wenig ich ihn noch brauche, und will damit seinen Einfluss verstärken. Dieses Mädchen ist eine Waise und wurde im Haus von Don Juan Fernández de Hinestrosa erzogen – das ist ihr Onkel, und Alburquerque ist mit der ganzen Sippe verwandt. Ich bin nicht abgeneigt, das sage ich dir ganz offen, aber ich will auch nicht in eine Falle stolpern. Das Mädchen heißt María de Padilla und wartet auf einem der Landgüter ihres Onkels auf meinen Besuch – etwa sechs bis acht Reitstunden von hier. Ehe ich dort hingehe, möchte ich, dass du sie dir anschaust. Gefällt sie dir, so kündige meinen Besuch in etwa zehn Tagen an.«

»Ihr setzt viel Vertrauen in mich, Don Pedro.«

Der König grinste bübisch. »Du bist mein Zwilling ...«

Miguel bewohnte eine Kammer neben dem Stall und hatte sich gerade zu einer Siesta ausgestreckt, als Juan ihn aufscheuchte.

»Auf, auf, Miguel, richte unser Reisegepäck, gleich morgen früh geht's los!«

»Wohin, Herr?«

»Wir prüfen ein paar Stuten, ob sie sich für den Stall des Königs eignen.«

»Und das hat solche Eile?«

»Der König wünscht es.«

Schon in der Nacht hatte es zu regnen begonnen, und als sie aufbrachen, hatten Straßen und Gassen sich in Schlammwüsten verwandelt und der Rio Pisuerga war bedrohlich angeschwollen.

»Da hätten wir besser ein Boot nehmen sollen«, maulte Miguel, aber Juan war dennoch guter Dinge.

»Jeder Regen hört irgendwann wieder auf. Wir sind keine Salzbrocken und werden uns nicht auflösen. Vielleicht wäscht dir der Regen die Flecken aus dem Gesicht ...«

Wider Willen musste Miguel laut lachen und gab noch einen drauf. »Oder die Farbe aus meinem Haar ...«

Valladolid liegt inmitten einer Hochebene, so dass sie schnell vorankamen, auch wenn jeder Huftritt das schlammige Wasser aufspritzen ließ.

Gegen Mittag ließ der Regen nach, aber der Himmel blieb verhangen. Ein steifer Wind kam auf und jagte schwere dunkle Wolken, die so tief hingen, dass man unwillkürlich den Kopf einzog. Das Gut der Familie Hinestrosa grenzte an den Rio Pisuerga, so dass sie auch in der Dämmerung nicht fehlgehen konnten.

Juan Fernández de Hinestrosa war zwar nur entfernt mit Alburquerque verwandt, aber mit seiner schweren großen Gestalt und den eckigen Bewegungen hätte er der jüngere Bruder sein können. Sein Gesicht allerdings zeigte eine aufgesetzt freundliche Miene, und er neigte dazu, während des Gesprächs häufig zu nicken, als billige er alles, was der andere vorbrachte.

Nachdem Juan sich aus den schlammverkrusteten Kleidern geschält und ein Bad genommen hatte, schlug er dem Hausherrn vor, alles Weitere auf den nächsten Tag zu verlegen.

»Da bin ich frisch und ausgeruht, zudem könnte dann Eure Nichte an dem Gespräch teilnehmen.«

Hinestrosa nickte und nickte. »Wie Ihr wünscht, Don Juan!«

Er schlief wie tot bis in den späten Morgen hinein. Offenbar aus Scheu, ihn unsanft zu wecken, hatte man diese Aufgabe der Sonne überlassen, deren Strahlen von einem jetzt wolkenlosen Himmel geradewegs auf sein Bett fielen. Geblendet von der Helligkeit, musste er die Augen gleich wieder schließen.

»Don Juan?«

Miguels roter Schopf erschien und flammte auf, als hätte die Morgensonne ihn entzündet.

»Was willst du?«

»Es ist schon spät, Herr, und –«

»Ja, ja – ich komme schon!«

Don Juan Fernández de Hinestrosa schlug dem Gast einen morgendlichen Ausritt vor.

»Inzwischen wird das Frühstück bereitet und die Damen sind gerüstet, Euch zu empfangen.«

»Die Damen?«

Hinestrosa nickte mehrmals. »Ja, ja, die Damen! Da gibt es eine ganze Menge davon ... Da sind María de Padilla und ihre Busenfreundin Catalina de Ulloa, aber nennt sie um Gottes willen nicht so! Sie hat sich den Namen Diana zugelegt, und so will sie angeredet werden. Dann ist da noch meine Gemahlin, dazu Tanten, Basen – Ihr glaubt ja nicht, wie viele Menschen hier leben!«

Glaubhaft war das schon, denn die Finca bestand aus unterschiedlich großen Gebäuden und erstreckte sich mit Gesindehäusern, Scheunen und Ställen fast bis zum Ufer des Rio Pisuerga. Der Fluss funkelte und blitzte wie ein Diamant, den man hin und her wendet.

Der Speisesaal glich dem Refektorium eines größeren Klosters und enthielt einen endlos langen Tisch, an dessen

Stirnseite zwei kleinere standen. Diese beiden waren der engeren Familie vorbehalten und an dem einen nahmen der Hausherr, seine Gemahlin, María de Padilla und Juan Platz.

Fast erschrak er, als er ihre große Ähnlichkeit mit Rosita bemerkte.

»Also Ihr seid Don Juan de Tenorio, der Kammerherr und Vertraute des Königs? Euer Name ist in aller Munde, und ich freue mich, mit Euch leibhaftig an einem Tisch sitzen zu dürfen.«

Beim zweiten Blick fand Juan die Ähnlichkeit nicht mehr so groß. Rosita war schlanker und etwas größer, ihr Mund breiter, Haar und Augen dunkler. Bei María war es abgemildert, alles an ihr wirkte feiner, nur die kecke Lebhaftigkeit war ihnen gemeinsam. Die ganze kleine Person vibrierte vor guter Laune, die goldbraunen Augen blitzten vor Neugier, die schmalen gepflegten Hände unterstrichen mit sparsamen Gesten ihre Rede.

Das ist eben der Unterschied, dachte Juan. Rosita hat mit den Händen herumgefuchtelt wie verrückt und ihre Zähne sind schön, aber zu groß. María hingegen –

Da wurden die Speisen aufgetragen, und wieder machte sich der Standesunterschied bemerkbar. Wenn es Rosita schmeckte, dann schleckte und schlürfte sie wie ein Kätzchen, während María mit anmutiger Zurückhaltung speiste.

Während des Essens ließ Juan seine Augen ein wenig wandern und sein Blick blieb am Nebentisch haften. Da saß ein blondes, sehr schlankes Mädchen, und eben als er fragen wollte, wer dies sei, wandte sie den Kopf und richtete ihre hellen graublauen Augen auf Juan, der gerade an einem Stück Fleisch kaute. Er senkte den Kopf, schluckte hastig, wischte sich den Mund und schaute wieder hinüber, aber da sah er nur noch ihr Profil mit einer schmalen, leicht gebogenen Nase und einem ausgeprägten Kinn. María hatte es bemerkt.

»Ja, das ist meine liebe Freundin Diana, ich werde Euch nach dem Essen vorstellen.«

Juan hörte ihre Rede, aber er nahm die Worte nicht auf.

»Gefällt sie Euch?«

»Was – oh, entschuldigt ...«

Da lächelte Diana herüber, aber Juan wusste nicht, ob es ihm oder ihrer Freundin galt.

»Sie sieht – sie sieht ein wenig fremdartig aus«, sagte er gedämpft.

María lachte leise und gesittet. »Ja, das stimmt. Ihre Großeltern kamen aus Nordfrankreich. Sie unternahmen zusammen mit ihrer Tochter eine Pilgerfahrt nach Compostela, wurden krank und blieben fast ein Jahr. Isidoro de Ulloa warb um die Tochter, und so wurden sie Dianas Eltern.«

»Die eigentlich Catalina heißt ...«

»Don Juan, bitte nennt diesen Namen nicht! Als unser gemeinsamer Hauslehrer von den heidnischen Göttern sprach und dabei Diana erwähnte, wählte sie diese keusche Göttin der Jagd zu ihrer Patronin. Ihre Mutter ist schon vor Jahren gestorben, und der Vater sieht ihr alles nach – sie ist sein einziges Kind ...«

Juan unterdrückte gerade noch die spöttische Frage, ob denn Doña Diana zeitlebens keusch bleiben wolle ...

Gleich nach der Mahlzeit zog ihn der Hausherr in sein Arbeitszimmer. »Nun – Don Juan, was meint Ihr? Wird María dem König gefallen?«

Juan ließ ihn zappeln. »Ich verstehe Euch nicht recht ... Don Pedros Braut ist auf dem Weg nach Kastilien, was hat Doña María damit zu tun?«

Hinestrosa vergaß vor Erstaunen zu nicken. »Aber – aber, wisst Ihr denn nicht ...? Hat mein Vetter Alburquerque Euch nichts gesagt? Ihr seid doch gekommen, um ...«

Juan spielte den Verwunderten und schüttelte den Kopf. »Ich bin gekommen, um mich hier umzusehen, weil der König während der *Cortes*-Versammlung sich von Zeit zu Zeit auf der Jagd erholen will. Da hat Alburquerque Eure Finca vorgeschlagen – hier ist viel Platz, in den Uferauen gibt es Wild, und Ihr wurdet ihm als vollendeter Gastgeber gerühmt ...«

Hinestrosa nickte zu diesen Worten, und sein Gesicht hellte sich auf. »Nun, mein Vetter ist ein wohlerzogener Mann und so hat er die Einladung in schickliche Worte gefasst, aber Ihr wisst doch, dass noch etwas anderes gemeint war?«

»Ich werde dem König Euer Haus empfehlen.«

»Tut das, Don Juan, tut das! Ihr werdet mich ewig dankbar finden!«

Der Himmel blieb klar, die Luft hatte sich erwärmt – dieser Herbsttag versprach spätsommerlich zu werden. So beschloss der Hausherr, eine Landpartie zu veranstalten, und schickte eine Schar Diener voraus, die auf einer nahe gelegenen Wiese am Fluss eine festliche Mahlzeit im Freien vorbereiten sollten.

Hinestrosa hatte wohl nur den engeren Kreis seiner Freunde und Verwandten zu dem Ausflug geladen, denn nicht mehr als ein Dutzend Frauen und Männer hatten sich im Hof versammelt. Einige wurden Juan noch vorgestellt, darunter Diego de Padilla, Marías älterer Bruder. Der junge Mann war stutzerhaft gekleidet, trug auf der Oberlippe ein schmales Bärtchen und benahm sich gockelhaft. Er umschwänzelte die Damen, half einigen aufs Pferd, wobei ihn seine überlange *espada* ständig behinderte. Als er auch Doña Diana beispringen wollte, schob ihn Juan unsanft beiseite.

»Verzeiht, Don Diego, aber um diese Dame werde ich mich kümmern!«

Wütend trat er zurück. »Don Juan, ich muss doch bitten! Schließlich …«

Da trat Hinestrosa heran und zischte: »Halte dich zurück, Diego! Jeder Gast ist uns heilig!«

»Und dieser besonders …«, fügte Diana hinzu, während sie sich ohne Hilfe auf ihre Stute schwang.

Der Aufbruch verhinderte einen weiteren Disput, aber Juan blieb auch während des Ritts an Doña Dianas Seite. Zu einem Gespräch kam es erst, als sie auf Feldstühlen um die niedrigen Tische herum Platz genommen hatten.

Hinestrosa verneigte sich vor Juan. »Eigentlich hatte ich

Euch Doña María als Tischdame zugedacht, aber nun, da ich sehe –«

Juan verneigte sich ebenfalls. »Für heute soll es Doña Diana sein – sie hat mich darum gebeten.«

Das hatte sie zwar nicht, aber Juan wollte sie auf die Probe stellen.

»Du bist mir doch nicht böse?«, rief sie zu María hinüber.

Die schüttelte lachend den Kopf. »Dir böse? Warum? Dazu gibt es keinen Grund.«

Inzwischen sorgten die Diener für bequeme Ruhelager, breiteten Decken und Polster unter die schattigsten Bäume.

Nach der Mahlzeit schlug Juan einen kleinen Spaziergang vor. Diana nickte und erhob sich. Sie war etwas größer als er, ging aufrecht und mit ausholenden Schritten. Sie antwortete auf seine Fragen nur einsilbig, verschmähte auch den ihr angebotenen Arm.

Juan spähte nach einem etwas abgelegenen Ruheplatz aus, wartete, bis Diana es sich auf den Polstern bequem gemacht hatte, und setzte sich neben sie. Noch ehe er ein Gespräch eröffnen konnte, fragte sie ihn:

»Das Leben am Hof muss doch recht abwechslungsreich sein? Alles buhlt um die Gunst des Königs, wer da nicht mithalten kann, geht unter. So ist es doch?« In ihrer hellen, aber nicht hohen Stimme schwang ein metallischer Klang, ihre blaugrauen Augen blieben kühl und abweisend.

»Es gibt auch noch andere Abwechslungen, für Frauen wie für Männer. Ballspiele, Jagdausflüge, Bankette mit Tanz und Musik, Liebeshändel der unterschiedlichsten Art …«

Ihre fein geschwungenen Lippen kräuselten sich verächtlich, wobei Juan einen zarten blonden Haarflaum entdeckte.

»An denen Ihr natürlich teilhabt?«

»An den Liebeshändeln? Auch – ich habe an allem teil. Wer sich dem verweigert, hat bei Hof nichts verloren.«

»Ist das auf die Dauer nicht etwas eintönig?«

»O nein, Doña Diana, denn manchmal geht es um Leben und Tod, da kann keine Langeweile aufkommen.«

»Um Leben und Tod – wie das?«

»Nun – etwa, wenn ein Ehemann seine Frau mit einem anderen erwischt und beide umbringt oder nur die Frau, den Liebhaber jedoch fordert, oder – ach, da gibt es die unterschiedlichsten Möglichkeiten. Ich zum Beispiel habe den Bruder meiner Geliebten im Zweikampf getötet.«

»Und das soll ich glauben?«

»Wie es Euch beliebt, Doña Diana. Wenn Ihr wollt, werde ich Euch bei der neuen Königin als Hofdame vorschlagen, dann könnt Ihr meine Berichte nachprüfen.«

»Aber Blanca de Borbón ist noch unterwegs ...«

»Gewiss, alles braucht seine Zeit, und um sie möglichst vergnüglich hinzubringen, wird Don Pedro demnächst hier erscheinen.«

»Vergnüglich – womit?«

»Mit der Vogeljagd in den Uferauen. Da gibt es Enten, Wasserhühner, Wildgänse, Kraniche ...«

Sie winkte ab. »Das weiß ich! Schließlich bin ich selber eine begeisterte Jägerin.«

»Darum Euer selbst gewählter Name ...«

Sie blickte ihn unwillig an. »Woher wisst Ihr das?«

»Das ist weiß Gott kein Geheimnis.«

»Dann wisst Ihr auch, dass ich niemals heiraten werde?«

Er tat überrascht. »Aber nein! Davon weiß ich nichts! Das ist aber ungewöhnlich, auch unnatürlich. Schon in der Bibel steht –«

»In der Bibel steht viel, aber man muss nicht alles nachahmen. War Jesus Christus verheiratet oder María Magdalena oder Paulus?«

»Nein, soviel ich weiß, aber das waren schließlich auch Heilige ...«

»Auch María Magdalena?«

»Nein, aber sie hat sich gebessert. Eine Jungfrau scheint sie jedenfalls nicht gewesen zu sein. Damit will ich sagen, dass man Liebesfreuden genießen kann, auch ohne zu heiraten.«

»Dennoch möchte ich darauf verzichten, auf das eine wie das andere.«

»Ihr werdet schon Eure Gründe haben, Doña Diana«, sagte er beschwichtigend.

»Die Euch nichts angehen, Don Juan.«

»Gewiss – die mich nichts angehen.«

Sie schwieg, lehnte sich zurück und schloss die Augen. Er meinte schon, sie sei eingeschlafen, da hörte er ihre Stimme.

»Wie viele Frauen habt Ihr gehabt, Don Juan?«

»Solche Fragen stellen sonst nur Männer und selbst da finde ich sie ungehörig. Man kann eine Frau nicht ›haben‹! Sie kann uns nur ihre Gunst gewähren und dann soll jeder Mann sich glücklich schätzen.«

Sie hielt ihre Augen geschlossen.

»Auf einmal so empfindlich? Also – wie viele haben Euch erhört?«

»Ich bin noch jung, so viele können es nicht gewesen sein.«

»Da Ihr jung seid, können es noch viele werden. Auf tausend werdet Ihr es schon bringen ...«

»Oder auf tausendunddrei? Verspottet mich nur, vielleicht habe ich es verdient.«

Sie richtete sich auf und blickte ihn an. »Nur eines noch: Auch wenn Ihr es auf tausend bringt – ich werde nicht darunter sein!«

Schon kamen ihm die Worte »Vielleicht doch?« auf die Lippen, aber er schluckte sie hinunter.

Zwei Tage später langte er gegen Abend in Valladolid an, früh genug, um noch am Nachtmahl des Königs teilnehmen zu können. Auch Alburquerque saß mit am Tisch, aber Don Pedro flüsterte Juan zu: »Kein Wort vor den anderen!«

Es waren noch einige Hofleute zugegen, darunter auch Fernando Sánchez, der Geheimschreiber des Königs.

Juan entging es nicht, dass Alburquerque wie auf Kohlen saß, er rutschte auf seinem Sitz herum, konnte seine plumpen Hände nicht ruhig halten und schnitt grimmige Gesichter.

Don Pedro achtete nicht darauf, aber Juan fragte: »Fühlt Ihr Euch nicht wohl, Don Alfonso? Drückt Euch etwas?«

»Ja!«, platzte er heraus, »aber vielleicht ist es Don Pedro nicht recht, wenn ich darüber rede.«

Der König schaute ihn nicht an. »Ihr tut doch sonst auch, was Ihr wollt, also redet schon, wenn es sich nicht um Staatsgeheimnisse handelt.«

»Nein, nein, eher um Privates, um meinen Vetter de Hinestrosa, den Ihr ja kürzlich besucht habt, Don Juan.«

»Ja, ich bin heute früh von dort abgereist.«

»Und? Wie findet Ihr die Finca, meine Verwandten ...?«

»Juan Fernández de Hinestrosa ist ein vollendeter Gastgeber.«

Alburquerque wand sich wie ein Wurm an der Angel. »Das freut mich – freut mich sehr. Und die Damen? Haben die Euch – ich meine – wie –«

Juan hatte Don Pedros Warnung nicht vergessen.

»Die Damen – ja, die gab es auch. Da war die Gemahlin Eures Vetters, dann zwei verwitwete Tanten, Hinestrosas alte Mutter – ja, wer noch?«

Der König konnte kaum noch ein Lachen unterdrücken, presste sich ein Tuch vor den Mund und prustete hinein. Alburquerque schwitzte und schaute Juan fast flehend an. Er räusperte sich mehrmals.

»Die Nichte meines Vetters, war – war sie nicht zugegen?«

Juan schlug sich vor den Kopf. »Der lange Ritt hat mich ganz wirr gemacht. Freilich, da waren noch María de – de Cabillo und ihre bildhübsche Freundin Diana de Ulloa, dazu noch –«

»Verzeiht, Don Juan, diese Nichte heißt María de Padilla.«

»Sagte ich das nicht? Nun, habe ich Eure Neugier befriedigt?«

Alburquerque betupfte seine Stirn. »Nicht ganz – aber ...«

Der König erhob sich und alle anderen mit ihm. »Dieses

Getratsche über Verwandte langweilt mich. Komm, Juan, wir haben noch etwas zu besprechen.«

Sie gingen in das an den Schlafraum grenzende kleine Ankleidezimmer. Don Pedro ließ sich laut lachend in einen Sessel fallen und schlug klatschend auf seine Schenkel.

»Bei allen Heiligen – ich wäre fast erstickt! Du hast dich auf eine Weise bedeckt gehalten, ich muss schon sagen! Ein Folterknecht hätte den guten Alburquerque auch nicht schlimmer quälen können. María de Cabillo –«

Don Pedro japste nach Luft, und Don Juan grinste breit.

»Ich kann diesen alten schwulen Bock nicht mehr riechen! Wann schickt Ihr ihn zum Teufel, Don Pedro?«

»Bin nahe daran, möchte aber nichts überstürzen. Aber jetzt im Ernst: Wie fandest du Doña María?«

»Sehr hübsch, munter, sprühend vor guter Laune – Ihr solltet sie Euch ansehen.«

»Das werde ich, und zwar schon bald. Die *Cortes*-Versammlung wird ein paar Tage nach *Todos los Santos* beginnen, weil einige der Herren noch nicht eingetroffen sind. Bis dahin werde ich mich unsichtbar machen.«

»Ihr werdet doch nicht morgen schon –?«

»Nicht morgen und nicht als König. Ich verkleide mich als einfacher *caballero* und mache einen Überraschungsbesuch. Es ist gut, dich zu haben, Juanito.«

Sie grinsten sich an wie Buben, die gerade dabei sind, einen Streich auszuhecken.

14

Mit den Abgesandten von Adel, Klerus sowie den Stadt- und Landgemeinden, die einen gewaltigen Tross an Sekretären, Schreibern, Notaren, Dienern und Bewaffneten mit sich führten, waren zahlreiche Huren in die Stadt geströmt. Auch bei ihnen herrschte eine Art Standesordnung. Das begann ganz unten bei den Groschenhuren – arme abgetakelte Frauenzimmer, vom Leben verwüstet, oft krank und ausgezehrt. Ihre Hoffnung waren die Nacht und betrunkene Männer, denn bei Tageslicht und nüchtern hätte jeder Freier sich mit Grausen abgewandt. Ihnen folgten die jüngeren *putas,* die sich oft in Pilgertracht hüllten, um nicht die misstrauischen Blicke der *alguaciles* auf sich zu ziehen.

Das hatten die *cortesanas* nicht nötig, denn sie erschienen mit Dienerschaft und in Kutschen, oft mit einem Mann an ihrer Seite, der notfalls den Gemahl zu spielen hatte. Nur der goldene Klang von Doblas öffnete ihre Gemächer, und wer sich verkleiden musste, waren ihre Kunden: Adlige, hoher Klerus und alle die vom Volk als *ricos* bezeichneten Herren, denn reich musste man schon sein, um die Gunst dieser Damen zu erkaufen.

Einen Tag vor Allerheiligen kam Don Pedro zurück und ließ Juan sogleich holen. So fröhlich hatte er seinen König noch kaum gesehen.

»Wäre nicht übermorgen die Eröffnung der Ständeversammlung angesetzt, ich wäre länger geblieben – viel länger!«

Seine sonst etwas starren Augen funkelten jetzt fröhlich. Es hielt ihn nicht auf dem Stuhl, er lief gestikulierend im Zimmer umher. War er nicht auch etwas schlanker geworden? Er wirkte wie eine gespannte Feder, sprach schnell und lebhaft.

»Ja, ich bin verliebt wie noch nie, das sage ich geradeheraus, aber – höre gut zu! – hier am Hof erfährst es nur du! Wenn Alburquerque davon Wind bekäme, wäre er nicht mehr zu bändigen, denn nun hat er ja erreicht, was er wollte. Ich habe Marías Ansichten genau erforscht – sie mag ihn so wenig wie du und ich. Mit Hinestrosa ist es freilich anders. Ihn sieht sie als ihren Vater an und – mit Respekt gesagt – er hat an ihrer Erziehung und Ausbildung nichts fehlen lassen. Dass er sie mir quasi ins Bett gelegt hat, wirft zwar kein gutes Licht auf ihn, aber ich will ihn mir bei Gott nicht zum Feind machen.«

Juan schmunzelte. »Da wird er mit dem Nicken kaum noch nachgekommen sein …«

»Ist dir das auch aufgefallen? Der Mann dampft vor Ehrgeiz, und ich muss mir für ihn etwas einfallen lassen – auch für Marías Bruder Diego.«

Er setzte sich wieder, aber seine Hände fanden keine Ruhe, flatterten umher wie aufgeschreckte Vögel.

»Aber das sind Nebensachen … Du wirst dir wohl schon deinen Teil gedacht haben? Da schneit der König ins Haus und alle sind ihm dienstbar, einschließlich Doña María, die ihm als Gastgeschenk ihre Jungfernschaft opfert.«

Don Pedro sprang wieder auf und schlug mit geballter Faust gegen seine andere Hand. »Aber so ist es nicht! Wir mochten uns vom ersten Augenblick an und schon in der zweiten Nacht hat sie mir gestanden, dass von nun an ich der wichtigste Mensch in ihrem Leben bin und sie keinen Wert mehr darauf legt, im Haus ihres Onkels ein Schattendasein zu führen. Das passt genau in meine Pläne! Weder Hinestrosa noch Alburquerque sollen sie künftig beeinflussen können – wir gehören einander und brauchen weder Spitzel noch Aufpasser!« Der König hatte sich in Zorn geredet und blickte Juan wütend an. »Verstehst du – weder Spitzel noch Aufpasser!«

Juan erhob sich und berührte Don Pedro am Arm. »Beruhigt Euch, Senyor, ich bin keines von beiden.«

Der König entspannte sich und lachte.

»Das weiß ich, mein Lieber! Aus dem vorhin Gesagten ergibt sich, dass ich María nicht dort lassen konnte, so habe ich sie mitgebracht.«

»Ihr habt – aber wo ist sie jetzt?«

»Im *harén* … Nein, im Ernst: Hier im Schloss gibt es ein paar Frauengemächer, die unbewohnt sind, weil ich bald meine Mutter hier erwarte. Da habe ich sie mit ihrer Freundin und ein paar *doncellas* untergebracht, aber nur vorübergehend, weil –«

»Verzeiht, dass ich Euch unterbreche. Wer ist diese Freundin?«

»Ist das so wichtig? Sie nennt sich Diana und ich musste bei Don Isidoro, ihrem Papa, um Erlaubnis fragen. Dem Guten stand die Frage ins Gesicht geschrieben: Was mutet man mir da zu? Meine Tochter soll Gesellschaftsdame beim Bettschatz des Königs werden …? Es war ihm anzusehen, dass er dies dachte, aber welcher *caballero* kann seinem König eine so einfache Bitte abschlagen?«

»Niemand, aber Ihr habt mir einen großen Gefallen getan.«

Don Pedro runzelte die Stirn. »Nun sage bloß, diese blonde Ziege gefällt dir?«

Die Beleidigung in dieser Frage störte Juan nicht; ihm kam es nur darauf an, dass Don Pedro von ihr die Finger ließ.

»Wir müssen ja nicht immer den gleichen Geschmack haben.«

»Du hast Recht, Juanito! Mir scheint fast, als sei diese Reise unter einem Glücksstern gestanden, denn da ist noch etwas. Einen Tag nach meiner Ankunft erschien ein gewisser Simuel el Levi bei Hinestrosa. Er erzählte mir später, dass dieser tüchtige Jude die vom Vater übernommene Misswirtschaft beseitigt habe und seine Güter ihm jetzt wieder etwas Gewinn brächten. Da fiel mir ein, dass ich in der gleichen Lage bin, denn die misslungene Belagerung von Gibraltar, die Auflösung des Heeres und was sonst noch anfiel haben mir einen gewaltigen Schuldenberg eingebracht. Ich habe Don Simuel die Lage geschildert, und am Ende sagte er nur: ›Das lässt sich alles regeln, Senyor.‹ Ihn habe ich auch mitgebracht, er ist mein neuer Schatzmeister und wälzt, seit wir zurück sind, unentwegt Aktenberge. Du brauchst mit diesem Menschen nur einige Worte zu wechseln, um zu wissen, er wird erreichen, was er sich vorgenommen hat.«

»Zum Thema zurück, Don Pedro. Wohin mit María de Padilla?«

»Wo wohnst du?«

»Am Stadtrand – ich habe dort den Teil eines Palastes gemietet.«

»Gut, da wird jetzt María wohnen und dich werde ich hier

im Palast unterbringen. Das erspart dir den Weg zum Dienst …« Er lachte laut über seinen Scherz und zog Juan am Ohr. »Du freust dich ja gar nicht!«

»Es geht alles so schnell, Senyor …«

Don Pedro nickte. »Ja, manchmal muss man schnell handeln, und ich habe noch mehr getan. Kennst du das Städtchen Toro, etwa zwei Tagesreisen von hier entfernt?«

»Toro? Ja, ich habe davon gehört.«

»Stadt und Burg sind königlicher Besitz. Ich habe schon vor Antritt meiner Reise Alburquerque dorthin geschickt, um das Kastell für den Aufenthalt meiner Mutter herrichten zu lassen.«

»Aber Ihr sagtet doch, sie würde hier wohnen?«

Don Pedro grinste schlau. »Wird sie auch, und María de Padilla bringe ich dann in Toro unter. Wenn die *Cortes* vorbei ist, werden wir es uns dort gemütlich machen, mein Lieber.«

»Und Alburquerque?«

»Wird aus meinem Dienst entlassen – aus Altersgründen. Der Kerl ist jetzt schon über siebzig!«

»Ob er es so ohne weiteres hinnehmen wird?«

»Das soll mich nicht kümmern. Meine Mutter wird allerdings protestieren, sie hat an diesem Menschen einen Narren gefressen; vielleicht weil Schwule sich besser in Frauen hineinversetzen können – so sagt man wenigstens.«

»Wenn alles nichts hilft, könnten wir ihm seine Sünden vorhalten. Ein paar Strichjungen lassen sich schon auftreiben, die gegen Bares ihre Schwurhand erheben.«

Don Pedro tat empört. »Also ich muss schon sagen, Don Juan de Tenorio, Ihr benehmt Euch nicht wie ein Edelmann.«

»Nur aus Treue zu meinem König!«

»Das will ich hoffen! Aber mach dir keine Sorgen – der Alburquerque muss gehen, ob es ihm nun passt oder nicht.«

Miguel maulte, weil er es in seinem Gartenhäuschen so bequem gehabt hatte und nun in ein Massenquartier beim *palacio* Real umziehen musste.

»Es ist ja nicht auf Dauer, Miguel. Wenn die *Cortes* getagt haben, werden wir mit dem König zurückreisen …« Juan blickte seinen Diener nachdenklich an. »… oder auch nicht. Es ist noch so vieles offen.«

Ehe er das Haus verließ, machte Juan den Damen seine Aufwartung.

»Es ist sehr freundlich von Euch, dass Ihr uns diese schöne Wohnung überlassen habt, Don Juan.«

Doña María lächelte ihn bezaubernd an, während ihre Freundin nur spöttisch den Mund verzog.

»Der König wird es ihm befohlen haben.«

Das war ihre helle metallische Stimme, die ihn an das Klingen von Silbergeschirr erinnerte.

»Ja, das hat er, und es gab bisher keinen Befehl, den ich lieber befolgt hätte.«

Doña María lachte, aber ihr Lachen klang leise und herzerwärmend. »Nun, Diana, da hast du es – Don Juan ist jedenfalls kein Mann, der sich von dir abkanzeln lässt wie ein Schuljunge.«

»Sie darf es ruhig, denn üblicherweise ist den Frauen vieles gestattet, was wir Männer beim eigenen Geschlecht nur mit der Waffe beantworten würden.« Er hob in gespielter Hilflosigkeit die Schultern. »Wer sich mit den Damen anlegt, dem ist nicht zu helfen. In vielen Dingen seid ihr die Stärkeren, das weiß ich und richte mich danach.«

Doña Diana hob warnend ihren schlanken Zeigefinger. »Hast du das gehört? Es tropft ihm wie Honig von den Lippen, aber wenn es drauf ankommt, dann wird bitterer Essig daraus. Ich jedenfalls traue keinem dieser Herren über den Weg, und wenn sie noch so lammfromm tun. Unter dem Schafspelz verbirgt sich der reißende Wolf …«

Juan schüttelte den Kopf. »Das mag bei anderen der Fall sein – mich jedenfalls schätzt Ihr falsch ein, aber von Euch nehme ich es gerne hin, Doña Diana. Gebt mir nur Gelegenheit, und ich werde Euch meine Redlichkeit beweisen.«

Er hörte ihr spöttisches Lachen.

»Da könnt Ihr lange warten!«

Doña María berührte ihre Freundin am Arm. »Jetzt breche keinen Streit vom Zaun, Diana, das hat Don Juan nicht verdient. Wir sitzen in seiner schönen Wohnung und du schiltst ihn noch!«

Dianas Lachen hatte auf ihn so erregend gewirkt, als hätte sie sich vor seinen Augen entkleidet. Er wollte es noch einmal hören und bemühte sich, es mit spöttischen oder komischen Bemerkungen hervorzulocken, aber vergeblich. Mit ihren graublauen Augen hatte sie ihn kühl gemustert, war wortkarg und gleichgültig – ja, unhöflich geworden. Sie ging zum Fenster, kehrte ihm den Rücken zu, gähnte unverhohlen, so dass Juan sich bald verabschiedete. Doña María begleitete ihn zur Tür.

»Ihr müsst mit ihr nachsichtig sein, Don Juan. Wie ich wurde sie aus einem behüteten Leben herausgerissen, freilich nicht gegen ihren Willen ... Bei mir geschah es aus Liebe, bei ihr aus Freundschaft, aber leicht ist es ihr wohl nicht gefallen.«

Während der Versammlung der *Cortes* hatte Juan kaum noch Zeit für eigene Gedanken. Ein Bankett jagte das andere, und immer musste er für den König bereit sein, denn diese zeremoniellen Festmähler waren im Grunde nur eine etwas angenehmere Fortsetzung der Verhandlungen. Sein Interesse für Staatspolitik war gering, aber Don Pedro sorgte schon dafür, dass er auf dem Laufenden blieb.

Die Pausen zwischen den Sitzungen verbrachte der König bei María de Padilla, die jetzt im Kastell von Toro wohnte.

Alburquerque war diese Entwicklung nicht verborgen geblieben, aber er konnte zu Doña María keine Verbindung mehr aufnehmen. Der jetzt Zweiundsiebzigjährige ahnte, dass er am Ende seines Weges angelangt, aber noch nicht bereit war, zu resignieren. Er setzte seine Hoffnung auf die Königinwitwe Doña María und als sie im Februar ihre Räume im *palacio* Real von Valladolid bezogen hatte, bat er dringend um eine Audienz.

Sie bemerkte sein grimmiges, sorgenzerfurchtes Gesicht. »Geht es Euch nicht gut, Don Alfonso? Machen Euch die *Cortes* Sorgen?«

»Nein, Doña María, der König macht mir Sorgen. Er ist diesem Juden so hörig geworden, dass er alle anderen Ratschläge missachtet – gleich, woher sie kommen. Der Klerus ist dabei, ein Protestschreiben an den Heiligen Vater zu senden, die *ricos* und der Adel schmieden Bündnisse, um Don Enrique auf den Thron zu bringen. Fragt mich nicht, woher ich das weiß, aber meinen Zuträgern kann ich vertrauen. Kurz und hart gesagt: Don Pedro ist dabei, seinen Thron zu verspielen! Anstatt sich nun diesen Problemen zu stellen, verbringt er jede freie Stunde bei seiner Hu ... – verzeiht, bei seiner Buhle, der er im Kastell von Toro eine Art Hofstaat eingerichtet hat; außerdem soll sie schwanger sein. Dabei erwarten wir im Frühjahr die Ankunft von Doña Blanca, seiner künftigen Braut. Nun wisst Ihr, was mir Sorgen macht!«

Ein Teil von dem, was Alburquerque ihr berichtet hatte, war Doña María schon bekannt. Dass er so gut wie entmachtet war, hatte sie vorausgesehen, aber nicht verhindern können. Neu war für sie nur die Schwangerschaft der María de Padilla.

»Nehmt das alles nicht so ernst! Don Pedro ist nicht der erste und nicht der letzte Monarch, der Bastarde in die Welt setzt. Mit Doña Blanca wird er legitime Kinder zeugen und seine Buhle vergessen oder sich eine neue nehmen ... Euer Gemahl hat Leonor de Guzmán zeitlebens nicht vergessen ...«

Ihr Gesicht wurde hart. »Daran hättet Ihr mich nicht zu erinnern brauchen! Dennoch – auf dem Thron sitzt Don Pedro, der legitime Erbe!«

»Wenn er sich weiterhin so unklug verhält, Adel und Klerus vor den Kopf stößt, guten Rat missachtet, dann steht sein Thron auf dem Spiel. Don Enrique zieht an der Spitze einer beachtlichen Truppe ungehindert durchs Land und gewinnt immer mehr Anhänger. Vielleicht könnt Ihr Don Pedro auf die Gefahren hinweisen, vielleicht hört er wenigstens noch auf seine Mutter.«

Er tat es nicht. Solange die Versammlung der *Cortes* andauerte, war er kaum zu sprechen, und als sie um die Osterzeit zu Ende ging, weihte er Juan als einen der Ersten in seine Pläne ein. Wie immer bei geheimen Besprechungen hatten sie sich in ein hoch gelegenes Turmzimmer zurückgezogen. Die beiden Leibwachen draußen waren taubstumm, zwei weitere standen vor der schmalen Tür, die zur Turmtreppe führte. Dennoch bemühte sich Don Pedro, nur mit gedämpfter Stimme zu sprechen, was ihm nicht immer leicht fiel.

»Wir dürfen den Einfluss meiner Mutter nicht unterschätzen! Seit sie hier ist, reißen die Audienzen bei ihr nicht mehr ab, und wie ich höre, weinen sich die von den neuen Gesetzen Betroffenen bei ihr aus. Inzwischen wurde ein Gerücht in die Welt gesetzt, dass María de Padilla auf mich einen denkbar schlechten Einfluss ausübt und ich dabei sei, sie anstatt Doña Blanca zu meiner Gemahlin zu erheben – beraten und unterstützt von dem finsteren Juden Simuel el Levi. So halte ich es jetzt für angebracht, unsere Damen in Sicherheit zu bringen.« Er grinste. »Damit ist auch dein blonder Engel Diana gemeint. Hast du die jungfräuliche Jägerin schon gezähmt?«

Juan wollte sich keine Blöße geben. »Dazu braucht es Ruhe und Geduld. Jetzt, da die Ständeversammlung vorbei ist ...«

»... wirst du sie dir vornehmen. Da wünsche ich dir viel Glück, Juanito! Nun aber geht es darum, Doña María aus der Gefahrenzone zu bringen, und zwar mindestens acht bis zehn Tagesreisen von Valladolid entfernt. Meine Wahl ist auf das Städtchen Torrijos gefallen. Es liegt nahe Toledo, und das war die königliche Residenz meiner Vorfahren. Die ganze Gegend ist königstreu bis auf die Knochen, und meine für Handel und Handwerk so günstigen Gesetze sind dort mit Begeisterung aufgenommen worden.« Don Pedro erhob sich, streckte seine Glieder und schaute Juan bedeutsam an. »Ein Teil des vorhin erwähnten Gerüchts entspricht übrigens der Wahrheit. Ich werde Doña María de Padilla heiraten.«

Juan sprang auf. »Nein! Das könnt Ihr nicht tun! Was geschieht dann mit Doña Blanca?«

Don Pedro blieb ruhig, er hatte es sich offenbar ganz genau überlegt. »Ich habe die Französin nicht gewollt! Soll meine Mutter sie an einen spanischen Herzog verheiraten oder ins Kloster stecken – oder zurückschicken ...«

»Das wäre Wasser auf die Mühlen von Don Enrique! Dann könnt Ihr ihm gleich jetzt Euren Thron überlassen – nein, als Euer Freund rate ich Euch dringend von diesem Plan ab. Erhebt Doña María in den Adelsstand, macht sie zur Gräfin, übertragt ihr ganze Ländereien, aber heiratet sie nicht!«

»Und du willst mein Freund sein?«

»Gerade weil ich Euer Freund bin, kann ich nicht zusehen, wie Ihr ins Unglück rennt! Euer Vater hat schließlich die Leonor de Guzmán auch nicht geheiratet.«

»Wie konnte er? Als er sie kennen lernte, war er schon mit meiner Mutter verehelicht. Da bin ich besser dran, denn ich habe die Frau meines Herzens schon vorher gefunden.«

Da sah Juan, dass nichts den Entschluss Don Pedros ändern konnte, und er dachte an Rosita.

»Don Pedro, ich sehe schon einen Weg ...«

Der König blickte skeptisch. »Du darfst mir glauben, dass ich alle Möglichkeiten erwogen habe ...«

Juan lächelte fein. »Eine noch nicht.«

Und dann erzählte er von seiner Scheinheirat. Don Pedro hörte ihm gespannt zu, ohne ihn zu unterbrechen, nickte nur manchmal oder schüttelte den Kopf.

»Warum hast du mir nie davon erzählt?«

»Ich weiß nicht ... Vielleicht habe ich mich geschämt.«

»Du? Dich schämen? Nein, das glaube ich nicht.«

»Vielleicht war es mir nicht wichtig genug, um Euch damit zu behelligen.«

»Lassen wir es gut sein. An meinem Entschluss ändert es freilich nichts – ich werde Doña María heiraten und nicht nur so tun als ob. Nur fünf Menschen werden davon erfahren: das Brautpaar, der Priester und zwei Zeugen. Der eine davon wirst du sein, der andere mein Hofkaplan Don Juan Pérez de Orduña. Mir liegt daran, dass die Zeugen jung genug sind, um die nächsten zehn Jahre zu erleben, weil es dann sein kann, dass ich ihre Bestätigung brauche.«

»Wofür?«

»Dass meine mit Doña María gezeugten Kinder legitim sind.« Don Pedro erhob sich und stieß die halb offenen Fensterläden auf. Juan hörte ihn tief und genussvoll ein- und ausatmen.

»Komm her!«

Gemeinsam blickten sie auf die abendliche Stadt. Im Süden ragte der schmale Turm der Kirche Santa María.

Don Pedro deutete darauf. »Dort drüben soll meine Hochzeit mit der Französin stattfinden. Es soll die Lieblingskirche meiner Vorfahren gewesen sein, die oft hier Hof hielten. Ich mag die Stadt nicht, fühle mich hier belauert und bedrängt. Ja, Juan, etwas ändert sich nun doch an meinen Plänen. Ich werde Doña Blanca nach deinem mit Rosita erprobten Rezept heiraten.«

»Aber Don Pedro – Rosita war ein unkundiges Landmädchen und hielt das gesiegelte Papier für eine echte Urkunde. Aber Ihr werdet hier von Bischöfen getraut, vor aller Welt, und an Eurem Ehekontrakt arbeitet ein Dutzend Juristen. Wie soll da Eure Ehe ungültig sein?«

Don Pedro grinste schlau. »Ganz einfach. Nach kanonischem Recht ist eine Ehe nichtig, wenn einer der Partner vorher schon gültig verheiratet gewesen ist. Verstehst du? Ich brauche nur zu tun, was ich ohnehin vorhabe: Innerhalb der nächsten Wochen werde ich mich mit Doña María de Padilla geheim, aber kanonisch unanfechtbar ehelich verbinden. Wenn – was ich von Herzen hoffe – Doña María zum Zeitpunkt meiner Hochzeit mit Doña Blanca noch lebt, dann ist die Ehe mit dieser Französin ungültig. Einfacher geht es doch nicht!«

»Ich weiß nicht … aber angenommen, Doña María stirbt

im Kindbett, dann wird Eure Ehe mit Blanca de Borbón gültig sein. Wäre Euch das recht?«

Mit tiefer Verwunderung bemerkte Juan, dass die Augen des Königs feucht wurden.

»Dann – dann ist mir alles recht!«, stieß er hervor.

»Könnte ich nur auch so empfinden ...«

»Ah – und was ist mit Doña Diana, der keuschen Göttin?«

Juan seufzte. »Wenn ich das selber wüsste! Doña Diana ist für mich so etwas wie ein goldener Apfel, der mir verlockend vor Augen hängt, und wenn ich hingreife, um ihn zu pflücken, dann weicht er zurück. Aber die Verlockung bleibt. Sollte er sich dennoch eines Tages pflücken lassen, weiß ich jedoch nicht, ob ich ihn halten kann, halten will ...«

»Du bist noch ein rechtes Kind, Juan, werde endlich erwachsen! Auch wenn du schon seit Jahren die Frauen im Dutzend beglückst, ruhelos von einer zur anderen flatterst, so scheint mir, du suchst bei ihnen nur das eine und vergisst dabei, dass der Mensch nicht nur einen Leib, sondern auch eine Seele hat – ein Herz ...«

»Ihr redet wie Padre Mateo, mein früherer Lehrer. Der sprach viel und mit Ehrfurcht von der menschlichen Seele, bis ich entdeckte, dass ihm sein Schwanz noch viel wichtiger war.«

Don Pedro lachte schallend und schlug sich auf die Schenkel. »Ja, davon hast du mir erzählt. Nun, du hast ihm seine Sünden dreifach vergolten, als er dich mit Rosita zum Schein trauen musste.«

Am nächsten Morgen war Don Pedro, König von Kastilien und León, mit einem Teil seiner Leibwache spurlos verschwunden. Wie mit ihm besprochen, trat Juan in gespielter Ahnungslosigkeit seinen Dienst an. Es dauerte nicht lange, dann ließ die Königinwitwe ihn rufen. Er wollte ihr die Hand küssen, aber sie winkte ungeduldig ab.

»Sagt mir lieber, wo der König ist! Ihr als sein enger Vertrauter müsst es ja wissen.«

Doña María hatte sich kaum verändert, ihr herbes hochmütiges Gesicht war noch immer faltenlos, die lange, leicht gebogene Nase war bedrohlich auf ihn gerichtet wie der Schnabel eines Raubvogels.

»Aber Doña María, der König muss hier sein! Seine Audienzliste ist voll, und noch gestern Abend haben wir Pläne für die kommende Woche durchgesprochen. Vielleicht weiß Don Alfonso etwas?«

»Nein, Alburquerque ist ebenso ahnungslos wie ich, aber Euch, Don Juan, Euch traue ich nicht.«

»Das tut mir Leid, Doña María.«

Eine Woche später folgte Juan dem König nach Süden, wobei er in Avila einige Tage Halt machte. Die auf einem steilen Hügel gelegene mauerumgürtete Stadt war bekannt für ihre vielen noblen Paläste, denn für den altkastilischen Adel gehörte es schon seit langem zum guten Ton, hier ein Stadthaus zu besitzen. Avila de los Caballeros – so wurde die Stadt respektvoll genannt.

Der königliche Begleitbrief öffnete ihm Tür und Tor und in der noblen Casa de los Dávila bot man ihm und Miguel Unterkunft an. Aus dem langen abendlichen Gespräch mit dem Hausherrn hörte Juan recht deutlich die Kritik an den Beschlüssen der *Cortes* heraus.

»Wir schätzen Don Pedro überaus, sind froh und glücklich, dass ein junger kraftvoller König über unser Land herrscht. Aber er sollte sich vor allem uns, den *nobles*, verbunden fühlen und nicht den *judíos* und *moros.*«

»Aber so ist es nicht! Don Pedro will ein starkes Kastilien und dazu gehört nun einmal ein ansehnlicher Kronschatz. Ein König mit leerem Beutel ist auf die Dauer machtlos, kann wenig bewirken. Für euresgleichen bedeutet das ein paar Doblas mehr an Abgaben, für das Land ist es wichtig und unerlässlich.«

Der *caballero* war dennoch nicht zu überzeugen, und Juan stellte während der Reise fest, dass dieser Mann mit seiner

Meinung nicht allein stand. Einmal hatte er sogar zu hören bekommen, dass der Adel mit Don Enrique wohl doch die bessere Wahl getroffen hätte.

Als Juan in Torrijos eintraf, war von Doña Marías Schwangerschaft noch nichts zu bemerken, aber der König wollte keine Zeit verlieren und setzte den Hochzeitstermin auf den übernächsten Tag fest. Zuvor beschied er die beiden Zeugen zu sich.

Juan kannte den Hofkaplan nur flüchtig, aber nun, da sie beide dem König gegenüberstanden, wirkte Pérez de Orduña nicht sehr priesterlich, sondern sah aus wie ein beim Kirschenstehlen ertappter Junge.

Don Pedro war bester Laune, kehrte nicht den König heraus, sondern gab sich ganz als aufmerksamer Bräutigam, der dafür sorgt, dass alles in guter Ordnung verläuft.

»Ich verlange nicht viel von Euch, meine Herren. Ihr, Don Juan de Tenorio, sollt mein Zeuge dafür sein, dass Don Pedro, der König von Kastilien, in eigener Person vor dem Traualtar steht und neben ihm Doña María de Padilla, die Euch ja schon etwas länger bekannt ist als mir. Das stimmt doch?«

»Ja, Senyor.«

»Nun zu Euch, Don Juan Pérez de Orduña. Ich habe Euch im *palacio* Real von Valladolid zu meinem Hofkaplan ernannt, weil Ihr klug, verständig und zurückhaltend seid. Ihr sollt die Trauungszeremonie genau verfolgen und bestätigen, dass alles nach kanonischem Recht geschah. Beim geringsten Verdacht auf einen Formfehler solltet Ihr die Zeremonie sofort unterbrechen.«

»Ja – jawohl, Senyor, ich – ich habe mich vorher kundig gemacht und – und werde …«

»Ihr habt mein volles Vertrauen, Padre. Lasst uns jetzt allein.«

Don Pedro rieb sich schmunzelnd die Hände. »Alles geht seinen geordneten Gang! Die Trauung nimmt ein uralter Priester vor, den meine Leute in einem Nachbarort aufgetrieben haben. Nach menschlichem Ermessen wird er dieses Jahr kaum überleben. Er übt kein geistliches Amt mehr aus und lebt im Haus seiner Schwester. Ich werde ihn reich beschenken und seinem Haushalt einen Diener zuteilen, der mein Spitzel ist. Er wird bis zum Tod des Alten darüber wachen, dass nichts von meiner Heirat nach außen dringt. Du verstehst meine Vorsicht, Juan?«

»Natürlich! Bei einem jungen oder jüngeren Priester bestünde die Gefahr, dass er eines Tages in die Hände etwa von Don Enrique fällt. Inzwischen habt Ihr Blanca de Borbón geheiratet und Euer Bruder könnte Euch der Bigamie bezichtigen.«

»Genauso ist es, Juanito!« Der König schlug ihn derb auf die Schulter. »Und solltest du mir untreu werden und meinen Feinden verraten, dass ich –«

»Nein, Senyor – redet nicht weiter!«

»Verzeih, Juan, das hätte ich nicht sagen sollen.«

»Gut, aber was ist mit dem jungen Padre?«

»Er bleibt als Hofkaplan an meiner Seite und erhält in Sevilla eine fette Pfründe. Und du, willst du keine Belohnung?«

»Wollt Ihr mich beleidigen, Senyor?«

»Jetzt komm schon, Juan, stell dich nicht so an. Darf ein König einem guten Freund kein Geschenk machen? Das hat doch nichts mit der Heirat zu tun, soll nur heißen, dass ich dich mag, dir vertraue und dir eine Freude machen will.«

»Warten wir, bis wir zurück in Sevilla sind.«

»Gut, Juan, einverstanden, aber das wird noch eine Weile dauern.«

»Wir sind jung und haben Zeit.«

Die Trauung in der Schlosskapelle von Torrijos dauerte etwa eine halbe Stunde und verlief ohne Zwischenfälle. Der alte Priester konnte sich kaum noch auf den Beinen halten, aber er hatte in seinem Leben Hunderte von Paaren getraut und hätte das Ehesakrament wohl auch im Schlaf zelebrieren können. Der junge Padre und Juan mussten ihre Zeugenschaft eigenhändig bestätigen, um einen Schreiber als weiteren Mitwisser zu vermeiden. Der König nahm die Papiere an sich.

»Die werde ich auf meinem Leib tragen, bis wir zurück im Alcazar sind.« Dann lachte er und schlug mit der Faust auf den Tisch. »Und jetzt, meine Herren – jetzt wird gefeiert!«

Herolde wurden in die Umgebung gesandt und verkündeten, dass der König von Kastilien den erfolgreichen Abschluss der *Cortes*-Versammlung mit einer Reihe von Festen und Turnieren zu begehen gedenke. Jede Familie von Rang sei dazu eingeladen.

Don Pedro hatte seinen Schatzmeister nach Torrijos befohlen. Don Simuel el Levi kam in Begleitung einer Truppe von Schwerbewaffneten, die wie eine dicht geschlossene Mauer den Ochsenkarren bewachten, auf dem vier eiserne Truhen standen.

»Das ist nur der Anfang, Senyor«, verkündete der Schatzmeister. »Es wird noch zwei Jahre dauern, bis die gesamte Ernte eingebracht ist.«

Unterhalb der Stadt ließ der König einen Turnierplatz errichten, daran angrenzend ein großes Zeltlager für die zu erwartenden Gäste.

Da strömten sie dann herbei, die *caballeros,* hoch zu Ross, begleitet von Knappen und Knechten. Manche kamen auch allein. Das waren umherziehende Glücksritter, die meistens nur noch eine Rüstung und einen elenden Klepper besaßen. und vielleicht trug der ein oder andere auch einen einstmals großen Namen. Aber in der Waffenführung zeigten sich diese Herren allesamt recht geschickt und was sie herbeilockte, war die Hoffnung auf einen fetten Gewinn. Nach altem Brauch gehörte nämlich dem Sieger das Pferd des Unterlegenen, dazu Rüstung und Waffen. War es ein adliger und reicher Herr, dann kam noch ein Lösegeld dazu.

Don Pedro hielt seine Gäste frei, was manche zu der bitteren Bemerkung veranlasste, dass der König nun auf diese Weise zurückgab, was er ihnen zuvor gestohlen hatte.

Zum Eröffnungsfest hatte man den Turnierplatz mit Brettern belegt. Dort traten nun Tanzgruppen, Gaukler und Possenreißer auf, schnell zusammengewürfelte Musikanten spielten mehr schlecht als recht, aber das tat dem Vergnügen keinen Abbruch. Die Gäste waren nicht sehr anspruchsvoll, kamen aus den umliegenden Orten, aus Fincas und Burgen, zwar allesamt *fidalgos* mit langer Familientradition, die wenigsten von ihnen aber wohlhabend und daher sehr dankbar für diese schöne Unterhaltung.

Das auch in Spanien geübte *torneo* hatte nicht viel mit den in Deutschland und Frankreich feierlich zelebrierten ritterlichen Turnierspielen zu tun. Hier war es mehr zu einer Rauferei unter *caballeros* herabgesunken, an der die *nobles* oder gar der König selbst nur als Zuschauer teilnahmen.

Auch Juan dachte nicht daran, gegen einen dieser waffengeübten Glücksritter anzutreten, aber dann –

Am Abend vor dem *torneo* nahm Juan an dem Nachtmahl teil, bei dem sich fast allabendlich die Freunde und Vertrauten des Königs zusammenfanden. Man sprach über das bevorstehende Turnier, einige Namen wurden genannt, das Gespräch plätscherte so dahin, bis Doña Diana – es wurde gerade der Nachtisch aufgetragen – das Wort ergriff. Die anderen verstummten beim Klang ihrer hellen metallischen Stimme.

»Wie ja inzwischen alle wissen, stammte meine Mutter aus Frankreich. Sie hat als ganz junges Mädchen mit ihren Eltern an einem Turnier teilgenommen, das in Nantes zu Ehren des Königs Philip – der sich dort einige Tage aufhielt – veranstaltet wurde. Dabei war es üblich, dass die adligen Damen für die Sieger Preise aussetzten oder sich schon vorher einen Ritter erwählten, dem sie ein Pfand gaben und der für sie oder in ihrem Namen kämpfte.«

Der König hob die Hand. »Ein Pfand? Wie ist das zu verstehen?«

»Etwas, das eine Verbindung zu ihr hatte – also ein Halstuch, eine Feder aus ihrem Hut –«

»Ein Strumpfband?«, fragte Juan.

Diana errötete leicht und senkte kurz den Blick. Doch sie fing sich gleich wieder. »Ja, vielleicht auch das. Ich bedanke mich für die Anregung und werde Euch zu meinem Ritter erwählen. Ihr dürft morgen in meinem Namen kämpfen und das Pfand gebe ich Euch schon jetzt.«

Sie beugte sich vor, griff rasch unter ihr einfaches hellblaues Gewand und hob das schwarze, mit weißen Rosen bestickte Strumpfband hoch.

Der König schmunzelte, schüttelte aber heftig den Kopf. »Nein, Doña Diana – nein! Ihr könnt nicht einfach hergehen und meinen Kammerherrn in einen Kampf zwingen, für den er weder geeignet noch vorbereitet ist. Das erlaube ich nicht!«

»Don Juan hat sich noch nicht dazu geäußert«, bemerkte Doña María.

»Darf ich zuvor wissen, welcher Lohn dem Sieger zugedacht ist?«

Groß und klar waren die blaugrauen Augen auf ihn gerichtet. »Dem Sieger? Das kann auch Euer Gegner sein.«

»Und wenn ich es bin ...!«

»Eine Belohnung wird sich finden.«

María de Padillas hübsches fröhliches Gesicht wurde für einen Augenblick ernst.

»Was in Frankreich ist oder war, scheint mir ohne Belang, wenn der König unmissverständlich ein Verbot ausspricht. Wir brauchen dieses Gespräch also nicht fortzusetzen.« Und schon wurde ihre Miene wieder freundlich und sie lachte Juan schalkhaft an. »Ihr solltet Don Pedro dankbar sein, denn er hat Euch vor einer – ja, vor einer Dummheit bewahrt.« Sie hob die Stimme. »Wenn Männer ohne Notwendigkeit mit Waffen übereinander herfallen, dann kann ich das nur dumm nennen – dazu stehe ich!«

Der König lachte und klatschte in die Hände. »Bravo, Doña María, bravo! Da bin ich ganz Eurer Ansicht, oder denkt Ihr anders, Don Juan?«

Das intime Du gebrauchte Don Pedro nur im vertraulichen Gespräch.

»Ja, ich denke anders, Senyor.«

Ihm war etwas durch den Kopf gegangen, und er blinzelte dem König kurz zu. Don Pedro bemerkte es und nickte leicht. Der Bursche führt etwas im Schilde …

»Wenn Ihr es gestattet, Senyor, werde ich Doña Dianas Wunsch Folge leisten. Ich bin so begierig auf ihre Belohnung, dass ich nicht anders kann.«

Das hatte er mit todernster Miene gesagt und nun blickten alle auf den König.

»Gut, Ihr sollt Euren Willen haben, und ich werde mein Verbot in eine Warnung abmildern.«

Juan verneigte sich. »Gut, Senyor, ich bin gewarnt und bedanke mich.«

Dann stand er auf, senkte vor Diana das Knie und nahm ihr Pfand entgegen.

Als sie später einen Augenblick allein waren, meinte Don Pedro: »Du wirst wissen, was du tust.«

»Gewiss, und ich werde der Sieger sein – beim Gegner und am Ende bei ihr.«

Miguel saß in der Dienerstube mit einigen anderen beim Wein; sein wirrer rostroter Schopf stach deutlich heraus. Das Gelächter erstarb, als Juan an der Tür erschien.

»Miguel, ich brauche dich heute noch.«

Draußen war es Nacht geworden, aber man hatte die Stadt mit Fackeln, Lampen und sorgsam bewachten Straßenfeuern festlich erleuchtet.

Juan berichtete kurz, was er vorhatte. Miguel stieß einen Entsetzensschrei aus.

»Herr, seid Ihr von Sinnen? Diese Raufbolde werden Euch zusammenschlagen wie einen Hund! Wie konntet Ihr Euch auf so etwas –«

»Hör zu! Du solltest mich gut genug kennen, um zu wissen, dass ich nicht leichtfertig Leben oder Gesundheit aufs Spiel setze. Jetzt halte den Mund und komm mit.«

Das Zeltlager zu Füßen der Stadt war nicht weniger hell

erleuchtet. Betrunkene torkelten herum, stolperten über die Spannseile, stießen da und dort fluchend aneinander.

Für die *caballeros* hatte man ein *entoldado* errichtet, das tags als Sonnendach und nachts als eine Art Rüstkammer diente.

Da saßen und lagen die Herren neben ihrem oft einzigen Besitz, tranken, würfelten und schwadronierten von ihren Heldentaten, wobei sie meist nur sich selber zuhörten.

Juan blieb am Eingang stehen, doch niemand achtete auf ihn. Es stank nach Schweiß, Urin, saurem Wein und ranzigem Waffenöl. Er trat einige Schritte vor, und dann kam eine Stimme aus dem Halbdunkel.

»Sucht der Herr jemand Bestimmten?«

»Das schon, aber ich kenne seinen Namen noch nicht.«

»Kommt näher und setzt Euch.«

Der andere hockte auf einigen Gepäckstücken und deutete auf zwei übereinander gelegte Sättel.

»Nein, nein – nur auf ein Wort. Gibt es unter diesen Herren hier einen oder einige, die sich als besonders geschickte Kämpfer einen guten Namen erworben haben?«

»Wollt Ihr auf sie wetten?«

Juan lachte erleichtert. »Ja, Ihr habt's erraten.«

»Umsonst ist der Tod ...«

Er drückte dem anderen einige Reales in die vorgestreckte Hand.

Der lachte leise. »Fühlt sich gut an ...« Dann nannte er einige Namen.

Juan fragte sich durch, aber am besten gefiel ihm ein mittelgroßer schlanker Bursche, dunkel wie ein *moro,* mit wilden Augen und katzenhaften Bewegungen.

»Seid Ihr der *gavilán* – der Sperber?«

Der Mann wandte sich blitzschnell um und seine Hand fuhr an den Griff der *espada.* »Ja – was wollt Ihr?«

»Ich möchte Euch allein sprechen. Mein Diener wird Eure Habe bewachen.«

»Ihr kommt vom Hof?«

Juan nickte. »Ich möchte hier nicht reden.«

Sie gingen nach draußen, an den Rand des Zeltlagers.

»Ist das Euer richtiger Name?«

»*Gavilán?* Nein, viele von uns kämpfen unter Decknamen, aus Rücksicht auf unsere Familien. Ich bin der Bastard eines Grafen und einer Mora.«

»Eine gute Mischung ... Mein Name ist Juan de Tenorio, Kammerherr des Königs. Ich möchte morgen im *torneo* gegen Euch antreten.«

Der andere schwieg eine Weile, sagte dann zögernd: »Nun, das ehrt mich, aber ich fürchte, für Euch wird es schlecht enden.«

Juan schüttelte den Kopf und entwickelte seinen Plan.

Auf dem Rückweg fragte Miguel: »Ich hoffe, Ihr habt es Euch anders überlegt. Das war doch nur so eine Laune ...?«

»Nein, Miguel, ich habe jetzt einen geeigneten Gegner gefunden, und du wirst morgen mein *escudero* sein.«

»Was? Ich – ein Knappe? Aber ich weiß doch gar nicht, wie ...«

»Du wirst es lernen, es ist ganz leicht.«

So wurde Miguel am nächsten Morgen in ein lustiges zweifarbiges Knappengewand gesteckt; auf seiner grünen Kappe prangte eine lange gebogene Feder und seine groben Hände musste er in feine Handschuhe zwängen.

Juan hatte sich in der Waffenkammer einkleiden lassen. Das feinmaschige, doppelt gearbeitete Kettenhemd reichte vom Hals bis weit über die Knie, für die Beine gab es metallverstärkte Schienen aus gehärtetem Leder, den Kopf schützte der spitze eiserne Topfhelm, der auf den Schultern auflag.

So gerüstet trat er vor Diana de Ulloa hin.

»Ihr müsst noch tun, was der Brauch ist«, kam seine Stimme dumpf und hohl unter dem Helm hervor.

Ohne zu zögern, flocht sie ihr mit Rosen besticktes schwarzes Strumpfband um die Spitze seines Helms.

Es war schon ein festliches Bild, als die *caballeros* hoch zu Ross erschienen, den wappengeschmückten Schild in der Linken, die hölzerne Lanze ruhte in der rechten Armbeuge, das Schwert hing am Gürtel, der Streitkolben in einem ledernen Behälter am Sattel. Die Knappen führten die Pferde ihrer Ritter am Zügel, darunter Miguel, der eine steinerne Miene aufgesetzt hatte, wie immer, wenn er etwas missbilligte.

Rings um den Turnierplatz waren hölzerne Tribünen für die Zuschauer von Stand errichtet worden, ganz vorne, überdacht und mit Brokatdecken ausgelegt, der thronartige Sitz des Königs – dahinter und zu beiden Seiten die Plätze für Damen und Hofbeamte. Das einfache Volk drängte sich hinter einer Absperrung und durfte von ferne zusehen.

Der Julitag war heiß und wolkenlos, doch hier wehte immer ein leichter kühler Wind aus der Sierra de Gredos, deren hohe Berge bis weit in den Sommer hinein weiße Schneehauben trugen.

Es war zu beobachten, dass die *aventureros*, diese fahrenden Glücksritter, sich möglichst ungeübte Gegner ausgesucht hatten, am besten junge Leute vom Hof, die als tollkühne Turnierkämpfer den Beifall des Königs und die Bewunderung der Damen erhofften. Da wurde so mancher ein Opfer seines Unvermögens, die eigenen Kräfte richtig einzuschätzen. Es floss Blut, es gab gebrochene Glieder und ausgeschlagene Zähne.

Bei jedem Kampf verkündeten die Herolde die Namen der Kämpfer, aber ein Teil der Glücksritter zog es vor, unter einem klingenden Decknamen aufzutreten: *El azor* – der Habicht, *El unicornio bravo* – das tapfere Einhorn, *El campeador* – der Kämpfer, *El toro* – der Stier, *El vengador* – der Rächer.

Schließlich trat *El gavilán* auf, der Sperber.

Zuvor hatte man in Gruppen von vier oder sechs gefochten, jetzt aber wurde ein Einzelkampf angekündigt, zwischen Don Juan de Tenorio, Kammerherr des Königs, und »einem *caballero* aus illustrer Familie, der es vorzieht, unter einem *nombre fingido* aufzutreten«.

Der König selbst gab das Zeichen zum Beginn, und die Pferde der Kämpfer preschten aufeinander los. Juan richtete seine Waffe auf die vier Nägel, nämlich das Zentrum des gegnerischen Schildes, doch der andere drehte ihn zur Seite und Juans Lanze glitt ab. Er selber war nur an der Schulter gestreift worden, und so wendeten sie und traten von neuem an. Diesmal traf *gavilán* die Unterseite seines Helmes, doch die Lanze zersprang. Der Sperber erhielt einen Stoß vor die Brust, hielt sich aber schwankend im Sattel.

Da nun der Reiterkampf unentschieden ausgegangen war und einer der Gegner seine Stoßwaffe verloren hatte, musste am Boden mit dem Schwert weitergefochten werden. Sie schlugen aufeinander los, dass die Funken stoben. Juan spürte die zähe Kraft des Gegners, der ihn hart bedrängte, ihm aber stets die Möglichkeit ließ, wieder Boden zu gewinnen.

Von der Tribüne kamen ermunternde Zurufe, sogar der König hatte sich halb erhoben und rief etwas Unverständliches, während Doña Diana mit kühlem Blick und unbewegter Miene den Kampf verfolgte.

Als Juan seinen Arm erlahmen fühlte, fasste er mit der Linken nach dem Dolch am Gürtel. Auf dieses Zeichen hin ließ sich *gavilán* das Schwert aus der Hand schlagen, worauf ihm Juan einen schnellen, doch nur leichten Schlag auf den Helm versetzte. Da stürzte der Gegner zu Boden, kroch ein wenig herum, bis ihm Juan auf die Beine half. Sie nahmen beide ihre Helme ab und traten vor die königliche Loge.

»Mit Gottes Hilfe habt Ihr gesiegt, Don Juan, und mir wie auch Eurem Hause alle Ehre gemacht.«

Diana beugte sich vor. »Ihr habt gut gekämpft, Don Juan de Tenorio, habt Euch meines Pfandes und meines Vertrauens würdig erwiesen.«

Das klang wie eingelernt und Juan glaubte sogar, etwas wie Bedauern herauszuhören.

»Pferd, Rüstung und Waffen Eures Gegners habt Ihr Euch in redlichem Kampf erworben ...«

Juan hob die Hand. »Da ich meinen Sieg nur Gott, Eurer königlichen Gegenwart und Doña Dianas Fürbitten zu verdanken habe und *El gavilán* ein zumindest gleichwertiger Gegner war, möchte ich auf meine Ansprüche verzichten.«

Da gab es viel Beifall, und die Kämpfer hinkten eisenklirrend davon.

»Das habe ich nicht für möglich gehalten!«, rief Miguel in staunender Begeisterung.

»Ich auch nicht ...«, sagte der *gavilán* und grinste recht unverschämt.

»Das tut Eurem Ruf keinen Abbruch«, sagte Juan schnell, während ihn Miguel aus der Rüstung schälte.

El gavilán beugte sich vor und flüsterte: »Solche Gewinn bringenden Niederlagen nähme ich auch künftig gerne in Kauf ...«

»Das war natürlich abgesprochen«, sagte Don Pedro später. Juan hob die Schultern. »Muss ich darauf antworten?«

»Nein, aber eines hätte ich gerne gewusst: Wie hast du es eingerichtet, dass die Lanze deines Gegners gerade zur rechten Zeit zersplitterte?«

»Sie war angesägt.«

Da brach Don Pedro in ein gewaltiges Lachen aus, das seinen Körper schüttelte wie ein Fieberanfall. »Sie – sie war an-angesägt!« Er rang nach Luft. »Bei allen Heiligen, Juan, von dir kann man immer wieder etwas lernen.«

Dann kam noch ein Kompliment vom Hofkaplan, dem es überaus gefallen hatte, dass Juan als Ursache seines Sieges Gott an erster Stelle genannt hatte.

»So – habe ich das? Die Hilfe könnte aber auch vom Teufel gekommen sein. Glaubt Ihr nicht?«

Der Kaplan senkte den Kopf.

»Wer weiß, wer weiß ... Satan hat einen langen Arm, und

eine Hilfe ist immer wünschenswert, ob sie nun von oben kommt oder von unten.«

Da schlug der Hofkaplan schnell ein Kreuz.

Nach dem Ende des Turniers sank das Städtchen Torrijos mit seinem Kastell wieder in seine frühere provinzielle Schläfrigkeit.

Als Juan bei einem Mahl vor Zeugen von Doña Diana die versprochene Belohnung verlangte, gab sie mit ihrer hellen klingenden Stimme zurück: »Belohnung? Ich dachte, der Sieg sei Euch Belohnung genug? Wie schon gesagt, habt Ihr dem König, dem Hof und Eurem Namen alle Ehre gemacht – was gäbe es da noch zu wünschen?«

Ob diese Stimme jemals ihren metallischen Klang verliert? Ob sie zärtlich, weich und nachgiebig werden konnte? Oder einmal gar versiegen und einem Seufzen, einem lustvollen Stöhnen Platz machen wird?

Dann löste sich die Tischgesellschaft auf, der König verließ mit Doña María den Raum, während Diana kurz ans Fenster trat. Sie wandte sich halb um und winkte Juan.

»Der Herbst kündigt sich an, ich spüre es.«

»Jetzt – Anfang September?«

Ihr Gesicht war so nah, er sah den langen schlanken Hals, die frei auf die Schultern fallenden blonden Haare ...

»Gefalle ich Euch?«, fragte sie mit ungewohnt sanfter Stimme.

»Warum soll ich es leugnen? Es ist nicht nur Euer Äußeres – Ihr tretet so sicher, so hochmütig auf, doch es wirkt nicht angemaßt – Ihr selber seid es, ganz und gar ...«

Sie lächelte leise, und wieder sah er den hellen Flaum auf ihrer Oberlippe.

»Mir scheint, Euch fehlen die Worte. Beim Tischgespräch vorhin war das nicht so.«

»Ja, ich sage es offen heraus: Wenn ich Euch allein gegenüberstehe, dann verschlägt es mir manchmal die Stimme. Eure Art erinnert mich an meine alte *ama,* die nicht schrift-, aber dafür heilkundig war. Schon wenn sie hocherhobenen Hauptes einen Raum betrat – neben meinen Eltern war sie die heimliche Regentin auf unserer Finca –, hat ihr keiner widersprochen. Was die Lateiner *auctoritas* nennen, das besaß sie in reichlichem Maß.«

»Dennoch scheint mir, sie hat Euch etwas nachlässig erzogen, die Rute zu wenig gebraucht ...«

»Mag sein, dass ich ihr Liebling war, aber an Strenge fehlte es ihr nicht. Sie musste nicht zum Stock greifen, um Gehorsam zu erzwingen, da genügte das rechte Wort. Übrigens hat sie mir das Leben gerettet, als ich sterbenskrank im Bett lag. Ein verschreckter Pfaffe hatte mir schon die letzte Ölung gespendet, da tat sie an mir ein Werk ... Meine Erinnerung daran ist lückenhaft, denn das hohe Fieber ließ Traum und Wirklichkeit ineinander fließen. Sie hat mich jedenfalls ins Leben zurückgeholt, auf – auf eine sehr weibliche Art, aber vielleicht war es nur ein Wunschbild, vom Fieberwahn vorgegaukelt ...«

Diana hatte sich auf die Fensterbank gesetzt und blickte ihn neugierig an. »Auf eine sehr weibliche Art – wie ist das zu verstehen?«

Juan lachte etwas befangen. »Nun, was verliebte Frauen und Männer eben so anstellen. Wenn Ihr nicht so störrisch an Eurer Keuschheit festhieltet, dann bedürfte es keiner Erklärung.«

Sie lachte silberhell und schien weder verlegen noch beleidigt. »Natürlich weiß ich, was da vorgeht, habe sogar einmal meine Eltern dabei ertappt. Ihr meint also, es sei für mich an der Zeit, eigene Erfahrungen zu sammeln?«

»Wenn Ihr es schon selber sagt ...«

»Natürlich mit Euch ...«

»Das bleibt Euch überlassen, Doña Diana.«

»Dabei denkt Ihr vermutlich an die in Aussicht gestellte Belohnung?«

»Und wenn ich es tue? Schließlich wart Ihr es, die mich in diesen Kampf getrieben hat.«

»Getrieben? Nun, Ihr hättet Nein sagen können; da war ja schließlich noch das Verbot des Königs.«

»Um dann vor Euch als Feigling dazustehen?«

»Ah – das ist es! Nichts fürchtet ihr Männer mehr als den Ruf, ein Hasenfuß zu sein.«

»Ich hatte ein Ziel, Doña Diana. Wer immer mich damals gebeten hätte, beim Turnier anzutreten – ich wäre nicht dazu bereit gewesen, hätte jeden verlacht, der mich deshalb einen Feigling genannt hätte. Aber bei Euch ... Ich will es anders ausdrücken, mit ganz einfachen Worten: Seit ich Euch zum ersten Mal gesehen habe, gehört Euch mein Herz. Ich habe seither keine Frau berührt, habe auch kein Verlangen danach. Vergesst das Turnier, vergesst die Belohnung – es geht mir um eines: Ich will Eure Zuneigung gewinnen, möchte, dass Ihr fühlt wie ich. Das werde ich erreichen, daran glaube ich, sogar wenn Ihr auf das Kreuz schwört, dass es niemals so sein wird.«

Sie stand auf und strich ihr Gewand glatt. »Der König wird mit Doña María in den nächsten Tagen eine Reise nach Montalban unternehmen, um vielleicht das dortige Schloss zu ihrem Wohnsitz zu bestimmen. Sie werden allein und inkognito reisen. Ich bin dann frei und werde weniger beobachtet ... Vielleicht werde ich in einer bestimmten Nacht meine Schlafkammer nicht abschließen – ohne Euch vorher etwas davon zu sagen. Ihr müsst es herausfinden, Don Juan ...«

15

So waren sie nach Montalban gegangen, in einfacher Kleidung, begleitet von einigen Bewaffneten. Dort hatten sich inzwischen hundert Mann von Don Pedros Leibtruppe eingefunden, die Schloss und Ort bewachten. Die Hauptleute liefen ihnen entgegen und schwenkten ihre Hüte.

»Willkommen, Senyor! Viva Don Pedro! Viva!«

»Das sind meine besten Leute, María, sie gehen für mich durchs Feuer – jetzt auch für dich! Hier kannst du in Ruhe unser Kind zur Welt bringen; ich muss inzwischen einiges ordnen.«

Nach Einbruch der Nacht saßen sie vor dem Feuer im Kaminzimmer. Don Pedro hatte die Diener entlassen und schob selber von Zeit zu Zeit die klobigen Buchenscheite mit dem Fuß in die leise knisternden Flammen.

María de Padilla war ernst geworden und schaute ihn mit großen traurigen Augen an. »Du hast heute gesagt, du müsstest einiges ordnen. Gehört dazu auch deine Heirat mit Blanca de Borbón?«

»Ja, *mi amor*«, sagte er ruhig. »Auch das gehört dazu. Aber es gibt einen Plan, den ich dir jetzt nicht enthüllen kann, denn dein Wissen würde dich verletzbar machen. Du hast mein Wort, du musst mir vertrauen. Verlange ich zu viel von dir? Dann tut es mir Leid, aber es geht nicht anders. Ich bin kein Suchender mehr wie mein Freund Juan – ich habe gefunden, dich gefunden. Du hast mein Herz, *mi amor*, du hältst es fest. Was sonst geschieht, kommt aus meinem Kopf, und wenn ich Doña Blanca heirate, dann, weil ich es muss, aber mein Herz ist davon nicht berührt. Ich hoffe, du verstehst das. Es geschieht mit dem Kopf! Nur mit dem Kopf! Meine Frau bist du und nur du. Nicht vor der Welt – noch nicht, aber vor Gott. Unsere Trauung ist die allein gültige, aber vorerst muss sie geheim bleiben. Wenn ich die Französin heirate, dann vor der Welt, vor Kastilien, vor der *Cortes*. Nicht vor Gott! Mehr kann ich nicht sagen, *mi amor*, mehr nicht. Aber du verstehst es doch – verstehst du es?«

María hatte ihren Kopf auf seine Knie gebettet und die Augen geschlossen. »Ja, mein Lieber, ich verstehe nicht alles, aber ich vertraue dir, halte dein Herz fest – ganz fest.«

Nach dem Weggang des Königs war in Torrijos Ruhe eingekehrt. Die Gaukler und Akrobaten, die Musiker und Possenreißer, die Händler und Beutelschneider waren abgezogen und die Glücksritter auch. Die Zeltstadt hatte man abgebrochen und was zurückgelassen worden war, hatten die Landleute weggeschleppt. Zurückgeblieben war ein zerstampfter umgewühlter Boden, den die herbstlichen Regenfälle in Schlamm verwandelten.

Die Mahlzeiten im Kreis einiger Hofleute verliefen schweigend und wenn jemand etwas sagte, dann ging es um Nichtigkeiten.

Der Oktober begann mit einer Reihe schöner klarer Herbsttage, und da regte sich bei Doña Diana das Jägerblut.

»Wir stellen eine kleine Jagdgesellschaft zusammen, reiten zum Tajo und gehen auf die Vogeljagd. Es gibt dort Enten, Wasserhühner, Reiher, Rohrdommeln, vielleicht auch Flamingos und Haubentaucher ...«

»Woher wollt Ihr das wissen – wart Ihr schon dort?«, fragte Juan. »Diese Vögel gibt es in allen Fluss- und Feuchtgebieten, außer vielleicht im Süden, aber da war ich noch nicht ...«

Sie setzten einen Tag fest, und Diana zeigte ihm ihre Jagdwaffen. Da war einmal der Bogen, dessen Beschaffenheit sie ihm stolz erläuterte.

»Die übliche Form ist mir zu groß und zu unhandlich. Ich bevorzuge den zusammengesetzten Bogen. Er besteht aus einem Holzkern, ist aber mit Bambus- und Hornstäben verbunden und mit Leder verkleidet. Die Bogenmacher klären einen nicht völlig auf, da hütet jeder sein Geheimnis.« Sie nahm den Köcher und zog einen Pfeil heraus. »Die Pfeile sind kürzer und leichter, weil es bei der Vogeljagd meist um nähere Ziele geht. Wenn sich ein Schwarm zu weit entfernt hat, brauchst du gar nicht mehr anzulegen, da gibt es unter hundert Schüssen vielleicht einen Zufallstreffer.«

Ihr Gesicht hatte sich vor Aufregung und Hingabe gerötet, die graublauen Augen glänzten feucht. Juan beobachtete hingerissen, wie sie unwillig eine blonde Strähne aus dem Gesicht blies.

Er hatte sich vom Burghauptmann einen Bogen ausgeliehen, doch diese Waffe war nicht seine Stärke, und er sah sich eher als Dianas Jagdbegleiter und Hundeführer. Am Rand der Uferauen übergaben sie ihre Pferde den Knechten und verteilten sich im Auwald.

Juan hielt sich an Dianas Seite, was sie zunächst wortlos geschehen ließ. Später sagte sie: »Vogeljagd ist Einzeljagd. Tritt man in Gruppen auf, entsteht zu viel Lärm und man verscheucht die Tiere, ehe man sie zu Gesicht bekommt.«

»Davon verstehe ich nichts, soll ich lieber ...«

»Nein, nein, Ihr könnt bleiben und dabei etwas lernen. Haltet den Hund fest, nehmt die Leine kürzer!«

Juan tat es und spürte, wie das Tier vor Aufregung zitterte und immer wieder zu ihm aufschaute, in stummer Frage, wann es endlich losginge.

Der Fluss hatte da und dort stille Altwasser gebildet, und als sie durch die Zweige dort einige Entenpaare schwimmen sahen, legte Diana den Finger auf den Mund. Sie schlichen geduckt näher, aber dann knackten unter ihren Füßen morsche Äste und der Hund begann zu hecheln – im stillen Auwald Lärm genug, um die Enten aufzuscheuchen.

Im selben Augenblick hob Diana den Bogen und verschoss hintereinander drei oder vier Pfeile. Sie tat das so schnell und geschickt, dass Juan nicht einmal bemerkte, wie ihre Hand zum Köcher flog – es war wie Zauberei. Zwei Enten stürzten getroffen ins Wasser und so ließ er den Hund los. Als er sie nacheinander ans Ufer trug, war die eine schon tot. Diana hob sie hoch.

»Da – schaut her! Durch die Kehle getroffen, ein Prachtschuss!« Sie griff nach der anderen. »Die hat es nur am Flügel erwischt, aber immerhin ...«

Sie drehte ihr schnell den Hals um und steckte beide Enten in den Beutel, den Juan ihr hinhielt.

In den nächsten Stunden erlegte Diana noch einen Reiher, drei Wasserhühner und einen dummen Haubentaucher, der – anstatt zu flüchten – neugierig näher herangeschwommen war.

Als die Jagdgesellschaft sich am späten Nachmittag wieder zusammenfand, erwies Doña Diana sich als die bei weitem erfolgreichste Jägerin. Die anderen – etwa ein Dutzend jüngerer Männer – beglückwünschten sie dazu, aber einige zogen dabei saure Gesichter. Einer fragte: »Und Ihr, Don Juan, hattet Ihr heute kein Jagdglück, oder habt Ihr Eure Beute der von Doña Diana zugeschlagen?«

»Das habe ich nicht, aber wenn es so wäre, ginge es Euch nichts an.«

Diana lachte froh und unbekümmert. »Steht irgendwo geschrieben, dass Männer die besseren Jäger sein müssen? Was die Frauen von den Männern körperlich unterscheidet, wissen wir alle, und auch, dass die Männer keine Kinder kriegen können. Aber sonst? Da müssen die Frauen in nichts schlechter, dümmer oder ungeschickter sein.«

Juan grinste. »Dagegen ist wirklich nichts zu sagen – oder?«

Die Herren waren so klug, ihren Mund zu halten, denn jeder kannte Juans enges Verhältnis zum König und Dianas Freundschaft zu María de Padilla.

Auf dem Heimritt lenkte Diana ihr Pferd so nahe heran, dass sich die beiden Tierleiber berührten.

»Ihr habt Euch als mein Jagdgehilfe glänzend bewährt, Don Juan«, sagte sie mit gedämpfter Stimme und blickte sich misstrauisch um, doch es war niemand in Hörweite. »Da ist eine Belohnung fällig ...«, wehten ihre Worte herüber und dann hörte er noch »... offen ...«

»Ich habe Euch nicht verstanden ...«

»Meine Tür wird heute Nacht offen sein«, wiederholte sie etwas lauter, »ich wohne in den Gemächern der Doña María.«

Das war ihm längst bekannt, aber hatte er recht gehört, oder war es ein Trugbild? Er blickte sich um: Wiesen, Bäume, Sträucher, Felder, ein einsames Bauerngehöft, ein bellender Hund – nein, dachte er, ich träume nicht. Aber was mag ihren Gesinnungswandel bewirkt haben? Hat der Jagderfolg sie so froh gestimmt, dass – nein, oder doch? Juan hatte Don

Pedro öfter auf Jagdausflügen begleitet, aber dabei niemals besonderen Spaß oder gar Begeisterung empfunden. Er versuchte, sich in die Gemütslage eines leidenschaftlichen Jägers hineinzuversetzen. Die Beute ist übergroß, der Mann ist glücklich, man bewundert und beneidet ihn. Das erhöht seine Lebensfreude, macht ihn sicher und selbstbewusst, so dass es ihm gelingt, endlich die Gunst einer schon lange verehrten Frau zu gewinnen.

Juan seufzte so laut, dass die jetzt in größerem Abstand neben ihm reitende Diana es vernahm. Doch sie sagte nichts, gab ihrem Pferd die Sporen und preschte davon.

Ich bin ein Mann, dachte Juan, und kann nur fühlen wie ein Mann. Eine Frau empfindet in der gedachten Situation vermutlich anders. Doch das muss nicht sein, vielleicht reagieren Jäger und Jägerin in einem solchen Fall gleich? Der Jagderfolg hat Diana kühn gemacht und nun will sie wissen, wie das ist mit den Männern. Andererseits – was bedeuten schon Worte wie »meine Tür wird heute Nacht offen sein«? Bei jeder anderen Frau ließen sich da eindeutige Schlüsse ziehen, aber bei Diana …?

Es entsprach nicht Juans Natur, lange über etwas nachzugrübeln.

»Es wird sich ja zeigen!«, rief er laut, gab die Zügel frei und schlug seinem Pferd mit der flachen Hand auf die Flanke.

Beim Nachtmahl verhielt sich Diana anders als sonst. Gewöhnlich zog sie sich bald danach zurück, aber heute blieb sie sitzen, alberte herum, ließ ihren Becher immer wieder füllen, goss aber jedes Mal reichlich Wasser dazu. Diesmal hatte sie es besonders auf Fernando Sanchez abgesehen, den *secretario particular* des Königs.

»Ist das nicht seltsam, Don Fernando? Ihr seid sonst fast der Schatten Don Pedros, begleitet ihn überall hin, und nun hat er Euch hier zurückgelassen. Seid Ihr seiner Gunst verlustig gegangen, wird er Euch zum Hilfssekretär degradieren?« Ihre kalte metallene Stimme trug weit, und jeder an der Tafel konnte das Gespräch verfolgen.

Grau und geduckt saß der Mann da und lauschte mit gesenktem Kopf ihren Ausführungen.

»Ich bin auch sonst nicht immer zugegen, wenn der König ...«

»Ah – Ihr spielt auf sein intimes Leben an?« Sie lachte überhell. »Da kann er Euch freilich nicht immer brauchen. Aber sagt mir doch, was dieses ›geheim‹ zu bedeuten hat? Verheimlicht Ihr etwas? Was soll an Euch geheim sein, da Ihr doch unter uns sitzt und jeder Euch kennt? Wenn aber, was Ihr für den König schreibt, geheim ist, worin liegt dann der Sinn? Alles, was Don Pedro als König tut, anordnet, plant, befiehlt, in Gang setzt, ist doch mehr oder minder öffentlich. Er ist kein geheimer Monarch, sondern König von Kastilien und León. Bitte korrigiert oder tadelt mich, wenn ich etwas Falsches sage!«

Auf Don Fernandos grauem Gesicht hatte sich feiner Schweiß gebildet – ein sehr ungewöhnlicher Anblick, denn sonst schwitzte er nie. Es herrschte Totenstille, alle warteten auf seine Antwort. Er hob den Kopf und man hörte seine leise monotone Stimme.

»Ihr seid gebildet, Doña Diana, und solltet wissen, dass das Wort ›geheim‹ schon in meiner Berufsbezeichnung liegt, die sich vom lateinischen *secretus* herleitet. Natürlich ist unser König eine öffentliche Person und was er plant oder anordnet, kommt früher oder später ans Licht. Und genau das trifft den Kern unseres Gesprächs, nämlich das Wort ›später‹. Ein Sekretär darf keine Plaudertasche sein und alles, was er heute tut, morgen zum Besten geben. Manches muss eben für einige Zeit geheim bleiben, weil es erst später seine Wirkung tut.«

Diese ruhige, zurechtweisende Rede verfehlte ihren Eindruck nicht. Diana ließ sich nachschenken, goss Wasser dazu und trank. Dann tupfte sie ihre Lippen ab und sagte: »Besten Dank für die Aufklärung – da haben wir alle etwas lernen können.«

Der Sekretär stand auf und verneigte sich leicht vor der Tischrunde. »Ich ziehe mich jetzt zurück. Gott schenke euch eine ruhige Nacht.«

»Dieser Mann ist sein Geld wert«, bemerkte der Stallmeister, ein sonst eher schweigsamer Mensch.

Dann schlief das Gespräch ein, Diana trank ihren Becher leer und ging wortlos hinaus.

»Sie wird doch nicht beleidigt sein?« Juan blickte ihr nach, aber niemand ging auf seine Frage ein.

Miguel wartete vor der Tür.

»Du kannst schlafen gehen, ich brauche dich nicht mehr. Aber bleib im Bett, hörst du? Es kann sein, dass ich später aus dem Zimmer gehe, gleich wiederkomme oder eine Stunde fortbleibe, vielleicht auch die ganze Nacht.«

Miguel grinste. »Es kann also alles sein ...«

»Richtig, und was es auch ist, es geht dich nichts an.«

»Kann es mir schon denken ...«

»Du darfst denken, was du willst, aber ich erwarte, dass du deinen Mund hältst – verstanden?«

»Natürlich, Herr – wie immer, Herr.« Aber es lag wenig Respekt in dem, was er sagte.

Juan rieb sich mit Duftwasser den ganzen Körper ab und legte leichte Kleidung an – er wollte in jedem Fall gerüstet sein.

Um die fünfte Nachtstunde schlich er sich in den Nordteil des Schlosses, wo María de Padilla ihre Gemächer hatte und wo auch Diana schlief. Die Haupttür war verschlossen; er versuchte es bei einer kleineren um die Ecke und da gab die Klinke nach. Er hob sein Lämpchen hoch. Das musste eine Art Vorzimmer sein, denn hier gab es zwei weitere Türen, doch beide waren verschlossen.

Sie hat mich genarrt, dachte er, und ich Esel bin darauf hereingefallen wie ein unreifes, blind verliebtes Bürschchen.

Er ließ die Lampe sinken und wandte sich zum Gehen, als er an der einen Tür ein klickendes Geräusch vernahm – so, als würde behutsam ein Schlüssel umgedreht. Er wartete etwas und drückte dann ganz langsam den Griff. Die Tür öffnete sich einen Spalt, er zwängte sich durch, schob einen Vorhang beiseite und stand plötzlich im hellen Licht. Er blinzelte und sah sich von Leuchtern und Lampen umgeben, die am Fenster, auf Truhen und Tischen, auch am Boden standen. Da erklang das silberhelle Lachen, und es kam vom Bett, wo Diana, durch Kissen gestützt, aufrecht saß.

Juan stellte sein jetzt nutzloses Lämpchen ab. »Ihr seid immer für eine Überraschung gut, Doña Diana.«

»Warum sollte ich heimlich tun wie eine ängstliche Dienstmagd und Euch bei Dunkelheit empfangen? Wir wollen einander doch ins Auge sehen – nicht wahr?«

»Ja, das schon, aber lieber wäre es mir gewesen, wenn ...«

»Tut nicht so verschämt, Don Juan! Wir sind doch kein lichtscheues Gesindel und bekennen uns zu dem, was wir tun!«

Juan trat näher. »Was tun wir denn?«

Sie klopfte aufs Bett. »Nun setzt Euch endlich zu mir.«

Das helle Licht zauberte Reflexe in ihr Haar, das einmal golden aufleuchtete, dann wieder in dunklem Ocker verschwamm. Ihr langer schlanker Hals schimmerte wie Elfenbein, die sonst leuchtend graublauen Augen hatten sich zu einem samtigen Grau verdunkelt. Die kurzen blonden Härchen auf Kinn und Oberlippe aber waren zu sehen und glommen wie winzige Dochte.

Juan streckte die Arme aus, doch sie wich zurück. »Einen Kuss werdet Ihr mir doch gestatten?«

»Gleich so ungestüm?«

»Ungestüm? Es gibt keinen zarteren Beginn als einen – einen sanften Kuss.«

Sie beugte sich wieder vor und spitzte die Lippen wie ein kleines Mädchen. »Nun, dann küsst mich schon.«

Da wurde aber nur ein feuchter Schmatz daraus, als küsse ein Fünfjähriger sein jüngeres Schwesterchen. Tat sie nur so unbeholfen oder war sie es wirklich?

Doch es schreckte Juan nicht ab, Diana schien ihm wie ein verlockendes Schatzkästchen, zu dem er noch den richtigen Schlüssel finden musste. Dann küsste er die samtige Haut ihres Halses, saugte sich daran lustvoll fest. Sie stemmte ihre Hände gegen seine Schultern.

»Juan, was macht Ihr da?«

»So erzeugt man Liebesmale, und morgen kann sich der ganze Hof den Kopf zerbrechen, wer sie Euch beigebracht hat.«

»Nein, das will ich nicht!«

Er ließ von ihr ab. »Was wollt Ihr dann?«

»Ihr seid der Mann und müsst es herausfinden.«

»Nun gut – darf ich Euch nackt sehen?«

Wie schützend fuhren ihre Hände zu dem hochgeschlossenen Hemd. »Nein – nein, noch nicht ...«

»Wollt Ihr mich nackt sehen?«

Sie entspannte sich und atmete hörbar auf. »Warum nicht?«

Er warf sein leichtes Gewand ab und stand im knappen Lendenschurz da. Langsam drehte er sich im Flackerlicht der vielen Lampen, dann wandte er sich ihr wieder zu.

»Habt Ihr genug gesehen?«

»Nein – legt auch das da ab.« Sie deutete auf den knappen Schurz.

Er streifte ihn ab. »Kommt näher ...«

»Ah – so sieht das also aus. Ist das alles?«

»Es gehört Euch, Ihr könnt es haben, aber da müsste ich Euch näher sein, Eure Haut berühren ...«

Sie schaute ihn verwirrt an, und er beugte sich vor und schob die Decke zurück. Sie machte eine abwehrende Geste.

»Ich tue Euch nichts ...«

Dann schob er ihr bis zu den Knien reichendes Hemd langsam hoch und strich kosend über ihre schön geformten Oberschenkel, spürte sie erschauern und eine heftige Erregung packte ihn. Sein Glied richtete sich so plötzlich auf, als ziehe er bei einer Drohung blitzschnell eine Waffe. Sie schrie leise auf.

»Nun seht Ihr, Diana, dass es vorhin nicht alles war. Jetzt bin ich bereit ...«

Sie schüttelte so heftig den Kopf, dass ihre Haare flogen.

»Nun kommt schon – einmal muss es doch sein.«

Nochmals ein wildes Kopfschütteln.

»Darf ich mich wenigstens neben Euch legen?«

Sie zögerte, nickte und rückte beiseite. »Aber zuvor möchte ich einen Teil der Lichter löschen.«

Er befeuchtete Daumen und Zeigefinger, drückte Dochte, blies auf Lampen, bis der Raum in Dämmer sank.

»Ist es nicht besser so?«

Er legte sich hin, fröstelte plötzlich und zog die Decke über sie beide. Seine Erregung schwand, ihm war nun, als liege er neben einer Nonne, deren unnahbare Keuschheit seine Lust zum Erliegen gebracht hatte.

Da hörte er ihre helle Stimme. »Don Juan? Bei Liebenden heißt es doch, sie schlafen zusammen, aber mir scheint ...«

»Es ist genau das Gegenteil – sie sind tätig und oft sehr ungestüm. Freilich, danach schlafen sie aus purer Erschöpfung ein.«

»Nun gut, dann machen wir es so, ich bin jetzt bereit.«

Aber ich nicht mehr, dachte er verärgert, wollte es aber dennoch versuchen.

Es war dann, als gehe er mit einer leblosen Puppe um. Sie ließ sich widerstandslos das Hemd über den Kopf ziehen, sich von oben bis unten abküssen, öffnete sogar ihre Schenkel, deren Haut so kühl war wie Marmor. Als seine Finger begannen, ihren Schoß zu erkunden, zuckte sie zurück. Da versuchte er es mit Lippen und tastender Zunge, spürte aber, wie sie sich immer mehr versteifte und sein wieder zart aufglimmendes Begehren erstickte, bis er sich fühlte wie ein Häufchen Asche.

Man braucht mich nur anzublasen und ich fliege fort, dachte er in einem Anflug grotesker Verzweiflung.

Er stieg aus dem Bett und kleidete sich an. »Offenbar haltet Ihr an Eurem Vorhaben fest.«

»An welchem?«

»Lebenslang keusch zu bleiben.«

»An mir lag es nicht!« Sie sagte es sehr trotzig und richtete sich auf.

»Eine Liebesstunde gerät nur, wenn beide es wollen. Ihr aber zogt es vor, eine unnahbare Marmorstatue zu spielen, dann geht es eben nicht.«

»Seid Ihr mir jetzt böse?«

»Nein, ich bin nur müde und enttäuscht. Schlaft wohl, Doña Diana.«

Sie richtete sich auf. Da nur noch wenige Lichter brannten, war es fast dunkel, und ihr blondes Haar schwebte wie ein silbergrauer Nebelschleier über dem Bett.

»So verbittert lasse ich Euch nicht gehen. Ich höre, Ihr seid müde geworden, so legt Euch noch ein wenig zu mir.«

Ohne sein Gewand abzulegen, ließ er sich an ihrer Seite nieder, spürte noch ihren sanften Kuss auf Stirn und Mund, als ihn machtvoll der Schlaf überfiel.

Nach seiner Gewohnheit erwachte er in der Morgendämmerung und rief laut nach Miguel. Da fühlte er, wie sich eine Hand auf seinen Mund legte.

»Nicht so laut, Don Juan – Ihr seid in den Frauengemächern!«

Da fiel ihm sein vergebliches Liebesspiel mit Diana wieder ein, doch eine zweite Niederlage wollte er nicht in Kauf nehmen. Schnell stand er auf, bemerkte, dass er schon angekleidet war, und wandte sich zur Tür.

»Nun haben wir doch miteinander geschlafen«, hörte er ihre helle spöttische Stimme.

»Geschlafen? Ja, gewiss, das haben wir. Ihr braucht künftig Eure Kammer nicht mehr aufzuschließen – weder ich noch ein anderer Mann werden sich jemals wieder hierher verirren.«

»Wer weiß ...«

Wortlos ging er hinaus und versuchte nicht einmal besonders leise zu sein. Im Flur lief ihm eine Dienerin über den Weg.

»Vielleicht kannst du Doña Diana etwas Nachhilfe erteilen, wie man mit Männern umgeht, wenn man sie schon ins Bett holt!«

Das Mädchen sah ihn nur verschreckt an und lief schnell weg.

Bei den gemeinsamen Mahlzeiten war für jedermann ersichtlich, dass Doña Diana am Hals ein blaurotes Liebesmal trug. Sie verbarg es nicht, überhörte aber auch jede Anspielung darauf. Hatte die Dienerin geplaudert oder war er auf seinem nächtlichen Weg in die Frauengemächer gesehen worden, jedenfalls galt Don Juan von da an als Dianas erklärter Liebhaber und er dachte nicht daran, den Irrtum aufzuklären. So ganz hatte er die Hoffnung nicht aufgegeben, ihr doch noch den angemaßten Keuschheitsgürtel vom Leib zu reißen. Er hatte schon daran gedacht, bei Don Isidoro de Ulloa um ihre Hand anzuhalten, doch – so viel war bekannt – dieser Vater würde nichts tun, ohne vorher sein Hätschelkind um Zustimmung zu bitten.

Dennoch war ein bitterer Geschmack geblieben, und etwas in ihm verlangte nach einem Zeichen der Vergeltung. Er gab Miguel seine alten ledernen Reiterhandschuhe und schickte ihn hinunter in den Stadtgraben, wo er beim Ausreiten ein ganzes Dickicht verblühter Disteln gesehen hatte.

»Da pflückst du einen ordentlichen Strauß und bringst ihn mir!«

Es schien, als sträube sich Miguels roter Schopf. »Was – Disteln! Aber was wollt Ihr denn damit? Das Zeug gehört doch verbrannt und Ihr –«

»Kannst du nicht ein Mal, ein einziges Mal einen Befehl ausführen, ohne dir dein Maul zu zerreißen?«

Juan hüllte den stacheligen Strauß in ein Stück derbes Leinen und umwand es mit einem rubinfarbenen Seidentuch. So sah es wie ein hübsches Geschenk aus, und Miguel musste eine der Aufwärterinnen bitten, es auf Doña Dianas Bett zu legen.

»Gut, dass eine davon mein Bettschatz ist ...«

»Dann wird sie es auch noch umsonst tun.«

»Umsonst ist der Tod, Herr.«

Juan warf ihm einen Real hin. »Kauf ihr was Schönes, aber wie ich dich kenne, wirst du ihn selber behalten.«

Miguel feixte. »Mal sehen ...«

Juan hatte unter das Seidentuch einen Zettel gesteckt. Darauf stand: »Es gibt Frauen, die man mit Rosen vergleicht, andere gemahnen an Lilien oder an herb-süß duftende Wildblumen. Lange habe ich erwogen, was auf Euch, Doña Diana, zutrifft, und ich habe endlich die einzige Blume gefunden, die Eurer würdig ist – Ihr haltet sie jetzt in Händen.«

Er ließ die spöttische Zueignung namenlos, war aber gewiss, dass sie den Absender kannte.

Später fragte er Miguel, ob sein Bettschatz etwas über die Wirkung des Geschenkes erfahren hatte.

»Ja, Herr. Doña Diana ließ einen schönen Krug kommen und hat den Distelstrauß hineingesteckt, als seien es die schönsten Blumen. Das ist doch seltsam, oder?«

»Jeder ist auf seine Weise seltsam, Miguel. Du, ich – wir alle ...«

Anfang Dezember kam Don Pedro allein aus Montalban zurück.

»Doña María ist sicherer dort und die Weihnachtszeit werde ich wieder bei ihr verbringen. Sie sehnt sich aber nach ihren Freunden und so werde ich Doña Diana – wenigstens vorübergehend – aus deinen Armen reißen müssen.« Der König grinste und schlug Juan derb auf die Schulter. »Dass du es geschafft hast, dieses Rührmichnichtan in dein Bett zu locken, ist eine Meisterleistung. Gäbe es dafür einen Venusorden, ich würde ihn dir sofort verleihen.«

»Da seid Ihr leider einem Gerücht aufgesessen, Don Pedro. Sie war niemals in meinem Bett und ich nur einmal in ihrem, und dort ist zwar einiges geschehen, aber leider nicht das Entscheidende. Dianas *corona virginal* ist intakt – mag auch die eine oder andere Blüte leicht geknickt sein.«

»Nein! Das gibt es doch nicht! Alle sagen –«

»Alle irren – leider! Aber die Wahrheit wisst jetzt nur Ihr, Don Pedro.«

»Aber du wirst es doch weiter versuchen?«

»Ich werde es nicht lassen können …«

Ein paar Tage später traf die Botschaft der Königinwitwe ein. Don Pedro las mit gerunzelter Stirn das kurze Schreiben und reichte es wortlos an Juan weiter. Sie waren gerade dabei, die Ställe aufzusuchen, weil der Züchter ein Dutzend junger Rösser geschickt hatte. Da war der Bote angelangt und nun standen sie im Schlosshof, umringt von Dienern und Stallknechten.

»Ein Brief wird mich nicht davon abhalten, die Pferde zu begutachten«, sagte Don Pedro trotzig und ging weiter.

Juan folgte ihm, das Schreiben in der Hand, von dem er kaum die Hälfte gelesen hatte.

»Führt die Pferde hinaus, ich möchte sie bei Licht betrachten«, befahl der König und zog Juan in eine Nische.

»Jetzt lies mir das Ganze noch einmal vor, ohne die Einleitung.«

Da war von Gesundheit und Gottes Segen die Rede und dann: »Mit Gottes Hilfe hat Doña Blanca de Borbón die weite Reise hinter sich gebracht und ist zwei Tage vor dem Fest Santa Cecilia gesund und wohlbehalten in Valladolid eingetroffen. Da wir nun dabei sind, Eure Hochzeit vorzubereiten, wäre es angebracht, dass Ihr, mein lieber Sohn, noch vor dem Fest der Geburt des Herrn hier erscheint, um diese Tage mit Eurer Braut, mit mir und Euren lieben Anverwandten zu verbringen.«

»Das reicht!« Don Pedro nahm Juan den Brief aus der Hand und stopfte ihn achtlos in sein Wams. »Mit der lieben Braut zu verbringen«, höhnte er. »Ich kann es der Frau Mama nicht eröffnen, aber dir sage ich es: Jede Bauernmagd in Kastilien bedeutet mir mehr als diese mir aufgehalste Französin. Und überstürzen werde ich schon gar nichts! Weiß der Bote, dass ich hier bin?«

»Man wird es ihm gesagt haben.«

»Gut, der Mann ist von nun an in meinen Diensten, und du kannst Sanchez eine Antwort diktieren mit dem Inhalt, dass sich Don Pedro bei Ankunft des Boten leider nicht in Torrijos befand und in dringenden Regierungsgeschäften unterwegs ist. Wir wissen nicht, wann er zurückkommt, werden ihm aber dann sofort die Botschaft überreichen. Etwa in diesem Sinn schreibst du nach Valladolid.« Ein hässliches Lachen geisterte über Don Pedros Gesicht. »Blanca soll über die Verzögerung froh sein, denn die Ehe mit mir wird ihr wenig Vergnügen bereiten.«

»Vielleicht ist sie hübsch und gefällt Euch recht gut. Ihr könnt sie dann als Eure Zweitfrau halten, wie die Muslime es tun.«

»Keine schlechte Idee, Juan, aber mein Herz gehört Doña María und ich glaube, das wird sich nicht so schnell ändern.«

»Was hat Euer Herz damit zu tun? Das ist bei Doña María gut aufgehoben, aber der da – Juan fasste an seine Schamkapsel – will auch sein Recht, und Doña María wird nicht immer an Eurer Seite sein.«

»Hast wohl nichts anderes im Kopf, du geiler Bock! Aber Diana hat dir die kalte Schulter gezeigt – höchste Zeit, dass dir das einmal zustieß. Dein unverschämtes Glück bei den Weibern hat dir den Sinn verwirrt.« Das alles war freundschaftlich hingesagt, ganz ohne Missgunst.

»Ihr könnt Euch auch nicht beklagen, Don Pedro.«

»Das tue ich auch nicht, aber schließlich bin ich der König, da laufen einem die Frauen ganz von selber zu.«

Juan lächelte. »Und ich bin des Königs Kammerherr, auch das scheint seine Wirkung zu tun.«

Fast hatte Juan ihn erwartet, den derben Schlag auf die Schulter und das ihn begleitende schallende Gelächter.

»Wir sind schon ein feines Paar – ich und mein Zwilling im Geiste!« Er deutete auf Juans Gesicht. »Was soll das? Ist unser Barbier krank geworden, oder hat Miguel das Bartscheren verlernt?«

»Ich lasse mir einen Bart stehen, vielleicht nützt es mir bei Doña Diana. Ihr Vater trägt auch einen und man sagt, dass die Töchter ihre Ehemänner nach dem Bild des Vaters wählen.«

»Ah – vielleicht ist es das? Du musst sie um ihre Hand bitten!«

»Auch daran habe ich schon gedacht ...«

Der König lachte. »Ja, mein Lieber, das muss überlegt sein – ich weiß. Aber das ist allein deine Sache. Ich jedenfalls werde mich nach Montalban aufmachen – und vergiss den Brief an meine Mutter nicht!«

16

Seit den für Adel und Klerus so ungünstigen Beschlüssen, die Don Pedro den *Cortes* aufgezwungen hatte, machte sich in den Kreisen der Betroffenen eine Unlust breit, da und dort regte sich deutlicher Widerstand.

Don Enrique de Trastámara, der Halbbruder des Königs, ließ seit längerem das Gerücht verbreiten, dass er für diese Nöte volles Verständnis habe und – wäre er an Stelle des Königs gewesen – niemals so einschneidende Verfügungen getroffen hätte. Sein Zwillingsbruder Fadrique hielt sich vorerst heraus, denn immerhin hatte Don Pedro ihm sein Amt als Ordensmeister der Santiago-Ritter gelassen, und so blieb er lieber neutral und wartete die Entwicklung ab. Inzwischen waren aber die jüngeren Brüder zu Männern herangewachsen, und Don Enrique hatte den mittlerweile achtzehnjährigen Don Tello als Verbündeten gewonnen.

Dieser Bastard war eigentlich der Viertgeborene des verstorbenen Königs, aber nach Don Enrique auch der Klügste und Wendigste. Selbst in der jetzigen Lage dachte er nicht daran, zu resignieren. Es war ihm vor kurzem gelungen, die Hand der blutjungen Juana de Lara als Verlobte zu gewinnen.

Sie war eine Tochter des Infanten Juan Núñez de Lara, und damit hätte er nicht nur in alten königlichen Stamm einheiraten können, sondern wäre mit Juanas Mitgift Herr der Provinz Biscaya geworden. Eine Ehe mit seiner Tochter hatte der Infant allerdings von der Zustimmung des Königs abhängig gemacht.

Nun ging seit einiger Zeit das Gerücht um, Don Pedro wolle diese Provinz auf jemand anderen übertragen, und das hatte Tello an die Seite des älteren Bruders gebracht. Sie hatten ihre Truppen vereinigt und lagerten nun in Cigales, nur wenige Reitstunden von Valladolid entfernt.

Als Alburquerque dort anfragen ließ, was dieser Truppenaufzug zu bedeuten habe, wurde ihm gesagt, Don Enrique und Don Tello warteten mit ihrem Gefolge auf das Erscheinen des Königs, um an den Hochzeitsfeierlichkeiten teilzunehmen. Empört erstattete er der Königinwitwe Bericht.

»Gefolge nennen sie das! Ich betrachte es als kampfbereite Truppe und mutmaße, die Bastarde wollen an Don Pedro gewisse Forderungen stellen: mehr Land, mehr Einfluss, hohe Ämter – was weiß ich! Und der König schweigt! Unsere Botschaften erreichen ihn nicht, jedes Mal hat er woanders zu tun. Ich bin es allmählich leid! Er hält sich unter den Röcken dieser Hure versteckt, während wir hier nicht mehr wissen, wie wir Doña Blanca noch vertrösten sollen. Ich gäbe etwas darum zu wissen, welche Berichte ihr französisches Gefolge nach Hause schickt.«

Doña María hatte ihm ruhig zugehört. »Ich pflichte Euch in allem bei und möchte Euch bitten, dort selber nach dem Rechten zu sehen. Macht Euren Einfluss geltend!«

»Habe ich noch einen? Ich bezweifle es ... Lasst mich hier noch das Osterfest verbringen, dann reise ich ab.«

Don Juan Alfonso de Alburquerque hatte Glück. Der König – mit der Zeit sorglos geworden – hatte mit Doña María de Padilla, seiner heimlich angetrauten und jetzt hochschwangeren Frau, im Schloss von Montalban das Osterfest gefeiert und war dann nach Torrijos zurückgekehrt, wo er froh gestimmt und in bester Laune ein Frühlingsfest vorbereitete.

Wieder wuchs eine Zeltstadt vor den Mauern von Torrijos, wieder sammelten sich Gaukler, Musikanten, Sänger, Possenreißer und anderes fahrendes Volk, darunter auch Diebesgesindel, für das man wieder vorsorglich einige Galgen errichtet hatte.

Mitten hinein in den Festtrubel platzte der grimmige Alburquerque, und Don Pedro war bereit, ihn zu empfangen, aber nur öffentlich, vor dem versammelten Hof. Gerade das hatte Alburquerque vermeiden wollen, denn er gedachte, seinem ehemaligen Zögling gehörig die Leviten zu lesen, doch jetzt, da er König geworden war, hätte er dies nur ohne Zeugen tun können.

Da saß aber nun Don Pedro im Audienzsaal unter dem goldgestickten Baldachin auf seinem Thron, umgeben von Räten, Ministern und Kammerherren, so dass Alburquerque seine mahnenden Worte in höfische Form kleiden musste.

»Senyor, ein weiteres Zögern würde nach innen wie nach außen unübersehbare und sehr schlimme Folgen nach sich ziehen. Darf ich Euch an die Warnung erinnern, die Eure Münzen ziert? Da ist von Feinden die Rede, und ich kann Euch versichern, dass diese mit jedem Tag, den Ihr hier zögert, ihrem Ziel näher rücken. Dieses Ziel heißt – und jeder von uns weiß das –, Don Enrique auf den Thron von Kastilien zu bringen. Wir erleben es täglich, wie schnell der Tod zuschlagen kann – ein Sturz vom Pferd, ein hitziges Fieber, eine Seuche – und schon haben Eure Feinde ihr Ziel erreicht. Nur eines kann dem entgegenwirken – ein legitimer Nachfolger!

Die Wirkung nach außen ist nicht weniger verhängnisvoll, denn Frankreich ist eines der größten Länder Europas und wird sich nicht länger demütigen lassen. Wir haben schon hundert fadenscheinige Gründe für den Aufschub der Hochzeit genannt, den hundertundeinten wird man nicht mehr akzeptieren und statt einer glänzenden Mitgift werden die Rüstungen der französischen Truppen glänzen, bereit, in

Kastilien einzudringen. Im Übrigen haben wir den Feind schon im Lande. In der Nähe von Valladolid warten die Bastarde auf Euer Erscheinen, und was sie ihr Gefolge nennen, ist eine schlagkräftige Truppe von mehreren tausend Mann.«

Alburquerques Rede verfehlte ihre Wirkung nicht, aber weder die wartende Braut noch Frankreichs Schmach bereiteten Don Pedro besondere Sorgen – es waren Don Enrique und Don Tello, die wie Stacheln in seinem Fleisch saßen. Was diese Bastarde sich erlaubten, war so frech wie beispiellos, so anmaßend wie – ja, wie hochverräterisch!

Fast überstürzt brach der König auf, sammelte alle verfügbaren Truppen und hielt um den Bonifatius-Tag einen waffenklirrenden Einzug in Valladolid.

Schon wenige Stunden später wusste Don Pedro, dass Alburquerque jedes Mittel recht war, um sich bei ihm wieder in Gunst zu setzen.

Auf dem Weg nach Cigales kam ihnen ein Bote von Don Enrique entgegen und bat um eine vertrauliche Unterredung mit dem König. Der Mann wurde entwaffnet und seine Hände gebunden. Don Pedro ging mit ihm außer Hörweite. Was er dann erfuhr, überraschte ihn zwar, aber es erstaunte ihn nicht.

Don Enrique de Trastámara wolle weder Streit noch Aufruhr, er küsse die Hände des Königs als Lehnsmann und Untertan. Die Bewaffneten dienten zu seinem und Don Tellos Schutz vor Alburquerque, der beschlossen habe, die Halbbrüder des Königs zu vernichten, um selber als Retter von Thron und Reich dazustehen. Don Pedro werde dafür den Beweis erhalten, wenn Alburquerque zum sofortigen Kampf dränge, ohne vorherige Verhandlungen.

Und genauso kam es. Nach wenigen Stunden standen sich die Heere gegenüber, getrennt durch einen Bachlauf, der in vielen Windungen das Tal durchschnitt, aber wegen des starken Bewuchses kaum zu sehen war. Einer der Hauptleute ritt nahe an den König heran.

»Das sind sumpfige Wiesen, da werden wir stecken bleiben.«

»Aber die anderen auch ...«

Der Hauptmann hielt die Hand vor Augen und spähte hinüber. »Die rühren sich genauso wenig wie wir.«

Hinter ihnen entstand einige Unruhe und es näherten sich erregte Stimmen. Alburquerque erschien.

»Was ist los, Senyor? Warum greifen wir nicht an? Angriff ist die beste Verteidigung, sagt man.«

»So sagt man«, wiederholte Don Pedro und blickte Alburquerque starr und kalt an.

Du bist ein Hochverräter, dachte er, das weiß ich, aber ich sage es nicht. Stattdessen wies er ihn zurecht: »Nur dumme Jungen tun etwas Überstürztes. Erfahrene Männer beratschlagen sich und überlegen jeden Schritt genau. So jedenfalls habt Ihr mich es vor gar nicht so langer Zeit gelehrt. Dass Ihr als der Älteste in unserem Heer solche Grundregeln missachtet, finde ich schon seltsam.«

Ringsum war es still geworden, einige hatten den Kopf gesenkt, andere blickten den Gescholtenen schadenfroh an. Der König winkte zwei der Herren näher, es waren Juan de Hinestrosa und Diego de Padilla, Onkel und Bruder von Doña María. Sie ritten abseits, der König besprach sich kurz mit ihnen, und sie machten sich auf den Weg hinüber zum gegnerischen Heer.

Der Tag zog sich hin und Alburquerque gab zu bedenken, dass Don Enrique die Nacht zur Flucht nutzen würde, um dann neue Truppen zu sammeln und auf eine bessere Gelegenheit zu warten.

Don Pedro gab ausweichende Antworten, und als von einer nahe gelegenen Dorfkirche das dünne Gebimmel des Vesperläutens erklang, machte er ein besorgtes Gesicht. Es begann schon zu dämmern, als aus dem Talgrund etwa zwei Dutzend Gestalten auftauchten, alle zu Fuß und – wie es schien – unbewaffnet.

Don Pedro erwartete sie im Kreise seiner Hauptleute hoch

zu Ross und dann traten sie gebückt heran: Don Enrique, dessen schwarzer Bart aus dem bleichen Gesicht hervorstach wie mit Kohle aufgemalt, und Don Tello, schlank, elastisch, gespannt wie eine Feder, mit einer Mischung aus Furcht und Trotz auf dem jungen, noch weichen Gesicht.

Beide Männer küssten dem König den Fuß und die rechte Hand, dann sprang Don Pedro ab und umarmte seine Halbbrüder unter den wütenden Blicken von Alburquerque, dem Zorn und Enttäuschung das grimmige Gesicht durchfurchten.

Die Brüder zogen sich in eine nahe gelegene Einsiedelei zurück. Dort bestätigten sie vor Zeugen ihren Friedenswillen und ließen dem König die Wahl, welche von ihren Burgen und Stützpunkten sie ihm ausliefern sollten. Dann wurde noch kurz ihre Rolle bei der Vermählung besprochen und Don Enrique dabei die Ehre zugedacht, das Pferd der Braut zur Kirche zu führen.

»Und Alburquerque?«, fragte Don Enrique misstrauisch.

»Er wird den Brautvater spielen, dieses Ehrenamt war ihm schon lange versprochen, aber – das versichere ich Euch bei meiner Ehre – es wird sein letzter öffentlicher Auftritt sein.«

Don Enrique nickte zufrieden. »Dürfen wir uns dann verabschieden, Senyor?«

»Noch etwas, Don Enrique. Ist der *comandante* Alfonso Tenorio noch in Euren Diensten?«

»Nein, Senyor, er hat seinen Irrtum eingesehen und sich auf die elterliche Finca zurückgezogen.«

Don Pedros Augen blickten starr. »So, seinen Irrtum …«

Der Graf hatte nur die halbe Wahrheit gesagt. Als sich herausstellte, dass Alfonso in den Augen des Königs als Hochverräter galt, hatte ihm Don Enrique ein Empfehlungsschreiben an den portugiesischen Hof gegeben, und er war mit anderen, die auch auf Don Pedros schwarzer Liste standen, nach Portugal ins Exil gegangen. »Es ist nicht für immer, auch nicht für lange, wie ich hoffe.« Diese Versicherung hatte ihnen Graf Enrique de Trastámara mit auf den Weg gegeben. Männer, die zu ihm übergewechselt waren und ihm die Treue gehalten hatten, wollte er nicht der Willkür des Königs überlassen – er würde sie später noch brauchen, davon war er fest überzeugt.

Nun aber herrschte ein brüderlicher Scheinfriede und Don Pedros Hochzeit mit Blanca de Borbón wurde auf den dritten Juni festgesetzt.

Der König hatte seine Braut begrüßt, ein paar höfliche Worte gewechselt und es im Übrigen seiner Mutter überlassen, sich um die Prinzessin zu kümmern. Alle ihre Bitten und Ermahnungen halfen nichts, Don Pedro hatte beschlossen, diese Frau nicht zu mögen, und daran hielt er fest. Dabei war sie keineswegs die »hässliche Ziege«, die er prophezeit hatte, sondern ein verschüchtertes junges Mädchen, das älter aussah, als es war. Freilich, die jahrhundertelange Inzucht des hohen Adels hatte schon ihre Spuren hinterlassen. Alles an ihrem Gesicht war etwas zu lang geraten, die Nase, das Kinn – aber hässlich konnte man sie wahrhaftig nicht nennen.

»Wenn es wenigstens regnen würde«, murmelte Don Pedro vor sich hin, als er aus dem Fenster des Ankleidezimmers schaute.

Von einem königsblauen Himmel funkelte boshaft die Sonne und tauchte den langen prunkvollen Hochzeitszug in ein gnadenlos helles Licht.

»Mit Juan hätte ich dies alles durchhecheln können, aber nein, ich musste ihn ja zurücklassen!«

»Zu wem sprecht Ihr, Senyor?«, fragte der schon etwas schwerhörige Alburquerque.

»Nicht zu Euch! Also los, bringen wir es hinter uns!«

Der König und Blanca de Borbón saßen auf prachtvollen weißen Rössern, beide trugen schwere mit Hermelin besetzte Gewänder aus Goldbrokat.

Graf Enrique de Trastámara, der Blancas Pferd am Zügel führte, hatte sich betont zurückhaltend gekleidet, um an diesem Festtag nur ja nicht aufzufallen. Die ihm anhingen, hielten es für eine List, die anderen für respektvolle Bescheidenheit und Ausdruck seiner Unterwerfung.

Es war, als hätte Blancas unschuldige Anwesenheit Don Pedros zahlreiche Gegner und Feinde an diesem Tag hier friedlich versammelt.

So waren die beiden Infanten zugegen – Don Juan Núñez de Lara und Don Fernando de Tortosa, der Bruder des Königs von Aragón, untereinander verfeindet, da sie ja beide nach dem Thron schielten, aber gemeinsame Gegner von Don Pedro. Da es so aussah, als hätte Don Enrique resigniert, hatten sie wieder Hoffnung geschöpft. Freilich war jetzt zu erwarten, dass der König mit Doña Blanca Nachkommen zeugte, aber bis dahin konnte noch viel geschehen.

Das Volk drängte sich um das festliche Gepränge des Brautzuges, sog sich voll mit der ungewohnten Pracht der farbigen, gold- und silberfunkelnden Gewänder und man rief sich die erlauchten Namen zu, wenn einer ihrer Träger vorbeizog.

Die Zeremonienmeister hatten ursprünglich geplant, den Festzug in stundenlanger Folge durch die ganze Stadt zu führen, aber Don Pedro hatte es schroff abgelehnt.

»Ich lasse mich nicht vorführen wie ein sechsbeiniges Kalb! Wer mich sprechen will, soll um Audienz nachsuchen, der *palacio* Real steht jedem offen!«

Es schien, als wollte er es so kurz wie möglich machen, und so bewegte sich der Zug nach Süden, wo schon bald der wunderschöne, von Zwillings- und Drillingsfenstern durchbrochene Glockenturm der Kirche Santa María in den blauen Himmel ragte.

Hätte Don Pedro seine Abneigung besser verborgen, so wäre sie – wenn überhaupt – nur seiner näheren Umgebung aufgefallen, aber er zeigte sie ganz offen. Sein Brautkuss in der Kirche war kurz und kalt, er schaute Doña Blanca nur an, wenn es sein musste, und dann war in seiner Miene deutlich die Abneigung zu erkennen. Dass María de Padilla des Königs Geliebte war, wusste inzwischen das ganze Land, und ihr schrieb man sein schroffes Verhalten zu.

»Sie hat ihn bezaubert, diese Hexe ...«, ging es flüsternd durch die Stadt, »... ihm Sinn und Verstand verwirrt.«

Das Brautlager, nach altem Königsbrauch öffentlich und unter Zeugen, brachte Don Pedro hinter sich wie eine lästige Pflicht. Das Paar lag etwa eine Viertelstunde gemeinsam im Bett, wobei Don Pedro seiner Gemahlin den Rücken zukehrte und nichts weiter tat, als sie feindlich anzuschweigen.

Auch der französische Gesandte war als Zeuge geladen und als er tags darauf einen Bericht darüber verfassen sollte, sträubte sich dem verstörten Edelmann die Feder. Er war so erzogen worden, dass ein rechter *chevalier* jeder Dame – ob alt oder jung, hässlich oder hübsch, hoch oder niedrig – mit Achtung und Respekt zu begegnen habe. Das gestern von diesem spanischen Rüpel dargebotene Schauspiel hatte ihn so empört, dass er mit der armen und gedemütigten Blanche – er brachte die spanische Namensform nicht über die Lippen – am liebsten wieder in die Heimat zurückgekehrt wäre. Aber solche persönlichen Regungen galt es zu unterdrücken und so sprach er in seinem Bericht von der Zeit, die so manches glätten und heilen würde, auch von der unreifen Jugend des Königs, dem es noch an Klugheit und Einsicht fehle, doch man könne hoffen, dass – und so fort.

Der Bericht des Gesandten war ein Meisterwerk an verborgenen Hinweisen, und wer ihn aufmerksam las, konnte sich über den tatsächlichen Ablauf der Geschehnisse nicht täuschen.

Drei Tage später erreichte der König nach einem Gewaltritt die Festung Montalban.

Habe ich das wirklich erlebt oder war es nur ein böser Traum, aus dem ich jetzt glücklich erwacht bin? Diese Frage ging Don Pedro während der Reise immer wieder durch den Kopf. Dann fiel ihm Alburquerque ein. Der hatte ja den Brautvater spielen dürfen und gleich am nächsten Tag um eine Audienz ersucht. Er schlug sie ihm ab und ließ ihm eine Urkunde aushändigen, mit der er aller seiner Ämter enthoben wurde, »denn Ihr sollt Euch im Alter endlich die wohlverdiente Ruhe gönnen«.

Alburquerque hatte den Wink verstanden und war überstürzt abgereist.

Was aber geschah mit Doña Blanca, der ungeliebten Gemahlin? Mit ihr, so hatte Don Pedro seiner Mutter von unterwegs mitteilen lassen, könne man verfahren nach Belieben, unter der Bedingung, dass sie niemals mehr seinen Weg kreuzen dürfe.

Es schien, als sei mit dem König auch die Sonne aus Valladolid verschwunden, und alle, die auf irgendeine Weise von ihm abhingen, wollten näher ans Licht und reisten ihm nach. Zuerst waren es seine Halbbrüder, die Bastarde Don Enrique und Don Tello, die in Montalban auftauchten, dann kamen die Infanten, gefolgt von vielen Adeligen, so dass Don Pedro scherzhaft zu Juan bemerkte: »Montalban ist wie ein Sack, in den nun alle hineinkriechen, doch bald wird er die Menge nicht mehr fassen und platzen.« Don Pedro sog die Backen voll und aus seinem Mund kam ein knallender Laut. Er lachte und schlug sich auf die Schenkel. »Zeit abzureisen, meinst du nicht auch? Ich möchte nach Sevilla zurück und hoffe, dass ich unterwegs einen Teil dieser Herren loswerde ...«

In Córdoba machten sie Halt, weil María de Padilla ihre Wehen bekam und eine Tochter zur Welt brachte. Don Pedro hätte sich zwar einen Sohn gewünscht, aber die Freude war dennoch groß.

»Mein erstes Kind – eine Prinzessin! Das muss gefeiert werden!«

Das war etwas schwierig, denn in dem am Guadalquivir gelegenen und von den *moros* erbauten Alcazar wäre zwar genügend Platz gewesen, doch der ganze Baukomplex erwies sich als eine notdürftig instand gehaltene Ruine. Seit Jahrhunderten hatte hier kein König mehr residiert, denn Sevilla lag nur zwei Tagesreisen entfernt, so dass Córdoba immer nur als kurze Raststätte diente.

Don Pedro fielen von Zeit zu Zeit religiöse Gefühle an und so beschloss er, eine Dankmesse lesen zu lassen. Gut gelaunt begründete er seinen Entschluss.

»Es ist wegen des Kindes, wegen der glücklich verlaufenen Reise, wegen der Aussöhnung mit meinen Brüdern und wegen noch so mancherlei. Es soll eine große festliche Messe sein – ein Hochamt mit Bischof, Gesang, vielen Kerzen ... Warum schaut Ihr so finster, Padre?«

Der junge Hofkaplan quälte sich ein Lächeln ab. »Ich muss nur daran denken, wie wenig Euch während Ostern und Pfingsten an feierlichen Messen lag, und nun, an einem gewöhnlichen Sonntag ...«

Don Pedro blickte den Priester unmutig an. »Nun hört einmal gut zu, Padre! Ich lasse mir vom Kirchenkalender keine religiösen Gefühle aufzwingen. Die kommen bei mir zu Zeiten, da ich es für geeignet erachte, Gott zu danken – und diese Zeit ist jetzt da.«

Nach über zweijähriger Abwesenheit kehrte Juan de Tenorio in den Alcazar von Sevilla zurück.

Als er wieder seine alte Wohnung beziehen wollte, meinte Don Pedro: »Wir brauchen jetzt viel Platz für Doña María, außerdem wird es unruhig werden wegen der Handwerker. Kaufe dir doch ein Haus in der Nähe – das Geld werde ich dir vorstrecken. Solltest du heiraten, dann hast du genügend Platz für eine Familie.«

»Ich werde nicht heiraten – wenigstens vorläufig nicht ... Aber dein nobles Angebot, Don Pedro, nehme ich gerne an.«

Nordöstlich vom Alcazar war ein kleines vornehmes Viertel entstanden, seit König Alfonso seine Residenz endgültig nach Sevilla verlegt hatte. Dort erwarb Juan ein schmales zweistöckiges Haus mit einem kleinen zugewachsenen Garten, den der Stall und einige Dienerwohnungen nach rückwärts abgrenzten.

Kaum hatte sich Juan dort eingerichtet, so befahl ihn der König zu einer eiligen Besprechung, bei der unter anderen der Geheimsekretär Sanchez, Diego de Padilla und der Infant Don Fernando de Tortosa zugegen waren. Der König wirkte düster und nachdenklich, seine Stimme klang hart und knapp. Er wies auf den Infanten.

»Don Fernando ist von nun an mein Kanzler und Erster Minister, er übernimmt alle zuvor von Alburquerque verwalteten Ämter. Zuerst war meine Wahl auf Don Enrique gefallen, aber der hat es vorgezogen zu verschwinden und niemand weiß, wohin. Don Tello, sein Bruder, wird in wenigen Tagen mit meiner ausdrücklichen Erlaubnis Doña Juana de Lara ehelichen, um dann als mein Lehnsmann die Provinz Biscaya zu verwalten. Wir werden sehen, ob er sich bewährt ...«

»Das ist alles für heute – ich wünsche keine Fragen. Don Juan de Tenorio, Ihr bleibt!«

Kaum waren die anderen draußen, ließ Don Pedro sich in einen Stuhl fallen. Sein Blick war ratlos, fast verzweifelt.

»Ach, Juan, Juan – wem kann ich noch trauen? Vor einem halben Jahr hat alles so schön angefangen! Die Infanten hier am Hof mit meinen Brüdern versöhnt – und jetzt? Enrique ist offenbar dabei, seine alten finsteren Pläne wieder aufzunehmen, Tello ist jetzt in Biscaya selber so etwas wie ein kleiner König geworden und Fadrique, dem ich gnädig sein Amt als *maestre* des Santiago-Ordens belassen habe – was macht dieser feine Herr?«

»Ich weiß es nicht, Don Pedro, klärt mich auf.«

»Auch ich wusste es bis gestern nicht, aber ein klugerweise zu mir Übergelaufener hat es mir enthüllt. Don Fadrique hat sich mit Alburquerque zusammengetan, hat, wie es scheint, auch noch Doña Blanca und eine Reihe von Adligen gewonnen – gegen mich!«

»Doña Blanca könnte auf Eurer Seite sein, aber Ihr habt sie niemals als Eure Gemahlin behandelt.«

»Du wagst es – nein, du hast Recht, aber jetzt ist es nun

einmal, wie es ist. Und meine Mutter scheint diese Verschwörung noch zu unterstützen.«

»Nein, das glaube ich nicht! Sie will nur, dass Ihr zu Doña Blanca zurückkehrt.«

»Vielleicht werde ich das tun ... Aber das Schlimmste weißt du noch nicht: Doña María de Padilla macht sich wegen dieser Entwicklung arge Vorwürfe und beabsichtigt, in ein Kloster zu gehen.«

»Nein! Aber Ihr seid doch verheiratet ...«

»Das wissen nur sie, ich, der Kaplan und du.«

»Der Priester, der Euch ...«

»Ist schon vor Monaten gestorben.«

»Gut, aber eine Tatsache ist es trotzdem. Wenn Doña María ins Kloster geht, muss der Papst die Ehe auflösen, und ...«

»Unsinn! Was geht mich der Papst an! Aber vielleicht ist es ganz gut so, ich kann es mir nicht leisten, halb Kastilien gegen mich zu wissen. Ehe ich einen Entschluss fasse, möchte ich wissen, was wirklich vorgeht. Der eine flüstert mir das ins Ohr, ein anderer berichtet vom Gegenteil – vielleicht belügen mich beide und ein Dritter erzählt die Wahrheit.«

»Ihr werdet wohl selber wieder nach Norden gehen müssen.«

»Das weiß ich auch, aber du wirst vorausreisen und die Lage gründlich prüfen.«

»Ausgerechnet ich, wo alle Welt weiß, dass ich Euer enger Vertrauter bin! Sobald ich dort erscheine, werden sich die Türen und Münder schließen, und wenn ich etwas erfahre, dann werden es Lügen sein.«

Don Pedro lächelte schlau. »Das weiß ich auch, aber du wirst ein Flüchtling sein. Ich habe dir den Verrat deines Bruders angelastet, wollte dich festnehmen lassen, aber du konntest in letzter Minute fliehen. Wohin? Natürlich zu den Gegnern, denen du dich anschließen wirst.«

»Ich weiß nicht ... Die anderen sind auch nicht dumm; man wird mir nicht trauen.«

»Dann mache Doña Blanca den Hof, versuche ihre Gunst

zu gewinnen, und wenn sie dich in ihr Bett lässt, hast du meinen Segen.«

»Das kann doch nicht Euer Ernst sein! Dann müsst Ihr sie als ungetreue Ehefrau verstoßen – und mich dazu!«

Don Pedro lachte kurz. »Vielleicht war es nur ein Scherz. Aber im Ernst, ich würde es schon gerne sehen, dass man sie der Untreue verdächtigt – vielleicht findet sich einer.«

»Aber doch nicht irgendwer ...«

»Nein, Juanito, es sollte schon ein ernst zu nehmender Gegner sein.«

»Enrique?«

»Der ist verheiratet und würde sich schon aus kluger Berechnung davor hüten, länger als eine Minute mit Doña Blanca allein zu sein.«

»Fadrique?«

»Der eher.«

»Aber Ihr werdet später nachkommen?«

»Ja, an der Spitze meiner Truppen.«

Juan grinste und tat unbekümmert. »Hier ist es ohnehin schon langweilig geworden, und in ganz Sevilla gibt es kaum noch Frauen, die es zu verführen lohnt.«

»Auf, auf, Juanito! Neue Städtchen, neue Mädchen ...«

Miguel zeigte sich weniger begeistert. »Kaum hat man sich hier eingerichtet ...«

»Wir werden auch unsere Mütter besuchen, was hältst du davon?«

Da hellte sich Miguels Gesicht gleich wieder auf.

17

Um einen Flüchtigen vorzutäuschen, musste Juan ohne Bedeckung reisen, hatte nur seinen Diener Miguel an der Seite. Dem erzählte er unterwegs, welche Rolle sie zu spielen hatten.

Miguel erschrak. »Flüchtlinge? Dann sind wir ja so gut wie vogelfrei? Jeder kann uns überall straflos erschlagen wie räudige Hunde – o Gott – o Gott –«

»Jetzt heul nicht gleich los! So schlimm ist es auch wieder nicht! Wenn es um Kopf und Kragen geht, weiß ich schon, was ich zu tun habe.«

Sie saßen im Baumschatten abseits des Weges, und das Sonnenlicht sprenkelte Miguels sommersprossiges Gesicht mit hellen Flecken. Juan lachte.

»Das sieht lustig aus ...«

Doch Miguel wollte nicht wissen, was sein Herr so lustig fand. Er machte ein besorgtes Gesicht, und Juan wusste, dass dem eine ernste Rede folgen würde. Sie hatten ihre karge Mahlzeit beendet und Miguel begann die Sachen wegzupacken.

»Jetzt hör damit auf und rede schon!«

Er setzte sich wieder.

»Ich glaube, Ihr solltet dem König nicht in allem gefällig sein. Wenn man in seinem Dienst steht, ist es Pflicht, seinen Wünschen nachzukommen, seine Befehle auszuführen, aber diesmal hätte ich an Eurer Stelle Nein gesagt. Dafür gibt es berufsmäßige Spitzel und Zuträger, aber Ihr als Mundschenk und Kammerherr ...«

»Don Pedro traut den anderen nicht. Es ist eine heikle Aufgabe, ich weiß, aber es geht um Leben und Thron, und deshalb ... Ich konnte mich dem nicht verweigern, Miguel, ich konnte es einfach nicht.«

Miguel seufzte und strich über seinen wirren roten Schopf. »Man muss auch einmal Nein sagen können! Gibt es überhaupt etwas, das Ihr dem König abschlagen würdet?«

Juan zögerte. »Es wird schon etwas geben, ja ...«

»Aber Ihr wisst nicht, was es ist?«

Juan packte Miguel am Ohr und zog daran, so wie es Don Pedro bei ihm manchmal tat. »Wenn wir nicht schon seit unserer Kindheit befreundet wären, würde ich mir dieses Verhör nicht gefallen lassen. Gut, es gibt Wünsche, die ich dem König abschlagen würde, aber einen solchen hat er bisher nicht geäußert.«

Miguel sagte nichts mehr und gab sich in den Tagen darauf recht einsilbig. Juan tat, als bemerke er es nicht, und dann geschah so viel, dass beide ihr Streitgespräch vergaßen.

Inzwischen war es Frühling geworden, und an manchen windstillen Tagen zeigte die Sonne schon sommerliche Kraft und man freute sich, wenn der Weg durch schattige Waldstücke führte. Vor nicht einmal zwei Jahren hatte Juan denselben Weg genommen, hatte die Vorberge der Sierra de Avila überquert und sich auf die Zukunft gefreut. Aber die hatte er damals ganz anders erwartet …

»Warum hat Don Pedro es vermocht, sich bei den *Cortes* in fast allen Punkten durchzusetzen? Und nun steht er als ein König da, der den Adel und die *ricos* verprellt und den Klerus feindselig stimmt. Die Städte hingegen sind auf seiner Seite, Handwerk und Handel nennen Don Pedro wie von Gott gesandt und lassen Messen für ihn lesen. Was haben wir falsch gemacht?«

Das war nur so in die Luft gesprochen, aber den letzten, sehr laut geäußerten Satz hatte Miguel verstanden.

»Man kann nicht alles richtig machen, Herr. Immer fühlen sich einige auf die Zehen getreten und schreien dann Zeter und Mordio.«

»Ja, wenn das nur alle Betroffenen täten! Aber manche beißen stumm die Zähne zusammen und beginnen hinterrücks zu wühlen und zu bündeln, zu hetzen und zu verleumden.«

Miguel lachte trocken. »Um das herauszufinden, sind wir ja unterwegs, wenn ich Euch recht verstanden habe.«

Juans Ziel war Valladolid, wo sich noch immer die Königinwitwe aufhielt und wo sich vielleicht am ehesten der Stand der Dinge erfragen ließ. Doch schon in der Höhe von Tordesillas wurden sie von einem kleinen Trupp Bewaffneter aufgehalten und recht barsch nach dem Woher und Wohin gefragt.

»Zwar bin ich Euch keine Rechenschaft schuldig, aber warum sollt Ihr es nicht wissen? Mein Name ist Juan de Tenorio, ich war Mundschenk und Kammerherr des Königs, aber ich wurde aus dem Dienst gejagt, weil mein Bruder Alfonso sich Don Enrique angeschlossen hat. Nun bin ich auf dem Weg zu meiner Finca bei Sobrado, wollte aber zuvor Doña María meine Aufwartung machen. Ich bin eine Zeit lang ihr Page gewesen und ...«

»Das könnt Ihr Euch sparen! Wir stehen im Dienst von Doña Blanca, die in Tordesillas ihren Hof unterhält, und dorthin werden wir Euch bringen.«

Das war nun tatsächlich eine Neuigkeit, und Juan musste sein Erstaunen nicht heucheln.

»Was – Doña Blanca unterhält einen eigenen Hof? Aber Don Pedro hat sie doch gleich nach der Hochzeit sitzen lassen, Verzeihung, ich meine, er hat sie – nun, wie soll man sagen ...«

Der Hauptmann grinste. »Das überlasse ich Euch, aber Doña Blanca ist immerhin vor Gott und der Welt Königin von Kastilien und León – daraus leiten sich gewisse Rechte ab und es gibt Menschen, die das respektieren. Alles Weitere werdet Ihr an Ort und Stelle erfahren.«

Die Königin empfing ihn gleich am nächsten Morgen. Im *palacio* Real von Tordesillas gab es einen Thronsaal von wahrhaft fürstlicher Pracht mit geschnitzter und vergoldeter Kassettendecke. Hier erteilte Doña Blanca ihre Audienzen, und sie tat es trotz ihrer Jugend mit Würde und Anstand.

Juan küsste ihr kniend die beringte Hand, und sie wechselten einige belanglose Worte. Am Ende sagte die Königin, und es klang sehr eingelernt: »Wir sind der Meinung, Don Pedro hat an uns allen nicht recht gehandelt – nicht an mir, die ich an seiner Seite sein sollte, nicht an Doña María, deren mütterlichen Rat er missachtet, nicht an Don Fadrique, den er bei den Hofämtern überging, nicht an Don Juan Alfonso de Alburquerque, den er trotz seiner zahlreichen Verdienste schmählich entlassen hat.«

Hinter ihrem Thronsitz stand Don Fadrique im Habit des Ritterordens von Santiago. Er flüsterte der Königin etwas ins Ohr und sie fügte ihrer Rede hinzu: »... und auch nicht am Klerus und Adel unseres Landes, deren alte Rechte er empfindlich mindert.«

»Da ich auf gewisse Weise davon selber betroffen bin, kann ich dem nur beipflichten«, sagte Juan mit fester Stimme und hatte Don Pedros Gesicht vor Augen, der spöttisch grinsend dazu nickte.

Ohne weiteres wurde ihm dann gnädig die Erlaubnis erteilt, nach Sobrado weiterzureisen. Zuvor aber musste er eine schriftliche Zusage erteilen, die nominell von Doña Blanca geführte »Liga« im Bedarfsfall mit einer Geldsumme zu unterstützen.

»Nun ist es überstanden«, sagte Juan, als er mit Miguel aus dem Schlosshof ritt.

»Jetzt können wir unbesorgt nach Hause reiten.«

»Du nennst die Finca noch immer dein Zuhause?«

»Dort bin ich geboren, da lebt meine Mutter ...«

»Zuvor aber muss ich Doña María in Valladolid meine Aufwartung machen, ich muss wissen, auf wessen Seite sie steht. Außerdem will der König dringende Botschaften für mich an den dortigen *alcalde* schicken.«

Doch es lagen keine Nachrichten vor, und so bat Juan bei Doña María um eine Audienz. Er trat hier nicht als ein vom König Verbannter auf, sondern sagte, er sei beurlaubt, um auf seiner Finca nach dem Rechten zu sehen.

»Bei Tordesillas wurden wir festgenommen und an den Hof von Doña Blanca gebracht. Ich hörte, da habe sich eine Liga gebildet, um den König ...«

Mit einer hackenden Bewegung ihrer schmalen Hand schnitt sie ihm die Rede ab und ihre lange, leicht gebogene Nase stieß vor wie der Schnabel eines Greifvogels. »Liga? So ein Unsinn! Rücken wir die Dinge einmal zurecht. Als Don Pedro nach der Hochzeit so überstürzt abreiste, habe ich Doña Blanca geraten, sich jetzt nicht in einen Schmollwinkel zu verkriechen oder – wie sie es schon vorhatte – die Heimreise anzutreten. Vor Gott und der Welt seid Ihr die Königin des Landes, habe ich ihr gesagt, und genauso solltet Ihr Euch verhalten. Dann wird der König bald einsehen, wo sein Platz ist, denn die *Cortes* werden zunehmend Druck auf ihn ausüben. Ich habe ihr dann im *palacio* Real von Tordesillas eine kleine Hofhaltung geschaffen. Ein Teil des Adels ist auf ihrer Seite und täglich werden es mehr. Versteht mich recht, Don Juan, das ist nicht gegen meinen Sohn gerichtet, das tue ich für ihn. Ihr aber wartet hier ab, bis er Euch Nachricht gibt.«

Ein paar Tage nach dem Fest der Kreuzerhöhung, am 14. September, rief die Königinwitwe Juan zu sich.

»Don Pedro hat diesmal geruht, den Ratschlag seiner Mutter zu befolgen, und ist auf dem Weg hierher, das heißt, er will sich für eine Weile in Cuellar aufhalten, da hier ja alle Burgen und Paläste belegt seien.« Sie lachte kurz. »Das war wohl scherzhaft gemeint. Wie auch immer, Ihr sollt ihn dort erwarten. Seine Nachricht kam aus Avila; wenn Ihr also in drei oder vier Tagen abreist, werdet Ihr Don Pedro vielleicht schon antreffen.«

Das war zwar nicht der Fall, aber die kleine Stadt wimmelte von Truppen, die dem König vorausgezogen waren und Quartier genommen hatten. Das betraf freilich nur die oberen Ränge, die Mannschaften hausten draußen vor der Stadt in einem schnell erbauten Zeltlager.

Dann trafen Eilkuriere ein, und eines Morgens, etwa zwei Stunden nach Sonnenaufgang, brachten schmetternde Fanfaren und dumpfer, die ganze Stadt durchschallender Paukenklang das verschlafene Cuellar auf die Beine.

Der König zog ein, in schimmernder Rüstung auf einem schwarzen Streitross, umgeben von einer grimmig blickenden Leibwache, doch offenbar bester Laune. Er grüßte lachend zu den Damen hinauf, die sich an Fenstern und auf

Balkonen zusammendrängten und ihn so stürmisch mit Blumen und bunten Bändern bewarfen, dass er aussah wie die überreich geschmückten Heiligenfiguren in den Pilgerkirchen.

Es dauerte einige Tage, bis Don Pedro zu einem Treffen unter vier Augen Zeit fand.

»Juanito!« Er umarmte seinen »Zwilling« heftig und schlug ihn derb auf die Schulter.

Juan berichtete von seinen Treffen mit Doña Blanca, Don Fadrique und der Königinwitwe, als Don Pedro ihn unterbrach.

»Was ist mit Alburquerque? Hast du ihn nicht gesehen?«

»Nein, der wagt sich offenbar nicht aus seiner sicheren Festung heraus, wittert überall Gefahren ...«

»Ja, da wittert er recht! Aber ich will ihn nicht zum Gegner und als ich hörte, dass er schwer erkrankt sei, habe ich ihm einen meiner Leibärzte geschickt. Der wird ihn gesund machen ...«

Die letzten Worte waren mit einem so höhnischen Ton unterlegt, dass Juan sofort wusste, nun war der Stab über diesen Menschen gebrochen.

»Jetzt vom Unerfreulichen zum Traurigen. Doña María de Padilla hat sich nun endgültig entschlossen, in ein Kloster einzutreten – meint, sie tue damit mir und dem ganzen Land einen Gefallen. Das trifft mich schwer, Juan, so schwer... Aber ich habe mir vorgenommen, von jetzt an nur noch nach vorne zu blicken und –«, er machte eine Handbewegung, als schleudere er etwas über die Schulter, »alles abzuwerfen und hinter mir zu lassen, ob es erfreulich war oder nicht.«

»Heißt dieses Nachvorneblicken auch, dass Ihr zu Eurer Gemahlin zurückkehren werdet?«

»Nein, das heißt es nicht.«

Der König sagte es ganz gleichmütig. Plötzlich löste sich die Starre aus seinem Gesicht, und er lachte froh. »Ach, wenn du wüsstest, Juanito! Es hat sich eine ganz neue Lage ergeben, und du sollst jetzt erfahren, was bisher nur einige vertraute Freunde wissen, komm – gehen wir weg von der Tür.«

Sie setzten sich auf die Erkerbank und genossen den kühlen Abendwind, der dem König eine blonde Haarsträhne ins Gesicht blies. Er strich sie lächelnd zurück.

»Hol zuerst den Krug, ich möchte mit dir auf die Zukunft trinken.«

Juan ging zum Tisch, schenkte zwei Becher voll und reichte einen dem König. Don Pedro schüttelte belustigt den Kopf.

»Es ist schon seltsam, jetzt muss ich doch wieder seinen Namen nennen, aber nur um aufzuzeigen, wie viel Unfug er im Lande angerichtet hat. Auf dem Weg hierher – es war in Avila – hat eine junge Frau um Audienz nachgesucht. Vor einigen Jahren war ihr Gemahl gestorben und wenig später kamen Alburquerques Schergen und haben ihre sämtlichen Güter eingezogen, unter dem Vorwand, der Verstorbene habe an einer Verschwörung gegen mich teilgenommen. Da stand sie nun da – kinderlos, rechtlos, von den Verwandten gemieden, denn keiner wollte es sich mit Alburquerque verderben. Ich habe den Fall sofort nachprüfen lassen, und es stellte sich heraus, dass der Verstorbene unschuldig war und Alburquerque seine damalige Allmacht wieder einmal aus Habgier missbrauchte.«

Don Pedro atmete tief und streckte sich. »Aber das ist jetzt alles unwichtig! Sie ist die Zukunft, mein Glück – mein Ein und Alles! Juana de Castro! Gegen sie werden alle Frauen blass und bedeutungslos, die Strahlen ihrer Erscheinung lassen alles andere im Schatten versinken. Juana – Juana – Juana! Die Bischöfe von Salamanca und Avila sind auf dem Weg hierher – sie werden mich mit Juana trauen, und es soll vor aller Welt geschehen.«

Juan musste mehrmals schlucken, weil ihm die Stimme versagte. »Aber Eure Ehe mit Doña María ist doch gültig! Ich war Zeuge und der Hofkaplan ...«

»Doña María geht ins Kloster, damit ist unsere Ehe aufgelöst, und die mit Doña Blanca war ohnehin ungültig. Was sollen all diese Gesetze und Bestimmungen? Da höre ich nur Papier rascheln, und es lässt mich kalt. Jeder ist so frei, wie er sich fühlt, und ich fühle mich frei – frei – frei!«

Er sprang auf, lachte, rannte zum Tisch, hob den Krug und trank – trank, bis ihm der Wein in purpurnen Bächen über Kinn und Hals in das offene Hemd lief und es blutig rot färbte.

»Wenn du sie gesehen hast, wirst du alles verstehen – alles! Sie ist – sie ist ein Ereignis ...«

Als beide Bischöfe in Cuellar eingetroffen waren, veranstaltete Don Pedro ein Festbankett zu Ehren von Juana de Castro.

Tags zuvor hatte Don Pedro sie mit Juan bekannt gemacht. Auf den ersten Blick fand er an ihr nichts Besonderes, doch dann fiel ihm doch einiges auf. In dem schönen, etwas bleichen Gesicht glühten zwei nachtdunkle Augen, so dass Iris und Pupille in eines verschmolzen und Juan nicht sagen konnte, ob sie ihm ins Antlitz oder daran vorbei schaute. Gewiss, ihr Gesicht war voll Anmut, aber Juans scharfer Blick entdeckte darin etwas Unwägbares, fast Gewalttätiges. Das kam zum Vorschein, wenn sie von jemandem abschätzig oder mit Verachtung sprach. Ihr schön geschwungener Mund zog sich dann nach unten, sie hob leicht ihre dunklen Augenbrauen und auf ihrer Stirn erschien eine hauchfeine Zornesfalte.

Es schien, als sei Don Pedro dieser Frau mit Haut und Haar, Leib und Seele verfallen. »Ja, meine Liebe – gewiss, meine Liebe – sofort, meine Liebe ...« Er war ihr stets zu Diensten, lehnte keinen ihrer Wünsche ab.

Schon nach kurzer Zeit empfand Juan Misstrauen – ja, Feindschaft für diese Frau, denn er spürte, dass sie dabei war, Don Pedro zugrunde zu richten. Noch vor kurzem hätte er Stein und Bein geschworen, dass keine Frau auf Erden dazu imstande sei, aber jetzt wusste er, es gab eine und sie hieß Juana de Castro.

Am Abend vor der Trauung hatte der König sich bei Juan für das den Bischöfen gegebene Zeugnis bedankt, als er beschwor, die Ehe des Königs mit Doña Blanca sei ungültig gewesen, sich aber weigerte, die Gründe zu nennen. Don Pedro lachte und schlug sich klatschend auf die Schenkel.

»Wer etwas erreichen will, wird immer einen Weg finden.«

Da regte sich in Juan der Widerstand. »Ja, Senyor, aber ist es auch der rechte? Wäre es nicht einfacher gewesen, Juana de Castro zur linken Hand zu ehelichen? Sie mag dann als Frau Eures Herzens Tisch und Bett mit Euch teilen, aber auf dem Thron muss Doña Blanca sitzen. Dieser Ansicht bin nicht nur ich ...«

Das Gesicht des Königs erstarrte. »So – auf dem Thron muss die Französin sitzen? Muss? Muss sie das wirklich? Wer kann mich dazu zwingen?« Seine Stimme war laut und lauter geworden.

»Die Umstände, die *Cortes* – am Ende auch die Vernunft.«

Don Pedro sprang auf und brüllte: »Ich bin nicht Sklave, sondern Herr der Umstände! Die *Cortes* müssen tun, was ich will! Und Vernunft? Es ist auch vernünftig, der Stimme des Herzens zu folgen, selbst wenn Euch solche Regungen fremd sind, Don Juan! Habt Ihr jemals für eine Frau Liebe empfunden – wirkliche Liebe? Ich glaube nicht, dazu seid Ihr nämlich nicht fähig.«

»Senyor, ich wollte nur zu bedenken geben ...«

»Es gibt nichts mehr zu bereden, nichts zu bedenken! Ich kann Euch nicht hindern, gegen diese Verbindung zu sein, aber damit durchtrennt Ihr das Band unserer Freundschaft. Wer nicht für mich ist, kann nur gegen mich sein.«

Juan sah, dass die Situation nicht mehr zu retten war. Jedes Wort dafür oder dagegen hätte die Lage nur verschlimmert.

Dass der König zu seinem Wort stand, zeigte sich am nächsten Morgen, als der Schatzmeister Juan eine Abfindung überreichte.

»Das ist für alle bisher geleisteten Dienste, Don Juan. Damit seid Ihr nun Eurer Hofämter entbunden – geht mit Gott!«

Während die halbe Stadt zur Kirche strömte, um an dieser seltsamen und alle überraschenden Hochzeit teilzunehmen, ritten Juan und sein Diener Miguel nach Nordwesten, um bei León auf den uralten Pilgerweg nach Santiago de Compostela einzuschwenken. Auf ihm reiste man sicherer und auch bequemer, wegen der vielen Herbergen, die es am Wege gab.

Unterwegs bemerkte Miguel: »Eigentlich bin ich froh, dass dieser Hofdienst nun vorbei ist. Auf die Dauer hätte er Euch nichts Gutes gebracht: Duelle, Liebesabenteuer, Spitzeldienste – da sitzt der Kopf locker. Und dieser König, mit Verlaub –« Er blickte sich um und ritt näher heran. »Er ist starrsinnig, unbeugsam und zunehmend grausam, kennt kein Verzeihen, kein Erbarmen. Ich habe mit Soldaten gesprochen, die zur Verfügung Don Simuels abgeordert waren. Da wurden säumige Schuldner tagelang gefoltert, da wurden Gelder auf mörderische Art eingetrieben und es soll schon Dutzende von Hinrichtungen gegeben haben. Jedenfalls bin ich froh, dass wir es hinter uns haben!«

Juan schwieg eine Weile und sagte dann – mehr zu sich als zu Miguel: »Wer weiß? Don Pedro ist jähen Sinnes und kann schnell anderer Meinung werden.«

»Ich bete zu Gott und allen Heiligen, dass es nicht so ist.«

Auf dieser Reise nach Norden zeigte sich der sonst so redefreudige Miguel zunehmend schweigsam, und Juan erkannte an seinem verbissenen Gesicht, dass ihn etwas bedrängte.

»Heraus damit, Miguel! Sag, was du auf dem Herzen hast.«

Sie nächtigten in einer schmutzigen Herberge vor den Toren des Städtchens Benavente, in das sie wegen der späten Stunde nicht mehr eingelassen wurden. Der verschlafene Wirt hatte ihnen mürrisch einen überreifen Käse und altbackenes Brot hingestellt, das sie mit saurem Wein hinunterspülten.

Miguel wischte mit einer Geste des Ekels seinen Mund. »Da habe ich schon besser gegessen ... Nun, da Ihr mich fragt, Herr, will ich Euch die Antwort nicht schuldig bleiben. Was mein Herz bedrückt, ist Eure jetzige Lage. Ihr nehmt das alles auf die leichte Schulter, wie mir scheint, und das verstehe ich nicht. Ihr seid aus der Gnade des Königs gefallen, müsst mit seiner Rachsucht rechnen, die bekanntlich auch vor alten Freunden nicht Halt macht. Euch aber scheint das nicht zu kümmern ...«

Juan blickte seinen Diener liebevoll an. »Es ehrt dich, dass du dir meine Sorgen machst ...« Er lachte und seine Hand zerzauste Miguels roten Schopf. »Aber ich sehe das anders. Ich bin ich, auch ohne den König und seine Gunst. Er war es, der sich eines Freundes beraubt hat, ihm bleibt der Schaden. Ich habe ihm stets treu gedient, ihm aus mancher Notlage geholfen, ihn niemals um eines Vorteils willen verraten. Unsere Trennung hat ihm mehr geschadet als mir, denn recht gesehen hatte er mich nötiger als ich ihn. Wie ich ihn kenne, wird er bald wieder zur Vernunft kommen ...«

Miguel schüttelte den Kopf. »Jeder andere würde sich zutiefst über Don Pedros Verhalten grämen, Ihr aber ...«

»Natürlich hat er mich gekränkt, aber das hielt nur so lange an, bis ich zu der Erkenntnis kam, dass am Ende Don Pedro der Betrogene ist – nicht ich.«

»Und Ihr fürchtet seine Rache nicht?«

»Nein, Miguel. Wenn ich es mir genau überlege, so gibt es zurzeit nichts, was mir Angst machen könnte.«

Miguel grinste unsicher. »Aber den Teufel – den fürchtet Ihr doch?«

Juan lachte leise. »Den Teufel? Der in der Hölle sein Feuer schürt? Den gibt es nicht! Doch müssen wir alle auf der Hut sein vor dem Teufel im Menschen, denn der kann wirklich gefährlich werden. Alburquerques Teufel war die Habsucht, Don Enriques Teufel ist die Herrschsucht, Don Pedros Teufel ist seine grausame Rachsucht ...«

»Und der Eure?«

»Werde nicht frech, Miguel! Vielleicht ist der meine die endlose Geduld, es so lange mit dir ausgehalten zu haben.«

18

Bei Ponferrada gerieten sie in den Bereich der Pilgerwege, die vom Osten nach Santiago de Compostela führten. Was da auf den Straßen zusammenströmte, trug die übliche Pilgertracht mit Mantel, Hut, Stab und angehefteter Muschel, aber auch hier unterschieden sich die Stände deutlich voneinander. Da gab es vornehm verschleierte Damen, die in geschlossenen Kutschen reisten, sorglich bewacht und bedient von Knechten und Mägden. Die meisten der Pilger aber waren einfache Leute, die sich in staubiger Kleidung dahinschleppten, und manchen war anzumerken, dass sie das Ende ihrer Kräfte erreicht hatten.

»Als gäbe es nichts Wichtigeres im Leben!«

Diese Bemerkung musste Miguel von seinem Herrn öfter hören, und da regte sich plötzlich sein Widerstand. »Vielleicht gibt es für diese Menschen tatsächlich nichts Wichtigeres. Würden sie sonst die Plagen einer Pilgerreise auf sich nehmen?«

»Dummheit ist auch eine Plage!«, entgegnete Juan schroff.

Auf dem Weg nach Lugo – dort zweigte die Straße nach Santiago ab – wankte ihnen eine Gestalt im weiten Pilgermantel entgegen, mit verzweifelt erhobenen Händen.

»*Seigneurs – Seigneurs* –«, krächzte eine weibliche Stimme.

Juan hielt an. »Was kann ich für Euch tun, meine Dame?«

Sie wies an den Straßenrand und stieß in einem Gemisch aus Französisch und Spanisch hervor: »Dort! Meine Herrin ... *malade* – wir sind auf *pèlerinage* ... können nicht weiter ... brauchen *secours* ...«

»Haltet Euch nicht damit auf, Herr. Auf den Pilgerwegen gibt es genug christliche Hospize ...«

»Dummkopf! Die sind von hier meilenweit entfernt. Wir steigen ab!«

Miguel seufzte hörbar und führte die Pferde an den Straßenrand.

Es war später Nachmittag und ein frischer Wind kam auf. Im langen Schatten von zwei mageren Pappeln lag eine Frau auf dem Boden, den Kopf gestützt von einer Pilgertasche. Sie atmete mühsam und in krampfhaften Stößen, auf dem bleichen Gesicht perlte der Schweiß.

»Ah – *Monsieur – très courtois* ...«

Auch sie sprach ein Gemisch aus Französisch und Spanisch, aber Juan konnte sich zusammenreimen, um was es ging.

Sie hieß Isabelle de Beauclaire, kam aus dem Poitou im Süden Frankreichs und war auf der Pilgerfahrt erkrankt. Bis hierher hatte sie sich schleppen können, aber jetzt ... Mehr war vorerst nicht zu erfahren.

Juan befahl Miguel, das Gepäck vom dritten Maulesel auf die beiden Reittiere zu verteilen, und half der Kranken in den Sattel. Doch sie war zu schwach, um sich aufrecht zu halten, und so setzte sich ihre Dienerin dazu und hielt sie von hinten fest.

»Wir geben sie einfach im nächsten Hospiz ab«, flüsterte Miguel seinem Herrn zu.

»Wir werden sehen ...«

Das Gesicht der noch jungen Pilgerin hatte ihn auf eine Weise ergriffen, die er selber nicht zu deuten wusste.

Sie mussten noch zweimal nächtigen, ehe sie Lugo erreichten, weithin bekannt wegen seiner gewaltigen, die ganze Stadt umfassenden Wehrmauer. An der Puerta de Falsa stand ein altes Pilgerhospital und Juan folgte Miguels Rat, denn Isabelles Zustand war eher noch schlechter geworden. Das von Mönchen geführte Hospiz war wegen der von Pilgern bevorzugten Reisezeit so überfüllt, dass man sie abweisen wollte.

Juan blickte den hageren Mönch streng an. »Ihr wisst nicht, mit wem Ihr redet, Padre. Ich bin Kammerherr des Königs und in einem Geheimauftrag unterwegs, den ich Euch nun wohl oder übel enthüllen muss. Don Pedro wird von einigen Ratgebern – wozu auch ich gehöre – gedrängt, die Pilgerhospize aus der Staatskasse zu unterstützen. Wer dafür nun in Frage kommt, sollen ich und andere herausfinden. Euer Verhalten macht mir meine Aufgabe nicht leichter!«

Der Mönch war sichtlich erschrocken, blieb aber misstrauisch. »Verzeiht, aber da ich Euch nicht kenne, muss ich doch –«

»Ich bin Juan de Tenorio, Kammerherr und Oberster Mundschenk des Königs.«

»Wenn Ihr mir vielleicht etwas Schriftliches …«

Juan lachte spöttisch. »Aber Padre! Bei einem Geheimauftrag! Ich könnte überfallen werden, tödlich verunglücken oder was auch immer, und so würde alles offenbar. Fragt meinen Diener oder schickt einen Eilkurier nach Cuellar, wo der König zur Zeit Hof hält.«

Der Mönch blickte Miguel an, der ergeben nickte.

»Was Don Juan sagt, entspricht der Wahrheit.«

»Also gut, wir halten für vornehme Pilger immer einige Zimmer frei, doch die sind nicht kostenlos, weil –«

»Natürlich werde ich dafür bezahlen! Wer ist der beste Arzt in der Stadt?«

»Hier tut Bruder Felipe Dienst, er ist ein vorzüglicher Heilkundiger und wird …«

Ungeduldig unterbrach ihn Juan. »Ich habe nach dem besten Arzt in der Stadt gefragt!«

»Das ist wohl Josua ben Abraham, aber der hat hier keinen Zutritt.«

»Weil er Jude ist?«

»Ja, und weil dies ein christliches Hospiz ist.«

»Unser König denkt da anders, Padre. Sein Schatzmeister ist ein Jude, sein Leibarzt und zwei seiner Sekretäre auch. Wenn ich Don Pedro darüber berichte, wird es keinen guten Eindruck machen, fürchte ich.«

Der Mönch sah sich furchtsam um und zog Juan ein paar Schritte beiseite. »Der Pförtner braucht es nicht zu hören … Es gibt rückwärts einen Seiteneingang, der zu den guten Zimmern führt. Nach Einbruch der Nacht könnte Don Josua hierher kommen und –«

»Gut, veranlasst das!«

So wurde Isabelle de Beauclaire in ein Zimmer für Wohlhabende gebracht, wo sie sogleich in tiefen Schlaf fiel. Christine, ihre Dienerin, blieb bei ihrer Herrin; Juan und Miguel suchten ein Gasthaus auf, wo sie hungrig ihr Nachtmahl verzehrten und die einzige noch freie Schlafkammer zu einem maßlos überhöhten Preis mieteten.

Don Josua, der Arzt, wartete schon vor der Tür. Juan stellte sich vor und erläuterte kurz die Lage.

»Und Ihr habt diese Dame einfach von der Straße ...? Das ist wahrhaft die Tat eines christlichen Samariters.«

»Nennt es, wie Ihr wollt, aber tut Euer Bestes, ihr zu helfen. Ich werde hier auf Euch warten.«

Sie setzten sich auf eine Bank und sahen, wie die gewaltige Masse der Stadtmauer langsam im Dunkel der Nacht versank.

»Es ist schon seltsam, dass die besten Ärzte überall im Land Juden oder *moros* sind. Taugen Christen nicht zu diesem Beruf?«

»Das ist es nicht, Miguel, aber die Juden haben da eine weitaus längere Tradition. Während ihre Könige im Heiligen Land glanzvoll herrschten, gab es hier noch keine Städte, keine Schulen und wohl auch keine Ärzte.«

»Das ist aber schon lange her?«

»Ja – sehr lange ...«

Nach etwa einer Stunde erschien Don Josua am schwach erleuchteten Eingang und Juan trat aus dem Dunkel zu ihm.

»Nun, was habt Ihr herausgefunden?«

»Nichts Gutes, Don Juan. Ohne Eure Hilfe wäre Doña Isabelle wohl schon gestorben. Sie ist zu Tode erschöpft, fiebrig und leidet an Schwindsucht, vermutlich durch die Entbehrungen der Pilgerfahrt verursacht. Da ist nicht viel zu machen ...«

»Und das Wenige, was man tun kann?«

»Reichliche Nahrung, völlige Ruhe, reine Luft ...«

»Wann wird sie wieder reisefähig sein?«

»Don Juan, Ihr habt mich nicht richtig verstanden. Doña Isabelle ist an der Schwelle des Todes und wird ihr Pilgerziel kaum erreichen.«

»Eine Tagesreise kann sie noch durchstehen?«

»Ja, vielleicht, wenn sie hier wieder zu Kräften gekommen ist, aber von einer Weiterreise nach Santiago würde ich abraten.«

»Nicht nach Santiago – ich werde Isabelle de Beauclaire auf meine Finca bei Sobrado bringen, denn dort findet sie, was sie braucht: reine Luft, reichliche Nahrung und völlige Ruhe.«

»Sehr großzügig von Euch, Don Juan.«

»Von Eurem Urteil mache ich es abhängig, wann wir die Reise antreten können. Ist es Euch möglich, die Kranke täglich zu besuchen?«

»Mir schon, aber die Padres im Hospiz ...«

»Darum werde ich mich kümmern, auch Euer Honorar ist meine Sache.«

Der Arzt verneigte sich und verschwand in der Dunkelheit.

Juan und Miguel gingen in ihre Herberge zurück. Miguel fragte: »Das heißt wohl, dass wir hier bleiben müssen?«

»Das passt dir wohl nicht?«

»Nicht so ganz, aber Ihr seid der Herr und müsst es entscheiden.«

»So ist es, Miguel, du wirst morgen vorausreiten und auf der Finca alles vorbereiten. Sobald Doña Isabelle reisefähig ist, werde ich mit ihr nachkommen.«

»Was? Ihr wollt die Kranke auf Euer Gut bringen? Ich glaube nicht, dass Eure Mutter –«

Juan schlug ihn auf die Schulter und lachte. »Aber gerade deshalb schicke ich dich ja voraus! Du sollst den Damen – unseren Müttern – begreiflich machen, dass es für mich unabdingbare Ritter- und Christenpflicht ist, einer kranken Pilgerin beizustehen.«

»Ich soll ...?«

»Aber ja, Miguel! Du trägst doch einen gescheiten Kopf auf den Schultern und bist nicht mundfaul. Lena wird sich nicht nur über das Kommen ihres Sohnes freuen, sie wird auch begierig sein, ihre Heilkunst an der Kranken zu erproben. Und Doña Ana wird sich auf ihre Christenpflicht besinnen und nicht anders können, als zuzustimmen.«

Isabelle de Beauclaire erholte sich nur langsam, doch die Ruhe tat ihr gut und auch ihre fast erloschene Esslust begann wieder zu erwachen.

Juan verbrachte täglich mehrere Stunden an ihrem Bett und achtete darauf, dass die Magd Christine stets zugegen war. Er fragte auch immer, ob sie Lust auf eine Unterhaltung habe, und ging weg, sobald er spürte, dass sie ermüdete oder allein sein wollte.

Eine seiner ersten Fragen lautete: »Was hat Euch, eine junge Frau aus gutem Haus, dazu gebracht, nur von einer Dienerin begleitet und zu Fuß diese Pilgerreise anzutreten?«

Ihre Antwort war klar. »Das habe ich nicht freiwillig getan – ich wurde dazu verurteilt.«

So erfuhr Juan nach und nach die Geschichte der Isabelle de Beauclaire.

Ihr Vater war ein kleiner Burgherr nahe der Stadt Poitou und hatte einige Dörfer und Marktorte gepachtet – im Grunde ein wohlhabender Bauer mit allen Sorgen und Nöten um Wind, Wetter, Regen, Dürre und alles, was Vieh, Feldern und Weinbergen Schaden oder Nutzen bringen konnte. Nach zwei Söhnen wurde ihm eine Tochter geboren, und Isabelle wuchs im behüteten Kreis einer vielköpfigen Familie auf mit Geschwistern, Großeltern, Tanten, Onkeln und anderen Verwandten, die, zum Teil verarmt, gnadenhalber auf der Burg wohnen durften.

Mannbar geworden fehlte es nicht an Freiern für die anmutige Isabelle, und einer der eifrigsten Bewerber war Charles, Sohn des Bürgermeisters im größten der von ihrem Vater gepachteten Ort mit einem blühenden und viel besuchten Markt. Dass Sieur de Beauclaire diesen Bewerber bevorzugte, hatte seine guten Gründe. Dessen Vater, ein geschickter und fintenreicher Händler, hatte nicht nur das Bürgermeisteramt an sich gebracht, sondern war nach und nach zu einem der reichsten Grundbesitzer des Gebiets geworden. Durch diese Heirat, so dachte Sieur de Beauclaire, kann ich mir wenigstens ein Teil von dem, was dieser schlaue Fuchs sich angeeignet hat, wieder zurückholen.

»So hat man Euch zu dieser Ehe gezwungen?«

»Aber nein! Charles war ein hübscher ansehnlicher Bursche und viele Mädchen hätten sich glücklich geschätzt, seine Frau zu werden. Ich machte da keine Ausnahme ...«

So wurde Isabelle schon mit fünfzehn an den Bürgermeistersohn verheiratet und Charles, stolz und des Vorzugs wohl bewusst, ein Adelsfräulein im Haus zu haben, hütete sich, anderen Frauen nachzustellen. Er hatte es ja auch nicht nötig, denn die jungen Leute führten eine glückliche Ehe und fanden anfangs nur schwer aus dem Bett, ermattet von den ausgiebig genossenen Liebesfreuden.

Eines allerdings trübte ihr Glück: Es mochte sich kein Nachwuchs einstellen. Isabelle steckte ein Vermögen in Bittmessen, Bittgänge und Stiftungen an die verschiedenen, für Fruchtbarkeit zuständigen Heiligen, aber es half alles nichts. Der gutmütige Charles versuchte sie zu trösten und meinte, gut Ding brauche eben Weile. Aber Isabelle geriet in einen Zustand krankhafter Ungeduld und brach schon in Tränen aus, wenn sie nur von weitem eine Schwangere sah.

Eine alte Gesundbeterin – vielen galt sie als Hexe – redete ihr ein, so etwas könne nur an den Männern liegen und gerade die kraftvoll und potent erscheinenden hätten oft einen tauben Samen. »Schau dir diesen schwindsüchtigen Schneider im Nachbarort an«, zischte sie giftig, »dieser dürre Zwerg hat seiner Frau schon zwölf Kinder gemacht und mit dem dreizehnten ist sie schwanger. Es liegt nicht an dir, mein Täubchen – er ist die taube Nuss!«

Isabelle glaubte ihr und dieser Glaube wurde so stark, dass

sie sich entschloss, es insgeheim mit einem anderen Mann zu versuchen, um Charles und sich aus der Notlage zu helfen. Ihr fiel auch gleich der dazu Geeignete ein, nämlich Jules, ein taubstummer Stallbursche im Dienst ihres Vaters. Der hatte schon mit zwei Mägden Kinder gezeugt und galt als begehrter und ausdauernder Liebhaber, der dazu den Vorzug hatte, nichts ausplaudern zu können.

Unter einem Vorwand besuchte Isabelle ihre Eltern, und es war nicht schwer, den stummen Jules ins Heu zu nötigen. Sie ließ ihn noch zweimal gewähren, übergab ihm zum Abschied drei Sous und legte einen Finger vor ihre Lippen. Jules grinste, als wolle er sagen, er habe schon verstanden. Isabelle hatte zu dieser Begegnung ihre fruchtbarsten Tage genutzt und wartete sehnlich auf das Ausbleiben ihrer Regel, doch nichts geschah. Sie verstand die Welt nicht mehr. Deutlich hatte sie gespürt, wie Jules' Samen in ihren Schoß strömte – so reichlich, dass beim Aufstehen ein Teil wieder herausfloss. Vielleicht mochte sich ihr adliges Blut nicht mit dem eines Stallknechts mischen? Da musste sie Abhilfe schaffen.

Der Beichtvater eines nahe gelegenen Frauenklosters galt als loser Vogel, und man sagte ihm nach, dass er schon einige der jüngeren Nonnen verführt hatte. Er war der drittgeborene Sohn eines alten Rittergeschlechts und erhoffte sich eines der demnächst frei werdenden Bischofsämter.

Sie wolle in diesem Kloster in strenger Abgeschlossenheit eine Gebetswoche verbringen, teilte sie Charles und ihren Eltern mit. Natürlich wussten alle, was sie bewegte, und so ließ man sie ziehen.

Den Beichtvater zu verführen, war nicht schwer, aber beim vierten Mal wurden sie von einem jungen Kaplan in flagranti ertappt. Dieser hasste seinen Vorgesetzten, neidete ihm die adlige Geburt und empfand sich stets als der Benachteiligte. So kam der Fall an den Bischof, der nicht umhinkonnte, Isabelles Gemahl und ihre Eltern zu verständigen.

Diese Menschen fielen aus allen Wolken, waren aber geneigt, dem geilen Priester die Hauptschuld zu geben. Der wiederum betonte vor dem geistlichen Gericht, nicht er habe sie, sondern sie ihn verführt, aber man hielt das für einen Vorwand und verdammte ihn zu fünfjähriger Klosterhaft.

Der gutmütige Charles verzieh seiner Gemahlin, und sie nahmen ihr Eheleben wieder auf. Zum Glück für Isabelle, denn sie musste damit rechnen, dass der priesterliche Samen in ihr aufging. Doch ihre monatliche Reinigung setzte pünktlich ein, und Isabelles Geist begann sich zu umnachten. Zuerst schwieg sie tage- und wochenlang, dann ging ihr plötzlich der Mund über in wirren Reden, die eines Tages darin gipfelten, dass sie bei der Sonntagsmesse plötzlich aufstand und zur Kanzel ging. Der Priester war gerade dabei, die Kanzel für seine Predigt zu besteigen, doch Isabelle stieß ihn beiseite, erklomm sie flink wie ein Wiesel und breitete die Arme aus.

»Brüder im Herrn, nur euch geht es an, wenn ich mich jetzt an die Männer unserer Gemeinde wende und sie auffordere, mir beizustehen. Ihr seid eingeladen, mir ein Kind zu zeugen, da mein Charles es offenbar nicht kann. Kommt einzeln, kommt in Scharen, aber liebe Brüder – kommt, kommt! Ich bin immer für euch bereit, meine Schlafkammer steht jedem offen und ich flehe euch an …«

Da zerrten die herbeigeeilten Messdiener sie von der Kanzel und ihr entsetzter Gemahl presste seine Hand auf ihren Mund.

Sie kam auf der väterlichen Burg unter Hausarrest, wo sie sich während weniger Tage beruhigte und plötzlich wieder vernünftig daherredete.

Der Familienrat lud den Bischof ein, und man verhandelte über ihr künftiges Schicksal. Charles, tief gedemütigt, wollte die Ehe nicht fortsetzen und so stellte man sie vor die Wahl auf Lebenszeit in ein Kloster einzutreten oder eine Pilger- und Bußreise nach Santiago de Compostela anzutreten. Sie entschied sich für Letzteres und die treue Dienerin Christine erklärte sich bereit, ihre Herrin zu begleiten. Um dieser Pilgerfahrt ausdrücklich das Wesen einer Buße zu verleihen, wurde ihr auferlegt, sie zu Fuß und ohne Geldmittel anzutreten.

»Mein Vater – Gott möge es ihm danken – steckte mir insgeheim einen prallen Beutel zu, aber Ihr könnt Euch nicht vorstellen, wie schnell das Geld verschwand. Sobald die Händler und Wirte merken, dass einer bezahlen kann, spricht es sich in Windeseile herum und alle tun sich zusammen, um dich zu erleichtern. Freilich, viele der armen Pilger bestehen auf ihrem Recht, milde Gaben zu fordern, und da holt man es sich eben von den wenigen, die dies nicht tun.«

Da kam gleich ein zustimmendes Gemurmel von Christine, die neben dem Fenster saß und Bohnen entkernte. Sie war es nicht gewohnt, untätig zu sein, und die Mönche sorgten schon dafür, ihr eine Arbeit aufzuhalsen.

Nach einer ärztlich überwachten Ruhewoche hatte sich Isabelle de Beauclaire gut erholt; sie hustete kaum noch, und Esslust stellte sich ein.

Gefiel ihm diese Frau, empfand er sie als schön? Juan hätte diese Frage nicht beantworten können, denn er hatte solche Überlegungen niemals angestellt.

Auf den ersten Blick erschien Isabelles Antlitz eher durchschnittlich – weder konnte man sie als hässlich noch als schön bezeichnen. Eine unaustilgbare Falte hatte sich in ihre Stirn gegraben, die ihrem Gesicht etwas Grüblerisches – ja, Misstrauisches verlieh. Die großen dunkelgrauen Augen hoben diesen Eindruck zum Teil wieder auf. Zu Anfang waren sie von Fieber und Erschöpfung getrübt gewesen, aber nun blickten sie klug, klar und fast arglos in die Welt.

»Warum tut Ihr das alles für mich, wie kann ich es Euch jemals vergelten?«

Juan hob nur leicht die Schultern. »Ich tue es, weil ich es will, und ich habe mir zeitlebens keine großen Gedanken über meine Entschlüsse gemacht. Im Grunde hat es nichts mit Euch zu tun, Doña Isabelle, und deshalb erwarte ich keine Gegenleistung irgendwelcher Art. Nehmt es einfach hin und macht Euch keine Gedanken darüber.«

Sie nickte ihr Einverständnis. »Eine Frage noch: Haltet Ihr mich für eine Sünderin und die Strafe für angemessen?«

»Eine Sünderin? Nein! Ihr habt nur den Fehler begangen, Eure Nöte hinauszuschreien, und das hören die Menschen nicht gern oder sie deuten es falsch. Als Ihr die Männer der Gemeinde batet, mit Euch ein Kind zu zeugen, war das ein Flehen in höchster Bedrängnis und in diesem Augenblick auch ernst gemeint. Doch ich glaube nicht, dass Ihr es jemals in die Tat umgesetzt hättet. Das mit dem Stallburschen und dem Priester geschah ja in aller Heimlichkeit, doch dann wurde Euer Kinderwunsch so stark, dass er Euch vorübergehend des Verstandes beraubte. Ich hätte nicht gewagt, über Euch zu richten.«

»Ihr seid schon ein seltsamer Mann – ganz anders als die meisten ...«

»Mag sein, doch ich glaube, dass viele so denken, es aber nicht wagen, danach zu handeln, weil sie irgendwelchen Zwängen gehorchen. Da sind die anderen, da ist Gott, da ist die Kirche, da ist die Angst, missverstanden und geächtet zu werden.«

»Diese Ängste sind Euch fremd, Don Juan? Fürchtet Ihr nicht Gott und etwaige Sündenstrafen?«

»Nein.«

Sie richtete sich etwas auf. »Ist das Euer Ernst?«

»Ja.«

Sie blickte ihn lange mit ihren klaren grauen Augen an. »Ich fürchte, Ihr sprecht die Wahrheit.«

»Warum fürchtet Ihr das?«

»Weil ich um Euer Seelenheil bange.«

Da lachte er laut. »Das ist nun wirklich meine geringste Sorge. Es gibt Wichtigeres und Dringlicheres. Sprechen wir von Eurer Zukunft. Sobald Don Josua Euch für reisefähig erklärt, unternehmen wir den Tagesritt nach Sobrado, wo Miguel schon alles für unser Kommen vorbereitet hat. Seine Mutter Lena – meine frühere *ama* – ist in hohem Grade heilkundig, und sie wird Euch ganz gesund machen. Erst dann lasse ich Euch nach Santiago de Compostela weiterziehen.«

»Gott wird es Euch lohnen.«

»Es mag gut gemeint sein, wenn Ihr das sagt, aber ich bitte Euch, es künftig zu unterlassen. Weder von Euch noch von Gott oder vom Teufel erwarte ich Lohn oder Strafe. Was immer geschieht, es kommt nicht von oben und nicht von unten, sondern wir bereiten es uns selber. Für mich ist dieses Thema damit erschöpft, und wenn Ihr mich nicht ärgern wollt, so sprecht es nicht mehr an.«

Da flog ein seltsames Lächeln über ihr bleiches Gesicht. »Wie Ihr wollt, Don Juan. Wann werden wir reisen können?«

Juan sprach bei nächster Gelegenheit mit Don Josua darüber, doch der strich nur schweigend über seinen grau gesprenkelten Bart.

»Nun?«

»Euch kann ich es ja sagen, aber ihr gegenüber solltet Ihr es verschweigen. Diese Besserung ist nur scheinbar. Bei der Schwindsucht ist es nicht wie bei der Pest und den Blattern. Hat man diese Krankheiten überstanden, ist man zeitlebens gefeit dagegen. Die Schwindsucht aber kommt auf leisen Sohlen, ohne Schmerzen, ohne hohes Fieber, kennt auch keine Krisis, die über Leben oder Tod entscheidet – nein, sie wuchert in den Lungen, zehrt nach und nach den Körper aus und der Leidende erstickt zuletzt an einem heftigen Blutsturz.«

»Eine Heilung gibt es nicht?«

»Ich arbeite jetzt im siebenundzwanzigsten Jahr als Arzt – mir ist noch keine begegnet. Ihr holt Euch eine Sterbende ins Haus, Don Juan.«

»Mag sein, ich werde es dennoch tun.«

Es dämmerte schon, als sie vor den Toren der Finca abstiegen. Juan hatte es sich angewöhnt, alle Hilfeleistungen für Isabelle ihrer kräftigen Dienerin zu überlassen. So auch jetzt, als er zusah, wie sie sorglich von Christine gestützt aus dem Damensattel ihres Maultieres kletterte.

»Nun bin ich doch ein wenig erschöpft«, bekannte sie mit schwacher Stimme, »und recht froh, dass ich morgen nicht weiterreiten muss.«

Inzwischen war der Verwalter erschienen, an seiner Seite Rosita, auch andere liefen herbei.

Juans Augen streiften Rosita und aus ihrem stolzen Lächeln schloss er, dass sie ihm das üble Spiel nicht nachtrug. Vielleicht hatte sie inzwischen den Schmied, ihren langjährigen Verehrer, geheiratet? Sein Irrtum wurde schnell berichtigt, als Don Gonzalo sie ihm als seine Frau vorstellte.

»Ich gratuliere!«, rief Juan, »bei Euch und Doña Rosita weiß ich meine Finca in guten Händen.«

Dann kam auch Miguel mit Lena, während Doña Ana wartend am Tor des Herrenhauses stand. Juan stellte Isabelle allen als eine kranke Pilgerin vor, die sich hier für einige Tage ausruhen wolle, ehe sie die Weiterreise antrete.

»Es ist alles vorbereitet für Euch«, sagte Lena, während sie Juan mit leisem Spott anblickte.

Sie hatte sich nicht verändert, seine frühere *ama,* seine Lebensretterin und Lehrmeisterin auf manchen Gebieten. Schlank, kräftig und hocherhobenen Hauptes stand sie da, ihr ovales bräunliches Gesicht mit den Blatternarben war ihm so vertraut, dass er sie nur anzusehen brauchte und wusste – hier bin ich zu Hause.

Wenig später nahmen sie gemeinsam das Nachtmahl ein. Isabelle de Beauclaire, Doña Ana, Juan und das Verwalterehepaar, bedient von Lena, die sich dann auf Wunsch der Hausherrin dazusetzen musste.

Auch Juans Mutter hatte sich äußerlich kaum verändert, klein und rundlich saß sie da, sprach mit sanfter Stimme, deren Ton aber nachdrücklich und sehr bestimmt werden konnte. Doch fiel ihm eine Zerstreutheit auf, die er früher nicht an ihr gekannt hatte. Sie wiederholte sich, ohne es zu merken, brach Sätze unvermittelt ab, fand den Faden nicht mehr und sprang auf ein anderes Thema über.

Die lebhafte quirlige Rosita gab sich jetzt schweigsam und gesetzt, hatte sich offenbar daran gewöhnt, eine Doña zu sein, und war – wie Juan im Laufe des Gesprächs erfuhr – inzwischen Mutter eines Sohnes geworden.

»Meinen Glückwunsch, Doña Rosita – wie alt ist der Kleine jetzt?«

»Zehn Monate, Don Juan.«

Er nickte und dachte, mein Kind kann es dann nicht sein.

Schon nach einer Stunde überkam Isabelle eine plötzliche Schwäche und sie zog sich auf eigenen Wunsch zurück, von Lena sorglich geführt. Doña Ana wartete, bis sich die Tür geschlossen hatte.

»Eine Frau aus gutem Hause, das sieht man gleich.«

»Sie stammt aus einer Adelsfamilie und ist in einem Schloss geboren«, fügte Juan hinzu.

Don Gonzalo, der Verwalter, schüttelte leicht den Kopf. »Aber eines verstehe ich nicht! Was mag eine junge Frau bewogen haben, diese weite anstrengende Pilgerreise anzutreten? Sie ist doch verheiratet und dass ihr Ehemann sie ziehen ließ ...«

Juan hatte mit Isabelle eine Version abgesprochen, denn niemand sollte hier wissen, dass sie eine unter Kirchenstrafe stehende Sünderin war.

»Verständlicherweise mag sie davon nicht reden, aber sie hat durchblicken lassen, dass ein bisher unerfüllter Wunsch nach Kindern der Grund dazu war. Sie ist gegen den Wunsch ihres Mannes auf diese Reise gegangen, deshalb auch mittellos und nur von einer treuen Dienerin begleitet.«

»Aber das gehört sich nicht!«, bemerkte Doña Ana und schaute Juan so streng und missbilligend an, als gebe sie ihm die Schuld.

Er hob die Schultern und schwieg, aber Don Gonzalo bemerkte: »Wer kann schon einem Menschen ins Herz blicken? Immerhin ist diese Pilgerreise ein christliches Anliegen und Ihr, Don Juan, habt christlich gehandelt und Euch der kranken Pilgerin angenommen.«

»Dagegen ist nichts zu sagen, aber ohne Zustimmung des Ehemannes … Ich hätte es nicht getan.«

»Das weiß ich, Mutter, aber nicht alle Menschen sind gleich. Niemand von uns weiß, was in einer jungen Frau vorgeht, deren Kinderwunsch auch nach Jahren unerfüllt bleibt.«

Da alle hier anwesenden Frauen Kinder geboren hatten, war kein Widerspruch zu vernehmen, und Doña Ana hob das Nachtmahl auf.

»Nicht weil ich Euch forthaben will, meine Lieben, sondern weil ich mit meinem Sohn einiges zu besprechen habe.«

Rosita wird ihr alles gebeichtet haben und nun wäscht sie mir den Kopf, vermutete Juan, aber Doña Ana hatte anderes auf dem Herzen.

»Weißt du eigentlich, dass dein Bruder nach Portugal fliehen musste? Du hättest für Alfonso beim König ein gutes Wort einlegen können!« Es klang sehr vorwurfsvoll.

»Damit hätte ich nichts erreicht, denn Don Pedro hat mich nach einem Zerwürfnis beurlaubt. Den Namen Tenorio hört er derzeit nicht gern.«

Sie schüttelte den Kopf. »Aber – aber ihr seid doch – nach allem, was man hört – ein Herz und eine Seele gewesen … Ich verstehe das nicht …«

»Der König ist ein sehr jäher Mann und teilt alles in Gut und Böse. Kritik verträgt er nicht und wer nicht für ihn ist, muss gegen ihn sein. Mir hat diese Juana de Castro nicht gefallen, und das habe ich ihm gesagt.«

»Ist das Gerücht wahr, dass er sie geheiratet hat?«

»Genau darum ging es ja.«

»Aber er ist doch schon mit Blanca de Borbón …«

»Ja, Mutter, ich weiß das alles und möchte nicht mehr darüber reden.«

Während der ersten Tage schien es Isabelle de Beauclaire besser zu gehen. Das milde sonnige Herbstwetter hielt an, und mehrmals täglich machte sie, begleitet von Lena und Christine, kurze Spaziergänge.

»Was hältst du von ihrer Krankheit, Lena? Der Arzt in Lugo hat Schwindsucht vermutet.«

»Da kann ich nicht mitreden. Diese Krankheit ist hier, soviel ich weiß, noch nicht aufgetreten. Doña Isabelle wird sich wieder erholen – glaube ich.«

»Aber du bist nicht sicher?«

»Nichts auf Erden ist sicher, nur unseres Todes können wir gewiss sein.«

»Warum hast du mich so spöttisch angesehen, als ich euch die Pilgerin vorstellte?«

»Vielleicht habe ich etwas Falsches gedacht ...«

»Mehr willst du nicht sagen?«

»Nein.«

In den ersten Oktobertagen wechselte das Wetter, schwere Wolken zogen auf, und die ganze Nacht über tobten Gewitter. Darauf folgte ein tagelanger Regen und es wurde empfindlich kalt.

Mit dem Wetter änderte sich auch Isabelles Befinden. Sie begann wieder häufig zu husten, ihre Augen glänzten fiebrig, die Esslust schwand. Nur mit sichtlicher Überwindung ließ sie sich von Christine etwas Suppe einflößen, feste Nahrung verabscheute sie. Bei starken Hustenanfällen kam Blut, und Juan entschloss sich, nochmals einen Arzt zu Rate zu ziehen.

Miguel holte einen weithin bekannten *médico* aus Santiago. Sie mussten die letzten Stunden durch Wind und eisige Regenschauer reiten, so dass der schon etwas bejahrte Arzt als Erstes ein heißes Bad verlangte. Nach langer gründlicher Untersuchung bestätigte er Don Josuas Diagnose.

»Es gibt keinen Zweifel, Don Juan. Ich bin mit dieser Krankheit wohl vertraut, weil Pilger sie immer wieder einschleppen. Der Kranken habe ich Hoffnung gemacht, Euch aber muss ich die Wahrheit sagen. Mit der Zeit wird das Fieber ansteigen, die Kranke wird kaum noch etwas essen und stark abmagern. Ihr Husten wird sich verschlimmern, die ausgeworfene Blutmenge wächst an und kurz vor ihrem Tod wird sie vereiterte Klumpen ihrer Lunge aushusten. Wenn Gott ihr gnädig ist, stirbt sie bald an Erschöpfung oder einem heftigen Blutsturz, wenn nicht, dann erstickt sie langsam. An Eurer Stelle würde ich während der nächsten Tage einen Priester holen.«

»Um sie noch mehr zu erschrecken?«

Der *médico* blickte ihn seltsam an. »Eine Christin wird vor einem Gnadenmittel wohl nicht erschrecken.«

Juan dachte nach.

»Wir könnten es so einrichten, dass der Pfarrer von Sobrado nächsten Sonntag hier eine Messe liest ...«

»Ja, tut das, und wenn der Priester schon da ist, kann er Doña Isabelle vorsorglich die Letzte Ölung spenden.«

Als die Kranke sich nach einer ruhigen Nacht am Morgen etwas wohler fühlte, bat Juan um eine Unterredung. Sie lächelte ihn zaghaft an.

»Nun habe ich Euch doch Umstände gemacht. Mir wäre es freilich auch lieber gewesen, meine Pilgerreise – zusammen mit Euch – in Santiago abzuschließen, aber nun sieht es so aus, als sei sie schon hier zu Ende. Ob Gott mir die Leiden dieser Krankheit anrechnen wird?«

Juan hatte schon eine grobe Antwort auf der Zunge, aber er besann sich rechtzeitig. »Er wird, Doña Isabelle, davon bin ich felsenfest überzeugt. Meine Mutter hat sich für Euch eine Überraschung ausgedacht. Da Ihr zurzeit nicht zum Gottesdienst gehen könnt, wird der Pfarrer von Sobrado am Sonntagabend hierher kommen und für uns alle eine Messe lesen.«

Da leuchtete ihr Gesicht auf. »Doña Ana hat das eigens für mich –?«

»Aber ja, das ist hier nichts Ungewöhnliches.«

»Dann kann ich auch beichten?«

»Aber Doña Isabelle, was werdet Ihr schon zu beichten haben? Ihr habt ja in letzter Zeit nur noch gelitten und gebüßt, da ist Gott eher Euch etwas schuldig.«

»Ihr sprecht lästerlich, Don Juan. Aber darum geht es nicht, denn ich werde noch eine schwere Sünde begehen, ehe der Priester mir die Beichte abnimmt.«

Juan lächelte unsicher. »Das verstehe ich nicht ...«

»Wartet es ab, in einigen Tagen wisst Ihr mehr.«

Juan zergrübelte sich den Kopf, aber es fiel ihm nicht ein, welche schwere Sünde eine bettlägerige Todkranke begehen konnte. Plötzlich überkam ihn eine unbestimmte Ahnung, aber er schob den Gedanken sofort beiseite.

Gegen Wochenende klarte das Wetter auf und es war, als schiebe eine eitle Sonne die schweren Wolkenballen beiseite, um ihr strahlendes Antlitz zu zeigen.

Am Sonntag nach dem Mittagsmahl kam Christine und brachte Juan in Isabelles Zimmer.

»Es geht um ein Vermächtnis, mein Freund. Du, Christine, wirst deine Siesta heute woanders abhalten müssen, ich brauche Don Juan für ein längeres Gespräch.«

Christine maulte etwas, aber sie verschwand.

»Verriegelt die Tür, Don Juan.«

Er tat es und wandte sich langsam um. »Ein Vermächtnis? Ich glaube nicht, dass Ihr schon am Sterben seid, und zudem –«

»Nein, Don Juan, das war nur ein Vorwand, außerdem habe ich nichts zu vererben; ich bin – wie sagt man hier – *más pobre que una rata* ... Im Übrigen fühle ich, dass mein Leben zu Ende geht; weder werde ich den Pilgerort erreichen, noch jemals nach Hause zurückkehren ...«

Sie hatte ihn mit ihren hellen Augen dabei unverwandt angesehen, und als er nur schweigend den Kopf senkte, sprach sie weiter. »Ihr müsst mich nicht bedauern, mein Lieber, was habe ich denn schon zu verlieren? Aber eines vermisse ich doch, und ich sag es geradeheraus: den Umgang mit Männern. Vielleicht habt Ihr nach meinem Bericht im Hospiz einen anderen Eindruck von mir gewonnen, aber jetzt sollt Ihr wissen, dass mir nichts lieber war als die Fleischeslust mit einem Mann. Ob es mein Gemahl war, der stramme Stallknecht oder der geile Priester – ich habe es genossen – genossen – genossen!« Ihre Augen glänzten, ihre fahlen Wangen hatten sich leicht gerötet. »Seid Ihr entsetzt, enttäuscht – vielleicht empört?«

»Nein, Isabelle, nur erstaunt, und ich sehe keinen Grund zur Empörung. Warum soll eine Frau die Liebe nicht genießen? Vom Gerede der Pfaffen, das Weib sei von Gott nur geschaffen, um die Kinder des Mannes auszutragen, habe ich nie viel gehalten. Nach allem, was ich weiß, hat die Natur Euer Geschlecht dabei sogar bevorzugt, denn mir scheint, eure Lust ist schwerer hervorzulocken, aber sie klingt länger nach und ist öfter wiederholbar.« Er lächelte. »Uns sind dabei Grenzen gesetzt, wie Ihr wohl wisst.«

Es schien, als habe sie nicht zugehört.

»Ihr, Don Juan, sollt mein letzter Mann sein ... Wollt Ihr das?«

Hatte er recht gehört? Die Todkranke verlangte nach einem Liebesspiel, und er – er sollte der Partner sein ...

»Das also ist die Sünde, die Ihr begehen wollt? Jetzt beginne ich zu verstehen ... Und morgen wollt Ihr sie dem Priester beichten?«

»Ja, mein Lieber, aber ohne Euren Namen zu nennen. Eure Sünde wiegt leicht, aber bei mir ist es Ehebruch. Noch bin ich verheiratet ...« Sie lächelte ihn an. »Kommt, setzt Euch zu mir ans Bett. Ihr seid unschlüssig, das sehe ich Euch an. Mein Anliegen ist ja auch ungehörig, ist wie die Aufforderung einer Hure. Aber Ihr müsst das anders sehen – es ist die Bitte einer Hungrigen, einer Liebeshungrigen.«

Juan strich behutsam über die fieberheiße Wange. »Hättet Ihr auch einen anderen darum gebeten, irgendeinen Mann, weil er gerade zur Hand war?«

»Ich weiß nicht ... Nein, wohl nicht. Bei Euch fühlte ich mich von Anfang an geborgen und verstanden. Vielleicht war mir bewusst, dass Ihr unter Tausenden der eine seid, der vor dem Liebesverlangen einer Sterbenden nicht zurückschreckt, weil – ja, weil er nichts auf Erden fürchtet. Oder schätze ich Euch falsch ein?«

»Das Reden strengt Euch zu sehr an, Doña Isabelle.«

Er prüfte sorgfältig den Riegel an der Tür, nahm ein Tuch von dem Stapel auf dem Tisch und stopfte es in das Schlüsselloch. Dann kleidete er sich schnell aus und schlüpfte zu Isabelle ins Bett. Sie schmiegte sich an ihn, er fühlte den feuchten fiebrigen Körper und spürte, wie sein Verlangen erwachte.

Als er sie küssen wollte, schob sie sanft seinen Kopf zurück. »Besser nicht, mein Lieber. Das Gift der Lungensucht wandert von Mund zu Mund, sagt man.«

Du verführst eine Sterbende, ging es ihm flüchtig durch den Kopf, aber da war er schon dabei, ihren Leib zu erkunden, der – trotz der Auszehrung – im Dämmer des halbdunklen Zimmers immer noch schön und verlockend war.

»Ihr ekelt Euch nicht?«

Juan leckte zart ihre Brustwarzen, schmeckte den salzigen Schweiß. »Ekeln? Vor einer Frau? Niemals! Nichts gibt es an einer Frau, das mir Abscheu bereitet – das war schon immer so ...«

Sie vergaß ihre Krankheit, sie gab sich ihm hin mit Freude und Lust, ihr Leib wölbte sich kraftvoll und nicht sterbensmatt; nicht aus der Krankheit kamen jetzt Fieber und Schweiß – es war die Hitze der Leidenschaft, der süße Schweiß des kräftezehrenden Liebesspiels. Sie erbebte nach dem lustvollen Höhepunkt, stieß einen heiseren Schrei aus und sank bewusstlos zurück.

Juan erschrak. Jetzt ist sie tot, dachte er. Ich habe sie durch mein Ungestüm getötet, aber ich bin kein Mörder. Ihr Wille war es, nicht der meine.

Blass und entspannt lag sie da, mit geschlossenen Augen und einem leisen Lächeln auf den Lippen. Auf ihre Art ist sie schön ...

Er beugte sich nieder und presste sein Ohr gegen die noch warme Brust, glaubte einen matten Herzschlag zu vernehmen, richtete sich auf. Schnell kleidete er sich an, nahm eines der Leinentücher, tauchte es ins Wasserschaff, wand es aus, goss ein wenig von der Minztinktur darüber und rieb damit ihren ganzen Körper ab. Als er ihren vom milchigen Samen benetzten Schoß säuberte, schlug sie die Augen auf.

»Was tut Ihr da – Juan ...?«

»Ich beseitige die Spuren unseres Liebeskampfes«, sagte er lächelnd.

»Dann war es kein Traum?«

»Ach, Isabelle, Traum und Wirklichkeit unterscheiden sich nicht so sehr. Eines kann das andere ersetzen oder anders gesagt: Ein Traum ist nicht weniger wirklich als tatsächlich Geschehenes. Aber wer macht sich darüber schon Gedanken?«

»Ihr zum Beispiel.«

Er schwieg, half ihr ins Nachthemd und deckte sie zu.

»Ich fühle mich so wohl, als sei ich plötzlich gesund geworden, bin nur müde – sehr müde.«

Sie schloss die Augen und schlief sofort ein.

Doña Ana hatte den jungen Stadtpfarrer – Don Silvio war vor zwei Jahren gestorben – zum Mittagsmahl eingeladen und brachte ihn von der Sonntagsmesse gleich mit. Er tat sehr priesterlich, nannte Juan salbungsvoll »mein Sohn«, und als sie bei Tisch saßen, aß er für drei.

Nach der Siesta nahm er Isabelle die Beichte ab und zeigte sich etwas verstört.

»Ich verstehe das nicht ...«, murmelte er, aber da war das Beichtgeheimnis, und er konnte sein Unverständnis mit niemandem teilen.

Am Abend las er im Speisesaal die Messe, an der Isabelle – in einen Sessel gebettet – andächtig teilnahm.

Vier Tage später fand Christine ihre Herrin tot im Bett. Sie musste während der Nacht ganz friedlich gestorben sein, ohne Blutsturz, ohne Kampf – im Schlaf.

An einem kühlen verhangenen Herbsttag wurde Isabelle de Beauclaire auf dem Friedhof von Sobrado zur letzten Ruhe gebettet. Christine schluchzte herzerweichend, auch Doña Ana schnäuzte sich mehrmals, und sogar die herb-stolze Magdalena wischte sich verstohlen die Augen.

Juan, der nicht geglaubt hatte, jemals im Zusammenhang mit einer Frau Tränen vergießen zu müssen, konnte nichts dagegen tun. Das Wasser lief ihm einfach aus den Augen, netzte die Wangen und versickerte im dichten kurz geschnittenen Bart.

Sie war doch nichts Besonderes gewesen, die Sünderin Isabelle de Beauclaire – nicht einmal hübsch ... Juan schüttelte den Kopf. Er verstand sich selber nicht mehr.

Miguel musste dann Christine nach Santiago begleiten und dafür sorgen, dass sie Anschluss an französische Pilger fand: Einige kamen sogar aus dem Poitou.

19

Der Winter zog ins Land, mild und regenreich. Wie immer um diese Zeit gab es auf dem Gut wenig zu tun und viel Muße zum Nachdenken.

Don Gonzalo – in seiner redlichen Art – beschäftigte zunehmend ein Gedanke, der ihn nicht mehr losließ. Da Don Juan offenbar keine Anstalten machte, wieder an den Hof nach Sevilla zurückzukehren, befürchtete er, als Verwalter bald überflüssig zu sein, wenn – und er wartete mit Bangen auf diese Nachricht – der Gutsbesitzer nun auch die Leitung seiner Finca übernehmen würde. Dann stünde er mit seiner Familie – Rosita erwartete ihr zweites Kind – auf der Straße und es würde schwer sein, eine neue Stelle zu finden. Don Juan begegnete ihm weiterhin mit herzlicher Freundschaft, äußerte sich aber nicht über seine Zukunftspläne.

Als Anfang Februar ein paar falsche Frühlingstage zum Ausreiten verlockten, passte Don Gonzalo den Gutsherrn ab, als er gerade sein Pferd besteigen wollte.

»Auf ein Wort, Don Juan.«

»Für Euch habe ich immer Zeit, Don Gonzalo.«

Sie setzten sich auf die Bank vor dem Verwalterhaus in die Sonne.

»Ganz schön warm heute ...«

»Aber noch kein Frühling; der Winter ist längst nicht ausgetrieben.«

Juan lächelte. »Wollen wir weiter über das Wetter reden, oder habt Ihr noch anderes auf dem Herzen?«

»Natürlich, Don Juan, verzeiht ... Nun, ich mache mir Sorgen über meine – das heißt über die Zukunft meiner Familie ...«

»Aber warum, mein Freund? Doña Ana ist mit Euch zufrieden – ich übrigens auch –, die Dienstleute schätzen Euch ...«

»Das ist es nicht, aber mir scheint, dass Ihr nun hier bleiben und künftig die Finca selber führen wollt. Warum solltet Ihr da noch Geld für einen Verwalter ausgeben?«

Juan lachte, laut und unbefangen. »Bei allen Heiligen, Don Gonzalo, danach hättet Ihr mich längst fragen können, und ich mache mir Vorwürfe, nicht selber darauf gekommen zu sein. Also ich versichere Euch auf Ehr und Gewissen, dass ich niemals beabsichtigt habe, und es vermutlich auch nie tun werde, meine Finca selber zu verwalten. Meine Mutter sähe es wohl gerne, aber ich habe ihr mehrmals zu verstehen gegeben, dass sie damit nicht rechnen kann. Früher oder später werde ich an den Hof in Sevilla zurückkehren, aber das hängt nicht allein von mir ab. Da Ihr das Thema schon angesprochen habt, wollen wir es auch zu Ende führen. Mein Entschluss steht fest und gilt auch nach dem hoffentlich noch fernen Tod von Doña Ana. Da bleibt Ihr – falls es Euren Absichten entspricht – weiterhin der Verwalter; vielleicht könnt Ihr das Gut sogar als Pächter übernehmen, doch darüber wird später zu reden sein.«

Don Gonzalo war die Erleichterung anzusehen. Sein ehrliches Gesicht strahlte auf, und eine Last fiel ihm vom Herzen. »Doña Rosita wird sich freuen ...«, stammelte er und drückte Juan die Hand.

»Und ich freue mich für euch beide!«

Juan, der Versprechen leichthin gab, ohne viel darüber nachzudenken, ob er sie auch halten könnte, war in diesem Fall ganz sicher: Nach einem stillen beschaulichen Dasein als Gutsherr sehnte er sich am wenigsten, schon der Gedanke daran verursachte ihm Unbehagen. Aber er scheute davor zurück, den ersten Schritt zu tun und bei Don Pedro um gut Wetter zu bitten. War es Stolz? Wohl auch, vor allem aber seine Einstellung, jeden Menschen frei und unbeeinflusst entscheiden zu lassen. Der König sollte ihm später nicht vorhalten können: Du warst es, Juanito, der sich bei mir wieder eingeschmeichelt hat. Nein, der Entschluss musste von Don Pedro kommen, und Juan wusste, dass er kommen würde.

Dann zogen Frühling und Sommer ins Land und von draußen drangen Nachrichten herein – verspätet, verfälscht, oft nur aus Gerüchten geboren.

Der König habe Doña Juana de Castro verlassen, weil Papst Innozenz über sie einen Bannspruch verhängt hatte. Schon da setzten bei Juan Zweifel ein. Don Pedro war nicht der Mensch, sich von päpstlichen Sprüchen beeinflussen zu lassen. Dann war von seiner Gefangennahme, von Bruder- und Machtkriegen die Rede – Nachrichten, die sich nicht selten widersprachen. Eines aber schien klar: María de Padilla war wieder zum König zurückgekehrt, und Doña Blanca – seine legitime Gemahlin – stand auf einer Burg unter Hausarrest.

Ja, das passt zu ihm, dachte Juan, diese Berichte halte ich ungeprüft für wahr.

Wieder vergingen Herbst und Winter, ohne dass aus Sevilla eine Nachricht kam. Juan erklärte es sich damit, dass der König mit seinem Vetter Pedro IV. von Aragón um einer Nichtigkeit willen in solchen Streit geraten war, dass man sich gegenseitig den Krieg erklärt hatte. Doch beide waren dafür weder gerüstet noch ernsthaft daran interessiert, so dass der Papst es leicht hatte, als Friedensstifter aufzutreten und einen Waffenstillstand zu vermitteln.

Im Frühjahr fasste Juan den plötzlichen Entschluss, auf eigene Faust nach Sevilla zu reisen. Schließlich war er vom König weder zu einer Strafe verurteilt noch verbannt worden. Er überlegte: Don Pedros unbändiger Stolz gestattet es nicht, die Hand zur Versöhnung auszustrecken, weil ich mit meiner Warnung vor Juana de Castro Recht gehabt habe. Wäre die Sache gut gegangen, hätte er sagen können: »Nun, Juanito, ich habe dir verziehen, du siehst jetzt, dass deine Bedenken ungerechtfertigt waren.« Ich kenne dich, Pedro von Kastilien, ich kenne dich nur zu gut!

Juan, der niemals zauderte, wenn ein Entschluss gefasst war, scheuchte Miguel aus seinem trägen, von Arbeit wenig getrübten Dasein. Er hatte fest damit gerechnet, bei seinem Diener auf Protest und Widerstand zu stoßen, doch Miguel rief erleichtert: »Endlich, Don Juan, endlich! Wann reisen wir? Vielleicht morgen schon?«

»Ich kenne dich nicht mehr, Miguel! Sonst habe ich dich immer losreißen müssen und jetzt ...«

Miguels Hand wühlte in seinem roten Schopf, bei ihm ein Zeichen höchster Verlegenheit. »Das hat persönliche Gründe, Herr.«

»Dann will ich es auch nicht wissen.«

»Seid Ihr denn niemals neugierig, Herr? Mit Euch ist es zum Verzweifeln!«

Da musste Juan lachen. »Dir wäre es wohl lieber gewesen, ich hätte nach deinen Gründen gefragt? So gut solltest du mich schon kennen, dass dies nicht meine Art ist.«

»Ich sag's Euch trotzdem!«

»Wie du willst.«

»Ich habe um ein Mädchen geworben, die Tochter eines Klosterpächters ... Ihr kennt sie nicht ... nun, was soll ich sagen? Zuerst schien es, als gefiele ich ihr, dann hielt sie mich hin und ich Esel stellte eine Heirat in Aussicht, sagte, ich müsse nur Euch noch fragen. Sie tat recht verliebt, und dann erfuhr ich, dass sie längst einen anderen hatte. So bin ich das Leben hier leid geworden, mag die ganze Gegend nicht mehr ...«

»Umso besser, Miguel. Bereite alles vor – übermorgen reisen wir ab.«

Seine Mutter versuchte ihn zu warnen. »Der König wird es dir übel nehmen, wenn du ungerufen erscheinst. Seine grausamen Launen sind inzwischen in ganz Spanien bekannt geworden. Wer Menschen öffentlich verbrennen und sieden lässt, kann sich nur Feinde machen. Don Pedro hat sich dadurch einen Beinamen erworben, der im ganzen Land umgeht: *El Cruel* – der Grausame.«

»Ja, Mutter, davon habe ich gehört, und ich weiß auch, wer diesen Beinamen verbreitet hat, nämlich Adel und Klerus. Diesen Herrschaften gefällt nicht, dass sie jetzt Abgaben zahlen müssen wie das gemeine Volk. Bauern, Handwerker, Händler – auf ihnen lag bisher die ganze Steuerlast. Diese Leute nennen den König *El Justiciero* – habt Ihr das auch gewusst?«

Doña Ana tat empört. »In welchem Ton redest du mit deiner Mutter? Mäßige dich, Juan!«

Der lachte nur und küsste sie auf beide Wangen. »Wollen wir um des Königs Bart streiten? Das ist sinnlos, er lässt sich jeden Morgen glatt balbieren, hat mich ausgelacht, als ich mir einen Bart stehen ließ.«

»Du nimmst wohl nichts ernst?«

»Manches schon ...«

»So schnell werden wir dich nicht wieder sehen?«

»Wer weiß? Der König zieht oft durchs Land, nicht weil er es gerne tut, sondern weil die Verhältnisse ihn dazu zwingen.«

»Damit sind wohl seine Brüder gemeint?«

»Ja, die Bastarde lassen ihm keine Ruhe. Enrique soll dem Adel versprochen haben, die alten Verhältnisse wieder herzustellen, wenn sie ihn zum König ausrufen.«

»Woher weißt du das?«

»Das geht schon auf den Straßen und in den Schenken um.«

»Don Enrique gilt als frommer Mann, hat mir der Pfarrer kürzlich anvertraut.«

»Er spielt den frommen Mann, um den Klerus auf seine Seite zu ziehen – so sieht es aus!«

Ihr Gesicht verschloss sich. »Davon verstehe ich nichts, Politik ist Männersache.«

»Ja, so sagt man. Aber am Ende sind auch die Frauen davon betroffen.«

»Wie meinst du das?«

»Aber Mutter, habt Ihr nicht darunter gelitten, als mein Vater ums Leben kam?«

»Was hat das mit Politik zu tun? Er ist als christlicher Held gefallen, sein Epitaph in der Kirche erinnert daran und du solltest stolz darauf sein! Aber anstatt am Sonntag die Messe zu besuchen, ziehst du es vor auszureiten wie – wie ein Heide!«

»In Sevilla werde ich wieder zur Messe gehen, das verspreche ich Euch – hoch und heilig!«

Was Juan nur gerüchteweise gehört hatte, fand er auf der Reise bestätigt: Das Volk nannte Don Pedro einen Gerechten und pries ihn als einen wahren Volkskönig, der dem Adel und den Pfaffen gehörig in die Börse langte.

Juan wollte einige Tage in Córdoba bleiben, hatte aber Miguel nach Sevilla vorausgeschickt, um das vor Jahren erworbene Haus – er hatte es noch kaum genützt – in bewohnbaren Zustand zu versetzen.

Als er Mitte Mai dort eintraf, hatte dort schon der Sommer sein strenges Regiment angetreten. Über der Stadt lastete eine Hitzeglocke, die alles Leben zwischen Mittag und dem frühen Abend zum Erliegen brachte.

Ein abgekämpfter Miguel kam ihm aus dem Haus entgegen. »Wenn die Katze aus dem Haus ist, dann tanzen die Mäuse. Der Spruch mag uralt sein, aber er gilt nach wie vor.

Der von Euch bezahlte Hausbesorger hat nicht nur seine halbe Verwandtschaft hier einquartiert, sondern den Keller an einen Weinhändler vermietet und die Räume gleich unterm Dach an eine Bettlerhorde. Diese feinen Herrschaften versoffen hier nachts, was sie untertags mit frommen Sprüchen ergaunert hatten.«

»Sind die nun alle draußen?«

»Ja, und den Hausbesorger habe ich dazu gezwungen, das Haus von oben bis unten sauber zu machen und zu ersetzen, was zerbrochen oder gestohlen wurde.«

»Gut gemacht, Miguel! Auf dich ist immer Verlass!«

Miguel machte ein verlegenes Gesicht und zerwühlte seinen roten Schopf. »Ja, Herr, aber so ohne weiteres ging das leider nicht. Man ist mir zuerst recht grob gekommen, hat gesagt, alle Welt weiß, dass Juan de Tenorio vom Hof verbannt, vielleicht sogar tot ist. Da musste ich zu einer Finte greifen, Herr. Ich habe das Blaue über Eure triumphale Rückkehr vom Himmel heruntergelogen, habe gesagt, man solle ruhig am Hof nachfragen, habe mit persönlichem Eingreifen Don Pedros gedroht.«

Juan lachte und schlug Miguel auf den Rücken. »Und das hat geholfen? Nun gut, dann ist es an mir, aus deinen Lügen meine Wahrheit zu machen.«

Miguel, der mit einem Donnerwetter gerechnet hatte, atmete auf. Sein Herr sorgte immer wieder für Überraschungen …

Was Juan gesagt hatte, war auch so gemeint, und am nächsten Tag machte er sich auf den Weg zum Alcazar.

»Habt Ihr um Audienz nachgesucht?« Der Dienst habende Kammerherr – Juan kannte ihn nicht – sah ihn abweisend an.

»Nein, das habe ich nicht, und das will ich nicht. Ich möchte Euch nur um eines bitten: Meldet dem König, dass Juan de Tenorio in Sevilla ist. Nichts weiter.«

»Wie Ihr wünscht, Don Juan.«

Noch am selben Tag kam ein Bote mit einem Handschreiben des Königs. »Zeit, dass du kommst, Juanito! Erscheine heute beim Nachtmahl, wir werden uns viel zu erzählen haben. P.«

Juan wedelte mit dem Brief. »Siehst du, Miguel, schon sind deine Lügen zur puren Wahrheit geworden. Sollte sich der Hausbesorger noch einmal blicken lassen, dann sag ihm, dass von nun an meine Ungnade auch die des Königs bedeutet.«

Miguels Sommersprossen blühten rosig auf, und ein zufriedenes Grinsen lief über sein Gesicht. »Das höre ich gerne, Herr! Da fühlt man sich gleich wohler und sicherer.«

»Immer noch der alte Hasenfuß! Wenn nur der eigene Hintern in Sicherheit ist, dann sieht alles gleich viel erfreulicher aus, nicht wahr?«

Miguel war keineswegs beleidigt. »Was ist unrecht daran? Oder würdet Ihr lieber mit Eurem Bruder tauschen, der sich in der Fremde vor Don Pedros Rache verstecken muss?«

»Merke dir eines, Miguel: Ich will mit keinem Menschen tauschen, mag es ihm besser oder schlechter gehen. Im Übrigen ist das sinnloses Geschwätz, denn selbst wenn Don Pedro mir seine Krone aufsetzt, wir die Namen tauschen und er mein Kammerherr wird, so bleibt doch jeder von uns in seiner alten Haut stecken. Und jetzt Schluss damit!«

Der König hatte ein Dutzend Gäste zur *cena* geladen, von denen Juan drei kannte. Da war einmal Don Diego, Bruder von Don Pedros heimlicher Gattin María de Padilla, dann der unvermeidliche Geheimsekretär Fernando Sanchez, der still, grau und unscheinbar am unteren Ende des Tisches saß und Juan kurz und etwas erstaunt anblickte. Am meisten aber überraschte ihn die Anwesenheit von Don Juan Núñez de Lara, dem Infanten. Hatte der nicht einmal nach Don Pedros Thron geschielt? Er lächelte Juan schief an und es schien, als sähe er den früheren Vertrauten des Königs lieber in der Verbannung.

Dann erschien der König, und die Tischrunde erhob sich.

»Sieh da, Don Juan! Lange habt Ihr Euch nicht mehr blicken lassen!«

»Ihr habt mich geladen und ich bin gekommen, Senyor.«

»So ist's recht! Ich hoffe, wir werden Euch künftig öfter sehen.«

Der König schien unverändert, wenn er auch etwas fülliger geworden war. Er gab sich lärmend und selbstbewusst, doch seine Gestik wirkte etwas verkrampft – so, als zwänge er sich zu leutseligem und unbefangenem Auftreten.

Als der König die Tischrunde auflöste, erhoben sich die Herren und bildeten Gesprächsgruppen. Wie auch früher schon bat Don Fernando, der Geheimsekretär, sich zurückziehen zu dürfen, denn auf ihn warte noch einige Arbeit.

Der König lachte. »Ich weiß, ich weiß, geht nur, mein Lieber, und wühlt in Euren Akten.«

Juan trat hinzu und sagte leise: »Nun müsst Ihr meinen Namen wieder von der schwarzen Liste streichen, Don Fernando.«

»Er hat niemals darauf gestanden, Don Juan.«

Der König stand so nahe, dass er das Gespräch mithörte. »So ist es, mein Lieber, der Schreiber sagt die Wahrheit. Oder habt Ihr ein schlechtes Gewissen, Don Juan?«

»Nein, Senyor.«

»Na also! Wir haben noch etwas zu besprechen ...«

Dann löste Don Pedro die Gesellschaft auf, und der Infant blickte Juan hasserfüllt an, ehe er langsam hinausging.

»Don Juan Núñez scheint mich nicht zu mögen.«

Der König machte eine verächtliche Geste.

»Der mag keinen – am wenigsten sich selber. Aber ich werde ihn bald brauchen.«

Sie gingen in das königliche Schlafgemach, und Don Pedro winkte Juan zum Fenster.

»Beuge dich weit hinaus und schau nach Osten.«

Er tat es, und da war nicht weit entfernt ein Gewirr von Holzgerüsten, Seilzügen, Mörtelkästen und Ziegelstapeln.

»Lasst Ihr den Alcazar erweitern?«

»Das ist nur ein Anbau für Doña María. Sie geht mit dem dritten Kind schwanger und braucht mehr Platz. Du weißt, sie ist meine einzige mir legitim angetraute Frau, aber noch muss es geheim bleiben. Sie ist meine wahre Königin und hat ein Anrecht auf den Platz an meiner Seite.«

»Ist Doña Diana noch bei ihr?«, unterbrach ihn Juan so heftig, dass der König die Stirn runzelte.

»Du fällst einem ins Wort wie mit einem Keulenhieb! Ja, sie ist noch bei ihr und hat Schwierigkeiten mit ihrem Vater. Don Isidoro fühlt sich alt und krank – er möchte sein Geschlecht fortgesetzt wissen und drängt Diana zur Ehe. Die aber ist die alte *virgo obstinata* geblieben und will nichts davon wissen. Vielleicht kannst du sie überreden?«

»Zu heiraten? Wen?«

»Dich vielleicht ...«

»Ich weiß nicht – nein ... Erzählt mir lieber, was Ihr hier noch bauen wollt.«

»Ich möchte tatsächlich den ganzen Alcazar umbauen lassen, und zwar in einem wahrhaft fürstlichen Stil. Wir haben ja schon einmal darüber gesprochen, doch an der Tatsache, dass hiesige Bauleute dazu nicht fähig sind, hat sich nichts geändert. Ich plane nun eine Reise nach Granada zu meinem Vasallen, dem Sultan Mohamed ben Jusef, und von dort werde ich die geeigneten Baumeister gleich mitnehmen. Aber jetzt zu dir! Du musst dich doch ohne deinen Zwilling tödlich gelangweilt haben?« Don Pedro blickte ihn neugierig an, aber in seinem Blick war etwas Lauerndes.

Eine falsche Antwort wird er mir sehr übel nehmen, dachte Juan.

»Ich habe darüber nachgedacht, warum Ihr damals in Cuellar so verärgert gewesen seid, denn bald habe ich erfahren, dass Eure Verbindung zu Juana de Castro – nun, sehr kurz gewesen war.«

»So, das hat sich damals wohl herumgesprochen? Unter vier Augen kann ich es ja zugeben. Diese überstürzte Heirat war ein Missgriff.« Er lachte unfroh. »Es wird die kürzeste Ehe gewesen sein, die jemals in Kastilien geschlossen wurde. Am Morgen nach der Hochzeitsnacht jagte ich sie davon.«

»Und Ihr wollt mir nicht sagen, warum?«

»Nein … oder doch? Nur so viel: Diese Frau hat Dinge von mir verlangt, die ich nicht gewähren konnte.«

»Im Bett?«

Da brach der König in sein altes tosendes Lachen aus und schlug sich auf die Schenkel. »Ach, Juanito, wie konnte ich es nur so lange ohne dich aushalten? Nein, im Bett war sie eher langweilig, es ging um das, was sie als *danum matutinale* verlangte. Ich beginne noch jetzt vor Zorn zu sieden, wenn ich daran denke …«

Juan schwieg, er wollte nicht allzu neugierig erscheinen. Der König sah ihn scharf an.

»Willst du es nicht wissen?«

»Wenn ich's wissen darf …«

»Etwas übertrieben ausgedrückt: Sie forderte von mir als Morgengabe halb Spanien, dazu ihre Krönung in der Kathedrale von Sevilla.«

Seine Augen wurden starr, sein Mund schmal. Er hob beide Hände und drückte sie zusammen. »Ich hätte – ich hätte sie beinahe erwürgt …«

»Sie hatte etwas Ungutes im Blick – wie ein Raubtier …«

»Jedenfalls bin ich froh, dass ich sie los bin. Später kam ihr Bruder und stellte Forderungen, ich habe die Sippe mit einem großen Landgut abgespeist. Wahrscheinlich sind sie mit fliegenden Fahnen zu Enrique übergelaufen. Soll mir auch recht sein … Hast du inzwischen von deinem Bruder etwas gehört?«

»Nein, nichts. Er soll im Dienste des Königs von Portugal stehen.«

»Ja, ich weiß. Von dort sind schlimme Nachrichten eingetroffen. Kronprinz Pedro – mein Vetter und Namensvetter – hat nach dem frühen Tod seiner Frau nicht mehr geheiratet, sondern sich eine Geliebte genommen – Inés de Castro, nein, zum Glück nicht verwandt mit Juana. Das hat seinen Vater, den alten König Affonso, maßlos geärgert, denn der wollte legitime Enkel, und er hat Pedro immer wieder nahe gelegt, standesgemäß zu heiraten. Der aber wollte nicht und hat vielleicht dasselbe wie ich getan, nämlich sich heimlich und in aller Stille mit seiner Inés ehelich verbunden. Dann geschah das Unfassbare.

Als Pedro für einige Tage auf die Jagd ging, hat König Affonso die Geliebte seines Sohnes – mittlerweile Mutter von drei Kindern – ermorden lassen. Nun herrscht Bürgerkrieg in Portugal, denn der Kronprinz will seinen Vater mit Waffengewalt stürzen.«

»Da habt Ihr ja noch Glück gehabt, Don Pedro.«

»Wie meinst du das?«

»Wäre Euer Vater länger am Leben geblieben …«

»Dann hätte er mir Doña María verübelt? Nein, das glaube ich nicht. Er selber lieferte ja das beste Beispiel für Mätressenwirtschaft.«

»Aber zuvor hatte er seinen legitimen Sohn gezeugt.«

»Ja, mich, und damit sind wir schon beim Thema. Die Bastarde geben keine Ruhe, besonders Enrique ist die treibende Kraft und hetzt immer wieder seine Brüder auf. Sein Zwillingsbruder Fadrique hört auf ihn wie auf einen Propheten. Ich muss die beiden auseinander bringen … Der erste Schritt war, dass ich den Infanten Juan Núñez an den Hof lud und so tat, als sähe ich – falls mir etwas zustößt – nur in ihm meinen Nachfolger. Unterdessen habe ich die Zwillinge zu einer klärenden Aussprache nach Sevilla gebeten, und wie ich Enrique kenne – er ist feig und frech zugleich –, wird er seinen Bruder vorausschicken und erst einmal abwarten.«

Der König hätte mehr dazu sagen können, aber auch sein Zwilling brauchte nicht alles zu wissen.

Einige Stunden später erschien – noch vor dem Nachtmahl – Don Fadrique mit zahlreichem Gefolge, um seinen Halbbruder zu begrüßen. Der König unterbrach sein Brettspiel und bat den Ordensmeister von Santiago in seine privaten Räume, wo sich auch María de Padilla aufhielt. Ihr Bruder

Diego erhob sich und musterte Fadrique mit finsteren Blicken.

Don Fadrique küsste María die Hand, umarmte ihre beiden Töchter, nickte Don Diego de Padilla zu.

»Kann ich im Alcazar wohnen? Ich fühle mich hier sicherer als draußen ...«

»Aber ja, Don Fadrique! Zwei unserer Gästehäuser stehen leer, da könnt Ihr noch einen Teil Eures Gefolges unterbringen.«

»Gut, dann danke ich Euch. Ich werde mich bis zum Nachtmahl ein wenig ausruhen.«

Der König begleitete ihn hinaus, aber Fadriques Gefolge war verschwunden, der Innenhof schien leer. Geduckt kam Sancho Ruiz aus dem Schatten, Fadriques persönlicher Reitknecht. Er führte dessen Pferd am Zügel. Er flüsterte erregt: »Sie haben unsere Leute weggelockt, vielleicht ist da hinten noch die Nebenpforte offen ...«

Da traten zwei Hofleute heran und baten Fadrique, noch einmal zum König zu kommen. Als er sich umwandte, ertönte Don Pedros laute Stimme aus dem Inneren des Hauses.

»Tötet ihn!«

Fadrique riss sich los und lief in den Hof zurück, gefolgt von einigen Männern der königlichen Leibwache. Er wollte sein Schwert ziehen, doch das hatte sich im Gehänge verfangen, so dass ihn die Bewaffneten ohne Gegenwehr mit ihren Streitkeulen erschlugen. Der verstörte Reitknecht lief ins Innere des Hauses, sah eine von Doña Marías Töchtern, ergriff das Kind und hob es als Schutzschild in die Höhe. Ein beherzter Diener schlich von der Seite heran und entriss ihm das Kind. Die Leibwache hielt ihn fest, der König trat heran und stieß ihm seinen langen Dolch in die Brust.

»Pech gehabt, mein Lieber! Du hättest das Kind nicht bedrohen dürfen!« Der König lachte und gab den blutigen Dolch einem Diener. »Vielleicht hätte ich dann den Kerl sogar freigelassen. Ist das Nachtmahl gerichtet?«

Die Tischgesellschaft wusste schon Bescheid, denn solche Nachrichten verbreiten sich an einem Königshof schneller als rasendes Feuer. Dann kam Don Pedro und verkündete: »Don Fadrique, der Ordensmeister von Santiago, ist gerichtet – wegen mehrfachen Hochverrats, nämlich Verschwörung gegen das Leben des Königs, des Infanten Don Juan Núñez und anderer hoch gestellter Personen, dazu wegen Ehebruchs mit Doña Blanca. Diese Gefahr ist gebannt, meine Herren, Dank sei Gott!«

Juan de Tenorio blickte seinen König aufmerksam an. Wie ihn eine solche Rachetat belebt, dachte er. Seine Augen funkeln, das bleiche Gesicht ist leicht gerötet, das ist für ihn berauschend wie starker Wein.

»Da ist nun ein Amt frei geworden, Senyor ...«, meldete sich Diego de Padilla zu Wort.

»Ein Amt?« Der König tat überrascht.

»Ja – das des *maestre* von Santiago.«

»Freilich, freilich, doch Ihr wisst recht gut, dass der Ordensmeister nicht vom König ernannt, sondern von den Rittern gewählt wird. Aber Ihr könnt Euch darum bewerben.«

»Ja, Senyor.«

Am nächsten Tag ließ der König durch Herolde und Anschläge an Kirchentüren verkünden, dass jeder Bewaffnete, der im Dienst von Don Fadrique gestanden hatte, zu denselben Bedingungen in die königliche Truppe aufgenommen würde. Das machte gute Stimmung und wieder einmal ging es im Volk um: »Da seht ihr es! Der König straft nur die Großen, doch für die Kleinen setzt er sich ein.«

Wenig später sagte Don Pedro bei einem ihrer intimen abendlichen Gespräche: »Die Reise nach Granada müssen wir leider verschieben, Juanito. Es gibt jetzt Wichtigeres!«

»Und das wäre?«

»Kannst du es dir nicht denken?«

»Die anderen Bastarde?«

»So ist es, und dabei denke ich vor allem an Don Tello, den Herrn von Biscaya. Sobald er hört, dass Fadrique nicht mehr lebt, wird er sich mit Enrique verbünden, um gemeinsam gegen mich vorzugehen. Das muss ich verhindern!«

»Es dauert Wochen, bis Ihr an der Biscaya seid.«

»Es geht um meinen Thron, Juan! Dich nehme ich diesmal nicht mit, denn ich möchte wenigstens einen Menschen in Sevilla haben, dem ich vertrauen kann. Hast du Diana schon gesehen?«

»Nein, aber vielleicht ist sie es, die meine Gesellschaft meidet.«

»Suche du die ihre ...«

»Wie? Ihr habt ja für die Damen eine Art *harén* eingerichtet, und da haben nur Verwandte Zutritt.«

Don Pedro lachte hellauf. »Die Art der Muslime, ihre Frauen versteckt zu halten, hat schon etwas für sich. So ernenne ich dich hiermit zu meinem Bruder im Geist und gebe Anweisung, dass du – vorausgesetzt, die Damen wünschen deinen Besuch – dort jederzeit Zutritt hast. Nun zu etwas anderem: Ich werde auf diese lange Reise all jene mitnehmen, denen ich nicht traue, zum Beispiel den Infanten Don Juan Núñez. So sind sie unter meinen Augen und haben zu wählen. Entweder sie unterstützen mich gegen die Bastarde mit Geld und Truppen oder sie laufen über – jedenfalls weiß ich dann, woran ich bin. Lasse ich sie hier, dann knüpfen sie Fäden, bündeln da, bündeln dort und ich verliere den Überblick.«

»Klug ausgedacht, Don Pedro, aber wen lasst Ihr hier?«

»Dich natürlich, dann – schon von Amts wegen – meinen Stellvertreter, den Statthalter von Kastilien, und natürlich Diego de Padilla, dumm, eitel, aber schon aus Egoismus treu, denn was wäre er ohne mich? Alles, was er hat, ist mir und seiner Schwester zu verdanken und mit ihren Verwandten besetze ich verschiedene wichtige Ämter.«

Zum Abschiedsmahl waren auch die Damen geladen, und María de Padilla begrüßte Juan als »einen unserer künftigen Beschützer«, wozu ihr Bruder Diego ein finsteres Gesicht machte, weil er fürchtete, aus seiner Hauptrolle verdrängt zu werden.

Diana de Ulloa saß neben ihr und musterte Juan aufmerksam, als gelte es, etwas Besonderes oder eine Veränderung zu entdecken. Ihre großen blaugrauen Augen blieben dabei kühl, aber freundlich und er wusste genau, dass sie bald etwas sagen würde. Und schon erklang ihre helle metallische Stimme. »Ihr habt Euch in den letzten Jahren kaum verändert, Don Juan, aber mir scheint, Ihr seid etwas ernster, etwas männlicher – kurz, etwas erwachsener geworden.«

Wie so oft war es ihr gelungen, eine Beleidigung in das Gewand eines Kompliments zu kleiden, denn damit deutete sie an, dass Juan früher nur ein nicht ernst zu nehmender unreifer Junge gewesen war.

»Auch Ihr habt Euch kaum verändert, Doña Diana, noch immer ist Eure Rede mit Spott unterlegt, den Ihr stets beim Gespräch mit Männern bereithabt. Das kann nur bewirken, dass Euch die Männer niemals ernst nehmen. Das ist umso verwunderlicher, da Ihr die Freundin von Doña María seid, deren Anstand, Höflichkeit und gute Laune Euch zum Vorbild dienen könnten.«

Doña María errötete leicht und senkte den Kopf, doch Diana blieb gelassen.

»Vielleicht will ich anders sein, Don Juan – María ist María und ich bin ich!«

Der König schlug sich lachend auf die Schenkel. »Ihr seid die Würze jeder Gesellschaft, jeden Gesprächs, Doña Diana, und so befehle ich Euch als König, diesen Hof niemals zu verlassen!«

20

Als Diego de Padilla sah, dass Juan keinerlei Ambitionen hegte, bei Doña María etwas zu erreichen – ihr etwas abzuschmeicheln oder einzuflüstern –, gab er seine ablehnende Haltung auf.

»Ihr habt es nur auf Doña Diana abgesehen – stimmt's?«

»Abgesehen? Nun ja, es reizt mich schon, ihr etwas den Hof zu machen …«

Doch seine wahren Gefühle verriet er nicht. Juan war wieder in den Bannkreis der *virgo obstinata* geraten, und jetzt erschien es ihm wie ein Traum, dass sie ihn vor gar nicht so langer Zeit in ihr Bett gelassen und er dabei versagt hatte. Sie hat etwas, das abstößt und anzieht zugleich, überlegte er. Das ist, als wolle man von einer verlockenden Speise kosten, langt zu und schreckt sogleich zurück, weil sie zu heiß ist. Bei ihr ist es nur so, dass sie heiß bleibt – sie kühlt nicht ab, wird nicht genießbarer mit der Zeit.

In Abwesenheit des Königs gab es für Juan wenig zu tun und es hatte sich ergeben, dass er täglich bei Doña María erschien, um an einer Mahlzeit oder an einem Spiel teilzunehmen.

An einem Augustnachmittag – alles hatte sich zur Siesta im Schatten verkrochen – forderte Diana Juan auf, sie in den Garten zu begleiten.

»Ich fürchte, dort wird es sehr heiß sein …«, protestierte er schwach.

»Und? Seid Ihr aus Wachs und habt Angst, in der Hitze dahinzuschmelzen?«

»Nein, Doña Diana, nur vor Euch schmelze ich hin …«

»Nicht sehr witzig!«, klirrte die metallische Stimme, »aber Ihr seid nun einmal der Mann, den ich am besten kenne, mit dem ich sogar geschlafen habe.«

Das war wieder blanker Hohn, doch Juan war festen Willens, sich niemals von ihr provozieren zu lassen.

»Stimmt, ich durfte neben Euch schlafen, übrigens auf Eure ausdrückliche Einladung.«

»Es ging um den Siegerpreis, Don Juan, ich war es Euch schuldig. Allerdings hatte ich mir mehr davon erwartet …«

Sie hatten auf einer Steinbank Platz genommen, die ein großer alter Feigenbaum überschattete. Die mittägliche Hitze drückte jeden Lebenslaut nieder, nur das träge Summen der Bienen und Hummeln war zu hören und manchmal eine verschlafene Grille, die dann ein kurzes müdes Zirpen von sich gab.

»Liebesfreuden werden uns nur zuteil, wenn beide es wollen. Ihr aber habt es nicht gewollt, lagt nur da, starr, kühl und unbeteiligt wie eine Marmorstatue.«

Sie wandte den Kopf und schaute ihn neugierig an. Ihr schlanker Hals schimmerte im Schatten wie Elfenbein.

»Ah – und ich habe gehört, Männer seien immer dazu bereit, in jeder Lage …«

»Solche Männer mag es geben, ich gehöre nicht dazu.«

»Nun ja, hier in Sevilla seid Ihr ja wieder bestens versorgt und könnt die willigen Schönen durch Euer Bett wandern lassen.«

»Da schätzt Ihr mich falsch ein – die Göttin Diana duldet keine anderen neben sich.«

Ihr Fächerschlag wurde heftiger und Juan spürte einen angenehmen Luftzug.

»Wollt Ihr damit sagen …«

»Dass ich Euch noch immer begehre. Ja – warum soll ich es leugnen.«

»Ich tue aber nichts, um Euch zu ermuntern.«

Juan knöpfte sein Wams auf.

»Euch ist heiß? Entblößt Euch nur, Don Juan, nicht einmal Eure Nacktheit würde mich stören.«

Er löste den Gürtel, legte sein Oberkleid ab und öffnete das Hemd.

»Eure Lebensweise ist nicht gottgewollt, genau betrachtet sogar unchristlich.«

»Was wollt Ihr damit sagen?«

»Wir wurden nicht als geschlechtslose Wesen erschaffen,

sondern als Mann und Frau, auch sind wir vor allem dazu da, Gottes Wort zu erfüllen: Seid fruchtbar und mehret euch …«

»Gott hat aber auch geboten: Du sollst nicht töten! Und Christus hat verlangt: Liebet eure Feinde und tut Gutes denen, die euch hassen. So betrachtet, leben fast alle Menschen und besonders die Männer sehr unchristlich. Don Pedro – der sich christlicher König nennt – ist wieder einmal auf einem seiner Rachefeldzüge, die im Grunde nur eines im Sinn haben – hassen und töten. Dagegen erscheint mir meine Sünde – wenn es denn eine ist – lässlich und unbedeutend.«

Juan seufzte. »Um Eure scharfe Zunge könnte Euch der geschickteste Prediger beneiden.«

»Ihr gebt mir also Recht?«

»Ganz Unrecht habt Ihr jedenfalls nicht. Aber die Pfaffen werden ja nicht müde, uns einzureden, dass wir alle nur arme Sünder sind. Wer kann sich da ausnehmen?«

Sie nickte zufrieden. »Ihr gebt mir also Recht, zumindest so, wie ein Mann fähig ist, es gegenüber einer Frau auszudrücken. Die Gespräche mit Euch schätze ich überaus, Don Juan. Da könnten die anderen Herren am Hof noch etwas von Euch lernen – sogar unser König … Aber lasst mich jetzt zum Eigentlichen kommen, denn ich habe Euch nicht hierher gebeten, damit wir uns gegenseitig der Sünde bezichtigen. Es geht um meinen Vater und seinen störrischen Willen, mich zu verheiraten. Er hat sogar versucht, mich über den König zu beeinflussen, aber unser manchmal recht kluger Don Pedro hält sich da heraus. Ihr werdet davon gehört haben, dass Don Isidoro krank und hinfällig geworden ist, und so hat er sich in ein geistliches Hospiz eingekauft. Er lebt da recht behaglich und mit Bedienung und ärztlicher Betreuung, aber es wurmt ihn, dass er der letzte Spross seiner Familie sein soll. Er will mir sein Vermögen nur vererben, sobald er einen Enkel zu erwarten hat. Wen ich heirate, erscheint ihm jetzt nicht mehr so wichtig. Ein Mann von Stand soll es sein – ein *caballero* …«

»Nehmt mich.«

Sie lachte silberhell. »Das habe ich fast erwartet. Aber wie wollt Ihr mit einer Frau aus Stein Kinder zeugen?«

»Ich werde geduldig sein – auch Stein lässt sich erwärmen.«

»So – glaubt Ihr? Ich habe mir da etwas ausgedacht: Ihr werdet mich ins Hospiz begleiten und bei meinem Vater um meine Hand anhalten, und ich werde so tun, als ob ich einverstanden sei.«

»Und was soll damit erreicht werden?«

»Dass er sich zunächst einmal beruhigt und sein Testament nicht ändert.«

»Liegt Euch so viel an dem Erbe?«

»Ich möchte nach seinem Tod nicht von irgendjemandes Gnade abhängig sein. Bei Doña María bin ich unserer Freundschaft sicher, aber der König ist launisch, und wenn er mich – aus welchen Gründen auch immer – vom Hof verjagt, stehe ich ohne Mittel da. Da kann ich mich nur umbringen oder ins Kloster gehen.«

»Aber lieber würdet Ihr Euch umbringen?«

»Wie gut Ihr mich kennt, Don Juan.« Sie sagte es ganz ernst und blickte ihn dabei ruhig an.

»Noch eine Frage: Solltet Ihr tatsächlich gezwungen sein, eine Ehe einzugehen, käme dann nur ich in Frage?«

Sie senkte den Kopf und dachte eine Weile nach. Dann sagte sie lächelnd: »Ja, denn bei Euch wäre ich sicher. Eine Frau aus Stein erweckt Euer Begehren nicht, aber da ein junger Mann so etwas nun einmal braucht, würde ich Euch eine Geliebte gestatten.«

»Ihr nehmt mich nicht ernst, Doña Diana.«

»Doch, denn ich versuche, auf Eure Wünsche einzugehen.«

Juan schüttelte störrisch den Kopf. »Dann habt Ihr mich missverstanden. Mein Wunsch ist es, Euch zu gefallen, Euch zu gewinnen, Eure Augen feucht, Euren Leib heiß und Euren Schoß offen zu finden – das und nur das wünsche ich mir!«

»Ein wenig viel, findet Ihr nicht? Nun, wir werden sehen ... Aber zu meinem Vater werdet Ihr mich begleiten?«

»Um ihn um Eure Hand zu bitten?«

»Ja.«

»Ich werde es tun, Doña Diana.«

»Küsst mich.«

Er wischte sich zuerst mit einem Tuch das schweißfeuchte Gesicht ab, legte seine Arme um ihren schlanken Hals und küsste sie. Die kühlen Lippen öffneten sich leicht, ihre Zungenspitze vollführte eine blitzschnelle Liebkosung, dann schob sie ihn zurück. Ihre klaren graublauen Augen hatte sie dabei nicht geschlossen.

»Ein Verlobungskuss – sozusagen.«

»Nennt es, wie Ihr wollt, und haltet Euch in den nächsten Tagen bereit.«

Warum gab er ihr in allem nach? Ihre Gegenwart lähmte seine Entschlusskraft, ließ ihn wider Willen schwach werden. Er wusste es und konnte nichts dagegen tun. Oder er wollte nicht.

Das Hospiz wurde von dem Nonnenorden Santa María de Pasión unterhalten und lag im Westen der Stadt in der Nähe der Torre del Oro.

Isidoro de Ulloa bewohnte zwei nach Norden gelegene Räume mit Blick auf einen kleinen gepflegten Garten. Ein alter vertrauter Diener betreute ihn, der nun bettlägerig war, aber seinen Besuchern wach und angriffslustig entgegenblickte.

Diana stellte ihren Begleiter vor.

»Den also willst du heiraten, Diana? Hast du dir das gut überlegt? Don Juan genießt nicht den besten Ruf. Mit Verlaub gesagt, mein Herr, Euer Ruf ist – nun, schlecht, sehr schlecht. Euch nennt man doch den *burlador?* Seid Ihr nicht in Sevilla und darüber hinaus als gottloser Spötter und arger Verführer bekannt? Oder habt Ihr Euch gebessert?«

Juan winkte ab und lächelte dabei. »Gerüchte, Don Isidoro, nichts als böse Gerüchte.«

»So – so, Gerüchte ...« Don Isidoro richtete seine trüben

Augen auf Diana. »Ich hoffe, du hast dir das genau überlegt, Tochter, denn ich verstehe da manches nicht. Gerade du mit deinem übergroßen Misstrauen den Männern gegenüber erwählst dir einen – nun, ich habe es ja schon gesagt ...«

»Er liebt mich, Vater, und ich liebe ihn. Seit er wieder am Hof ist, gilt seine ganze Aufmerksamkeit mir, nur mir. Sollte es diesen *burlador* je gegeben haben, so hat er sich in einen ehrenwerten *caballero* verwandelt. Bitte, glaubt mir!«

»Das fällt mir nicht leicht, aber ich baue auf deine Klugheit, Diana. Wann soll die Trauung sein?«

»Sobald Ihr Euch wieder besser fühlt, Vater, denn eine Hochzeitsfeier ohne Eure Gegenwart könnte ich nicht ertragen.«

»Ich schließe mich der Meinung Eurer Tochter an, und deshalb wollen wir uns zunächst auch nur verloben. Sobald Ihr Euer Krankenlager verlassen könnt, treten wir vor den Altar.«

Da hellte sich Don Isidoros Gesicht auf. »Das Wort eines Edelmanns! Vielleicht habe ich Euch falsch eingeschätzt, Don Juan. Dann seht es mir nach, ich bin ein alter hinfälliger Mann.«

Juan verneigte sich. »Seid bedankt für Euer Verständnis. Aber da ist noch etwas. Don Pedro, den ich meinen Freund nennen darf, hat den Wunsch geäußert, an meiner Hochzeit – wann immer sie stattfindet – teilzunehmen. Nun aber musste er sich auf eine dringende Reise begeben und ich – Ihr werdet das verstehen – möchte seinem Wunsch unbedingt gehorchen. Wir werden also in jedem Fall seine Rückkunft abwarten müssen.«

Don Isidoros Gesicht belebte sich. »Aber ja, das verstehe ich! So vertraue ich Euch meine Tochter an und hoffe – ja, ich hoffe ...« Sein Kopf sank zurück und er schloss die Augen. Diana bettete sein Haupt wieder flach.

»Das hat er jetzt öfter. Immer, wenn er sich aufregt, versagen seine Kräfte.«

»Ich möchte nicht so alt werden«, sagte Juan leise.

»Das liegt nicht in Eurer Hand.«

»O doch, Doña Diana. Wir können Leben schaffen, wenn wir ein Kind zeugen, und wir können Leben vernichten, wenn wir töten. Das muss nicht immer ein anderer sein ... Ich kann den Dolch auch gegen mich selber richten.«

»Gott verzeiht das nicht und die ewige Höllenstrafe ist Euch gewiss. Nur er darf Leben geben oder nehmen.«

Sie gingen zum Fenster und schauten hinüber zum Fluss. Aus dem Westen nahte ein Gewitter, und es war schon ein fernes Grummeln zu hören.

»Der Himmel ist schon ganz grau geworden ...«

»Dieses Thema passt Euch wohl nicht?« Auch wenn Diana leise sprach, war der metallische Klang ihrer Stimme nicht zu überhören.

»Wir sollten Euren Vater nicht wecken ...«

»Er schläft jetzt tief und hört uns nicht.«

Juan trat näher und legte einen Arm um Dianas Schulter. »Es gibt weder Himmel noch Hölle; das ist eine Erfindung der Pfaffen, um ihre Schäflein gefügig zu machen.«

Sie schüttelte den Kopf, schaute Juan aber nicht an. »Die Priester haben sich das nicht aus den Fingern gesogen. Sie geben nur wieder, was in der Heiligen Schrift steht.«

»Menschenwerk! Alle diese so genannten heiligen Bücher sind nichts als Menschenwerke, ob Thora, Bibel oder Koran – von Menschen erdacht, von Menschen niedergeschrieben.«

»Aber doch von Gott inspiriert?«

»Wer will das wissen? Ihr setzt Euch hin, schreibt ein frommes Traktat und behauptet, es sei Euch von Gott diktiert. Wer will das Gegenteil beweisen?«

»Das ist mir zu spitzfindig. Da meinem Vater der männliche Erbe versagt war, hat er mir eine Ausbildung zukommen lassen, wie sie sonst nur Jungen erhalten. So kann ich schreiben und lesen, wurde in Mathematik, Geographie, Geschichte und natürlich in Religion unterrichtet – wie Ihr und tausend andere. Und Ihr stellt das alles in Frage?«

»Nicht alles, nur die so genannten Wahrheiten der Religion. Die Thesen aller von Euch genannten Fächer sind nachprüfbar – also: Drei und drei macht sechs, Frankreich liegt nördlich von Spanien und die Taten Karls des Großen sind bezeugt und bekannt. Ist aber jemals einer aus dem Jenseits zurückgekommen mit einem Bericht über Himmel und Hölle? Wenn verheerende Seuchen eine Strafe Gottes sind, warum trifft sie dann Gerechte und Ungerechte, rafft den armseligen schuldlosen Bettler dahin und lässt den reichen Wucherer und Leuteschinder am Leben?«

Diana wandte sich zu Juan und blickte ihn erstaunt an. »Aber das weiß doch jedes Kind – weil eben der Wille Gottes unerforschlich ist.«

Gemeinsam kehrten sie in den Alcazar zurück und fanden Doña María in sichtlicher Erregung.

»Ein Kurier mit Nachrichten ist heute Mittag eingetroffen. Nach dem Nachtmahl lasse ich seinen Bericht verlesen. Ihr bleibt doch auch, Don Juan?«

»Wenn ich darf …«

»Als Vertrauter des Königs müsst Ihr zu den Ersten gehören, die aus dieser Quelle trinken.« Sie hatte es absichtlich gespreizt und mit besonderer Betonung gesagt und dabei fröhlich gelacht.

»Also sind es gute Nachrichten?«

»Für Don Pedro und uns schon …«

Die Botschaft war kurz und lautete im Wesentlichen: Die Biscaya war besetzt und wieder der Krone von Kastilien eingegliedert worden. Don Tello war nach Frankreich geflohen, den verräterischen Infanten Don Juan Núñez de Lara hatte der Volkszorn getötet. Schon auf dem Rückweg erfuhr der König in Valladolid von einem Aufstand, den Enrique de Trastámara als Rache für den Tod seines Bruders Fadrique angezettelt hatte und woran sich der Infant Don Fernando de Tortosa beteiligte, ebenfalls als Reaktion auf die Ermordung von Don Juan Núñez. Doch Don Pedro gelang es, die Aufstände niederzuschlagen und dabei den Bastard Juan gefangen zu nehmen. Man solle verkünden, dass der König nun alle seine Gegner überwunden habe und im Herbst als siegreicher Triumphator einziehen werde.

Anfang Oktober kehrte der König mit seiner Leibtruppe zurück, den größeren Teil seiner Armee hatte er in verschiedenen kastilischen Städten zurückgelassen, um sie notfalls schneller im Norden einsetzen zu können.

Don Pedro zeigte sich in glänzender Laune und sagte zu Juan: »Über diesem Unternehmen stand ein glücklicher Stern. Zwar ist mir Don Tello entwischt, dafür aber habe ich ein wertvolles Pfand, doch nur wenige wissen davon.« Er grinste hinterhältig und in sein Gesicht kam ein gemeiner Zug. »Ich habe Tellos Frau gefangen genommen.«

»Was? Juana de Lara ist in Eurer Gewalt?«

»Ja, sie und der Bastard Juan. Sobald dieser Tello die geringsten Anstalten macht, sich gegen mich zu wenden, spricht er damit das Todesurteil über seine Gemahlin aus.«

»Und Juan?«

»Das hängt von Don Enrique ab. Ich werde ihm die Forderung übersenden, dass er künftig auf alle seine so genannten Thronansprüche verzichtet, sich mit niemandem gegen mich verbündet und mich auf Lebenszeit als den einzigen legitimen König von Kastilien und León anerkennt. Weigert er sich, so wird er seinen Bruder Juan nicht wieder sehen.«

»Das Recht ist auf Eurer Seite, Don Pedro.«

Das brachte Juan einen herzhaften Schulterschlag ein.

»Wenn das nur alle einsehen würden. Dass mein Vetter Pedro von Portugal nun König ist, hast du ja gehört?«

»Ja, die Nachricht traf hier im Sommer ein.«

»Auf dem Rückweg hielt ich mich einige Tage in Salamanca auf, um dort ein wenig Gerechtigkeit zu üben ...« Er lachte schallend. »Ich hoffe nur, dass die Jammerschreie der langsam Verbrennenden ihre Wirkung nicht verfehlt haben. Dort stieß eine Gruppe von Flüchtlingen aus Portugal zu uns, darunter die Mörder der Inés de Castro, Alvaro Gonzalves und

Pedro Coelho. Diese Herren hatten unter Pedros Vater, dem König Affonso, hohe Ämter inne und waren die Exekutoren der Geliebten des damaligen Kronprinzen, angeblich auf ausdrücklichen Befehl des Königs. Ob dies der Wahrheit entspricht, sei dahingestellt, mich soll es nicht kümmern. Glaube nur ja nicht, dass ich diese Tötung gutheiße! Ich werde diese Herren hier unter mildem Hausarrest halten, und wenn die Umstände es erfordern, so werden sie ausgetauscht.«

»Ausgetauscht? Gegen wen?«

Der König lachte behaglich. »Du darfst raten!«

»Gegen Eure Feinde, die nach Portugal geflohen sind?«

»So ist es, Juanito. Auch dein Bruder Alfonso ist darunter, das weißt du doch?«

»Er allein ist für sein Leben und seine Taten verantwortlich.«

»Ja, das hast du schon mehrmals gesagt, aber ich freue mich, dass du nach wie vor diese Meinung vertrittst.«

»Wann unternehmen wir die Reise nach Granada?«

»Ich hab's nicht vergessen. Der erbärmliche Zustand des Alcazars stört mich von Monat zu Monat mehr. Im Grunde ist es nur noch eine notdürftig am Leben erhaltene Ruine. Im nächsten Frühjahr geht's los, das verspreche ich dir.«

Später lernte Juan die Mörder der Inés de Castro kennen, und sie sahen keineswegs aus wie brutale Henker, sondern wie ehrsame und würdige Hofbeamte. Sie sprachen ganz freimütig über ihre Tat, gaben zu bedenken, dass der Einfluss von Verwandten der Inés de Castro ein Maß erreicht hatte, das den ganzen portugiesischen Adel in Aufruhr brachte. Ein Bürgerkrieg stand bevor und deshalb ...

Dieses Argument kenne ich, dachte Juan. Immer droht ein Bürgerkrieg, wenn Könige ihre grausamen Taten zu rechtfertigen suchen.

König Pedro von Portugal war offenbar nicht gesonnen, den Mördern seiner Geliebten zu verzeihen. Sein Vater hatte ihnen noch kurz vor seinem Tod dringend angeraten, ihr Heil in der Flucht zu suchen.

Auf das von Don Pedro gestellte Ultimatum antwortete Don Enrique nur mit Ausflüchten. Nicht nur von ihm hänge ab, wer König in Kastilien sei, da habe auch noch die *Cortes* ein gewichtiges Wort mitzureden, das solle heißen, er verzichte erst auf seine Thronansprüche, wenn die *Cortes* es ausdrücklich gutheiße.

»Er hält das für einen klugen Schachzug!«, rief der König empört, »aber im Grunde will er nur Zeit gewinnen. Damit hat er über seinen Bruder Juan den Stab gebrochen, und du wirst Zeuge seiner Hinrichtung sein, Juanito, ein absolut verlässlicher Zeuge, zusammen mit dem Kaplan Juan Pérez und Don Fernando Sanchez. Der kann dann gleich einen Namen aus unserer schwarzen Liste streichen.«

Der König schickte den Kaplan am Abend voraus, um dem Gefangenen sein Urteil zu verkünden und ihn auf den Tod vorzubereiten.

Am nächsten Morgen betraten Juan, der Geheimsekretär Don Fernando und der Henker die Torre del Oro. Der tiefe Keller des wuchtigen Turmes diente als königliche Schatzkammer, in den oberen Stockwerken saßen wichtige Staatsgefangene. Juan, gerade neunzehn geworden, hockte mit dem Kaplan auf seinem Strohlager und blickte erschreckt auf, als die drei Männer seine Zelle betraten. Er sprang auf.

»Ist es – ist es schon so weit?« In seinem schmalen, geisterhaft bleichen Gesicht stand der Todesschrecken.

Da Juan schwieg, ergriff der Geheimsekretär das Wort.

»Ja, und Ihr wisst, warum. Für Hochverrat gibt es keine Gnade – niemals und nirgends. Ihr hättet Euch rechtzeitig auf die Seite des legitimen Königs stellen sollen. Oft genug hat er Euch dazu die Hand gereicht.«

»Aber ich war noch fast ein Kind! Was hätte ich tun sollen? Mich gegen meinen erwachsenen Bruder stellen?«

»Seit einigen Jahren seid Ihr kein Kind mehr und so müsst Ihr als Erwachsener die Konsequenzen ziehen. Hat der Gefangene gebeichtet?«

Der Kaplan nickte. Ohne zu zögern, winkte der Henker

den beiden Wärtern, die Juan festhielten, während er von hinten die Würgeschlinge über Juans Kopf streifte und sie kräftig zuzog. Der Verurteilte wehrte sich kaum, und nach wenigen Minuten sank sein schlaffer Körper zu Boden. Juan, Don Fernando und der Kaplan unterschrieben als Augenzeugen der Hinrichtung von Don Juan, Bastardsohn des verstorbenen Königs Alfonso.

Don Pedro wollte diese Hinrichtung nicht geheim halten, sondern ließ sie als warnendes Exempel dem Volk verkünden. Die Reaktion kam bald.

Mit gleichgültiger, fast fröhlicher Stimme gab der König um die Weihnachtszeit seinen Freunden bekannt: »Nun beginnen sich die Fronten zu klären, wofür ich mich eigentlich bei meinen Gegnern bedanken müsste. Wir brauchen nun nicht mehr den einen im Norden, den anderen im Süden und den Dritten in Portugal suchen – nein, sie haben sich alle in Aragón versammelt: Enrique, Sancho, Tello und natürlich der Infant Don Fernando de Tortosa. So werde ich also an meinen hochlöblichen Vetter, den König von Aragón, die Forderung – nein, die Bitte richten, sie allesamt an mich auszuliefern, um des lieben Friedens willen.«

»Und wenn er es nicht tut?«, fragte Juan.

»Das wäre sehr unklug. Ich lasse gerade eine Flotte bauen, die bis Mitte des nächsten Jahres auf mehr als hundert Schiffe anwachsen wird. Damit werde ich die feindliche Seemacht vernichten und mein Landheer wird in Aragón einmarschieren. Wir werden das Land in die Zange nehmen, und der König wird nachgeben und mir die Aufrührer ausliefern müssen.«

Don Gil de Boccanegra, Don Pedros Flottenadmiral, gab zu bedenken: »Die Bastarde vielleicht, aber nicht den Infanten, der schließlich sein eigener Bruder ist.«

Don Pedro lächelte schlau. »Glaubt Ihr, daran habe ich nicht gedacht? Ich werde alles fordern und dann verhandeln. Wenn der Infant sein Wunschbild, einmal auf meinen Thron zu gelangen, aufgibt, dann will ich zufrieden sein. Jetzt aber

Schluss mit dem Kriegsgerede. – Don Juan de Tenorio, Ihr habt vor einigen Wochen Eure Verlobung mit Doña Diana bekannt gegeben. Nun möchte der Hof und an der Spitze ich, der König, endlich einmal wissen, wann unser schönes Paar vor den Altar tritt. Also?«

Juan suchte Dianas Augen, und über ihr anmutiges Gesicht flog ein Lächeln des Einverständnisses.

»Nicht zu dieser finsteren Jahreszeit. Wir wollen die Gesundung von Doña Dianas Vater abwarten und haben an den März gedacht, wenn der Frühling Einzug hält.«

»Das ist ja mitten in der Fastenzeit!«, rief ein alter bigotter Höfling empört.

»Eben darum! Wir werden diese Zeit mit unserem Hochzeitsfest versüßen.«

Da lachte der König schallend. »Eine prächtige Idee, Don Juan – auf diesen Tag freue ich mich.«

Doch dazu sollte es niemals kommen. Dianas Vater, Don Isidoro de Ulloa, starb kurz nach Jahresbeginn mit der frohen Hoffnung, seine Tochter noch als Ehefrau zu erleben. Sein Testament war unverändert geblieben, die Alleinerbin hieß Diana de Ulloa.

21

Die Ablehnung von Don Pedros Forderungen traf im Februar ein, und sie war umfassend. König Pedro IV. von Aragón verweigerte nicht nur die Herausgabe der Flüchtlinge, er stellte auch Gebietsforderungen an Kastilien, die nicht ganz unberechtigt waren und ein seit jeher umstrittenes Gebiet im Osten des Landes betrafen.

Don Pedro raste vor Empörung und alle – Juan ausgenommen – gingen ihm geflissentlich aus dem Weg. In seinem Rachezorn ließ der König Don Tellos Gemahlin töten, und der Henker musste ihr zuvor eröffnen, dass sie für die Sünden ihres Ehemannes sterbe. Hatte es bei der Hinrichtung des Bastards Juan beim Adel schon Reaktionen des Abscheus gegeben, so verstärkte sich dies bei der Ermordung von Doña Juana de Lara. Die schon totgesagte Adelsliga lebte wieder auf und gab dem König von Aragón zu verstehen, dass sie bereit sei, mit ihm gegen Don Pedro zu ziehen.

Die zugesagte Waffenhilfe aus Portugal enthielt eine Reihe von Forderungen, deren wichtigste die Fortsetzung der schon seit Generationen bestehenden verwandtschaftlichen Bindungen war. So sollten die beiden Söhne des Königs von Portugal mit Don Pedros Töchtern Constanza und Isabel verlobt werden, wozu Don Pedro, ohne im Geringsten zu zögern, sein Einverständnis gab. Eine weitere Bedingung war die Auslieferung der Mörder von Inés de Castro.

»So, wie es formuliert ist, scheint dies meinem königlichen Vetter sein erstes und wichtigstes Anliegen«, bemerkte Don Pedro und fügte hinzu: »Ein Wunsch, der nach Lage der Dinge wohl begründet und überaus berechtigt ist. Der ganze Hof soll erfahren, dass ich nicht wegen eines Vorteils bereit bin, das Gastrecht zu brechen und Flüchtlinge auszuliefern, sondern nur der Gerechtigkeit auf den Weg helfe.«

So wurden Alvaro Gonzalves und Pedro Coelho in den kleinen Audienzsaal geladen, wo die wichtigsten Leute des Hofes sie erwarteten. Kurz darauf erschien Don Pedro und nahm auf dem Thronsessel Platz. Gegen seine Gewohnheit ergriff der König als Erster das Wort.

»Meine Herren, Ihr seid mit der Behauptung hierher gekommen, einem strikten Befehl des Königs Affonso von Portugal gefolgt zu sein, als er die Geliebte seines Sohnes, des damaligen Kronprinzen Pedro, zum Tode verurteilte und sie durch Euch hinrichten ließ – angeblich zum Wohle des Landes und um Unruhen zu vermeiden. Nun aber, da Pedro König von Portugal geworden ist, wird der Fall in einem ganz anderen Licht dargestellt.«

Don Pedro gab dem Schreiber einen Wink, und der Mann begann mit monotoner Stimme zu lesen:

»Dies ist der Bericht, den die von König Pedro von Portugal ernannten Kommissare und Gerichtsbeamten nach langen und gründlichen Ermittlungen bezüglich des gewaltsamen Todes der Doña Inés de Castro verfasst haben.

Unter dem Vorwand, Doña Inés sei eine Gefahr für Portugal und dem Hinweis, Kronprinz Pedro würde – solange sie am Leben sei – niemals eine standesgemäße Ehe eingehen, versuchten verschiedene Herren, darunter die engen Vertrauten des Königs, Don Alvaro Gonzalves, damals Oberster Richter von Portugal, und Don Pedro Coelho, den Landesherrn davon zu überzeugen, dass Inés de Castro beseitigt werden müsse. Diese Absicht entsprang überwiegend eigensüchtigen Motiven, vor allem der Besorgnis, ihr Einfluss könne durch Bevorzugung der Brüder und Verwandten von Doña Inés schwinden. König Affonso hielt diese Bedenken für berechtigt und nützte einen viertägigen Jagdausflug des Kronprinzen, um sich von Doña Inés ein eigenes Bild zu machen.

So begab er sich mit den genannten Herren und anderen nach Coimbra, wo Doña Inés im Kloster Santa Clara mit ihren zwei kleinen Söhnen lebte.

Für die folgenden Ereignisse gibt es eine Reihe von Zeugen, deren Namen im Anhang aufgeführt sind und deren Aussagen unter Eid geschahen. König Affonso teilte Doña Inés mit, dass es an seinem Hof eine Partei gebe, die aus den schon oben genannten Gründen ihren Tod fordere. Da fiel ihm Doña Inés zu Füßen, sagte, sie mische sich niemals in Staatsgeschäfte ein und es gebe nicht den geringsten Grund, ihr das Leben zu nehmen. Habe er kein Mitleid mit ihr, so solle er wenigstens an seine beiden Enkelsöhne denken – Blut von seinem Blut. Ob sie den König von ihrer heimlichen Ehe mit dem Kronprinzen unterrichtete, ist nicht klar bezeugt.

Der König war erschüttert und gerührt und teilte den Herren mit, er finde an Doña Inés keine Schuld und man müsse nach anderen Lösungen suchen. Wieder waren es die Herren Gonzalves und Coelho, die dem König lange zuredeten und ihm die von Doña Inés ausgehenden vermeintlichen Gefahren vor Augen hielten. Schließlich rief der bedrängte König ihnen zu, sie sollten nach ihrem Ermessen verfahren, und verließ den Raum.

Anstatt wie verständige Männer zu handeln, sich in Ruhe zu besprechen, um dann erneut eine klare Entscheidung des Königs zu fordern, stürmten sie sofort in die Kammer der Doña Inés und töteten sie.«

Als Pedro Coelho etwas sagen wollte, rief der König: »Schweigt! Ihr habt den Bericht vernommen, und dem gibt es nichts hinzuzufügen. Ihr beide seid ehrlose Mörder! Abführen!«

Niemand äußerte ein Wort, schweigend löste sich die Versammlung auf.

Wie Juan es erwartet hatte, gab ihm Don Pedro den altvertrauten Wink, und sie setzten sich auf den gewohnten Platz auf der Fensterbank. Der König musterte ihn neugierig.

»Nun?«

»War Eure Empörung echt, Don Pedro?«

»Was glaubst du?«

»Entweder echt oder sehr gut gespielt.«

»Sie war eine Mischung aus beidem. Aus ihrer Sicht haben diese beiden Herren nur ihre Pflicht erfüllt, als sie den Ausspruch des Königs, ›nach ihrem Ermessen‹ zu handeln, als Todesurteil für Doña Inés auslegten, was Don Affonso vielleicht auch erwartete. Nun bin ich selber König und kann das verstehen. Versetze ich mich aber in den Kronprinzen, so schlägt mein Herz doch für ihn, denn er hat ja – wie ich – seine Geliebte heimlich geheiratet und sah nun sein Lebensglück zerstört. Geschähe mir dies, so kannst du dir gut vorstellen, welch langen und schmerzvollen Tod ich den Mördern bereiten würde. Nun zu dem, was dich betrifft, Juanito.«

Juan sah erstaunt auf. »Mich? Was habe ich damit zu tun?«

»Das wirst du gleich hören.« Er zog ein gesiegeltes Schriftstück aus dem Wams und faltete es auseinander. »Ein Handschreiben von Don Pedro, mir persönlich überreicht. Darin steht, dass die Auslieferung der Mörder sein erstes und wichtigstes Anliegen sei und von ihrer sicheren Überstellung seine Waffenhilfe abhänge. Doch er sei gerne bereit, mir als zusätzliche Gegenleistung einige nach Portugal geflüchtete Kastilier auszuliefern. Mir ist das ganz recht und der Eilkurier mit einer Namensliste ist bereits unterwegs. Dein Bruder Alfonso steht auch darauf.« Der König erwartete mit starrer und gespannter Aufmerksamkeit Juans Reaktion.

»Und? Was geht mich das an?«

»Willst du nicht für ihn bitten, Juanito? Wenigstens ein gutes Wort für ihn einlegen? Er ist ja immerhin dein Bruder.«

»Jeder ist seines Schicksals Schmied! Mag es auch etwas abgedroschen klingen und nicht immer zutreffen – im Großen und Ganzen glaube ich daran. Alfonso hatte es in der Hand, sich rechtzeitig auf Eure Seite zu schlagen. Er hat es nicht getan und muss die Folgen tragen.«

»Die ihn seinen Kopf kosten werden.«

»Hoch gespielt – hoch verloren.«

»Kein gutes Wort für ihn? Denke daran, wie es deine Mutter treffen wird.«

»Würde ein gutes Wort etwas ändern?«

Der König wandte sich ab, steckte umständlich das gesiegelte Schreiben ein und griff nach der Handglocke.

»Nein, ich glaube nicht.« Dann zögerte er und stellte die Glocke wieder hin. »Noch etwas. Der portugiesische König hat mich gebeten, die Gefangenen an der Grenze auszutauschen – ausgenommen die beiden Mörder. Die sollen ihm persönlich überbracht werden, er will da kein Risiko eingehen. Ich auch nicht, und darum sollst du sie begleiten.«

»Ich soll –«

»Ja, was ist schon dabei? Der Frühling steht vor der Tür, das ist die beste Reisezeit. Nimm deinen Miguel mit, dann könnt ihr unterwegs von alten Zeiten plaudern. Du erhältst als Bedeckung eine Truppe von dreißig Mann, geführt von einem *capitán,* der dir unterstellt ist. Dann könntest du schon im Frühsommer zurück sein ...«

»Ist der Auftrag ein Befehl, Senyor?«

»Mach nicht so ein Gesicht, Juanito, und lass den Senyor! Wen sonst kann ich mit so einem heiklen Auftrag betrauen als meinen besten Freund? Soll ich das Risiko eingehen, dass ein anderer sich bestechen und die Gefangenen entkommen lässt? König Pedro wird mir dann seine Hilfe verweigern und mir fehlt ein wichtiger Bündnispartner. Nein, die Sache ist zu bedeutsam, auch in Bezug auf die fernere Zukunft.«

Als Doña Diana von seinem Auftrag erfuhr, erlebte Juan wieder eine Überraschung. Sie standen im Patio und warteten auf das Zeichen zum Nachtmahl. Mit Tränen in den Augen rief sie aus: »Wie – Ihr wollt mich verlassen? Ihr, mein einziger wahrer Freund an diesem Hof! Ich komme mit den Männern nicht zurecht, Ihr wisst das recht gut. Der König soll einen anderen auf die Reise schicken, Doña María könnte ihn darum bitten.«

»Nein, das möchte ich nicht.«

»Wenn Ihr hier bleibt, könnten wir doch noch darüber reden, ob wir uns vielleicht zusammentun sollten ...«

In Juan regte sich eine verwegene Hoffnung. »Zusammentun? Wie meint Ihr das, Doña Diana?«

»Nun, wir könnten heiraten, unter der Bedingung, dass jeder von uns frei bleibt – also weiterlebt wie bisher ...«

»Getrennt von Tisch und Bett – eine Josephsehe also. Meint Ihr das?«

Sie vermied seinen Blick, rückte das schmale blaue Stirnband auf ihren blonden Haaren zurecht.

»Vielleicht wollt Ihr mich nicht verstehen?« Ihre Stimme war überraschend sanft geworden, der metallische Klang schwang kaum hörbar mit.

»Vielleicht bin ich zu dumm dazu? Also – Ihr würdet mich

heiraten unter der Bedingung, ich rühre Euch nicht an und Ihr tut weiter Euren Dienst bei Doña María. Das ist nicht der Sinn einer Ehe, Diana, dann lassen wir es lieber.«

»Es wäre der erste Schritt ...«

»Als meine Gemahlin würde ich Euch auf Händen tragen und meine Augen würden blind sein für das andere Geschlecht. Aber Ihr müsstet mir ganz gehören, Diana, mit Haut und Haar. Für mich gibt es da nichts Halbes. So, wie eine Frau nicht ein bisschen schwanger sein kann, so will ich nicht ein bisschen verheiratet sein.«

»Ich verstehe Euch ja, Juan ...« Ihre großen grauen Augen schwammen in Tränen, ein ungewohnter Anblick, der Juan rührte.

»Ich bin, wie ich bin, und wenn ich anders sein will, dann gibt's ein Unglück. Ihr habt es in Torrijos ja selber gesehen ... Als ich mich endlich entschlossen hatte, meine Jungfernschaft aufzugeben, und Euch den versprochenen Siegespreis schenken wollte, da habt Ihr versagt.«

»Ihr wisst, warum.«

»Vielleicht habe ich es vergessen.«

»Eine kalte Marmorstatue kann keine Manneskraft erwecken. Da begatte ich lieber eine Ziege – da spürt man das warme Leben.«

»Ihr seid niederträchtig, Don Juan.«

»Die Wahrheit kann schmerzlich sein.«

Da ertönte das vertraute Glockenzeichen. Diana reichte ihm ihren Arm.

»Gehen wir zu Tisch. Wenn Ihr zurück aus Portugal seid, werden wir noch einmal darüber sprechen – einverstanden?«

»Falls Ihr es wünscht.«

Dann kam der Tag der Abreise. Juan machte sich mit dem *capitán* seiner Begleittruppe bekannt, und sie besprachen die Notwendigkeit, ihren Gefangenen jede Fluchtmöglichkeit zu nehmen, ohne sie fesseln zu müssen.

»Ein an Händen und Füßen Gefesselter kann zwar reiten,

doch sein Pferd muss geführt werden und man kommt nur langsam voran.«

Der *capitán* nickte. »Das stimmt. Aber da weiß ich einen Weg. Wir legen den Männern eine dünne, aber sehr haltbare Kette um den Leib, die wir mit dem Sattelgurt verknüpfen. Zudem umgibt sie ein Ring meiner Männer – je zwei zu beiden Seiten, je zwei vorne und hinten.«

»Gut, Ihr werdet da Eure Erfahrungen haben. Noch etwas: Die Herren dürfen unterwegs niemals zusammen in einer Kammer schlafen, um jede Möglichkeit einer Absprache zu vermeiden. Ihr oder ich werden abwechselnd mit Gonzalves oder Coelho die Nacht in einem Raum verbringen, dessen Fenster und Türen bewacht werden müssen.«

Der *capitán* schmunzelte. »Die beiden scheinen sehr wichtig zu sein.«

»Ja, von diesen Herren hängt viel ab. Wir müssen sie dem König von Portugal persönlich ausliefern, erst dann können wir die Augen von ihnen wenden.«

Bei Badojoz überschritten sie die Grenze und wurden sofort von portugiesischen Truppen nach dem Städtchen Elvas geleitet, das von einem festen, noch von den Mauren erbauten Alcazar überragt wurde. Hier wurde Juan wie ein Gesandter mit allen Ehren empfangen. Der Austausch der Gefangenen fand im Burghof statt. Plötzlich hörte Juan eine Stimme.

»Juan! Bruder!« Alfonso zerrte seinen Wärter an der Kette hinter sich her. »Dass du hier bist! Dank sei Gott, du bist doch wegen mir gekommen?«

Der stämmige, martialisch auftretende Alfonso hatte sich wenig verändert, nur seine kurz geschnittenen Haare waren dünner und sein Bart war grau geworden. Seine wenig gepflegte Erscheinung ließ vermuten, dass er sich schon länger in Gefangenschaft befand.

Juan sah die Hoffnung im Gesicht seines Bruders aufflammen, was ihn für Augenblicke betroffen und verlegen machte. Meldete sich die Stimme des Blutes? Er lauschte nach innen, doch da war nichts.

»Nein, Alfonso, nicht wegen dir bin ich gekommen, sondern um die Gefangenen auszutauschen im besonderen Auftrag von Don Pedro. Mit dir hat es nichts zu tun.«

Alfonsos Gesicht verfiel, als werde ihm erst jetzt klar, was ihn erwartete.

»Seid Ihr fertig, Herr?«, fragte der Wärter ungeduldig.

»Nein, erst wenn ich es dir sage!«

»Aber ich bin dein Bruder! Der König muss dich doch vor diesem Auftrag gefragt haben ...«

»Ja, Alfonso, er hat etwas angedeutet und es klang so, als ob es in deinem Fall sinnlos sei, ihn um einen Gefallen zu bitten.«

»Und du – du hast nicht weiter versucht, ihn – ihn umzustimmen?«

»Du kannst es ja selber versuchen.«

Alfonsos Gesicht wurde feindselig und abweisend. »Es ist eine Strafe, dich zum Bruder zu haben.«

»Wenn du es meinst.«

»Ja«, brüllte Alfonso, »genau das meine ich!«

Juan schaute den Wärter an. »Wir sind fertig, du kannst ihn abführen.«

Alfonso spie ihm vor die Füße. »Fahr zur Hölle!«

Juan grinste. »So wie es scheint, ist dort ohnehin die bessere Gesellschaft zu finden.«

Am nächsten Tag zog der kastilische *capitán* mit seiner Gruppe und den Gefangenen ab. Die Mörder der Inés de Castro wurden nun von Landsleuten bewacht, meist jungen Männern, die vor den beiden zurückschreckten, als seien sie mit Aussatz geschlagen. Nun war es ein portugiesischer *capitão,* mit dem Juan sich nachts abwechselte.

Santarem, am Hang eines Hügels über dem Fluss Tejo gelegen, war keine große Stadt, aber seit einigen Generationen Lieblingsresidenz der portugiesischen Könige. Im Zentrum der Stadt lag der von Don Pedro umgebaute und beträchtlich erweiterte Königspalast. Auf dem Platz davor waren Zimmerleute gerade dabei, zwei hölzerne Podeste zu errichten, auf denen sich je ein mit eisernen Ketten umwundener Pfahl erhob.

Der capitão wies darauf. »Hier wird die Richtstätte vorbereitet.« Er beugte sich näher zu Juan und sagte leise: »Wie ich unseren König einschätze, erwartet unsere beiden Gefangenen ein Tag, an dem sie tausendmal ihre Tat verfluchen werden.«

König Pedro von Portugal empfing Juan wenige Stunden nach seiner Ankunft. Der jetzt Vierzigjährige war mittelgroß, feingliedrig, zeigte meist ein fröhliches offenes Gesicht, gab sich ungemein höflich und zuvorkommend. Als Juan niederkniete, erhob er sich sofort und zog ihn schnell wieder hoch.

»Ihr habt Euren Auftrag hervorragend erfüllt; ich werde das meinem lieben Vetter, Eurem König, nicht verschweigen. Eine Frage vorweg: Seid Ihr mit diesem Alfonso Tenorio verwandt, der bis vor kurzem hier als Exilant gelebt hat?«

»Ja, Senhor, das ist mein Bruder.«

»Euer leiblicher Bruder?«, fragte der König bestürzt.

»Ja, Senhor.«

»Und Ihr habt nicht versucht, ihm zu helfen?«

»Nein, Senhor.«

»Warum?«

»Er ist er und ich bin ich. Er ist nicht für mich und ich bin nicht für ihn verantwortlich.«

»Eine ungewöhnliche Ansicht.«

»Ich habe sie seit je vertreten, Senhor.«

Am Morgen des zweiten Tages nahm der König mit seinem Gefolge auf der bereitgestellten Tribüne Platz, zu beiden Seiten seine Hofbeamten, auf langen Sitzreihen die Gäste – auch Frauen und Kinder waren darunter.

Die leisen Gespräche verstummten, als von der Kirche São João das Armesünderglöckchen zu wimmern begann – schrill und bedrohlich. Auf dieses Zeichen hin traten vier blutrot verhüllte Henker heran, die ein bedrohliches Instrumentarium von Messern und Zangen mit sich trugen. Je zwei von ihnen entkleideten Coelho und Gonzalves bis auf den Lendenschurz und begannen dann den Delinquenten die Haut an Armen und Beinen abzuziehen. Als die Gequälten zu stöhnen und zu schreien begannen, glitt ein kaltes zufriedenes Lächeln über das Gesicht des Königs. Später steigerte sich das Schreien zum grausigen Gebrüll, worauf Don Pedro mehrmals nickte und seine Lippen bewegte, als sage er etwas. Endlich traten die Henker zurück und da hingen die beiden Geschundenen als bluttriefende zuckende Bündel an ihren Pfählen mit vom Schmerz grausam entstellten Gesichtern.

Juan wandte seinen Blick ab, um die Gäste zu betrachten. Einige hatten die Köpfe gesenkt, andere starrten mit weiten Augen auf die Gehäuteten, doch war nicht auszumachen, ob aus Lust am furchtbaren Schauspiel, aus schierem Entsetzen, aus purer Schadenfreude – vielleicht sogar aus Mitleid. Eine Frau fiel ihm auf, die links von ihm unterhalb der königlichen Tribüne auf einem der Ehrenplätze saß. Sie hatte sich leicht vorgebeugt und ihr Gesichtsausdruck glich auffallend dem des Königs. Mit kaltem zufriedenem Lächeln betrachtete sie die blutigen Leiber, als schaue sie auf eine erbauliche Szene.

Doch das Schauspiel war noch nicht zu Ende. Die Henker hatten lange Lanzen in rauchenden Kohlebecken zur Rotglut gebracht und begannen nun die Geschundenen damit ins Fleisch zu stechen – langsam und mit Bedacht. Jedes Mal ertönte ein grässliches Zischen und ein kaum noch menschlich klingender Laut, der wie das Kreischen einer Säge klang. Danach erhielten die beiden reichlich zu trinken, um sie für das Kommende wieder zu beleben. Nun machten die Henker sich mit langen Messern zu schaffen, öffneten bei Pedro Coelho die Brust und bei Alvaro Gonzalves den Rücken, um ihnen dann mit großen Zangen die noch zuckenden Herzen herauszureißen.

Der König stand auf und klatschte Beifall, einige taten es ihm nach, doch die meisten blieben sitzen, gelähmt vor Entsetzen. Zu denen, die Beifall klatschten, gehörte auch die von Juan zuvor beobachtete Dame, deren Gesicht nun die reine Freude ausdrückte, als zolle sie einem geglückten Schauspiel ihre Bewunderung.

Als die Henker begannen, um die blutüberströmten entseelten Leiber dürres Reisig aufzustapeln, ging der König mit seinen Gästen zu Tisch, und er sagte laut und weithin hörbar: »Nach diesem Akt der Gerechtigkeit wird uns das Mahl besonders munden.«

Er muss meinem Zwilling wesensverwandt sein, dachte Juan, doch er ist keine jähe Natur, seine Rache ist wohl überlegt und war lange vorbereitet.

Während die Hofgesellschaft speiste, verbrannten draußen die Mörder zu Asche, und als ein plötzlich aufkommender Wind etwas davon hereintrieb und einige der schwarzgrauen Flocken in die Suppe fielen, ließ der König die Vorhänge schließen.

»Sie wollen es mir wohl heimzahlen, die beiden«, sagte Don Pedro lachend, »aber nun, da ich meine große Rache hatte, soll ihnen eine kleine vergönnt sein.«

Am nächsten Morgen wurde Juan zu einer kurzen Audienz befohlen.

»Ihr habt Eure Sache gut – sehr gut gemacht und wollt nun in die Heimat zurückkehren, nehme ich an. Wenn Ihr das ein wenig aufschieben könnt, so lade ich Euch zu einer feierlichen Zeremonie, wie sie die Welt noch nicht gesehen hat. Mit den ersten Truppenteilen, die ich Eurem König sende, werde ich Euer Ausbleiben in einem persönlichen Schreiben erklären. Seid Ihr einverstanden?«

Juan hielt es für unschicklich, den König um weitere Aufklärung zu bitten, doch war es weniger die geheimnisvolle Zeremonie, die seine Neugierde erregte; er dachte an die Unbekannte, die – im Gegensatz zu den meisten anderen – die grausame Hinrichtung genossen hatte wie ein erhebendes Schauspiel.

»Ja, Senhor, ich bleibe gerne und bedanke mich für Eure Gastfreundschaft.«

Der König nickte, und als er fragte, welchen Eindruck die Hinrichtung auf Juan gemacht habe, schwand das verbindliche Lächeln aus seinem Gesicht, und die schmalen dunklen Augen begannen bedrohlich zu glitzern.

Er will Beifall hören, der verliebte, zutiefst getroffene und nun rachedurstige König. Er will, dass man diesen grausamen Exzess eine gerechte Strafe nennt, dachte Juan.

»Ich habe keine Meinung dazu, Senhor. Darf ich erklären, warum?«

Der König nickte ungeduldig.

»Ich sehe drei Dinge getrennt. Was die beiden Mörder auf sich luden, ist das eine – was Euer Leid Euch zwang zu tun, das andere. Da steht jeder für sich und mir als Drittem fehlt die Verbindung dazu. Ob grausam oder nicht, ob gerecht oder ungerecht, das geht Euch alleine an, Senhor. Was ich dabei empfand, ist meine Sache, und ich möchte es für mich behalten.«

»Offene und zugleich etwas tiefgründige Worte – lassen wir es dabei. Für Euch und Euren Diener werden im Gästehaus Zimmer vorbereitet. Ich hoffe, Euch noch öfter zu sehen, Don Juan.«

Miguel maulte. Der längere Aufenthalt passte ihm nicht. »Jetzt haben wir uns in Sevilla endlich ein Heim geschaffen, und Ihr wisst nichts Besseres, als noch länger in diesem verschlafenen Land zu verweilen. Schaut Euch doch diese so genannte Residenzstadt an, Herr! Nichts weiter als ein größeres Dorf – kein Vergleich mit Sevilla.«

Juan schmunzelte. »Sei froh, dass du dank meiner in der Welt herumkommst! Du kannst einfach den alten Schafhirten nicht verleugnen, es ist ein Jammer mit dir!«

Miguel reckte sich. Er hatte seine Meinung gesagt und war mit sich zufrieden. »Ihr seid der Herr, Ihr habt zu befehlen.«

Buch II

1

König Pedro von Kastilien und León betrieb die Aufrüstung von Flotte und Heer mit allem Nachdruck, spürte aber immer wieder, dass er bei vielen seiner Lehnsleute auf taube Ohren stieß. Entweder sie reagierten gar nicht auf seine Forderung, ihn mit Truppen, Waffen oder Geld zu unterstützen, oder sie gebrauchten die seltsamsten Ausflüchte. Etwa: Wer vier Töchter verheiraten muss, hat nicht eine Dobla für andere Zwecke übrig, und nun sei gerade die jüngste dran. Oder: Ein Hagelsturm habe fast die ganze Ernte vernichtet, und so müsse man für die nächsten Jahre um Stundung des Lehnszinses bitten. Je weiter entfernt von Sevilla die Besitzungen dieser Herren lagen, umso eher war mit einer Verweigerung zu rechnen.

Aber da gab es immer noch den Schatzmeister Simuel el Levi, der mit allen Vollmachten ausgestattet und im Stande war, einer frisch gemolkenen Kuh noch weitere *pintas* abzupressen. Dies grenzte schon fast ans Wunderbare, und Don Pedro glaubte nicht an Wunder. So beschloss er, den Fall mit seinem stillen klugen Geheimsekretär Fernando Sanchez zu besprechen.

»Sagt mir ungeschminkt Eure Meinung, Don Fernando. Kann es noch mit rechten Dingen zugehen, dass Don Simuel immer neue Geldquellen auftut und – wie er beteuert – dabei nur Schulden eintreibt? Ich werde den Verdacht nicht los, dass mein Schatzmeister, um meine Bedürfnisse zu befriedigen und sich in Gunst zu halten, selber anderswo Schulden macht. Das mag eine Weile so hingehen und wenn es brenzlig wird, verschwindet der gute Simuel über alle Berge. Die Juden sind ja bekanntlich mit ganz Europa versippt und wenn er sein Vermögen nach Paris oder Rom rettet, ist er für uns nicht mehr zu greifen. – Setzt Euch, Don Fernando!«

Der Sekretär hatte sich schnell erhoben, als der König plötzlich in seinem Arbeitszimmer erschien, und nun ließ er sich behutsam auf dem einfachen Hocker nieder, der vor seinem *escritorio* stand. Don Pedro streckte sich auf dem schlichten Feldbett aus, das dem Sekretär nach langen, bis in die Nacht reichenden Arbeitstagen als Ruhelager diente. Draußen dunkelte es schon, und Don Fernandos graue schmale Gestalt schien sich im grauen Dämmer des Zimmers aufzulösen. Er beugte sich vor.

»Soll ich eine Lampe anstecken, Senyor?«

»Nein, nein, manchmal liebe ich dieses diffuse Licht, bei dem eine Unterhaltung allein aus Stimmen besteht und von den Sinnen nur die Ohren gebraucht werden. Die Augen kann man dabei ruhen lassen, der Blick richtet sich nach innen, der Verstand arbeitet umso schärfer.«

»Da mögt Ihr schon Recht haben, Senyor.«

»Womit?«

»Mit dem, was Ihr gerade gesagt habt, aber auch in Bezug auf Don Simuel. Freilich – soviel ich weiß, zahlt Ihr ihm keinen Lohn, sondern er wird in Prozenten von dem vergütet, was er für Euch eintreibt.«

Der König richtete sich auf und klopfte ungeduldig mit der Hand auf die zusammengelegte Decke, die als Kopfpolster diente. »Das weiß ich selber! Aber da stellt sich mir die Frage, ob der Jude mich nicht schon längst betrügt, ob er in den Wahn fast aller königlichen Schatzmeister verfällt, sie müssten sich immer größere Stücke aus dem Kuchen herausschneiden, der – so mag es scheinen – auf wunderbare Weise immer wieder nachwächst.«

»Ihr selber habt schon mehrmals gesagt, es gibt in Kastilien keine besseren und ehrlicheren Untertanen als die *moros* und die Juden.«

»Ja – und dazu stehe ich! Aber damit sind die Händler und

Handwerker gemeint, kleine fleißige Leute, die seit jeher – meist ohne zu murren – ihre Steuern und Abgaben zahlen, die dafür sorgen, dass sich das Mühlrad weiterdreht. Wäre ich auf Adel und Klerus angewiesen, diese elenden Parasiten, dann stünde das Rad längst still. Was nun Don Simuel betrifft, so hat mein Verdacht nichts mit seiner Religion zu tun. Ob Jude, *moro* oder Christ, jeder ist von der Macht des Geldes verführbar. Letztlich ist es ja so, dass auch das Wohl eines Königs von einer gut gefüllten Schatzkammer abhängig ist. Was nützt da eine legitime Geburt, was helfen Salbung und Krönung, wenn die Kassen leer sind? Hätte der Bastard Enrique während der letzten Jahre über mein Einkommen verfügen können, so säße er vielleicht schon heute auf dem Thron.«

»Und dieses Einkommen habt Ihr nicht zuletzt Don Simuel zu verdanken«, gab der Sekretär zu bedenken.

»Ich weiß das und kann dennoch nicht umhin, ihm zu misstrauen. Man hat mir berichtet, er kaufe im ganzen Land Besitztümer auf, und zwar vornehmlich solche von enteigneten Verrätern und zu Schleuderpreisen. Davon aber steht nichts in seinem Vertrag! Ich schaue dem Kerl noch eine Weile zu und wenn sich mein Verdacht erhärtet, werde ich ihn zur Rechenschaft ziehen.«

»Soll ich Don Simuel auf die schwarze Liste setzen, Senyor?«

Der König stand auf und sein Sekretär erhob sich mit ihm. »Nein, mein Lieber, noch nicht. Aber ich fürchte, er wird einer der Nächsten sein.«

Immer wenn Juan für eine Weile nicht um ihn war, spürte Don Pedro in den ersten Tagen eine sonderbare Leere, als sei ihm etwas Gewohntes abhanden gekommen. Das war wie der Haken, an den man jahrelang ein Kleidungsstück hängt, wie der Weihwasserkessel in der Schlosskapelle, in den man, ohne hinzusehen, seine Finger taucht, wie die altvertraute, immer bereitliegende *espada,* mit der man sich täglich gürtet. Fehlen diese Dinge plötzlich, dann erinnert man sich ihrer so deutlich, wie man sie bei ihrer Anwesenheit nie wahrgenommen hätte.

Dabei fehlte es Don Pedro nicht an vertrautem Umgang. Auf Menschen wie Diego de Padilla, Fernández de Hinestrosa und einige andere konnte er sich blind verlassen, aber – der König vergaß es niemals – sie alle waren nähere und weitere Verwandte von María de Padilla und so war ihr Schicksal fest und unauflösbar mit dem seinen verbunden. Stürzte er, dann fiel auch Doña María und mit ihr die ganze Sippe ihrer Verwandten und Günstlinge. Mit dem »Zwilling« verhielt es sich anders. Don Juan stand außerhalb dieses Kreises und hatte sich freiwillig entschlossen, als Kammerherr und Freund auf der Seite seines Königs zu stehen.

Don Pedro schmunzelte, als er daran dachte, wie wenig sich sein Sturz oder sein Tod auf Juans Leben auswirken würde. Dann kehrt er auf seine Finca zurück und spielt den Gutsherrn. Vielleicht wird er heiraten und Kinder zeugen, aber er wird stets derselbe bleiben. Männern gegenüber höflich, stolz, unbestechlich, höflich auch bei Frauen; aber auch ein Lügner und Betrüger, ein Aufschneider und Angeber; hinterlistig, falsch und charakterlos, wo immer er es für notwendig hielt.

Don Pedro gestand sich selber ein, was er vor anderen nie zugeben würde: Juan de Tenorio fehlte ihm, und ihre gemeinsame Stunde am Abend, wo der König seinen Rang draußen vor der Türe ließ, diese Zeit war so schal und leer geworden, als trinke man statt eines feurigen Würzweines ein Glas lauwarmes Wasser.

Am nächsten Morgen ritt Don Pedro hinab zum Flusshafen, wo sich zu beiden Seiten der Torre del Oro die *astilleros* erstreckten, die Schiffswerften – ein Platz, den der König häufig besuchte und der ihm zurzeit wichtiger war als jeder andere.

»Wie geht's voran?«, fragte er den verantwortlichen Bauleiter.

»Ganz nach Plan, Senyor. Bis Ende Mai werden wir etwa fünf Dutzend Schiffe zur Verfügung haben.«

Der König nickte zufrieden. »Den Rest stellen unsere Verbündeten, so dass wir mit einer Flotte von neunzig bis hundert Schiffen vor Barcelona auftauchen werden.«

Der Bauleiter schmunzelte. »Ob es da überhaupt zu Kämpfen kommt? Beim Anblick dieser Riesenflotte nehmen die Aragonesen Reißaus, Senyor, darauf will ich meinen Kopf verwetten!«

Der König legte ihm seine Hand auf die Schulter. »Dein Wort in Gottes Ohr, mein Lieber. Ein Sieg ohne Blutvergießen – das wäre schon etwas ...« Er wandte sich ab und ging näher an den Fluss. »Aber daran glaube ich nicht ...«, murmelte er noch, und dem Bauleiter verbot es der Respekt, den König danach zu fragen.

Nein, Don Pedro war kein Träumer und setzte seine Hoffnungen auf ganz handfeste und reale Dinge wie seine große Flotte mit den schweren Katapulten sowie die Waffenhilfe aus Portugal, Genua und Granada. Gegen den Rat seines Admirals Boccanegra ließ Don Pedro etwa dreißig der schweren Schlachtschiffe mit Katapulten ausstatten, um damit Schiffe und Hafenanlagen zu zerstören.

Der *almirante* schüttelte den Kopf. »Ich halte das für falsch, Senyor. Letztlich entscheidet sich diese Schlacht auf hoher See, und da sind diese mit Steinen und schweren Wurfmaschinen überladenen Schiffe eher eine Last. Sie sind fast unbeweglich und hilflos jedem Fischerboot ausgeliefert, von dem ein paar Schützen Brandpfeile in die Segel schießen.«

Aber der König blieb unbelehrbar. »Ihr werdet sehen, wie die Leute Hals über Kopf davonlaufen, wenn fassgroße Steinbrocken auf ihre Schiffe und Häuser hageln. Allein die moralische Wirkung wird ungeheuer sein.«

Bei gutem Wind und ruhiger See traf die Flotte in der Höhe von Valencia auf die genuesischen Schiffe. Es waren aber nicht die versprochenen dreißig kleinen bis mittleren

Schnellsegler und Galeeren, sondern fünf schon etwas betagte Galeonen, fünf mittelgroße Galeeren und sechs kleine Boote mit vielfach geflickten Segeln. Als der genuesische Admiral an Bord kam, stieß ihn Don Pedro in maßlosem Zorn vor die Brust und rief: »Zu was soll dieser Haufen morsches Holz dienen? Den einzigen Schaden, den wir damit dem Feind antun können, ist, dass er sich totlacht.«

Der König war nur mit Mühe davon abzuhalten, diese armselige Flotte sofort in Brand schießen zu lassen. Schließlich konnte ihm die Erlaubnis abgerungen werden, dass die Genuesen der kastilischen Flotte in einigem Abstand folgen durften.

Um die Tage vor Pfingsten erreichten sie Barcelona, aber da war kein einziges aragonesisches Schiff, das sich zur Schlacht stellte. Nur ein paar Dutzend kleinere und größere Fischerboote dümpelten im Hafen. Dafür ging es an Land umso lebhafter zu, und als sie näher kamen, war eine Reihe von seltsamen metallenen Rohren zu sehen, deren offene Seiten auf das Meer gerichtet waren.

»*Bombardas!*«, rief Boccanegra entsetzt.

Der König beschattete seine Augen gegen die im Südwesten stehende Sonne. »Sind das diese neuen Waffen?«

»Ja, die kommen aus Italien und können mit Feuerkraft Steine und Eisen viele tausend Ellen weit schleudern.«

Don Pedro schüttelte ungläubig seinen Kopf. »Bis hierher?«

»Wahrscheinlich nicht ...«

Nach langer Besprechung mit dem Admiral und den Kapitänen wurde beschlossen, am 10. Juni 1359 – einen Tag nach Pfingsten – den Hafen anzugreifen.

»Vielleicht tauchen dann auch ihre Schiffe auf, um die Vernichtung der Stadt zu verhindern.«

»Ich habe kein gutes Gefühl ...«, sagte Boccanegra zögernd.

Einer der Kapitäne meinte: »Vielleicht sollten wir den Hafen vorerst in Ruhe lassen und versuchen, die aragonesische Flotte aufzuspüren?«

Auch das wurde diskutiert, aber schließlich verworfen, denn, so meinte der König: »Sind die Hafenanlagen zerstört, hat die Flotte keinen Stützpunkt mehr, und auf hoher See sind wir ihr um ein Vielfaches überlegen. Meine Kundschafter haben mir berichtet, dass der Feind über höchstens vierzig bis fünfzig Schiffe verfügt.«

Es war, wie man sagt, ein Schlag ins Wasser. Als die kastilische Flotte sich dem Hafen näherte, begannen die Bombarden unter Blitz und Donner zu feuern, und auf die kastilischen Schiffe ging ein Regen aus Stahl und Steinen nieder, zerfetzte Segel, kappte Masten, schlug tonnengroße Löcher in die Spanten und tötete Dutzende von Männern. Um dieser Gefahr zu entgehen, konnten die Schiffe nicht näher heranfahren, was aber bewirkte, dass die von den Katapulten geschleuderten Steine fast ausnahmslos ins Wasser fielen – unter dem spöttischen Jubel der Hafenbesatzung. Nach einer Stunde befahl der König: »Wir kehren um!«

Der König hatte alle Kräfte auf die entscheidende Seeschlacht gerichtet und konnte vorerst nichts anderes tun, als sich in den festen Hafen von Cartagena zurückzuziehen. María de Padilla war ihm hochschwanger entgegengereist, und bei ihrem Anblick vergaß Don Pedro, dass es ein Schlag ins Wasser gewesen war und er nicht das Geringste erreicht hatte. Dies alles aber wurde unwichtig, als Doña María an einem stürmischen Tag Ende Oktober einen Sohn zur Welt brachte.

Don Pedro, sonst weder fromm noch besonders auf die himmlischen Kräfte vertrauend, ließ in der Kirche Santa María eine feierliche Dankmesse lesen und stiftete einen namhaften Betrag für notwendige Bauarbeiten. Der Pfarrer, ein hagerer Mann mit einem feinen klugen Gesicht, bedankte sich im Namen der Jungfrau María und fügte hinzu: »Ihr habt heute so fromm gehandelt, Senyor, dass ich mir nicht erklären kann, warum Euch der Ruf eines Kirchenfeindes anhängt.«

»Ein offenes Wort, Padre, verdient eine offene Antwort. Wenn ich bis jetzt weder Klöster gestiftet noch Kirchen erbaut habe, so deshalb, weil dafür schon meine Vorfahren gesorgt haben und genug davon da ist. Dass ich den Klerus – wenn er weltliche Geschäfte betreibt – besteuere, ist nur ein Akt der Gerechtigkeit gegenüber Laien, deren Arbeit ebenfalls der Steuer unterliegt. Der wahre Gottesglaube muss aus dem Herzen und nicht aus der *bolsa* kommen. Wenn Gott es fügt, dass mir meine Frau einen Sohn schenkt, dann fühle ich mich ihm zu Dank verpflichtet – das ist alles.«

Der Priester glaubte, sich verhört zu haben, als der König »meine Frau« sagte, aber er hielt es für klüger, nicht danach zu fragen.

Dieser Sohn, der auf den Namen Alfonso getauft wurde, entfachte in Don Pedro Überlegungen, die er vorerst für sich behielt. Seine Gedanken zauberten Juans Geist in den Sessel gegenüber, und ganz nahe sah er das vertraute Gesicht mit den klugen dunklen Augen, den immer zu spöttischem Lächeln geneigten Mund, den vereinzelten Pockennarben auf der sonst glatten, etwas bräunlichen Gesichtshaut. Leise sprach Don Pedro den Freund an.

»Jetzt habe ich einen Thronfolger, Juanito, könnte mit ihm stolz vor die *Cortes* treten, aber ich darf es nicht, denn dazwischen steht Doña Blanca, die mir aufgezwungene Gattin. Sie war mir von Anfang an zuwider, das weißt du, aber jetzt ist sie überflüssig wie eine Wanze. Was soll ich tun, mein Freund, was soll ich nur tun?«

Das Gesicht verschwamm, aber es kam eine Antwort, kaum hörbar, ein Hauch nur.

»Da gibt es zwei Möglichkeiten: Entweder Ihr lasst die Ehe vom Papst für ungültig erklären oder Doña Blanca muss verschwinden.«

»Vergiss den Papst! Innozenz mag alles in allem ein ehrenwerter Mann sein, doch er ist ein Franzose, der ohne die Zustimmung meines lieben Vetters Jean nichts unternehmen kann. Der König von Frankreich aber wird niemals gestatten, dass ich seine Nichte verstoße. Nun, mein Freund, da müssen wir die zweite Lösung wählen. Was meinst du mit ›verschwinden‹?«

»Auch da gibt es wieder zwei Möglichkeiten«, hörte er die Flüsterstimme, die jetzt von hinten kam. »Doña Blanca könnte den machtvollen Drang verspüren, in ein Kloster einzutreten, und einer Eurer Bischöfe müsste die Ehe für ungültig erklären oder sie muss von der Erde verschwinden. Sie könnte in einen Fluss fallen und ertrinken, vom Pferd stürzen und sich den Hals brechen, sich an verdorbener Nahrung vergiften – ach, Don Pedro, der Tod hat unendlich viele Möglichkeiten, seine Arbeit zu tun.«

»Aber er lässt sich nichts befehlen, Juanito, das hast du wohl vergessen!«

»Befehlen nicht, nein, aber lenken – in die gewünschte Bahn lenken, das könnte schon gehen.«

»Aber wie? Wie meinst du das, Juan?«

Es kam keine Antwort mehr.

Der König sah keinen Sinn mehr darin, jetzt den Krieg weiter fortzusetzen. Genuas klägliche Hilfe erwies sich als wertlos, die portugiesischen Hilfskräfte begannen sich – da sie keinen Sold mehr erhielten – nach und nach abzusetzen, und der Sultan von Granada zog seine Hilfe zurück mit der Begründung, er müsse alle Kräfte sammeln, um einem drohenden Bürgerkrieg zu begegnen.

Don Pedro kam das gelegen, er wollte mit Frau und Sohn nach Sevilla zurück und bot Aragón einen Waffenstillstand an, der überraschend schnell akzeptiert wurde.

2

Ein Königshof ähnelt dem anderen in seinem Gespinst von Verbindungen, Eifersüchteleien, Gerüchten, Liebschaften und Feindseligkeiten. Halbwegs zu entwirren ist dieses Netz aber nur für den, der schon lange darin lebt, selber darin verstrickt ist.

Juan de Tenorio in seiner verbindlichen Art brauchte nicht lange, um die Identität jener Dame herauszufinden, deren Verhalten ihm bei der Hinrichtung aufgefallen war. Er hatte sich mit einem jungen Höfling angefreundet, der jeden Augenblick seiner freien Zeit nutzte, um an den Ufern des Tejo auf Vogeljagd zu gehen, wobei ihn Juan häufig begleitete. Er wusste gleich Bescheid.

»Doña Catalina kennt am Hof jeder und nicht wenige auch näher ... Versteht Ihr, was ich meine?«

Juan tat, als verstünde er nicht, und blickte den anderen fragend an.

»Na ja, sie ist mit Don Rodrigo Pérez verheiratet ... Er ist nicht mehr der Jüngste, für ihn ist es die zweite Ehe und offenbar findet Doña Catalina in seinen Armen nicht das, wonach ihre Jugend verlangt. War das deutlich genug?«

»Ja, mein Lieber, ich danke Euch für die Auskunft.«

Juan wusste natürlich, dass Rodrigo Pérez der kastilische Gesandte am portugiesischen Hof war, und zwar schon seit langen Jahren, also auch noch zu Zeiten des vor drei Jahren verstorbenen Königs Affonso. Er hatte den längst fälligen Höflichkeitsbesuch immer wieder hinausgeschoben, denn das Hofleben in Santarem war recht abwechslungsreich.

König Pedro liebte heitere Festlichkeiten, tanzte mit Leidenschaft oft ganze Nächte hindurch, und da er nach seiner Thronbesteigung seinen Hof stark verjüngt hatte, fehlte es ihm nicht an Gleichgesinnten. Es war, als hätte die vollzogene Rachetat sein Gemüt geklärt, ihm eine Last von der Seele genommen, den in letzter Zeit oft Verdüsterten wieder unbeschwert fröhlich gemacht.

Manchmal schien es, als scheue der König den Schlaf und gönne ihn auch anderen nicht. Eines Nachts, nach ausgiebigem Mahl und anschließendem Tanz, befahl Don Pedro seinen Musikanten, hinaus auf die Straßen zu gehen, und so zog die überwiegend junge Hofgesellschaft singend und tanzend durch die Stadt, angeführt von zwei virtuosen Trompetern, die so lautstark bliesen, dass ganz Santarem erwachte.

Doch es war kein böses Erwachen, die Menschen schauten lachend aus den Fenstern und nicht wenige gingen auf die Straße, um mitzufeiern.

Eine weitere Lieblingsbeschäftigung des Königs war die Jagd in allen ihren Spielarten, und man fand Don Pedro beim Saustechen ebenso kühn und geschickt wie bei der Vogeljagd mit Pfeil und Bogen. Dazu hatte er immer eine offene Hand, und wenn ein Anliegen nach sorgfältiger Prüfung berechtigt war, konnte jeder auf seine Hilfe hoffen. Einmal hörte man ihn sagen: »An dem Tag, da der König nichts gibt, verdient er nicht König genannt zu werden.«

Das war nun die helle Seite seines Wesens, doch auch seine dunkle zeigte er freimütig, wie etwa bei dem grausamen Strafgericht. Sein Rechtsempfinden war überempfindlich wie eine offene Wunde, und es bäumte sich schmerzlich auf, wenn jemand daran rührte.

Besonders die *ricos,* der Adel und die Priester durften selbst bei geringen Vergehen auf keinerlei Gnade hoffen. Eher verzieh er dreimal die unbedachte Tat eines Armen, als einem Reichen etwas durchgehen zu lassen. Das machte ihn beim Volk sehr beliebt und bald nannte es ihn *O Justiceiro,* aber Juan hörte auch das böse *O Cru* raunen und dachte, wie sehr doch die königlichen Vettern sich glichen: verehrt vom Volk, gehasst von Adel und Klerus.

Juan hatte gehofft, er würde Don Rodrigo Pérez und seine Gemahlin auf einem der Feste oder bei der Jagd kennen lernen, doch bisher vergebens.

»Der Alte ist ein Bücherwurm und erscheint nur, wenn es unbedingt erforderlich ist«, wurde ihm gesagt.

»Und seine Gemahlin?«

»Die sitzt zu Hause und grämt sich.«

Juan schickte Miguel mit der Bitte um einen Besuchstermin, der sofort gewährt wurde.

Das weitläufige Haus war von einem verwilderten Garten umgeben, der sich bis an den Tejo hinabzog.

»Wenn ich am Verzweifeln bin«, sagte Don Rodrigo, »und nicht einmal meine Bücher mir noch Trost spenden können, dann setze ich mich mit der Angel hierher und warte, bis ...« Er schwieg und blickte versonnen über den Fluss.

Seinem Äußeren nach hätte man ihn eher für einen Gelehrten gehalten. Er trug ein dunkles talarartiges Gewand, seine Gesichtszüge verbargen sich unter einem grauen Vollbart, sein Haar bedeckte eine eckige Kappe, wie sie Lehrer oder Schreiber trugen.

»Und was bringt Euch bisweilen zum Verzweifeln?«, fragte Juan höflich.

»Die Zeitläufte, die Menschen, unsere wirre Welt, die mir, je länger ich lebe, zunehmend undurchschaubarer erscheint. Alle Ordnung, so bin ich inzwischen geneigt zu glauben, liegt bei Gott, aber er ist nicht gewillt, sie uns zu gönnen. Ich will Euch das erläutern, Don Juan. Schaut hinauf in den Himmel und Ihr werdet Gestirne finden, deren Gang verlässlich und berechenbar ist. Ob Mond oder Sonne, ob Mars oder Jupiter – ich nehme meine Bücher zur Hand und weiß, wie sie in zwei, drei oder sieben Jahren, etwa am dritten Tag des Augusts, stehen. Das Universum also hält er in Ordnung, unser unerforschlicher Gott. Aber hier auf Erden – das Chaos! Ich war schon bei König Affonso Gesandter, und wenn ich betrachte, was im Laufe der Jahre geschehen ist – hier und anderswo ...« Er winkte resigniert ab, und sie gingen den schmalen Trampelpfad hinauf ins Haus.

Don Rodrigo hatte Juan zum Mittagsmahl geladen und nun zeigte sich auch seine Gemahlin, die mit zerstreuter Miene und etwas unwillig ihre Dienerschaft überwachte.

»Da kann ich hundertmal sagen: Reicht die Fingerschalen nach jedem Gang und sie werden es zum hundertundeinten Mal erst nach dem zweiten oder dritten tun.« Doch als sie dies sagte, begann sie zu lächeln und hob leicht die Schultern. »Ich weiß schon, es gibt Wichtigeres ...«

Auf ihren tiefbraunen Haaren lag ein rötlicher Glanz, der im Licht kupfern aufleuchtete, aber verblasste, wenn der

Raum dämmrig wurde. Dann mutete das Haar fast schwarz an, und da sie es niemals schmückte, schien es, als sei ihr Kopf mit einem dunklen Schleier bedeckt. Anders bei ihrem Gesicht. Das harte Licht des Tages enthüllte einige Unregelmäßigkeiten. Ihre großen Augen standen etwas ungleich, auch die Farbe schien unentschlossen zwischen Grün und Braun zu wechseln – und die Nase? Ein wenig zu lang, ein wenig schief? Der Mund – ein wenig zu groß?

Doña Catalina mochte um die dreißig sein, doch im Abenddämmer oder bei Kerzenlicht wirkte ihr Gesicht geheimnisvoll und alterslos und ihre etwas raue, etwas heiser erscheinende Stimme übte auf Juan einen Reiz aus, den er sich nicht erklären konnte.

Am Tag seines ersten Besuchs zog der Hausherr sich zur Siesta zurück.

»Als alter Mann brauche ich mein Stündchen Schlaf, um den Tag durchzustehen, und so überlasse ich der Jugend das Feld. Meine Gemahlin wird Euch angemessen unterhalten, Don Juan.« Er sagte es ganz ernst, ohne ein Lächeln, ohne spöttischen Unterton.

Doña Catalina nickte ihre Zustimmung und fragte: »Wollt Ihr ruhen, Don Juan, oder Euch mit mir unterhalten? Wie wär's mit einem Damespiel, oder bevorzugt Ihr Karten?«

»Nichts von alledem; wenn Ihr gestattet, möchte ich mich noch ein wenig mit Euch unterhalten.«

Sie hob fragend die Braue ihres linken Auges, das um ein Geringes tiefer zu stehen schien, und stellte so das Gleichmaß wieder her. »Der Wunsch des Gastes ist mir heilig ...«

Sie gingen in den Patio, und Doña Catalina setzte sich so, dass ihr Gesicht im Schatten lag.

»Darf ich fragen, woher Ihr stammt?«

»Aus Santiago de Compostela, der Pilgerstadt.«

»Dann haben wir als Kinder die gleiche Luft geatmet, ich komme aus der Gegend von Sobrado.«

»Die Eltern gingen weg, da war ich noch ein kleines Kind. Mein Vater wurde an den Hof nach Burgos berufen, blieb auch dort, als König Alfonso seine Residenz nach Sevilla verlegte. Dort haben mich meine Eltern dann mit Don Rodrigo verheiratet. Bald darauf wurde er zum Gesandten in Portugal ernannt, und seitdem sind wir hier – eine Ewigkeit …«

»Euer Gemahl wird sich demnächst zurückziehen, habe ich gehört.«

»Ja, aber macht das einen Unterschied? Wir gehen aufs Land, wo Don Rodrigo ein kleines Gut besitzt, und dort wird er nichts anderes tun als hier: sich in seine Bücher vergraben und in einem Fluss angeln. Hier gibt es wenigstens dann und wann etwas Abwechslung …«

»So wie kürzlich die Hinrichtung der beiden Mörder – meint Ihr das?«

Ihr üppiger Mund verzog sich zu einem zufriedenen Lächeln, das – so schien es Juan – gefräßig wirkte, als wolle sie sagen, ich bin damals nicht satt geworden, könnte noch mehr vertragen.

»Ja, ich liebe solche Akte einer strengen Gerechtigkeit. Diese Herren hatten sich wohl gedacht, sie könnten ihr Leben in Frieden und ungestraft beschließen. Man hätte die Hinrichtung über den ganzen Tag ausdehnen sollen. Das ging alles viel zu schnell.«

»Ein paar Stunden hat es immerhin gedauert …«

»Betreibt Euer König auch eine so strenge Rechtspflege?«

»Es kommt darauf an … Wer ihn verrät, hat nichts Gutes zu erwarten. Aber sprechen wir lieber von Euch – habt Ihr keine Kinder, Doña Catalina?«

Angeekelt verzog sie ihr Gesicht. »Zum Glück nicht! Diese widerlichen Bälger, die jahrelang nur schreien, pissen und kacken, ehe sie sich zu Menschen entwickeln – nein, dafür fehlen mir Neigung und Geduld.«

»Ihr drückt das sehr drastisch aus … Aber Don Rodrigo, hat er sich keinen Nachwuchs gewünscht?«

»Doch, aber seine erste Frau hatte lauter Fehlgeburten und ist im Kindbett gestorben. Als man mich in sein Ehebett legte, geschah zum Glück nicht mehr viel – zum Kindermachen hat es jedenfalls nicht gereicht.«

»Nun, in solchen Fällen nimmt die Dame sich einen Liebhaber ...«

Da erklang ihr dunkles heiseres Lachen. »Freilich, Don Rodrigo hatte auch nichts dagegen, aber da gab es häufig Komplikationen ...«

»Wollt Ihr davon reden?«

»Warum nicht, schließlich sind wir Landsleute. Vor einigen Jahren warb ein entfernter Verwandter des Königs, ein junger feuriger *caballero,* um mich. Ich erhörte ihn, und das erregte den Neid eines schon etwas älteren Kammerherrn, der verwitwet war und mir bereits seit Monaten schöne Augen machte, ohne sich weiter vorzuwagen. Jetzt, da der junge *caballero* meine Gunst gewonnen hatte, fühlte sich der neidische Kammerherr moralisch empört und ließ Don Rodrigo über Umwege wissen, dass seine Frau ihn betrüge. Er wusste aber nicht, dass mein Gemahl mir diesen Geliebten zugestanden hatte, und geriet so zwischen zwei Feuer. Don Rodrigo – und dazu brauchte es nicht viel – hetzte die beiden Herren gegeneinander auf, und schließlich kam es zu einem Zweikampf, bei dem mein feuriger *caballero* den armen Kammerherrn buchstäblich in Stücke hackte.«

»Das hat Euch gefallen?«

Wieder das dunkle Lachen. »Gefallen? Nein, eher befriedigt. Es gibt nichts Köstlicheres als den Anblick von zwei erzürnten Gockeln, die wütend aufeinander loshacken, während ihre Hühner davon unbeeindruckt weiter ihre Körner picken.«

»Ihr seht Euch also in der Rolle eines Huhns?«

»Vergleiche hinken immer, das solltet Ihr schon wissen. Habt Ihr auch schon einen Zweikampf bestanden, Don Juan?«

»Ja, und in einer ähnlichen Rolle. Bei mir war es der Bruder, den die Familie dazu bestimmt hatte, die Ehre seiner Schwester zu verteidigen. Er starb und seine Schwester ist dennoch meine Geliebte geworden.«

»Da habt Ihr ja schon Eure Erfahrungen gemacht. Und hier

am Hof von Santarem? Auf welche Dame ist da Euer Auge gefallen? Oder müsst Ihr immer erst Gatten, Brüder oder Väter beseitigen, ehe der Weg frei ist?«

»Es ist nicht meine Art, den König zu beleidigen, an dessen Hof ich zu Gast bin. Auf Euch ist mein Auge gefallen, Doña Catalina, und so werde ich es nur mit Eurem derzeitigen Liebhaber zu tun haben.«

»Den bin ich leid geworden – oder er mich, wer mag das entscheiden. Glaubt nun ja nicht, der Weg zu mir wäre so einfach! Wer mich lieben will, muss mich erleiden ...«

»Das verstehe ich nicht, könnt Ihr es mir verdeutlichen?«

»Wenn Ihr es wünscht ... Aber schickt es sich für eine Frau, in solchen Dingen allzu deutlich zu werden? Diese Freiheit gestehen uns die Männer nicht zu und wenn wir darauf zu sprechen kommen, muss es verschämt klingen, verschlüsselt und in blumige Andeutungen gekleidet. Kennt Ihr die Geschichte vom Hochzeitsflug der Bienenkönigin? Ein Imker meines Vaters hat sie mir erzählt. Die Königin lässt sich auf diesem Flug mehrmals von Drohnen befruchten, denen es gelungen ist, ihr auf diesem Höhenflug zu folgen. Doch der Preis für die männlichen Bienen ist hoch – wenn sie sich nach der Begattung lösen wollen, reißen ihre Geschlechtsteile ab. Ein hoher Preis für ein so kurzes Vergnügen – nicht wahr?«

»Und Ihr habt Ähnliches im Sinn?«

»Entfernt Ähnliches – vielleicht ...« Mehr wollte sie dazu nicht sagen, lenkte vom Thema ab, gab sich plötzlich kühl und unnahbar.

Seit Tagen schon strömten aus allen Teilen Lusitaniens – vom König herbeibefohlen – die Großen des Landes in Coimbra zusammen. Kirchenfürsten, hoher und niedriger Adel, *fidalgos* und *ricos.* Wer nicht erschien, musste sehr plausible Entschuldigungsgründe vorweisen können.

Warum aber wollte der König sie sehen? Gab es neue Gesetze zu verkünden, war eine Hochzeit geplant, sollte ein bedeutsames Bündnis eingegangen werden?

Nichts von alledem. Die Großen des Landes waren aufgerufen, im Kloster von Santa Clara ihrer Königin zu huldigen. Welcher Königin? War doch eine Heirat geplant? Da wurde zunächst viel herumgeraten, aber schon bald kam die grausige Wahrheit ans Licht: Inés de Castro war es, der die Huldigung galt. Dieses Vorhaben ließ jede Kritik verstummen, denn das grausige Schicksal von Coelho und Gonzalves stand allen noch zu deutlich vor Augen. Als ein zu loses Mundwerk es wagte anzudeuten, eine lebende Königin wäre dem Land bekömmlicher als eine verblichene, wurde dem Schwatzhaften die Zunge herausgerissen und er damit vom Henker geohrfeigt.

Doña Catalina genoss diese Situation sehr. Es wurde bekannt, dass sie mehrmals den Versuch unternahm, Männer des Hofs zu unbedachten Äußerungen zu veranlassen, was dem König zu Ohren kam.

Doña Catalina berichtete ganz freimütig davon. »Er ließ Don Rodrigo kommen und gab ihm zu verstehen, dass er mich als Frau des kastilischen Botschafters nicht bestrafen könne, es auch nicht wolle. Doch er drohte an, mich bei weiterem Missverhalten für die Zeit der Huldigung unter Hausarrest zu stellen. Da versprach ihm mein Gemahl hoch und heilig ...« Sie lachte und hob die Schultern. »Manchmal ist es geraten nachzugeben. Don Pedro hat den längeren Arm ...«

Juan hörte kaum hin. »Eine Frau wie Ihr ist mir noch niemals begegnet – so voll Stärke, Kraft und Eigensinn. Ich muss Euch lieben, Doña Catalina, fast gegen meinen Willen. Sagt mir, was ich tun soll, und ich tue es!«

»Abwarten, mein Lieber, zunächst einmal abwarten. Der König hat Vorrang, und ich will sehen, was er seinen Untertanen beschert.«

Mit einigen Vertrauten reiste der König voraus; wenig später folgte ihm der gesamte Hof. Am Abend des vierten Tages traf der Zug in Coimbra ein. Es waren Quartiere vorbereitet, und die Diener gaben Anweisung, dass alle sich am Morgen des übernächsten Tages auf dem Platz vor der Kathedrale – genannt *Sé* – zu versammeln hätten.

Juan war im Gästehaus des Augustinerklosters untergebracht, Miguel musste im Stall bei den Pferden schlafen.

»Ich bin's ja gewohnt«, maulte er. »Diener und Tiere stehen ja fast auf der gleichen Stufe.«

Juan lachte. »Du brauchst dich wirklich nicht zu beklagen! In Sevilla habe ich dir zwei Zimmer überlassen, da wohnt mancher *fidalgo* nicht besser.«

Die *Sé* von Coimbra lag im Herzen der Stadt und ähnelte mit ihren dicken, zinnenbewehrten Mauern eher einer wehrhaften Burg als einem Gotteshaus.

Am Morgen des Huldigungstages nahm Juan seinen Platz unter den königlichen Ehrengästen ein. Auch der Hof war schon versammelt und alle blickten erwartungsvoll hinauf zu dem Doppelthron, der vor dem Altar errichtet war und den ein rotgoldener Baldachin überspannte.

Zuerst kamen die Kinder der Inés de Castro – João, Dinis und Beatrix. Mit ernsten Gesichtern nahmen sie auf niedrigen Hockern zu Füßen des Thrones Platz. Dann erschien das Königspaar. Inés de Castro, festlich gekleidet, das Gesicht von einem weißgoldenen Schleier bedeckt, wurde von zwei Dienern hereingetragen, behutsam auf den Thron gesetzt und – wie Juan vermutete – dort festgebunden. Ihre entfleischte Hand war etwas vorgestreckt und lag auf der Armlehne des Thronsessels. Der König verneigte sich vor seiner toten Gemahlin und setzte sich neben sie. Beide trugen die goldene Lilienkrone, dem König wurde jetzt das Szepter überreicht, das er in einer herrscherlichen Geste kurz hochhielt, um es dann auf seine Knie zu legen.

Eine feierliche Musik setzte ein, das Portal der Kirche öffnete sich und die Großen des Landes – Adlige, *fidalgos, ricos,* frühere Hofbeamte, auch Bischöfe und Prälaten näherten sich in echter oder vorgetäuschter Ehrfurcht dem Doppelthron. Jeder Einzelne musste vor der reglos mit vorgebeugtem Haupt auf ihrem Thron kauernden Königin niederknien, den Saum ihres Gewandes und die schwärzlich skelettierte Hand küssen. Sich selber hatte der König jede Ehrerweisung verbeten.

»Mir habt Ihr schon bei meiner Thronbesteigung gehuldigt – der Königin noch nicht.«

Nicht allen gelang es, bei dieser grausigen Zeremonie die Fassung zu bewahren. Juan saß nahe genug, um den Ausdruck des Ekels auf manchen Gesichtern zu erkennen, und er verfolgte nicht ohne Vergnügen die unterschiedlichen Reaktionen.

Der Bischof von Porto etwa, ein kleiner dicklicher Herr mit einem feisten Genießergesicht, kniete ächzend nieder, hob den brokatenen Gewandsaum und küsste ihn so innig, als sei er eine Reliquie. Als er sich aber über die schwarzbraun verfärbte entfleischte Hand beugte, zuckte er zurück, als müsse er seine Lippen auf ein glühendes Eisen pressen. Dem König entging das nicht.

»Nun, *reverendísimo,* wollt Ihr Eurer Königin nicht die schuldige Ehrfurcht erweisen? Eine Ehrfurcht, die Ihr Doña Inés zu Lebzeiten versagt habt, wenn ich mich recht erinnere. Jetzt habt Ihr Gelegenheit, es nachzuholen – nicht alle hatten sie ...« Der König hatte nicht besonders laut gesprochen, aber doch so, dass es in der grabesstillen Kirche weithin vernehmbar war.

»Ja, Senhor – ja ...«, stammelte der Bischof und streifte mit seinen Lippen die Totenhand.

Die Zeremonie dauerte lange, sehr lange. Mit dem einen oder anderen sprach der König einige Worte – strafende, spöttische, scheltende, auch gnädige. In der überfüllten Kirche begann es stickig zu werden, ein Geruch nach Schweiß, Urin und Darmwinden machte sich da und dort breit, denn niemand wagte es, den Raum zu verlassen, ehe nicht der letzte *fidalgo* Hand und Gewand seiner Königin geküsst hatte.

Und es roch nach Angst. Auf nicht wenigen der Gesichter

erkannte Juan Besorgnis, Furcht, auch Verzweiflung, denn wer mochte wissen, ob der Rachedurst des Königs durch die Hinrichtung der beiden Mörder gestillt war? Vielleicht war da eine Liste mit den Namen zumindest derer, die damals laut und vernehmlich gegen den Einfluss der de-Castro-Sippe protestiert hatten – ja sogar forderten, Doña Inés müsse auf irgendeine Weise unschädlich gemacht, notfalls des Landes verwiesen werden. Einige hatten sogar ihren Tod verlangt, und das waren nicht nur Gonzalves und Coelho. So suchte manches Augenpaar einen Blick des Königs zu erhaschen, mit bettelnden Hundeaugen um Verzeihung und Gnade bittend.

Wenn sie einen Schweif hätten, dachte Juan belustigt, so würden sie nun heftig damit wedeln.

Der König aber schien diese Blicke nicht zu sehen, seine dunklen Augen waren meist ins Leere gerichtet, ließen keinen Ausdruck erkennen.

Der Huldigungszug hatte über fünf Stunden gedauert und ging zu Ende, als die Glocken der Kathedrale die Mittagsstunde einläuteten.

Juan hatte Doña Catalina und ihren Gemahl in der Kirche nicht entdecken können, doch auf dem Domplatz sah er, wie sie vor einer Sänfte standen. Er zog den Hut und verneigte sich tief.

»Meine letzte Amtshandlung«, sagte Don Rodrigo und lächelte dabei zufrieden.

»Nicht die letzte, mein Lieber«, korrigierte ihn Doña Catalina. »Wir werden den Trauerzug noch bis Alcobaça begleiten müssen ...«

»Das liegt ohnehin auf dem Weg nach Santarem«, brummte der Gesandte und bestieg die Sänfte.

»Der findet aber nur nachts statt«, warf Doña Catalina ein.

Juan nickte. »Bei Fackelschein, ich habe davon gehört. Am Freitag nach Sonnenuntergang wird der Zug aufbrechen.«

Doña Catalina nahm in der Sänfte Platz.

»Das sind noch drei Tage ... Wo ist Euer Quartier, Don Juan?«

»Im Gästehaus des Augustinerklosters.«

»Wir wohnen näher am Rio Mondego, damit Don Rodrigo angeln kann, wenn er will.«

»Sehr aufmerksam vom König«, bemerkte Juan.

Don Rodrigo beugte sich vor und rief: »Hier angle ich nicht! Am Fluss treiben den ganzen Tag Scharen von Wäscherinnen ihr Unwesen und vertreiben die Fische. Besucht uns doch, Don Juan, dann könnt Ihr Euch ein Bild machen.«

»Gerne, Don Rodrigo! Wann soll es sein?«

»Vielleicht schon morgen?«, schlug Doña Catalina vor, »da könnten wir unser bescheidenes Mahl mit Euch teilen.«

»Besser als die Klosterkost wird es allemal sein.«

Auch von den Gästen des Augustinerklosters wurde erwartet, dass sie an der Morgenandacht teilnahmen, doch Juan weigerte sich, zu so früher Stunde aufzustehen, und wurde gleich recht schief angesehen. So ließ er sich von Miguel einen Krug Milch bringen, tauchte hartes Brot hinein – den Rest des Reiseproviants – und kaute vergnügt.

»Die kargen Frühstücke sind die besten, meinst du nicht?«

Miguel feixte. »In diesem Fall gebe ich Euch sogar Recht, Herr. Es erinnert mich an meine Hirtenzeit ...«

Juan erhob sich. »Du brauchst dieser Zeit nicht nachzuweinen! Besonders gut ist es dir da wohl nicht ergangen ... Ich mache jetzt meinen Besuch bei Don Rodrigo Pérez und werde zu Fuß gehen.«

»Ihr braucht mich also nicht?«

»Nein, du kannst dich in der Stadt herumtreiben, wenn du willst.«

»Man muss sich hier vor den Studenten in Acht nehmen, habe ich gehört. Die dürfen sogar Waffen tragen und führen sich auf, als seien sie die Herren der Stadt.«

»Fang nur ja keinen Streit an, Miguel! Wir sind hier Gäste und müssen Zurückhaltung üben.«

»Alles werde ich mir nicht gefallen lassen!«

»Tue, was du für gut hältst – ich werde gegen Abend zurück sein.«

Die schon von den Römern gegründete Stadt lag terrassenförmig über einen steil ansteigenden Hügel gebreitet, und an ihrem höchsten Punkt wurde sie nicht – wie sonst üblich – von einer Kirche überragt, sondern von der vor fünfzig Jahren von Lisbõa nach Coimbra verlegten Universität. Hierher strömten die auf Latein- und Klosterschulen vorgebildeten jungen Männer, um sich in dem Estudo General für eine Arzt-, Juristen- oder Sekretärslaufbahn weiterzubilden. Gelehrt wurden Medizin, bürgerliches und kanonisches Recht, Grammatik und Logik. Eines aber unterschied die hiesige Universität von anderen in Europa: Die Studenten genossen das Recht, ihre Professoren selber zu wählen, was sie selbstbewusst, anmaßend und oft auch streitsüchtig werden ließ. Die Altstadt glich noch der früheren maurischen Medina und verlor sich in einem Gewirr enger, zum Teil sehr steiler Gassen und Gässchen.

Nur mit Mühe fand Juan das von Don Rodrigo genannte Haus, in dem die Witwe eines Universitätslehrers einige Zimmer vermietete. Jetzt war es nur von Don Rodrigo, seiner Gemahlin und zwei Dienern bewohnt.

»Ihr müsst mit mir allein vorlieb nehmen«, begrüßte ihn Doña Catalina. »Mein Gemahl wurde in einer dringenden Angelegenheit zum König beordert – ich glaube, es geht um die geplante Verlobung des Infanten. Er hat aber darauf bestanden, dass Ihr auch in seiner Abwesenheit unser Gast seid.«

»Ein schöneres Geschenk hätte er mir nicht machen können ...«

Halb geschlossene Fensterläden und zugezogene Vorhänge erzeugten im Speiseraum das von Doña Catalina so geschätzte Dämmerlicht, das die Unregelmäßigkeiten ihres Gesichts verwischte und es auf geheimnisvolle Art anziehend machte. Es gab einen scharf gewürzten, sehr wohlschmeckenden

Fisch, dazu einen schweren goldfarbenen quellkühlen Wein, der Juan feurig in die Lenden fuhr.

Doña Catalina schickte die Diener hinaus und verriegelte die Tür. »Ihr wartet auf den Nachtisch, Don Juan? Wollt Ihr ihn süß oder herb, bitter oder mild?«

Juan stand auf und fasste sie behutsam um die Hüften. »Ich würde nicht nur auf den Nachtisch verzichten, sondern auf alles in der Welt, wenn Ihr mir Eure Gunst schenkt.«

»Ich also soll Euer Nachtisch sein? Das habt Ihr Euch fein ausgedacht – aber warum nicht? Ihr müsst aber die Schale entfernen, wenn Ihr den süßen Kern genießen wollt.«

»Ihr meint, ich soll Euch …«

»… auskleiden, ja! Ihr tut das doch nicht zum ersten Mal, nehme ich an.«

»Nicht zum ersten Mal, aber niemals zuvor mit einem solchen Verlangen. Aber habt Ihr nicht kürzlich gesagt, wer Eure Liebe erleben will, muss sie erleiden?«

»Was kümmert mich das gestern Gesagte? Die Männer behaupten stets, wie launisch wir Frauen sind – so habe ich es mir eben anders überlegt.«

Er küsste mit Inbrunst ihren großen gefräßigen Mund und machte sich dabei an ihren Kleidern zu schaffen. Da wurde sie gleich ärgerlich.

»Ihr habt das schon so oft getan, aber wohl niemals richtig gelernt!« Schnell warf sie ihre Kleider zu Boden und ließ sich darauf nieder. »Kommt schon, verliert keine Zeit, wenn Ihr nicht wollt, dass Don Rodrigo uns ertappt.«

Es ging ihm zu schnell. Er mochte diese hastigen Liebesstunden nicht, brauchte das Gefühl, ein durchtriebener Verführer zu sein. Aber in solchen Situationen war er es gewohnt, sich den Wünschen der Frauen zu unterwerfen, und so legte er schnell seine Kleider ab und ließ sich von Catalinas ungeduldig ausgestreckten Armen zu Boden ziehen.

Ihr straffer schlanker Körper war der eines jungen Mädchens, die samtig-kühlen Schenkel umklammerten kraftvoll seine Hüften. Als er sie küsste, sog sie seine Zunge so tief in ihren Mund, dass er fürchtete, Catalina wolle sie verschlucken. Nicht anders verhielt sich ihr längst bereiter offener Schoß, der seinen Phallus verschlang wie ein gefräßiges Tier. Alles an dieser Frau erschien ihm fressgierig – ihr Mund, ihr Schoß, ihre in sein Gesäß verkrallten Hände und ihre dunklen abgründigen Augen, die ihn anstarrten, als wollten sie ihm die Seele aus dem Leib saugen.

Dann war er in ihr und sie hielt ihn dort fest, in ihrem grundlos tiefen Schoß, gestattete ihm keine Bewegung, als läge er auf dem *potro,* dem berüchtigten Foltergerät, das den Delinquenten durch raffinierte Fesselung zu peinvoller Unbeweglichkeit verdammte. Da verursachte die geringste Bewegung, sogar jeder Atemzug Höllenqualen.

»Ja, ja, ja ...«, hörte er ihre heisere Stimme flüstern, »so ist es recht, du bist nur ein Stück hilfloses Fleisch im Käfig meiner Arme und Schenkel. Du willst dich bewegen, mein Böckchen, willst rammeln, wie alle es sich wünschen, die eine Frau besteigen und sich fühlen wie der Hahn auf der ergeben hingeduckten Henne. Bei mir ist das anders, mein Freund, ich bin wie eine *araña,* die ihren Buhlen verschlingt, weil er so dumm war, sich von ihr anlocken zu lassen. Nun, Juan, was empfindest du? Du hast wohl du lange keine Frau gehabt und deine *cojones* platzen fast vom angestauten Samen, sind wie ein praller Schlauch, aus dem der Wein nur so herausspritzt, zieht man den Stöpsel. Aber ich ziehe ihn nicht, Juanito, ich warte, bis du platzt ...«

In ihm regte sich leiser Widerstand. Ich bin stärker als du, könnte mich mit einem Ruck von dir lösen ... Das dachte er und fühlte zugleich eine Erstarrung, die seinen Körper durchdrang wie lähmendes Gift.

»Ich könnte ...«, stammelte er, »ich könnte dich ...«

Ihr heißer Atem zischte in sein Ohr. »Du könntest – ja, du könntest, doch du tust es nicht. Aber warum? Selbst der schwächste Kerl fühlt sich doch stärker als jede Frau – also, los! Spring auf und wirf mich in die Ecke! Das hat ein Weib doch verdient, wenn es sich stärker wähnt als ein Mann!«

Er tat es nicht, denn in ihrer Umklammerung fühlte er eine nie gekannte Lust aufsteigen, ein sanftes süßes Pochen, das sich vom Geschlecht in den Körper verbreitete, die schmerzvoll gefesselten Glieder durchdrang und sich verstärkte, als Catalina fast unmerklich ihre Hüften bewegte, seinem wie eingemauerten Glied etwas Raum gab und ihm sogar winzige eigene Bewegungen gestattete.

Nun verstand er, was sie damit gemeint hatte, als sie einmal sagte, wer sie erleben wolle, müsse sie erleiden. Wie viel Zeit war vergangen? Es konnten Minuten sein oder Stunden … Er hatte eine Wonne erfahren, die ganz anders war als die im üblichen Ablauf erlebte: Vorspiel, Eindringen, zuerst sanfte Stöße, dann härter und rascher werdend, und schließlich eine schnell aufflammende und schnell erlöschende Lust, gefolgt vom notwendigen Nachspiel, das die Frauen brauchten und das kein erfahrener Mann unterschlug. Aber die mit Catalina erlebte und erlittene Liebesstunde war auf einen Dauerton gestimmt, der seinen Körper auf die Höhe einer nie erlebten Ekstase hob.

Das Pochen an der Tür wurde stärker. Catalina stieß ihn derb von sich. »Auf, auf, kleide dich schnell an!«

Sie taten es beide, Catalina richtete vor dem Spiegel ihre Haare, Juan zog die Vorhänge zurück, setzte sich an das auf dem Tisch vorbereitete Damespiel, während seine Geliebte den gut geölten Riegel lautlos zurückschob.

Juan tat gerade den zweiten Zug, als Don Rodrigo hereintrat.

Catalina stand auf und küsste den Gemahl flüchtig auf die Wange. »Schon zurück, mein Lieber? Was wollte der König?«

Don Rodrigo seufzte und ließ sich erschöpft in einen Sessel fallen. »Euch, Don Juan, muss ich um Nachsicht bitten, dass ich heute ein schlechter Gastgeber war. Don Pedro mäkelte – mit Verlaub gesagt – endlos an den Verlobungsverträgen herum. So großzügig er in vielen Dingen sein kann, so kleinlich und penibel zeigt er sich, wenn er glaubt, man wolle ihn überlisten oder hintergehen. Da schnüffelt er dann misstrauisch hinter jedem Wort her und will alles noch zusätzlich erklärt und erläutert haben.«

»Wollt Ihr etwas essen?«

»Nein, nein, der König ließ einen Imbiss auftragen. Ich will euch nicht weiter beim Spiel stören und ziehe mich – falls Ihr es gestattet, Don Juan – für ein paar Stunden zurück.«

»Natürlich, Don Rodrigo! Solange man im Hofdienst steht, gehen amtliche Dinge vor – ich bin Kammerherr und habe dafür volles Verständnis.«

Kaum war der Hausherr gegangen, ergriff Juan Catalinas vorgestreckte Hand, die dabei war, einen neuen Zug zu tun.

»Wir könnten das andere, das schönere Spiel fortsetzen, wenn Ihr wollt ...«

Schnell zog sie ihre Hand zurück. »Nein, Don Juan, ich will nicht, spiele jetzt lieber Dame.«

In Juans Geschlecht war ein Hauch jener Lust zurückgeblieben, die Catalinas Umklammerung ihm bereitet hatte. Es war wie bei einer köstlichen, abrupt unterbrochenen Mahlzeit. Die Sättigung ist nicht erreicht, die Speisen sind abgeräumt und es bleibt nur die Sehnsucht, irgendwann, aber möglichst bald die Mahlzeit fortzusetzen.

»Vielleicht werden wir uns erst in Santarem wieder sehen, und von dort wird Euer Gemahl so bald wie möglich nach Burgos abreisen wollen. Ich liebe Euch, Doña Catalina, beim Heil meiner Seele – ich liebe Euch wirklich, das könnt Ihr mir glauben. Wenn sich in Santarem keine Möglichkeit mehr zu einem Treffen ergibt, dann muss ich – dann weiß ich nicht – dann werde ich –«

Mit einer entschiedenen Geste schnitt sie seine Rede ab. »An Euch liegt es, Don Juan, und nur an Euch, ob unsere Wege sich trennen.«

»Wie ist das zu verstehen?«

»Davon soll später die Rede sein.«

Der Trauerzug nach Alcobaça brach am Freitagabend auf, begleitet von einer unübersehbaren Schar von Fackelträgern, von denen viele nicht nur aus schuldiger Untertanenpflicht daran teilnahmen. Es hatten sich auch Menschen aus dem einfachen Volk angeschlossen, und von Dorf zu Dorf, von Ortschaft zu Ortschaft wurden es mehr. Zwar führte der Weg durch ein fast unbewohntes Hügelland, aber die Menschen kamen von weit her, denn die Nachricht hatte sich rasend schnell verbreitet.

Den überreich mit schwerem Goldbrokat bedeckten Sarkophag trugen acht *fidalgos* auf ihren Schultern, und sie wechselten sich nach einigen Stunden ab. Dem König zu Gefallen hatte der Hof seine übliche Zeiteinteilung umgekehrt und die Nacht zum Tag gemacht. Den Schlaf holte man anderntags nach, doch die meisten zogen es vor, im Freien unter Bäumen zu ruhen, als eine der wenigen, meist schmutzigen und sehr dürftigen Herbergen aufzusuchen. Für den König und die höheren Hofleute wurden Zelte aufgestellt, dazu einige für die Gesandtschaften aus Kastilien, Aragón, Navarra, England, Frankreich und Granada.

Im Morgengrauen des sechsten Reisetages traf der Zug in Alcobaça ein, wo schon der Abt der Real Abadia de Santa María mit einer Schar von Mönchen vor der Kirche wartete. Das gewaltige Zisterzienserkloster beherbergte nach der alten Regel 999 Mönche – tausend weniger einen. Der Abt zählte zu den höchsten Würdenträgern von Portugal und führte die Titel »Abt des Königlichen Klosters von Alcobaça, Rat Seiner Majestät und dessen Groß-Almosenpfleger, Nächster der Krone, Herr der Domänen und festen Plätze«. Letzterer bezog sich auf mehrere Städte und ein Dutzend Dörfer – sogar die bedeutende Hafenstadt Evora zählte dazu.

Tags darauf zelebrierte der Abt in der Klosterkirche ein vierstündiges feierliches Requiem, danach wurde Inés de Castro, *post mortem* Königin von Portugal, in einem schon fertig gestellten Prunksarkophag im Südflügel der Kirche beigesetzt. Daran nahmen nur Don Pedro und einige seiner engsten Freunde und Verwandten teil.

Juan besuchte am nächsten Morgen das Grab, nannte seinen Namen, legte dem Kirchendiener drei Reales auf die schnell vorgestreckte Hand und bat um nähere Erläuterung.

»Dazu bin ich nicht der Geeignete, Don Juan. Ich werde den Bruder Cantero holen, er hat bei der Fertigstellung mitgeholfen.«

Auch der Bruder Steinmetz streckte seine klobige narbenbedeckte Hand hin und wieder legte Juan drei Reales hinein. In stockender, etwas umständlicher Sprache berichtete er von der Entstehung des Prunksarkophags.

»Ihr müsst wissen, der Auftrag kam schon kurz nach Don Pedros Thronbesteigung und mit ihm ein berühmter *escultor* aus Frankreich.« Stolz wies er auf den Sarg. »Ja, Don Juan, dergleichen hat es hierzulande nie gegeben und auch in Zukunft wird niemand etwas Besseres schaffen.« Er winkte ihn näher heran. »Oben seht Ihr die liebliche Gestalt der Inés de Castro, mit Krone und im Königsornat, wie es sich gehört, darüber der von Engeln umgebene Baldachin. Aber hier seht Ihr etwas Außergewöhnliches.«

Juan beugte sich herab, um die auf den Boden gekauerten Sargträger zu betrachten.

Der Bruder Steinmetz grinste. »Mönche? Gewiss – so war es vorgesehen, nachdem es sich hier um eine Klosterkirche handelt. Aber unser König hat – mit Verlaub und ohne Kritik gesagt – eine ausgeprägte Abneigung gegen den Klerus, und so schauen nur die fünf Köpfe mit ihren Kapuzen wie Mönche aus, aber ihre Körper sind als Sphingen gebildet. Mir als Klosterbruder war dieses Mischwesen bis jetzt unbekannt, aber ich musste mich belehren lassen, dass es heidnischen Ursprungs ist. Klügere als ich haben es so gedeutet, dass dies Christi Sieg über das Heidentum symbolisiert.«

»Ihr spracht von fünf Sargträgern – ich sehe sechs.«

Der Mönch rieb sich die Hände aus Freude über die gelungene Überraschung. »So ist es, Don Juan! Dieser sechste aber, beugt Euch nieder, weiter – weiter! Dieser sechste aber ist einer der Mörder, nämlich Pedro Coelho, in alle Ewigkeit dazu verurteilt, den Sarg seines Opfers zu tragen.«

Juan fand keine Ähnlichkeit, aber der Bildhauer hatte Coelho wohl niemals gesehen.

»Und hier – das ist wohl das Jüngste Gericht?«

»Ja, Don Juan, und der König hat befohlen, seinen Sarg als Gegenstück zu arbeiten und ihn gegenüber im nördlichen Kirchenschiff aufzustellen, damit er – hört gut zu – im Augenblick der Auferstehung seiner geliebten Gemahlin sofort ins Gesicht blicken kann. Auf seinem Sarg soll dargestellt werden, wie Doña Inés zu Tode kam. Unser König ist ein strenger, aber sehr gerechter Herr, der kein Unrecht duldet.«

Der Bruder Steinmetz hatte diese Worte sehr laut gesagt, damit der in Hörweite herumlungernde *sacristán* und seine Kirchendiener keine Zweifel an seiner Gesinnung hegen konnten.

Juan war sehr nachdenklich geworden. Als sie in ihre Herberge zurückritten, fragte er Miguel: »König Pedro von Portugal hegt den Wunsch, im Augenblick der Auferstehung sofort seine geliebte Gemahlin zu erblicken. Nun frage ich dich, Miguel: Wen wünschst du dir nach der Auferstehung des Fleisches als Ersten zu sehen?«

Miguel zog die Zügel an und schaute recht verblüfft drein. »Fragen könnt Ihr stellen, Herr ... Also – da wüsste ich nicht, wer oder wen ...«

»Gibt es keine Frau, die du so verehrt hast oder noch verehrst, dass ihr Anblick dich erfreut, wenn du auferstehst?«

»Nein, Herr, aber vielleicht kommt noch eine. Und was ist mit Euch? Habt Ihr einen diesbezüglichen Wunsch?«

»Das geht dich nichts an, Miguel. Außerdem glaube ich nicht an eine Auferstehung. Das sind Pfaffenlegenden, um die dummen Schäflein schön beisammenzuhalten.«

Miguel seufzte und gab die Zügel frei. »Woran glaubt Ihr wirklich, Herr?«

»Dass zwei plus zwei vier sind und vier plus vier acht.«

»An sonst nichts?«

»Nein.«

Doch der Gedanke ließ ihn nicht mehr los. Gab es tatsächlich keine Frau, nach deren Anblick er sich im Augenblick einer gedachten Auferstehung sehnen würde? Aber warum sich Gedanken machen? Es gibt keine Auferstehung, also gibt es auch kein Wiedersehen. Damit ersparte er sich weiteres Nachdenken.

3

Nach Doña Inés' feierlicher und eindrucksvoller Grablegung löste sich die Trauergemeinschaft auf. Die *fidalgos* und *ricos*, glücklich darüber, ungeschoren davongekommen zu sein, kehrten auf ihre Ländereien zurück, die Kleriker in ihre Bistümer, die Gesandtschaften in ihre Heimatländer.

»Jetzt hält uns nichts mehr!«, rief Miguel laut, als sie in Santarem ankamen.

Juan schüttelte leicht den Kopf. »Woher weißt du das?«

»Euer Auftrag ist erledigt, Herr, schon kündigt sich der Herbst an und wir haben die beste Reisezeit.«

»Es gibt noch einiges mit dem Gesandten von Kastilien zu besprechen.«

»Mit Don Rodrigo? Aber ich dachte ...«

»Manchmal denkst du eben zu viel, Miguel.«

Der König in seiner bekannt großzügigen Art gab Juan zu verstehen: »Eines sollt Ihr wissen – Ihr seid mein Gast, solange Ihr es wünscht. Da werden nicht Monate und auch nicht Jahre gezählt, es liegt ganz in Eurem Belieben.«

»Diese Einladung ehrt mich, und ich danke Euch nochmals, Senhor. Ich möchte aber nur noch Don Rodrigo bei seinen

Reisevorbereitungen helfen und dann mit ihm zusammen aufbrechen.«

»Ah – ich verstehe und muss Eure Hilfsbereitschaft loben.«

»Er ist nicht nur mein Landsmann, wir haben als Kinder im Norden Kastiliens fast dieselbe Luft geatmet.«

»Stammt Doña Catalina nicht auch von dort – aus Galicia, wie Doña Inés?«

»So ist es, Senhor.«

Schließlich stand der Reisetermin fest. In den ersten Septembertagen wollte Don Rodrigo in seine Heimat aufbrechen.

»Jetzt sind es nur noch fünf Tage«, sagte Juan und blickte Catalina vorwurfsvoll an.

Don Rodrigo war mit einem Diener an den Fluss gegangen, um – wie er sagte – noch einen riesigen Abschiedsfisch zu fangen. Fast das gesamte Hausgesinde war schon entlassen worden, alles, was Don Rodrigo mitnehmen wollte, stand verschnürt und verpackt bereit.

»Es ist ein Geisterhaus – gehen wir lieber in den Garten.«

Ein kühler Wind war aufgekommen und räumte den am Morgen noch wolkenverhangenen Himmel in kurzer Zeit leer. Kaum hatten sie sich auf ihre Schattenbank gesetzt, begann Catalina zu reden – schnell, halblaut, mit heiserer beschwörender Stimme.

»Ihr könnt mich wieder haben, Don Juan, und wir werden in solchen Freuden schwelgen, dass Euch die vom letzten Mal unbedeutend erscheinen werden. Es liegt an Euch – ich sagte es damals schon –, sie ungestört und ohne Rücksicht auf meinen Gemahl genießen zu können.«

»Wie wollt Ihr das anstellen?«

»Ihr sollt mich zur Witwe machen.«

»Ich soll – wie habt Ihr Euch das gedacht?«

»Ganz einfach, Don Juan. Ihr sollt meinen Gemahl töten. Don Rodrigo hat vor kurzem ein Testament zu meinen Gunsten gemacht. Ich werde reich und unabhängig sein und kann – wenn Ihr es wünscht – mit Euch überall hingehen.

Wenn Ihr wollt, könnt Ihr mich zur Frau nehmen – oder seid Ihr schon verheiratet?«

»Nein …«

»Verlocken Euch diese Aussichten nicht?«

»Habt Ihr schon einen Plan entwickelt? Soll ich Don Rodrigo unter einem Vorwand zum Zweikampf fordern oder besser einen *homicida* anheuern, der ihn heimlich abtut?«

»Ihr solltet Euch zuerst darüber im Klaren sein, ob Ihr überhaupt dazu bereit seid – ob ich es Euch wert bin.«

Er wusste schon jetzt, dass er Don Rodrigo nicht töten würde. Es musste auch anders gehen.

»Ihr seid es mir wert und ich werde es tun, aber unter einer Bedingung: Ihr müsst mir einen Vorschuss auf den Lohn geben und mir von den vielen Nächten, die wir künftig verbringen werden, eine im Voraus gewähren.«

Sie wandte ihm ihr Gesicht zu und schaute ihm lange in die Augen. Er hielt lächelnd ihrem Blick stand, bis sie sich abwandte und sagte: »Vielleicht ist es dumm von mir, aber ich glaube Euch. Dabei weiß ich, dass die Männer am häufigsten lügen, wenn sie mit Frauen sprechen. Da werden gewaltige Lügengespinste gewoben, um uns zu täuschen, gefügig zu machen – zu hintergehen. Aber bei Euch spüre ich – nun, jedenfalls habe ich mich entschlossen. Don Rodrigo verbringt heute die Nacht in seinem Arbeitszimmer; Ihr werdet Euch am Abend verabschieden, kehrt dann um und Ihr werdet das Fenster meiner Schlafkammer offen finden. Meine *doncella* habe ich gestern entlassen, sie ist auf dem Weg in ihren Heimatort. Wir werden allein und ungestört sein, *mi amor*.«

Juan küsste sie, und sie erwiderte den Kuss mit Leidenschaft, presste ihren Schenkel gegen den seinen, schob ihre Hand in sein offenes Hemd und streichelte seine Brust.

Ja, sie hielt ihr Wort, Juan fand das Fenster im Oberstock offen, kletterte mühsam hinauf, was ohne den wilden Wein mit seinen kräftigen an der Mauer haftenden Ranken kaum möglich gewesen wäre.

Sie zog ihn hinein und flüsterte in sein Ohr: »Don Rodrigo arbeitet noch, sieht Bücher und Akten durch – wir müssen sehr leise sein ...«

Sie schlichen zum Bett, Catalina zog ihr Hemd aus und legte sich zurück.

»Komm, Juan, es darf nicht zu lange dauern.« Sie streichelte sein Geschlecht, öffnete ihre Schenkel, und als er in ihr war, drängte sie ihn: »Mach schnell, Juan, das geht doch ganz leicht bei euch Männern ...«

Er war wie vor den Kopf geschlagen. Wo blieb die süße Umklammerung, wo ihre strengen Befehle, still zu halten, bis sein regloses Fleisch mit dem ihren in unglaublicher Wonne verschmolz? Sie erwartete, dass er sich schnell einen abrammelte wie bei einer billigen Gossenhure, weil draußen schon die nächsten Freier warteten. Am liebsten wäre er davongelaufen, aber dann wollte er sie nur noch demütigen, löste seinen Mund von ihren Brüsten, die Arme von ihrem Leib, pflügte derb und rücksichtslos ihren Schoß, zog sich kurz vor dem Erguss zurück und spritzte ihr seinen Samen ins Gesicht.

»Was soll das, was tust du?«

»Ich behandle dich so, wie du es verdienst – als Hurenstück, dem ich nicht einmal meinen Samen gönne.«

Sie lachte leise. »Ach, das ist es! Der Herr war nicht zufrieden mit dem Gebotenen? Aber das war nur ein Vorschuss, mein Lieber, die wahren Freuden gibt es erst nach vollbrachter Tat.«

Er kleidete sich schweigend an, stieg aus dem Fenster, krallte sich in den wilden Wein, doch die Ranke brach, und er stürzte aus einer Höhe von etwa zehn Fuß auf den Boden, fiel hin, rollte sich ab und stand schnell auf. Nichts passiert, dachte er, das wäre dieses Weib auch nicht wert gewesen ...

Als er den Hang hinaufstieg, hörte er hinter sich ihr leises zufriedenes Lachen, als hätte sie erreicht, was sie wollte.

Am nächsten Tag machte er dem König einen kurzen Abschiedsbesuch.

»Ich muss nun doch eher weg, als ich es eigentlich wünschte, und möchte mich …«

»Ah – Ihr habt es also schon erfahren? Don Pedro ist dabei, mit Aragón Frieden zu schließen – seine letzte Nachricht kam schon aus Sevilla.«

»Ein Grund mehr, um an den Hof zurückzukehren.«

In der darauf folgenden Nacht, zwei Stunden vor Sonnenaufgang, brach Juan de Tenorio mit seinem Diener Miguel nach Sevilla auf. Auf den Straßen nach Süden begegneten ihnen immer wieder kleine und große Trupps von Kriegsleuten auf dem Weg in die Heimat. Nicht selten wurden sie von den armen Kerlen angebettelt, manchmal sogar mit unverhohlener Drohung. Juan ließ sich davon nicht beeindrucken, und als einer dieser abgerissenen jungen Kerle sein Schwert zog, hieb ihn Juan so gedankenschnell über die Hand, dass er seine Waffe fahren ließ und mit entsetzten Augen die heftig blutende Wunde betrachtete. Zwei seiner Genossen wollten sich daraufhin auf Juan stürzen, doch Miguel hatte unterdessen seine Schleuder gezogen, traf den einen so hart am Kopf, dass er mit einem Wehlaut vom Pferd fiel. Da ergriffen die anderen die Flucht, und Juan steckte lachend seine *espada* ein.

»Gut gemacht, Miguel – schnell und richtig gehandelt!«

»Es ging ja auch um meine Haut«, wiegelte der Diener ab.

»Freilich, aber allein hätte ich mich kaum behaupten können.«

Sie waren dann recht froh, dass sie kurz nach der Grenze auf einen gut bewaffneten Reitertrupp stießen, der aus dem Norden kam und unter dem Befehl von Simuel el Levi stand.

»Der Schatzmeister des Königs!«, rief Juan erfreut und nannte dem *capitán* seinen Namen. Da stieg Don Simuel gleich aus seiner Sänfte und streckte die Hände aus.

»Spanien ist so groß und da trifft man sich, als sei es nur ein Dorf.«

Den Rest des Weges legten sie gemeinsam zurück, und es war sehr kurzweilig, denn Don Simuel hatte viel zu erzählen und aus seinem Mund klangen die Berichte vom Geldeintreiben so harmlos, als handle es sich dabei um ein fröhliches Spiel.

Als sie in Sevilla eintrafen, empfing der König seinen Schatzmeister mit scheinbarer Freundlichkeit, hörte sich seinen Bericht an und sagte: »Gut, Don Simuel, ich kann noch verstehen, dass nicht jede Eurer Unternehmungen von Erfolg gekrönt sein muss, aber wie erklärt Ihr, dass Euer Reichtum auch in der letzten, etwas mageren Zeit unaufhörlich wuchs? Da helfen keine Ausflüchte, ich habe es nachprüfen und Euer Vermögen vorsorglich beschlagnahmen lassen.«

Der Schatzmeister senkte den Kopf und schwieg.

»Ist Euer Schweigen ein Schuldgeständnis?«

»Nein, Senyor, ich überlege mir nur die richtige Antwort. Gebt Ihr mir wenigstens die Möglichkeit, mich zu rechtfertigen?«

Nein, die gab ihm der König nicht. Don Simuel el Levi wurde in die Torre del Oro abgeführt und tags darauf einer schweren Tortur unterworfen. Die Folterknechte ließen keines ihrer bewährten Mittel aus und wandten unermüdlich *garrucha* und *toca* an. Wenn Streck- und Wasserfolter zum steten Fluss der Geständnisse nicht ausreichten, dann halfen Peitsche und Feuer, ihn wieder in Gang zu bringen.

Am Morgen des vierten Tages erlag Don Simuel el Levi, einstmals Schatzmeister des Königs Pedro von Kastilien, den unvorstellbaren Peinigungen.

Juan erfuhr am Abend davon, als ihn Don Pedro händereibend und sehr zufrieden von dem Ergebnis unterrichtete.

»Der Kerl hat mich jahrelang belogen und betrogen. Nicht zufrieden damit, dass er an allen Erträgen seinen beträchtlichen Anteil hatte, langte er auch hin, wenn nichts für den Kronschatz abfiel. Er hat – was rechtens war – bei einigen *ricos* unsere Forderungen eingetrieben, um ihnen danach mit gefälschten Papieren den Rest abzuluchsen. Aber er hat nicht damit gerechnet, dass einige der Geschädigten zu mir kamen und gegen Simuel schwere Anklagen erhoben. Er kann von Glück reden, dass er auf der Folter gestorben ist, denn ich wollte ihn nach dem Urteil vor den Mauern der Stadt zum Exempel für alle verbrennen lassen. Du kannst mir zu dem Erfolg Glück wünschen, mein Lieber!«

»Ich weiß nicht, Senyor ...«

Der König runzelte die Stirn, sein Blick wurde misstrauisch. »Du billigst mein Vorgehen nicht?«

»Das ist allein Eure Sache, aber ich glaube, einen so tüchtigen Schatzmeister werdet Ihr so schnell nicht wieder finden.«

»Ich könnte dich zu Simuels Nachfolger machen.«

»Dazu fehlen mir Eignung und Wissen. Im Übrigen ziehe ich Eure Freundschaft vor.«

»Du wirst auch als Schatzmeister mein Freund bleiben.«

»Nein, Senyor, das verträgt sich nicht. Wer mit dem Geld des Königs umgeht, kann nicht sein Freund sein.«

Don Pedro tätschelte versöhnlich seinen Arm. »Du hast Recht, Simuel war niemals mein Freund und dass er mich betrogen hat, liegt jetzt offen zutage.« Don Pedro zog ein Schriftstück aus der Tasche und las daraus vor. »Die Einziehung von Simuels Besitzungen hat zusammen mit dem unterschlagenen Geld an die 160 000 Doblas gebracht, dazu kamen 2000 Libras an Silber und einige Truhen voller Kostbarkeiten. Stell dir vor, die jüdischen Kultgeräte für seine Sabbatfeiern waren aus purem Gold! Nun sind meine Leute dabei, die Vermögensverhältnisse seiner Freunde und Verwandten zu überprüfen. Ich wette, dass es da noch angenehme Überraschungen gibt!«

»Was wollt Ihr mit dem Geld anfangen, Don Pedro?«

»Etwas, das ich schon lange vorhatte – ich werde den Alcazar ausbauen und ein Kleinod daraus machen. Die Boten nach Granada habe ich schon abgeschickt und den Sultan um zeitweilige Überlassung seiner Baumeister gebeten. Es tut sich etwas, Juanito!« Don Pedro schlug ihn so kräftig auf die Schulter, dass Juans Knie einknickten.

Am nächsten Abend lud ihn der König in die Frauengemächer, wo Doña María de Padilla ihm stolz ihren fast einjährigen Sohn vorführte.

»Mein Thronfolger!«, rief Don Pedro laut.

»Ein strammer Bursche«, sagte Juan und blickte auf die anderen. Einige schauten etwas verlegen drein, nur Diego de Padilla blähte sich wie ein Gockel. Er dachte wohl daran, der Onkel des nächsten Königs zu sein, aber andere dachten weiter.

Diana de Ulloa hatte der Amme das Kind aus dem Arm genommen und küsste den Knaben zart auf die Stirn.

Doña María lächelte. »So etwas würde dir auch gut anstehen, Diana.«

»Glaubst du? Ich weiß nicht …« Sie blickte Juan in die Augen. »Außerdem gehören zwei dazu, nicht wahr?«

Der König lachte behaglich. »An Bewerbern dürfte es Euch nicht fehlen, Doña Diana. Mit Don Juan wart Ihr ja schon verlobt, und ich bin nach wie vor der Ansicht, Ihr würdet gut zusammenpassen.«

Diana gab das Kind der Amme zurück.

»Wir werden sehen …«

Zwei Tage später kam Don Pedro auf das Thema Thronfolger zurück.

»Ich war es leid, mich immer verstellen zu müssen, und schließlich waren ja nur Marías Verwandte und einige Freunde zugegen. Alfonso ist mein legitimer Thronfolger, die Ehe mit Doña María ist gültig und die mit Blanca nicht. Wer weiß das besser als du?«

»Ja, Don Pedro, aber diese Tatsachen sollten doch geheim gehalten werden, bis – nun, bis der richtige Zeitpunkt gekommen ist.«

»Durch Alfonsos Geburt sind wir diesem Zeitpunkt näher gerückt. Da steht nur noch Blanca de Borbón dazwischen.

Gäbe es sie nicht mehr, ich würde gleich im nächsten Jahr vor die *Cortes* treten und den Thronfolger präsentieren.«

»Aber es gibt sie.«

»Ja, und ich habe lange darüber nachgedacht, wie man es ändern könnte.«

Juan sah es an seinem starren Blick und den zusammengepressten Lippen, dass der Entschluss schon gefasst war. Es wurde ihm etwas unbehaglich zu Mute. Er schwieg, bis Don Pedro weiterredete.

»Ich will ihr den Vorschlag machen, in ein Kloster einzutreten – natürlich als Äbtissin. Unsere Ehe würde dann von einem meiner Bischöfe für ungültig erklärt.«

»Das kann nur der Papst tun.«

»Wir werden es so lange als möglich geheim halten.«

»Das wird nicht gehen. Zudem glaube ich, dass Doña Blanca ablehnen wird.«

»Dann – dann werden wir weitersehen. Ich schlage vor, du reitest die nächsten Tage nach Jerez und setzt sie von meinem Vorschlag in Kenntnis.«

Der König gebot ihm mit einer Handbewegung Schweigen, holte eine gesiegelte Urkunde hervor und legte sie auf den Tisch. »Auf halbem Weg zwischen Sevilla und Jerez liegt Lebrija. Dort brauchst du dir keine Herberge zu suchen, denn Stadt und Umland gehören von nun an dir.« Er wies auf die Urkunde. »Damit ernenne ich dich zum Grafen von Lebrija und gebe dir die Stadt als Lehen. Zufrieden?«

»Soll es der Lohn für etwas Künftiges sein?«

»Nein, Don Juan de Tenorio, für das bisher Geleistete.«

Juan erhob sich, ergriff die Urkunde, kniete vor dem König nieder und küsste ihm die Hand.

»Ich werde Euch ein treuer Lehnsmann sein, Senyor.«

»Davon bin ich überzeugt.«

Als Juan seinem Freund und Diener Miguel von der Standeserhöhung unterrichtete, errötete er vor Freude, und seine Sommersprossen wurden dunkler.

»Aber – aber dann bin ich jetzt der Diener eines Grafen? Seid Ihr nun ranggleich mit Don Enrique de Trastámara?«

Juan schmunzelte. »Auf dem Papier schon, aber *de facto* nicht. Verglichen mit dem, was Don Enrique an Ländereien besitzt, ist das Städtchen Lebrija nur ein Almosen. Aber darum geht es nicht. Ich glaube, Don Pedro wollte damit demonstrieren, dass er die Macht hat, jeden seiner Freunde in den Grafenstand zu erheben, denn bisher kam dieser Rang nur Verwandten des Königshauses zu.«

»Als Graf habt Ihr gewiss Anspruch auf einen oder mehrere Kammerdiener? Dann will ich der Erste sein! Oberster Kammerherr des Conde de Lebrija – das klingt schon sehr beeindruckend ...«

»Noch habe ich dich nicht dazu ernannt«, gab Juan zu bedenken.

»Aber Ihr werdet es doch, Herr?«

»Wenn einer dafür in Frage kommt, dann du, Miguel. Aber vorerst begnüge dich damit, mein Diener und mein alter Freund zu sein.«

Der König bestand darauf, dass Juan bei seiner Reise nach Jerez eine andere Identität annahm.

»Ich will nicht, dass irgendwer dich erkennt oder auch nur ahnt, wer du bist. Für die Dauer der Reise ernenne ich dich zu einem Ritter des Calatrava-Ordens, und diese Herren tragen ja bekanntlich das Habit der Zisterzienser, also auf Reisen eine schwarze Kutte. Wenn du jemandem begegnest, der dir verdächtig erscheint, so kannst du deine Kapuze überstreifen und dein Gesicht verbergen.«

»Wenn Ihr es so wollt ...«

»Ja, ich will es so! Du wirst auch vorübergehend einen anderen Namen annehmen müssen.«

»Aber wie soll ich dann in Lebrija als neuer Herr der Stadt auftreten?«

»Daran habe ich schon gedacht. Wenn deine Mission in Jerez beendet ist, kannst du dich auf der Heimreise in Juan de

Tenorio, Conde de Lebrija, zurückverwandeln. Zuvor aber bist du der Calatrava-Ritter Don Garci Alvarez, in geheimer Mission unterwegs nach Jerez. Mein Sekretär wird dir ein von mir unterzeichnetes und gesiegeltes Schreiben aushändigen.«

»Garci Alvarez ...«, wiederholte Juan nachdenklich.

Der König schmunzelte. »Ein Name ist so gut wie der andere. Es ist ja nur für kurze Zeit.«

Miguel schien erleichtert, als Juan ihm sagte, er würde diese Reise allein unternehmen.

»Hüte lieber mein Haus und treibe es in meiner Abwesenheit nicht zu arg. Ich hätte übrigens nichts dagegen, wenn du dir eine Frau nähmst.«

Miguel riss entsetzt die Augen auf. »Ich soll heiraten, Herr?«

»Du tust ja, als wäre es etwas Unrechtes! Eine ehrsame und tüchtige Frau im Haus wäre nicht von Übel.«

»Machen wir es so, Herr. Wenn Ihr einmal heiratet, dann tue ich es auch, und meine Frau kann dann gleich die Zofe der Eurigen werden.«

Juan versetzte ihm eine scherzhafte Ohrfeige. »Alter Schlaukopf! Aber ich werde dich beim Wort nehmen, verlass dich drauf.«

Am Tag vor der Abreise schrieb Juan an seine Mutter und unterrichtete sie von seiner Standeserhöhung. Er fügte hinzu, wie sehr er es noch immer bedaure, dass er Alfonso nicht habe retten können, aber dies alles geschah ja leider während seines Aufenthalts in Portugal und sozusagen hinter seinem Rücken.

Als er sich Lebrija, seinem künftigen Lehnsbesitz, näherte, sah er schon von weitem den Turm der hoch gelegenen Kirche Santa María. Meine Stadt, dachte er, aber er empfand weder Freude noch Triumph. Graf von Lebrija – was ist das schon? Hatte dieser Titel einen anderen Menschen aus ihm gemacht? Er hatte Einkehr gehalten und sich verschiedene Fragen gestellt. Kleide ich mich anders? Rede ich anders?

Benehme ich mich anders? Wohne ich anders? Esse und trinke ich anders?

Doch es hatte sich nichts verändert, er war der Gleiche geblieben und wurde – nach kastilischem Brauch – mit Don Juan angesprochen, ob er nun Graf, Ritter, *fidalgo* oder nur ein emporgekommener *rico* war. Sein Stolz war anderer Art, fußte nicht auf Herkunft, Familie oder vom König verliehenen Würden. Er war stolz darauf, in jeder Lage frei und unbeeinflusst handeln zu können, ob man sein Tun billigte oder nicht, ohne Furcht vor himmlischem Zorn, vor Höllenstrafen oder vor Menschen, die ihm übel wollten. »Ich bin ich und bleibe ich, bis der Tod mich auslöscht«, flüsterte er seinem Pferd ins Ohr. Die Stute schnaubte und wieherte leise, als hätte sie ihn verstanden.

Er hatte Lebrija schon im Rücken, als er hinter sich Hufschlag vernahm.

»Halt, Padre, halt!«

Er straffte die Zügel und wandte sein Pferd. Der gut gekleidete Mann verneigte sich.

»Ich bin der Sekretär des *alcalde* und möchte Euch sagen, dass es richtig war, unsere Stadt zu umgehen, denn seit zwei Wochen wütet in ihr das Strafgericht Gottes. Der *alcalde* ist gestern gestorben, in den letzten Tagen erlagen drei Ärzte, vier Pfarrer und zahlreiche Bürger der Seuche. Wer immer es sich leisten konnte, ist geflohen, und so fehlt es an allem. Die Sterbenden rufen verzweifelt nach Priestern, um zu beichten, aber wie gesagt ...«

»Ihr wolltet sagen, wer von den Pfaffen nicht gestorben ist, hat die Flucht ergriffen?«

Der andere nickte nur stumm.

»Und was wollt Ihr von mir?«

»Dass Ihr vielleicht einspringt, wenn ... Niemand kann es von Euch verlangen, aber Euer christliches Gewissen drängt Euch vielleicht dazu ...«

»Es sind doch die Blattern?«

»Gewiss, Padre, da gibt es keinen Zweifel.«

»Gut, ich komme.«

Juan zog die Kapuze tiefer, um sein Lächeln zu verbergen.

Tue ich es als künftiger Herr der Stadt?, dachte er. Oder aus Mitleid, auch eingedenk meiner Christenpflicht? Nein, mein Lieber, du tust es aus Neugier – vielleicht auch, um dein Wissen zu erweitern. Mein Wissen? Wovon? Dir fehlt die Erfahrung um die Nöte von sterbenden Menschen …

Juan gab seinem Pferd die Sporen und preschte seinem Begleiter voraus. Leise rief er der sich nähernden Stadt entgegen: »Ich will nicht wissen, warum ich es tue – ich tue es einfach!«

In der Stadt herrschte die Stille des Todes. Ganze Häuserzeilen standen leer, die Märkte waren verödet, die Straßen mit Unrat übersät. Vor einigen der Hauseingänge lagen Tote, aus dem Fenster eines stattlichen Hauses hing ein Sterbender, der mit schwacher Stimme etwas rief.

Die noch recht kräftige Herbstsonne begünstigte Fäulnis und Zersetzung – es stank so bestialisch, dass Juan hastig sein Tuch aus dem Wams zog und es sich vor den Mund band. Dabei fiel das Schreiben des Königs zur Erde, doch der Sekretär sprang schnell vom Pferd und gab es Juan zurück. Er wischte mit dem Ärmel darüber.

»Verzeiht, es ist ein wenig schmutzig geworden.«

Juan bedankte sich. »Der Schmutz ist wie der Tod ein ewiger Gleichmacher. Ob er sich an den Brief eines Königs haftet oder an den Bittbrief eines armen Mannes – für ihn gibt es keine Standesunterschiede.«

Der Sekretär hatte kaum zugehört, sondern wies mit der Hand auf ein Haus. »Dort liegt eine ganze Familie im Sterben, es sind entfernte Verwandte von mir – fromme, gottesfürchtige Leute, jetzt ohne Priester …«

»Und Ihr? Fürchtet Ihr keine Ansteckung?«

»Ich habe als Dreijähriger die *viruelas* überstanden – Ihr hoffentlich auch?«

Juan nickte, stieg ab und sie betraten das Haus. Es roch nach Krankheit und Tod, nach verdorbenen Speisen und verschüttetem Wein. Darüber lag der scharfe Gestank nach Kot und Urin.

Sein Begleiter öffnete eine Tür und schloss sie gleich wieder.

»Die beiden Kinder sind inzwischen gestorben ...«

Sie betraten die eheliche *alcoba,* und Juan öffnete sogleich die Fensterläden. Die Frau lag mit offenem Mund, atmete mühsam, gab aber sonst kein Lebenszeichen. Der Mann stöhnte und sagte etwas Unverständliches. Sein Verwandter beugte sich über ihn.

»Ich habe Euch einen Priester mitgebracht, lieber Vetter.« Er winkte Juan heran.

»Ich – ich will beichten ...«, murmelte der Sterbende.

Juan deutete auf die auf dem Fenstersims liegende Stola.

»Ja, die hat unser Hauspriester vergessen – er ist aber schon vor Tagen gestorben.«

»Die meine liegt im Gepäck ...«

Juan legte die Stola um. Er war lange genug auf eine Klosterschule gegangen, um sich in den wichtigsten kanonischen Floskeln zurechtzufinden.

Der Mann, das Gesicht übersät mit eitrigen Pusteln, stotterte etwas daher von einer Magd, der er beigelegen, und einem Nachbarn, den er betrogen hatte. Das meiste waren nur Wortfetzen ohne erkennbaren Sinn. Als er dann erschöpft schwieg, flüsterte Juan ihm ins Ohr:

»*Missereatur tui, omnipotens Deus, et dimissis peccatis tuis, perducat te ad vitam aeternam. Amen.*« Dann hob er segnend die rechte Hand. »*Indulgentiam, absolutionem et remissionem peccatorum tuorum tribuat tibi omnipotens et misericors Dominus. Amen. Dominus noster Jesus Christus te absolvat ...*«

An den weiteren Text konnte er sich nicht erinnern, aber der Sterbende merkte es ohnehin nicht. Keiner merkte es. Auch einem sterbenden Priesterschüler fiel es nicht auf, und die Augen des halben Kindes leuchteten dankbar auf, als der falsche Padre ihn von seinen nichtigen Sünden lossprach. Sie waren auch sonst meist harmloser Natur, diese Vergehen gegen die göttlichen Gebote, doch wurden auch schwerere Sünden gebeichtet. Wenn er das heisere undeutliche Gemurmel der mit dem Tod Ringenden richtig verstanden hatte, gab es neben Ehebruch auch Inzest, Gattenmord, Kindsaussetzung und Testamentsfälschung.

Die zu einer Ohrenbeichte noch Fähigen aber waren in der Minderzahl. Meistens genügte eine Letzte Ölung, deren äußeren Ritus Juan zwar kannte – als Ministrant hatte er Padres gelegentlich zu Versehgängen begleitet –, deren lateinische Worte die Priester aber zu leise gesprochen hatten, als dass er sie auch nur andeutungsweise hätte wiederholen können. So blieb es bei der äußeren Handlung von Salbung der mit Sünde behafteten Körperteile, nämlich Augen, Ohren, Nase, Mund und Hände. Bei Männern kamen noch die Fußsohlen dazu. Dazu murmelte er irgendwelche lateinischen Gebete, häufig das Vaterunser.

Es waren noch zwei oder drei Priester in der Stadt, aber er wich den Begegnungen aus. Als es doch einmal dazu kam, fragte er den anderen: »Ist Euch aufgefallen, Bruder in Christo, dass bei der heiligen *extremauncion* der Körperteil ausgespart bleibt, mit dem am meisten gesündigt wird?«

Der andere, ausgelaugt und überarbeitet, schlief schon halb. Er gähnte anhaltend. »Was meint Ihr damit, Padre?«

»Da Ihr ja auch die Beichte abnehmt, so werdet Ihr wissen, dass die Sünde wider das sechste Gebot am häufigsten vorkommt. Also müsste vor allem die Mitte des Leibes gesalbt werden …«

»Mag – mag sein …«

Dann war er eingeschlafen.

Nach sechs Tagen ließen die Sterbefälle spürbar nach, denn viele hatten in früheren Jahren die Krankheit überstanden und waren gefeit dagegen.

In oder um Lebrija gab es keinen Fluss, der um diese Zeit Wasser führte – wohin also mit den vielen Toten, deren Zerfall mehr und mehr die Luft verpestete? Die hauptberuflichen *sepultureros* waren entweder gestorben oder aus der Stadt geflohen, und von den Überlebenden wollte keiner die mit der Seuche behafteten Körper anrühren.

»Wir müssen sie verbrennen, am besten draußen vor der Stadtmauer.«

Der Sekretär des verstorbenen *alcalde* schüttelte den Kopf. »Erstens einmal verbietet das die Kirche und zweitens müssten wir jemanden finden, der diese Arbeit verrichtet.«

»Glaubt Ihr nicht, Gott würde es zuwege bringen, seine Gerechten auch aus der Asche wiederzuerwecken? Ich kenne Fälle ähnlicher Art, da hat es die Kirche ohne weiteres gestattet.«

»Gut, aber wer tut diese Arbeit?«

Kurz entschlossen ließ Juan durch Ausrufer in der Stadt verbreiten, dass jeder, der bereit sei, die Toten vor die Stadtmauer zu legen, täglich mit fünf Reales entlohnt werde. Eine der Sicherheit dienende Kleidung werde bereitgestellt.

»Und wer wird das bezahlen?«, fragte der Sekretär.

Juan lächelte. »Ich natürlich.«

Es kamen mehr, als gebraucht wurden. Juan plünderte den Fundus einer religiösen Bruderschaft, deren rote, den ganzen Körper verhüllende Kutten dafür sehr geeignet schienen. Sie waren aus einem Stück gefertigt und endeten in spitzen Kapuzen mit Schlitzen für die Augen. Dazu fertigten einige Näherinnen in aller Eile aus dickem Wollstoff Fäustlinge, die man mit Essig durchtränkte, ehe die Helfer sie benutzten.

Mit anderen zusammen half Juan dabei, den verseuchten Hausrat aus den Häusern der Toten vor die Stadt zu schleppen. Bald türmten sich dort Tische, Stühle, Truhen, Brotkästen, hölzernes Essgeschirr und vieles andere zu einem gigantischen Scheiterhaufen. Die Toten wurden darauf und dazugelegt, und eines Abends erleuchtete ein gewaltiger Brand die ganze Umgebung. Zum Glück wehte der abendliche Wind nicht in Richtung auf die Stadt und am nächsten Morgen gab es schon welche, die in der Asche nach noch verwertbaren Metallresten wühlten.

»Dieser Padre Garci ist ein wahrer Heiliger!« So ging ein Raunen durch die halb verwaiste Stadt und als Juan – er hatte Quartier im *ayuntamiento* genommen – von draußen den Ruf hörte: »Zeigt Euch, Padre!«, wusste er zuerst nicht, wer gemeint war.

Der Sekretär lächelte. »Ihr seid es, Don Garci Alvarez, den das Volk sehen und loben will.«

Juan, der seinen Decknamen schon fast vergessen hatte, trat zum Fenster und winkte den versammelten Menschen zu. Dann wandte er sich um. »Viele sind es nicht mehr.«

Der Sekretär schmunzelte. »Bald werden es wieder mehr sein.«

Nach einer dreitägigen Ruhepause setzte Juan seinen Weg fort und dachte noch eine Weile über seine angemaßte Rolle als Priester und Beichtvater nach. Wieder einmal hielt er Zwiesprache mit sich selbst. Welche Erkenntnisse hat dir deine Rolle als Priester und Beichtvater gebracht? Weißt du mehr als zuvor? Ist deine Neugierde gestillt? Es ist nichts – nichts … Diese Antwort hielt er für angemessen. Eines hatte sich wieder bestätigt: Der Mensch glaubt nur, was er will – ob Wahrheit oder Lüge, Sinn oder Unsinn.

Einer der Letzten, denen Juan die Beichte abgenommen hatte, war ein reicher Wein- und Gewürzhändler, dessen Familie rechtzeitig geflohen war, während er selber es nicht übers Herz brachte, seinen Besitz unbehütet zu lassen. Da waren im Keller die dicken Weinfässer, da standen im Laden die Regale mit den Gewürzen – die pulverisierten in Steinguttöpfen, die flüssigen in fest verschlossenen Glas- oder Metallbehältern und die natürlichen in Leinwandsäcken verschnürt. All dies verbreitete im Haus einen würzigen Wohlgeruch, der sich gegen den Gestank von draußen behauptete, ihn überlagerte. Eine alte Magd hatte bei ihrem Herrn ausgehalten und Juan ins Haus geholt.

»Mit dem Herrn geht es zu Ende, Padre, sein Geist ist jetzt klar und ich bitte Euch, ihm die Beichte abzunehmen.«

»Wenn er es will ...«

Sie blickte ihn zornig an. »Natürlich will er es! Wir sind alle gute Christenmenschen!«

Nun, so ganz klar schien sein Kopf nicht mehr zu sein. Matte fieberglänzende Augen blickten angstvoll aus einem feisten teigigen Gesicht, auf dem die Pusteln blühten wie Giftblumen. Mit schwacher Stimme stotterte der Händler etwas von einem Bruder, den er ums Erbe betrogen, und von seiner Mutter, die er in ein Klosterhospiz abgeschoben hatte. Auch von Weinpanscherei und falschen Gewürzen war die Rede, etwa von dem aus der Färberdistel gewonnenen falschen Safran, wo doch der echte fast mit Gold aufgewogen wurde ...

Das alles kam wirr und kunterbunt daher, und am Ende wurde seine Stimme ganz leise und er bekannte, eine junge Magd nicht nur geschwängert, sondern sie gezwungen zu haben, einen falschen Vater zu nennen und ihr Kind wegzugeben. Da schossen ihm gleich die Tränen in die Augen, aber nicht aus Reue über seine Schandtaten oder aus Mitgefühl für die Betrogenen und Ausgenützten.

»Und jetzt liege ich da, krank und hilflos, und hätte noch so viel zu tun und zu schaffen ... Der schöne gute Wein, die neue Gewürzlieferung, das Fass Honig vom Imker, den ich Dummkopf gleich bezahlt habe, anstatt zu warten, bis – bis ...«

Nein, diese Tränen kamen aus Selbstmitleid und hilflosem Zorn, dies alles zurücklassen zu müssen. Dennoch – Juan sprach ihn von seinen Sünden los, beugte sich dann nieder und sagte laut und deutlich hinein in das feiste selbstgefällige Gesicht: »Ich habe Euch losgesprochen, aber die Sache hat einen Fehler ... Das ist wie mit Eurem falschen Safran – ich bin ein falscher Priester, einer, der sich verkleidet hat, um einen Auftrag besser durchführen zu können. Aber seid getrost, da es keinen Gott gibt, existiert auch kein Teufel, und Himmel wie Hölle sind von Pfaffen erfunden, damit die Spenden reichlicher fließen.«

Der Mann schaute ihn an und lächelte. Ja, er lächelte und bewegte verständnislos seinen dicken Schädel hin und her.

»So ist es recht, Padre, Ihr wollt nur mein Gottvertrauen prüfen. Mag ich auch ein Sünder sein, so stehe ich doch fest im christlichen Glauben, weiß, dass ich eine lange Fegefeuerstrafe zu erwarten habe, letztlich aber doch in den Himmel komme. Seid bedankt, Padre, und geht mit Gott. Vielleicht werde ich auch wieder gesund ...«

In Jerez waren die Wachen an den Toren verstärkt worden und verweigerten jedem den Eintritt, der von draußen kam.

Juan verwies auf sein königliches Schreiben, und man holte einen lesekundigen *capitán,* der sich tief verneigte.

»Natürlich, Don Garci, tretet ein! Seid Ihr unterwegs auf Kranke oder Tote gestoßen?«

»Nein, *capitán,* ich war in Eile, habe stets im Freien genächtigt und mich bei Bauern mit Proviant versorgt. Freilich war da und dort von Erkrankungen und Todesfällen die Rede, aber wie Ihr wisst, vergeht keine Woche, in der nicht irgendwo Pest, Blattern und andere Seuchen auftreten, ohne dass sie weitere Kreise ziehen.«

Der *capitán* blickte misstrauisch. »Da gibt es aber auch ...«

»Natürlich, aber doch im Abstand von einigen Jahren.«

»Während der letzten Wochen kamen Leute aus Lebrija, um hier unterzuschlüpfen, doch wir haben sie abgewiesen. In dieser Stadt soll es ...«

»Aber ja, *capitán.* Dort verfährt man nicht anders als hier. Man verwehrt Fremden den Eintritt, um keine Krankheiten einzuschleppen. Aber nun muss ich weiter in den Alcazar.«

»Haltet Euch nach Süden, folgt den Straßen, die etwas ansteigen, und Ihr werdet ganz von selber auf die Burganlage stoßen. Dort sitzt unsere arme Königin gefangen ...«

»Ja, ich weiß. Seid bedankt, *capitán.*«

Nicht so einfach war es, hinter die Mauern des Alcazars zu gelangen. Der *capitán* der Torwache musterte Juan misstrauisch von Kopf bis Fuß, wendete das königliche Schreiben hin und her, betrachtete lange das prächtige Siegel mit den Türmen und Löwen von Kastilien und León.

»Gut, ich werde das Schreiben der Königin übergeben und sie fragen, ob sie Euch empfangen will.«

Juan seufzte, blieb aber geduldig. »Sie wird mich empfangen müssen, denn der König hat mich beauftragt, ihr etwas mitzuteilen. Da gibt es nichts Schriftliches, ich kann die Nachricht nur mündlich und an Doña Blanca persönlich weitergeben.«

»Ich werde sie trotzdem fragen müssen.«

»Tut das, *capitán,* aber beeilt Euch.«

Juan nahm auf einem Hocker Platz, argwöhnisch beobachtet von zwei Wachleuten, die sich vor der Tür herumdrückten.

Die bewachen mich wie einen Gefangenen, dachte er belustigt.

Obwohl der *capitán* lange ausgeblieben war, zeigte Juan keinen Unmut.

»Doña Blanca befiehlt Euch zum Nachtmahl, Don Garci.«

»So, sie befiehlt mich … Ich nehme mit untertänigem Dank an.« Zwei der Wachen führten Juan zum Gästehaus, blieben aber – er sah es vom Fenster aus – draußen vor der Tür stehen.

Nun, Doña Blanca hat wohl allen Grund, misstrauisch zu sein, dachte Juan, öffnete sein Bündel, holte die mitgebrachte höfische Kleidung heraus und breitete sie aufs Bett. Dann trat er ans Fenster.

»Ihr da! Lasst mir sofort ein Schaff Wasser heraufbringen!«

Er zog sich die Zisterzienserkutte über den Kopf und warf sie in die Ecke. Dann wusch er sich gründlich und legte die Galakleidung an – das war der leichte, lange, weinrote Überrock mit den goldenen Wappenknöpfen und dem dunkelgrünen Schulterkragen. Er knöpfte ihn bis zur Brusthöhe auf, damit das gemusterte goldbraune Untergewand zu sehen war. Zuletzt legte er die weichen roten Schnabelschuhe bereit, nur geeignet, sie innerhalb der Gemächer zu tragen.

Als die Königin ihn empfing, hielt sie das gesiegelte Schreiben in der Hand. Juan beugte die Knie und küsste die schmale knochige Hand.

»Erhebt Euch, Don Garci. Ihr habt Euer Ordenskleid abgelegt?«

Doña Blanca konnte nicht älter als vierundzwanzig sein, da sie als fast Sechzehnjährige nach Kastilien gekommen war. Ihr etwas zu langes Gesicht mit der etwas zu großen Nase und dem etwas zu ausgeprägten Kinn ließ eher an eine Frau über dreißig denken. Ihr Blick war verschattet, und wenn sie lächelte, dann so kurz und flüchtig, dass man sich fragte, ob es nicht eine Täuschung gewesen war.

»Weder heiße ich Garci Alvarez, noch bin ich ein Calatrava-Ritter. Der König hielt es für geboten, mich unter einem anderen Namen reisen zu lassen. Erkennt Ihr mich nicht wieder, Doña Blanca?«

Sie trat näher heran. »Verzeiht, aber meine Augen sind etwas schwach. Kenne ich Euch aus Tordesillas?«

»So ist es. Ich bin Juan de Tenorio, Kammerherr Eures Gemahls. Damals war ich auf dem Weg nach Valladolid, um Doña María, der Königinmutter, meine Aufwartung zu machen.«

»Jetzt erinnere ich mich …«

Doch ihr war anzusehen, dass sie es nicht tat. Ein gedankenschnelles Lächeln huschte über ihr Gesicht.

»Und nun wollt Ihr mir Eure Aufwartung machen?«

»Nicht nur, Doña Blanca. Ich bin im Auftrag des Königs hierher gekommen, der Euch einen Vorschlag machen will.«

Gleich wurde ihr Gesicht abweisend.

Sie hat allen Grund, misstrauisch zu sein, dachte Juan.

»Verzeiht, Doña Blanca, aber der König wollte es so. Es gibt nichts Schriftliches, sein Vorschlag soll Euch durch mich mündlich überbracht werden.«

»Das ist alles?« Sie streckte das Schreiben vor, hielt es dann ganz nahe an ihre Augen und küsste plötzlich mit Inbrunst das Siegel. »Das ist meine einzige Verbindung zu Don Pedro, mit dem ich Tisch und Bett teilen sollte: Ich küsse sein Siegel. Spricht er überhaupt noch von mir? Gibt es mich noch in seinen Gedanken?«

»Ja, und damit habt Ihr mich an meine Aufgabe erinnert, nämlich Euch einen Vorschlag des Königs zu unterbreiten. Don Pedro möchte seine Kinder legitimieren und Doña María heiraten. So lässt er Euch fragen, ob Ihr bereit seid, Eure Ehe wegen Nichtvollzugs für ungültig erklären zu lassen.«

Sie fuhr zurück, als hätte sie einen Schlag ins Gesicht erhalten. Ihre Stimme wurde laut und anklagend. »Wie denkt der Herr sich das? Soll ich in Schande nach Frankreich zurückgeschickt werden? König Jean, mein Onkel, würde sich nur darüber freuen, wenn Don Pedro ihm eine hohe Abstandssumme bezahlt. Ansonsten käme es zum Krieg mit Frankreich ...« Sie schwieg und blickte starr vor sich hin.

»Verzeiht, Doña Blanca, aber daran hat der König niemals gedacht. Zum Ausgleich für Euren Verzicht sollt Ihr das Amt einer *abadesa* erhalten, und zwar in einem Kloster Eurer Wahl, doch es soll im Norden von Kastilien liegen. Seid nicht bescheiden, Doña Blanca, Ihr dürft Eure Wahl unter den größten und vornehmsten Klöstern treffen. Eine Äbtissin ist fast so etwas wie eine kleine Königin.«

Hatte sie gehört, was er sagte? Sie erhob sich mit einem Ruck und Juan sprang auf.

»Dass Ihr es wagt, mir einen solchen Vorschlag zu übermitteln, ist so dumm wie anmaßend. Ich hätte Euch für klüger gehalten, Don Juan.« Sie klingelte und zwei Diener kamen herein.

»Führt Don Juan ins Gästehaus und lasst ihn gut bewachen.«

»Aber Doña Blanca ...«

Sie kehrte ihm den Rücken zu, bis er draußen war. Eine alte vertraute Dienerin kam herein und schaute sie fragend an.

»Sie wollen mich zur Äbtissin machen, was sagst du dazu?«

»Eine Unverschämtheit, Herrin!«

»Er will seine Bälger legitimieren, das kann ich verstehen, aber da spiele ich nicht mit! Ich werde Königin von Kastilien sein, solange ich lebe!«

Juan hatte nicht daran gedacht, dass das gesiegelte königliche Schreiben in Lebrija mehrmals mit von Blattern verseuchten Gegenständen in Berührung gekommen war. Er hatte nicht daran gedacht, und die Königin hatte es nicht gewusst, als sie das Siegel küsste.

Doña Blanca, zutiefst misstrauisch, witterte ein Komplott, das vielleicht von Don Enrique ausging, der sich so von den Empörten und Beiseitegeschobenen eine Unterstützung erhoffte. Um ganz sicher zu sein, sandte sie einen Boten nach Sevilla mit einem von ihr eigenhändig geschriebenen Brief, dem sie das von Juan überbrachte Schreiben beilegte. Sie suchte Zeit zu gewinnen und wollte Don Pedro zu einer schriftlichen Aussage bewegen.

4

Der Eilkurier erreichte am Abend des dritten Tages Sevilla, und Don Pedro empfing ihn sofort. Er nahm das Schreiben und eilte zu Doña María.

»Du wirst sehen, sie hat klein beigegeben! Was sollte sie auch sonst tun? Bei nächster Gelegenheit erfahren Volk und *Cortes,* dass die Königin meines Herzens längst auch die des Landes war. Du darfst es mir vorlesen.«

Noch immer war er stolz auf Doña Marías ansehnliche Bildung. Im Gegensatz zu den meisten anderen Frauen konnte sie schreiben wie ein Sekretär, las vor ohne zu stocken; dazu – er hatte es schon spaßhaft erprobt – war sie imstande, aus dem Gedächtnis eine Karte von Kastilien zu zeichnen und die wichtigsten Städte an der richtigen Stelle einzusetzen.

Der König wartete, bis die Diener – es begann schon zu dunkeln – genügend Lampen entzündet hatten, dann setzte er sich ihr gegenüber und schaute sie liebevoll an. Sie hatte sechs Kinder geboren – vier davon lebten –, doch in seinen Augen hatte sie nichts von ihrem Jugendreiz verloren. Sie saß da und ihm schien es, als sei sie von einem goldenen Glanz umhüllt. Ihre Augen hatten die Farbe von dunklem Honig und fast immer blickten sie fröhlich. Jetzt aber waren sie ernst geworden und hefteten sich mit gespannter Aufmerksamkeit auf das Geschriebene.

> Senyor, mein hoher Gemahl,
> vor einigen Tagen ist hier ein Bote mit dem Namen Garci Alvarez vorstellig geworden und hat, als ich ihn empfing, behauptet, er heiße Juan de Tenorio, sei Euer Kammerherr und habe mir eine Botschaft von Euch zu überbringen. Diese lautete, Ihr wollt unsere Ehe für ungültig erklären lassen und mir das Amt einer Äbtissin anbieten. Ich aber zweifle stark an der Echtheit dieser Botschaft und habe den Verdacht, dass dies ein Versuch Eurer Feinde ist, um Euch bei den *Cortes* und im Ausland verhasst zu machen …

Der König sprang auf. »Das ist doch ungeheuerlich! Dieses Weib ist eine Hexe! Sie dreht meinen gut gemeinten Vorschlag so, dass er sich gegen mich richtet, und kommt sich noch recht schlau dabei vor. Aber da hat sie die Rechnung ohne den Wirt gemacht! Juan jedenfalls weiß, was er zu tun hat, wenn sie die Störrische spielt …«

Doña María blickte auf. »Wie meint Ihr das, mein Lieber? Was soll er tun und was kann er tun?«

Der König winkte ungeduldig ab. »Das erkläre ich dir später – lies jetzt weiter!«

... um Euch bei den *Cortes* und im Ausland verhasst zu machen. Wie mein Onkel, Euer erlauchter königlicher Vetter Jean von Frankreich, eine solche Nachricht aufnehmen wird – daran wage ich nicht einmal zu denken. Bis Eure klärende Nachricht eintrifft, habe ich den angeblichen Boten unter Hausarrest gestellt. Euch, mein lieber Gemahl, wünsche ich Gesundheit und Glück und dass Ihr bisweilen meiner gedenkt.

Yo la Reina.

»Ich, die Königin! Ihre Frechheit kennt keine Grenzen, aber mit solch erbärmlichen Finten kann sie nur meinen Zorn erregen und meinen Willen zur Trennung verstärken.«

Inzwischen war es Oktober geworden und nach langen Monaten der Trockenheit setzten heftige Regenfälle ein. Die leeren Flussbetten füllten sich in kurzer Zeit, und wo vorher nichts oder nur ein karges Rinnsal gewesen war, da tosten jetzt gewaltige Sturzbäche, die Büsche, Bäume, Brücken und nicht selten auch Häuser mit sich rissen.

Das von zahlreichen kleinen Flüssen durchzogene und zum Teil sumpfige Gebiet südlich von Sevilla hatte sich in einen einzigen See verwandelt, so dass der Bote schon am ersten Tag Quartier nehmen und abwarten musste, bis die Wege wieder gangbar wurden. Es dauerte eine Woche, bis er wieder aufbrechen konnte, doch er kam auf den verschlammten und manchmal unkenntlich gewordenen Wegen so langsam voran, dass er erst am zehnten Tag gegen Abend den Alcazar von Jerez erreichte.

Doch schon am Stadttor wurde ihm gesagt, dass die Königin Blanca de Borbón vor zwei Tagen gestorben sei.

Wenige Stunden nach Doña Blancas Tod begann sich der kleine königliche Haushalt im Alcazar von Jerez aufzulösen. Die Wachen draußen zogen ab, die Diener liefen davon, die zahlreichen Spitzel setzten sich nach Sevilla ab. Zudem traten in Jerez einige Fälle von Blattern auf, was ein paar Dutzend der *ricos* zu sofortiger Flucht aufs Land veranlasste.

Juan, nun plötzlich unbewacht, holte sein Pferd aus dem Stall, nahm sich von den spärlichen, noch nicht gestohlenen Vorräten einiges an Wegzehrung und machte sich auf die Reise nach Sevilla. Seinen Plan, auf dem Rückweg in Lebrija als der neue Stadtherr aufzutreten, ließ er fallen. Er empfand es als vordringlich, Don Pedro den Tod seiner Gemahlin mitzuteilen – für den König war es nun wirklich keine Hiobsbotschaft.

Am Stadttor tat ein *capitán* Dienst, den Juan seit Jahren kannte. Er zog ihn schweigend in die Wachstube und schloss die Tür.

»Ich möchte Euch warnen, Don Juan. Seit Tagen gibt es keine Nachricht aus dem Alcazar. Der König ist so unsichtbar, als sei er plötzlich verreist oder« – der *capitán* flüsterte es ihm ins Ohr – »gestorben.«

Juan fuhr zurück und wollte antworten, doch der *capitán* legte einen Finger vor die Lippen.

»Sagt jetzt nichts ... Ist eingetreten, was ich vermute, dann wird binnen kurzem der andere hier sein und das Regiment übernehmen. Ich glaube, Ihr solltet dann einen schnellen Entschluss fassen.«

Juan bedankte sich und ritt auf Umwegen in die Nähe seines Hauses, band sein Pferd vor einer Schenke fest und drückte dem herbeieilenden Knecht eine Münze in die Hand.

»Bewache es gut, mein Freund, ich könnte es gleich wieder brauchen.«

Es ging gegen Abend, Miguel müsste jetzt zu Hause sein. Er zog den Hut in die Stirn und ließ den schweren Klopfer gegen die Tür fallen. Er hörte leises Schlurfen und die Sichtklappe öffnete sich geräuschvoll.

»Was wollt Ihr?«

»Miguel, bist du es?«

»Don Juan?«

Er zog den Hut und näherte sein Gesicht. Da flog gleich die Tür auf und Miguel umarmte ihn.

»Gott sei Dank! Höchste Zeit, dass Ihr kommt! Am Hof –«, er stockte und sah sich um. »Wo ist Euer Pferd?«

»Vor der Schenke, gleich um die Ecke.«

»Ich hole es!«

Juan betrat sein Haus, spürte aus der Küche den köstlichen Geruch einer *sopa de verduras*, die er und Miguel gleichermaßen schätzten.

Juan legte seine Reisekleidung ab und schlüpfte gerade in den Hausrock, als Miguel zurückkam. Sie gingen in das kleine Arbeitszimmer, wo Juan auch seine Bücher aufbewahrte.

»Was ist los im Alcazar? Schon die Torwache hat so seltsame Andeutungen gemacht.«

Miguel zerwühlte seinen struppigen Rotschopf. »Wenn ich das nur wüsste, Herr! Ich habe mich von Zeit zu Zeit dort sehen lassen, habe dort Freunde unter den Dienern und Stallknechten, aber seit vorgestern – nein, eigentlich schon seit drei Tagen – sind die Tore für unsereinen verschlossen. Euch würde man vielleicht schon – aber seid Ihr noch nicht dort gewesen?«

»Nein, Miguel, ich wollte zuerst mit dir sprechen. Was glaubst du, was dort vorgeht?«

»Da ist alles möglich ... Vielleicht haben sie den König ...?« Er fuhr mit dem Zeigefinger schnell über seinen Hals.

»Diese Vermutung habe ich schon am Stadttor gehört. Hast du bemerkt, dass Truppen aus- oder eingezogen sind?«

»Nein, Herr – nichts hat sich bewegt. Vielleicht solltet Ihr doch –«

»Ja, ich werde gleich morgen dort vorsprechen.«

Als Miguel das Frühstück brachte – es war sein altes Vorrecht – schien er Juan ungewöhnlich bleich und ernst.

»Herr, ich habe heute Nacht kaum geschlafen, weil ich immer wieder darüber nachdenken musste, ob es richtig ist, wenn Ihr Euch bei Hof zeigt, ehe wir nichts Näheres wissen.«

Juan tauchte den knusprigen Brotwecken in die warme Milch und biss genüsslich ab. Miguel brachte dieser Gleichmut zur Weißglut.

»Da sitzt Ihr nur da und verzehrt mit Behagen Euer Frühstück, während ich mir die größten Sorgen um Euer Wohl mache! Ein anderer Diener hätte sich in einer solchen Lage einfach dünngemacht – ich jedoch ...«

»Ist ja gut, Miguel, du weißt, wie ich deine Treue schätze, und dass du dir Sorgen machst, ehrt und freut mich. Nun aber sage mir genau, was eigentlich du fürchtest? Was kann mir schon geschehen?«

»Gut, Herr. In einer solch ungewissen Lage ist es angebracht, dass wir den schlimmsten Fall erwägen. Das wäre der Tod des Königs durch Krankheit, einen Unglücksfall oder Mord. Wie auch immer, Doña María und ihre Sippe müssen mit der Lage zurechtkommen, müssen versuchen, irgendwie an der Macht zu bleiben. Also wird die Padilla-Sippe sich mit den möglichen Thronfolgern auseinander zu setzen haben – das sind ... Ich kenne zwar nicht die Reihenfolge, aber zuerst einmal wäre da Don Enrique ...«

Juan lachte. »Und schon liegst du falsch, Miguel. Legale Ansprüche hat Don Enrique überhaupt keine, auch wenn er Don Pedros Halbbruder ist. An erster Stelle kommt Don Fernando de Tortosa, Bruder des Königs von Aragón, aber auch Infant von Kastilien, weil Don Pedro und er gemeinsame Vorfahren haben. Das letzte Wort aber hat die *Cortes*. Wenn es dieser Ständeversammlung gefällt, Don Enrique auf den Thron zu heben, dann wird aus dem Bastard ein legaler König. Aber da ist noch etwas. Schwöre mir beim Haupt deiner Mutter und bei Gott, an den du ja glaubst, dass du – wenigstens bis es bekannt wird – von dem, was ich dir jetzt sage, nichts preisgeben darfst.«

»Aber wenn sie mich zwingen, mich foltern? Ich weiß nicht, ob ich dann ...«

»Gut, dann lassen wir es.«

Auf Miguels Stirn trat der Schweiß, er schluckte hörbar und trank hastig seinen Milchbecher leer. Dann straffte er sich. »Ja, ich schwöre es!«

»Bei Gott und dem Leben deiner Mutter?«

»Ja – auch ...«

»Also gut. Vor etwa einer Woche ist Doña Blanca in Jerez gestorben, ich habe ihren Leichnam gesehen. Wenn ich heute im Alcazar von ihrem Tod berichte, gibt es zwei Möglichkeiten. Lebt Don Pedro noch, wird er sofort bekannt geben, dass er María de Padilla noch vor seiner erzwungenen Ehe mit Blanca de Borbón vor dem Altar und unter Zeugen geheiratet hat.«

Miguel hob erregt seine Hand. »Nein, nein – das glaube ich nicht! Dann wäre ja ...«

»... die Ehe mit der Französin ungültig – ja. Außerdem darfst du es ruhig glauben, ich selbst bin einer der Zeugen gewesen. Für den Fall, dass der König nicht mehr lebt, muss Doña María versuchen, ihre legale Ehe nachzuweisen, denn dann ist der kleine Alfonso der rechtmäßige Thronfolger und sie kann einen Regentschaftsrat einsetzen.«

»Mir schwirrt der Kopf, Herr! So viele Möglichkeiten und niemand weiß ...«

»Eines weiß ich sicher, Miguel. Ist der König noch am Leben, so wird er es mir niemals verzeihen, dass ich ihm Doña Blancas Tod nicht sofort gemeldet habe. Deshalb begebe ich mich jetzt zum Alcazar und du wirst mich begleiten!«

Miguel senkte ergeben seinen Kopf. »Jawohl, Herr.«

Am Haupteingang zum Alcazar, der Puerta de León, war die Wache sichtlich verstärkt worden, aber die meisten Bewaffneten erkannten Juan und begrüßten ihn mit Respekt. Daraus war zu schließen, dass sich wenigstens in Bezug auf seine Person nichts verändert hatte. Der *capitán* führte ihn beiseite.

»Ihr sollt wissen, was geschehen ist, Don Juan. Vor vier Tagen ist Doña María de Padilla an den Blattern gestorben, dazu zwei ihrer Dienerinnen, und zwei ihrer Hofdamen sind schwer erkrankt.«

»Darf ich ihre Namen wissen?«

Der *capitán* schüttelte den Kopf. »Ich nehme an, der König wird es Euch selber sagen.«

»Warum aber dann die Geheimhaltung? Welchem Zweck soll sie dienen?«

Wieder das Kopfschütteln. »Wartet hier, ich werde Euer Kommen melden.«

Er konnte es einfach nicht glauben. Beide Frauen, die große Bedeutung für Don Pedros Zukunft hatten, waren zur gleichen Zeit gestorben, vielleicht sogar am selben Tag. Ob da nicht doch höhere Mächte ...? Unwillig schob er diesen Gedanken beiseite. Ein Zufall eben. Ob glücklich oder unglücklich, das würde sich noch erweisen.

Miguel war sichtlich erleichtert und führte die Pferde zu den Ställen. Es dauerte nicht lange, bis der *capitán* zurückkam.

»Der König freut sich über Euer Kommen, Ihr sollt mit ihm das Mittagsmahl einnehmen – zur gewohnten Zeit.«

Es schien, als sei alles an Don Pedro leiser geworden. Er, der gerne polternd und laut auftrat, laut redete und laut lachte, war nun derart vermindert, dass Juan erschrak. Auch sein Gesicht hatte sich verändert, war ernst, nachdenklich und verschlossen geworden. Er begrüßte Juan mit einem kurzen Lächeln des Willkommens, ohne ihn – was er sonst immer tat – freundschaftlich an den Armen oder an der Schulter zu berühren.

Sie speisten allein und Juan konnte sich denken, warum. Nachdem aufgetragen war, entließ Don Pedro die Diener.

»Wir könnten jetzt essen, Juanito, und so tun, als sei

nichts, aber das kann ich nicht. Du hast gehört, was geschehen ist, und nun möchte ich von dir wissen, ob es für eine sichere Zukunft notwendig sein wird, Doña Blanca an meine Seite zu holen.«

»Nein, Don Pedro, denn auch Doña Blanca ist an den Blattern gestorben, etwa um die gleiche Zeit wie Doña María.«

Zuerst schüttelte der König immer wieder den Kopf, als glaube und verstehe er das Gehörte nicht. Dann brach er unvermittelt in Tränen aus.

»Mein Gott, mein Gott, warum strafst du mich so schwer? Jetzt wäre alles ins Lot gekommen, und ich hätte Doña María der Welt als meine legitime Gemahlin präsentieren können. Aber so ...?« Er hörte nicht auf zu schluchzen, erhob sich, ging auf und ab, immer wieder den Kopf schüttelnd.

»Ich teile Euren Schmerz, Senyor«, sagte Juan steif und mit heiserer Stimme. »Doña María war nicht nur die klügste, sie war auch die gütigste und verständnisvollste Frau an Eurem Hof.«

Don Pedro blieb stehen. »Ja, mein Freund, so war es. Sie wird durch nichts und niemanden zu ersetzen sein.«

»Kein Mensch ist je zu ersetzen ...«

Der König hörte es nicht.

»Eines aber wird sich nicht ändern: Ich werde das Volk und die *Cortes* von meiner Ehe mit Doña María in Kenntnis setzen, um meine Kinder zu legitimieren.«

»Es gab weitere Todesfälle im Alcazar?«

»Zwei von Doña Marías Dienerinnen sind kurz darauf gestorben, eine Hofdame heute Nacht.«

»Und Diana de Ulloa?«

»Mein Gott, Juan, das hätte ich dir gleich sagen sollen. Auch sie ist erkrankt, doch die Krankheit ist bei ihr leichter verlaufen. Das Schlimmste sei bereits überstanden, meinen die Ärzte. Du kannst sie noch heute besuchen.«

»Gut, aber noch eine Frage. Warum habt Ihr den Alcazar in letzter Zeit so schwer bewachen lassen?«

»Eine Vorsichtsmaßnahme und eher dazu da, keine Nachrichten nach außen dringen zu lassen. Wäre Doña Marías Tod zu schnell bekannt geworden, so hätte Enrique vermutlich versucht, die bisher ihr Verpflichteten unter Drohungen auf seine Seite zu ziehen. Da nun aber auch Doña Blanca tot ist, werde ich sofort die legitime Nachfolge von Alfonso bekannt geben. Im nächsten Jahr bei der Versammlung der *Cortes* wird es dann amtlich, aber es ist gut, wenn es jetzt schon alle wissen. Für Doña María wird in der Kathedrale neben dem Hauptaltar ein Doppelgrab bereitet. Dort wird sie in einigen Tagen feierlich bestattet und ich will später an ihrer Seite ruhen. Sie war und ist die Königin meines Herzens ...« Wieder begann er zu schluchzen. »Es ist alles so traurig, Juanito, so unendlich traurig ...«

Juan senkte den Kopf. Wie konnte er den Freund trösten? Wollte er es denn?

»Denkt an Eure Kinder, Don Pedro. Für sie lohnt es sich, zu leben und zu kämpfen. Die Bastarde und all Eure Feinde sollen wissen, dass Ihr nicht nur bereit seid, um Euren rechtmäßigen Thron zu kämpfen, sondern ihn auch für einen legitimen Nachfolger erhalten wollt.«

Der König wandte sich ab, um mit einem Tuch seine Augen zu trocknen. Dann straffte er sich. »Eines sollst du jetzt und morgen kann es alle Welt wissen: Angesichts des Todes meiner geliebten Frau schwöre ich vor Gott, der Jungfrau María und beim Leben meiner Kinder, dass ich niemals mehr mit einer Frau vor den Altar treten werde. Tue ich es dennoch, so kannst du mir ungestraft die Kehle durchschneiden.«

»Ein großherziger Entschluss, Don Pedro, aber ob er klug ist? Euch werden mehr Heiratsvorschläge ins Haus schneien, als Euch lieb sein wird. An erster Stelle rechne ich mit ...«

»Ja, ja, ich weiß! König Pedro von Aragón wird mir seine Tochter Juana antragen und es wäre höchst unklug, ihn abzuweisen. Heiraten werde ich sie nicht, aber eine schroffe Ablehnung wäre töricht. Da müssen wir uns etwas einfallen lassen, Juanito.«

»Es in Erwägung ziehen und hinhalten ...«

»Ja, aber da ist noch etwas. Gestern Abend traf ein Bote aus Granada ein und brachte eine seltsame Nachricht. Darin hieß es, Sultan Mohamed Ben Jusef habe auf seinen Thron verzichtet und ihn an seinen Bruder Ismael übergeben. Dieser bitte mich, ihn als Vasallen zu bestätigen, und er schwöre mir schon jetzt den Eid als treuer Lehnsmann und hoffe, dies bald in eigener Person tun zu können. Ich kann das aber nicht so recht glauben, denn ich erhielt kürzlich ein Schreiben, in dem der Sultan seinen Bruder der geheimen Verschwörung anklagte und dass er damit rechne, dass dieser einen Aufstand anzetteln wolle. Deshalb glaube ich nicht, dass Mohamed freiwillig abgedankt hat. Wir werden weitere Nachrichten abwarten müssen. Ah – da fällt mir ein, für dich ist eine gekommen, Don Fernando hat sie aufbewahrt.«

Das Schreiben kam aus Sobrado, war vom Gutsverwalter Don Gonzalo verfasst und berichtete von Doña Anas Tod, der plötzlich eingetreten sei – zum Glück einige Tage bevor die Nachricht von der Hinrichtung ihres Sohnes Alfonso kam. »Solltet Ihr keine anderen Pläne haben, so führe ich das Gut weiter wie bisher«, hieß es zum Schluss. Dann gab es eine von Magdalena diktierte Nachschrift: »Dies lässt dir Lena berichten, deine alte *ama.* Ich bin so gesund, wie es meinem Alter zukommt, und hoffe das Gleiche von dir und meinem Sohn Miguel. Dient er dir treu oder gibt es Klagen? Wenn es solche gibt, dann berichte mir. Dass deine Mutter die Nachricht vom Tod deines Bruders nicht mehr erleben musste, ist ein großes Glück. Sie hätte sich fragen müssen, warum du als Vertrauter des Königs nichts dagegen unternommen hast. Lebt in Frieden und seid glücklich.«

»Gute Nachrichten?«, fragte Don Fernando, des Königs Geheimsekretär.

Juan hob die Schultern. »Gute und schlechte …«

Die Kunde vom Tod seiner Mutter erschien ihm zuerst wie ein Ereignis, das ihn nichts anging, das außerhalb seiner Sphäre stattgefunden hatte. Da erschrak Juan über sich selbst. Aber sie war doch deine Mutter! Du hast sie doch geliebt! Ja – aber das schien jetzt so fern, als gehöre es in ein anderes Leben.

Er, der nur ganz selten an etwas Vergangenes zurückdachte, zwang sich jetzt dazu, schlüpfte in die Rolle des Acht-, Zehn-, Zwölfjährigen, erlebte ihre zärtliche Fürsorge, ihre Angst, als er krank war, ihr Verständnis für seine Eigenheiten. Mit ihr war ein Teil seiner Jugend dahin, bisher war sie noch als Einzige seiner Familie zwischen ihm und dem Grab gestanden – jetzt musste er dem Tod selber ins Antlitz schauen … Er schüttelte den Gedanken ab und dachte: Solange du lebst, gibt es keinen Tod, und wenn du tot bist, gibt es dich nicht mehr. Was war da zu fürchten?

Er schrieb an den Verwalter einen Brief, bedankte sich für die Nachricht, ließ Lena und seine Schwester grüßen und bat Don Gonzalo, die Finca wie bisher weiterzuführen.

Am Abend besuchte er die erkrankte, aber schon recht munter wirkende Doña Diana. Er küsste sie auf beide Wangen, obwohl die am Fenster sitzende Zofe – oder war es die Pflegerin? – aufstand und zu protestieren begann.

Diana lächelte. »Beruhigt Euch, das ist mein Vetter.«

»Ein schöner Vetter …«, gab die Frau zurück.

»Ihr habt noch ganz glatte Wangen, also sind die Blattern gnädig mit Euch umgegangen.«

»Die Ärzte sagen, es gibt eine leichte Form dieser Krankheit mit wenig Fieber und einem schnell heilenden Ausschlag, der keine Spuren hinterlässt. Aber ein paar Narben im Gesicht hätten mich nicht gestört, und es gibt ja keinen Mann, der sich daran stoßen könnte.«

»Da habt Ihr Recht, trotzdem bin ich froh darüber. Was werdet Ihr jetzt tun?«

Ihre graublauen Augen blickten unschuldig fragend, die blonden Haare lagen auf dem Kissen ausgebreitet wie eine Flut goldener Seide. Sie sah aus wie ein Engel.

»Tun – was tun? Wie meint Ihr das?«

»Nun, da Eure Freundin tot ist …«

»Was hat das mit mir zu tun?«

»Immerhin wart Ihr die Hofdame der Doña María.«

»Ach das … Lasst mich erst gesund werden, dann sehen wir weiter. Vielleicht kaufe ich mich in ein Kloster ein.«

»Das kann nicht Euer Ernst sein! Ihr, die freiheitsdurstige Jägerin? Eine Diana als fromme Braut Christi?«

»Das hätte den Vorteil, dass dieser Bräutigam nicht mit mir ins Bett will.«

Die Anstandsdame erhob sich. »Doña Diana – ich muss doch bitten!«

»Ja, ja, beruhigt Euch schon. Im Gespräch mit Don Juan fallen immer deutliche Worte, da müsst Ihr Euch nichts dabei denken.«

»Diese Worte kamen von Euch …«

Er beugte sich zu Diana nieder. »Am liebsten möchte ich mich zu dir ins Bett legen, *mi amor!*«

Sie lächelte fein. »Und die Blattern?«

»Die habe ich schon gehabt.«

»Und wenn nicht …«

»Dann hätte ich dich dennoch geküsst.«

»Diese Lügen gehen Euch so glatt von den Lippen wie einem Priester das *Dominus vobiscum.*«

»Ihr schätzt mich falsch ein, Doña Diana.«

»Begleitet Ihr mich auf die Jagd, wenn ich gesund bin?«

»Mit Vergnügen! Euch würde ich sogar in die Hölle begleiten.«

»An die Ihr nicht glaubt.«

»Nein, aber ich würde es trotzdem tun.«

Es ist schon seltsam mit dieser Frau, sinnierte Juan auf dem Heimweg. Wenn ich fort bin, denke ich nur wenig an sie, und kaum bin ich zurück, bin ich in ihrem Bann, muss wieder und wieder an sie denken.

Dann zog der Herbst ins Land und ganz Sevilla atmete auf. Der Sommer war wie stets in dieser Stadt eine Gluthölle gewesen, in der man schon um die sechste Tagesstunde kaum noch atmen konnte.

Nach Doña Marías feierlicher Bestattung hatte der König sehr zurückgezogen gelebt. Juan tat seinen Dienst als Kammerherr und *copero mayor*, wurde aber nur noch selten zu abendlichen Gesprächen geladen. So widmete er sich abends seiner langsam anwachsenden Bibliothek. Sie war in den letzten Jahren entstanden durch Geschenke des Königs, durch Gelegenheitskäufe auf Jahrmärkten oder wenn ein Nachlass verschleudert wurde, wobei nicht selten die Bücher keinen Käufer fanden.

Weit davon entfernt, ein besessener, ja auch nur ein eifriger Leser zu sein, griff Juan doch von Zeit zu Zeit gerne auf gut Glück ins Bücherregal, neugierig, was der Zufall ihm bescheren würde. Manchmal stellte er den Band gleich wieder zurück, manchmal aber fesselte ihn der Text, und er las sich stundenlang fest. Immer wieder erstaunte ihn dabei, wie vieles schon vorgedacht war und wie wenig Neues dazukam.

Wenn er in seinem Bändchen Seneca las und zum eigenen Erstaunen fast mühelos in das Latein der Klosterschule zurückfand, dann gab es da keinen Gedanken, der nicht auch für jetzt – dreizehn Jahrhunderte später – hätte Anwendung finden können. Nur das Christentum, dachte Juan, kam wie ein Unfall dazwischen und bewirkte, dass die Menschen unserer Zeit die gleichen Schandtaten wie damals vollbringen – doch mit schlechtem Gewissen.

Miguel, seinem Herrn und Jugendfreund in Treue fest verbunden, konnte recht frech und kritisch sein, wenn ihm etwas an Juans Lebensweise und Handlungen nicht gefiel. Vor diesen Büchern aber zeigte er unverhohlenen Respekt, und wenn er ins Arbeitszimmer kam, vergaß er nie, seine Bewunderung auszudrücken.

Zu Liebesabenteuern fehlte Juan jetzt die Lust. Einige der Hofdamen machten ihm schöne Augen und zwinkerten ihm zu, aber er zwinkerte nicht zurück. Warum? Früher hätte das ein Feuer in ihm entzündet, das nur in den Armen der Betreffenden zu löschen war. Aber jetzt? Jetzt schob sich Doña Dianas betörendes Antlitz dazwischen und ließ kein

Verlangen nach anderen Frauen aufkommen. Vielleicht war sie das, was man María de Padilla gewiss zu Unrecht nachgesagt hatte – eine Hexe. Er musste eine Möglichkeit finden, in ihr die Frau zu erwecken, denn im Grunde war Diana nicht nur körperlich eine *virgo intacta,* sondern auch eine im Geiste. Er hämmerte gegen seine Stirn. Da oben war bei ihr der stachelige Zaun, der niedergerissen werden musste, ehe sich ihr Schoß willig öffnete. Die Bereitschaft zur echten Liebe beginnt im Kopf und nicht im Bauch, dachte er, oder du kannst gleich zu einer Hure gehen.

Aber auch dazu konnte er sich nicht aufraffen. Ein Vers von Juan Ruiz kam ihm dabei in den Sinn.

Nicht jede Frau sei Wunschziel deinen Sinnen,
nur die, bei der dein Geist kann viel gewinnen.
Die andre Leidenschaft ist sinnlos, leer zumeist,
stets bleibt ein Bettelmann, der solche Liebe preist.

Juan gähnte und lehnte sich zurück. Schöne Worte, wahre Worte, leere Worte ... Irgendetwas muss geschehen, dachte Juan schläfrig. Aber was ...?

So vergingen die Tage, und Don Pedros Trauer begann sich abzumildern, auch weil neue Pläne ihn beschäftigten.

Im November war es einem Boten aus Granada gelungen, sich nach Sevilla durchzuschlagen, und er berichtete von aufregenden Ereignissen. Wenig später unterrichtete der König seinen Freundeskreis.

»Jetzt wissen wir endlich Genaueres über die Vorgänge in Granada. Natürlich hat Sultan Mohamed – wir alle haben es ja vermutet – nicht freiwillig abgedankt, sondern sein jüngerer Bruder Ismael hat ihn gestürzt. Der Sultan hätte den Umsturz kaum überlebt, wäre es ihm nicht geglückt, mit Hilfe von treuen Anhängern nach Ronda zu fliehen.«

»Ronda?«, tönte fragend eine helle metallische Stimme. »Wo ist das?«

Diana de Ulloa, heute die einzige Frau in der Herrenrunde, schaute erwartungsvoll den König an. Don Pedro lächelte wohlwollend. Weil sie so eng mit Doña María befreundet gewesen war, sah er ihr vieles nach, gestattete ihr sogar, an der abendlichen Gesprächsrunde ohne besondere Einladung teilzunehmen.

»Ronda, verehrte Doña Diana – Ronda ist ein Wunder. Ich bin niemals dort gewesen, habe es nur von ferne gesehen, auf dem Rückweg von Malaga. Es ist eine Stadt in den Bergen, in schwindelnder Höhe auf einem abgeflachten Felskamm gelegen und im Grunde uneinnehmbar.«

»Im Grunde, Senyor? Das heißt, unter Umständen wäre es doch möglich?«

»Ja, meine Liebe, aber nur mit einem gewaltigen Aufwand an Truppen und Material – ein Aufwand, den die kleine Stadt nicht rechtfertigen würde. Jetzt aber, als Fluchtort des rechtmäßigen Sultans, wäre es dem Usurpator einen solchen Aufwand wohl wert. Aber – und das sind die neuesten Ereignisse – dem Thronräuber Ismael war es nicht vergönnt, sein Amt lange zu genießen, denn Abu Said, sein eigener Wesir, hat ihn wenige Monate später ermordet und nennt sich nun König von Granada. Er, so wird vermutet, wartet den Winter ab, um im beginnenden Frühjahr Ronda zu belagern. Kurz und gut: Ich als Lehnsherr von Mohamed Ben Jusef bin aufgerufen, den Thronräuber zu stürzen und den rechtmäßigen Herrscher nach Granada zurückzuführen.«

Juan räusperte sich. »Diese immer wieder verschobene und als friedlicher Besuch gedachte Reise wird nun zu einem Kriegszug. Ihr hattet ja eigentlich ganz andere Pläne, Senyor ...«

»Den Alcazar betreffend? Die werden auch verwirklicht, da könnt Ihr gewiss sein, Graf von Lebrija.«

Anfangs hatte sich Juan noch umgesehen, wenn dieser Name fiel, weil er im ersten Augenblick glaubte, er müsse einem anderen gelten, aber jetzt hatte er sich daran gewöhnt.

»Wenn Ihr es gestattet, würde ich Euch gerne dorthin begleiten.«

Don Pedro sah ihn erstaunt an. »Ihr kommt meinem Wunsch zuvor, denn gerade wollte ich Euch dazu auffordern.«

»Aber doch nicht als Kriegsmann?«, warf Diana dazwischen.

»Warum nicht?« Juan sagte es, ohne lange zu überlegen.

»Seid nicht leichtfertig, Don Juan! Ihr mögt zwar Waffen und ein Panzerhemd tragen« – Don Pedro schmunzelte und schaute dabei Doña Diana an – »wie damals beim Turnier in Torrijos, aber unter die Soldaten stecke ich Euch nicht. Der Platz eines Grafen von Lebrija ist im Gefolge des Königs.«

Juan verneigte sich. »Wie Ihr es wünscht, Senyor.«

Zwei Tage nach dem Fest Pauli Bekehrung traf ein Bote aus der alten Residenzstadt Burgos mit einer Appellation an den König ein. Üblicherweise hätte Don Pedro den Fall an seine Hofjuristen weitergeleitet, um nach deren Rat zu entscheiden, aber in dem Antrag war Juan als Referenz genannt und so wollte er seinen »Zwilling« unterrichten, ehe er Weiteres unternahm.

Die letzten Januartage hatten in diesem Jahr eine für Sevilla ungewöhnliche Kälte gebracht, so dass Don Pedro einige rötlich glimmende *braseros* hatte aufstellen lassen. Er und Juan hielten ihre klammen Hände darüber und rieben sie fest aneinander.

»Unsere Sommer hier sind manchmal zu verfluchen, aber so zu frieren ist auch nicht schöner.«

»Das wird nicht lange dauern, Don Pedro. In einigen Wochen ist alles vorbei und wir werfen diese stinkenden *braseros* hinaus.«

Der König richtete sich auf und deutete auf den Tisch. »Das habe ich dir heute mitgebracht.«

Juan streckte schon die Hand danach aus, da sagte der König: »Warte, ich werde dir kurz erklären, um was es geht. Danach kannst du es dir noch genau ansehen. Aber zuerst möchte ich mich von innen aufwärmen.« Er nahm einen langen Schluck und wischte dann mit dem Handrücken seinen Mund ab – eine Geste, die er sich nur in der trauten Zweisamkeit mit seinem »Zwilling« erlaubte. »Da ist Ende November ein gewisser Rodrigo Pérez auf seinem Landsitz bei Burgos verstorben, vermutlich an Gift. Du wirst dich erinnern können, dass dieser Herr damals noch kastilischer Gesandter in Portugal war.«

»Ja, ich habe ihn am Hof in Santarem kennen gelernt, sogar näher ...«

Der König feixte anzüglich. »Aha, ich verstehe... Er hat nun seinen gesamten Besitz an seine Frau Doña Catalina und ihre gemeinsamen Nachkommen vererbt. Da sie nach ihren Angaben – also beim Tod ihres Mannes – im sechsten Monat schwanger war, ist ein weiterer Erbe zu erwarten. So weit, so gut. Kurz nach Don Rodrigos Tod klagten nun seine Verwandten – geführt von einem Neffen – Doña Catalina des Giftmords an ihrem Gatten an und beanspruchen das Erbe für sich. Du kennst ja den alten Rechtsspruch: ›Blutige Hand nimmt kein Erbe‹, und so hat es Don Rodrigos Sippe tatsächlich erreicht, dass Doña Catalina von einem Gericht in Burgos zum Tod verurteilt wurde. Da sie aber schwanger ist, kann das Urteil erst nach der Entbindung vollzogen werden. Der besagte Neffe – ein Domherr in Burgos – hat sich bereit erklärt, das Kind zu adoptieren und dessen Erbe bis zu seiner Volljährigkeit zu verwalten.«

»Was nichts anderes heißt, als es in die eigene Tasche zu stecken ...«

»Kann sein, ich kenne die Leute ja nicht. Jetzt aber kommst du ins Gespräch. Doña Catalina – als Tochter eines *fidalgo* und Witwe eines Gesandten – hat ihr Recht genutzt, an mich, den König, zu appellieren. Sie verband das mit dem Hinweis auf den *caballero* Don Juan de Tenorio, der damals in Portugal regelmäßig Gast in ihrem Hause gewesen sei und ihre redliche Gesinnung genau kenne.« Er berührte Juan leicht an der Schulter.

»Also, Don Juan, Ihr habt das Wort, aber eine Frage vorweg: Hast du sie …?«

»Ja, aber es geschah mit dem Einverständnis ihres Gatten.«

»Was? Don Rodrigo hat euren Ehebruch abgesegnet? Das kann ich nicht glauben!«

»Ganz so war es nicht, aber wenn Ihr gestattet, werde ich weiter ausholen.«

»Wenn die Geschichte nicht langweilig wird …«

»Nein, das wird sie gewiss nicht. Don Rodrigo, um einiges älter als seine Gemahlin – es war schon die zweite –, konnte den Freuden des Ehebetts nichts mehr abgewinnen und gestattete ihr einen *amante,* aber wie gesagt – nur einen. Einmal wollte sich ein zweiter dazwischendrängen, und so musste er sich mit dem ersten duellieren, aber das war vor meiner Zeit. Als ich Doña Catalina kennen lernte, hatte sie keinen, und ich gewann ihre Gunst, während Don Rodrigo sich mit Hingabe seinen Büchern und dem Angeln widmete.«

»Verzeih, dass ich dich unterbreche, Juanito, aber dieses Verhalten spricht eher gegen sie.«

»Wartet nur ab. Wir lagen ja nicht immer im Bett, sondern führten meist während der Siesta lange Unterhaltungen. Dabei sprach Doña Catalina mit Liebe und Respekt von ihrem Gemahl, und sie bete täglich darum, ihm möge noch ein langes Leben beschieden sein. Don Rodrigos Plan, nach seiner kurz bevorstehenden Entlassung aus seinem Amt die ererbte Finca bei Burgos zu bewirtschaften, unterstützte sie nachdrücklich und verband das mit dem Wunsch, ihrem Gemahl noch ein Kind schenken zu dürfen.«

Don Pedro hob die Hand. »Halt, da stimmt etwas nicht! Du hast doch vorhin gesagt, dass er das Ehebett mied und ihr einen Liebhaber gestattete.«

»Ja, schon, aber sie hoffte, dass Don Rodrigo – befreit von der Last seines Amtes – bei kräftiger Kost und in der Stille des Landlebens …«

Der König lachte dröhnend. »Jetzt geht dir die Phantasie

durch, mein Freund! Wenn eine junge lebenslustige Frau es gewöhnt ist, sich mit feurigen Liebhabern zu vergnügen, dann findet sie nicht plötzlich am öden Landleben Gefallen.«

Juan ließ sich nicht beirren. »Sie hatte sich verändert. Als wir von Doña Inés' Grablegung aus Alcobaça zurückkamen, verweigerte sie mir jeden weiteren intimen Umgang. Wir spielten nur noch Dame und unterhielten uns. Sie gab zu erkennen, dass sie mit der Habgier von Don Rodrigos Familie rechne und mit deren Absicht, ihr das zu erwartende beträchtliche Erbe zu entreißen. Darum wollte sie alles daransetzen, Don Rodrigo bald ein Kind zu schenken.«

»Gut, aber wer mag ihn dann vergiftet haben?«

»Wurde das mit Sicherheit nachgewiesen?«

»Es scheint so. Auf Antrag des Neffen hat ein Arzt Don Rodrigos Körper geöffnet. Er fand die Leber verhärtet und bröckelig, den Magen verätzt, das Gesicht gelblich verfärbt. Vor Gericht hat er beschworen, dass das Zeichen einer Vergiftung sind.«

»Eine solche kann auch durch verdorbene Nahrung oder eine schwere innere Krankheit geschehen.«

»Es muss Doña Catalina gelungen sein, einen alten erfahrenen Juristen als Rechtsbeistand zu gewinnen. Er hat die Appellation verfasst und in einem Beischreiben den Verdacht geäußert, dass der Arzt und andere Zeugen für ihre Aussage gegen Doña Catalina mit hohen Summen bestochen wurden. Auch wenn ich nicht alles glaube, was du mir erzählt hast, so bin ich doch geneigt, Zweifel an der Redlichkeit von Don Rodrigos Familie anzumelden. Ich mache folgenden Vorschlag: Setze dich mit einem unserer Juristen zusammen und äußere deine begründeten Zweifel. Liegt dir viel an ihrer Rettung?«

»Ich will nicht, dass ihr Unrecht geschieht ...«

Dabei dachte Juan an jene unvergleichliche Liebesstunde, an die süße lustvolle Umklammerung und wie schnöde sie ihn beim zweiten Mal abgefertigt hatte. Er spürte, wie das

Blut in seine Lenden schoss und sein Glied sich aufrichtete. War sie ihm nicht noch etwas schuldig, diese Catalina?

»Ich kenne die Dame nicht und verlasse mich auf dein Urteil.«

»Am liebsten würde ich dort selber als Zeuge aussagen …«

»Ich weiß nicht … Ist dir das eine so weite Reise wert?«

»Ich könnte meinen Besuch in der Heimat damit verbinden. Da meine Mutter nun tot ist, hätte ich dort längst nach dem Rechten sehen müssen.«

»Aber du wolltest mich doch nach Granada begleiten.«

»Daran halte ich fest und so möchte ich Euch um die Verfügung bitten, dass Doña Catalina aus der Haft entlassen und bis zur endgültigen Klärung des Falles auf ihrer Finca unter Hausarrest gestellt wird. Ihr, der König, verlangt, dass der Fall erneut verhandelt und Juan de Tenorio als wichtiger Zeuge gehört wird.«

»Zu Euren Diensten, Graf von Lebrija!«

»Untertänigen Dank, Senyor!«

Dann mussten sie beide herzlich lachen und Don Pedro meinte: »Bleib nur nicht zu lange weg, sonst wird es hier zu langweilig.«

5

Miguel, der schon gefürchtet hatte, er müsse diesmal in Waffen und als Don Juans Knappe den Feldzug mitmachen, atmete auf, als sein Herr ihm mitteilte: »Diesmal hütest du besser unser Haus. Wenn der König nicht in Sevilla ist, dann wagen sich Leute ans Licht, die sonst lieber im Dunklen bleiben, und wenn ein Haus unbewohnt ist … Kurz und gut, mir ist lieber, du wartest hier und hältst alles gut in Schuss. Unsere alte Köchin brauchst du nicht zu entlassen und den Pförtner auch nicht. Schließlich bin ich jetzt der Conde de

Lebrija, was jeder an dem Wappen über der Tür sehen kann.«

Miguel nickte erfreut, und dann versetzte ihm Juan plötzlich eine schallende Ohrfeige.

»Aua! Was habe ich – was soll das, Herr?«

»Das ist der letzte Schlag, den du als einfacher Diener hinnehmen musst. Ich ernenne dich hiermit zu meinem Kammerherrn und habe vom König die Erlaubnis erwirkt, dass du zum *fidalgo* erhoben wirst. Du kannst dich also von jedermann mit Don Miguel anreden lassen. Anstatt des Dolches darfst du von nun an ein Schwert tragen, und wer dich beleidigt, den forderst du zum Zweikampf.«

Miguel strahlte und umarmte seinen Herrn. »Das ist aber schön! Was die Beleidigungen betrifft, so bin ich da nicht empfindlich und so werden sich Zweikämpfe leicht vermeiden lassen.«

»Du bist ein Feigling, Miguel!«

Der aber grinste nur. »Mein eigener Herr kann mich gar nicht beleidigen ...«

Da brachen sie gemeinsam in Lachen aus.

Don Pedro hatte seinen Gegner richtig eingeschätzt und fast alle seine Vorhersagen trafen ein. In seiner Angst, der König könnte mit der Zeit mehr und mehr Truppen anwerben, beschloss Abu Said, sich doch dem noch kleinen kastilischen Heer – das war die Einschätzung seiner Kundschafter – zu stellen, um so seine Siegesaussichten zu vergrößern.

Die erste Schlacht fand da statt, wo Don Pedro es sich gewünscht hatte – im Flusstal des Rio Guadalhorce. Um dem Gegner eine zahlenmäßige Unterlegenheit vorzutäuschen, hatte Don Pedro eine Hälfte seines Heeres in den Uferauen versteckt.

Abu Said, keineswegs feige, preschte an der Spitze seiner Truppen auf die Kastilier los, erkannte aber noch rechtzeitig, dass die aus den Uferwäldern hervorströmenden Soldaten dabei waren, ihn zu umzingeln. Seine Leibtruppe schlug eine

Bresche in die immer dichter werdenden Haufen der Angreifer und floh in Richtung auf die Sierra de Alhama, wo es eine stark befestigte, nur schwer zugängliche Festung gab. Die meisten der maurischen Krieger ergaben sich, und fast alle von ihnen waren geneigt, sich in das kastilische Heer eingliedern zu lassen, nachdem ihr früherer Sultan ihnen eine Generalamnestie zugesagt hatte.

Wenn auch die Hauptmacht des maurischen Heeres geschlagen war, so gab es noch da und dort Widerstandsnester, die bekämpft werden mussten. Bei dem verzweifelten Versuch, eine neue Armee aufzustellen, hatte Abu Said seine Festung in der Sierra de Alhama verlassen und war kurz darauf von kastilischen Truppen festgenommen worden.

Es war ein kleines, fast lächerliches Scharmützel, bei dem sich Juan de Hinestrosa – Doña Marías Onkel – in kühner Weise hervortat. Doch sein fortgeschrittenes Alter ließ ihn langsamer werden, ein maurischer Krieger kam ihm zuvor und hieb ihm mit seinem Krummschwert den Kopf ab.

»Ein hoher Preis für den Thronräuber!«, rief Don Pedro zornig, »aber er wird es zu büßen haben!«

Als die Gefangennahme bekannt wurde, erlosch jeder Widerstand, und wer sich von den Heerführern und Würdenträgern des Usurpators nicht freiwillig gefangen gab, wurde von anderen aus seinem Versteck geholt und ausgeliefert. Sie wurden mit ihrem gestürzten Sultan nach Sevilla gebracht, um dort ihr Urteil zu erwarten.

In den ersten Junitagen zogen Don Pedro und Sultan Mohamed mit ihren Gefolgsleuten in Granada ein.

Juan blickte voll Erwartung auf das viel gepriesene Wunder, die vieltürmig auf ihrem Hügel thronende und von den schneegekrönten Bergspitzen der Sierra Nevada überragte Schlossburg Alhambra. Was er sah, enttäuschte ihn. Ein paar Mauern, ein paar ockerfarbene wuchtige Türme, dazwischen das kleidsame Grün der Gärten – und dies sollte alles sein? Da konnte der König ruhig auf die maurischen Baumeister verzichten, das konnten die kastilischen Handwerker auch.

Der Sultan ritt auf einer perlweißen Stute und trug diesmal nicht das bescheidene Gewand eines tributpflichtigen Vasallen, sondern prunkte im Purpurmantel eines Herrschers.

Klugerweise hatte der Sultan – wieder auf Don Pedros Rat – am Tag vorher durch Herolde die Generalamnestie verkünden lassen, so dass der Jubel nun einhellig und fast immer ehrlich war.

Für Don Pedros engeren Hofstaat stand in der Alhambra ein bequemes Gästehaus bereit, doch dem König von Kastilien waren im Herzen des Palastes prächtige Gemächer bereitet.

Stolz führte der Sultan seine Gäste durch die Prunkräume des Palastes und Juan sah, wie falsch sein erster Eindruck gewesen war. Die plumpen Türme, die schmucklosen Mauern – dies alles war nur die hässliche Schale für einen goldenen Kern, der an Pracht, Schönheit und Anmut alles übertraf, was Juan jemals gesehen hatte. Es war wie ein Schreiten von Wunder zu Wunder.

Der Patio de los Arrayanes, der Salón de Embajadores, die Sala de los Reyes und nicht zuletzt der vor kurzem im Auftrag des Sultans errichtete Patio de los Leónes wetteiferten miteinander an Schönheit, Eigenart und das Auge betörenden Aus- und Durchblicken. Um den Löwenhof gliederten sich die Privaträume des Sultans, dazu ein kleiner *harén*, der erwähnt, aber nicht gezeigt wurde.

Am Nachmittag wurde den Gästen der *Gennat-alarif*, der Palastgarten, vorgeführt. Sein arabischer Name bedeutete »Garten des Baumeisters«, und wahrhaft meisterlich war diese Anlage auch gestaltet. Zypressen, Myrten, Lorbeer, Zitronen, Orangen, dazu blühende Büsche und Blumen in allen Farben fügten sich mit Springbrunnen, Teichen und zierlichen Kaskaden zu einem Kunstwerk, das – wie Don Pedro bemerkte – einem irdischen Garten Eden glich.

Der Sultan lächelte stolz. »Ja, Senyor, so ist es auch gedacht. Dieser Garten soll den Gläubigen einen Abglanz dessen verheißen, was die Gerechten im Paradies erwartet. So steht es auch im Koran, denn in der vierten Sure lesen wir: ›Wer aber glaubt und das Rechte tut, wahrlich jene führen wir ein in Gärten, durcheilt von Bächen, darinnen zu verweilen ewig und immer.‹«

»Das gilt nur für die Gerechten? Dann, fürchte ich, wird das Paradies leer bleiben bis auf ein paar bigotte Betbrüder, denen man schon auf Erden nicht gerne begegnet.«

Doch der Sultan verstand in religiösen Dingen keinen Spaß. »Darüber sollte man nicht spotten, Senyor. Nach der Lehre unserer Religion ist Allah so unendlich barmherzig, dass auch noch die schlimmsten Sünder hoffen dürfen.«

Der König wandte sich grinsend nach Juan um. »Hört Ihr das, Don Juan? Dann dürfen auch wir wieder hoffen.«

»Vielleicht gilt es aber nur für Muslime? Wir sind ja leider Christen ...«

Da setzte Don Pedro eine gespielt grimmige Miene auf. »Graf von Lebrija, ich muss Euch warnen! Wenn Ihr weiterhin so lästerlich daherredet, werde ich den Hofkaplan unterrichten. Der wird Euch eine saftige Buße auferlegen!«

»Ich werde es nicht wieder tun, Senyor«, sagte Juan kleinlaut und voll Demut.

Aus Sultan Mohameds verschlossener Miene war nicht zu ersehen, ob er dieses unfromme Geplänkel ernst genommen hatte.

Als Juan später den Wunsch äußerte, demnächst ausführlich die Stadt besichtigen zu wollen, sagte der Sultan: »Da tut Ihr gut daran, denn Granada ist wunderschön und braucht sich vor keiner spanischen Stadt zu verstecken.«

Als Führer bestimmte er einen seiner Hofchronisten, einen noch jüngeren Mann, der akzentfrei kastilisch sprach.

»Ich wurde in Córdoba geboren und bin nach langer schulischer Ausbildung in die Dienste des Sultans getreten. Als er gestürzt wurde, habe ich mich in den Bergen bei Bauern versteckt und danke Allah von Herzen, dass er Euren König zu seiner und unserer Befreiung gesandt hat.«

Nicht Allah hat uns gesandt, dachte Juan, sondern des Königs Angst vor leeren Kassen, denn der Tribut aus Granada ist ein ganz schöner Brocken ...

Um Juans Sicherheit besorgt, bestand der Sultan auf einer bewaffneten Begleitung von zwölf Mann seiner eigenen Leibwache. Diese maurischen Krieger mit ihren martialischen Krummschwertern und den langen Dolchen im Gürtel genossen bei der Bevölkerung einen solchen Respekt, dass niemand es wagte, ihnen nahe zu kommen. Im Übrigen befahl der Sultan, dem Gast widerspruchslos jeden Wunsch zu erfüllen.

Granada erwies sich nicht nur als schöne, sondern auch als eine sehr wohlhabende Stadt. Seit die Nasriden vor über hundert Jahren die Herrschaft an sich gebracht hatten, war Granada aufgeblüht wie ein üppig bewässerter Garten.

Juans Begleiter wies nach Norden. »Da drüben liegt der Albaicín, das ist ein unübersichtliches Gewirr von Gassen und Gässchen, und wer nicht dort aufgewachsen ist, kann sich leicht verirren.«

Sie ritten am Ufer des Darro entlang nach Südwesten, wo die Stadt ganz eben wurde und sich unübersehbar ausdehnte. Dann erreichten sie einen weitläufigen Platz, auf dem sich zwei große Gebäude gegenüberstanden.

»Das eine ist unsere Hauptmoschee und das andere die von Jusuf – Allah schenke ihm den ewigen Frieden –, dem Vater unseres Sultans, gegründete Universität. Sie erfreut sich eines guten Rufes und zieht junge Muslime aus ganz Spanien an.«

»Könnten hier auch Christen studieren?«

»Sie könnten, aber sie tun es nicht ...«

Juan fiel ein seltsames Gedränge von Menschen auf, die alle nach Osten strebten. »Gibt es da drüben etwas Besonderes?«

Sein Begleiter schlug sich an die Stirn. »Das habe ich ganz

vergessen – heute ist Gerichtstag, und da finden sich viele Zuschauer ein.«

Dann rief er dem *capitán* der Wachmannschaft etwas zu, der preschte davon, kam aber gleich zurück und rief einige Worte auf Arabisch.

»Da wird heute eine Verbrecherin gesteinigt.«

Juan erschrak. »Was? Das gibt es hier noch?«

»Wir sind ein muslimisches Land, und hier gilt die Scharia, die im Koran niedergelegte und durch langes Brauchtum geheiligte Rechtsordnung.«

Auf dem Platz vor dem Gerichtsgebäude hatte sich schon eine solche Menschenmenge eingefunden, dass mit den Pferden kein Durchkommen mehr war.

»Wollt Ihr tatsächlich ...?«

»Warum nicht? Bei uns werden Frauen nur selten hingerichtet – jedenfalls keine Ehebrecherinnen. Was geschieht mit ihm, dem Ehebrecher?«

Der Chronist hatte Mühe, sein scheu gewordenes Pferd zu bändigen. »Ich glaube, wir steigen besser ab. Der Mann war ledig, so wird er ausgepeitscht und bleibt am Leben. Wäre er verheiratet gewesen, dann müsste er sterben wie sie, nur durch das Henkersbeil.«

Ihre Wachmannschaft war zudem mit Hartholzkeulen ausgerüstet und schlug rücksichtslos eine Gasse bis nach vorne frei. Die zwölf Mann nahmen Juan mit seinem Begleiter in die Mitte und musterten die andrängenden Menschen so grimmig, dass sich um ihre Gruppe eine Art Respektabstand bildete.

Dann trat plötzlich Stille ein, denn die beiden Sünder wurden herangeführt. Die Frau war verschleiert, ihr Liebhaber bis auf einen Lendenschurz entkleidet.

In der Mitte des Platzes hatte man eine Grube ausgehoben; zwei der Büttel packten die gefesselte Frau an den Schultern und stießen sie hinein. Sie versank bis zur Brust, und dann wurde die Grube zugeschaufelt und der Boden festgestampft, bis von ihr nur noch Schultern und Kopf herausragten. Den Mann hatten die Knechte unterdessen mit Händen und Füßen an einen Pfahl gebunden, so dass er sich nicht mehr bewegen konnte.

Der Chronist zupfte Juan am Ärmel. »Der Täter wird vor den Augen der Ehebrecherin ausgepeitscht, damit sie noch sehen kann, dass auch er seiner Strafe nicht entgeht.«

Dann stellten sich zwei Büttel mit langen biegsamen Weidenruten hinter dem Verurteilten auf, holten weit aus und versetzten ihm abwechselnd kräftige Schläge auf Rücken und Gesäß.

»Insgesamt hundert«, bemerkte Juans Begleiter.

Bald begann der Delinquent zu stöhnen, zu schreien, zu brüllen, bis er bewusstlos wurde und sein Kopf zur Seite fiel. Mit kräftigen Wassergüssen aus Holzeimern wurde er ins Bewusstsein zurückgeholt und dem Blutüberströmten und nur noch leise Wimmernden die restlichen Hiebe aufgezählt. Dann trugen sie ihn schnell weg.

Juan hatte die Frau in ihrer Grube beobachtet und auch durch ihren Schleier war zu erkennen, dass sie den Kopf gesenkt hielt.

Die Henkersknechte hatten inzwischen etwa zehn bis zwölf *pies* von der Frau entfernt einen Korb mit faustgroßen Steinen entleert. Auf ein Zeichen des Henkers bückten sie sich und hoben zwei davon auf.

»Kann man nichts für sie tun?« Juan rief es laut und erntete unwillige Blicke, obwohl ihn vermutlich niemand verstanden hatte.

»Doch, Don Juan – Ihr könnt sie heiraten.«

»Was? Ist das tatsächlich möglich?«

»Ja, und Ihr braucht nicht einmal die Katze im Sack zu kaufen – schaut genau hin!«

Der Henker trat heran, riss der Verurteilten den Schleier vom Kopf und rief etwas. Der Chronist übersetzte.

»Schaut – schaut – schaut! Das ist die Ehebrecherin Zaida, die nach dem heiligen Gesetz der Scharia den Tod erleidet – es sei denn, jemand nähme sie zur Frau.«

Ihr junges hübsches Gesicht war angstvoll verzerrt, die

großen Augen erschreckt aufgerissen. Viele in der Menge lachten und brüllten Schmährufe.

»Ich nehme sie! Übersetzt meine Worte! Ich nehme Zaida zur Frau!«

Der Hofchronist zögerte, doch hatte der Sultan nicht befohlen, dem Gast widerspruchslos jeden Wunsch zu erfüllen? So wiederholte er Juans Worte auf Arabisch und rief sie laut zum Henker hinüber. Der brüllte etwas zurück und der Chronist gab eine herrische Antwort. Unwillig warf der Henker der Frau wieder ihren Schleier über den Kopf und seine Knechte mussten sie aus ihrem Erdloch befreien. In der um ihr Schauspiel gebrachten Menge entstand Unruhe. Sogleich zogen Juans Wachleute ihre Krummschwerter und man hörte die Rufe der Miliz. Deren *comandante* kam heran und richtete an Juan eine barsche Frage, die der Hofchronist ebenso barsch beantwortete.

»Ich habe ihm zu verstehen gegeben, dass Ihr ein persönlicher Gast des Sultans seid und Eure Handlung seine Zustimmung hat.«

Juan blickte den Henker spöttisch an. »Es wird wieder Ehebrecherinnen in Granada geben, aber von dieser müsst Ihr die Hände lassen – und nicht nur das. Sie ist jetzt meine erwählte Gattin und vernehme ich nur ein ungehöriges Wort über sie, so lasse ich Euch die Zunge herausreißen.«

Die dunklen Augen des *verdugo* glühten auf vor Hass, als Juans Begleiter ihm diese Worte übersetzte. Er presste die Lippen zusammen, verneigte sich kurz und ging schweigend davon.

Zaida wurde auf ein Maultier gesetzt und von den Wachsoldaten in die Mitte genommen. Die Männer warteten mit gezückten Waffen, bis die Menge sich verlaufen hatte, dann kehrten sie in die Alhambra zurück.

Der Chronist fragte: »Ist das Euer Ernst, Don Juan? Seid Ihr nicht schon verheiratet? Als Christ dürft Ihr doch ...«

»Ich war niemals verheiratet und werde mein Versprechen halten.«

Als Don Pedro von dem Streich seines Freundes hörte, wurde er sogleich ärgerlich, aber dann siegte doch die Begeisterung über diese jähe tollkühne Tat.

»Bei allen Heiligen, da muss die Menge aber aufgebracht gewesen sein! Da geht man hin, um genüsslich der Hinrichtung einer Ehebrecherin zuzusehen, und dann kommt ein Fremder und verdirbt das Vergnügen, verdirbt vielleicht den ganzen Tag. Aber willst du sie tatsächlich –?«

»Wenn der Sultan es verlangt, so nehme ich sie nach muslimischem Recht zur Frau. Sie muss auf jeden Fall weg von hier. Zu Hause überlege ich mir dann, was ich mit ihr anfange.«

»Eine Hochzeitsnacht wird doch stattfinden?«

»Aber gewiss, Don Pedro!«

»Wenn du dich aber in Sevilla mit ihr trauen lässt, muss sie sich taufen lassen – da machen die Pfaffen keine Ausnahme.«

»Das wird sich finden ...«

Der Sultan zeigte sich wider Erwarten verständnisvoll. »Da es diese Gnadenmöglichkeit nun einmal gibt und sie laut verkündet wird, darf man von ihr auch Gebrauch machen. Ihr habt im Rahmen unserer Gesetze gehandelt und recht beherzt dazu. Doch eine aufgebrachte Menschenmenge ist unberechenbar, und es hätte gefährlich werden können.«

»Dank Eurer tüchtigen und entschlossenen Wachmannschaft musste ich keinen Augenblick um Leib oder Leben fürchten.«

Zaida hatte man unterdessen im *harén* untergebracht, doch Juan durfte am nächsten Tag im Vorzimmer der Frauengemächer mit ihr reden und wieder war es der Hofchronist, der die Worte übersetzte. Bei der Begrüßung fiel Zaida auf die Knie, um ihrem Retter die Hand zu küssen.

»Steh auf, Zaida! Du hast es deiner Jugend und deiner Schönheit zu verdanken, dass ich mich für dich einsetzte. Nach meinem Verständnis hast du aus Liebe gehandelt und da konnte ich es nicht mit ansehen, dass ein so junges Blut sterben sollte. Ich habe damit den ersten Schritt getan, du musst den zweiten tun, der darin besteht, dass du dich auf immer von deiner Heimat trennst und mit mir nach Sevilla gehst, eine der schönsten Städte von Kastilien. Dort sehen wir weiter ...«

»Aber du nimmst mich doch zur Frau, Herr?« Sie blickte ihn angstvoll an, und schon kullerten Tränen über die glatte bräunliche Haut ihrer Wangen.

»Hier und nach muslimischem Recht werde ich es tun. In Sevilla aber herrschen christliche Bräuche, und du wirst dich vermutlich taufen lassen müssen.«

»Aber das ist eine Sünde!«

»Ehebruch ist auch eine.«

»Eine viel kleinere ...«

»Zaida, ich möchte dich zu nichts überreden oder gar zwingen. Wenn du deine Strafe auf dich nehmen willst, so wird man dich gleich morgen wieder dem Henker übergeben.«

Ihre Augen füllten sich mit Tränen. »Nein, Herr – nein, nur das nicht! Diese schreckliche Grube und die schreienden Menschen ringsum – nein! Ich komme mit dir! Wenn es nur Christen in Sevilla gibt, dann muss ich eben auch eine werden ...«

»Nein, so ist es nicht. Auch Sevilla war noch vor hundert Jahren eine maurische Stadt und hieß Isbiliah. Noch heute leben dort Tausende von Muslimen, dazu Tausende von Juden. Unsere Kathedrale war die frühere Moschee, und du kannst dort zu Allah beten, wie du es gewohnt bist.«

Da huschte ein Lächeln über Zaidas Gesicht. »Ich glaube, du bist ein guter Mensch, Don Juan, und Allah wird es dir vergelten.«

Er blickte fragend den Übersetzer an. »Hat sie wirklich gesagt: guter Mensch?«

»Ja – doch, ich habe es wortgetreu übersetzt.«

»Sie kennt mich eben nicht ...«

Der König von Kastilien nützte die noch frische Dankbarkeit seines Vasallen zu einigen Forderungen. Don Pedro wollte seine persönliche, nur auf ihn eingeschworene Leibtruppe für die zu erwartenden Auseinandersetzungen beträchtlich verstärken und brauchte dazu Männer in Kastilien, die frei waren von religiösen oder familiären Bindungen. Bereitwillig stellte ihm der Sultan fünfhundert erprobte Krieger zur Verfügung, überwiegend treffsichere Bogenschützen, die sich regelmäßig in Wettbewerben um eine immer schnellere Schussfolge bemühten.

Seine Forderung nach Baumeistern verpackte Don Pedro in höfliche Schmeichelei. »Euer Palast, mein lieber Vetter, ist ein architektonisches Wunderwerk, wie man es lange in Europa suchen muss. Ob Eure Glaubensbrüder in Asien und Arabien etwas Ähnliches vorzuweisen haben, wage ich ernsthaft zu bezweifeln. Nun steht es dem Lehnsherrn schlecht an, bescheidener zu wohnen als sein Vasall, und so bitte ich Euch, mir Baumeister auszuleihen, die imstande sind, in Sevilla etwas Vergleichbares zu schaffen. Mein Palast dort ist zwar weitläufig und mag zehnmal mehr Räume besitzen als die Alhambra, aber im Grunde war es im Laufe der Jahrhunderte nur ein wirres An- und Ausbauen – mehr zweckmäßig als schön und ohne inneren Zusammenhalt. Die in Kastilien verfügbaren Bauleute sind gewiss brave und tüchtige Handwerker, aber weit davon entfernt, mit der Alhambra vergleichbare Wunderwerke schaffen zu können. Wollt Ihr mir dabei helfen, mein königlicher Vetter?«

Der Sultan wollte, und er konnte es auch, denn die von ihm befohlenen Erweiterungsbauten – wie etwa der Löwenhof – waren so gut wie vollendet, und was noch fehlte, war von geschickten Handwerkern zu schaffen.

Da der Islam keine Sakramente, auch keine besonderen religiösen Riten kannte, war die Heirat mit Zaida ein ganz formloser Akt. Es wurde ein Schriftstück aufgesetzt, mit dem sich Juan verpflichtete, die von ihrem Mann verstoßene Ehebrecherin Zaida ohne Anspruch auf Mitgift zur Frau zu nehmen. Ein am Hof tätiger Mullah las dazu Teile aus der vierten Sure, benannt »die Weiber«, in der fast ausschließlich von Heirat, Ehebruch, Kindern, Erbschaft und anderen damit in Zusammenhang stehenden Fragen die Rede war. Die Scheidung, ließ der Mullah ihm noch sagen, sei nach islamischem Recht einfach, denn dazu müsse nur der Ehemann dreimal die Worte »Ich verstoße dich« aussprechen.

Die Hochzeitsnacht war mehr eine Pflichtübung, denn der Mann, den Zaida wirklich geliebt hatte, war für immer verloren. Doch sie war guten Willens und versuchte ihrem Lebensretter in bemühter leidenschaftlicher Hingabe ihre Dankbarkeit zu beweisen. Danach schickte Juan sie in den *harén* zurück, um in Ruhe schlafen zu können. Nicht dass er seine spontane Rettungstat schon bereute, aber was sollte er mit einer Frau anfangen, die nur arabisch sprach und der seine kastilischen Worte ins Ohr, aber nicht ins Herz drangen? Er beschloss, ihr eine angemessene Morgengabe zu überreichen und sie dann mit einem geeigneten Mann aus Don Pedros maurischer Leibwache zu verheiraten.

Wie angenehm waren die Sommertage in Granada gewesen, da von den schneebedeckten Häuptern der Sierra Nevada immer ein kühler Hauch über die Alhambra strich. Über Sevilla aber lastete schwer der Gluthauch des Spätsommers und ließ die Straßen während der hellen Tagesstunden aussterben, als hause die Pest in der Stadt.

Miguel lief gleich auf die Straße. »Dass Ihr nur gesund zurück seid, Don Juan!«

»Ja, Don Miguel – gesund und verheiratet!«

Es war, als sträubten sich Miguels rote Haare.

»Zaida ist noch in den Frauengemächern am Hof untergebracht, wir müssen ihr hier einige Zimmer einrichten.« Juan lachte und wies auf das Portal. »Ist der Steinmetz endlich damit fertig geworden? Aber es macht sich recht gut ...«

Das Wappen der Grafen von Lebrija prangte nun über der

Tür – ein von zwei Hunden flankierter und gestützter kegelförmiger Turm, gekrönt von drei kleinen Türmchen, davor eine Wasserfläche mit einer Ente.

Miguel ließ seinem Herrn keine Ruhe, bis Juan ihm das Abenteuer mit Zaida kurz berichtet hatte.

»Ihr hättet es nicht tun sollen! Wer weiß, ob Zaida sich hier wohl fühlt, eingewöhnt ...«

»Du meinst, ich hätte warten sollen, bis sie unter den Steinwürfen jämmerlich zugrunde ging? Was bist du nur für ein Mensch, Miguel!«

»Nein, so meine ich das nicht ... Ihr wart doch in Granada ein angesehener Gast, hättet für sie nur um Gnade bitten sollen ...«

»Die Scharia ist unerbittlich, kennt keine Ausnahme. Eine Heirat war der einzige Ausweg, den es gab.«

»Ist sie wenigstens hübsch?«

»Ein reizvolles Mädchen, gewiss, aber eben anders als die kastilischen Frauen. Ihre Haut ist dunkel, Haar und Augen nachtschwarz, ihr Körper etwas füllig ... Das kommt davon, dass die Muslime ihre Frauen in den *harén* sperren, und sie tun dort nichts anderes, als Süßigkeiten zu naschen.«

»Eigentlich wäre es ja die Pflicht ihres Ehemannes gewesen ...«

»Zaida war seine vierte Frau, und er hatte sie nach dem Ehebruch verstoßen.«

»Ein alter geiler Sack vermutlich, reich genug, sich eine neue Frau zu nehmen, aber – aber ...«

Juan schmunzelte. »... aber nicht fähig, sie zu befriedigen. Ja, so wird es wohl gewesen sein. Nun aber ist sie hier, und da wir nur nach muslimischem Recht verbunden sind, spiele ich mit dem Gedanken, sie wieder zu verstoßen und mit einem der Männer in Don Pedros neuer Leibtruppe zu verheiraten.«

»Ob sich da einer findet?«

»Und ob! Da mache ich mir nicht die geringsten Sorgen, denn bei den Muslimen ist es umgekehrt – da hat der Mann die Mitgift aufzubringen. Vermutlich steckt der Gedanke dahinter, dass der Vater eine Arbeitskraft verliert und dafür entschädigt werden soll. Ich aber habe Zaida mit einer ansehnlichen Morgengabe ausgestattet, und damit wird sie leicht einen Ehemann finden.«

Aber dann kam alles ganz anders. Als Zaida mit einer jungen kastilischen Zofe – damit sie schnell die Sprache erlernte – ins Haus kam, wandelte sich Miguels anfängliche Ablehnung in verschämte Neugier und dann in heimliche und immer stärker werdende Zuneigung. Schließlich bat er Juan um eine Unterredung.

»Ihr wolltet Zaida doch verstoßen und sie dann mit einem der maurischen Söldner verheiraten. Seid Ihr von diesem Plan abgekommen? Mir scheint, dass Ihr auch von Euren ehelichen Rechten keinen Gebrauch macht ...«

»Du bist ein Schnüffler, Miguel, und das ziemt sich nicht für einen *fidalgo.* Aber du musst dich wohl erst daran gewöhnen, dass du einer bist.«

Miguel setzte seine altbekannte trotzige Miene auf. »Ihr habt meine Frage nicht beantwortet, Herr.«

»Also gut, du hast Recht – wir müssen einen Weg finden. Morgen soll ein Mullah ins Haus kommen, und ich werde Zaida verstoßen. Dann ist sie frei, und du kannst dich unter den muslimischen Söldnern ...«

»Nein, Herr!« Es klang laut und bestimmt. »Ich werde sie zur Frau nehmen – wenn sie es will ...«

Vor Überraschung musste Juan laut lachen. »Du bist mir schon einer! Da bahnt sich im Stillen eine Liebesgeschichte an und ich merke nichts davon. Natürlich habe ich nichts dagegen, aber die Entscheidung liegt bei Zaida. Wenn ich sie verstoßen habe, liegt ihr Schicksal vor allem in deinen Händen.«

Zaida überlegte nicht lange. Der kecke und muntere Miguel gefiel ihr nicht schlecht, und als sie erfuhr, dass – im Gegensatz zum islamischen Recht – eine christliche Ehe unauflöslich ist, drang sie darauf, sich taufen zu lassen. So brachte Juan sie in einem Nonnenkloster unter, wo es Unterricht für Mädchen aus guten Familien gab.

»Die sollen ihr ein gutes Kastilisch beibringen und aus ihr eine fromme Christin machen. Dann kannst du sie heiraten, Miguel.«

»Das wird aber lange dauern ...«

»Dort ist sie gut aufgehoben, bis wir zurück sind.«

Miguel riss die Augen auf. »Zurück? Von wo?«

»Wir werden eine lange Reise unternehmen müssen und dabei auch unsere frühere Heimat besuchen. Frag jetzt nicht weiter, alles andere hängt vom Willen des Königs ab.«

Don Pedro aber ließ sich nach seiner Ankunft einen Monat Zeit, um über das Schicksal der muslimischen Gefangenen nachzudenken. Tatsächlich war es so, dass er einen Bericht aus Granada abwartete, ob Sultan Mohamed sich auf dem Thron halten konnte. Die Nachricht kam, sprach von einer willigen Unterwerfung der wenigen noch verbliebenen Gegner und so traf der König eine Entscheidung und lud den gestürzten Usurpator Abu Said mit seinen Emiren zu einem Festmahl. Diese Herren hatte man in unterschiedlichen Kerkern gefangen gehalten, um ihnen jede Möglichkeit zu einer Absprache zu nehmen.

Juan war erstaunt, als ihm Don Pedro mitteilte, dieser Fall solle bei einem opulenten Festmahl geklärt und zum Abschluss gebracht werden. Ihm gefiel Don Pedros starrer kalter Blick nicht, und er kannte den König zu genau, um zu wissen, dass die Gefangenen nichts Gutes erwartete.

6

Am Tage des Festmahls fiel Juan auf, dass die Wachen innerhalb und außerhalb des Alcazars erheblich verstärkt worden waren. Doch im großen Festsaal schien es dann eher, als würden nicht gefangene Hochverräter, sondern geehrte Gäste bewirtet. Der König gab sich leutselig, lachte und scherzte herum, aber Juan, der ihn besser als jeder andere kannte, hörte hinter dem lauten Lachen das böse Kichern der Grausamkeit, und hinter der Maske einer wohlwollenden Miene verbarg sich das kalte Antlitz eines zum Todesstreich bereiten Henkers.

Zu Ehren der Gäste wurden nur die ihnen vertrauten Speisen aufgetragen, zubereitet von dem Koch der muslimischen Leibwache. Es hieß, der Mann sei auf abenteuerlichen Wegen nach Granada geflohen und zuvor einer der Hofköche des ägyptischen Sultans gewesen. Dort habe er eines Tages zum Missfallen des launischen Fürsten eine Speise versalzen, worauf der ihm zur Strafe ein Auge ausstechen ließ mit der seltsamen Begründung, dass er künftig mit einem Auge nur die halbe Salzmenge verwenden würde.

Da türmten sich auf riesigen Platten Berge von dampfendem Reis, gesäumt von den besten Stücken gebratener Lämmer, dazu in kleinen Schalen die unterschiedlichsten Tunken – meist süß-scharf und mit gemahlenem Sesam sämig gemacht. Zudem gab es eine Fülle von köstlichen Nebengerichten: mit Käse gefüllte Teigfladen, mit Hackfleisch gefüllte Gurken oder den beliebten Kabab, das waren gebratene Fleischstücke am Spieß, dargeboten auf einem Bett frischer Petersilie. Zum Nachtisch verlockte das als Baklawa bezeichnete Gebäck aus Nüssen, Mandeln und Ingwer, mit Honig übergossen, oder die köstliche *mahallabia,* ein mit Rosenöl, Nüssen und Honig angemachter Milchreis. Dazu standen Krüge mit Wasser, Milch und Obstsäften bereit, und Diener schenkten in die hingehaltenen Becher sofort nach.

Abu Said, der gestürzte Usurpator, blickte recht zuversichtlich drein, lachte viel und langte kräftig zu. Mit Schnelligkeit und Geschick formte er nur mit der rechten Hand aus dem Reis kleine Kugeln, tauchte sie in eine der Tunken, warf sie in den Mund und griff im selben Augenblick nach einem der Fleischstücke, das er nicht ohne Anmut verspeiste.

Dass Speisen und Trinkbecher nur mit der rechten Hand

angefasst wurden, war Juan schon in Granada aufgefallen. Sein Übersetzer hatte ihm erklärt, dass die Linke für andere, weniger schöne Dinge gebraucht wurde. Als ihn Juan fragend anblickte, sagte der Mann erstaunt, man werde in Kastilien doch nicht dieselbe Hand bei Tisch und auf dem Abtritt benutzen.

Um die Gefangenen nicht misstrauisch zu machen, hatte Don Pedros Zeremonienmeister einige Herren des Hofes dazwischen platziert, was den Eindruck eines harmlos-festlichen Gastmahls noch erhöhte.

»Wie soll das enden, Senyor?«, fragte Juan mit leiser Stimme, doch in gespielt arglosem Ton. »Werden die Herren dann freigelassen und in Ehren verabschiedet, oder ...«

Diego de Padilla runzelte die Stirn. »Ihr werdet doch nicht im Ernst glauben ...«

»Ich habe den König gefragt, und es ziemt sich nicht, dass Ihr seiner Antwort zuvorkommt.«

Don Pedro blickte kalt und starr. »Könnt Ihr Euch das Ende nicht denken, Graf von Lebrija? Wo in aller Welt werden Hochverräter in Ehren verabschiedet? Für diese Herren war es die *última comida,* aber ich wollte ihnen den Geschmack daran nicht verderben.«

Don Pedro gab dem hinter ihm stehenden Zeremonienmeister einen kurzen Wink. Der trat vor und verkündete laut: »Das Mahl ist beendet, meine Herren, der König empfiehlt sich.«

Die darauf folgenden Ereignisse dauerten nur wenige Minuten. Don Pedro erhob sich und ging durch eine Seitentür schnell hinaus. Die zwischen den Mauren sitzenden Kastilier sprangen auf und folgten ihm, während zugleich ein Haufen Bewaffneter durch das Hauptportal in den Saal strömte und den wie gelähmt Dasitzenden die Hände auf den Rücken fesselten.

Juan war aufgestanden, aber er konnte sich nicht von der Stelle bewegen. Diego de Padilla und einige andere waren an der Tür stehen geblieben, um das Ende des Schauspiels zu verfolgen.

Der Zeremonienmeister entfaltete ein Stück Papier und las mit lauter Stimme: »Dies ist eine Verfügung unseres gnädigen Herrn Don Pedro, König von Kastilien und León. Der gewesene Wesir Abu Said wird mit den siebenunddreißig hier anwesenden Generälen und Emiren wegen Hochverrats zum Tode verurteilt. Dieser Hochverrat ist umso nichtswürdiger, als er zweifach geschah. Einmal gegen den rechtmäßigen Sultan von Granada Mohamed Ben Jusef und zum anderen gegen dessen Lehnsherrn, den König von Kastilien. Das Urteil wird übermorgen bei Sonnenaufgang auf dem Campo de Maniobras vor der Puerta Real vollstreckt.«

Abu Said ermannte sich und fragte mit mühsam beherrschter Stimme: »Aber doch durch das Schwert?«

Der Zeremonienmeister hob die Schultern. »Davon wurde nichts gesagt.«

Als Juan am nächsten Morgen dem König seine Aufwartung machte, fragte er: »Eines blieb beim gestern verkündeten Urteilsspruch offen: Wie wird die Hinrichtung vollstreckt?«

»Angemessen«, sagte Don Pedro kurz und winkte dem mit Pinsel und Klinge bereitstehenden Barbier. Dann fügte er noch hinzu: »Aber das Volk soll auch etwas davon haben – du wirst schon sehen.«

An dem betreffenden Tag ließ der König zum Gaudium seiner Sevillaner eine Prozession bilden, die der Usurpator in einem purpurnen Spottgewand auf einem Esel sitzend anführte. Die Emire mussten mit gebundenen Händen und in sackähnlichen Büßergewändern hinterherlaufen. Auf dem Übungsgelände hatte man nebeneinander achtunddreißig Pfähle errichtet und daran wurden die Verurteilten festgebunden.

Don Pedro wartete unbeweglichen Gesichts, bis die Büttel ihr Werk vollendet hatten. Dann stieg er vom Pferd, ließ sich zwei Wurfspieße reichen und wandte sich zu Juan.

»Jetzt erhaltet Ihr die Antwort auf Eure gestrige Frage.«

Er trat zurück, holte weit aus, lief einige Schritte nach vorn und schleuderte den Spieß auf Abu Said. Die Waffe traf dessen linke Schulter und fiel zu Boden. Der zweite Spieß blieb im Bauch etwa in der Höhe des Nabels stecken. Der Verurteilte warf den Kopf zurück und stöhnte laut auf. Don Pedro wandte sich an seine Begleiter.

»Nur zu, meine Herren! Wir sind auf einem Übungsgelände, und jeder soll seine Geschicklichkeit zeigen. Das Ziel kann man sich aussuchen, da gibt es viele Möglichkeiten ...«

Er lachte schallend und trat einige Schritte zurück. »Was ist mit Euch, Graf Lebrija? Wollt Ihr es nicht auch versuchen?«

»Nein, Senyor, zum Speerwerfen fehlt mir jedes Geschick. Und meine *espada* erhebe ich nie gegen Wehrlose.«

»Ah – ein Ehrenmann! So eine Haltung macht sich immer gut, nicht wahr? Soll ich bei den Herren anfragen lassen, wer sich Euch zum Kampf stellen will?«

Juan lächelte. »Aber wenn er mich besiegt oder gar tötet? Dann habt Ihr Euren besten Kammerherrn verloren und der Mann erwartet freigelassen zu werden. Ein Hochverräter begnadigt, ein kastilischer Graf tot – wäre Euch das recht, Senyor?«

Don Pedro grinste spöttisch. »Immer das rechte Wort parat, Graf. Aber Ihr habt Recht, es wäre ein Wagnis mit unsicherem Ausgang. Dann seht jetzt zu, wie die Gerechtigkeit ihren Lauf nimmt.«

Das Gemetzel dauerte fast eine Stunde. Als dann ein Arzt jeden Einzelnen der blutüberströmt am Pfahl hängenden Gerichteten untersuchte, gaben nur noch fünf schwache Lebenszeichen von sich. Auf ein Zeichen von Don Pedro schlugen seine Leibwächter mit ihren Keulen den noch Lebenden die Schädel ein.

Am Abend bemerkte der König: »Hast du meine *caballeros* beobachtet? Etliche von ihnen zeigten sich derart willfährig, dass sie in ihrem Überschwang häufig daneben trafen. Wenn ich es recht bedenke, müsste ich da sehr misstrauisch sein, denn dieser hastige Übereifer soll vielleicht etwas anderes verdecken – wer weiß?«

Juan schüttelte den Kopf. »Das glaube ich nicht – die wollten sich nur beliebt machen bei Euch.«

»Dann haben sie mich falsch eingeschätzt. Du hast dich verweigert, und das ist mir lieber.«

»Weil ich Euch besser kenne, Don Pedro.«

»So – glaubst du?«

»Wir sind Zwillinge ...«

»Ja, aber nun zu etwas anderem. Es ist die Zeit gekommen, dieser Doña Catalina in Burgos beizustehen, aber ich möchte nicht, dass du die weite Reise nur wegen ihr unternimmst. Du sollst unterwegs den maßgebenden Herren – *fidalgos, ricos, alcaldes* – auf den Zahn fühlen, wie es mit ihrer Treue zu mir bestellt ist. Unser Don Fernando wird dir eine Liste mitgeben.«

»Mir werden sie kaum ihre wahre Haltung verraten. Jedermann weiß inzwischen, wie ich zu Euch stehe, und ich kann kein zweites Mal als Flüchtling auftreten.«

»Nein, Juan, diesmal machst du es umgekehrt – wir werden es einfach mit der Wahrheit versuchen. Du gibst dich als mein Freund und Vertrauter zu erkennen, der sich Sorgen über Don Enriques Absichten macht. Empöre dich nicht, drohe nicht, erzwinge nichts, verspreche nichts. Sage den Herren mit einfachen Worten, dass es dir vorteilhafter erscheint, wenn sie zu mir, dem rechtmäßigen König, halten, was immer ihnen der Bastard versprechen mag oder schon versprochen hat. Das Recht ist auf meiner Seite und der Sieg am Ende auch.«

Mit Miguel aber gab es Schwierigkeiten.

»Kann ich nicht hier bleiben und das Haus hüten? Während des Granadafeldzugs habt Ihr mich ja auch nicht vermisst ...«

»Woher willst du das wissen? Hätte ich das zugegeben, wärst du noch eitler geworden.«

Miguel griff in seinen rotbraunen Haarschopf, der einem

herbstlichen Stoppelfeld ähnelte. Er lächelte dankbar. »Ihr habt mich also vermisst, Herr?«

»Ja, das gebe ich zu. Aber bei dir scheint es anders zu sein, du kommst recht gut ohne mich aus.«

Verlegen blickte Miguel zu Boden. »Nein, Herr, das ist es nicht ...«

»Was ist es dann?«, fragte Juan, obwohl er es sich denken konnte.

»Es ist – es ist wegen Zaida. Ich sehne den Tag herbei, da ich mit ihr sprechen, ihr Fragen stellen kann. Ist ihre Liebe auch ehrlich? Schließlich hat sie einen schlechten Tausch gemacht, nach der Heirat mit einem kastilischen Grafen wird sie jetzt mit seinem Kammerdiener abgespeist. Und dennoch war sie so schnell und freudig einverstanden. Da stimmt doch etwas nicht.«

Juan legte Miguel einen Arm um die Schulter. Sie setzten sich auf das Fenstersims der Wohnstube und schauten hinaus auf die von zwei Säulen gestützte und mit Weinlaub überwachsene Veranda.

»Es wird Herbst«, bemerkte Juan, beugte sich vor, pflückte eine der über dem Fenster hängenden Trauben, riss eine der kleinen blauschwarzen Beeren ab und steckte sie in den Mund. »Bäh! Das schmeckt ja wie Galle!« Er spuckte sie schnell wieder aus.

Miguel feixte. »Das ist eben wilder Wein, und alles Wilde ist irgendwie bitter. Außerdem seid Ihr mir noch eine Antwort schuldig.«

»Frech wie immer und noch frecher, seit der König dich in einem Anfall von Großmut zum *fidalgo* ernannt hat. Die Antwort ist einfach, und du müsstest sie eigentlich kennen. Zaida liebt dich. Mir ist sie nur dankbar, weil ich ihr das Leben gerettet habe, aber dich liebt sie. Konnte sie es dir besser zeigen als durch ihr Einverständnis, sich taufen zu lassen? Es ist keine Kleinigkeit, die Religion zu wechseln, sich eine fremde Sprache anzueignen und sich einer fremden Kultur und Lebensweise anzupassen.«

»Und Ihr glaubt, dies alles hat sie für mich getan?«

»Für wen sonst?«

Doch Juan wusste, dass es auch noch andere, durchaus vernünftige Gründe gab, als Zaida sich nachdrücklich dagegen sträubte, mit einem der muslimischen Söldner verheiratet zu werden. Sie hätte damit das Risiko auf sich genommen, dass der Kerl sie wieder verstieß oder eines Tages noch weitere Frauen nahm. Und noch einer: Ging er später aus irgendeinem Grund in die Heimat zurück, dann würden sich alle der Ehebrecherin erinnern, die ein unwissender Christ vor der verdienten Strafe bewahrt hatte.

Es ist schon gut, wenn man genau oder doch mit ziemlicher Sicherheit weiß, was die uns nahe stehenden Menschen denken, was sie berührt und bewegt, dachte Juan. Dann ist es ganz leicht, mit ihnen auszukommen. Und das gilt für den König nicht weniger als für Miguel. Nur bei Diana bin ich nicht sicher ... Manchmal glaube ich, sie durchschaut zu haben, dann wieder ist sie mir ein Rätsel, als sei sie ein Mensch aus einer fremden Welt. Begehre ich sie – liebe ich sie? Wenn ich ihr ins Antlitz schaue, dann liebe und begehre ich sie, doch bin ich ihr fern, löst sich ihr Bild wie in einem Nebel und ich habe Mühe, mir ihr Gesicht vor Augen zu rufen. Was ist mit mir? Bin ich ein Ahasverus der Liebe, ruhelos auf der Suche nach der einzigen Frau, die ich lieben kann und die mich liebt?

Juan ging in sein Arbeitszimmer und verschloss die Tür. Er hatte sich das Anklopfen verbeten, aber wenn die Tür verriegelt war, wollte er nicht gestört werden, das wusste jeder im Haus.

Zweimal habe ich eine innige, allem Unbill trotzende Liebe zwischen Mann und Frau erlebt. Das war Pedro von Portugal mit Inés de Castro, die für ihn starb, die er rächte und der er ein Prachtgrab errichtete – gegenüber dem seinen, um ihr bei der Auferstehung als Erster ins Gesicht zu blicken. Dann Don Pedro, der durch alle Fährnisse an María de Padilla festhielt, und sie war wohl der einzige Mensch, der ihn umstimmen, seine jähen und grausamen Entschlüsse mildern konnte. Und jetzt mein Miguel … Er hat es niemals zugegeben, aber ich glaube, die meisten Frauen haben ihm Angst gemacht. Er fühlte sich ihnen unterlegen, mutmaßte, dass sie hinter seinem Rücken über den tölpelhaften Rotschopf spotteten. Das muss wohl an seiner Mutter gelegen haben. Lena war – abgesehen von den Herrschaften – die unbestrittene Respektsperson auf der Finca. Es gab nicht eine oder einen, der ihre Autorität in Frage gestellt hätte. Diesen mit Furcht gemischten Respekt muss mein Miguel dann später auf andere Frauen übertragen haben. Ein richtiges Liebchen hat er nie gehabt, jedenfalls nicht für längere Zeit. Mit dieser Zaida aber wird es so sein, dass er sich ihr überlegen fühlt und zudem spürt, wie unterwürfig sie jedem männlichen Wesen begegnet – bedingt durch ihre muslimische Erziehung.

Aber will ich sein wie diese Männer, will ich grausam richten wie Pedro von Portugal um einer unsterblichen Liebe willen? Ich will sie finden, diese eine und einzige, und will es auch wieder nicht.

Juan stand auf und ging zum Bücherschrank. Wie immer, wenn er mit sich uneins war, wenn ihn – was selten genug geschah – etwas drückte, nahm er das Buch mit den Propheten des Alten Testaments und schlug den Prediger Salomon auf. Alles Übrige hielt er ohnehin für das Gekeife und Gezeter halb verrückter Eiferer, die nicht müde wurden, Gottes Rache auf ihr Volk herabzubeschwören. Was aber dieser jüdische König aussprach, war frei von jeder Illusion – war die reine unverstellte Wahrheit.

»Alles, was dir aufgesetzt ist zu tun, das tue frisch, denn bei den Toten, dahin du fährst, ist weder Werk, Kunst, Vernunft noch Weisheit.« Er blätterte zurück – ja, da: »Es begegnet dasselbe einem wie dem anderen – dem Gerechten wie dem Gottlosen, dem Reinen wie dem Unreinen, dem, der opfert, wie dem, der nicht opfert. Wie es den Guten geht, so geht's auch den Sündern … Das ist ein böses Ding unter allem, was unter der Sonne geschieht, dass es einem geht wie dem anderen und da ergreift sie Verblendung und sie treiben es noch schlimmer. Aber zuletzt müssen sie alle sterben. Solange ein Mensch lebt, darf er hoffen, denn ein lebendiger Hund ist immer noch besser als ein toter Löwe. Die Lebendigen wissen, dass sie sterben werden, die Toten aber wissen nichts, ihre Verdienste werden nicht belohnt, man hat sie vergessen. Gleichviel ob sie einst Liebe, Hass oder Neid erregt haben – alles ist aus und vorbei. An dem, was unter der Sonne geschieht, haben sie keinen Anteil mehr.«

Juan schlug das Buch zu und stellte es zurück. Er zögerte. Dann zog er es behutsam wieder heraus, setzte sich, legte es auf den Tisch, und fast von selber öffnete es sich an jener Stelle, die er so oft nachgelesen hatte. »Denn es geht dem Menschen wie dem Vieh: Wie dieses, so stirbt auch er, sie haben alle einerlei Odem und der Mensch hat nichts mehr als das Vieh, denn alles ist eitel. Wer weiß, ob der Geist des Menschen aufwärts fährt und der des Viehs hinab unter die Erde?«

Sollte das Gottes Wort sein, dann lasse ich es gelten. Alles andere sind Pfaffenmärchen. Aber statt sich in den Kirchen die Knie wund zu scheuern und die Opferstöcke mit sauer verdientem Geld zu mästen, sollten diese Frommen einmal den Prediger Salomon lesen. Er lachte leise und flüsterte: »Einem geht's wie dem anderen, dem Gerechten wie dem Gottlosen …« Warum sich also um das Gute bemühen, lebt es sich als Sünder doch leichter?

Als Juan sich von Doña Diana verabschiedete, fand er sie äußerlich unverändert, doch ihrem Gespräch fehlte die spöttische Leichtigkeit, die kecke, oft anmaßende Offenheit in einem Ton, der eher zu raubeinigen Kriegern gepasst hätte.

»Der König hat davon gesprochen, dass Ihr erwägt habt, ins Kloster zu gehen. Ist das nur eine Laune oder – so will ich es hoffen – nur ein Gerücht?«

Die blaugrauen Augen blickten ernst, ihr blondes Haar war heute unter einem lindgrünen Spitzenschleier versteckt, der recht gut zu ihrem goldbraunen Obergewand passte.

Sogar ihre Stimme hatte den metallischen Glanz verloren, war leise und tonlos geworden.

»Nein, Don Juan, es ist kein Gerücht, aber auch noch kein fester Entschluss – ein Vorsatz nur, der noch gründlich bedacht werden muss.«

»Aber warum, Diana, warum? Ihr seid vermögend, schätzt die Jagd und den Umgang mit Menschen, warum bleibt Ihr nicht zu unser aller Freude am Hof?«

»Nicht zu jedermanns Freude, mein Lieber ... Es mehren sich Stimmen, die dem König vorhalten, es zieme sich für eine allein stehende Frau nicht, am Hofleben teilzunehmen, denn das könne nur Unruhe stiften. Don Pedro hat mir freundlicherweise angeboten, eine der Ehrendamen seiner Töchter zu werden, aber das hat sich herumgesprochen und besonders bei gewissen hochgeborenen Doñas helle Empörung ausgelöst. Ich hatte schon immer Feindinnen am Hof, aber zu Lebzeiten von Doña María hat sich keine dieser Schlangen hervorgewagt. Jetzt aber tun sie es und warnen Don Pedro vor dem schlechten Einfluss, den ich auf die Infantinnen ausüben könnte. So sehe ich keinen anderen Weg mehr, als mich in ein Kloster mit lockeren Regeln zurückzuziehen – Ihr wisst schon, eine jener Bewahranstalten für ungewünschte oder überzählige Töchter, denen man das Nonnendasein mit einigen Freiheiten versüßt.«

»Diana, Diana, so kenne ich Euch nicht! Die Lage ist im Augenblick ein wenig schwierig, das gebe ich zu, aber es passt ganz und gar nicht zu Euch, sich jetzt geschlagen zu geben. Tut mir wenigstens den Gefallen und wartet, bis ich zurück bin. Es muss doch einen Weg geben, dass wir zueinander finden. Ich habe mein Herz die Jahre hindurch erprobt und ...«

»... es immer wieder anderen Frauen in den Schoß geworfen! Das ist so Eure Art und alle Welt kennt sie. *El burlador de Sevilla* – so nennt man Euch landauf, landab. Ehe ich mit Euch unglücklich werde, gehe ich lieber ins Kloster und mache meinen Frieden mit Gott.«

Ihre Stimme war lauter geworden und jetzt hatte er wieder

durchgeklungen, der vertraute metallische Klang. Ihn freute es, als sei sie plötzlich von einer Krankheit genesen.

»Was Ihr Frieden mit Gott nennt, ist in Wahrheit der Frieden mit Euch selber. Und den werdet Ihr nicht im Kloster finden, sondern nur an der Seite eines Menschen, der Euch liebt.«

Und nun krauste auch wieder das spöttische Lächeln ihren Mund. »Ah – und dieser Mensch, wie Ihr ihn nennt, ist natürlich ein Mann, und dieser Mann seid Ihr!«

»Ich kann es nicht leugnen, denn ich liebe Euch noch immer und schwöre Euch bei meinem Leben, dass dies die Wahrheit ist – die reine Wahrheit.«

Als er diese Worte aussprach, glaubte er daran.

Dann kam der Tag der Abreise. Der König drang auf eine Begleitmannschaft erprobter Waffenträger – »weil sich das für einen Grafen und königlichen Kammerherrn so gehört«.

Bei dem Juan erteilten Auftrag hatte Don Pedro einen entscheidenden Fehler gemacht. Er hätte die Stimmung des Adels und der Stadtvertreter nach der Versammlung erforschen müssen, denn ehe diese in Kastilien so wichtige Ständeversammlung getagt hatte, wollten sich die wenigsten festlegen. Freilich war kaum einer so ungeschickt, sich klar und deutlich gegen Don Pedro auszusprechen. Juan musste schon sehr aufmerksam lauschen, um aus den Ergebenheitsbeteuerungen ein leichtes Zögern oder Zweifel herauszuhören.

Auch wenn Burgos nicht mehr die offizielle Residenz des kastilischen Königs war, so hatte sie doch ihre Bedeutung als ein Zentrum von Handel und Handwerk keineswegs verloren. Weil hier schon seit jeher das Geschäft mit Wolle besonders blühte, gab es ganze Viertel mit den damit verbundenen Werkstätten der Weber, Bleicher, Färber, Strumpfwirker, Bortenmacher und anderen mit Wolle und deren Verarbeitung beschäftigten Handwerksbetriebe.

Als Juan an der gewaltigen Kathedrale vorbeiritt, musste er feststellen, dass sie noch immer so dastand, wie er sie als junger Mann gesehen hatte. Ein mächtiger Torso ohne Türme und fast ohne Außenschmuck.

Dann ging er hinauf zum Castillo, das klugerweise – denn keiner der Könige traute dem Volk von Burgos – als unabhängige Festung außerhalb und hoch über der Stadt errichtet worden war. Alt, schmucklos und streng thronte es auf seinem Hügel, Ur- und Keimzelle des Landes Kastilien, das seinen Namen von dieser Burg ableitete. So lebhaft es innerhalb der Stadtmauern zugegangen war, so still lag die frühere Residenz der kastilischen Könige auf ihrem Burghügel.

Noch ehe Juan sich ausweisen konnte, fuhr der *capitán* der Torwache ihn an: »Wer seid Ihr – was wollt Ihr?«

»Das müsstet Ihr eigentlich wissen, denn ich habe einen Boten vorausgeschickt.«

»Einen Boten?« Er schlug sich an die Stirn. »Ah – Ihr seid der Graf von Lebrija, ich habe Euch schon erwartet.«

Don Salmon ben Jonas war *abogado* und hatte sich taufen lassen, ehe er – sonst wäre es nicht möglich gewesen – in Salamanca Rechtswissenschaft studierte. Sein christlicher Name lautete José, aber den benützte er nur auf Dokumenten. *Maestro* Salmon war weithin bekannt als geschickter und fintenreicher Rechtsbeistand. Er hatte früher Don Rodrigo Pérez in verschiedenen Fällen beraten, und als es Catalina gelang, ihn auf ihre schwierige Lage aufmerksam zu machen, hatte er alles in die Wege geleitet, damit der Fall neu verhandelt und das Todesurteil annulliert wurde.

Don Salmon war ein kleiner wieselflinker Mann mit einem erstaunlichen Gedächtnis, das sogar unwichtige Details zuverlässig gespeichert hatte. Seine Miene war nicht – wie bei vielen Juristen – von gelehrt-trockener Bedachtsamkeit geprägt, sondern drückte Güte und Humor aus. Juan hatte selten einen Menschen getroffen, der ihm gleich zu Anfang so sympathisch war.

Das außen eher unscheinbare Bürgerhaus in der Nähe des Domes war im Innern mit Verstand und Geschmack eingerichtet – das Arbeitszimmer des *abogado* ausgenommen. Hier herrschte so etwas wie ein schöpferisches Chaos, denn Don Salmon musste nicht im Geringsten nachdenken oder zaudern, um bestimmte Schriftstücke zu finden. Meist tat er schon im Sitzen den richtigen Griff, manchmal stand er auf, ging zielbewusst auf eines der bis zur Decke reichenden Regale zu und fand sofort, was er brauchte.

»Ja, Don Juan, seit der König auf Euren Rat in den Fall eingegriffen hat, sieht die Sache um vieles besser aus. Der Richter hat sofort aufgehört, die Vollstreckung des Urteils zu verlangen; der Kläger hat sich verkrochen und wartet ab.«

»Wer ist dieser Kläger?«

»Ein Neffe des Verstorbenen – genauer gesagt, der zweitgeborene Sohn des älteren Bruders von Don Rodrigo Pérez. Der Erstgeborene ist ein wohlhabender Reeder in Santander – er hielt sich von Anfang an aus der Sache heraus, wir können ihn also vergessen. Der Jüngere aber, also der Kläger, ist auf Wunsch seiner Eltern Priester geworden und hat es in Burgos zum Domherrn gebracht. Allerdings kaum durch eigene Verdienste, sondern mit tätiger Nachhilfe seines reichen Bruders. Don Martin – so heißt der Kläger – hat als *canónigo* keinen guten Ruf. Es ist immer wieder von Weibergeschichten die Rede, und ich bin auf die Existenz eines Sohnes gestoßen, der jetzt acht Jahre alt ist und in einer Klosterschule erzogen wird. Als Doña Catalina wegen Mordverdachts festgenommen wurde, erwirkte Don Martin eine Verfügung, dass ihre Tochter Agata – damals noch ein Säugling – in seine Obhut gebracht wird, das heißt, die jetzt Einjährige lebt mit ihrer Amme im Haus des Don Martin. Das ist die derzeitige Lage. Nun kurz zum Inhalt der Anklage.

Doña Catalina wird beschuldigt, am 24. November vorigen Jahres ihren Ehemann Don Rodrigo Pérez durch ein den Speisen beigefügtes tödliches Gift umgebracht zu haben. Einige Wochen zuvor hatte ihr Gemahl sein Testament geändert zu Gunsten seiner Gattin und des zu erwartenden Kindes, von dem Don Rodrigo hoffte, dass es ein Sohn sein würde. Die Vernehmung einiger Zeugen – gekaufte Kreaturen, wie man annehmen darf – hat den Verdacht bestätigt und der Richter – dem Don Martin aus verschiedenen Gründen verpflichtet – hat flugs das Todesurteil ausgesprochen. Die weiteren Pläne unseres habgierigen Domherrn stellen sich nach meiner Erkenntnis so dar: Nach Doña Catalinas Hinrichtung wird er die kleine Agata in ein Kloster abschieben und das ihm zugefallene Vermögen auf seinen Bastard überschreiben. Dafür gibt es bis jetzt keine Beweise, aber manches deutet darauf hin, dass Don Martin diese Lösung anstrebt. Um für sich gut Wetter zu machen, hat er vor Gericht bekundet, er wolle ein Drittel des Erbes der Kirche überschreiben, die für seine sündige Schwägerin zwanzig Jahre lang, jeweils an ihrem Namens- wie an ihrem Todestag, eine Messe lesen muss. Wie gut der Herr Canonicus doch seine Kirche kennt! Wie sagt der Dichter so schön: Die Kirche hat einen guten Magen, hat ganze Länder aufgefressen. Und doch noch nie sich überessen... Kaum hört sie das lockende Klingen des Geldes, wird sie taub und blind für irdische Gerechtigkeit, da ja die Verzeihung Gottes so einfach zu erlangen ist, auch für die Gattenmörderin Catalina. Wenn sie beichtet und bereut, ist ihre Seele weiß wie Schnee und kann vom Galgen flugs gen Himmel schweben. So haben alle ihren Vorteil davon, aber Catalina muss die Zeche bezahlen.«

»Das sind recht offene Worte, Don Salmon. Bei mir sind sie gut aufgehoben, aber vor Gericht würde ich dergleichen nicht einmal andeutungsweise äußern.«

Die wachen klugen Augen des kleinen *abogado* blitzten. »Da müsste ich ein schöner Dummkopf sein! Jedenfalls seht Ihr jetzt, dass mir das Taufwasser nicht den Verstand aus dem Kopf geschwemmt hat.«

Juan brach in lautes Lachen aus. »Ihr nehmt kein Blatt vor den Mund, nicht wahr? Fürchtet Ihr nicht, ich könnte dem geistlichen Gericht einen Wink geben?«

»Nein, Don Juan. Da genügt eine kurze Unterhaltung, um zu wissen, was Ihr von Klerus und Kirche haltet. Mir jedenfalls war mein Beruf immer wichtiger als die Religion, und ich habe meine Konversion niemals bereut, auch wenn sie meine Eltern – Gott hab sie selig – sehr getroffen hat. Der mosaische Glaube ist sehr unbequem, besteht aus Hunderten von heute sinnlosen Vorschriften, Geboten und Verboten, macht Gott zu einem Pedanten, der argwöhnisch darüber wacht, ob man am Sabbat nicht zu viele Schritte tut oder Milch und Fleisch gemeinsam verzehrt. Mit dem Christentum lebt es sich einfacher, das dürft Ihr mir glauben.«

»Ich sehe schon, bei Euch ist Doña Catalina gut aufgehoben – aber wie soll es jetzt weitergehen?«

»Habt Ihr etwas Geld zur Verfügung? Ich habe einige Zeugen aufgetan, die man durch massive Drohungen und ein paar Silberreales verschüchtert und stumm gemacht hat. Wenn die von Euch hören, woher der Wind jetzt weht, werden wir sie mit klingender Münze und den entsprechenden Belehrungen zu entscheidenden Aussagen veranlassen.«

»Nennt mir ein Beispiel, Don Salmon.«

»Da ist die alte Köchin, die bis zu Don Pedros Tod auf der Finca arbeitete. Man hat sie nicht angehört, sondern sie mit etwas Geld und der Drohung, ihr den Giftmord anzuhängen, davongejagt. Sie lebt jetzt bei ihrer verheirateten Schwester an der Stadtmauer beim Arco de Santa María. Wenn Ihr wollt, können wir sie noch heute aufsuchen.«

»Warum nicht? Aber darf ich Euch vorher zu Mittag laden?«

»Nein, denn das habe ich mit Euch vor ... Meine Frau kocht ohnehin immer für ein Dutzend imaginärer Gäste mit, davon profitieren dann die Armen draußen vor unserer Tür. Für einen getauften Juden macht sich das gut ...«

Tecla – so hieß Don Rodrigos frühere Köchin – zeigte sich zuerst sehr misstrauisch. Sie saßen in der muffigen, nur an hohen Feiertagen benutzten »guten Stube«, und anfangs brachte Tecla kaum den Mund auf. Doch Juan machte ihr Mut.

»Ich verstehe dich gut, Tecla! Du bist misstrauisch, weil

man dir drohte und du gut weißt, dass die Armen immer den Kürzeren ziehen. Jetzt aber sieht die Sache anders aus.« Er legte das königliche Schreiben auf den Tisch und wies auf das Siegel. »Was siehst du da?«

»Ein – ein Siegel nennt man das, mit einem Wappen, wie es die hohen Herren führen.«

»Gut, und was ist über dem Wappen?«

»Eine wunderschöne Krone …«

»Ja, das ist die Krone unseres guten Königs Don Pedro, und dieses Schriftstück hat er mir eigenhändig übergeben. Ich lese dir jetzt seinen Inhalt vor: ›Hiermit ermächtigen wir Unseren Kammerherrn, Don Juan de Tenorio, Conde de Lebrija, für Uns und in Unserem Sinne zu handeln und das Verfahren wegen Mordes gegen Doña Catalina, Witwe des Don Rodrigo Pérez, wieder aufzunehmen und zu einem gerechten Abschluss zu bringen. Pedro, Yo el Rey‹ – Damit zeigt der König sein Missfallen an der Verurteilung der Gemahlin seines früheren Gesandten.«

Juan wies auf Don Salmon. »Dieser *abogado* ist wie ich der Überzeugung, dass Doña Catalina unschuldig verurteilt wurde, weil gewisse Leute sich ihres Erbes bemächtigen wollen. Ganz gleich, wie wir weiterhin verfahren: Das Schandurteil gegen deine frühere Herrin wird aufgehoben, weil der König es aus guten Gründen so will. Wenn du nun mit deiner Zeugenschaft dazu beiträgst, dann bleibt das nicht unbemerkt, und es winkt dir ein schöner Lohn.«

»Ich wollte ja damals schon die Sache mit den Eiern erzählen, aber anstatt mich anzuhören, haben sie mich von der Finca gejagt.«

»Kennt Ihr den Fall, *abogado?*«

»Ja, aber Ihr sollt es von Tecla selber hören, und ich werde mir dazu Notizen machen.«

Er holte Papier, Tintenfass und Feder aus seiner *maleta.*

Tecla runzelte die Stirn. »Was soll das?«

»Damit nicht verloren geht, was du sagst, schreibt es der *abogado* auf.«

»So ist das ...«

Juan sah, wie wichtig sie sich vorkam.

»Also – die Sache ist ja schnell erzählt. Eines aber müsst Ihr zuvor wissen, Herr, sonst versteht Ihr das Ganze nicht.«

Sie machte eine Kunstpause und in ihr rundes faltiges Apfelgesicht kam ein listiger Zug.

»Also, Tecla?«

»Don Rodrigo wurde im Alter immer geiziger und hätte am liebsten jedes Korn am Halm und jeden Apfel am Baum gezählt. Doña Catalina versuchte dem entgegenzuwirken, und wenn er jemand vom Gesinde mit seinem Verdacht kränkte, dann brachte sie es wieder in Ordnung. Vielleicht war es sein Magenleiden, das Don Rodrigo manchmal so unleidlich werden ließ, jedenfalls musste ich darauf Rücksicht nehmen und immer dafür sorgen, dass keine schweren Speisen auf den Tisch kamen. Am besten vertrug der Herr leichte Eierspeisen und wenn man eine gute Köchin ist, kann man damit Dutzende von Gerichten zubereiten, ohne dass es langweilig wird. Voriges Jahr gab es reichlich Pilze, und so bereitete ich für diesen Abend ein Gericht aus Eiern, Pilzen und den dazu passenden Kräutern.«

»Pilzen?«, fragte Juan misstrauisch. »Könnte da nicht ein Irrtum ...?«

»Nein, Herr, davon haben viele gegessen, es geht um die Eier. Wie jeder auf einer Finca weiß, sind die Hühner manchmal recht launische Geschöpfe und legen ihre Eier nicht immer dahin, wo sie sollen, sondern manchmal an versteckten, schwer zugänglichen Stellen. Einmal in der Woche habe ich ein paar flinken Buben befohlen, in Ställen und Scheunen alle versteckten Winkel nach verlegten Eiern abzusuchen, und nicht selten brachten sie einen ganzen Korb zusammen. Nun weiß aber kein Mensch, ob dieses oder jenes Ei nicht erst eine Woche oder schon viel länger in seinem Versteck gelegen hat, denn auch die Buben konnten nicht alle Winkel durchsuchen.

Don Rodrigo, der gerne auf seinem Gut herumschnüffelte,

kam damals gerade dazu, als der Junge den Korb mit Eiern brachte. Er wusste genau Bescheid, und noch ehe ich etwas sagen konnte, verbot er mir, die verlegten Eier ins Saufutter zu mischen, denn er habe festgestellt, dass ihm die alten abgelagerten Eier am besten bekämen. Er folgte mir in die Küche und schaute genau zu, wie ich die Eier aufschlug und mit den klein gehackten Pilzen mischte. Dass einige davon schon gehörig stanken, wollte er nicht wahrhaben, und ich glaube, an dieser nur für ihn zubereiteten Portion ist er gestorben.«

Sie nickte mehrmals zufrieden und wiederholte: »Don Rodrigo ist an den verdorbenen Eiern gestorben, das ist so sicher wie das Amen in der Kirche!«

Juan musste daran denken, wie kaltblütig ihm Doña Catalina damals in Santarem den Mord an ihrem Gatten angetragen hatte. Und nun sollte er an verdorbenen Eiern gestorben sein ...

»Aber könnte nicht unter den Pilzen einer gewesen sein, der ...?«

»Danach habt Ihr schon einmal gefragt, Herr. Erstens einmal hatte sie unser alter Hirte gesammelt, der jeden Pilz auf Gottes Erde genau kannte und sich dabei niemals irrte. Auch ich kenne mich gut aus und habe sie nochmals durchgemustert, ehe ich sie aufschnitt. Außerdem haben mindestens sechs oder acht Menschen davon gegessen und der Hofhund bekam die Reste in seinen Napf. Gestorben ist aber nur Don Rodrigo – also müssen es die Eier gewesen sein.«

»Du würdest das beschwören, Tecla?«

»Ja, schon, aber wenn die anderen es erfahren – dieser Richter und Don Rodrigos Neffe, der Domherr ...«

»Die müssen es sogar erfahren, aber erst bei einer neuen Verhandlung. Zuvor muss alles geheim bleiben, und ich würde sogar vorschlagen, dass wir dich bis dahin verstecken.«

Das Apfelgesicht erblasste, die Miene wurde abweisend. »Verstecken? Was heißt das? Einsperren vielleicht?«

Der *abogado* wollte etwas sagen, aber Juan schnitt ihm schnell das Wort ab.

»Um Christi willen – nein! Verstecken heißt, ich nehme dich mit auf die Burg, wo ich selber wohne. Dort bist du in Sicherheit, und wenn dann Doña Catalina freigesprochen wird, gehst du mit ihr zurück auf die Finca, und alle werden es dir danken.«

7

Alles hatte so viel versprechend begonnen, aber jetzt wollte es nicht mehr recht vorangehen. Die Köchin Tecla wohnte im Castillo, zur Freude der Wachmänner, die nun mit schmackhaften Speisen verwöhnt wurden.

Der *abogado* hatte vorgearbeitet und zwei von den Gutsleuten waren bereit zu bezeugen, dass sie damals unbeschadet das Eier-Pilz-Gericht mit verzehrt hatten. Es wäre nun an der Zeit gewesen, Don Martin die neue Sachlage zu unterbreiten, um ihn zu bewegen, die Klage zurückzuziehen und dies dem Richter mitzuteilen. Da aber schon ein Schuldspruch erfolgt war, musste sich der Richter genötigt sehen, den Fall neu zu verhandeln.

Bisher hatte sich der *abogado* Don Salmon vergeblich bemüht, bei diesen Herren Gehör zu finden. Einmal war der *canónigo* verhindert, weil er den Bischof zu einer Inspektion begleiten musste, dann wieder war er aufs Land zu Verwandten gefahren oder war krankheitshalber nicht zu einer Aussage imstande. Der Richter aber stellte sich blind und taub, sein Schreiber schickte den Boten mit der Antwort zurück, er könne nur neu verhandeln, wenn der Oberste Richter des Landes dazu sein Einverständnis gebe. Als der *abogado* zurückschrieb, dieser mühsame Weg erübrige sich, weil Don Juan de Tenorio vom König mit allen Vollmachten ausgestattet sei und im Castillo jederzeit zur Verfügung stehe, erfolgte keine Antwort. Der Arzt aber wollte nur unter der Bedingung erscheinen, dass Richter und Kläger zugegen seien und er vor ihnen seinen Standpunkt erläutern könne.

Schließlich hatte Juan den *abogado* zu einer gründlichen Aussprache ins Castillo gebeten und dieser schlug vor: »Ihr lasst den Herren die dringende Aufforderung zukommen, sich hier zu einem gemeinsamen Gespräch innerhalb von drei Tagen einzufinden. Sollte dies nicht geschehen, so könnt Ihr – kraft der Euch vom König übertragenen Vollmachten – mit Amtsenthebung drohen, was im Falle des Domherrn nur über den Bischof zu erreichen wäre, aber das ist nur eine Formsache. Habt Ihr so etwas wie ein königliches Siegel zur Hand?«

»Nein, nur mein Ermächtigungsschreiben, das Ihr ja kennt. Aber das ist ganz einfach –« Juan holte einen Real aus der Tasche und wies auf die Rückseite. »Hier ist das Wappen von León und Kastilien, umrahmt von dem Spruch: ›Mit Gottes Beistand werde ich meine Feinde erkennen.‹ Das kleine Königssiegel sieht nicht viel anders aus.«

Dann kam die Sache schnell in Gang. Schon am zweiten Tag fanden sich Kläger, Richter und der Arzt auf dem Castillo ein, allerdings in standesgemäßer Begleitung. Der Richter brachte die zwei am Prozess beteiligten Beisitzer mit, Don Martin seinen Sekretär, einen jungen Kaplan, und der Arzt einen sehr gelehrt dreinschauenden rauschebärtigen Kollegen.

Der *abogado* flüsterte Juan schnell zu: »Die Begleiter müssen vorerst draußen bleiben!«

Juan gab sich ungemein höflich, bat die Herren um Verständnis, dass ein erstes Gespräch nur unter den unmittelbar Beteiligten dienlicher sei.

Dann saßen sie an einem Tisch einander gegenüber, und gleich brachte der Richter den Einwand vor, auch die Angeklagte müsse gehört werden, und er sei nicht bereit, ohne deren Anwesenheit eine Entscheidung zu treffen. Der *abogado* zog ein Schriftstück hervor.

»Das ist Doña Catalinas unter Zeugen gemachte Bestätigung, dass sie Wort für Wort zu ihrer früheren Aussage stehe, ohne etwas verändern, hinzufügen oder weglassen zu wollen. So sah Don Juan de Tenorio keine Notwendigkeit für Doña Catalinas Anwesenheit.«

Juan nickte. »Es wird auch so gehen, und die Aussagen von bisher nicht gehörten Zeugen werden den Fall schnell zum Abschluss bringen. Hören wir zunächst den Arzt.«

Der *médico* blickte erschreckt auf – offenbar hatte er nicht damit gerechnet, als Erster befragt zu werden.

»Seid Ihr auf Grund Eures ärztlichen Wissens zu dem Ergebnis gelangt, Don Rodrigo sei an Gift gestorben, oder hat Euch jemand diesen Verdacht nahe gebracht?«

Nein, dieser Verdacht habe sich ergeben, weil alle dem Gutsherrn nahe stehenden Personen die Umstände seines Todes gleich lautend schilderten, auch Doña Catalina. Don Rodrigo sei nach dem Nachtmahl zu Bett gegangen, habe vor Schmerzen und Übelkeit nicht einschlafen können, musste mehrmals erbrechen und sei kurz darauf unter schrecklichen Krämpfen verschieden. Da käme man als Arzt nicht umhin, an eine Vergiftung zu glauben.

Juan nickte. »Gut, aber eine Vergiftung ist es auch, wenn jemand stark verdorbene Speisen oder etwa versehentlich giftige Pilze zu sich nimmt. Das geschieht jeden Tag, und daran ist allenfalls der Koch oder die Köchin schuld.«

»Ja, das stimmt, und ich bin nach wie vor der Meinung, dass auch die Beimischung etwa von Knollenblätterpilzen seinen Tod bewirkt haben könnte.«

»Aber dann müssten etwa sechs oder acht Personen daran gestorben sein.«

Der Arzt schrak zusammen. »Wie das? Mir wurde gesagt, dass dieses abendliche Eier-Pilz-Gericht wegen seines schwachen Magens nur für Don Rodrigo bereitet worden sei.«

»Wer hat das gesagt?«

»Es kam bei der Verhandlung zur Sprache.«

»Gut, und Euch als Arzt fiel nicht die Aufgabe zu, den Fall

näher zu erforschen. Ihr nahmt auf Antrag von dem hier anwesenden Don Martin eine Leichenöffnung vor und fandet alle Anzeichen einer Vergiftung.«

»Ja, denn die Leber …«

»Halt – Ihr müsst das nicht länger erläutern, Eure Kompetenz wird von niemandem bestritten.«

Juan wandte sich an den mürrisch dreinblickenden Richter. »Es wäre Eure Pflicht gewesen nachzuforschen, ob noch weitere Personen von dem Gericht gegessen hatten, so dass andere Ursachen für Don Rodrigos Tod in Frage kämen. Aber Ihr seid offenbar von Anfang an der Meinung gewesen, nur Doña Catalina könne den Tod ihres Gemahls verursacht haben – warum?«

Der Richter zeigte sich unbeeindruckt. »Aus einer ganzen Reihe von Gründen. Sie hatte vor allem ein handfestes Motiv. Erst einige Wochen zuvor war – auf ihr Betreiben – von Don Rodrigo ein Testament zu ihren und ihres künftigen Kindes Gunsten ausgefertigt worden. Es gibt Zeugen, die bestätigen, dass diese im Alter so unterschiedlichen Eheleute nicht gerade einträchtig zusammengelebt haben, und zudem bestand der Verdacht, Doña Catalina habe ihren Gatten schon längere Zeit hindurch betrogen. Dazu kommt, dass Don Martin ein Schreiben seines Onkels vorweisen kann, in dem Don Rodrigo sein Erbe je zur Hälfte zwischen ihm und Doña Catalina aufzuteilen versprach. Außerdem …«

Der *abogado* hob die Hand. »Ich muss Euch unterbrechen. Eine Absichtserklärung – ja sogar ein Testament verliert jede Bedeutung, wenn zu einem späteren Zeitpunkt eine andere Nachlassverfügung vor Zeugen gemacht wird. Dass Don Rodrigo sein Erbe anders verteilen wollte, ist leicht zu verstehen, nachdem seine Frau schwanger wurde und er einen Sohn erwartete.«

Juan fügte hinzu: »Ich kann Eure Enttäuschung verstehen, Don Martin, aber aus der Tatsache einer durchaus verständlichen Testamentsänderung eine Mordanklage zu konstruieren, ist frevelhaft und steht gerade einem Priester schlecht an.«

Der Domherr hatte bisher regungslos dagesessen, und nichts an seiner Miene verriet, was er dachte. Er war ein schlanker mittelgroßer Mann, tadellos gekleidet und von geziertem priesterlichem Auftreten. In seinem glatten, männlich schönen Gesicht störten nur etwas die ruhelosen Augen, die nicht lange auf einem Punkt verharrten, sondern herumirrten, als gäbe es in diesem Raum etwas Wichtiges zu entdecken. Er sprach mit leiser Stimme und schien seine Worte sorgsam abzuwägen.

»Wollt Ihr mich lehren, was einem Priester ansteht? Außerdem solltet Ihr zwischen dem Amt und dem Menschen unterscheiden. Ich bin nicht der Mönch eines Büßerordens, sondern weltlicher Priester und als solcher berechtigt, Besitz zu haben, Geschäfte zu führen, zu erben und zu vererben. Wenn ich dann sehe, dass mein alter und kranker Onkel – der mich immer von Herzen liebte – hilflos dieser habgierigen ... Nein, ich will mich mäßigen. Jedenfalls deutete alles darauf hin, dass diese Frau nicht warten wollte, bis Gott die Seele von Don Rodrigo zu sich berief, sondern beabsichtigte, durch schändlichen Mord dem Willen des Herrn zuvorzukommen.«

Juan tat erstaunt. »Aber jeder Tod geschieht nach dem Willen des Herrn! Und wenn er durch Mord geschieht, dann hat Gott in seiner unendlichen Weisheit dem Täter die Hand geführt.«

Diese Beweisführung verblüffte den Domherrn so, dass ihm der Atem stockte. »Das – das ist Blasphemie! Was erlaubt Ihr Euch? Ich werde ...«

»Ihr werdet gar nichts! Jeder Christ weiß, dass nichts ohne Zustimmung Gottes geschieht, besonders wenn es um den Tod eines Menschen geht. Die Heilige Schrift lehrt uns, dass ohne den Willen des Vaters auch kein Sperling zur Erde fällt. Aber wir schweifen ab. Der hier anwesende *abogado* Don Salmon ben Jonas kann durch bisher ungehörte Zeugenaussagen beweisen, dass sich Don Rodrigo durch eigene Schuld an verdorbener Nahrung vergiftet hat.«

Der *abogado* verlas seine Mitschrift von Teclas Vernehmung und fügte hinzu: »Damit die Herren nicht glauben, diese Geschichte sei erfunden, kann die Köchin Tecla jederzeit in eigener Person hier aussagen. Sie wohnt derzeit im Castillo und steht sofort zur Verfügung.«

Der Richter und der Domherr wechselten bestürzte Blicke. Den glühenden Augen des *abogado* entging dies nicht, und er schmunzelte vergnügt.

»Wie – ich verzichte darauf …«, stammelte Don Martin, doch der Richter schüttelte den Kopf.

»Ich kann das nicht! Wenn schon damals versäumt wurde …«

»Durch Euch versäumt!«, rief Juan dazwischen.

»… versäumt wurde, diese Köchin zu befragen, dann will ich es jetzt tun.«

Juan klingelte und befahl dem Diener, die Köchin Tecla zu holen.

Munter und aufgeräumt schlug der *abogado* vor, die Zeit zu nutzen, und sprach gleich weiter: »Da wäre noch der Fall von Kindesentführung. Don Martin hat eigenmächtig den damals nur wenige Wochen alten Säugling aus Doña Catalinas Obhut genommen und das Mädchen bei sich behalten.«

»Wo es die beste Fürsorge hat.«

Juan schlug auf den Tisch. »Es gibt keine bessere Fürsorge als die der eigenen Mutter!«

Don Martin blinzelte, sein ruheloser Blick irrte umher. »Doña Catalina war zum Tode verurteilt, und ich habe als Agatas nächster Verwandter nur meine Pflicht getan. Das Kind wäre zur Vollwaise geworden, und …«

Juan schaute ihn verächtlich an. »Ihr seid ein Lump, Don Martin, dazu habgierig und berechnend. Euer Plan sah vor, Doña Catalina durch die Mordanklage aus der Welt zu schaffen, ihr Kind ins Kloster zu stecken, es dort zu lassen und das ergaunerte Vermögen für Euch und Euren Bankert zu verwenden. Um diesem schändlichen Verhalten ein gottgefälliges Mäntelchen umzuhängen, hättet Ihr vom Erbe ein Drittel für die Domkirche abgezweigt und der armen Sünderin dafür ein paar Messen lesen lassen. Hinzufügen möchte ich noch, dass Doña Catalina noch vor Euch die gleiche Absicht hegte in Bezug auf ihren verstorbenen Gemahl. Ich habe das den Bischof inzwischen wissen lassen.«

Der *abogado* spendete Juan in Gedanken Beifall. Sehr geschickt, dachte er, auch wenn Doña Catalina vermutlich noch nichts von ihrer Spende weiß.

Don Martin tat schon den Mund zu einer Antwort auf, als der Diener mit Tecla eintrat.

Das faltige Apfelgesicht war in trotziger Würde erstarrt, die kleinen, sonst so munteren Augen blieben fest an Juan haften. Ihm, dem Abgesandten des Königs, traute sie und keinem sonst. Als der Richter sie aufforderte, ihre Geschichte zu erzählen, wandte sie sich ihm zu und schaute, während sie sprach, störrisch zu Boden. Es gab keinen Widerspruch in ihrem Bericht, sie wiederholte nur das, was sie vor Juan und Don Salmon ausgesagt hatte. Als sie geendet hatte, wandte sie sich wieder Juan zu.

»Tecla – ich habe noch einige Fragen«, sagte der Richter streng. »Schau mich dabei an!«

Sie blickte kurz in seine Richtung und schaute dann wieder zu Boden.

»Woher willst du wissen, dass die Eier verdorben waren?«

»Der Dotter zerlief und sie stanken.«

»Und dennoch hast du sie verwendet.«

»Don Rodrigo wollte es so, ich habe sie eigens für ihn bereitet.«

»Auch du hast von dem Gericht gegessen.«

»Von den Pilzen schon, aber nicht von diesen Eiern.«

»Gab es an diesem Abend noch weitere Gerichte?«

»Nur noch eine Nachspeise, und zwar einen Griesbrei mit Honig und eingemachten Kirschen.«

»Nur für Don Rodrigo?«

»Alle haben davon gegessen.«

»Wer ist ›alle‹?«

»Ich, Doña Catalina und einige von Don Rodrigos Vettern und Basen, die auf der Finca lebten.«

»Könnte es nicht sein, dass –«

»Wir verlieren damit nur Zeit – Tecla, du kannst gehen.«

Der Richter fuhr zornig auf. »Ihr müsst es schon mir überlassen, wie ich den Fall führe!«

Juan lachte spöttisch. »Einmal war er schon Euch überlassen, und was dabei herauskam, war betrügerische Parteinahme für Don Martin und seine üblen Absichten. Kraft der mir vom König übertragenen Befugnisse und der heute erbrachten Beweislage fordere ich Euch auf, Doña Catalina wegen erwiesener Unschuld freizusprechen. Nur so könnt Ihr wieder gutmachen, was Ihr sträflich versäumt habt. Andernfalls bin ich gezwungen, Eure Absetzung wegen Bestechlichkeit und schweren Amtsmissbrauchs im Namen des Königs zu verfügen. Führt jetzt die anderen herein.«

Die zwei etwas verdattert blickenden Beisitzer nahmen zu beiden Seiten des Richters Platz, der rauschebärtige Arzt setzte sich mit wichtiger Miene neben seinen Kollegen, der junge Sekretär von Don Martin blieb hinter seinem Herrn stehen.

Der *abogado* fasste das Ergebnis dieser Besprechung kurz zusammen. Auf Befragen bestätigte der andere Arzt seine in langjähriger Praxis gewonnene Erfahrung, dass der Tod durch verdorbene Nahrung sich von dem durch beigebrachtes Gift kaum unterschied, es sei denn durch den Zeitraum.

»Eine starke Dosis Gift – etwa Auszüge aus der Bittermandel – kann den Tod innerhalb weniger Minuten bewirken, während er nach einer Nahrungsmittelvergiftung erst nach Stunden, vielleicht sogar nach Tagen eintritt.«

Als Juan den Domherrn fragte, ob er sich zu dem Fall noch äußern wolle, verneinte er kurz und presste die Lippen zusammen. Dann beriet sich der Richter flüsternd mit den Beisitzern und gab bekannt:

»Nach den uns vorliegenden neuen Erkenntnissen sehe ich mich veranlasst, Doña Catalina, Gemahlin des früheren Gesandten Don Rodrigo Pérez, von der Anklage des vorsätzlichen Mordes an ihrem Ehemann freizusprechen. So helfe uns allen Gott!«

Ein kurzes Schriftstück wurde verfasst, von Richter und Beisitzern unterschrieben und gesiegelt. Juan nahm es an sich.

»Das werde ich Doña Catalina selber überreichen. Und Ihr, Don Martin, werdet dafür sorgen, dass Agata mit ihrer Amme morgen im Castillo eintrifft. Ob gegen Euch wegen Erbschleicherei und falscher Anschuldigung vorgegangen wird, sollen Euer Bischof und das Domkapitel entscheiden.«

»Ich bin mir keiner Schuld bewusst! Gott kennt meine lauteren Absichten ...«

»Mag sein, aber was bei dieser Verhandlung ans Licht gekommen ist, kann ich nicht lauter nennen. Dem gibt es nichts mehr hinzuzufügen – wer noch Einwände hat, mag sich an den König selber wenden.«

Einige Tage später verließen Juan und der *abogado* die Stadt, ritten einige Stunden am Rio Arlanzon entlang und trafen gegen Mittag auf der Finca ein. Catalina stand am Tor – lachend, froh, mit ausgebreiteten Armen.

»Zuerst mein Kind!«

Die Amme reichte ihr die kleine Agata, doch das Kind wandte den Kopf ab und begann zu weinen.

»Seht Ihr – sie haben mir meine Tochter entfremdet!«

»Die Kleine wird sich schnell wieder an Euch gewöhnen«, sagte die Amme beruhigend und nahm das Mädchen wieder auf ihren Arm.

Juan musste daran denken, wie abfällig sie damals von Kindern gesprochen und sie »widerliche Bälger« genannt hatte. Und jetzt? Sollte Agata nur der Schlüssel zu Don Rodrigos Vermögen sein?

Doña Catalina wandte sich den Herren zu. »Don Salmon, Don Juan – meine Retter!« Beide wurden sie mit flüchtigen Wangenküssen bedacht.

Der *abogado* schaute sich um. »Seid Ihr nicht mehr bewacht?«

»Nein, der Richter brachte gleich nach der Verhandlung einen Eilboten auf den Weg.«

»Um sein Fehlurteil schnell wieder gutzumachen, nehme ich an.«

»Da mögt Ihr schon Recht haben, Don Juan. Aber was ist mit dem *canónigo,* dem elenden Erbschleicher? Der muss doch bestraft werden.«

Der *abogado* winkte ab. »Der ist schon dadurch genug bestraft, dass ihm sein übler Plan misslungen ist. Mit dem Geld wollte er sich im Domkapitel Stimmen kaufen, um vielleicht die nächste Bischofswahl zu gewinnen. Das ist nun vorbei, und ein geistliches Gericht wird über ihn die geeigneten Strafmaßnahmen verhängen.«

»Ach, was kümmert's mich! Die Finca gehört mir, mein Kind ist zurück und – was sehe ich da? Auch meine gute Köchin habe ich wieder!«

Tecla trat vor. »Ja, *dueña,* ich bin zurück und kann meine Arbeit sofort wieder aufnehmen – wenn Ihr es wünscht ...«

»Sie hat die entscheidende Aussage gemacht«, sagte der *abogado* schnell. »Euer Gatte ist an den verdorbenen Eiern gestorben, die er unbedingt in seinem Gericht haben wollte.«

»Aber warum hast du das nicht gleich gesagt, Tecla? Dann wäre das erste Urteil ...«

Juan unterbrach sie. »Sie durfte nicht, wurde weder gefragt noch gehört. Man hat sie unter Drohungen von der Finca gejagt.«

»Santa Madonna, das wusste ich nicht! Sie haben mich in ein Zimmer gesperrt, streng bewacht und meine Fragen nur mit Schweigen beantwortet. Aber das ist nun vorbei, kommt jetzt alle ins Haus!«

Am nächsten Morgen reiste der *abogado* ab. Als er sich draußen von Juan verabschiedete, sagte er hintersinnig: »Nun fehlt wieder ein Mann auf dem Gut. Ihr könntet Euch ins gemachte Nest setzen ...«

Juan lachte. »Ich besitze schon eine Finca, aber ein Dasein als Gutsherr behagt mir nicht. Zudem kenne ich Doña Catalinas Zukunftspläne nicht, möchte Euch aber bitten, sie auch weiterhin etwas im Auge zu behalten. Sollten sich Schwierigkeiten irgendwelcher Art ergeben …«

»… dann wende ich mich an Euch. Werden wir uns wieder sehen?«

»Das glaube ich sicher, denn der König hat schon mehrmals davon gesprochen, die nächste Versammlung der *Cortes* – nach der jetzt in Sevilla tagenden – in Burgos einzuberufen.«

Der kleine *abogado* drückte mit überraschender Kraft Juans Hand. »Dann auf bald!«

»So Gott es will«, sagte Juan fromm, worauf ihn Don Salmon überrascht anblickte.

»Ihr glaubt also doch?«

»Gott, das Schicksal, die Zufälle – das kommt auf eines hinaus.«

»›Gott ist die Summe aller Zufälle‹, hat ein arabischer Philosoph gesagt.«

»Das waren kluge Leute.«

Der *abogado* nickte, hob die Hand und wendete sein Pferd.

Später fragte ihn Catalina: »Ihr seid doch eine Weile mein Gast? So schnell werde ich meinen Retter nicht ziehen lassen …«

Da wurde in ihm das Erlebnis von Coimbra wieder lebendig, und er sehnte sich nach der lustvollen Umklammerung, nach dem Erleiden von Catalinas Liebeskünsten.

Im Dämmer des Raumes verschwammen ihre sonst etwas derben Züge mit den ungleich stehenden Augen, dem etwas zu großen Mund und der ein wenig schiefen Nase zu einer geheimnisvoll lockenden Maske.

»Was seht Ihr mich so an, mein Lieber? Eure Blicke sind heftig und schamlos, und ich kann mir denken, was in Eurem Kopf vorgeht.«

»Wenn Ihr es Euch denken könnt, dann zeigt Euch Eurem Retter dankbar auf – auf die ganz besondere Art …«

Da erklang das ihm noch wohl vertraute heisere dunkle Lachen. »Ihr denkt an Coimbra, an das Haus am Fluss, als ich Euch den Nachtisch bereitete.«

»Ja, einen besonders köstlichen. Ich nahm ihn am Boden ein, und so, wie es war, ist es nie wieder gewesen.«

Ihre nachtdunklen abgründigen Augen glühten. »Aber Ihr habt doch seither nicht keusch gelebt?«

»Nein, gewiss nicht, war sogar mit einer Muslimin verheiratet, aber eine Geliebte Eurer Art gibt es wohl nur einmal auf der Welt.«

»Wer weiß? Ihr seid in den besten Jahren, Euch werden noch viele Frauen begegnen ...«

»Ja, aber keine wie Ihr!«

»Dann lehrt doch die anderen, was Ihr bei mir erlebt habt.«

»Ich möchte es wieder mit Euch erleben.«

»Es würde nicht so wie damals sein, denn mein Herz ist gebunden.«

»Dann waren es doch keine Gerüchte? Ihr hattet einen Geliebten?«

»Ich habe ihn noch. Er hat sich damals, als die Anklage erfolgte, auf meinen Wunsch zurückgezogen. Ich wollte nicht, dass er schuldlos in den Fall hineingerät und man ihn womöglich als Beweismittel gegen mich verwendet.«

»Wer ist es?«

»Ihr kennt ihn nicht, und was sagt ein Name? Ihn werde ich nach einer angemessenen Frist heiraten.«

Zorn und Enttäuschung stiegen siedend in ihm hoch, sein Herz klopfte wie ein Schmiedehammer.

»Ihr seid doch sonst nicht so tugendhaft und könntet mir schon aus Dankbarkeit eine Liebesstunde gewähren.«

Wieder ihr dunkles Lachen. »Aber ja! Ich lege mich auf den Boden und Ihr leert Euren Samen in meinen Bauch. Mir kommt's nicht darauf an; wir können es gleich machen, wenn Ihr wollt.«

Mit zittrigen Händen griff er nach dem Weinbecher und trank ihn hastig leer.

»Muss immer alles nach Eurem Willen ablaufen? Immer geschieht, was Ihr wollt ...«

»Ja, damit habe ich bisher Glück gehabt. Und wenn es nicht so kommt, wie ich will, dann helfe ich ein wenig nach.«

»Wie bei Don Rodrigo?«, scherzte er mühsam.

»Ja, und Ihr werdet es Euch schon gedacht haben: Es waren nicht die verdorbenen Eier und auch nicht die Pilze. Es war der Nachtisch – die eingemachten Kirschen zu dem mit Honig gesüßten Brei.«

»Das verstehe ich nicht. Wer stirbt schon an Kirschen?«

Sie lachte. »Nicht an denen, die wir vom Baum pflücken. Es gibt eben auch die Teufelskirschen, die am Strauch wachsen, sanft und harmlos aussehen, wenn sie schwarzblau auf ihrem fünfzackigen Sternenkelch ruhen. Sie scheinen zu rufen: Genieße mich, aber es ist der Lockruf des Todes. Eine Hand voll davon genügt ...«

»Aber die anderen haben doch auch ...«

»Freilich, aber da waren es tatsächlich eingemachte Schwarzkirschen. Don Rodrigo wollte mehr davon und beim zweiten Mal leerte ich das vorbereitete Fläschchen auf seinen Teller. Es war ganz einfach, der Geschmack ist ähnlich.«

»Ihr habt davon gekostet?«

»Natürlich! Eine kleine Menge ist ungefährlich, aber ich wollte nicht riskieren, dass er sie ausspuckt, und so musste ich prüfen, ob sie bitter schmecken.«

»Euer künftiger Gatte ist nicht zu beneiden. Wenn Ihr ihn überhabt, wird vielleicht auch ihm ein besonderes Mahl bereitet ...«

Sie lachte. »Aber nein, da lasse ich mir schon was anderes einfallen.«

Nun trank er schon seinen vierten Becher.

»Ich möchte gleich morgen früh aufbrechen. Bis zu meiner Finca sind es noch an die zwölf Reisetage und der Rückweg nach Sevilla ...«

»Hast du Angst vor mir, Juanito? Das musst du nicht – in meinem Herzen wirst du stets einen Platz haben.«

»Aber das ist doch von einem anderen besetzt.«

»Ich habe ein großes Herz, Juan, da ist nicht nur Raum für einen.«

»Auch ich werde dich nicht vergessen, denn du gehörst zu den Frauen, die beim Liebeskampf immer Siegerinnen bleiben.«

»Ich bemühe mich darum. Eines noch zum Trost: Die kleine Agata ist deine Tochter. Don Rodrigo wäre nicht fähig gewesen, ein Kind zu zeugen. Sie ist in Coimbra entstanden, bei unserer ersten Begegnung, als ich dich lustvoll leiden ließ.«

»Ich hätte es gerne wieder erlebt ...«

»Es ist nun einmal, wie es ist.«

»Es ist, wie es ist«, äffte er sie nach. »Du stellst es falsch dar, Catalina: Es kam, wie du es wolltest. Was du dir vorgenommen hattest, ist früher oder später eingetroffen. Dein alter Gemahl hat dir Liebhaber zugestanden, und als ich mich weigerte, ihn zu ermorden, hast du es selber getan, nachdem du seines Vermögens sicher sein konntest. Aber du hast nicht mit der Habgier seines Neffen gerechnet und wurdest wegen Gattenmordes zum Tode verurteilt. Dabei hätte es bleiben sollen! Aber ich Esel wollte die Dame ja unbedingt retten ...«

»Nicht ganz uneigennützig, denn du hast dich deiner Geliebten aus Portugal erinnert und wie sie dich Lust erleiden ließ. Da wässerte dir das Maul nach mehr – mehr ... In Sevilla haben die Damen dich wohl nicht besonders verwöhnt? Ins Bett hüpfen, die Schenkel spreizen und ein wenig stöhnen – das war wohl alles, was sie zu bieten hatten. Hat wenigstens deine muslimische Frau dir ungewöhnliche Freuden beschert? Arabische Liebeskunst soll doch etwas ganz Erlesenes sein. Du schweigst? Da war also auch nichts. Aber die verruchte Catalina – nicht besonders schön, nicht besonders jung –, die hat es dem Juanito recht gemacht, ja? Da musste er nicht bis zum Überdruss das eifrig rammelnde Böcklein spielen, da wurde er zum Stillhalten und Erdulden gezwungen und hat Freuden erlebt, die er niemals vergessen konnte. Aber darin darf sich die Liebe zwischen Mann und Frau nicht erschöpfen – sie muss alles umfassen und bis zum Tode dauern. So stelle ich es mir vor. Du aber wirst ein ewig Suchender bleiben, weil dich das Gefühl martert: Die ist es doch nicht gewesen, es muss die Nächste sein! Aber die ist es auch nicht und die Übernächste ist dir zu bigott, eine andere zu selbstsüchtig – zu dumm – zu schwatzhaft – zu jung – zu alt. Du wirst immer Gründe finden, dich einer anderen zuzuwenden, und nie wird es die Richtige sein.«

Juan fühlte sich getroffen und erkannt, und eine grelle Wut auf dieses mörderische und schamlose Weib ergriff ihn. Vom schweren Wein trunken und maßlos erzürnt stand er schwankend auf, um in dieses trügerisch-schöne Gesicht zu schlagen, diese Maske zu zertrümmern, um zu sehen, dass dahinter nichts ist – nichts und wieder nichts! Er holte aus, aber sie zuckte nicht zurück, lachte nur rau und dunkel. Da ließ er den Arm sinken und ging hinaus.

Wie immer, wenn ihm etwas gegen den Strich ging, protestierte Miguel gegen die überstürzte Abreise.

»Aber Ihr habt doch gesagt, wir seien auf Doña Catalinas Wunsch für mehrere Tage ihre Gäste. Und nun Hals über Kopf auf und davon ...«

»Es gibt dringende Gründe! Hier werde ich das Gefühl nicht los, Gast in der Höhle des Löwen zu sein ...«

»Wie meint Ihr das?«

»Vielleicht erkläre ich es dir unterwegs, aber eines vorweg: Diese Hexe hätte mich fast dazu gebracht, sie zu schlagen, und es gehört nun einmal zu meinen unabänderlichen Regeln, niemals gegen eine Frau – welchen Standes auch immer – die Hand zu erheben. Sie hat viel Schuld auf sich geladen, doch das ist allein ihre Sache. Sie hat es darauf angelegt, die Männer gegen sich aufzubringen, aber sie ist auch im Stande, ihnen Ungewöhnliches anzutun, sie mit leidvoller Lust fast um den Verstand zu bringen, sie zu veranlassen, eine weite Reise zu tun, um sie aus Henkershand zu befreien – und dann – und dann ...« Juan schlug sich vor den Kopf. »Und sie hat mich vor Zorn schwatzhaft werden lassen! Ich will nie – nie mehr über dieses Weib reden, hörst du, Miguel! Ihr Name darf nicht mehr fallen, ich verbiete dir sogar, an sie zu denken!«

»Aber Don Juan, das ist doch ...«

Doch er hörte seinen Diener nicht mehr, weil er seinem Pferd so hart die Sporen gab, dass es sich aufbäumte und laut wiehernd davongaloppierte.

Später drängte es ihn wieder, mit Miguel zu reden.

»Weißt du, ich habe mir das so gedacht. Wenn wir zurück in Sevilla sind, fangen wir ein neues Leben an, ein ordentliches, regelmäßiges. Ich diene dem König und du dienst mir –«

»Aber Herr, das haben wir doch schon vorher getan, was soll daran neu sein?«

»Du wirst es erfahren, wenn du mich ausreden lässt. Dann wird geschehen, was du einmal im Spaß – wenn auch frech und ungehörig – vorgeschlagen hast, nämlich, dass du heiratest, sobald ich mich verehelicht habe. Wir werden Sevilla in Erstaunen versetzen und es gleichzeitig tun – du deine Zaida und ich Doña Diana.«

Miguel strahlte. »Ein schöner Gedanke! Aber habt Ihr schon mit der Dame gesprochen? Doña Diana ist doch dafür bekannt, dass sie sich an keinen Mann binden will, und letztlich war die Rede davon ...«

»Dumme Gerüchte! Am Tag vor unserer Abreise habe ich mit ihr abgesprochen, dass sie keinen endgültigen Entschluss fasst, ehe ich zurück bin. Ich liebe sie und werde sie heiraten – basta! Das habe ich schon seit Jahren gewusst, aber immer wieder aus dem Kopf verdrängt. Sie oder keine! Wir waren ja schon nahe dran, aber ... Was geht dich das eigentlich an?«

Miguel zerwühlte seinen roten Haarschopf. »Nichts, Herr, nichts, aber Ihr selber habt doch ...«

»Ja«, rief Juan erregt, »weil ich endlich Ordnung im Leben haben will! So geht es nicht weiter! Heute da – morgen dort, heute diese Frau – morgen eine andere! Recht kurzweilig vielleicht, doch ich habe inzwischen erkannt, dass es der falsche Weg ist. Und Doña Diana, so scheint mir, ist nun auch dabei, ihr Leben zu ändern. Es ist nur so: Fern von ihr bin ich der festen Überzeugung, dass wir füreinander bestimmt sind, doch ihre Gestalt verschwimmt im Nebel, aber auch das, was uns trennt. Steht sie mir gegenüber, dann bin ich mir nicht mehr so sicher und das, was uns trennt, gewinnt an Konturen. Schon seltsam, nicht wahr? Aber wenn wir beide uns bemühen, die Unterschiede zu überwinden, jedem das seine zu lassen, was dann auch heißt, das Eigene zu behalten – dann, dann ...«

»Es wird schon recht werden, Herr. Ihr müsst Eure guten Vorsätze nur hegen und pflegen und niemals in eine Ecke schieben. Hat Gott zwei Menschen füreinander bestimmt, dann mag noch so viel Widriges geschehen – am Ende werden sie sich finden.«

»Du hast mich fast überzeugt, Miguel ...«

Der Diener seufzte. Es ist nicht leicht mit ihm, dachte er. Man kann reden und reden und reden, und am Ende geht es doch nach seinem Kopf.

8

Die letzten Tage vor ihrer Ankunft lag schwerer Nebel über dem Land, doch Miguel, der frühere Hirte, kannte hier jeden Stein und, fand sich schnell zurecht.

Als sie gegen Mittag auf der Finca eintrafen, hatte es ein wenig aufgehellt, und die altvertrauten Häuser, Mauern und Baumgruppen tauchten aus dem Dunst, den eine fahle Sonne mit silbrigem Licht übersprühte.

Bei Juan stellte sich kein Heimatgefühl ein, und diese Empfindung verstärkte sich, als er zunächst kein bekanntes Gesicht entdeckte. Auch Miguel wunderte sich.

»Lauter neue Leute ...«

Dann aber kam Don Gonzalo gelaufen, hinter ihm Rosita mit einem Kind an der Hand.

»Don Juan! Das ist aber eine Freude! Wir hätten nicht gedacht, dass Ihr so bald wieder hierher findet.«

Juan stieg vom Pferd. »Das war auch nicht geplant – hat sich einfach so ergeben. Wo ist Magdalena?«

Miguel fiel sofort ein. »Ja, wo ist meine Mutter?«

Verlegenheit machte sich breit. Don Gonzalo räusperte sich umständlich, Rosita schickte das Kind mit barschen Worten ins Haus und blickte zu Boden. Dann sagte sie mit leiser, stockender Stimme: »Lena ist nicht da, das heißt sie – sie ist weggegangen ...«

Miguels Gesicht rötete sich, die Sommersprossen blühten auf. »Weggegangen? Wohin?«

»Wenn wir das wüssten«, sagte Don Gonzalo hilflos.

»Wir haben sie gesucht – tagelang. Auf den Feldern, in den Wäldern, auf Wegen und Stegen, haben beim Pfarrer in Sobrado nachgefragt, auch im Kloster ...«

Rosita schüttelte den Kopf. »Nichts! Es ist, als hätte sie sich in Luft aufgelöst.«

Inzwischen hatten sich so viele Neugierige angesammelt, dass Don Gonzalo rief: »Was steht ihr da herum? Habt ihr nichts zu tun? Gehen wir besser ins Haus ...«

Da konnte Miguel seine Tränen nicht mehr zurückhalten. »Das gibt es doch nicht! Das geht doch nicht! Ihr könnt meine Mutter doch nicht einfach fortlaufen lassen, ohne sie – ohne sie –« Er konnte vor Schluchzen nicht mehr weiterreden.

Juan legte ihm tröstend einen Arm um die Schulter. Ihm war ganz seltsam zumute, er hatte plötzlich das Gefühl, dies sei ein fremdes Landgut geworden – eine Finca, die ihm nicht mehr gehörte.

»Wann ist Lena verschwunden?«

Rosita blickte ihren Gemahl an. Don Gonzalo hob die Schultern.

»Das – das ist schon eine Weile her ...«

»Es muss um die Zeit von Mariae Geburt gewesen sein«, meinte Rosita.

Don Gonzalo nickte. »Lena hat in letzter Zeit eine Gehilfin gehabt, die sie zum Kräutersammeln begleitete. Sancha sollte von ihr lernen, vielleicht ihre Nachfolgerin werden.«

»Wir werden später mit ihr reden. Bringt meine Leute gut unter – Miguel und ich werden im Herrenhaus wohnen.«

Don Gonzalo zog ihn beiseite. »Auf ein Wort, Don Juan. Hat es einen bestimmten Grund, dass Ihr mit einer Begleittruppe erschienen seid? Ihr tretet ja auf wie ein Steuereinnehmer ...«

»Der König wollte es so, hielt es für ratsam und meinem Titel angemessen.«

»Wollt Ihr lieber mit Graf angeredet werden?« In Don Gonzalos sonst so offenes Gesicht kam ein Ausdruck von falscher Unterwürfigkeit.

»So kenne ich Euch nicht. Wenn Ihr etwas auf dem Herzen habt, so sagt es frei heraus und nennt mich weiterhin Don Juan.«

»Ihr habt es bemerkt? Ich bin wohl nicht der Mensch, meine Gefühle lange zu verbergen. Ja, ich habe tatsächlich etwas auf dem Herzen. Wärt Ihr heute nicht so überraschend erschienen, so hätte ich demnächst einen Boten auf den Weg nach Sevilla gebracht. Es ist nun so, dass ich einen älteren kinderlosen Vetter beerben werde unter der Bedingung, ihn hier auf der Finca aufzunehmen, bis Gott ihn abberuft. Als Gegenleistung könnte ich schon zu seinen Lebzeiten ein kleines Erbe antreten, doch unter der Bedingung, dass ich die Finca übernehme und dieser Vetter mit mir zu gleichen Teilen als Eigentümer eingetragen wird. Die Sache drängt etwas, und so bin ich froh, dass Ihr gekommen seid, auch wenn ich damit rechnen muss, dass Ihr das Gut nicht verkaufen wollt.«

Don Gonzalo hatte kaum zu Ende gesprochen, da wusste Juan schon, dass ihm dieser Besitz nichts mehr bedeutete und ihm die Trennung davon leicht fiel.

»Euer Angebot muss gründlich bedacht sein. Lasst mir Zeit bis morgen, dann teile ich Euch meinen Entschluss mit.«

Der Verwalter atmete auf. »Da Ihr mein Angebot nicht sofort abgelehnt habt, darf ich wohl hoffen?«

»Ihr dürft, Don Gonzalo, Ihr dürft.«

Am nächsten Tag aber ließ ihm Miguel mit Fragen und Klagen keine Ruhe. Sancha wurde herbeigeholt, musste Rede und Antwort stehen. Das etwa achtzehnjährige Mädchen besaß eine solche Ähnlichkeit mit Lena – sie hätte ihre Tochter sein können. Schlank, stämmig, hocherhobenen Hauptes trat sie auf und gab sich trotz ihrer Jugend sehr selbstsicher.

Ja, sie habe Lena als Letzte gesehen, und zwar am Morgen, als sie zum Kräutersammeln aufbrach.

»Und sie hat dich nicht aufgefordert, sie zu begleiten?«

»Nein, Herr, und das hat mich sehr erstaunt, weil sie in letzter Zeit niemals ohne mich ging. Sie tat sich schwer beim Bücken, mochte auch den Kräutersack nicht mehr schleppen.«

»Hast du sie gefragt, warum ...«

»Ja, natürlich! Ich war schon etwas beleidigt, dass sie mich plötzlich nicht mehr brauchte, und sie muss es gemerkt haben, denn sie sagte, dies sei eine große Ausnahme und sie könne mir versprechen, dass ich in Zukunft wieder dabei sein werde. Dann ging sie bei Sonnenaufgang weg, und als sie am Abend nicht zurück war, stand die ganze Finca Kopf. So etwas hatte es noch nie gegeben, denn Lena gehörte zum Gut wie das Dach auf dem Haus, und auch als die *dueña* tot war, genoss sie hier den größten Respekt – da machten auch Don Gonzalo und Doña Rosita keine Ausnahme.«

»Was habt ihr dann getan?«

»Erst einmal abgewartet. Dann kam der Morgen, und es hat hier niemanden gegeben, der sich nicht sofort auf die Suche nach Lena gemacht hätte. Wir schwärmten nach allen Seiten aus, einige wurden nach Sobrado und ins Kloster geschickt. Mit Don Gonzalo ging ich zu all jenen Orten, wohin ich sie auf der Suche nach Kräutern, Pilzen und Beeren begleitet hatte. Nichts, Herr – wir entdeckten nicht die geringste Spur von ihr. Wäre sie überfallen und getötet worden oder an einer plötzlichen Krankheit gestorben, so hätten wir sie mit Sicherheit gefunden.«

»Wie lange habt ihr dann noch gesucht?«

»Noch einige Tage und auch an Stellen, wohin sie niemals gegangen wäre, aber Don Gonzalo wollte es so.«

Sancha durfte gehen, und Miguel, der bisher geschwiegen hatte, schüttelte lange seinen Kopf. »Damit kann ich mich nicht abfinden, Herr. Nur Heilige oder Hexen können spurlos verschwinden, aber ein Mensch wie meine Mutter …«

»Ich glaube nicht an Hexen, Miguel. Jeder, der hier auf Erden lebt, hat einen Körper, der sich nicht einfach in Luft auflöst. Und wenn er verbrannt wird – wie es nicht selten Don Pedros Feinden geschah –, dann bleiben ein Haufen Asche, Knochenreste und Zähne übrig. Also selbst in dem nahezu unwahrscheinlichen Fall, dass jemand Lena getötet und verbrannt hätte, wären deutliche Spuren geblieben.«

Miguel sah erschreckt drein. »Wer sollte meine Mutter verbrennen?«

»Das sollte nur ein Beispiel sein und zeigen, dass selbst ein solcher Tod Spuren hinterlässt.«

Miguel senkte seinen Kopf und schwieg.

»Du überlegst, was noch zu tun sei?«

»Ja, Herr, und mir ist da schon ein Gedanke gekommen. Während meiner Zeit als Hirte hat sie mich gelegentlich auf ihre Rundgänge mitgenommen, und da kamen wir eines Tages an einen flachen bewaldeten Hügel. Dahinter, so sagte sie, gebe es ein kleines Sumpfgebiet, das aussehe wie eine saure Wiese, aber sehr tückisch sei. Der Sumpf werde von einigen kleinen Bächen gespeist, aber – so werde gesagt – dort gebe es die beste und fetteste Kamille. Nach ihren Worten war dann die Verlockung so groß, sich dort nach Kräutern umzusehen, dass sie – jeden Zoll Boden prüfend – hinging, aber plötzlich einsank und sich nur mit einer Baumwurzel retten konnte, die vom festen Boden bis weit hinein in den Sumpf ragte. Das sei ihr eine Lehre fürs Leben gewesen, und sie warnte mich nachdrücklich, auch nur in die Nähe dieses Gebietes zu kommen.«

»Und du weißt, wo das ist?«

»Hab's nicht vergessen, bin als Hirte oft genug auf den Wiesen unterhalb des Hügels herumgezogen.«

»Und du meinst ...?«

»Ich meine gar nichts«, brummte Miguel störrisch, »aber vielleicht hat es Gründe für sie gegeben, diese Gegend noch einmal aufzusuchen.«

Gründe, aus einem Leben zu gehen, das für sie zur Last wurde, überlegte Juan. Sancha hatte davon gesprochen, dass Lena sich nicht mehr bücken konnte und ihr sogar die Last eines Kräutersackes zu schwer wurde. Da hat ihr Stolz sie diesen Weg wählen lassen ... Aber er sprach seine Gedanken nicht aus.

»Weißt du was? Wir sehen uns dieses Gebiet einmal an. Da wir zu zweit sind und einen langen Strick mitnehmen, kann uns kein Unglück zustoßen.«

»Sollten wir sie nicht in Frieden ruhen lassen – wo immer das sein mag?«

»Willst du das wirklich?«

Da kam sie wieder, die vertraute Geste. Miguel zerwühlte sein rostrotes Haar und blickte recht unglücklich drein. »Nein«, sagte er leise, »das will ich nicht.«

»Gut, dann werden wir morgen versuchen, ihren letzten Weg aufzuspüren. Besorge inzwischen zwei lange feste Stricke, und jeder von uns wird sich einen davon um den Leib binden. So kann uns nach menschlichem Ermessen nichts geschehen.«

»Wenn nicht Gottes unerforschlicher Wille ...«

Juan lachte. »Ja, ja, du alter Frömmler – glaubst am Ende selber nicht daran.«

»Ihr wollt aus mir einen Heiden machen, Don Juan, aber das wird Euch nicht gelingen.«

In der Morgendämmerung brachen sie auf, doch der Verwalter war schon vor ihnen auf den Beinen und fasste Juans Pferd am Zügel.

»Ihr habt gestern versprochen, dass ich heute Euren Entscheid –«

»Ja, Don Gonzalo, und ich stehe zu meinem Wort. Der Tag hat aber erst begonnen und dieses Heute dauert noch bis Sonnenuntergang. Entschuldigt mich jetzt!«

Der Verwalter trat zurück. »So geht mit Gott, Don Juan.«

Wenn um diese Zeit auf Sevilla noch die glühende Faust des Sommers lastete, so hatte er hier im Norden schon seine Herrschaft aufgegeben und sie dem so stürmischen wie feuchten Herbst überlassen.

»Wenn's heute regnet, dann kehren wir um!«, sagte Miguel mit Nachdruck.

»Hast du Angst, der Regen könnte das Rot aus deinen Haaren waschen?«

Miguel winkte ab. Das hier war jahrelang sein Reich gewesen, und wenn einer etwas von Wind und Wetter, von Wiesen und Wäldern verstand, dann war er es.

Aber das Wetter hielt, auch wenn der Himmel verhangen war und kalte Windstöße sie erschauern ließen. Sie hielten auf dem schmalen Pfad unterhalb des bewaldeten Hügels.

»Müssen wir da hinauf?«

»Nein, Herr. Der Pfad umgeht den Hügel nach Osten in einem weiten Bogen. Der ist bequemer und sicherer.«

Juan lachte herzlich. »Ja, darauf hast du ja immer geachtet: bequem und sicher durchs Leben zu gehen.«

»Ich wüsste nicht, was daran verkehrt sein soll«, gab Miguel vorwurfsvoll zurück.

Dann lag die Sumpfwiese vor ihnen ausgebreitet. Riedgras, Binsen und niedrige Büsche, meist Sumpfweiden, dazu vereinzelte Krüppelbirken verliehen dem Boden eine trügerische Sicherheit. Sie banden ihre Pferde fest und schritten behutsam voran.

»Wenn einer von uns einsinkt, dann muss er sein Strickende dem anderen zuwerfen«, sagte Juan.

»Ja, aber wir müssen das Risiko mindern, gleichzeitig einzusinken, und sollten deshalb Abstand halten.«

»Gut. Die Sumpfwiese ist nicht groß, wir müssen versuchen, sie zu umgehen, um jeden denkbaren Platz auszumachen, von wo ...«

»Ich weiß, was Ihr sagen wollt, Herr. Ihr müsst es nicht aussprechen.«

Hätte nicht dann und wann ein Windstoß die Gräser und Blätter leise rascheln und knistern lassen, dann wäre die Stille vollkommen gewesen. Plötzlich ein erstickter Schrei und Miguel sah nur noch Kopf und Schultern seines Herrn.

Juan fluchte leise und versuchte den Strick hervorzuzerren und möglichst viel davon abzuwickeln, was nicht so einfach war. Dann warf er das vom Sumpfwasser schwer gewordene Seil in Richtung auf Miguel. Der kroch auf allen vieren darauf zu, packte das Ende, knüpfte es schnell um eine stämmige Birke und begann zu ziehen. »Langsam, Miguel, langsam – lass dir Zeit!«

Schließlich bekam Juan die Beine frei und kroch auf Miguel zu. »Das nächste Mal bist du dran«, scherzte er, richtete sich auf und versuchte seine Kleidung zu säubern.

Miguel schüttelte den Kopf. »Lasst es einfach trocknen, Herr, Ihr macht Euch sonst noch schmutziger.«

Juan nickte. »Ich glaube, wir sollten uns entlang der Bäume und Büsche halten, denn in diesem Bereich ist der Boden noch fest.«

Miguel, der vorausging, blieb plötzlich stehen und wies mit der Hand nach vorn. »Da, Herr, seht Ihr es?«

Juan blickte angestrengt in die gewiesene Richtung. »Ja, da ist etwas Rotes ... Vielleicht blüht da eine Sumpfblume?«

»Die sind selten rot«, sagte Miguel und ging weiter.

Der Boden wurde wieder unsicher und gab bei jedem Schritt ein schmatzendes Geräusch von sich, so dass sie

Umwege machen mussten, um festen Grund zu finden. Sie blieben stehen und beugten sich nieder.

Unter einer mannshohen verkrüppelten Birke lagen Kleidungsstücke verstreut, zum Teil von feuchten gelben Blättern bedeckt, die der Wind hierher geweht hatte. Ein braunes Obergewand, Unterkleider, Strümpfe, Schuhe und das rote Brusttuch, das sie hierher geführt hatte. Miguel richtete sich auf.

»Alles andere könnte von jeder beliebigen Frau stammen, aber sie hat immer ein rotes Brusttuch getragen.«

»Sie muss nachts in den Sumpf gegangen sein ...«

»Aber warum, Herr, warum? Ihr fehlte es doch an nichts, sie war der beliebteste Mensch unter dem Gesinde, geachtet von jedermann, einschließlich der Herrschaft. Warum hat sie nicht gewartet, bis – bis –«

»Der Tod sie holen kommt? Aber Miguel, wir haben sie doch beide gut gekannt. Sie war nicht der Mensch, hilflos etwas mit sich geschehen zu lassen. Sie muss wohl gespürt haben, dass ihre Gesundheit nachließ, dass es bald zu Ende ging mit dem tätigen Leben. Da wollte sie nicht warten, bis der Tod zu einer Hilflosen ans Sterbelager tritt – nein, sie ist ihm entgegengegangen, solange sie noch die Kraft dazu hatte. Da kann ich nur meine Hochachtung ausdrücken und hoffen, dass auch ich einmal zu einer solchen Haltung fähig bin.«

Miguel schüttelte den Kopf. »Nein, Herr, das ist nicht recht. Der Mensch darf dem Willen Gottes nicht vorgreifen! Das ist unchristlich und führt zu ewiger Verdammnis.«

Juan verabreichte dem Verdutzten eine kräftige Ohrfeige. »Auch wenn du ein *fidalgo* bist! Schließlich hat es ja keiner gesehen, du brauchst mich also nicht zum Zweikampf zu fordern. Wenn ein Mensch den Himmel verdient hat, dann ist es deine Mutter gewesen! Zeitlebens hat sie anderen mit ihrer Heilkunst beigestanden, hat auf manche Weise für Frieden und Eintracht gesorgt. Als es so weit war, hat sie sich selber geholfen, ist eingegangen in die Natur, deren wohltätige

Kräfte sie so gut kannte. Selbst wenn es eine Hölle gäbe, Miguel, so hast du nicht das Recht, sie dorthin zu wünschen.«

Miguel rieb sich die Wange und sah schuldbewusst drein. »Ich wünsche sie doch nicht dorthin, aber die Priester sagen ...«

»Diese Pfaffenmärchen kannst du dir an den Hut stecken! Wenn du noch immer so einfältig bist, daran zu glauben, dann bitte verschone mich damit!«

»Ja, Herr. Was sollen wir mit den Sachen tun?«

»Liegen lassen, bis sie in Wind und Wetter verwehen und vergehen.«

»Aber das Tuch?«

»Nimm es mit als Andenken an eine großartige Frau, der wir beide viel zu verdanken haben. Und kein Wort davon zu den anderen – hörst du?«

Sie behielten bei sich, was sie gesehen hatten, und Don Gonzalo fragte auch nicht danach – er hatte andere Sorgen. Ehe es zu einer Besprechung kam, erschien Rosita im Herrenhaus.

»Verzeiht, aber ich habe Eure verdreckte Kleidung gesehen und möchte fragen ...«

»Sehr aufmerksam, Doña Rosita, aber Miguel hat sich der Sache schon angenommen. Er ist mein Kammerdiener und dafür zuständig ...« Juan lachte und tätschelte ihren Arm. »Ach, Rosita – du bist zwar jetzt eine Doña und fast eine *dueña*, aber ich muss doch der alten Zeiten gedenken.«

Miguel spürte, dass er überflüssig war, und verließ den Salon, wo er sich am Kamin zu schaffen gemacht hatte.

Rosita blickte Juan ohne Verlegenheit an. »Der alten Zeiten? Für mich waren sie nicht immer schön ...«

»Aber du warst es, Rosita! Ich sehe dich noch damals mit den Melkeimern langsam und aufrecht über den Hof gehen. Deine langen dunklen Haare hattest du zu einem Zopf geflochten, der dir vorn über die Schulter hing. Als ich dich zum ersten Mal vom Fenster des Herrenhauses aus sah, da bliebst du gerade stehen, um herzhaft zu gähnen, und zeigtest dabei deine wunderschönen Zähne. Meine Mutter bemerkte es und sagte, ich sei nicht der Einzige, der Rosita anglotzt, und sie hätte dich längst wieder weggeschickt, wäre nicht deine *mano de leche* gewesen.«

Sie lächelte. »Meine Milchhand – ja, am Ende hat sie mir doch Glück gebracht. Auf Umwegen zwar, denn zuerst schien es, als sei ich heimlich mit Euch verheiratet. Später wurde ich dann eines Besseren belehrt.«

Juan senkte den Kopf und tat, als schäme er sich. »Was hast du von einem *burlador* erwartet, Rosita? Du erkanntest bald den gottlosen Spötter in mir, und wenn jetzt in ganz Kastilien dieser Beiname umgeht, so warst du doch die Erste, die ihn gebraucht hat. Und wie gut es dir gelang, mich hinzuhalten, als wir unsere Reise nach Santiago ...«

»Ihr habt sie damals als Hochzeitsreise bezeichnet«, unterbrach sie ihn.

»Ja, das mag ich getan haben, aber du sorgtest schon dafür, dass es keine war – hast mich weggestoßen ...«

Sie runzelte die Stirn. »Das habe ich anders in Erinnerung. Am Abend vor unserer Abreise wolltet Ihr unsere Hochzeitsnacht feierlich begehen und habt Euch so betrunken, dass Ihr eingeschlafen seid, ehe etwas geschah. Am nächsten Morgen aber habt Ihr mich im Schlaf überrascht, und ich bin so erschrocken, dass – dass ...« Sie errötete leicht und presste die Knie zusammen.

»Ich hab's nicht vergessen, Rosita. Dein süßer Schoß hat sich in einen Schraubstock verwandelt, und nur mit Mühe konnte ich meine Männlichkeit unbeschadet in Sicherheit bringen. Alles in allem – du hast mich um die Brautnacht betrogen.«

Sie lachte, und es klang ein wenig nach Triumph. »Betrug gegen Betrug: War die Brautnacht falsch, so war es die Hochzeit auch. Die Urkunde war nur ein Stück wertloses Papier und trug zudem eine falsche Unterschrift. Das hat mir Don Gonzalo später erklärt. Wir sind also quitt!«

»Nicht ganz, Rosita. Du hast immer wieder betont, entweder einen *fidalgo* und Gutsherrn zu heiraten oder gar nicht. Um die Ehe habe ich dich betrogen, aber nicht um deinen Herzenswunsch. Am Ende hast du es nämlich mir zu verdanken, dass Don Gonzalo auf dich aufmerksam wurde und heute dein Gemahl ist.«

»Gut, ich bin zwar Frau eines *fidalgo* geworden, der aber kein *dueño* ist, sondern nur Verwalter.«

»Don Gonzalo ist Halbpächter, hat aber angedeutet, dass er die Finca erwerben will.«

Rosita erhob sich und strich ihr Gewand glatt. »Ich glaube nicht, dass unser Geld reichen wird, aber das ist Männersache, da mische ich mich nicht hinein.«

»Aber Ihr wollt es auch?«

»Gewiss will ich es!«

»Wenn das Geld nicht ausreicht, könnt Ihr ja den Rest drauflegen …«

Sie verstand, spielte aber die Verwirrte. »Wie meint Ihr das? Ich habe nichts …«

»O doch – du hast dich, Rosita.« Er duzte sie wieder, um ihr näher zu kommen.

»Wie soll ich das verstehen?«

»Ganz einfach. Ich erfülle deinen Lebenswunsch und mache dich zur *dueña,* und du gewährst mir die vorenthaltene Hochzeitsnacht.«

»Ich bin verheiratet und habe drei Kinder geboren …«

»Was hat das damit zu tun? Zwischen damals und jetzt liegen einige Jahre, aber was man begonnen hat, soll man auch vollenden. Wunsch gegen Wunsch! Du gewährst mir eine Nacht, und ich mache Don Gonzalo und dich zu freien Gutsbesitzern.«

»Ihr behandelt mich wie eine Hure, Don Juan!«

Er lachte. »Ich weiß nicht, wie viel an Geld fehlt, aber gewiss sind es einige tausend Doblas. Damit wärst du die teuerste *barragana* von ganz Kastilien. Mit einem solchen Betrag kauft man sich Ländereien, aber keine Huren.«

»Dann wäre es für Euch ein schlechtes Geschäft.«

»Wenn ich etwas will, habe ich nie darauf geachtet, was es kostet. Und ich will dich, Rosita! Schenke mir die eine Nacht …«

Rositas noch immer schönes Gesicht wurde hart. »Schenken? Das ist ein Tausch und ein gottloser dazu. Ich will nicht durch Ehebruch zur *dueña* werden – durch bezahlten Ehebruch!«

»Denk dir die Jahre dazwischen einfach weg und versetze dich nach Santiago. Wir fügen der verunglückten Hochzeitsnacht noch eine weitere an, und diesmal glückt es.«

»Ihr seid der alte *burlador* …« Ihr Gesicht wurde weich und ihm schien es, als hätte sie Feuer gefangen.

»Du musst dich nicht gleich entscheiden.«

»Aber Ihr müsst es – Don Gonzalo wartet, bis Ihr ihn zu der versprochenen Unterredung ruft.«

»Dann sage ihm, ich bin bereit, ihn zu empfangen.«

»Und wie werdet Ihr Euch entscheiden?«

»Zu deinen Gunsten, Rosita.«

»Wieder mit falschen Dokumenten und erfundenen Unterschriften?«

»Soll ich jetzt beleidigt sein? Don Gonzalo kann schreiben und lesen, wird den Fall bei einem Notar abwickeln – nein, da kannst du beruhigt sein.«

»Und meine Entscheidung?«

»Wird die meine nicht beeinflussen.«

Sie seufzte und wandte sich zur Tür. »Ihr seid schwer zu durchschauen, Don Juan.«

»Ich kenne mich selber nicht so genau.«

Als Don Gonzalo erschien, hatte es zu dämmern begonnen und feine Nebelschleier hüllten die Finca in ein zartes Gespinst. Es war kühl geworden, und Miguel hatte eigenhändig mächtige Buchenscheite vor den Kamin geschleppt.

Dem Verwalter war die Spannung anzusehen. Nur mit Mühe wahrte er eine ruhige Miene, doch seine Hände flatterten vor Aufregung. Er griff in die Schale mit den Nüssen, warf sie dabei halb um, verschüttete Wein, als er einschenken wollte, und nahm einen hastigen Schluck, ohne auf Juan zu warten.

»Oh – verzeiht, Don Juan! Ich war so in Gedanken verstrickt – aber jetzt werde ich mich zusammennehmen. Könnt Ihr mir Euren Entscheid mitteilen?«

»Ja, mein Lieber, den habe ich längst gefasst. Nach eingehender Prüfung bin ich zu der Überzeugung gelangt, dass mich nichts mehr an die Finca bindet. Meine Eltern sind tot und Lena wohl auch. Verwandte gibt es keine, und Sevilla ist mir und Miguel zur Heimat geworden. Der König lässt dort den Alcazar prachtvoll ausbauen und hat mehrmals betont, dass Sevilla für alle Zeiten seine Residenz sein wird. Ich bin im Hofdienst und werde es wohl noch länger sein, da wird mir die Finca zur Last. Ihr könnt also Euren Plan verwirklichen. Holt Euren Vetter hierher und bezahlt mich aus. Wie viel Geld steht zur Verfügung?«

Die Summe reichte bei weitem nicht hin, doch Juan winkte ab. »Ich habe mich nun einmal entschlossen, zu verkaufen, und wer anders als Ihr käme da in Frage? Ihr bleibt mir den Fehlbetrag schuldig und zahlt ihn nach und nach ab, immer gemessen an den Erträgen der Finca. Wenn es Euch den Weizen verhagelt und die Schweinepest herrscht, dann warte ich eben auf das nächste oder übernächste Jahr. Macht Euch darüber keine Gedanken. Ich bin auf dieses Geld nicht angewiesen und begnüge mich vorerst mit dem, was Ihr aufbringen könnt.«

Eigentlich müsste ihn mein großherziges Angebot misstrauisch werden lassen, überlegte Juan. Wir sind weder verwandt noch verschwägert und so gäbe es nicht den geringsten Grund für mein Entgegenkommen.

Don Gonzalo wirkte keineswegs überrascht, zeigte sich aber sehr erleichtert. »Ihr seid ein wahrhaft guter Mensch, Don Juan, aber so habe ich Euch seit je eingeschätzt. Seid versichert, dass ich – dass wir auch in schlechten Jahren bemüht sind, unsere Schulden abzutragen. Wenn Ihr einverstanden seid, dann reiten wir morgen zum Notar nach Caronium, wo mein Vetter lebt, und machen den Vertrag amtlich.«

»Nein, damit bin ich nicht einverstanden. Ich möchte mit Miguel die nächsten Tage auf den Spuren unserer Kindheit hier herumstreifen und auf diese Weise Abschied nehmen. Ich schreibe Euch eine Vollmacht, dass ich mit der zwischen uns getroffenen Regelung einverstanden bin. Sollte mein Signum dennoch vonnöten sein, dann bringt die Papiere hierher, und ich werde sie unterzeichnen, ehe ich abreise.«

Don Gonzalo nickte mehrmals, ohne aber Juan dabei anzublicken. »Gut, gut, wie Ihr es wünscht. Ich werde mich gleich morgen auf den Weg machen.«

Warum bin ich so großzügig gewesen? Will ich meinen damaligen Betrug wieder gutmachen oder soll ich bei Rosita auf einer Gegenleistung bestehen? Oder ist es, weil ich den Begriff Heimat und die Stätten der Kindheit nicht nach Geldeswert messen mag?

Wie immer, wenn Juan keinen erkennbaren Grund für seine Handlung fand, schob er die Grübelei beiseite und hatte plötzlich das Bedürfnis, sofort abzureisen, die Finca endgültig als Vergangenheit zu betrachten und keinen Gedanken mehr an sie zu verschwenden. Nichts reute ihn, was er je getan hatte, und dass er sein Gut jetzt fast verschenkte, bedauerte er ebenso wenig.

Es war Nacht geworden, Juan trank seinen Becher leer und schickte Miguel, der am offenen Kamin vor sich hin döste, ins Bett.

Ein leises Klirren weckte ihn. Wie lange hatte er geschlafen oder kam schon der Morgen? Er richtete sich auf und blickte zum Fenster, doch die Läden waren des Windes wegen fest geschlossen. Er gähnte und ließ sich aufs Kissen zurücksinken. Das war gewiss die Kette des Hofhundes gewesen, dachte er und schloss die Augen. Da klirrte es wieder.

»Verzeiht«, flüsterte eine Frauenstimme, »das ist nur mein Schlüsselbund, der einfach nicht still halten will.«

»Rosita?«

»Habt Ihr jemand anderen erwartet?«

»Niemand – auch dich nicht.«

»Soll ich wieder gehen?«

»Aber nein, Rosita, im Grunde meines Herzens habe ich doch gehofft, dass du kommst, aber nicht daran geglaubt.«

»Nun bin ich da, und wir können nachholen, was wir damals versäumt haben.«

»Soll ich Licht machen?«

»Nein, ich möchte, dass es finster bleibt, ich finde mich schon zurecht.«

Er hörte das Rascheln von Kleidern, dann knarzte leicht der Holzboden, als sie zu seinem Bett ging.

Vor seinen Augen erschien die Rosita von damals – keck, munter, mit schrägen dunklen Augen im wunderhübschen Gesicht und mit perlweißen Alabasterzähnen, deren schimmernde Pracht sie beim Lachen und Lächeln so gerne zeigte.

Sie schlüpfte in sein Bett, küsste ihn heftig und presste ihren weichen runden Bauch an seine Lenden.

Juan lachte leise. »Sollen wir jetzt so tun, als seien wir für diese eine Nacht tatsächlich verheiratet, oder spielen wir die sündigen Ehebrecher?«

Sie zögerte etwas. »Ich – ich weiß nicht ...«

»Das Sündigen macht mehr Spaß, glaube ich – es steigert die Lust ...«

Sie kicherte. »Beichten werde ich es dennoch müssen ...«

Juan spürte, wie sehr Rosita diese Nacht genoss. Sie gab sich ihm rückhaltlos hin – da war kein Zaudern, kein Verweigern.

Es waren sehr vergnügliche Stunden, heitere Worte flogen hin und her. Sie spielten das schöne alte Spiel in dieser Nacht noch einmal, und als sie in der Morgendämmerung erwachten, kitzelte und koste ihn Rosita zart, aber sehr nachdrücklich, denn – wie sie sagte – aller guten Dinge seien drei.

Danach schlief er wieder ein, und als er am späten Morgen erwachte, war sie verschwunden. Miguel erschien, ein freches und wissendes Grinsen im Gesicht.

»Ich habe Euch nicht vorzeitig wecken wollen, Herr. Die Nacht war für Euch anstrengend, und viel Schlaf wird dabei nicht abgefallen sein.«

Juan richtete sich auf. »Wobei? Von was sprichst du eigentlich?«

»Wenn Ihr es nicht wisst ...«

»Du hast also wieder gelauscht?«

Miguel hob die Augen zum Himmel. »Immer das alte Lied! Ich lausche niemals, aber manche Verrichtungen sind einfach nicht zu überhören, und schließlich schlafe ich im Vorzimmer.«

»Aha – und da hast du so mir nichts, dir nichts ...«

»Don Juan, ich muss schon bitten! Jeden anderen hätte ich zur Rede gestellt, aber wenn eine Dame Euch besucht und noch dazu mit den eigenen Schlüsseln gut geölte Schlösser öffnet ...«

Juan sprang aus dem Bett. »Halt's Maul und lege frische Kleider bereit, während ich mich am Brunnen wasche.«

Schließlich brachte Juan es doch nicht übers Herz, von hier abzureisen, ohne seiner Schwester ein Lebenszeichen zu geben. Er schickte Miguel zu ihr mit der Bitte, sie und ihr Gemahl sollten einige Tage sein Gast sein.

Miguel kam zurück, sagte, die Geladenen seien auf einer Pilgerfahrt nach Santiago und der Verwalter erwarte sie erst in zwei oder drei Wochen zurück.

Juan atmete auf. Jetzt musste er nur noch auf Don Gonzalos Rückkehr warten.

Aus Rosita aber war wieder die künftige *dueña* geworden, die täglich das Mittagsmahl mit ihren Gästen einnahm und vor Juans manchmal recht dreisten Blicken züchtig die Augen niederschlug.

Er ließ es dabei, machte keine anzüglichen Bemerkungen, sagte nichts, das sie auch nur andeutungsweise hätte bloßstellen können.

9

Der gesamte Alcazar hatte sich in eine riesige, geschäftig lärmende Baustelle verwandelt.

»Diese *moros* arbeiten wie verrückt!« Mit solch begeisterten Worten wurde Juan vom König empfangen.

»Aber wo haltet Ihr Euch unterdessen auf, Don Pedro?«

Der König lachte dröhnend. »In fremden Betten, wo sonst? Nein, ich habe – wie du siehst – zwei der Gästehäuser miteinander verbinden und ausbauen lassen, da lebt sich's recht bequem, wenn man keinen *harén* zu unterhalten hat. Die meisten meiner Hofbeamten besitzen in Sevilla Häuser – es ist alles nicht so schwierig.«

»Hofdamen gibt's wohl keine mehr?«

Don Pedro zwinkerte mit den Augen und tat ganz arglos. »Warum willst du das wissen? Natürlich haben meine heranwachsenden Töchter ihre Ehrendamen – auch Diana de Ulloa gehört jetzt dazu. Ich glaube, sie tut zweimal in der Woche hier Dienst, aber wenn man eine eigene Familie hat ...«

Juan spürte einen leichten Schwindel. Seine Stimme wurde heiser, er räusperte sich mehrmals und setzte von neuem an. »Was heißt Familie? Muss Doña Diana jetzt für Verwandte sorgen?«

Der König schlug sich vor den Kopf, seine Überraschung schien echt. »Bei allen Heiligen! Der Trubel hier hat mich vergessen lassen, dass du die neueste Lage nicht kennst. Im Sommer hat der *capitán* Don José de Pedrosa um ihre Hand angehalten – zuerst bei mir, da wir ja durch ihre Freundschaft mit Doña María sehr vertraut waren und es keine männlichen Verwandten mehr gibt. Der *capitán* hat sich beim Kampf um Granada sehr verdient gemacht, wurde auch schwer verwundet. Er dient mir als Oberstallmeister ... Was wollte ich sagen? Ja, er hat zuerst mich gefragt, aber ich habe ihm zu verstehen gegeben, dass eine Frau wie Doña Diana sich bei ihren Entschlüssen weder beeinflussen noch gar zwingen lässt. Wie es scheint, hat sie ihm dann ohne weiteres ihr Jawort gegeben.«

Juan schwieg und starrte zum Fenster, wo ein hölzerner Baukran unter lautem Knarren, beladen mit Brettern, eine langsame Drehung machte.

»Du denkst noch immer an Doña Diana?«

Juan nickte. »Es ist ganz seltsam, von ihr fühle ich mich hintergangen. Bis jetzt ist es keiner Frau gelungen, mir einzureden, ich sei der Betrogene, auch wenn sie von meinem Bett in ein anderes überwechselte. Mit ihr aber, mit Diana de Ulloa, habe ich nichts gehabt – nichts Richtiges ...«

Der König staunte. »Was? Aber damals, beim Turnier von Torrijos, da wusste doch der ganze Hof ...«

»Ja, in ihrem Bett bin ich gewesen, aber da war nichts ... Bitte erspart mir weitere Erklärungen.«

»Und dennoch fühlst du dich als der Betrogene?«

»Ja, Don Pedro, wider besseres Wissen, aber es ist so.«

Der König schüttelte den Kopf. »Der Mensch ist schon ein seltsames Wesen ... Jetzt führe eine Unterredung herbei und frage sie, warum sie diesen José de Pedrosa geheiratet hat.«

»Ich weiß nicht, ob – doch, ich werde es tun!«

Aber dann verschob er es von Tag zu Tag und fand dafür jedes Mal plausible Ausreden. Zuerst musste dies oder jenes erledigt werden, dann kam Zaida ins Haus, und er wollte seinem Freund und Diener eine prächtige Hochzeit richten.

Womit weder Juan noch Miguel gerechnet hatten, aus der lauen Muslimin war eine strenggläubige Christin geworden, die zudem schon recht gut kastilisch sprach. Bei der Taufe hatte sie den christlichen Namen Clara erhalten, und zwar schon deshalb, weil es ein Clarissinnenkloster war, wo sie zum rechten Glauben gefunden hatte. Voll glühendem Eifer berichtete sie:

»Plötzlich sind mir die Augen aufgegangen, und ich habe genau verstanden, worum es geht. Mohammed ist ein falscher Prophet – einer, der den Glauben und die Lehre der Juden und Christen nur nutzte, um ihnen seine Irrlehre aufzupfropfen. Ich kann mich noch genau erinnern, was Padre Basilio, der Beichtvater des Klosters und mein Religionslehrer, darüber sagte, nämlich: ›Der schlaue Mohammed hat auf seinen westlichen Handelsfahrten da und dort etwas von Christen und Juden aufgeschnappt und es sich gut gemerkt. Dann trat er, um sein zerstrittenes Volk unter einem Glauben zu einen, als Prophet einer neuen Religion auf, mischte Juden- und Christentum zusammen und warf einen dünnen Schleier prophetischer Worte darüber. Das Ganze nennt sich nun Islam, aber durch den Schleier sind die alten Religionen deutlich zu erkennen.‹«

Zaida hatte die Worte des Padre Basilio zwar langsam und stockend hervorgebracht, aber als sie geendet hatte, schnaufte sie so schwer, als hätte sie einen Zuber Wasser heraufgetragen.

»Jetzt aber weiß ich, dass Jesus Christus nicht nur der einzig wahre Prophet, sondern auch der Sohn Gottes ist. Hätte er sonst solche Wunder vollbringen können?«

Miguel, weit weniger wortgewandt als seine künftige Gemahlin, hatte ihr hingerissen zugehört und blickte sie mit verliebten Hundeaugen an. Dann fragte er Juan: »Das stimmt doch, oder? Padre Basilio hat doch die Wahrheit gesprochen?«

Juan wollte die begeisterte Neuchristin nicht verstören. »Aber ja! Der Sultan von Granada hat mir als Abschiedsgeschenk einen Koran in kastilischer Übersetzung verehrt. Den brauchst du nur aufzuschlagen und du wirst sehen, dass der Text vor Namen und Begriffen strotzt, die uns aus der Bibel vertraut sind – Moses und Abraham, Jesus und María, Himmel und Hölle, Engel und Teufel. Das kann Mohammed nicht so aus dem Ärmel geschüttelt haben, er muss es irgendwo gehört, im Gedächtnis bewahrt und in seine Lehre eingefügt haben. Das mag schon ausreichen, um ihn als falschen Propheten zu bezeichnen.«

Triumphierend rief Miguel: »Da siehst du es, Zaida – unser Herr gibt dem Padre Basilio Recht. Ihr seid doch ein wahrer Christ, Don Juan!«

»Wenn du meinst ...«

Die Trauung fand in der Kathedrale statt – einmal, weil Miguel als Kammerherr eines Grafen darauf Anspruch hatte, aber auch, um Zaida in der früheren Moschee das Gefühl der Fremdheit zu nehmen. Juan fungierte als Trauzeuge und bezahlte das Hochzeitsmahl für etwa dreißig Gäste – Leute, die Miguel vom Hof her kannte und mit denen er mehr oder weniger befreundet war. Juan schmunzelte.

»Kammerdiener, Stallburschen, Wachsoldaten und Türsteher – verglichen mit denen hast du es am weitesten gebracht: Kammerherr eines Grafen!«

»Ihr spottet schon wieder, aber daran bin ich ja längst gewöhnt. Übrigens wird es jetzt Zeit, Euer Vorhaben zu verwirklichen, nämlich zu heiraten, nachdem ich es getan habe.«

»Die dafür in Frage kam, hat sich während unserer Abwesenheit in eine Ehe davongemacht ...«

»Ihr sprecht von Doña Diana?«

»Von wem sonst?«

»Andere würden sich ihre Finger ablecken, wenn ...«

»Du meinst es gut mit mir, Miguel, aber ich möchte das Thema beenden. Werde du glücklich mit Zaida! Es freut mich, dass wir jetzt eine Frau im Haus haben, denn unsere alte bärtige Köchin rechne ich in ihrer ruppigen Art mehr zu den Männern.«

Miguel lachte und zauste vor Vergnügen seinen rostroten Schopf. »Da könnt Ihr schon Recht haben, Herr, vielleicht balbiert sich die Alte sogar dann und wann.«

Juan, jählings entschlossen, mit Diana ein Treffen zu vereinbaren, wurde dieser Mühe enthoben.

Er spazierte mit dem König um die Mittagsstunde durch die weitläufige Baustelle, und Don Pedro versuchte ihm zu erklären, welchem Zweck die noch dachlosen Gemächer dienen würden. Auf dem Rückweg gingen sie durch die im Westen an den Gästetrakt angrenzenden Gartenanlagen, als ihnen Doña Diana an der Seite der Infantin Beatriz entgegenkam. Juan deutete einen Kniefall an und küsste Don Pedros ältester Tochter zeremoniell die Hand. Das hübsche, etwa achtjährige Mädchen blickte ihn würdevoll an.

»Kennt Ihr meine Hofdame, Don Juan? Es ist Doña Diana de Ulloa, Gemahlin des Oberstallmeisters Don José de Pedrosa.«

»Verbindlichsten Dank, *alteza,* aber wir kennen uns bereits.«

»Das dachte ich mir«, sagte die Infantin ernst, lächelte dann plötzlich und hing sich bei ihrem Vater ein. »Heute gehe ich mit dem König zum Mittagsmahl!«

Don Pedro, völlig überrumpelt, stimmte zu. »Es ist mir eine Ehre, Doña Beatriz.« Juan traf ein viel sagender Blick. »Ihr beide könnt später nachkommen.«

Sie blieben stehen und warteten, bis der König außer Hörweite war.

»Ihr hättet Euch längst bei mir sehen lassen können!« Das klang recht angriffslustig. Ihre blaugrauen Augen blitzten, und Juan sah, wie an dem schlanken Hals eine Ader klopfte.

»Damit hätte ich gegen die guten Sitten verstoßen. Ich, unverheiratet und mit schlechtem Ruf behaftet, kann nicht Euch, eine ehrbare Ehefrau, zu mir bitten. Ihr hättet mich einladen müssen, Doña Diana.«

»Hätte ich das? Vielleicht wäre es Don José nicht recht gewesen. Er ist ein Mensch von strenger Moral, und seinen unschuldigen Töchtern den berüchtigten *burlador* vorzustellen, hätte ihm nicht gefallen.«

Juan lachte spöttisch. »Oh – da muss ich mich aber vorsehen! Wenn Euer Gatte uns hier entdeckt, stellt er mir eine Forderung zu. Also lebt wohl, Doña Diana.«

»Ich will, dass Ihr bleibt, und bin durchaus imstande, mich vor Don José zu rechtfertigen.«

Er bot ihr den Arm und führte sie zu einer Bank.

»Gut, dann bleibe ich und nütze die Gunst der Stunde, Euch einiges zu fragen.«

»Das habe ich erwartet.«

»Dann versucht, Euch an das Gespräch zu erinnern, das wir kurz vor meiner Abreise führten.«

Sie runzelte die glatte Stirn. »Verzeiht, aber es ist mir entfallen.«

»Mir nicht, Doña Diana, ich kann Euch jedes Wort wiederholen. Ihr sagtet auf meine Frage, was es mit dem Gerücht, Ihr wolltet in ein Kloster gehen, auf sich habe, dies sei kein Gerücht, aber auch noch kein fester Entschluss – ein Vorsatz nur, der noch gründlich überlegt werden müsse. Dann sprachen wir über den Klatsch am Hof und dass Ihr als allein stehende Frau von manchen Seiten angefeindet werdet. Ich redete Euch gut zu, dann kamen Vorwürfe, die ich erwiderte, doch zuletzt bat ich Euch, mit Eurer Entscheidung bis zu meiner Rückkehr zu warten.«

»Und ich habe zugesagt?«

»Zumindest gewann ich den Eindruck, dass Ihr die Entscheidung über Eure Zukunft aufschieben wolltet.«

»Ihr seht ja jetzt, dass ich nicht das Klosterleben gewählt habe, bin also Eurem Wunsch entgegengekommen.«

»Jetzt verspottet Ihr mich! Ich hatte damals auf ein gemeinsames Leben gehofft und es auch deutlich ausgesprochen, und was tut Ihr?«

»Ich habe Don José geheiratet – ja, weil ich es leid war, von allen angefeindet zu werden.« Ihre Stimme war laut geworden und klang wie berstendes Metall.

Juan schüttelte den Kopf, wieder und wieder. »Ich verstehe Euch nicht! All die Jahre über gewann ich den Eindruck, dass Ihr Euch an keinen Mann binden wollt, um gleich der Göttin Diana als jungfräuliche Jägerin Euer Leben zu führen, und nun legt Ihr Euch zu dem ersten Besten ins Bett – offenbar, weil Ihr nun doch keine alte Jungfer werden wollt.«

Ein bitteres Lächeln huschte über ihr Gesicht. »Ihr redet und redet, ohne das Geringste über Don José zu wissen. Freilich, ich teile mit ihm Tisch und Bett. Wir essen und trinken gemeinsam, und ich versuche, seinen Töchtern eine halbwegs gute Mutter zu sein, aber was das Ehebett betrifft, so geschieht dort nichts.«

»Wie soll ich das verstehen? Zieht Don José Knaben vor? Immerhin hat er ja zwei Töchter gezeugt ...«

»Das tat er vor seiner Verwundung. Er hat sich ja beim Kriegszug gegen Abu Said sehr hervorgetan, wurde mehrmals verwundet, und zuletzt traf ihn leider nicht Amors süßer Bogenschuss in die Leibesmitte, sondern ein von den *moros* abgeschossener Pfeil. Mit einem Wort – Don José ist zur körperlichen Liebe nicht mehr fähig.«

»Und Ihr habt das vorher gewusst?«

»Aber ja! Hätte ich ihn sonst geheiratet?«

»Gratuliere! Dann ist ja alles nach Eurem Kopf gegangen. Gattin werden, ohne die *corona virginal* zu opfern, und Mutter werden, ohne die Mühen und Schmerzen der Geburt. Nun dürft Ihr auch noch die Hofdame der Infantin spielen und habt dazu noch genug Zeit, um Eurer Jagdlust zu frönen. In diesem Paradies ist wohl für mich kein Platz!«

»Ein Paradies nennt Ihr das? Auch Ihr habt es in der Hand, Euch ein solches zu schaffen. Wählt unter den Schönen des Landes, denn kaum ein Vater würde dem Grafen von Lebrija die Hand seiner Tochter verweigern. Ein Haus habt Ihr ja, Ihr seid Vertrauter und Kammerherr des Königs – was wollt Ihr mehr?«

»Ich will Euch!«

Sie lachte spöttisch. »Seid froh, dass es nicht dazu gekommen ist; mit mir unter einem Dach würdet Ihr es nicht lange aushalten.«

Dass Gespräche mit Diana zu nichts führten, hätte er längst wissen müssen. Er seufzte, bot ihr den Arm, und sie gingen zur Mittagstafel.

Seit María de Padilla gestorben war, hatte sich in Don Pedros Wesen eine Wandlung vollzogen oder anders ausgedrückt: Da nun die mäßigende, ordnende und ausgleichende Hand seiner langjährigen Geliebten und heimlichen Ehefrau fehlte, war der König in das zügellose und unstete Liebesleben seiner Jugendjahre zurückgefallen.

Viele – Juan gehörte dazu – wünschten sich, dass eine Frau an der Seite des Königs wieder mäßigend und ordnend auf ihn einwirkte. Einmal sah es so aus, als sei dieses Ziel ganz nahe.

An der Südmauer des Alcazars hatten sich im Laufe der Zeit kleinere und größere Handwerksbetriebe angesiedelt, die zum Teil – und manche in der jetzigen Bauphase ganz – für den König und seinen Hof arbeiteten. Da gab es auch Bäcker, Metzger und Gewürzhändler, die – je nach der Güte ihrer Waren – gelegentlich oder ständig die Hofküche beliefern durften.

Wie das überall so ist, halten sich weder auf Thronen noch in Handelshäusern oder bei Handwerkern auf die Dauer die gleichen Geschlechter. Es gibt Wechsel durch Kriege, Umstürze, Unfähigkeit, Verschwendung oder mangelnde Nachfolge, und andere Familien übernehmen das Ruder.

So war es auch bei den Läden und Handwerkern an der Mauer des Alcazars, aber einigen gelang es doch – durch Glück oder Gottes Hilfe – über Generationen hinweg nicht nur zu bestehen, sondern langsam, aber stetig aufzusteigen.

Ein solches Beispiel lieferte die Familie Ortiz, die seit den Tagen des vierten Sancho – Don Pedros Urgroßvater – dort eine *panadería* betrieb, die anfangs gelegentlich, seit König Alfonso aber ständig den Hof mit erlesenen Backwaren belieferte. Da gab es, wie die Leute sagen, nichts, was es nicht gab.

Ein halbes Dutzend Brotsorten, bei denen auch die einfachste Ausführung – ein kleiner runder Laib – von köstlicher Beschaffenheit war, locker, knusprig, mit einem Hauch von Würze. Unter den feineren Backwaren ragten die verschiedenen *tartas* heraus: Gewürzkuchen, Obstkuchen – Kuchen mit Honig, Marzipan, Rosinen, Safran, Mandeln und noch anderen Varianten gefertigt. Das Geheimnis dabei war nicht nur die sorgfältige, vom jeweiligen Meister streng überwachte Zubereitung, sondern die unbedingte Frische.

Auch Gewürzkuchen, die sich in der Regel tagelang frisch hielten, wurden zum halben Preis verkauft oder an die Armen der nächsten Pfarrei verschenkt, wenn sie älter als einen Tag waren.

Diesem konsequenten Verhalten war die Bäckersfamilie Ortiz über Generationen hinweg treu geblieben, und es hatte sich ausgezahlt. Seit König Alfonso – Don Pedros Vater – war die Familie Ortiz zum alleinigen Lieferanten all dessen geworden, was man unter dem Begriff *pastelería* verstand.

Vor zwei Jahren hatte ein junger Ortiz die Bäckerei vom Vater übernommen und war nun dabei, die Ehe mit einem der schönsten Mädchen von Sevilla einzugehen, nämlich der entfernt mit ihm verwandten Mari, die aus einer gleichnamigen nicht minder erfolgreichen Nebenlinie der Familie stammte. Diese Ortiz hatten es als Gewürzhändler zu Erfolg und Ansehen gebracht, lieferten der Bäckerei Ortiz alle benötigten Spezereien zu familiären Preisen, und nichts lag näher, als die beiden Familienzweige durch ein Eheband wieder näher miteinander zu verbinden.

Die Schönheit der Mari Ortiz war auf den ersten Blick sinnverwirrend. Gut einen halben Kopf größer als die meisten Mädchen der Stadt war ihre Gestalt von einem solchen Ebenmaß, als hätte die Natur sich bemüht, ein makelloses Meisterwerk zu schaffen. Nichts an ihr war zu dick oder zu dünn, zu lang oder zu kurz. Aufrecht und mit spielerischer Leichtigkeit schritt sie dahin, trug dabei den Kopf hoch und blickte jedem – auch den Männern – keck und frei in die Augen. Ihr Gesicht verkörperte das hierzulande gültige Ideal vollkommener Schönheit. Große, etwas schräge Augen von der warmen Farbe dunklen Bernsteins, eine schmale, edel geformte Nase und vollendet geschwungene Lippen, regelmäßige, perlweiß schimmernde Zähne. So schön dies alles war, es hätte bei längerer Betrachtung einen gewissen Überdruss erweckt, aber dem stand etwas entgegen, nämlich der Blick ihrer Augen. Eines davon stand nämlich um eine Spur ungleich, und zwar so, dass man zuerst nicht wusste, warum

Maris Blick fast etwas Magisches an sich hatte. Das war mit dem besten Willen, auch nicht mit bösem Wollen, ein Schielen zu nennen, und es steigerte nur den Reiz ihres anmutigen Gesichts.

Eines kam noch hinzu. Mari war als ältestes Kind in einer Familie von drei Brüdern aufgewachsen, die sie – bei allem Zwist untereinander – in schöner Eintracht anhimmelten und verehrten, und der Vater gesellte sich noch als Vierter hinzu. Die Mutter, hochgemut, etwas so Schönes geboren zu haben, stärkte noch Maris Stolz und ließ sie in dem Bewusstsein aufwachsen, etwas ganz Besonderes zu sein.

Sie hatte eine Art, mit den Menschen umzugehen, als sei es ein besonderer Vorzug, wenn sie sich auf ein Gespräch einließ, und in der Regel war sie es, die dessen Länge bestimmte und es, wenn sie es für richtig hielt, auch beendete. Doch tat sie es niemals in anmaßender oder beleidigender Art, so dass die wenigsten überhaupt bemerkten, dass sie wie Marionetten an unsichtbaren, von Maris Händen bewegten Schnüren hingen.

Die Hochzeit wurde in der Kathedrale gefeiert, und ein hoher Prälat segnete die Ehe ein.

Als der König hörte, dass für die große Zahl der Gäste keine geeigneten Räumlichkeiten vorhanden waren, überlegte er nicht lange, sondern stellte den gerade angelegten weiträumigen Patio zur Verfügung, der sich am Haupteingang – der Puerta del León – nach Westen hin öffnete und später für den Aufenthalt der Leibwache gedacht war. Da erhob sich ein leises Murren im Hofstaat, denn so etwas hatte es noch nie gegeben, und der Aufwand galt nicht einmal einem *noble,* sondern ein gemeiner Mann aus dem Volk genoss diese königliche Gunst.

Im engen Freundeskreis erklärte Don Pedro sein Verhalten. »Im Wesentlichen haben mich zwei Gründe dazu bewogen. Zum einen verdient ein tüchtiger, hoch angesehener Handwerker, der das Königshaus seit Generationen zufrieden stellt, durchaus eine Anerkennung. Zum anderen, meine

Herren, könnt ihr darin einen politischen Akt sehen. Die Versammlung der *Cortes* steht an, und nie zuvor waren wir so auf die Zustimmung der Ständeversammlung angewiesen – die Gründe dafür brauche ich nicht zu nennen. Diese königliche Gunst wird sich schnell in Sevilla – ja im ganzen Land herumsprechen und mein Ansehen nicht nur bei den Handwerkern, sondern beim einfachen Volk noch mehren.«

»Aber vielleicht bei den *ricos* und *fidalgos* mindern«, gab Diego de Padilla zu bedenken und setzte dabei eine so wichtige Miene auf, als hätte er ein Staatsgeheimnis enthüllt.

»Nicht mehr als zuvor«, sagte der König kurz.

An einem Sonntag, als die Bauarbeiten ruhten, feierten die beiden Familien Ortiz ihre Verschwägerung, und als der König aus dem schon fast fertig gestellten *vestibula* seines künftigen Palastes trat, gab es Hochrufe, Beifall und begeistertes Händeklatschen. Die Brautleute sanken vor ihm auf die Knie und küssten sein Gewand.

Gut gelaunt rief er: »Auf – auf! Handwerker sollten nur vor Gott und, wenn nötig, bei der Arbeit knien.«

Bisher hatte er nur Maris gebeugtes Haupt gesehen, nun aber stand sie auf und hob ihm ihr Gesicht entgegen. Da verschlug es ihm die Sprache und – Zeugen bestätigten es später – etwas wie Erschrecken trat in sein sonst so beherrschtes Gesicht. Gegen seine Gewohnheit, die unteren Stände ausnahmslos zu duzen, zwang ihn Maris verwirrende Schönheit zu einem Respekt, als stehe er vor einer Person von Rang und Namen. Mit leiser Stimme brachte er stockend hervor: »Ihr – Ihr seid – Mari Ortiz, Wir wünschen Euch und Eurem Gatten alles – alles Glück und – und dass Ihr – dass du, Sancho Ortiz, Unsere Tafel weiterhin so gut bedienst.«

Don Pedro, der in der Öffentlichkeit stets mit königlicher Würde auftrat und genau wusste, wer wie anzureden war, hatte sich vor Maris Schönheit verbal gebeugt, aber ihren Mann wie üblich geduzt und für sich den Pluralis Majestatis gebraucht.

Zunächst aber geschah nichts, denn Ende Oktober versammelten sich die *Cortes*, und am zweiten November fand das erste Treffen statt.

Der König eröffnete die Versammlung mit kurzen Worten und gab dann bekannt, dass er mit der verstorbenen María de Padilla in heimlicher Ehe verbunden gewesen war.

»Heimlich deshalb, weil es auf Doña Blanca politisch Rücksichten zu nehmen galt, aber vor Gott und den Gesetzen gültig, weil Wir diese Ehe noch vor der erzwungenen Verbindung mit Blanca de Borbón eingegangen sind. Ein alter Pfarrer hat die Trauung vorgenommen, er ist kurz danach gestorben, aber es waren zwei Zeugen zugegen.« Der König gab ein Zeichen, und Juan trat mit dem Kaplan Orduña vor die Versammlung.

Don Diego Pérez Sarmiento, der *adelantado* von Kastilien, befragte sie: »Don Juan Pérez de Ortuña, Kaplan am königlichen Hof, und Don Juan de Tenorio, Conde de Lebrija, könnt ihr hier im Angesicht der *Cortes* und vor dem Kreuz unseres Erlösers schwören, dass ihr Zeugen der rechtmäßigen Trauung unseres Königs Don Pedro von Kastilien und León mit der verstorbenen Doña María de Padilla wart?«

Sie beschworen es. Dann wurde der kleine Infant Don Alfonso hereingeführt und die *Cortes* wurden aufgefordert, ihm als Thronerbe den Treueeid zu leisten. Auch sie schworen – Mann für Mann –, doch einigen war anzusehen, dass sie es nicht gerne taten, sondern der Druck der Umstände sie dazu zwang.

Damit war aber der Fall noch nicht ausgestanden. Nun traten Don Pedros drei Töchter vor, höfisch gekleidet und in ihrer erwachenden Weiblichkeit hübsch anzusehen. Wieder ergriff der König das Wort.

»Angesichts der Tatsache, dass in Kastilien – im Gegensatz zum salischen Recht – eine weibliche Erbfolge möglich und in Gestalt der Königin Urraca schon da gewesen ist, befragen Wir der Ordnung halber diese Versammlung, ob jemand etwas gegen die potenziellen Thronansprüche der hier anwesenden Infantinnen Constanza, Beatriz und Isabel einzuwenden hat.«

Es gab keine Einwände, doch ein Vertreter des Adels äußerte Bedenken. »Jedem hier ist bekannt, dass Doña Beatriz seit einigen Jahren Don Fernando, dem portugiesischen Thronerben, anverlobt ist. Angenommen, die Ehe kommt zu Stande und Gottes Wille fügt es so, dass die Infantin auf den Thron von Kastilien gelangt, müssen wir dann einen Portugiesen als unseren König anerkennen?«

Der König lächelte starr und gab Don Diego Pérez, dem Statthalter von Kastilien, einen Wink.

»Die Frage ist berechtigt, doch das für unser Königshaus geltende Gesetz gibt eine eindeutige Antwort. Wenn der portugiesische Infant es will, so kann er den Titel eines Königs von Kastilien führen, aber nur nominell. Er kann die Versammlung der *Cortes* weder einberufen noch hat er ein Mitspracherecht, und alles, was Kastilien und León betrifft, liegt in der Herrschergewalt der Infantin als Königin der genannten Länder.«

Da wurde noch einiges hin und her geredet, aber wohl nur um zu zeigen, dass die *Cortes* das verbriefte Recht besaßen, den König zu allen Angelegenheiten, die das Land betrafen, zu befragen.

Don Pedro aber war mit dem Verlauf und den Ergebnissen der *Cortes*-Versammlung sehr zufrieden.

»Das wird gewissen Herren den Wind aus den Segeln genommen haben! Enriques Zuträger werden ihm nichts Gutes berichten können. Selbst wenn ich zu Tode komme, dann gibt es vier legitime, von den *Cortes* anerkannte Thronfolger. Nur schade, dass Alfonso erst zwei Jahre alt ist, aber noch halte ich die Macht in Händen – noch bin ich nicht tot!« Er schlug Juan kräftig auf die Schultern.

»Wir sollten das nützen ...«

»Ja, mein Lieber, und ich beginne damit, mir diese wunderhübsche Mari Ortiz genauer anzusehen. Gestern habe ich dem Küchenmeister Order gegeben, dass die junge Bäckersfrau künftig in eigener Person hier erscheinen und ihre

Waren abliefern soll, natürlich schicklich begleitet von einigen Bäckerjungen ...«

»Ihr habt sie also nicht vergessen?«

»Du etwa? Bin ich ein Eunuch? Wer seine *cojones* noch halbwegs beisammen hat, der kann bei diesem Anblick nicht gleichgültig bleiben.«

Es kam, wie es kommen musste, der König begann um Mari Ortiz zu werben, und es geschah in aller Öffentlichkeit, dass er sie zur Geliebten nahm.

10

Nachdem Zaida als fromme Christin aus der Klosterschule entlassen worden war, fügte sie sich als kluge und regsame Frau in Don Juans Haushaltung ein, als hätte sie schon jahrelang dort das Heft in der Hand gehabt. Die alte Köchin murrte zwar und äußerte mit ihrer tiefen Stimme allerlei Bedenken und Vorbehalte, doch Zaida behandelte sie mit Respekt und ging ihr, der die Hausarbeit zunehmend schwerer fiel, so geschickt und unaufdringlich zur Hand, dass sie am Ende eine Arbeitsgemeinschaft bildeten, die – wenn nötig – sich auch gegen die Männer im Haus stellte.

Ein Teil der zur *Cortes*-Versammlung erschienenen *delegados* war schon abgezogen, als die Weihnachtszeit kam. Ein paar Tage vor Heiligabend kam ein Bote vom Kloster mit einer Nachricht für Clara, wie Zaida jetzt hieß, doch im Haus war man bei ihrem alten Namen geblieben. Miguel gab das Schreiben seinem Herrn, und Juan hielt es an seine Nase.

»Ich glaube, das riecht nach Bettelei ... Die frommen Frauen erbitten von uns eine Weihnachtsspende und wenden sich an ihre ehemalige Schülerin.«

»Aber was soll Zaida ...«

»Darf ich es öffnen?«

Miguel raufte sich die Haare. »Bei allen Heiligen! Ich kann

kaum lesen, Zaida gar nicht – also müsst wohl Ihr es Euch ansehen.«

»Ihr habt einen frechen Ton an Euch, Don Miguel! Noch ein Wort und ich fordere Euch!«

Da musste er lachen. »Es ist schon eine Last mit den Würden; hoffentlich gerate ich nicht einmal tatsächlich in die Lage, mich schlagen zu müssen. Ich kann mit dem Bratspieß besser umgehen als mit dem Schwert.«

»Du müsstest deinen Gegner auf die Schleuder fordern.«

»Da würde mich jeder *caballero* für verrückt erklären! Aber Ihr wolltet doch den Brief öffnen ...«

»Wollte ich das? Nun gut.«

Juan brach das Siegel, faltete das Schreiben auseinander und begann zu lesen. »Wenn du dich an mich erinnerst, liebe Clara, so möchte ich jetzt eine Bitte an dich richten. Was ich dir schon im Kloster angedeutet habe, stimmt tatsächlich; ich bin gegen meinen Willen hier und soll im Januar – da werde ich vierzehn – meine Profess ablegen. Dagegen sträube ich mich mit aller Kraft, aber ich fürchte, mein Vormund ist stärker. Wenn meine Eltern noch leben würden ... Halt, der Bote kommt, ich muss Schluss machen. Bezahlt den Jungen gut, er hat viel für mich riskiert. Das wird wieder ein trauriges Weihnachtsfest ... Dir, Clara, wünsche ich ein fröhliches! Wenn es geht, dann besuche doch einmal deine unglückliche M.«

»Wir müssen den Brief Zaida zeigen.«

»Hältst du das für richtig, Miguel? In Kastilien gibt es Hunderte von Klöstern und in jeder größeren Stadt einige Dutzend davon. In jedem der Klöster sitzen unglückliche Menschen – vor allem Frauen und Mädchen –, die man dort mehr oder weniger mit Gewalt und aus mancherlei eigensüchtigen Gründen hingeschafft hat. Zaida soll sich da nicht einmischen, und ich möchte es auch nicht.«

»Natürlich, Herr, aber ich möchte ihr den Brief nicht vorenthalten – schließlich ist er ja an sie gerichtet.«

Juan schwieg, er hatte das Schreiben nochmals zu lesen begonnen.

»Ist dir nicht aufgefallen, dass der Brief mit einer Bitte beginnt, die dann nicht ausgesprochen wird? Wir erfahren nur, dass sie gegen ihren Willen im Kloster ist, einen Vormund und keine Eltern mehr hat und offenbar Anfang nächsten Jahres zur Profess gezwungen werden soll. Was aber ist ihre Bitte? Sollen wir sie aus dem Kloster befreien oder ihren uns nicht bekannten Vormund herausfinden und ihm Vorhaltungen machen?«

»Ein Hilferuf ist es immerhin, aber vielleicht weiß Zaida mehr über dieses Mädchen.«

»Dann hole sie her.«

Sie hatte gerade in dem Gärtchen gearbeitet, das sich an die Rückseite des Hauses anschloss und wo die Köchin ein paar Obstbäume hegte und Küchenkräuter zog. Juan hielt ihr das Schreiben entgegen.

»Nachricht von den Clarissinnen ...«

Zaida, sonst von raschem Verstand, blickte so verständnislos, dass Juan lachte und ihr die Wange tätschelte, worauf Miguel unwillig die Stirn runzelte. Dass er die verstoßene Frau seines Herrn geheiratet hatte, war für ihn kein Gesprächsthema, und Juan vermied jede Anspielung darauf. Langsam las er das Schreiben vor, und Zaidas Miene hellte sich auf.

»Das ist Manuela – wir waren ein bisschen befreundet, so gut es eben geht in einem Kloster. Sie hat oft davon gesprochen, dass sie sich wie in einem Gefängnis fühlt und nicht – nicht –«

»Freiwillig?«

»Ja, nicht freiwillig dort lebt. Mehr hat sie damals nicht gesagt, aber wenn sie davon redete, habe ich bemerkt, dass sie unselig ist.«

»Du meinst unglücklich?«

»Ja, Miguel, sie war dort nicht glücklich. Was sollen wir jetzt tun?«

Beide blickten Juan an, der aber nur die Schultern zuckte.

»Wir können nichts tun! Das ist eine Familienangelegenheit, in die ich mich nicht einmische. Zaida soll ihre Freundin Anfang nächsten Jahres dort besuchen, vielleicht kann sie Näheres herausfinden, auch den Familiennamen. Hat sie nie davon gesprochen?«

Zaida schüttelte ihr hübsches Köpfchen. »Nein, niemals. Ich kenne auch die der anderen Mädchen nicht. Vor Gott sind wir alle gleich, sagten die Nonnen, und es gehe hier niemand etwas an, ob man aus einer reichen oder einer armen Familie stammt.«

Juan verlor das Interesse an dem Thema. »Nachdem Zaida dieses Mädchen besucht hat, reden wir noch einmal darüber. Ich brauche dich jetzt nicht mehr, Miguel.« Er wandte sich schnell um und ging in sein Arbeitszimmer.

Juan ging es nicht aus dem Sinn, dass der König vor kurzem geäußert hatte, er wolle Mari Ortiz am Hof einige Zimmer einrichten lassen und sie mit Dienerschaft versehen. Da hatte er – was er sonst selten tat – heftig widersprochen.

»Verzeiht, Don Pedro, aber das halte ich für unklug. Solange sie nicht vor der Öffentlichkeit Eure Geliebte ist, lässt sich ein halbwegs schicklicher Schwebezustand aufrechterhalten. Der Hof weiß um Eure Beziehung, und Sancho Ortiz wird auch nicht ahnungslos sein, doch alle tun, als sei nichts. So ist derzeit die Lage, und ich würde Euch dringend raten, nichts daran zu ändern.«

Hatte der König überhaupt zugehört? Seine großen blauen Augen blickten versonnen ins Leere, und ein flüchtiges Lächeln huschte über sein Gesicht.

»Du weißt nicht, wie sie ist, Juanito – nein, gar nichts weißt du. Sie ist wie eine junge Stute: feurig, wild und sanft zugleich und sie liebt mich! Schau nicht so verdattert drein! Ja, sie liebt mich, und das hat sie nicht nur gesagt, ihr ganzer Körper beweist es mir!« Der König erhob sich und wanderte langsam auf und ab. »Ich habe deine Warnung nicht überhört, Juan, weiß aber selber nicht recht, wie ich mich verhalten soll. Ungewöhnlich bei mir, nicht wahr?«

»Ungewöhnlich vielleicht, aber durchaus verständlich, Don Pedro.«

»Dass es diesen Ehemann gibt, kompliziert den Fall, das sehe ich ein. Sancho Ortiz ist nicht irgendwer, sondern ein in ganz Sevilla bekannter Meister seines Faches, und wenn ich nicht der König wäre, hätte er mich längst mit dem Messer in der Hand zur Rede gestellt. Andererseits hat Mari keinen Augenblick gezögert, meine Geliebte zu werden. Wäre sie schamrot geworden und hätte empört auf ihren Stand als Ehefrau verwiesen, so hätte ich sie mit einer Verbeugung verabschiedet. Du kennst mich, Juanito, und weißt, dass ich niemals eine Frau zu etwas zwinge, niemals Gewalt anwende, niemals grob oder verletzend werde – auch nicht bei einer Hure. Aber Mari hat mir deutlich zu verstehen gegeben, dass ihre Heirat ein Akt der Familienpolitik war, vernünftig und den großen Profit im Auge. Sie hat mir sinngemäß erklärt, dass sie sich vorstellen kann, ihrem Gatten so lange eine ehrsame Ehefrau zu sein, bis der Gewisse käme, der ihr die Untreue schmackhaft mache. Was soll ich nun tun?«

Das klang so hilflos, dass Juan dem König tröstend eine Hand auf die Schulter legte. »Jedenfalls nichts Unüberlegtes, nur darum möchte ich Euch bitten.«

Don Pedro nickte. »Ich werde es versuchen.«

Es mag zwar sorgfältiger Überlegung und abwägender Vernunft entsprechen, etwas in der Schwebe zu lassen, aber es liegt nicht an uns, ob die Sache auch in der Schwebe bleibt. Es bedarf nur eines Sandkorns, um eine der Waagschalen schwerer zu machen, und sie wird sich senken und die Beteiligten zu Handlungen, zu Entscheidungen zwingen.

Schließlich war es der *panadero* Sancho Ortiz, der sich mit dem Schwebezustand nicht mehr abfand. Es lag nicht an ihm allein, denn da waren die Mitglieder der verschwägerten Familien Ortiz, und als die Verbindung des Königs zu Mari ruchbar wurde, deckte man Sancho mit Ratschlägen und Warnungen ein.

»Lass es dir nicht gefallen«, zischelten die einen, »deine Ehre als Ehemann steht höher als das unsaubere Gelüst des Königs.«

Doch es gab auch Stimmen aus den Kreisen seiner Familie, die beschwörend flüsterten: »Ein tüchtiger Handwerker soll auch ein gerissener Händler sein. Mach etwas aus der Sache, lass es für den König teuer werden! Schau, dass du ein Monopol herausschindest mit Brief und Siegel, des Inhalts, dass nur die Ortiz den König beliefern dürfen. Was immer du tust, du schaffst die Tatsache nicht aus der Welt, dass sie Don Pedros Bett gewärmt hat. Mach etwas daraus. Mach etwas daraus!«

So tönte es von allen Seiten, aber wie sollte er sich verhalten? Sancho dachte lange darüber nach, erforschte sein Inneres und kam am Ende zu dem Schluss, dass ein Dasein als angesehener Handwerker ihm mehr bedeutete als ein ehrsames Eheleben. Insgeheim war er sogar ein wenig stolz auf die Wahl des Königs – immerhin war Mari zuerst in seinem Bett gelegen, er war es, dem sie ihre *corona virginal* geopfert hatte. Er empfand fast so etwas wie Häme. Auch ein König wie Don Pedro konnte dies alles nicht rückgängig machen, mochte er auch den Kronschatz opfern und Armeen aufmarschieren lassen. Wenn solche Überlegungen auch ein schäbiger Trost waren, so halfen sie Sancho doch ein wenig, seinen verletzten Stolz besser zu ertragen.

Doch die anderen ließen ihm keine Ruhe. Natürlich machte er seiner Frau Vorhaltungen, und als sie ihn nur ruhig und etwas verächtlich anschaute, ohne sich zu rechtfertigen, schlug er mit seinen schrundigen Bäckerhänden in ihr schönes Gesicht. Sie wich nicht zurück, wischte sich mit einer anmutigen Geste das Blut aus dem Gesicht und lächelte. Ja, sie lächelte tatsächlich – Sancho sah das Mitleid in ihrem Lächeln, und das brachte ihn so auf, dass er zum Messer griff, um diese schöne Fratze zu zerschneiden, um sie unbrauchbar zu machen für das geile Verlangen des Königs.

Es war keine Furcht in ihren Augen, als sie ruhig sagte: »Tu's nicht, Sancho. Der König würde es dir nicht verzeihen und unseren Familien seine Gunst versagen. Damit stürzt du viele Menschen ins Unglück, zerstörst, was Generationen geschaffen haben. Du bist immer klug gewesen, Sancho – sei es auch diesmal.«

Von da an blieb Mari im Alcazar und Sancho hielt sich an das Sprichwort »*Más vale maña que fuerza* – List geht über Kraft«. Er hatte sich gut überlegt, welchen Vorteil er aus der Situation schlagen könne, und die meisten aus der Familie Ortiz unterstützten ihn. Mari war verloren, ihre Ehe gebrochen, aber dahinter stand der König, und das war etwas anderes. Auf eine seltsame Weise wandelte sich diese Entehrung ins Gegenteil. Man war nun quasi mit dem König verschwägert, und so ließ Sancho Ortiz sich auf die Audienzliste der Neujahrsempfänge des Königs setzen. Natürlich hatte seine Familie ihm zugesetzt – seine Mutter, sein jüngerer Bruder, die zahlreichen Basen und Vettern.

»Jetzt bist du am Zug, Sancho, sei nicht zu bescheiden! Und begnüge dich nicht mit leeren Zusagen, lass es dir schriftlich geben! Nun ist er an der Reihe zu bezahlen – schmiede das Eisen, solange es heiß ist!«

Er hätte dieser Ratschläge nicht bedurft, Sancho wusste genau, was zu tun war. Ohne mit der Wimper zu zucken, gewährte der König ihm die Privilegien eines Hof- und Truppenlieferanten.

Don Pedro ging mit Juan die Listen durch. Er schlug in gespielter Verzweiflung seine Hände zusammen.

»Ist es denn eine gar solche Ehre, von mir empfangen zu werden?« Hastig blätterte er weiter. »Das sind einfach zu viele, ein Drittel davon wird man streichen müssen. Ah – schau ... dieser Iñigo López kriecht zu Kreuze! Vielleicht erinnerst du dich – früher einer der Treuesten, mein Vertrauensmann in Burgos, den ich wegen seiner unbedingten Zuverlässigkeit mit Ehren überhäuft habe und dann –«, erregt ballte Don Pedro eine Faust und schlug mehrmals in die geöffnete andere Hand.

Juan nickte. »Ich habe davon gehört. Er hat sich Euren Gegnern angeschlossen und machte kein Geheimnis daraus.«

»Aus Navarra kam die Nachricht, dass er sogar versucht hat, König Carlos gegen mich aufzuhetzen. Der König selbst hat es mir in einem vertraulichen Schreiben mitgeteilt.«

»Warum aber begibt sich Don Iñigo in die Höhle des Löwen? Er kann nicht im Ernst damit rechnen, dass er Sevilla wieder als freier Mann verlässt.«

»Juanito – selbst wenn wir tausend Jahre leben, werden wir das Wesen der Menschen nicht ergründen können. Man kennt sich ja selber kaum ...«

»Ihr wollt ihn empfangen?«

»Warum nicht? Einen reuigen Sünder soll man nicht abweisen.«

Eines Abends ging Sancho Ortiz nach längerer Pause wieder in die Gildeversammlung, und als es danach zum Umtrunk kam, ergriff ein junger Meister das Wort, dessen *panadería* früher stets an den Heereslieferungen beteiligt gewesen war.

»Recht geschickt, *maestro* Ortiz, recht geschickt! Das hat es in unseren Kreisen noch nicht gegeben, dass ein Ehemann den *chocho* seiner Frau gegen königliche Privilegien eintauscht – aber wer möchte das schon?« Er blickte in die Runde, doch alle hatten die Köpfe gesenkt oder sich weggedreht.

Nun galt aber das für den weiblichen Schoß gebrauchte Wort als so anstößig und verächtlich, dass Sancho empört aufsprang. »Nimm das sofort zurück! Du weißt genau, dass es so nicht war, und –«

»Ich nehme nichts zurück und füge noch hinzu, dass du wie ein *chulo* gehandelt hast und nicht wie ein Handwerksmeister. Du müsstest aus unserer ehrsamen *corporación* ausgeschlossen werden!«

Da zog Sancho sein Messer und stürzte auf den anderen zu. »Du nennst mich einen Zuhälter? Das lasse ich mir nicht bieten! Entweder du –«

Da schlug ihm ein Geistesgegenwärtiger von der Seite das Messer aus der Hand, und das geschah so schnell, dass der andere – auch er hatte eine Waffe gezogen – es zu spät gewahr wurde und Sancho seinen Dolch in die Brust stieß. Er schrie leise auf, sank in die Knie, presste eine Hand auf die Wunde, schaute den anderen mit brechenden Augen an und stürzte nach vorne.

Da dies vor aller Augen geschah, war es nicht zu vertuschen. Sanchos jüngerer Bruder verlangte eine genaue Untersuchung, aber alle Augenzeugen bestätigten, dass Sancho zuerst gezogen hatte und der andere seinen in Notwehr geführten Stoß nicht mehr aufhalten konnte. Einige wollten den Täter verurteilt sehen, die meisten aber traten für Milde ein, eingedenk der besonderen Umstände.

Schließlich kam der Fall vor den König, der ihn mit dem Obersten Richter besprach.

»Eine heikle Geschichte! Begnadige ich den Mann, so heißt es gleich, dieser Totschlag käme mir sehr zupass, denn eine Witwe als Geliebte sei doch weniger anstößig als die Ehefrau eines anderen. Bestrafe ich ihn hart, dann könnte man es so auffassen, als wolle ich den Fall vertuschen und so tun, als gäbe es Mari Ortiz nicht. Was meint Ihr?«

Der *juez mayor* fand sofort eine Lösung. »Aber es gibt einen gangbaren Mittelweg, Senyor, den jeder gutheißen kann. Verbannt den Mann für fünf Jahre aus der Stadt und legt ihm eine saftige Geldstrafe auf – zahlbar an die Stadtkasse für Almosenzwecke. Es wird immer Gerede geben, was Ihr auch tut, aber der Mittelweg ist meistens der beste.«

»Ich muss Euch Recht geben ...« Der König sagte es nachdenklich, und er folgte dem Rat seines Obersten Richters.

Das Urteil fand allgemeine Zustimmung, und wem es nicht passte, der murrte nur leise und hielt den Mund, denn es war allgemein bekannt, dass der König mit Kritikern an seinen Entscheidungen wenig glimpflich umsprang und schon mancher dabei seine Zunge eingebüßt hatte. Auch die Familie Ortiz hielt sich zurück. Sanchos jüngerer Bruder füllte die Lücke des Verstorbenen, darauf vertrauend, dass die mit Siegel und Unterschrift versehenen königlichen Privilegien dem Handwerksbetrieb und nicht seiner Person galten.

Doch einen Menschen gab es, der laut und furchtlos seine Empörung herausschrie. »Was? Ihr habt den Mörder begnadigt? Soll der Tod meines Sancho ungerächt bleiben? Fünf Jahre Verbannung für einen Mörder? Ist das gerecht?«

Der König versuchte sie zu beruhigen. »Mari, es war eine schwierige Entscheidung … Der Täter war erregt, als er Sancho einen Zuhälter nannte. Dein Gemahl hat reagiert wie ein Mann und sein Messer gezogen, das man ihm aber aus der Hand schlug. Der andere wollte sein Leben verteidigen und dann …«

»Also trifft keinen die Schuld?«

Ihre Augen hatten sich geweitet und flammten wie Fackeln. Auch im Zorn blieb ihr Gesicht berückend schön, und Don Pedro starrte darauf wie auf ein heiliges Wunder. Er hatte schon einige Male mit dem Gedanken einer Ehe zur linken Hand gespielt, auch aus ganz eigensüchtigen Gründen. Dann hätte er nämlich einen gewichtigen Anlass, die Ehe mit Juana von Aragón zu verweigern, die ihm schon zweimal von ihrem Vater, König Pedro IV., angetragen worden war. Maris Kinder hätten dann keine Thronansprüche, aber aus kanonischer Sicht wäre eine weitere Ehe undenkbar. Das *matrimonium ad morganaticum* war in Deutschland und Frankreich eine alte Einrichtung, warum sollte es nicht auch in Kastilien angewandt werden?

»In deinem verständlichen Zorn vergisst du eines, *mi amor:* Du bist jetzt Witwe, und ich könnte dich heiraten.«

Nicht einmal im Traum hätte Mari an eine solche Möglichkeit zu denken gewagt. Vor Verblüffung erstarrte sie. »Ihr wollt mich heiraten, Senyor?«

Nein, dachte er, ich will nicht, hab's mir geschworen, aber es wäre reizvoll, den Gedanken durchzuspielen.

»Warum nicht? Andernorts haben sich regierende Monarchen nicht selten der Möglichkeit einer morganatischen Ehe bedient.«

»Erklärt mir das, Don Pedro«, sagte sie und war ganz sanft geworden.

Schon während er dies tat, kam er ab von dem Gedanken. Das war er María de Padilla schuldig – sie hatte seine Liebe mit ins Grab genommen.

11

Ein paar Tage vor dem großen Neujahrsempfang traf Juan durch Zufall auf Doña Diana, die an der Seite ihres Gemahls José de Pedrosa gerade den Alcazar verlassen wollte. Juan zog seinen Hut, grüßte Diana mit einer tiefen Verneigung und ihren Gemahl mit einer weniger tiefen. Aus Höflichkeit stieg Don José vom Pferd, aber noch ehe er etwas sagen konnte, ertönte Dianas metallene Stimme: »Gut, dass wir Euch treffen, Don Juan. Wir hatten schon länger geplant, Euch zu uns ins Haus zu laden, und da es sich nun gerade ergibt ...«

»... werden wir es jetzt tun«, sagte Don José mit etwas düsterer Miene.

»Ich will mich nicht aufdrängen ...«

»Ich sagte doch, dass es schon länger geplant war!« Ihre Stimme klang ungeduldig und herausfordernd. »Passt es Euch morgen um die Mittagsstunde?«

»Wenn der König seinen Mundschenk beurlaubt ...«

»Er wird es tun«, sagte Doña Diana und ritt zum Tor.

Ihr Gemahl hob die Schultern. »Sie wird es schon wissen. Ich freue mich auf Euren Besuch.« Aber es war keine Freude in seiner Stimme.

Am nächsten Morgen hatte das Wetter umgeschlagen. Nach einer Reihe von klaren, sonnigen und windlosen Wintertagen war jetzt der Himmel mit dunklen niedrig hängenden Wolken bedeckt, die ein kühler Nordwind aus der Sierra de los Santos vor sich hertrieb wie eine Herde schmuddeliger Schafe.

Juan, sonst eher von beständiger Seelenlage, hatte in den letzten Monaten erleben müssen, dass seine Stimmung schwankte, dass er empfindsamer, gleichsam dünnhäutiger geworden war.

Im November war er neunundzwanzig Jahre alt geworden, da war er mit einem schiefen Lachen vor dem Spiegel gestanden und hatte sich gefragt, ob das Alter ihm zu schaffen mache. Äußerlich wenigstens schien er unverändert: mittelgroß, schlank, sehnig, die dunklen Haare ohne eine Spur von Grau. Vielleicht war es der Bart, der ihn älter machte?

Ein paar Tage nach seinem Geburtsfest befahl er Miguel mit Seife und Schermesser zu sich. »Schere mir den Bart ab, Miguel, ich glaube, er macht mich alt.«

Miguel hörte den halbherzigen Ton heraus.

»Don Juan, mir scheint, Ihr seid noch unentschlossen? Übrigens kann ich Euch versichern, dass ein gepflegter kurz geschorener Bart noch keinen Mann älter erscheinen ließ – im Gegenteil.«

»Du verfällst wieder in deine alte, offenbar unausrottbare Untugend, nämlich keinen Befehl ohne Murren oder Gegenrede befolgen zu können.«

»Weil ich Euch vor etwas bewahren will, was Ihr später vielleicht bereut.«

»Sehr freundlich von dir! Wie mitfühlend und besorgt – so kenne ich dich gar nicht.«

»Dann kennt Ihr mich eben schlecht.«

Immerhin hatte Miguel bewirkt, dass Juan die Lust an seinem Vorhaben verlor. Er seufzte laut und gab sich überredet.

»Also gut, dann stutze mir wenigstens den Bart!«

Das war vor drei Monaten gewesen. Heute war Juan wieder in eine Stimmung geraten, in der es ihm schien, nichts auf Erden sei wert, ernst genommen zu werden, nichts lohne der Mühe oder einer Anstrengung. Hatte Dianas überraschende Ehe sein Gemüt verstört oder war es das Leben am Hof mit seinem lähmenden Gleichklang? Unterwegs auf Reisen kannte er solche Anwandlungen nicht, da war jede Stunde für eine Überraschung gut, und wenn sich dann nichts ereignete, brachte der nächste oder übernächste Tag etwas Neues oder Ungewöhnliches.

Vielleicht trug doch Dianas Ehe die Schuld an seiner Missstimmung? Solange sie frei und täglich am Hof war, konnten sie ungestört ihre oft recht scharfen verbalen Zwiste austragen, bei denen keiner von ihnen eindeutig gewann oder verlor, aber sie schieden doch in dem Bewusstsein, es dem anderen so richtig gegeben zu haben.

Vielleicht galt das nur für mich, überlegte Juan; ich kann mir ja nicht anmaßen, mich in ihre Seelenlage zu versetzen. Genau genommen bin ich häufig auf der Verliererseite – bei Rosita, bei Catalina, bei Diana. Aber vielleicht bilde ich mir das nur ein …

Allein dass er solche Überlegungen anstellte, hielt er schon für bedenklich. Seine Gedanken sprangen wie Flöhe hin und her, und er konnte sie nicht daran hindern. Vielleicht war es falsch gewesen, sich in Diana zu verlieben, von dieser seltsamen Frau irgendetwas zu erhoffen. Eine wie Mari wäre besser. Ohne große Bildung, ohne besondere Ansprüche, aber lebenstüchtig, lebensfroh, als Geliebte hingebungsvoll und zärtlich. Vielleicht ist Mari Ortiz ganz anders, hat Don Pedro den Sinn so verwirrt, dass er in ihr die ideale Geliebte sieht. Das Grübeln und Forschen und Denken führt zu nichts. Zu nichts!

Juan rief nach Miguel und machte sich um die Mittagszeit auf zu Don Josés Haus in der Pfarrei San Marcos. Der Weg führte nach Norden durch die halbe Stadt, aber Juan ritt gemächlich, wieder tief in Gedanken, und fasste den unbestimmten Entschluss, sich vom König für längere Zeit beurlauben zu lassen, nach Lebrija überzusiedeln, um dort seinen Pflichten als Lehnsmann nachzugehen. Er hatte einen von

Don Pedro empfohlenen Pfleger dorthin bestellt, der auch regelmäßig seine Berichte sandte.

Ich bin eben überflüssig, dachte er stillvergnügt, kann deshalb tun und lassen, was ich will. Dieser Zustand ist nicht zu verachten …

»Da ist es!«, rief Miguel.

»Ich wäre vorbeigeritten …«

»Das sieht Euch gleich, Herr.«

»Halt den Mund und klopfe ans Tor!«

Im hohen Kamin des Empfangszimmers loderte ein gewaltiges Feuer zu Ehren des Gastes, denn in Sevilla wurde es auch im Winter selten so kalt, dass ein solcher Aufwand nötig war.

Die beiden Töchter wurden ihm vorgestellt – gicksende Halbwüchsige, auf deren noch kindlichen Gesichtern Ernst und Unfug dicht beieinander lagen. Dann führte die *niñera* sie hinaus mit strengem Gesicht und mahnenden Zischlauten.

Juan glaubte das Wort *burlador* zu verstehen, lächelte und verneigte sich zeremoniös vor den errötenden Mädchen.

»Euren Namen kennt man in ganz Sevilla«, bemerkte Diana, und Don José fügte hinzu:

»Und darüber hinaus.«

»Wie soll ich das verstehen?«, fragte Juan höflich, aber nicht ohne Schärfe.

»Ihr seid als enger Freund und Vertrauter des Königs bekannt, und das spricht sich herum.«

José de Pedrosa war Hofmann und wusste, was sich gehörte. Juan bemerkte, dass ihm seine schwere Verwundung sichtlich zu schaffen machte. Sein hageres zerfurchtes Gesicht verzog sich schmerzlich, wenn er länger stand, aber auch das Sitzen fiel ihm schwer. Er beugte sich vor, lehnte sich zurück, verlagerte sein Gewicht auf die rechte, dann auf die linke Seite, und es sah aus, als würde ihm jede denkbare Körperstellung Unbehagen bereiten.

Am Hof gingen die widersprüchlichsten Gerüchte um,

welche Art Verletzung es war, die Don José so sehr zu schaffen machte, doch stand fest, dass die letzte seiner Verwundungen die schwerste war. Ein angeblicher Augenzeuge berichtete hinter vorgehaltener Hand, dass Don José im dichten Schlachtgetümmel von einem Pfeil aus nächster Nähe getroffen worden war, und zwar, wie der Augenzeuge feixend anmerkte, »mitten in die *cojones*«! Don José selber hatte sich niemals dazu geäußert, und wer seine grimmige Art kannte, hütete sich vor jeder Anspielung.

Mühsam quälte sich das Gespräch dahin, denn es gab wenig, was der Hausherr und Juan sich zu sagen hatten. Schließlich sprachen sie vom Krieg um Granada und von Juans Tat zur Rettung einer Ehebrecherin. Diana streifte ihren Gatten mit einem gleichgültigen Blick.

»Es kommt auf die Umstände an. Soviel ich hörte, ist Zaida in die Ehe als vierte Frau eines alten Mannes gepresst worden. Dass man dem dort Rechnung trägt, beweist die rechtliche Möglichkeit, eine verurteilte Ehebrecherin vor der Hinrichtung zu retten. Das gibt es hier nicht, soviel ich weiß.« Mit einem boshaften Lächeln wandte sie sich an Juan. »Ob Ihr je zu einer guten Tat willens und fähig seid, weiß ich nicht, aber mit Zaidas Rettung habt Ihr eine begangen.«

»Sie gerettet und dann gleich an Euren Diener weitergereicht ...«, fügte Don José verächtlich hinzu.

Offenbar lag Streit in der Luft, aber Juan genoss die Situation und dachte nicht daran, sich herausfordern zu lassen.

»Um sie zu retten, war ich zu einer Heirat nach muslimischem Brauch gezwungen. An ihr als Frau lag mir nichts, aber Miguel begann sie zu lieben, und das Recht der Liebenden ist stärker. Zudem wurde dem Christentum eine Seele gerettet, und das zählt wohl mehr als alles andere!«

Juan hatte dies mit solch betontem Ernst ausgesprochen, dass Don José unsicher wurde. Diana wusste, wie es gemeint war, doch sie schwieg. Don José verzog schmerzlich sein Gesicht und lehnte sich in den Sessel zurück.

»Ein christlicher Ritter sollte auch am Kampf gegen die

Muslime teilnehmen, aber da habt Ihr Euch, wie man hört, eher zurückgehalten. Oder irre ich mich?«

In Dianas Miene trat etwas wie Neugier. Jetzt werden sie gleich zu raufen beginnen, dachte sie. Juan aber lächelte nur höflich.

»Ihr irrt Euch, Don José, und zugleich irrt Ihr Euch nicht. Dass der Kampf gegen die Muslime ging, ist falsch. Wir fochten mit dem rechtmäßigen Sultan gegen einen Usurpator. Zum anderen aber habt Ihr Recht – ich habe auf Wunsch des Königs an den Kämpfen nicht teilgenommen und blieb als Kammerherr an seiner Seite. Muss ich mich deshalb schämen?«

»Das liegt bei Euch, Don Juan, ich maße mir kein Urteil an.«

Juan schwieg, blickte zum Fenster und wandte sich dann an Doña Diana. »Es ist spät geworden und Don José scheint müde. Ich hätte mehr Rücksicht auf seinen Zustand nehmen sollen und werde mich jetzt verabschieden.«

Don José nickte nur, blieb aber sitzen. Diana begleitete den Gast hinaus.

»Er leidet große Schmerzen«, sagte sie leise, »und wird dann unhöflich und streitsüchtig.«

»Ich verstehe das und habe mich entsprechend verhalten.«

Miguel brachte die Pferde, und als Juan aufsteigen wollte, flüsterte sie ihm zu: »Wenn es nur das wäre ... Aber er lehnt sich gegen seine Verletzung auf, findet sich nicht ab mit seinem Unvermögen und mutet mir Dinge zu ...«

Dann kam Miguel heran, und Diana trat zurück.

Was hatte sie damit gemeint? Er wollte sie bei nächster Gelegenheit danach fragen.

Um den schnellen Fortgang der Arbeiten nicht zu behindern, war der Neujahrsempfang auf das Dreikönigsfest und den darauf folgenden Sonntag festgelegt worden.

In einem improvisierten Audienzsaal waren Thron und Baldachin aufgestellt worden. Hier empfing nun der König, angetan mit dem Festornat, auf dem Haupt die Lilienkrone, seine Untertanen. Auf diese Weise hatten auch Menschen aus niederen Ständen die Gelegenheit, vor ihren König hinzutreten, und so kamen die Abgeordneten der Handwerker, es kamen Kaufleute, Markthändler, Fuhrunternehmer, Kirchendiener und die Hauptleute der Stadtwache – ja sogar die Bettlerzunft hatte einen Vertreter geschickt.

Und es kam Don Iñigo López, der einstige Verräter. Don Pedro hatte ihn als einen der Letzten auf die Audienzliste gesetzt und ihn dann noch ziemlich lange warten lassen.

»Das ist Ausdruck der Verachtung gegenüber seinem Verrat, doch die Tatsache, dass ich ihn überhaupt empfange, soll ihm zeigen, dass ihm ehrliche Reue einen Ausweg eröffnet.«

Wie alle anderen wurde auch Inigo López lange und sorgfältig nach Waffen untersucht, was er lächelnd mit sich geschehen ließ. Er streckte beide Arme hoch, um es den Wachen leichter zu machen. In der einen Hand hielt er ein gerolltes Schriftstück mit – wie er mehrmals betonte – für den König sehr wichtigen Informationen. Er kniete an den Stufen des Throns nieder und senkte sein Haupt.

»Ich muss Euch um Vergebung bitten, aufrichtig und mit reuevollem Herzen. Ihr wisst, auf welche üble Weise ich Euer Vertrauen missbraucht habe, und ich sehe nur eine Möglichkeit, Eure Verzeihung zu erlangen, nämlich –«, er streckte die Hand mit der Schriftrolle hoch, »indem ich Euch alles ausliefere, was ich über Eure Feinde und Gegner weiß.«

Don Pedro beugte sich vor. »Gott muss Eure Seele gerade noch rechtzeitig erleuchtet haben, denn wärt Ihr nicht freiwillig hierher gekommen …« Er hielt inne und hob viel sagend die Hand. »Also – gebt schon her!«

Fernando Sanchez, der Geheimsekretär, trat aus dem Hintergrund, um das Schriftstück entgegenzunehmen, doch Don Iñigo presste es an seine Brust.

»Nein – verzeiht, aber ich will es – falls es gestattet ist – zuerst in der Hand des Königs wissen.«

Juan, der mit anderen neben der hohen Thronlehne stand, empfand plötzlich ein Gefühl des Unbehagens.

»Mit diesem Mann stimmt etwas nicht ...«, flüsterte er Diego de Padilla ins Ohr, aber der zuckte nur die Schultern.

»Was kann schon groß sein?«

»Also gut – gebt es schon her!«

Da richtete sich Inigo López blitzschnell auf, flog die wenigen Stufen empor, hob die Schriftrolle wie eine Waffe und ließ sie auf Don Pedros Brust niedersausen. Fast im selben Augenblick traf ihn der Keulenschlag einer der Leibwachen, und er sank nach vorn.

Don Diego griff nach der am Boden liegenden Schriftrolle und hielt sie hoch. »Da steckt ein Dolch drin!«

Don Pedro saß da wie erstarrt, und Juan berührte ihn am Arm. »Seid Ihr verletzt, Senyor?«

»Ja – nein ...« Mit zitternden Fingern zerrte er den goldgestickten Königsmantel auseinander.

Juan beugte sich vor und betastete das Untergewand. »Da ist ein schmaler Einstich, aber ich sehe kein Blut.«

Don Pedro lächelte mühsam. »Ich würde den Waffenschmied hängen lassen, wenn sein Kettenhemd nicht einen Dolchstoß abwehren könnte ...«

Don Iñigo – vom schweren Schlag bewusstlos – wurde gefesselt weggetragen.

»Pflegt ihn gut!«, rief der König. »Er muss gesund und bei Kräften sein, wenn sich die Folterknechte mit ihm beschäftigen.«

Es schauderte Juan, wenn er daran dachte, was dem erfolglosen Meuchelmörder bevorstand.

Don Iñigo genas schnell, weil ihn der Keulenschlag nur betäubt, aber nicht ernsthaft verletzt hatte.

Er habe auf eigene Faust gehandelt, sagte er bei der ersten Vernehmung, um eine Entscheidung herbeizuführen und damit den drohenden Bürgerkrieg zu verhindern. Don Pedro selber fragte ihn dann, warum er dann nicht versucht habe, Don Enrique zu töten, wenn dies tatsächlich seine Absicht gewesen sei, denn der sei ja die Hauptursache des ständigen Zwistes.

»Weil er der bessere König sein wird, Senyor.«

Diese Antwort hatte Don Pedro so erzürnt, dass er die Vernehmungsrichter anschrie: »Foltert den Kerl bis aufs Blut! Prügelt, quetscht und brennt die Wahrheit aus ihm heraus! Ich möchte Ergebnisse haben, und zwar schnell!«

Einer der Herren begleitete ihn hinaus. »Auf ein Wort, Senyor?«

Der König musterte den Richter: ein kleiner gepflegter Mann in mittleren Jahren mit einem wachen intelligenten Gesicht.

»Was wollt Ihr? Redet schon!«

»Ich habe mir in Eurem Dienst, Senyor, viele Kenntnisse über die Befragung von Gefangenen angeeignet, mit und ohne Folter, und sehe mich verpflichtet, Euch zu sagen, dass die von Euch anempfohlene Methode falsch ist.«

Don Pedros Augen wurden starr, als er auf den Kleinen – den er um Haupteslänge überragte – herabblickte. »Wollt Ihr den König belehren? Ihr erdreistet Euch, mir zu sagen …«

»Verzeihung, Senyor, es lag mir fern, Euch zu kränken oder zu erzürnen. Schenkt mir noch einige Minuten und Ihr werdet sehen, dass es mir nur darauf ankommt, bei dieser wichtigen Vernehmung die besten Ergebnisse zu erzielen.«

»Also gut …«

Sie gingen in die Wachstube des Kerkers, und der Richter begann mit leiser unaufgeregter Stimme zu reden.

»Seht Ihr, Senyor, der menschliche Körper ist ein hoch kompliziertes Instrument, vergleichbar jenen Kunstuhren, die in vielerlei Funktionen die Zeit, den Sonnen- und Mondstand anzeigen und außerdem noch ein Schlagwerk, tanzende Figuren und manches andere aufweisen. Ein falscher Griff, und alles steht still. Nun zu den Menschen. Wenn Ihr glaubt, man könne bei der Folter mit Schnelligkeit etwas erreichen, so spricht meine jahrelange Erfahrung dagegen. Da spannen rohe und hirnlose Folterknechte den Mann in die *garrucha,* zerprügeln ihm den Leib mit Peitschen und Ruten, bis er bewusstlos ist, und erreichen nichts als wirre wertlose Geständnisse, riskieren sogar seinen Tod. Nein, Senyor, zuerst muss man den menschlichen Körper empfindsam machen, ohne ihm – und das ist sehr wichtig – die Würde zu nehmen. Also niemals drohen: Wenn du nicht redest, schneiden wir dir die Eier ab, oder ihn durch Nacktheit bloßstellen. Er darf seine Scham bedeckt halten und soll nicht glauben, dass er die Folterkammer – wenn überhaupt – als verstümmelter Eunuch verlässt. Das macht die meisten Männer verstockt und ihre Geständnisse wertlos. Wenn Ihr mir vertraut und einige Tage Zeit gebt, dann werde ich Don Iñigo auf der *garrucha* hochziehen, ihm einen nicht zu schweren Stein an die Füße hängen, und – das ist sehr wichtig – zunächst keine Fragen stellen. Das lange gestreckte Hängen wird seine Gelenke schmerzhaft dehnen, vielleicht sogar ausrenken, seine Brust beengen und ihn immer schwerer atmen lassen. Nach etwa zwei Stunden lasse ich ihn herunter, aber zuvor werden ihm zwanzig bis dreißig schwere Peitschenhiebe verabreicht. Wenn er dann schon reden will, gehe ich nicht darauf ein. Ein Arzt renkt die Gelenke wieder ein, er kann frei und ungehindert atmen und wird in seine Zelle zur Ruhe gelegt.«

»Noch immer keine Fragen?«

»Nein, Senyor, denn zu diesem Zeitpunkt kämen keine oder falsche Antworten. Der Mann muss sich erst wieder erholen, aber nicht zu sehr. Nach zwei Tagen ist er zwar wieder bei Kräften, aber seine Gelenke sind noch immer schmerzhaft angeschwollen und hoch empfindlich, die Peitschenstriemen noch kaum verheilt. Nun wird er wieder in die Folterkammer gebracht, jede Bewegung verursacht ihm Qualen, und nun sieht er die Seile der *garrucha,* der Büttel hängt ihn wieder daran, aber die Angst vor neuen Schmerzen macht ihn – vielleicht – schon jetzt geständnisfreudig. Wenn nicht, lasse ich ihn erneut hochziehen, doch jetzt hat sein Körper jede Robustheit verloren, ist hoch empfindlich geworden. Da ist der Stein an den Füßen nicht mehr nötig, allein sein Körpergewicht verursacht in den gedehnten und geschwollenen Gelenken unsägliche Qualen, aber nicht derart, dass er bewusstlos werden könnte. Wenn der Büttel nun diesmal die Peitsche anwendet, dann treffen die Hiebe nicht auf unverletzte gesunde Haut, sondern auf halb verheilte, ebenfalls hoch empfindliche Wunden. Nun ist der Augenblick der Geständnisse gekommen, und zwar – wieder sehr wichtig – nicht während der Tortur, denn da kommt nur wirres Zeug, sondern danach. Der Mann wird auf einen Stuhl gesetzt, die Schmerzen klingen etwas ab, aber vor seinen Augen baumeln die Seile der *garrucha,* und der Büttel hält noch immer die Peitsche in der Hand – mit anderen Worten: Alles steht bereit zu einer neuen scharfen Befragung, und in dieser Situation habe ich eines festgestellt: Nicht unmittelbar die Qualen der Folter bewirken das Geständnis, sondern die Angst vor neuer Peinigung. Natürlich reagiert jeder Körper anders, und ganz selten treffen wir auf so starke Naturen, die erst bei der dritten oder vierten Anwendung zu reden beginnen, aber das ist nun wirklich die Ausnahme.«

Don Pedro hatte sich die Belehrung ruhig angehört. Er stand auf und nickte. »Gut, gut, Ihr seid ein Mann von jahrelanger Erfahrung, Ihr habt mich überzeugt. Geht Eure Methode aber fehl, dann werdet *Ihr* an der *garrucha* hängen!« Doch der König lachte bei dieser Drohung und es hätte ihrer nicht bedurft.

Inigo López nämlich begann auszusagen, anfangs nur in Bruchstücken, später aber – bei erneuter Androhung der Seilfolter – legte er ein Geständnis ab, von dem nur er wusste, ob es umfassend war, das aber ausreichte, umfangreiche Sicherheits- und Strafmaßnahmen zu treffen.

»Jetzt wird Kastilien von aller Fäulnis gereinigt, jetzt werde ich die Geschwüre ausbrennen, ehe sie den Körper unseres Landes vergiften können.«

Don Pedro steigerte sich in einen Wahn von Rachsucht hinein, die in seinen Augen aber Gerechtigkeit bedeutete. Laut Don Iñigos Aussage gab es auch in Sevilla eine kleine

Gruppe, die Don Enriques Königspläne unterstützte. Diese Menschen kamen meist aus den früheren Kreisen um Leonor de Guzmán, der ermordeten Geliebten von Don Pedros Vater. Ihnen war schon seit Jahren jede Möglichkeit versagt, wieder zu Einfluss und Vermögen zu kommen, und sie setzten ihre ganze Hoffnung auf Doña Leonors erstgeborenen Sohn: Enrique de Trastámara.

Der König ließ sie alle an einem einzigen Tag festnehmen und in der Torre del Oro verwahren. Einige waren zu stolz, um zu leugnen, anderen mussten die Geständnisse durch schwere Folterung abgepresst werden.

Der König machte kurzen Prozess: Die sich ohne Zwang zu Don Enrique bekannten, wurden enthauptet, die anderen aber – die Leugner, die Störrischen, die Verschlagenen – wurden vor den Mauern der Stadt lebendig verbrannt und ihre Asche wurde in den Guadalquivir gestreut. Ein kleiner Teil der Verdächtigen hatte fliehen können, doch Don Pedro winkte verächtlich ab.

»Früher oder später werde ich auch sie zur Verantwortung ziehen. In Sevilla sind nun die Geschwüre ausgebrannt, aber die Reinigung muss an Haupt und Gliedern erfolgen. Daran werde ich mich jetzt unverzüglich machen und du, Juan, wirst mich begleiten. Zuvor aber muss ich für die Zeit meiner Abwesenheit in Sevilla für Sicherheit und Ordnung sorgen.«

Als Erstes ließ Don Pedro Mari Ortiz auf eine nahe gelegene Festung bringen und gab ihr eine starke Wachmannschaft.

»Sie soll sich geborgen fühlen, das bin ich ihr schuldig ...«

In Sevilla übertrug der König seinem Schwager Diego de Padilla den militärischen Oberbefehl und übergab dem treuen Don Diego Pérez Sarmiento, dem Statthalter von Kastilien, das Königssiegel.

»Er wird ein gewissenhafter Sachwalter sein, auf ihn ist Verlass.«

12

In den ersten Märztagen setzte sich die Truppe in Bewegung und zunächst war es kein Feldzug, sondern eine Strafaktion, die keinen verschonte.

Juan hielt diese Strafakte für gerecht, aber nicht für klug. Der König hatte früher in aller Regel nur die Großen und tatsächlich Verantwortlichen zur Rechenschaft gezogen, jetzt aber mussten auch kleine Leute ihre oft unter Befehlszwang ausgeübten Taten büßen. Was sollte ein Burgpförtner tun, wenn der Hauptmann ihm auftrug, die Tore zu öffnen? Wie sollte ein einfacher Wachsoldat sich verhalten, wenn der *capitán* ihm befahl, die Tür eines jüdischen Hauses einzuschlagen?

Wurden solche Leute einwandfrei überführt, dann ließ der König sie an den Galgen hängen, machte sich aber dadurch viele der kleinen Leute zu Feinden. Wenn die ihn bisher laut »den Gerechten« genannt hatten, dann hießen sie ihn jetzt hinter vorgehaltener Hand »den Grausamen«.

Juan machte sich darüber Sorgen und ließ sie den König wissen. Wider Erwarten blieb Don Pedro ruhig und gelassen.

»Und du glaubst, ich habe mir darüber keine Gedanken gemacht? Da kennst du mich aber schlecht! Ich habe diese Fälle gründlich durchdacht, auch sorgfältig abgewogen, und bin zu einer wichtigen Erkenntnis gelangt. Gerade weil ich mir den Ehrennamen ›der Gerechte‹ erhalten will, musste ich so handeln. Ich will dadurch vermeiden, dass die Gauner unter dem einfachen Volk hämisch grinsen und sich sagen, der König straft ja sowieso nur die Großen, da können wir uns also sicher fühlen. Mit anderen Worten: Auch der kleine Wachsoldat, der Nachbar eines Juden oder der Burgpförtner tragen einen Teil der Verantwortung und sollen sich nicht immer straflos davonstehlen können. Ich glaube, die Leute verstehen das.«

Gerade das glaube ich nicht, dachte Juan, aber er sprach es nicht aus, weil es den Sinn des Königs kaum geändert hätte.

Da sie, gegen den ursprünglichen Plan, nun schon so weit in den Norden vorgedrungen waren, wollte der König die Gelegenheit nützen und der früheren Residenzstadt Kastiliens einen Besuch abstatten.

Noch ehe sie von Soria nach Burgos aufbrachen, kam ein abgehetzter Mann auf einem vor Erschöpfung halb toten Pferd in die Stadt und wollte den König und nur ihn persönlich sprechen. Nach einer Stunde der Erholung wurde der Mann aus Sicherheitsgründen gefesselt vor Don Pedro gebracht. Er war ein Verwandter der Padillas und galt als einer der geschicktesten Zuträger und Spitzel. Don Pedro kannte seinen Namen und ließ ihm die Fesseln abnehmen.

»Ich habe mit einigem Erfolg den Überläufer gespielt, und da ich den Namen Padilla trage und vermeintliche Hofgeheimnisse preisgab, hat man mir geglaubt und mich auch in den Plan zu Eurem Sturz eingeweiht.«

»Was? Gibt es tatsächlich schon einen genauen Plan?«, fragte der König, dem die Betroffenheit anzusehen war.

»Nicht nur das, Senyor, es gibt sogar einen Vertrag, den mir ein bestechlicher Schreiber für viel Geld kopiert hat.« Er zog ein vielfach gefaltetes Schreiben aus dem Wams. »Es ist leider ziemlich schmutzig geworden, weil ich es aus Sicherheitsgründen am Körper verstecken musste, an Stellen, die –«

»Ihr braucht das nicht weiter auszuführen – Graf von Lebrija, lest uns diesen so genannten Vertrag vor!«

Juan nahm das Papier mit spitzen Fingern entgegen und faltete es auseinander. Es starrte vor Schweiß- und Fettflecken, die Tinte war zum Teil auseinander gelaufen. Er überflog den Text, doch der König zeigte sich ungeduldig.

»Was soll das, Don Juan – lest laut!«

»Ich weiß nicht, Senyor ... Der Inhalt sollte vielleicht vorerst geheim bleiben.«

Don Pedro blickte in die Runde. Wie immer standen einige Männer seiner maurischen Leibwache an der Tür, zwei *comandantes* der Truppe hatten etwas zu besprechen gehabt, ein Sekretär wartete am Schreibpult auf Anweisungen, Diener gingen aus und ein. Der König tat unbekümmert.

»Warum geheim? Auf diese Menschen hier kann ich mich verlassen, zudem sollen alle wissen, dass der Bastard wieder hochverräterische Pläne schmiedet. Also schließt jetzt die Tür und Ihr, Don Juan, lest den Wisch jetzt vor!«

»Gut, Senyor. Es handelt sich hierbei um einen Vertrag zwischen dem König von Aragón und Don Enrique de Trastámara. Und hier der Wortlaut: ›Der König von Aragón, Pedro der Vierte, verspricht, Euch, Don Enrique, Graf von Trastámara, bei der Eroberung des Königreichs Kastilien tatkräftig zu unterstützen. Als Bedingung dafür verlangen Wir den sechsten Teil von allem, was Ihr mit Unserer Unterstützung im Königreich Kastilien gewinnt. Wie Wir gehalten sind, Euch zur Eroberung besagten Königreichs zu verhelfen, so seid Ihr gehalten, Uns wider jedermann in der Welt beizustehen und uns zu verteidigen, und der Freund Unserer Freunde wie auch der Feind Unserer Feinde zu sein. Geschrieben von Unserer Hand am letzten Tage des März Anno Domini 1363.‹«

Juan wandte das Blatt um. »Hier steht die von Don Enrique gemachte Erklärung: ›Und ich, der Graf Don Enrique de Trastámara, verspreche Euch, dem König von Aragón, dass ich nach bestem Wissen alles, was ich erfüllen soll, auch erfüllen werde, so, wie es von Euch oben gesagt ist. Geschrieben von meiner Hand am selben Tage. Rex Petrus – *Yo el Conde.*‹«

Alle im Raum hatten schweigend gelauscht und sahen sich nun betreten an. Mit gespielter Munterkeit polterte der König los.

»Was ist, meine Herren? Hat euch dieses freche Geschreibsel die Rede verschlagen oder wundert ihr euch gar? Mich erstaunt es nicht – ja, ich habe geradezu auf dergleichen gewartet. Da Don Enrique niemals den ernsthaften Versuch unternommen hat, sich mit mir friedlich zu einigen, und von einer kleinen, aber einflussreichen Verräterbande immer wieder ermuntert wird, musste es dazu kommen, und ich bin froh, dass die Fronten jetzt klar sind. Doch zweierlei verwundert mich sehr. Zum einen fehlt bei dieser Verschwörung der Dritte im Bund, nämlich der Infant Don Fernando, und zum anderen frage ich mich, wie der Bastard sich die Eroberung von Kastilien vorstellt. Meine derzeitige, auf das Notwendigste reduzierte Truppenstärke übertrifft nach vorsichtiger Schätzung schon jetzt die seine um das Doppelte bis Dreifache. Wenn ich mich dann wirklich zum Krieg rüste, können wir ein Acht- bis Zehnfaches an Truppen aufbieten. Was will der Herr Verräter dem entgegensetzen? Die Unterstützung meines falschen und verlogenen Vetters, des Königs von Aragón? Da wird er sich wundern! Dieser notorische Betrüger hat seine Verträge meist schon gebrochen, da war sein Signum darauf noch nicht trocken. Der wird sich hüten, sein kleines Heer für die wirrköpfigen Pläne Don Enriques aufzuopfern. Gut, wir kennen jetzt die Pläne dieser Herren, aber wie sie umzusetzen sind, wissen diese beiden vermutlich genauso wenig wie wir.«

Seine Rede hatte so kraftvoll und zuversichtlich geklungen, dass die Gesichter ringsum sich aufhellten – da und dort erklang ein befreiendes Lachen.

Einige Tage nach dem Abmarsch schlugen sie ihr Feldlager unterhalb von Segovia auf. Der König wollte nicht lange verweilen, fertigte eine Delegation der Stadt kurz ab und zeigte sich recht ungnädig, als ein Priester um Audienz bat und sagte, er habe eine Vision gehabt, die er nur dem König *de hombre a hombre* – also unter vier Augen – mitteilen könne.

»Er soll sich davonscheren!«

Doch der Padre blieb hartnäckig, behauptete, es gehe um Leben und Tod.

»Vielleicht will er mich umbringen?«, scherzte der König, empfing den Priester aber doch, allerdings im Kreis seiner maurischen Leibwache. Zuvor hatte man ihn gezwungen, sich nackt auszuziehen, um jede Faser seiner Kleidung auf

Waffen zu untersuchen. Der Padre, mit verfilztem Bart und auch sonst etwas schmuddelig, wollte unter Zeugen nicht reden.

»Das sind *moros*, Padre, auf Kastilisch verstehen sie nur militärische Befehle. Ihr könnt ganz unbesorgt reden.«

Als er näher an den König herantreten wollte, schoben sich sofort zwei Leibwachen dazwischen.

»Ihr müsst nicht flüstern, Padre, die Männer verstehen Euch nicht.«

Der Bärtige sprach dennoch leise, aber in einem beschwörenden und eindringlichen Ton. »Senyor, mir ist vor einigen Tagen der heilige Dominicus erschienen und hat mir zu verstehen gegeben, dass der Himmel sich um Euer Seelenheil große Sorgen mache. Gott – so hat er wörtlich gesagt –, Gott wird einen so ruchlosen Sünder als König nicht länger dulden können. Dann sagte er noch, nur eine aufrichtige Reue und eine wahrhaft christliche Lebensweise könnten Euer Schicksal ändern.«

»So – und welches Schicksal hat mir der Himmel zugedacht? Wisst Ihr das auch?«

»Ja, Senyor, und ich gäbe viel darum, es nicht sagen zu müssen.«

»Aber Ihr sagt es doch?«

»Weil ich muss! Es ist ein göttlicher Auftrag. Wenn Ihr Euch nicht bessert, wird Don Enrique Euch eigenhändig töten.«

Das Gesicht des Königs erstarrte. Wütend stieß er hervor: »An deine Vision glaube ich nicht, du schäbiger Pfaffe. Es wäre besser für dich, du nennst mir deine Auftraggeber.«

Der Priester beteuerte, es gäbe keine, und beharrte auf seiner himmlischen Vision.

»Wir werden ihn foltern müssen«, schlug ein *comandante* vor.

»Nein, die Mühe lohnt nicht. Bereiten wir ihm ein Schicksal, das man früher für Hiobsboten vorsah.«

Am Rande des Feldlagers wurde ein Scheiterhaufen errichtet, auf dem man den schreienden und zeternden Visionär verbrannte – zum großen Gaudium der muslimischen Leibtruppe. Den christlichen Soldaten aber wäre es lieber gewesen, wenn ihr König den verrückten Priester hätte laufen lassen.

»Es bringt kein Glück, einen Priester zu töten ...«, ging es flüsternd durch das Lager.

»Das wird sich herumsprechen und viel böses Blut machen«, warnte einer seiner Generäle den König.

»Ich hoffe, dass es sich herumspricht! Dann erkennt das Volk, dass es bei mir für Pfaffen keine Sonderbehandlung gibt, nicht nur bei der Steuerpflicht.«

Inzwischen war es Frühsommer geworden und sie waren etwa noch zehn Reisetage von Sevilla entfernt, da erreichte sie eine schreckliche Nachricht.

Don Alfonso, der kaum dreijährige Infant und Thronfolger, war an einer Kinderkrankheit überraschend gestorben. Der König verweigerte die Weiterreise und schloss sich drei Tage in seinem Zelt ein.

Im Lager wurden die Stimmen immer lauter, dies sei Gottes Strafe für den grausamen Priestermord. Ein paar allzu Kühne sprachen es – von einem Krug Wein angefeuert – laut aus und wurden festgenommen. Auf Befehl des Königs musste der *profos* sie anderntags befragen, ob sie an ihrer Meinung festhielten, dass dies eine Strafe Gottes sei. Zwei Störrische beharrten darauf und wurden gehängt, die anderen ausgepeitscht.

»Und was ist deine Meinung dazu?«

Juan hob leicht die Schultern. »Ich glaube, die kennt Ihr längst, Don Pedro.«

Die Trauer hatte das Gesicht des Königs gezeichnet, seine sonst harte und strenge Miene war weich und empfindsam geworden. »Ich möchte es aber von dir hören, Juanito.«

»Euer Sohn ist an einer schweren Halsentzündung gestorben, die in Sevilla gewütet und auch vielen anderen Kindern das Leben gekostet hat. Das ist eine seuchenartige Krankheit wie Pocken, Ruhr oder Pest, nur dass sie eben vorzugsweise Kinder befällt. Das hat nichts mit einer Strafe Gottes zu tun, sondern mit einem Krankheitsgift, das auf unbekannte Weise von Mensch zu Mensch übertragen wird. Das ist meine Meinung.«

»Ich habe keine andere erwartet, stelle mir aber dennoch die Frage, ob nicht doch so etwas wie eine göttliche Mahnung dahinter verborgen ist.«

»Don Pedro, sollte das, was wir Gott nennen, tatsächlich strafend und richtend in den Lauf der Dinge eingreifen, dann hätten Don Enrique und seine Brüder längst an der Pest sterben müssen, weil sie Euch, den legitimen und demnach gottgewollten König, stürzen wollen. Da dies bis jetzt leider nicht geschehen ist, dürfen wir davon ausgehen, dass die Gottheit der von ihr erschaffenen Welt den Rücken zukehrt, und deshalb verrecken Arme und Schuldlose an Hunger und Entbehrung auf der Straße, während reiche, sündenbeladene Blutsauger ein hohes Alter erreichen und von Ärzten umsorgt im eigenen Bett sterben.«

Da glitt ein leises Lächeln über Don Pedros vom Leid gezeichnetes Gesicht. »Aber es ist nicht immer so, Juanito.«

»Ein einziges Mal genügt, um Gottes Gleichgültigkeit dieser Welt gegenüber zu belegen.«

Der König drohte mit dem Finger. »Du bist ein Eiferer des Nichtglaubens, Juan, und wandelst damit auf ähnlichen Spuren wie die Eiferer des Glaubens. Davor musst du dich hüten!«

In gespielter Zerknirschung senkte Juan seinen Kopf. »Das werde ich gewiss tun, Senyor.«

Ehe sie abzogen, befahl der König die ranghöchsten Männer des Heeres in sein Zelt.

»Meine Herren, ihr werdet euch gefragt haben, welche Bedeutung der Tod des Infanten für die Zukunft unseres Landes hat. Die Antwort ist sehr einfach – keine! Und zwar deshalb, weil jede der drei Infantinnen das gleiche ungeschmälerte Recht auf die Thronfolge hat. Sollte eine meiner drei Töchter eine Ehe eingehen, die sich mit der Würde eines zumindest nominellen Königs von Kastilien nicht verträgt, dann kann und wird die *Cortes* Protest einlegen. Ich danke euch, meine Herren.«

Für Don Enrique de Trastámara aber war es die erhoffte Fügung des Himmels.

König Pedro IV. von Aragón hatte in seiner Residenzstadt Zaragoza eine Adelsversammlung einberufen, um mit den Großen des Landes die politische Lage zu erörtern.

Dem jetzt vierundvierzigjährigen Monarchen war sein Alter nicht anzusehen. Sein faltenloses, von Härte und Hochmut geprägtes Gesicht konnte, falls nötig, ein fröhlich strahlendes Lächeln zeigen, das aber falsch und aufgesetzt wirkte und meist schnell wieder verschwand. Er hatte die Gewohnheit, bei solchen Versammlungen die Teilnehmer sehr lange warten zu lassen, doch diesmal war es anders. Kaum war der Saal voll, erschien der König mit seinem Ehrengast Don Enrique de Trastámara, der auf einem Sessel neben dem Thron Platz nahm.

Gegen den sonstigen Brauch ergriff der König heute selber das Wort, und seine helle schneidende Stimme war bis in die letzte Ecke des Raumes vernehmbar. Nach einer kurzen zeremoniellen Begrüßung kam er gleich zum Wesentlichen.

»Meine Herren, ihr kennt den Wortlaut des Vertrags, der zwischen Uns und Don Enrique vor kurzem abgeschlossen wurde, und Wir möchten nochmals betonen, dass nicht Habgier und Willkür Unsere Absichten bestimmt haben, sondern die einem christlichen Herrscher aufgetragene Verantwortung.« Er hob die Stimme. »Don Pedro von Kastilien ist seines Thrones unwürdig, weil er mehrere ungültige Ehen eingegangen ist, seine Frau Blanca de Borbón vergiftet, seine Brüder Fadrique und Sancho ermordet hat. Zudem wandelt er sich zusehends zum Heiden, der einer muslimischen Leibwache sein Leben anvertraut, Mauren und Juden den christlichen Bürgern vorzieht, Kirche und Adel mehr und mehr beschneidet, den Papst verhöhnt und angebliche Verräter mit einer Grausamkeit bestrafen lässt, die bisher ohne Beispiel ist.«

Einer aber fehlte in dieser Versammlung, und das war Don Fernando, der Bruder des Königs und – von den Großeltern her – legitimer Anwärter auf den Thron von Kastilien und León. Seit längerem war man stillschweigend übereingekommen, den Infanten nicht am Vertrag zu beteiligen, denn welches Stück vom Kuchen hätte er bekommen sollen? Als Don Fernando merkte, dass man ihn überging, drohte er dem königlichen Bruder, er werde mit seiner Leibtruppe von etwa tausend Mann in Frankreich neue Dienste suchen.

»Die tausend Mann könnte ich gut gebrauchen«, bemerkte der König.

Don Enrique nickte nur. »Der Franzose soll sie jedenfalls nicht bekommen.«

Damit war das Schicksal des Infanten Don Fernando entschieden – auch dass er der Bruder des Königs von Aragón war, konnte nichts daran ändern. Eines Morgens fand man seine Leiche im Garten des Schlosses. Das müsse wohl ein Racheakt gewesen sein, bemerkte Pedro von Aragón, tat aber nichts, um den Mörder seines Bruders aufzuspüren.

Wenige Tage später erfuhr Don Pedro davon.

»Jetzt wird es ernst! Sie haben Don Fernando beseitigt und beginnen zu rüsten. Dem werde und muss ich zuvorkommen!«

Mit Umsicht und Nachdruck brachte der König sein Heer in kurzer Zeit auf die doppelte Stärke, wozu er die eingezogenen Besitztümer seines früheren, bei der Folter zu Tode gekommenen Schatzmeisters verwandte.

Juan tat unterdessen seinen Dienst im Alcazar, wo schon die Hälfte der königlichen Prunkräume fertig gestellt war.

Wider Erwarten holte der König Mari Ortiz, seine Geliebte, nicht aus ihrem Exil zurück. Er schenkte der jungen Frau ein kleines Landgut, aber vier bis fünf Reitstunden von Sevilla entfernt, besuchte sie auch mehrmals dort, aber dabei blieb es. Als Juan ihn deswegen ansprach, wich Don Pedro aus.

»Ich kann es dir nicht erklären, Juanito. Vielleicht sind mir in unserer Abwesenheit die Augen über ihr wahres Wesen aufgegangen, vielleicht gibt es noch andere Gründe – ich möchte darüber jetzt nicht reden.«

Die Sommermonate schlichen träge und hitzetrunken vorüber, da kam um die Mitte des Septembers José de Pedrosa mit seiner Frau Diana aus ihrem in der Sierra de Ardevalo – nahe der Grenze zu Portugal – gelegenen Sommerhaus zurück. Diana bat Juan dringend um ein Treffen, das sie in ihre Dienstzeit als Ehrendame bei der Infantin Isabel verlegte.

Sie trafen sich im jetzt ausgestorbenen Schlossgarten und suchten dort eine stille Ecke auf. Juan säuberte die mit verdorrten Blättern und Blüten bedeckte Bank.

»Es ist nicht zum ersten Mal, dass wir uns hier treffen.«

Sie ging nicht darauf ein. »Die Kleine hält ihre Siesta, da wird sie mich kaum vermissen.«

Ihre großen blaugrauen Augen blickten ihn kummervoll an, ihr schlanker Hals war gebeugt, als trage sie eine schwere Last auf den Schultern. »Darf ich von meinen Sorgen berichten?«

»Ich warte gespannt darauf.«

»Wie Ihr wisst, ist Don José wegen seiner Verwundung nicht mehr fähig, gewisse intime Tätigkeiten auszuüben.«

»Ja, Doña Diana, aber das weiß inzwischen die ganze Stadt.«

Sie errötete leicht. »So? Das kann mir nur recht sein. Was man aber nicht weiß, das ist Don Josés zunehmendes Bestreben, seinen Mangel auszugleichen. Anfangs hatten wir ja tatsächlich von Tisch und Bett nur ersteren gemeinsam, aber nun treibt es ihn, mir zu zeigen, dass er trotz allem noch ein verlangender Mann ist, und nötigt mich zu nächtlichen Spielen, die ich als Zumutung empfinde.«

»Könntet Ihr Euch genauer ausdrücken?«

»Nein, oder doch – etwas genauer schon. Er will mich nicht nur auf den Mund küssen, sondern auch an anderen Stellen, seine Hand – unfähig zur Zärtlichkeit – lässt er auf rüde Weise das tun, was sonst …« Sie schwieg, ihr Gesicht verzerrte sich, die Hände ballten sich zu Fäusten. »Ich bin schon so weit, dass ich ihn umbringen könnte! Bitten und Vorhaltungen sind nutzlos, da stellt er sich taub und vertritt den Standpunkt, dass einem Ehemann im Bett alles erlaubt sein muss.«

»Gewiss nicht, aber –«

»Schafft mir diesen Menschen vom Hals, Don Juan! Das ist meine dringlichste Bitte, und wenn Ihr sie erfüllt, dann gebe ich jedem Eurer Wünsche nach – was immer Ihr verlangen werdet.«

»Dieser Wunsch wird nun schon zum zweiten Mal an mich gerichtet …« Er hatte so leise gesprochen, dass sie sich lauschend vorbeugte.

»Ich habe Euch nicht verstanden.«

»Es ist nichts … Übrigens war diese Ehe Eure Entscheidung – Ihr hättet es auch anders haben können.«

Juan erhob sich. »Wenn Ihr einverstanden seid, dann hat unser Gespräch niemals stattgefunden.«

Sie lächelte kalt und schüttelte leicht den Kopf. »Nein, damit bin ich nicht einverstanden. Ihr macht es Euch zu einfach, Don Juan. Ich bin enttäuscht, werde Euch aber dennoch von Zeit zu Zeit berichten. Vielleicht ändert Ihr dann Eure Meinung?«

»Nein, das glaube ich nicht.«

Er verbeugte sich flüchtig und ging schnell weg.

In der Nacht darauf träumte er von einem Besuch im Hause von Don José. Der Hausherr und seine Gemahlin empfingen ihn mit zeremoniöser Höflichkeit, geleiteten ihn ins Schlafzimmer, wo Doña Diana sich mit lüsternem Lächeln auszukleiden begann. Don José war an der Tür stehen geblieben und sah dem Treiben freundlich zu.

»Was ist mit Euch, Don Juan? Ziert Euch nicht!«

»Ich soll mich entkleiden?«

»Aber ja, deshalb seid Ihr doch hier.«

Dann lag Diana im Bett und streckte ihre Arme nach ihm aus. Juan legte sich langsam auf ihren Körper, spürte ihren weichen Leib, ihre Brüste, fühlte ihren Mund auf dem seinen. Don José war ans Bett gekommen, plötzlich nackt, lächelte noch immer freundlich und wies auf seine Leibesmitte. Da war nichts, die Stelle war so glatt wie bei einer Puppe.

»Tut es für mich, Don Juan …«

Er fühlte unbändige Lust in sich aufsteigen, aber als er sich Dianas bemächtigen wollte, war sie unter ihm geschrumpft, zum Kleinkind, das ihn selig anlächelte und dabei weiterschrumpfte, bis nur noch ein daumenlanges Püppchen dalag, das aber Diana aufs Haar glich.

Juan richtete sich erschreckt auf. Don Josés hageres Gesicht verzerrte sich voll Wut.

»Daran seid Ihr schuld! Ihr habt sie klein und unbrauchbar gemacht, und ich muss nun sehen, wie ich zurechtkomme.«

Blitzschnell zog er seine *espada*, griff nach Juans Glied und hob die Waffe, als wolle er ein Hühnchen köpfen. Juan wich zurück, doch der andere hielt das Glied eisern fest und es dehnte sich schmerzlich. Plötzlich hatte auch Juan eine Waffe in der Hand, schlug damit Don Josés Schwert zurück und sprang aus dem Bett. Da erscholl ein teuflisches Lachen, Don José spießte das Püppchen auf und schwenkte es in der Luft.

»Jetzt schlagt zu, Don Juan – nur los!«

Da wachte er auf, erschreckt, verschwitzt, und hatte beide Hände auf sein Geschlecht gepresst. Sofort fiel ihm wieder das Gespräch mit Diana ein und nun war es, als hätte sein Traum damit begonnen. Er schlug sich mit der Faust an die schweißnasse Stirn, als wolle er alles auslöschen – das Gespräch und den Traum.

Am Morgen entschloss er sich, Sevilla für eine Weile zu verlassen und seine Pflichten als Graf von Lebrija in seinem

Lehnsgebiet selber wahrzunehmen. Der König war sofort damit einverstanden.

»Ich habe mich schon gewundert, dass dir deine Herrschaft so wenig bedeutet. Auch wenn du dort einen tüchtigen Verwalter hast, so ist die Anwesenheit des Herrn durch nichts zu ersetzen. Lässt du die Leute dort für längere Zeit schalten und walten, dann entwickelt sich etwas, was du nicht mehr oder nur noch sehr schwer in den Griff bekommst. Ich kenne das nur zu gut! Bleibe ruhig ein halbes Jahr dort!«

»Ihr wollt Euch im Oktober auf den Weg nach Norden machen, habe ich gehört?«

Don Pedro lachte. »Da haben wir den seltenen Fall, dass ein Gerücht die Wahrheit sagt. Ich halte meine jetzige Truppenstärke für ausreichend, um in das Gebiet von Valencia einzumarschieren und vielleicht schon da die entscheidende Schlacht zu erzwingen. Die fruchtbare Huerta im Westen von Valencia ist die unverzichtbare Obst- und Kornkammer von Aragón. Die lässt sich der König nicht so ohne weiteres wegnehmen, und sollte es zu der von mir gewünschten Entscheidungsschlacht kommen, dann braucht er die Unterstützung von Don Enrique. So könnte ich zwei Fliegen mit einer Klappe schlagen …«

»Zwei Schmeißfliegen!«

»Lästig, widerwärtig, überflüssig!«

Sie lachten.

»Und mich braucht Ihr dabei nicht?«

»Nein, Juanito, diesmal nicht. Bringe jetzt deine eigenen Angelegenheiten in Ordnung. Wenn ich zurück bin, wird auch der Alcazar vollendet sein und wir werden ihn uns gemeinsam ansehen. Bei Gott, Juan, ich will keinen Krieg! Glaubst du mir das? Zwar bin ich bereit dazu, auch innerlich, und ich scheue mich nicht davor. Trotzdem wäre es mir lieber, ich könnte hier bleiben und in Frieden mein Land regieren. Aber diese Verräter sorgen dafür, dass es nicht möglich ist, und so muss ich Sorge tragen, sie so lange zu bekämpfen, bis Friede, der wahre Friede eingekehrt ist. Nächste Woche gebe ich ein Abschiedsbankett, da möchte ich dich noch dabeihaben, und dann bist du auf lange Zeit beurlaubt.«

Das Abschiedsfest stand ganz im Zeichen des Mars. Während der Mahlzeit trat ein französischer Troubadour auf, der mit rauer, aber wohlklingender Stimme die feurigen Kampflieder der alten provenzalischen Dichter sang, vor allem die des wilden Bertrand de Born.

Hei – wie der Schild sich krachend biegt,
Drauf Lanz und Schwert zersplittern!
Wie Helm und Helmbusch wankt und fliegt
Vom Haupt den wilden Rittern!
Es rinnt das Blut von jedem Speer,
Die Rosse rennen wild umher.
Gut denn, was tut's auch eben!
Lasst fliegen Arm und Köpf umher!
Ergebt euch nicht und nimmermehr!
Eh tot, als so zu leben ...

Da toste der Beifall, da klirrten die Becher so heftig aneinander, als sei dies schon ein Waffengang.

13

Nach ein paar Tagen in Lebrija bemerkte Juan zu seinem Schreiber: »Wie schnell sich doch die von der Seuche geschlagenen Wunden schließen! Als ich damals die Toten in den Häusern und auf den Straßen sah, machte ich mir schon Gedanken, ob die Stadt sich jemals von diesem Schlag erholen würde. Und nun sieht es aus, als sei nichts geschehen ...«

»Wart Ihr damals in der Stadt, Don Juan?«

Er blickte in das frische, junge, arglose Gesicht. »Ja, es ergab sich so ...«

Er residierte in dem bescheidenen, lange nicht genutzten

Stadtschloss und wurde gleich gefragt, ob er für immer bleiben und den Bau herrichten lassen wolle.

»Für immer? Was ist das? Im menschlichen Dasein gibt es kein für immer. Wir sind doch ständig unterwegs; können bestenfalls sagen: Hier baue ich mir ein Nest, hier möchte ich länger verweilen. Kaum ist das Nest fertig, kommt einer, vertreibt dich daraus oder zerstört es oder zerstört dich. Um Eure Frage zu beantworten: Ich werde jedenfalls nicht gleich morgen wieder abreisen.«

Doch bald wünschte er sich weit fort von hier. Die Tage gingen hin mit der Schlichtung von kleinlichem Hader, von Nachbarstreit, Pächterzank, Zuträgereien, Verleumdungen und einer anwachsenden Flut von Bittstellern, die dies und jenes wollten oder nicht wollten. Bald hatte er es satt und erteilte seinem Sekretär die Vollmacht, alles – ausgenommen schwere Fälle – nach seinem Gutdünken zu erledigen.

Der junge Mann lächelte stolz und erfreut. »Das werde ich gerne tun, Herr.«

Mit dem Frühling kam auch eine Nachricht vom König, die nur lautete: »Ich bin zurück, komme du auch.«

Juan, der ohnedies geplant hatte, in nächster Zeit abzureisen, tat es nun Hals über Kopf.

Miguel freute sich, aber da er nun Kammerherr und kein einfacher Diener mehr war, tat er es in gemessener Würde. Im Winter war die alte Köchin plötzlich gestorben, und Zaida hatte entschlossen das Regiment in der Küche übernommen.

»Sie kennt unsere Lieblingsspeisen, und was die Köchin zustande brachte, das kann sie längst auch. Zu ihrer Unterstützung haben wir ein Mädchen eingestellt, das ihr in allem zur Hand gehen kann – Euer Einverständnis vorausgesetzt.«

»Mir ist es recht.«

Später stellte sich das neue Mädchen vor. Sie knickste tief. »Ich werde Lela gerufen, Herr, und komme aus dem Waisenhaus.«

Juan musterte sie genau, fand aber nichts Bemerkenswertes. Aus ihrem ovalen Gesicht leuchteten wache und muntere Augen, eine kecke Stupsnase und die immer leicht geöffneten Lippen hätten sie kindlich erscheinen lassen, wären nicht ihre voll ausgebildeten Brüste gewesen, die – vielleicht mit Absicht – der straff sitzende Arbeitskittel eher betonte als verbarg.

»Wie alt bist du?«

»Gerade fünfzehn geworden, Herr.«

»Hast du noch irgendwelche Verwandten?«

»Das weiß ich nicht, Herr. Ich bin als Findelkind abgegeben worden.«

»Also könnte deine Mutter noch leben?«

»Ja, aber sie wollte mich nicht.«

Klangen diese Antworten nicht ein wenig wie eingelernt?

»Woher willst du das wissen? Sie kann bei deiner Geburt gestorben sein und dein ratloser Vater hat es vorgezogen, sich deiner zu entledigen.«

»Darüber mache ich mir keine Gedanken. Im Kloster stellten sie mich vor die Wahl, Nonne zu werden oder hinaus in die Welt zu gehen und eine Arbeit zu suchen. Das habe ich dann getan.«

»Ich dachte, du kommst aus dem Findelhaus?«

»Das wird von Nonnen geführt.«

Es fiel ihm auf, dass sie sich zwar einfach, aber in fehlerloser, von keiner Mundart gefärbten Sprache ausdrückte. Das hat sie wohl ihrer Erziehung bei den Nonnen zu verdanken, dachte er.

»Lela ist ein sonderbarer Name …«

Ihr Gesicht verschloss sich. »Ich wurde immer so genannt, Herr.«

Juan nickte. »Dann bleibt es dabei. Geh jetzt zurück an deine Arbeit.«

Juan aber blieb sitzen, konnte seine Gedanken nicht von dem Mädchen lösen. Was war denn Besonderes an ihr? Nichts! Eine *chica,* wie es Tausende in Kastilien gab – hübsch, munter, ein wenig frech … Halt! Warum das? Sie hat doch immer höflich geantwortet, worin bestand ihre Frechheit? Es fiel ihm sofort ein – es war ihr Blick. Sie hielt während ihres Gesprächs die dunklen Augen nicht gesenkt, hatte ihn angeblickt, nicht frech, anmaßend oder hochmütig – nein, da musste er sich berichtigen. Eine Spur von spöttischer Keckheit hätte man vielleicht herauslesen können; es war – vielleicht noch treffender – ein furchtloser Blick gewesen, der sagen will: Was da auch kommen mag, ich werde damit schon fertig. War da noch etwas? Ja. Für einen Augenblick, einen winzigen Augenblick nur hatte er das Empfinden gehabt, in einen Spiegel zu schauen. Gab es dafür eine Erklärung?

Juan schüttelte verwundert den Kopf. Was reime ich mir da alles zusammen? Was ich in dieses ganz gewöhnliche Mädchen hineingeheimnisse, hat vermutlich mit ihr nicht das Geringste zu tun.

Mit einem Ruck stand er auf. Der König hatte ihn für den nächsten Morgen zu einem Ausritt in die frühlingsgrünen Flussauen eingeladen, daran wollte er jetzt denken und nicht darüber grübeln, was im Kopf einer *criada* vorgehen mochte. Denn das war sie doch, nicht mehr und nicht weniger: eine Hausmagd in gräflichen Diensten.

Der König war mit kleiner Begleitung gekommen – ein paar Reitknechte, zwei Leibwachen, zwei Jagdgehilfen. Zu einer Jagd kam es aber nicht, denn Don Pedro wollte reden, wollte unbehelligt und unbelauscht mit Juan ein Gespräch führen. Gegen Mittag bauten die Knechte im Schatten einiger hoher Schwarzpappeln eine Mittagstafel auf und zogen sich dann zurück. Nur die beiden maurischen Leibwächter blieben in Sicht- und Rufweite, denn von einer Unterhaltung in kastilischer Sprache verstanden sie vielleicht einige Worte, aber niemals den Zusammenhang.

Sie saßen auf den niedrigen Klappstühlen und – vor allem Don Pedro tat es – speisten mit Hingabe und Genuss. Dann begann der König von seinem Feldzug zu erzählen. »Der König von Aragón hat sich – vielleicht auf Anraten des

Verräters Enrique – einer großen, entscheidenden Schlacht verweigert. Sie warten ab, wollen die Entscheidung hinauszögern, weil sie vorerst viel zu schwach sind. Es gab ein halbes Dutzend kleinerer und größerer Scharmützel und ich lüge gewiss nicht, wenn ich dir sage, dass wir sie allesamt gewonnen haben. Es wäre nun nahe liegend gewesen, die Stadt Valencia anzugreifen, sie zu besetzen und so lange als Pfand zu behalten, bis Pedro von Aragón auf meine Friedensbedingungen eingeht. An deren erster Stelle aber steht die Forderung, Don Enrique als Hochverräter an mich auszuliefern, und das wird er vorerst nicht tun. Solange Don Enrique lebt, wird er seinen unsinnigen Königstraum nicht aufgeben. Da kommt es darauf an, wer den längeren Atem hat …«

»Man müsste ihn am Leben hindern …«

In Don Pedros Augen glomm Neugierde auf. »Wie stellst du dir das vor?«

»Dasselbe tun, was Inigo López bei Euch versuchte.«

»Hast du vergessen, dass es misslang?«

»Man müsste klüger vorgehen. Bei López stand ja von vornherein fest, dass ein Verräter an die Tür klopfte, dem nicht zu trauen ist. Das mit dem Dolch in der Schriftrolle war fein ausgedacht, aber es wird sich kaum wiederholen lassen. Man müsste einen von Enriques engsten Vertrauten kaufen.«

»Der dann hingeht und alles aufdeckt? Nein, das möchte ich nicht riskieren.«

»Ihr könntet mich plötzlich wegen Hochverrats festnehmen lassen, irgendetwas konstruieren, das meinen Treuebruch lückenlos beweist – ja, ich könnte sogar notfalls ein Reuegeständnis ablegen. Ein paar Tage vor der Hinrichtung gelingt mir die Flucht, und wo wird ein Feind des Königs von Kastilien Asyl suchen?«

»In Portugal oder in Aragón – gut, aber spinnen wir den Faden ruhig einmal weiter. Dir gelingt also die Flucht nach Aragón und du bittest bei König Pedro um Exil. Der gewährt dir die Zuflucht, aber nun gilt es, sich bei Don Enrique einzuschleusen oder besser einzuschmeicheln. Wie stellst du dir das vor? Selbst wenn es dir gelingt, wie willst du ihn töten, ohne selbst in Gefahr zu geraten? Nein, mein Lieber, da lass uns besser einen anderen Weg suchen.«

»Ihr habt freilich Recht, Don Pedro, aufopfern will ich mich für Euch nicht, das läge außerhalb meiner Natur.«

Ein schmerzhafter, aber freundschaftlich gemeinter Hieb auf die Schulter belohnte Juan für seine Aufrichtigkeit.

»Siehst du, gerade das schätze ich so an dir – du machst keinem etwas vor, auch nicht dir selbst. Vielleicht kommen wir eines Tages auf dieses Thema zurück.«

Im Laufe der nächsten Zeit fiel Juan auf, dass die neue Magd niemals mit auf den Markt ging. Lela verließ das Haus nur zur sonntäglichen Frühmesse, und als er sie einmal davon heimkehren sah, war ihr Gesicht bis auf die Augen verschleiert. Er fragte Miguel danach. Der wühlte in seinem Rotschopf und blickte verlegen.

»Sie ist sehr menschenscheu, Herr. Jeder Mensch hat so seine Eigenheiten.«

»Da passt aber etwas nicht zusammen. Wenn ich mit ihr spreche, macht sie keineswegs diesen Eindruck. Sie schaut einem frei ins Gesicht, sie antwortet klar und ungehemmt – von Scheu ist da keine Spur.«

»Vielleicht weil Eure offene Art ihr Vertrauen einflößt? Ihr müsst bedenken, dass in einem von Nonnen geführten Findelhaus ein anderer Ton herrscht. Da heißt es, sich ducken, sich verstellen ...«

»Das klingt ja, als seist du schon in einem solchen Haus gewesen.«

»Nein, das nicht, aber Lela hat schon öfter mit Zaida darüber gesprochen ...«

»Und Zaida hat es brühwarm an dich weitergegeben – so ist es doch?«

»Sie ist meine Frau, Herr, und zwischen Eheleuten ...«

»Ja, ist schon gut. Aber ich sehe nicht ein, warum wir eine

Magd eingestellt haben und dann muss Zaida auf den Markt gehen. Ich möchte, dass Lela sie in Zukunft begleitet, um das Markttreiben kennen zu lernen. Später kann sie dann alleine gehen.«

Miguel blickte so abweisend, dass Juan ihn fragte: »Hast du etwas dagegen? Sage es frei heraus!«

»Vielleicht solltet Ihr selber mit ihr reden.«

Juan schlug so wütend auf den Tisch, dass ein Becher umfiel. »Glaubst du, ich habe nichts Besseres zu tun, als mich mit diesem Weiberkram zu befassen? Bring die Sache in Ordnung und lass mich zufrieden damit!«

»Ihr habt damit angefangen, Herr, nicht ich.«

Juan holte mit der Hand aus, Miguel duckte sich und entwich durch die offene Tür.

Als dann in der nächsten Zeit nichts geschah und Lela weiterhin verschleiert zur Frühmesse ging, aber sonst zu Hause blieb, verlor Juan die Geduld. Er befahl seine Dienstleute ins Arbeitszimmer, ohne ihnen Platz anzubieten.

»Zuerst eine allgemeine Bemerkung. Wer einen jungen Menschen als Knecht oder Magd in seinem Haus anstellt, der übernimmt damit auch eine Verantwortung, und was ich jetzt sage, betrifft dich, Lela.«

Die angeblich so Menschenscheue blickte ihn frei und furchtlos an.

»Du hast bisher unter Nonnen gelebt, die dich vielleicht nähen, sticken und kochen gelehrt haben, aber nicht, wie man sich unter Menschen bewegt. Da du es vorgezogen hast, nicht ins Kloster, sondern als Dienstmagd hinaus in die Welt zu gehen, musst du diese Welt – um dich künftig behaupten zu können – auch kennen lernen. Dazu sehe ich aber keine Möglichkeit, solange du dich wie ein furchtsames Tier in seiner Höhle hier im Haus versteckst. Du verlässt es nur zur Frühmesse, aber draußen verbirgst du dein Gesicht. Ich will jetzt keine Lügen und Ausflüchte mehr hören, sondern die reine Wahrheit – also?«

Miguel und Zaida schauten sich betreten an und warteten

offenbar darauf, einer von ihnen möge das Wort ergreifen. Lela aber wandte ihren Blick nicht ab, und wieder erschien es Juan, als blicke er in einen Spiegel. Sie lächelte.

»Ihr sollt die Wahrheit von mir hören, Don Juan, wenn es auch nicht die ganze ist. Aber etwas verschweigen bedeutet doch nicht, dass man lügt?«

»Nein, Lela, das bedeutet es nicht. Aber warum nicht die ganze Wahrheit?«

»Um mich zu schützen und auch Euch.«

»Du vergisst, wer ich bin! Ich brauche keinen Schutz.«

»Darf ich allein mit Euch sprechen?«

»Warum nicht?«

Miguel machte eine beschwörende Geste. »Lela – nein! Das kannst du uns nicht antun! Denke doch auch an uns ...«

»Jetzt aber Schluss damit! Miguel, Zaida, geht hinaus und kommt erst wieder, wenn ich euch rufe – verstanden? Und draußen gelauscht wird nicht!«

Die beiden schlichen hinaus und schlossen die Tür so sanft, dass es kaum zu hören war.

»Setz dich, Lela.« Juan blieb vor seinen Büchern stehen, zog eines der Bücher heraus, legte es vor Lela auf den Tisch und schlug das Titelblatt auf. »Lies vor!«

»Das ist der ›Conde Lucanor‹ von Don Juan Manuel.«

»Weiter – wie lautet die Überschrift des ersten Kapitels?«

»*De lo que le sucedió a un hombre bueno con su hijo.*« Sie las ohne zu stocken und blickte dann auf.

»Gut – und dies alles hast du bei den Nonnen im Findelhaus gelernt?«

»Habe ich das behauptet?«

»Nein, aber wie war es dann?«

»Wenn Ihr mir zuhören wollt, Don Juan, dann mit der Einschränkung, dass Ihr mir gestattet, einiges zu verschweigen – es geschieht zu meinem Schutz.«

Juan lächelte spöttisch. »Und auch zu meinem, wie du vorhin behauptet hast.«

»Vielleicht.«

»Also gut, dann lass mich die Wahrheit hören, soweit sie dir – und vielleicht auch mir – nicht schadet.«

»Ich bin auf einer Finca nahe Sevilla zur Welt gekommen. Meine Eltern waren im Alter weit auseinander, mein Vater hätte gut mein Großvater sein können, aber ich habe ihn als liebevoll und zärtlich im Gedächtnis. Doch reicht meine Erinnerung nicht weit, denn er starb, als ich gerade sechs Jahre alt war. Meine Mutter hat mir später erzählt, dass er keine näheren Verwandten hatte und das Erbe ungeteilt an sie und mich gehen sollte. Aber wie das bei Erbfällen so ist – plötzlich tauchten Ansprüche eines Vetters auf, der mit meinem Vater auf eine mir unbekannte Weise entfernt verwandt war. Er muss den Richter wohl tüchtig bestochen haben, denn er setzte seine Forderungen durch, aber dann, als er seinen Teil erhielt, starb meine Mutter – da war ich elf. Der Vetter nutzte sofort die Gelegenheit und bot sich als Vormund an, was nahe lag und von allen akzeptiert wurde. Mich steckte er in die Klosterschule, sagte, es sei nur zu meinem Besten und es erhöhe meine Heiratsmöglichkeiten, wenn ich schreiben, lesen und rechnen könne. Ohne mein Wissen muss er aber der Oberin vorgelogen haben, dass mein Herz zu Jesus strebe und ich mir nichts sehnlicher wünsche, als eine Nonne des Santa-Clara-Ordens zu werden. Eine nicht unbeträchtliche Mitgift sei vorhanden, und das gab dann den Ausschlag, denn diese würde in die Klosterkasse fließen. Ich vermute, dass diese Mitgift nur ein kleiner Teil dessen war, was mir – trotz der Erbansprüche des Vetters – zugestanden hätte. Aber ich habe keine Zahlen und kann nur Vermutungen anstellen.«

»Wie sich die Bilder gleichen …«, murmelte Juan.

Sie beugte sich vor. »Was habt Ihr gesagt?«

»Ich erinnere mich dabei an einen ähnlichen Fall. Da ging es sogar um Mord. Wenn Geld und Gut im Spiel sind, dann wandeln sich ehrliche und anständige Menschen zu Aasgeiern, lügen und betrügen, morden und denunzieren. Ich wäre gerne bereit, Euch zu helfen, aber Ihr müsstet mir die Namen von Eltern und Vormund nennen.«

Jetzt senkte sie doch einmal den Blick und sagte leise: »Ich kann es nicht – wenigstens vorläufig. Nur eines: Mein Vorname lautet Manuela, Ihr könnt mich aber wie bisher Lela nennen und mich auch weiterhin duzen, es würde mich sonst hier im Haus auffällig machen.«

»Also gut, was fürchtest du, wenn ich die Namen wüsste?«

»Dass Ihr Euch hinreißen lasst nachzuforschen, und dabei käme unweigerlich mein Name ins Spiel. Sobald mein Vormund weiß, dass ich mich hier verborgen halte, kann er ein richterliches Urteil erwirken, und dann verschwinde ich auf Lebzeiten im Kloster. So aber bleibt der Fall in der Schwebe, denn erst nach meiner abgelegten Profess geht die Mitgift ans Kloster und das übrige Vermögen an den Vetter.«

»Aber du hast die Profess nicht abgelegt?«

»Lieber wäre ich gestorben.«

»Haben Miguel und Zaida dich aus dem Kloster entführt?«

Da traf ihn ein empörter Blick. »Nein, Don Juan, das hätte ich weder gewollt noch zugelassen. Euer Haus sollte mir nur als Zuflucht dienen, meine Flucht habe ich selber in die Wege geleitet.«

»Aber du willst mir nicht sagen, wie es geschah?«

»Warum sollt Ihr es nicht wissen? Ich freundete mich mit einer lieben und etwas einfältigen Laienschwester an, die im Kloster niedere Dienste verrichtete und von den meisten ihrer Mitschwestern bespöttelt und ausgenutzt wurde. Ich aber nahm sie ernst und behandelte sie, wie es einem erwachsenen Menschen zukommt. Sie war meist mit irgendwelchen Putzarbeiten beschäftigt, half auch im Klostergarten aus – kurzum, sie trug einen Schlüsselbund am Gürtel und war stolz, damit umgehen zu können. Ich klagte ihr heimlich mein Leid, niemals am Grab meiner Mutter beten zu können, weil es mir strikt verboten war, das Kloster zu verlassen. Bald hatte ich sie so weit, und die in Aussicht gestellte Belohnung – ein kleines Medaillon mit dem Bildnis der Madonna – gab den Ausschlag. Zwei Stunden vor der Morgenandacht öffnete sie einige Türen; draußen erwartete mich Miguel und führte mich in Euer Haus. Doch ich flehe Euch an, ihn nicht dafür zu bestrafen, denn Zaida war es, die ihm so lang zugesetzt hatte, bis er bereit war, mir zu helfen.«

Juan nickte anerkennend. »Ein richtiges Gaunerstückchen, gut ausgedacht und perfekt in Szene gesetzt. Dazu kann ich nur gratulieren.«

»Ist das Euer Ernst?«

»Ja, aber warum die Angst vor der Welt draußen?«

»Könnt Ihr Euch das nicht denken? Ginge ich auf den Markt, müsste ich täglich damit rechnen, einer Mitschülerin oder einer Nonne zu begegnen. Ginge ich unverschleiert zum Sonntagsamt, könnte Ähnliches geschehen. So meide ich den Markt und ziehe die stille, nur von wenigen besuchte Morgenmesse vor.«

»Gesetzt den Fall, ich würde dich aus dem Haus jagen, was würdest du dann tun?«

Sie schaute ihn an mit Augen hart wie Onyx. »Es blieben zwei Wege – der eine führt ins Kloster zurück, der andere in den Fluss.«

»Welchen würdest du wählen?«

»Das kann ich jetzt noch nicht sagen.«

Juan lächelte. »Dann wählen wir doch den dritten Weg – du bleibst hier.«

»Dafür danke ich Euch, aber das möchte ich nur bis zu meiner Volljährigkeit.«

»Wie alt bist du jetzt?«

»Im Januar bin ich fünfzehn geworden.«

»Also noch knapp drei Jahre bis zu deiner Mündigkeit.«

»Ich könnte beim König den Antrag stellen, mich vorzeitig für mündig zu erklären, aber dann muss ich meinen Vormund nennen, und er wird es verhindern.«

»Das ist zu erwarten. Ich könnte mich beim König für dich verwenden, dann wird dich niemand zwingen, mein Haus zu verlassen. Du wirst es erst im Besitz der Volljährigkeit tun, dann hat dein Vormund über dich kein Recht mehr und die beim Kloster hinterlegte Mitgift kannst du zurückverlangen.«

»Aber wenn der König gegen mich entscheidet?«

»Er wird es nicht tun.«

»Seid Ihr da so gewiss?«

»Lela, ich bin mit Don Pedro befreundet, so eng man es mit einem König sein kann, habe aber diese Freundschaft nur sehr selten für Gunstbeweise genutzt. Der König wird sich freuen, etwas für mich tun zu können.«

»Eigentlich tut er es ja dann für mich ...«

»Ich mag dich, Lela, also geschieht es auch mir zu Gefallen.«

»Ihr mögt mich? Weshalb?«

»Mir gefällt deine Art, den Dingen des Lebens zu begegnen – frisch, furchtlos, entschlossen. Das findet man sehr selten, auch bei Männern.«

Sie lächelte. »Was gefällt Euch sonst noch an mir?«

»Alles – ja, im Grunde alles. Dein Gesicht, deine Gestalt, dein Wesen ... Könnte ich mir eine Tochter wünschen, so müsste sie sein wie du.«

»Ihr könnt jederzeit eine Familie gründen, aber niemand weiß, ob Eure Gemahlin Euch Töchter schenkt und wie sie werden.«

In gespieltem Bedauern hob Juan seine Hände. »Siehst du, und deshalb werde ich das Risiko einer Ehe nicht eingehen.«

»Ihr spottet, Don Juan.«

»Warum nicht, nennt mich doch alle Welt *el burlador*.«

»Dann werdet Ihr Euch für mich beim König verwenden?«

»Wir warten ab, bis du sechzehn bist, dann tue ich es.«

»Was soll ich Zaida über unser Gespräch berichten?«

»Dass du mir alles erzählt hast und ich dir verziehen habe. Das gilt auch für Miguel.«

»Dann verhalte ich mich weiter wie bisher.«

»Ja. Die beiden wissen, warum du die Öffentlichkeit scheust, und ich weiß es nun auch.«

14

Zwischen Juan und Diana war es zur stillschweigenden Regel geworden, dass sie sich von Zeit zu Zeit trafen, scheinbar unbeabsichtigt, aber doch durch Erkundigungen über den Hofdienst des anderen herbeigeführt.

Als Juan damals das Gespräch im Garten abgebrochen hatte und weggegangen war, wich Diana ihm zunächst aus. Auch wenn sie sich sahen, blieb es bei einem höflich-kalten Gruß, aber dann war sie es, die ihn wieder zu einem Treffen bat. Sie setzten sich in einen kleinen vergessenen Patio, der bald den Umbauten zum Opfer fallen würde. Juan sah sich um.

»Da erstickt schon alles im Unkraut ...«

»Jedes Lebewesen erstickt, wenn ihm die liebende pflegende Hand fehlt. Mir wird es bald genauso gehen ...«

Juan schaute sie erstaunt an. »Und das sagt gerade Ihr? Ihr seid einer der wenigen Menschen, die gut mit sich allein zurechtkommen, da bedarf es keiner liebenden Hand. So wenigstens habe ich bisher über Euch gedacht.«

Sie musterte ihn mit kaltem Spott. »Muss ich mich jetzt bedanken, dass Ihr mir helft, mich besser kennen zu lernen? Was wisst Ihr schon von anderen? Eure Lieblingsbeschäftigung ist doch die mit Euch selber. Blickt Ihr oft in den Spiegel, Don Juan?«

»Seltener, als Ihr denkt.«

Sie beugte sich vor, riss den Stängel eines der üppig wuchernden Unkräuter ab und begann ihn zu zerpflücken.

»Lasst es mich anders sagen: Vielleicht habe ich bisher tatsächlich keiner liebenden Hand bedurft, bin – wie Ihr meint – recht gut mit mir selber zurechtgekommen. Nun aber leide ich unter einer Hand, die alles andere als zärtlich oder liebevoll ist. Für Don José bin ich nur noch ein Spielzeug, das er mit seinen harten ungeschickten Händen zum Leben erwecken will. Ich sage es ihm auch, dass er mich damit beleidigt, mir Schmerzen zufügt, mich schamrot macht. Darüber lacht er nur, für ihn sind das Weiberflausen, die er nicht beachten muss. Erinnert Ihr Euch, um was ich Euch bei unserem letzten Gespräch gebeten habe?«

»Sehr gut, Doña Diana! Ihr habt verlangt, dass ich Euren Gatten umbringe.«

Laut tönte die helle metallische Stimme. »Nein, so war es nicht! Schafft mir diesen Menschen vom Hals – das habe ich gesagt! Wörter wie töten oder umbringen fielen nicht einmal andeutungsweise, aber wenn Ihr ›vom Hals schaffen‹ mit umbringen gleichsetzt, dann ist dies wieder einmal kennzeichnend für das männliche Denken. Ihr Herren versteht immer Gewalt, Streit, Vergeltung, Rache, auch wenn ein behutsameres Vorgehen angebracht wäre. Unter dem Begriff, sich jemand vom Hals zu schaffen, verstehe ich, dass man einen Menschen aus der Umgebung eines anderen entfernt. Was ich damals andeuten wollte und wo Ihr mich gründlich missverstanden habt, das war mein Wunsch, Don José aus meiner Nähe zu entfernen. Don Pedro könnte ihn zum Leiter eines königlichen Pferdegestüts im Norden machen, aber darauf bestehen, dass ich als Ehrendame einer Infantin am Hof bleibe. Gerade von Euch habe ich diese Denkweise erhofft und nicht etwa die eines Diego de Padilla. Wenn dem der König sagt: Schaffe mir den Kerl vom Hals, dann ist das für ihn ein Mordbefehl. Offenbar seid Ihr wie alle anderen und versteht immer nur Gewalt, Mord, Rache.«

Sie hatte sich in Zorn geredet, auf ihren Wangen blühte ein heftiges Rot, die Augen blitzten wie gezückte Messer.

Juan zeigte sich ungerührt. »Das habt Ihr Euch zurechtgelegt, um mich als törichten Tölpel hinzustellen, der nicht fähig ist, über seine Männerrolle hinaus zu denken. Es stimmt zwar, dass Ihr nichts von Töten oder Umbringen geäußert habt, aber – und dabei bleibe ich – gemeint habt Ihr es schon.«

Sie hob leicht die Schultern. »Vielleicht habe ich es gemeint – wer kennt sich schon selber so genau. Don José mag Euch nicht, das werdet Ihr längst bemerkt haben. Ein unbedachtes Wort, und er könnte Euch fordern.«

»Das hättet Ihr wohl gern! Ich fordere keinen Mann, dessen in Ehren erworbene Kriegsverletzungen ihn hindern, ein ebenbürtiger Gegner zu sein. Schlagt Euch das aus dem Kopf!«

»Seid Ihr immer so zartfühlend?«

»Es ist besser, wir brechen das Gespräch ab.«

»Wie Ihr meint ... Eines jedenfalls hat mich die Ehe mit Don José gelehrt: Von den Männern, mit denen ich mir eine Gemeinschaft denken kann, steht er an letzter Stelle oder besser gesagt, an erster Stelle bei denen, die ich ablehnen würde.«

»Und wo ist mein Platz?«

»Bisher wart Ihr der Einzige, mit dem ich mir eine Lebensgemeinschaft vorstellen konnte. Jetzt bin ich mir nicht mehr so sicher ...«

»Wenn Ihr es wieder seid, stehe ich zu Eurer Verfügung.«

»Ihr vergesst Don José.«

»Es würde sich schon ein Weg finden. Ich liebe Euch noch immer, Doña Diana. Ich verstehe selber nicht, warum, aber es ist so.«

Sie lächelte ernst. »Dann seid Ihr wieder an die erste Stelle der Bewerber gerückt.«

»Wenn es ernst gemeint ist, werde ich darauf zurückkommen.«

»Es ist ernst gemeint, mein Lieber.«

»Die keusche Diana ergibt sich ...«

»Nein, sie will nur Ruhe finden.«

Das Verhältnis der Menschen zueinander hatte in Don Juans Haus eine Veränderung erfahren. Da nun das Geheimnis um Lela wenigstens zum Teil gelüftet war, fiel es Miguel und Zaida nicht leicht, sie weiter in der Rolle einer einfachen Magd zu sehen. Konnte man Doña Manuela einfach in den Garten hinausschicken, um Unkraut zu jäten? Zaida fiel es immer schwerer, ihr Küchenarbeiten aufzutragen, ihr einen Topf Erbsen zum Schälen, einen Sack Nüsse zum Entkernen hinzustellen. Zwar gab Manuela den Namen ihrer Familie nicht preis, aber wer bei den Nonnen schreiben und lesen lernen durfte, kam nicht aus dem Armenviertel.

Juan sah das Problem und versuchte es durch Einstellung eines Küchenjungen zu lösen. Pepe war ein kräftiger Bursche und konnte Zaida zum Markt begleiten und im Haus all jene Arbeiten verrichten, die einer Doña Manuela nicht zuzumuten waren.

Allmählich begann er, Manuela mit anderen Augen zu betrachten, und auch sie spürte, dass ihre Sicht der Dinge sich wandelte. Solange sie im Kloster war, hatte nur ein Gedanke sie bewegt: Sie würde sich nicht fügen und keinesfalls die Profess ablegen und sie musste weg von hier – um jeden Preis. Sie hätte gelogen, betrogen und ohne Rücksichtnahme jede und jeden für dieses Ziel benutzt. So hatte sie anfangs auch Zaida und Miguel, später Don Juan als Mittel zu diesem Zweck gesehen. Jetzt aber, in ziemlicher Sicherheit, wurde aus dem hilfreichen Grafen von Lebrija, dem sie das arme Findelkind vorgespielt hatte und klaglos als Hausmagd diente, etwas anderes, jetzt sah sie in ihm den Mann.

Bei Zaida, mit der sie sich auch jetzt noch ausgezeichnet verstand, forschte sie nach.

»Weißt du, ich glaube, dass Don Juan in den vielen anderen nur die Eine sucht«, flüsterte Zaida, als sie in der Küche gemeinsam die in der heißen Jahreszeit so begehrte kalte Suppe aus altem Brot, Knoblauch, Zwiebeln und Gurken, angemacht mit Essig und Öl, vorbereiteten.

»Und wer ist diese Eine?«

»Eine Dame am Hof, ihren Namen kenne ich nicht – jetzt soll sie auch noch geheiratet haben.«

»Da wird er künftig sein Begehren auf eine andere richten müssen«, sagte Manuela nachdenklich.

So formte sich in ihr ein neuer Plan, der noch keine scharfen Konturen hatte, aber das Ziel stand fest: Eines Tages wollte sie als freier Mensch dieses Haus verlassen können, ohne die Machenschaften ihres Vormunds oder irgendeines anderen Menschen fürchten zu müssen. Als sie zu Zaida gesagt hatte, Don Juan müsse dann sein Begehren auf eine andere richten, hatte sie zunächst an keine Bestimmte gedacht, denn Frauen gab es am Hof und in Sevilla genug. Allmählich keimte in ihr der zunächst eher spielerische Gedanke, sie könne diese Eine sein.

Als Manuela mannbar geworden war und ihre monatliche Regel eingesetzt hatte, war sie zunächst entsetzt und hatte geglaubt, in ihrem Leib sei eine Geschwulst geplatzt und sie müsse nun sterben. Sie war zu einer heilkundigen Mitschwester gelaufen und gleich beruhigt worden. Die für ihre derbe Sprache bekannte Nonne tat ganz unbekümmert.

»Das geht allen Mädchen so, wenn sie zur Frau werden – nichts daran ist ungewöhnlich. Du musst dich nur vorsehen, wenn du dir einen Liebhaber nimmst, denn jetzt ist dein Körper fähig, Kinder zu empfangen, und ehe du dich versiehst – peng! Dann hast du einen Braten in der Röhre, und das schickt sich nicht für eine Nonne. Komm dann ruhig zu mir, und ich werde sehen, was ich tun kann.«

Verwirrt und verunsichert schlich sich Manuela davon, denn sie hatte kaum etwas von dem verstanden, was die Nonne ihr anzüglich grinsend zu erklären versuchte. Nur das mit dem Kind leuchtete ihr ein, aber wie hing das mit ihrer Monatsblutung zusammen? Die Schwester hatte von einem Liebhaber gesprochen, aber Manuela war bisher der Meinung gewesen, nur ein vor Gott geschlossener Ehebund könne mit Kindern gesegnet sein.

Unter ihren Mitschülerinnen gab es Fünfzehn- und Sechzehnjährige, die von draußen kamen, erwachsene Brüder hatten, halbwegs Bescheid wussten und sich gedrängt fühlten, ihr Wissen an Jüngere weiterzugeben. Da war eine, die bei jeder Gelegenheit mit ihren »Erlebnissen« prahlte.

»Mein Bruder hatte es schon lange auf die junge Stallmagd abgesehen gehabt, aber die gab sich nicht umsonst, und so klaute der Kerl aus Papas Kasse ein paar Reales und gleich war er bei ihr willkommen. Meine Schwester kriegte irgendwie heraus, wo und wann sie es machen wollten. Wir versteckten uns dann in der Scheune hinter einer alten Kutsche und konnten alles ganz genau sehen.«

Sie machte eine Kunstpause und weidete sich an den gespannten Gesichtern, ohne aber die Aufsichtsnonne aus den Augen zu lassen, die auf und ab ging und einen Rosenkranz betete.

Flüsternd sprach sie weiter: »Mein Bruder zog sie hinter sich her, schnaufend wie ein geiler Hengst. Sie ließ sich ins Heu fallen und schlug ihre Röcke zurück, während er seine Hose von sich warf wie einen unnützen Lumpen. Bei allen Heiligen – ich kann euch sagen!« Sie schlug die Hände zusammen und blickte gen Himmel. »Sein Schwengel war riesengroß geworden und stand hoch wie ein junger Ast. Die Stallmagd kicherte, spreizte weit ihre Schenkel und dann – schwupps! – flutschte mein Bruder in sie hinein wie das Messer in die Scheide. Na – er rammelte dann wie andere Männchen auch, da ist zwischen Hase, Hund, Bock und Mann kein großer Unterschied. Wir konnten uns das Lachen über seinen haarigen Hintern kaum verkneifen.«

»Und dann? Und dann?«

Die Vielwissende und diesen dummen Gänschen so haushoch Überlegene zuckte die Schultern. »Was soll da noch sein? Wir hatten ja gesehen, wie's geht, und liefen schnell davon.«

»Davon? Wovor?«, ertönte die strenge Stimme der Aufsichtsschwester.

Eine der ganz Schnellen lachte. »Es ging um ein Spiel, Ehrwürdige Mutter – so eine Art blinde Kuh, und wer da nicht schnell davonläuft ...«

Die Erinnerung an diese »Aufklärung« hatte in Manuela ein Gefühl hinterlassen, das zwischen Ekel und Neugierde schwankte. Sie, die schon zusammenzuckte, wenn ein anderes Mädchen sie berührte, sollte so einen nackten haarigen Mann an ihren Körper lassen und nicht nur das – es hatte geheißen *in* ihren Körper. Da schauderte sie zusammen, dann aber reckte die Neugier ihr freches Haupt und wisperte:

Keine Frau ließe so etwas über sich ergehen, wenn nicht auch ein Vergnügen dabei wäre. Die Stallmagd hat's für Geld getan, dachte Manuela trotzig. Ja, schon, aber viele tun's umsonst, hatte nicht die heilkundige Schwester von Liebhabern gesprochen?

Dann sah Manuela eines Morgens, wie Juan sich am Hofbrunnen wusch, nackt und unbekümmert, denn es war zu einer sehr frühen Morgenstunde, und er musste noch vor Sonnenaufgang zu einer Jagdgesellschaft stoßen. Sie aber hatte am Abend vorher zu viel von den frischen Pflaumen genascht, die ein Händler ins Haus lieferte, und war auf dem Weg zum *retrete*. Den Nachttopf wollte sie wegen des Geruchs nicht benutzen, wobei sie sich noch immer mit Schaudern an die vielbettigen Schlafkammern im Kloster erinnerte, wo es oft stank wie in einer Gerberei.

Miguel stand mit erhobener Lampe neben seinem Herrn, um ihm bei der Waschung zu leuchten.

Sie verbarg sich hinter dem Vorhang und spähte mit einem Auge hinunter. Was sie dort sah, war keineswegs abstoßend. Juans zierlicher, aber kraftvoll-sehniger Körper bewegte sich voll Anmut. Seine bräunliche Haut war glatt und haarlos bis auf das Geschlecht, das unschuldsvoll und verletzlich aus dem Gestrüpp dunkler Haare lugte wie ein Vogel aus seinem Nest. Ihr Ekel machte sich ganz klein, dafür schoss die Neugier kräftig ins Kraut. Welche Frau konnte sich davor fürchten? Dass viele es sogar herbeisehnten – Juan herbeisehnten, ihn zum Liebhaber erküren wollten, ging in ganz Sevilla um, drang über Miguel zu Zaida, die es kichernd zum Besten gab. Schließlich erfuhr Manuela sogar von Don Juans lebensrettender Ehe, war bestürzt und gerührt zugleich, sah auch Zaida mit anderen Augen.

Wie immer während der Hochsommermonate kam das tätige Leben in Sevilla zwischen den Mittags- und den frühen Abendstunden völlig zum Erliegen. Jeder verdöste diese lähmenden Stunden im Schatten der Häuser und Gärten, und wer beides nicht zur Verfügung hatte, verkroch sich im kühlen Dunkel der Kirchen.

Miguel liebte es, sich über die Hitze zu beklagen, und wischte sich dabei mehrmals ächzend über sein Gesicht. Juan schmunzelte.

»Aber was wären wir ohne unsere langen sommerlichen Siestas? Wenn ich zurückdenke, dann habe ich ihnen meine schönsten Liebesstunden zu verdanken, während die stets lästigen Eltern, Ehemänner, Brüder, Anstandsdamen und dergleichen diese Zeit träge verdösten. Ein verliebtes Paar aber kennt nur die Hitze der Leidenschaft, ob draußen die Sonne mit glühender Faust alles niederdrückt oder ein eisiger Nordwind die ganze Stadt erschauern lässt.«

»Da habt Ihr gewiss Recht, Herr, und es auch in schönen Worten gesagt, die mir leider nicht in den Sinn kämen. Aber schließlich seid Ihr auf die Schule gegangen, habt die Worte der Dichter gelesen, und da bleibt einiges hängen.«

»Ah – du traust mir also nicht zu, dass diese schönen Worte auch von mir stammen könnten?«

»Wie sollte unsereiner das herausfinden – so ganz ohne Bildung?«

»Zu viel Wissen kann auch eine Last sein und dich am Ende alles bezweifeln lassen.«

»Und so ergeht es Euch?«

Juan lachte. »Nein, Miguel, nein! Mein bescheidenes Wissen genügt mir, und ich strebe nicht nach mehr.«

»Aber all diese Bücher ...«

»Die meisten habe ich nur durchgeblättert, ich finde das Leben draußen weitaus aufregender und lehrreicher.«

Aber dann ergab es sich, dass Juan doch öfter nach seinen Büchern greifen musste, als ihm lieb war. Manuela hatte sich nämlich in den Kopf gesetzt, ihre freie Zeit zu einer Erweiterung ihres Wissens zu nützen. Sie lieh sich dieses und jenes Buch, was dann zu einer Reihe von Fragen führte, die Juan nicht immer beantworten konnte.

Vor kurzem hatte er für Zaida eine *Biblia Pauperum*

erworben, eine dieser so genannten Armenbibeln, die wenig Text und viele Bilder enthielten, um den Schreibunkundigen die Geschichten des Alten wie des Neuen Testaments begreiflich zu machen.

»Nichts für Euch, Manuela«, meinte Juan, »Ihr könnt ja ausgezeichnet lesen ...«

Ihre dunklen Augen ließen seinen Blick nicht los, und wieder überkam ihn das wunderliche Gefühl, in einen Spiegel zu blicken.

»Ich sehe mir auch gerne die Bilder an, und schon habe ich wieder einige Fragen ...«

Juan schnaufte absichtlich laut und richtete seine Augen gen Himmel. »Ihr fragt mir noch die Seele aus dem Leib! Geht damit doch zu Eurem Beichtvater, der weiß mit biblischen Geschichten besser Bescheid.«

»Mein Beichtvater kennt mich nur als die kleine Küchenmagd, die sich die Zeit für eine Frühmesse abstehlen muss. Dabei soll es vorerst bleiben.«

»Dann nehmt Platz und fragt mich.«

Manuela schlug die Anfangsseiten auf. »Da ist die Geschichte von Adam und Eva ...«

»Ja – und? Davon habt Ihr gewiss schon in der Schule gehört.«

»Darum geht es nicht. Warum sind die ersten Menschen zwar nackt, aber unvollkommen dargestellt?«

Juan beugte sich über das Buch. »Wie meint Ihr das?«

»Auch eine Klosterschülerin weiß, dass Mann und Frau sich unterscheiden. Hier aber sehe ich als einzige Abweichung, dass Eva lange Haare und hässliche Hängebrüste hat, aber die Hauptsache in der Leibesmitte wird von Blumen und Gräsern verdeckt.«

»Damit wollte der Zeichner auf das Schamgefühl der Betrachter Rücksicht nehmen.«

Sie schüttelte störrisch den Kopf. »Das zeigt aber nicht, wie die Menschen wirklich von Gott geschaffen wurden. Wenn er gewollt hätte, dass etwas verborgen bleibt, hätte er unsere Körper anders gestaltet, aber das war offenbar nicht seine Absicht.«

»Dann haben sich eben die Menschen solche Regeln gesetzt. Indienfahrer berichten, dass man in heißen Ländern manchmal fast ganz auf Kleidung verzichtet, während man sich hoch im Norden bis über die Ohren in Pelze hüllt. Eine dortige Bibel würde vielleicht Adam und Eva in warmer Kleidung zeigen.«

»Jetzt spottet Ihr wieder – *El burlador* …«

»Manuela, ich glaube, Ihr schätzt ein offenes Wort?«

Sie nickte.

»Gut, denn was wir hier betreiben sind *sutilezas* – Haarspaltereien –, meiner und Eurer nicht würdig. Da man Euch im Kloster über den genauen Unterschied der Geschlechter vermutlich nicht aufgeklärt hat, wollt Ihr es von mir wissen, und als Umweg benutzt Ihr diese *Biblia Pauperum.* Wenn Ihr es wollt, schlage ich den Vorhang zurück, stelle mich ins Licht und lasse die Hosen herunter. Ich habe nichts dagegen, wenn Ihr Euch die Leibesmitte eines Mannes genau anseht, da unsere Bibel sie nicht preisgibt.«

Sie war leicht errötet, senkte aber ihre dunklen furchtlosen Augen nicht. »Eigentlich müsstet Ihr Euch nach dem Sündenfall Eurer Nacktheit schämen, Don Juan.«

Er blickte zum Himmel. »Sünder sind wir allemal …«

»Da gebe ich Euch Recht, aber es stimmt nicht, dass ich noch keinen Mann in seiner Nacktheit gesehen habe.«

Er lächelte spöttisch. »Etwa Euren Vater oder einen Bruder? Vielleicht habt Ihr sogar den Klostergärtner beim Bad überrascht? Oder hat sich Euer Beichtvater unsittlich entblößt?«

»Nichts von alledem. Mein Vater starb zu früh, Bruder hatte ich keinen, im Kloster arbeiten Laienschwestern als Gärtnerinnen und unser Beichtvater war ein alter Griesgram. Nein, Don Juan, Ihr selber wart es.«

»Ich? Aber …«

»Ihr wusstet nichts davon, dass ich Euch damals vor dem

Aufbruch zur Jagd beim Waschen sah, angeleuchtet von Miguel.«

Da musste er laut lachen und schlug sich auf die Schenkel, wie Don Pedro es tat. »Ihr seid mir schon eine! Da steht man ahnungslos am Brunnen und das kleine Fräulein sieht einem verstohlen und vergnügt zu. Ich hoffe, Ihr habt diese Sünde gebeichtet?«

»Nein, denn es war keine Absicht dahinter. Die am Vorabend gegessenen Pflaumen trieben mich ins Freie, und da sah ich vom Fenster aus den Lichtschein, wunderte mich …«

»Und dann stand ein nackter Mann da und Ihr habt eine Eurer Wissenslücken schließen können.«

Sie missachtete den spöttischen Ton. »Eine letzte Frage noch: Wie unterscheidet sich ein Mann, der nur so dasteht oder sich wäscht, von einem, der bei seiner Liebsten ist?«

»Es kommt darauf an, ob er mit ihr speist oder mit ihr im Bett liegt.«

Sie senkte kurz ihren Blick. »Verzeiht, Don Juan, diese Frage war ungehörig … Ich habe Euch nun lange genug die Zeit gestohlen und möchte mich für Eure Geduld bedanken.«

Sie knickste und lief so schnell hinaus, dass er nichts mehr sagen konnte. Wollte er denn noch etwas sagen? Er schüttelte den Kopf und wusste es selber nicht. Dieses Gespräch hatte sie einander näher gebracht, und es freute ihn, dass es stattgefunden hatte.

Auch für Miguel gab es einen Grund zur Freude, denn Zaida war schwanger, und ihr Kind wurde etwa um die Weihnachtszeit erwartet.

»Ein Christkind, sozusagen …«

»Damit treibt man keine Scherze, Herr, auch wenn ich glücklich darüber bin, dass es um die Zeit von Jesu Geburt zur Welt kommen wird.«

»Die Frömmigkeit deiner Zaida scheint auf dich abzufärben. Solltest du zum Betbruder werden, so jage ich euch aus dem Haus. Dann könnt ihr auf Herbergssuche gehen wie weiland die Heilige Familie.«

Miguel grinste. »Würde ich Euch nicht so lange und so gut kennen, müsste ich jetzt erschrecken. Aber so freut es mich, dass Ihr geblieben seid, was Ihr seit jeher wart – *El burlador*.«

»Das Kompliment gebe ich dir zurück – du bist so vorlaut und frech wie eh und je, aber daran habe ich mich gewöhnt.«

Allmählich wurde es zu einem Ritual, dass Manuela nach dem Nachtmahl mit Juan in sein Arbeitszimmer ging und sie dort gemeinsam etwas lasen und über das Gelesene sprachen. Ihre Vorliebe galt gleich zu Anfang der Dichtung, und nichts war ihr lieber, als wenn Juan einige Verse des Juan Ruiz vorlas.

»Bei dem, was Ruiz in seinen Gedichten ausspricht, ist doch zu vermuten, dass er nicht keusch lebte, dass er Frauen – viele Frauen kannte.«

»So wird es wohl gewesen sein und vermutlich büßte er deshalb im Gefängnis.«

»Ihr, Don Juan, habt gewiss nicht weniger Erfahrung mit Frauen als Juan Ruiz, und wie er werdet auch Ihr Euch ein Bild gemacht haben, wie Frauen aussehen sollen.«

»Aber Manuela, ich habe doch kürzlich gesagt, dass es nicht darauf ankommt, ob ...«

»›Sieh dir die Dame an, wenn sie ganz nackt ist, dann weißt du gleich, ob die Figur intakt ist.‹«

Während sie dies zitierte, legte sie schnell ihre Gewänder ab und stand zuletzt inmitten ihrer Unter- und Oberkleidung wie Aphrodite im Meeresschaum. Dann drehte sie sich langsam um die eigene Achse.

Juan schluckte, schaute wie gebannt auf die schöne Gestalt, fühlte aber keinerlei Begehren.

»Ihr seid vollkommen, Doña Manuela. Es hätte dieser Geste nicht bedurft, ein erfahrener Mann erkennt es auch durch die Kleidung. Zieht Euch wieder an.«

Er wandte sich um, ging zum Fenster, sah, dass es draußen schon dämmerte, und hob ein wenig den Vorhang. Im Garten stand Zaida und hielt einen Korb, den der Küchenjunge mit Kräutern füllte.

»Ihr könnt Euch umdrehen.«

Sie war nun angekleidet, und ihre dunklen furchtlosen Augen blickten ihn fragend an. »Habe ich Euch gefallen, Don Juan?«

»Da müsste ich kein Mann sein …«

»Und – hat es Euch erregt?«

»Du stellst Fragen wie eine – wie eine –«

»Hure?«

»Nein, das wollte ich nicht sagen.«

»Aber Ihr habt es gedacht und mich gleich geduzt.«

»Du verhältst dich sehr ungewöhnlich, Manuela – für eine Klosterschülerin, meine ich. Weißt du, für mich hat sich unser Verhältnis fast so entwickelt wie zwischen Lehrer und Schülerin. Das geht auch in die Richtung von Vater und Tochter, und da befremdet es mich, wenn du plötzlich nackt vor mir stehst.«

Nun, da sie wieder ihre Kleider trug, spürte er den Reiz, den er zu seiner Verwunderung vorher vermisst hatte. Das Blut schoss ihm in die Lenden, unter dem Gewand sah er ihre erregende Nacktheit – die jugendlichen festen Brüste, die zarte Wölbung des Bauches, die erregende Biegung der Hüften, die Schwellung der Schenkel, das dunkle lockende Dreieck der Scham.

Er umfasste ihren Körper und drückte sie heftig an sich. Ihre Augen waren ganz nah, zeigten weder Furcht noch Erschrecken. Er saugte sich an ihrem Mund fest, küsste Wangen und Hals und begann an ihren Kleidern zu zerren.

Lachend machte sie sich frei. »Beenden wir die Lesestunde für heute.«

»Zürnst du mir jetzt?«

»Seh ich so aus? Ich hielt es nur für besser, unser – wie du sagst – Lehrer-Schülerin-Verhältnis nicht auf Lehrstunden für Liebeskunst auszuweiten.«

Er fügte sich ihrem Willen, vermied jede Hast, bedrängte

Manuela weder mit Worten noch mit Taten oder Geschenken. Das muss, dachte er, ganz von alleine kommen, soll außerhalb unseres Wollens und Könnens über uns hereinbrechen wie ein Hagelschlag, ein Sturmwind, eine schnell dahinrasende Seuche. Oder anders gesagt – es soll sein wie ein Schicksalsschlag, dem wir nicht ausweichen können, sie nicht und ich nicht. Der Unterschied ist nur, dass man Unwetter und Seuchen fürchtet, wir aber den Ansturm der Liebe herbeisehnen – freudig, dankbar, entzückt. Wir? Warum beziehe ich Manuela mit ein, da ich nicht weiß, ob sie Ähnliches fühlt?

Manuela empfand es anders, aber ihr Ziel war das seine – ein Zueinanderfinden in Liebe und Lust. Sie wartete nicht auf Amors plötzlichen Liebespfeil, sondern verstand den Akt des Auskleidens vor seinen Augen als äußerstes Entgegenkommen. Jetzt war es an ihm, sie zu gewinnen, aber nicht in der Form einer Überrumpelung, sondern sachte und einfühlsam.

Die Weihnachtszeit stand ganz im Zeichen von Zaidas Niederkunft, und Manuela verwandte die Zeit der Lesestunden, um der Wöchnerin beizustehen. Das putzige kleine Wesen – ein Mädchen – wurde nach Zaidas Wunsch auf den Namen Juana getauft und Manuela als Patin hielt die Kleine über das Taufbecken.

»Ich bin auch Vater einer Tochter«, gestand Juan dem überglücklichen Miguel, doch der hörte kaum hin.

»Ich nehme an, dass Ihr Vater von vielen Kindern seid, ohne es zu wissen ...«

Dann sprach er wieder von der großen Schönheit seiner doch noch so kleinen Tochter und wie ihr von der Mutter ererbtes dunkles Haar einen deutlichen Kupferschimmer zeige.

Wie immer um die Zeit zwischen Weihnachten und dem Dreikönigsfest verliefen die Tage am Hof ruhig, und die Hoffnung des Königs, Gott würde weiterhin den Frieden im Land bewahren, schien sich zu erfüllen.

15

Juan durchdachte seine derzeitige Lage. Das Ziel seiner Begierde, die Frau, die er verführen und heiraten wollte, lebte in seinem Haus. Sie aßen am selben Tisch, sie schliefen Wand an Wand und doch bauten sich hier größere Hindernisse auf, als er sie je zuvor erlebt hatte.

Einfach war es auch bei anderen nicht gewesen, aber er schätzte Widerstände, die es zu überwinden galt. Nichts war süßer als eine Nuss, deren Kern sich in einer eisenharten Schale barg. Lange zuvor entkernte Nüsse schmeckten erfahrungsgemäß ranzig.

Manuela und er bewegten sich aufeinander zu – langsam, bedächtig wie zwei Schnecken, die sich bei körperlichem Abstand mit ihren Fühlern betasten, zurückzucken, es wieder versuchen, während sich ihre Leiber unmerklich einander nähern.

Zaida war es natürlich längst aufgefallen. »Schon seltsam, dass diese Lehrstunden immer hinter verschlossener Tür stattfinden. Ob da nur gelesen wird oder nicht auch –«

»Das geht uns nichts an!« Miguel sagte es laut und nachdrücklich, doch in liebevoll-beherrschtem Ton.

»Immerhin leben wir alle unter einem Dach. In Granada wäre es unmöglich gewesen, dass ein Mann mit einer fremden Frau auch nur eine Minute allein sein kann.«

Miguel rieb seine Nase so heftig, als wolle er seine *pecas* wegkratzen. »Eine Fremde? Was soll das heißen? Manuela ist uns allen so vertraut, als sei sie die Tochter des Hauses, und eure muslimischen Unsitten haben hierzulande glücklicherweise keine Geltung. Du kannst ja ruhig deine neugierigen Ohren an die Tür pressen und wirst immer nur Stimmen hören, die vorlesen oder sich unterhalten.«

»Ah – ich sehe, du hast es bereits getan. Und da heißt es immer, die Neugier sei eine Untugend von uns Frauen.«

»Als gräflicher Kammerherr muss ich über alle Vorgänge im Haus unterrichtet sein, wenn es auch deiner Unerfahrenheit wie unziemliche Neugier erscheinen mag.«

Zaidas hübsches Gesicht zeigte Überdruss, aber auch Nachsicht. »Mit deinem Herumgerede willst du nur ablenken. Ich verwette drei Reales, dass Doña Manuela noch in diesem Jahr das Bett unseres Herrn teilen wird.«

»Selbst wenn – gönnst du sie ihm nicht?«

»Davon war niemals die Rede. Sie wäre dann unsere Herrin und als Condesa de Lebrija eine Dame allerhöchsten Ranges – fast so etwas wie eine Infantin.«

»Du redest von ungelegten Eiern! Auch wenn sie Don Juans Bett teilt, ist noch lange nicht gesagt, dass er sie heiratet.«

»Wie ich sie einschätze, wird sie das eine nicht ohne das andere tun.«

»Was weißt denn du schon«, brummte Miguel und wandte sich ab, doch insgeheim teilte er die Meinung seiner Frau.

Sobald der Riegel vorgeschoben war, fielen sie einander in die Arme und küssten sich, doch Manuela achtete darauf, dass es nicht allzu lange geschah.

»Ehe wir heute zu lesen beginnen, muss ich dir von einer Unterhaltung mit der Superiorin des Clarissinnenklosters erzählen. Nachdem Don José, der Sohn meines Vormunds, mich besucht hatte, fragte sie nach meiner Bereitschaft, die Profess abzulegen. Als sie sah, dass ich entschlossener war denn je, dies nicht zu tun, schlug sie plötzlich einen anderen Ton an. Mit lächelnder Gelassenheit klärte sie mich über die tatsächlichen Verhältnisse im Kloster auf.«

»Ganz Sevilla weiß, wie locker es dort zugeht«, warf Juan ein.

»Ich aber wusste es nicht! Als Schülerin und Novizin lebst du in einer anderen Welt, und die Nonnen setzten alles daran, die wahren Zustände vor uns zu verbergen. Der größte Teil der Schülerinnen ging ja ins Elternhaus zurück und man wollte unliebsames Aufsehen vermeiden. Wenn allerdings, wie du sagst, ganz Sevilla darüber Bescheid weiß ...«

»Es gibt seit langem Gerüchte, und die wollten nicht verstummen.«

»Ich jedenfalls wusste nichts, vielleicht auch deshalb, weil ich mich vom Tratsch meiner Mitschülerinnen immer fern gehalten habe. Doch jetzt klärte mich die Oberin auf und behauptete, ich hätte hier im Grunde mehr Freiheit als draußen. Kurz gesagt, es lief darauf hinaus, dass jede Nonne, die es danach verlangte, sich Liebhaber zu halten, sie draußen – immer mit gütiger Erlaubnis der Mutter Oberin – auch besuchen konnte. Ich nannte das einen Verrat an Gott und den Menschen, einen Betrug am Glauben, doch sie meinte, man könne ja immer wieder beichten und bereuen. Ich empfand das als gemeine Lüge und zeigte mich entschlossen, diesen Weg nicht zu gehen. Und nun bin ich hier ...«

»Da du dich dem Nonnendasein verweigert hast, musst du wohl den schwierigeren Weg gehen – erwachsen und mündig werden, dich mit deinem Vormund auseinander setzen, dann heiraten, Kinder kriegen ...«

Sie schaute ihn an und – Juan hatte das nie zuvor gesehen – ihre Augen lächelten. Der Mund war daran nicht beteiligt, ihre Augen wurden dabei schmäler und in den Winkeln bildeten sich kleine scharfe Falten.

»Woher weißt du, ob mir diese Reihenfolge zusagt? Vielleicht will ich gar nicht heiraten, sondern mir zuerst einen Liebhaber nehmen? Ihr Männer sammelt ja auch eure Erfahrungen, ehe ihr ins Ehebett steigt ...«

»Für eine Frau schickt sich das nicht. Wenn ein Mann vorher Erfahrungen sammelt, dann kommen sie doch letztlich seiner Gemahlin zugute. Oder würdest du es vorziehen, mit einem tapsigen Tölpel das Bett zu teilen? Dazu kommt, dass ein Mann sich umtun kann, ohne Spuren zu hinterlassen, während eine Frau ständig in Gefahr ist, schwanger zu werden. Wer will schon eine Braut, die einen Bastard am Hals hat?«

»Ah – ein Mann hinterlässt also keine Spuren? Das ist herzlos so hingesagt und trifft nicht zu. Ein treuloser Liebhaber schlägt Wunden in den Herzen der Frauen. Manche mögen verheilen, andere aber bleiben ein Leben lang.«

Juan musterte sie spöttisch. »Du sprichst gewiss aus Erfahrung! Was du mir vom Gespräch mit der Oberin erzählt hast, waren wohl deine eigenen Erlebnisse?«

»Man muss nicht etwas selber erfahren haben, um darüber reden zu können. Wer Augen, Ohren und Herz offen hält, darf auch mitreden.«

Dann kam jener Abend in den ersten Oktobertagen, da weder Manuela noch Juan große Lust verspürten, etwas zu lesen oder zu diskutieren. Der Tag war schwül gewesen, und es drohte ein Gewitter, das vom Südwesten über das Meer heranzog, aber nicht recht vorankommen wollte. Es polterte und grummelte und ferne Blitze zuckten über den südlichen Horizont. Die drückende Schwüle hielt auch nach Sonnenuntergang an, die feuchtwarme Luft lastete auf der Stadt wie ein lähmender Fluch.

In Manuelas Blick lag etwas wie Erwartung, wie dringende Neugierde. Juan bemerkte es und streckte seine Hand über den Tisch. Manuela griff danach und presste sie heftig.

»Was ist – drückt dich etwas?«

»Ich weiß nicht ... Es wäre längst Zeit, um ins Bett zu gehen, aber ich bin heute so träge, dass ich schon davor zurückscheue, mich nur von diesem Stuhl zu erheben. Vielleicht wenn das Gewitter kommt und die Luft sich abkühlt ...«

»Es sieht nicht danach aus«, sagte Juan, erhob sich ohne ihre Hand loszulassen, zog sie vom Stuhl hoch und umarmte sie. Er atmete einen Geruch nach Schweiß und Frau und feinem Duftwasser.

Juan küsste ihren schweißfeuchten Hals, knöpfte das lange leichte Obergewand auf, und dann hob Manuela mit trägem Lächeln beide Arme und er zog das seidene Hemd über ihren Kopf. Als sie nackt dastand und ihn mit furchtloser Erwartung anblickte, riss er sich die Kleider vom Leib, und sie drängten sich so heftig aneinander, als wolle einer im anderen aufgehen.

»Jetzt verloben wir uns ...«, flüsterte Manuela mit belegter Stimme.

Juan nickte. »Und am Tag deiner Mündigkeit heiraten wir – ich will keine Minute länger warten. Willst du meine Frau werden?«

»Auch wenn du mich das nicht gefragt hättest ...«

Sie sprach nicht weiter, er hob sie hoch, trug sie in die Schlafkammer und legte sie sanft auf das Bett.

»Davon habe ich in letzter Zeit oft geträumt. Ein Mann nimmt mich in seine Arme, trägt mich zu einer verschlossenen Tür, stößt sie mit dem Fuß auf, dann falle ich in einen finsteren Abgrund und wache auf.«

Sie schaute ihn an, und ihre großen dunklen Augen waren wie ein Spiegel, in dem er sich selber sah. Zärtlich und behutsam wie nie zuvor bei einer Frau erkundete er ihren Körper, küsste, streichelte, und Manuela schien es, als besäße er tausend Hände und tausend Münder.

Zuerst war es nur ein sanftes Ineinandergleiten, und Manuela gingen Fetzen aus dem Hohen Lied durch den Kopf – Juan hatte es ihr kürzlich vorgelesen: »Unser Bett grünt ... Mein Schoß ist ein runder Becher ...«

Zu Anfang hatte es einen Augenblick gegeben, da war sie versucht, diesen Männerkörper, der so innige Nähe suchte, zurückzustoßen, sich ihm zu entziehen. Aber sie hatte dem Drang nicht nachgegeben, ihr Widerstand erlahmte, und sie drängte sich seiner fordernden Nacktheit entgegen. Ihr Schoß öffnete sich, und sie selber war es, die sich entjungferte, denn Juan hatte nur behutsam angepocht. Nun traf ihn ihr heftig vorgewölbter Leib, er drang tief in sie ein, spürte kaum einen Widerstand und das sanfte Ineinandergleiten steigerte sich zu einem immer schnelleren, immer härteren Rhythmus.

Als sie voneinander ließen, schweißgebadet wie nach einem heftigen Ringkampf, keuchend und nach Luft ringend, war es eine Weile still. Dann hörte Juan ihr leises Lachen, er beugte sich über sie, leckte ihre Brustwarzen und legte seine Hand auf ihren Schoß.

»Warum lachst du, *mi amor?*«

»Ich lache, weil so viel Getue darum gemacht wird, wo doch alles so leicht und einfach ist, weil Gott es gewollt und uns so geschaffen hat. Das ganze Gerede von Sünde und Unzucht ist nur Schaumschlägerei, ist unnützes Geplapper von irregeführten Menschen.«

»Das ist, als hätte ich es gesagt. Mir ist oft, als sähe ich mich im Spiegel, wenn ich dich anschaue. Wir müssen unter dem gleichen Stern geboren sein.«

»Oder Gott hat uns von Anfang an füreinander geschaffen. Du, Juan, musstest zuvor lange irregehen und viele Fehlgriffe tun, ich aber hatte das Glück, gleich auf den Mann zu treffen, der mir bestimmt ist.«

»Das beweist Gottes Langmut. Schließlich hast du seinen Sohn, den himmlischen Bräutigam, zurückgewiesen, bist aus dem Kloster entwichen und schon fällt dir ein irdischer Bräutigam in den Schoß.«

Sie kicherte. »Dem du ganz schön zugesetzt hast. Es ist schon verwunderlich, dass so ein zartes Gebilde das rohe männliche Ungetüm aushält – ja, dabei sogar Vergnügen empfindet.«

»Wenn es nicht so wäre, müsste die Menschheit aussterben.«

»Ja, und darin erkenne ich Gottes Wille. Er schaute in mein Herz, sah, dass die Braut seines Sohnes unwürdig war, erkannte aber meinen festen ehrlichen Willen, der nicht bereit war, mein Leben in Lüge und Betrug zu verbringen. Und deshalb hat er mich dir zugeführt. Glaubst du das auch?«

Er glaubte es nicht. »Es muss wohl so sein, aber wer kann sich anmaßen, Gottes Willen zu erkennen?«

»So fromm habe ich dich noch nie reden hören.«

»Du hast mich fromm gemacht, *mi amor.*«

»Ob es so bleibt?«

»In deinem Schoß fühle ich mich geborgen wie in Gottes Hand. Eine Trennung von dir würde mich ins Elend stürzen. Manchmal war ich schier am Verzweifeln, sah mich vom Schicksal zum Dasein des Ahasverus verurteilt – jetzt aber ...« Er umarmte sie heftig, presste ihren Körper so, dass sie leise zu stöhnen begann. Er gab sie sofort frei. »Verzeih, ich war zu heftig. Das Gewitter ist fern geblieben, hat sich vielleicht woanders entladen.«

»Dafür bist du wie ein Gewitter über mich gekommen ... Wer ist Ahasverus?«

»Der Legende nach war er ein Schuhmacher in Jerusalem, der Jesus forttrieb, als er auf seinem Leidensweg nach Golgatha vor seinem Haus rasten wollte. Da verdammte ihn Christus mit den Worten ›Ich werde ruhen, aber du sollst leben!‹ zum ewigen Umherirren, ohne jemals Ruhe im Tod zu finden.«

»Ein schrecklicher Gedanke ...«

»So schrecklich auch wieder nicht. Mit dir, *mi amor*, möchte ich ewig leben.«

Sie legte sanft ihre Hand auf sein müdes Geschlecht. »Das hat Gott nicht vorgesehen, aber ich wünsche mir, dass wir auch im Alter einander nie satt werden.«

»Wenden wir uns näheren Zielen zu. In einigen Monaten erreichst du dein sechzehntes Lebensjahr. Zu gegebener Zeit, aber noch vorher, werde ich mich an den König wenden mit der Bitte, deine Volljährigkeit zu befürworten. Dann aber musst du Ross und Reiter nennen.«

»Wie meinst du das?«

»Du musst die Namen von Familie und Vormund bekannt geben.«

»Wenn du willst, tue ich es schon jetzt.«

»Nein, Manuela, es soll so ablaufen wie besprochen. Erst wenn die Zustimmung des Königs vorliegt, wirst du alles offen legen. Ich selber bin nicht neugierig auf die Geheimnisse von Menschen, bin es nie gewesen.«

Er hörte ihr leises Lachen.

»Jetzt aber ist es anders – ich bin für dich nicht irgendein Mensch, bin deine Geliebte, lege mein Herz vertrauensvoll in deine Hände. Du darfst es öffnen wie ein Buch, darfst alles wissen, was darin geschrieben steht.«

»Ich will es dennoch nicht. Ich genieße den Zustand des Verliebt- und Verlobtseins. Gönne mir die Freude.«

Sie begann sein Geschlecht zu kosen, spürte, wie es unter ihren Händen aufblühte, größer und fester wurde.

»Dann lassen wir es dabei ... Aber etwas verändert sich doch – hier, ich spüre es.«

»Du bist es, *mi amor*, die das bewirken kann, künftig nur du.«

Beim zweiten Mal schien es Manuela ein altvertrautes Spiel, etwas, was sie längst kannte.

Gegen Morgen schliefen sie erschöpft ein, und das Gewitter erwachte wieder zum Leben, näherte sich schnell und entlud unter Sturm und Donnergetöse kühle Fluten über die schlafende Stadt.

Weder Manuela noch Juan erwachten davon. Als sie am späten Morgen aus dem Bett fanden, tropfte es noch von den Dächern, die Straßen glänzten feucht und sauber, doch am Himmel jagten sich noch schwere Wolken, und gegen Mittag sprühte ein feiner Regenschauer herab.

Manuela wies auf das Bett. »Meine Jungfernschaft hat rote Tränen geweint ...«

»Nicht allzu heftig, scheint mir – man muss schon genau hinsehen.«

»Ich mag keine Halbheiten, kein Gerede und Geflüster. Die Hausgenossen sollen wissen, wie es um uns steht.«

»Was willst du tun?«

»Lass es mich machen, ohne danach zu fragen.«

»Also gut, du bist jetzt die Herrin im Haus.«

Sie ließ Zaida und Miguel kommen, zeigte ihnen die roten Flecken. »Ihr beide seid unsere Diener, aber auch unsere Freunde, und sollt als Erste wissen, dass wir heute Nacht Verlobung gefeiert haben.«

Da begann Zaida zu schluchzen. »Das ist schön ...«, stammelte sie, »das macht mich so glücklich.«

Miguel zerwühlte heftig seinen rostroten Schopf. »Mich – mich auch ...«, brachte er heraus und seine *pecas* blühten auf.

Juan hatte in dieser Zeit ein Gefühl, als habe sein Leben endlich einen Sinn erhalten. Nun kann ich mich den aufrichtig Liebenden guten Gewissens an die Seite stellen: meinem König und María de Padilla – Don Pedro von Portugal und Inés de Castro – Miguel und Zaida, sie haben gesucht und gefunden. Ich hielt mich dazu verdammt, ein Suchender zu bleiben, aber jetzt ...

Nun sollte es auch Don Pedro wissen und Juan konnte behutsam sein Anliegen vorbringen.

»Ich will Euch nun endlich erklären, was es mit meiner Zerstreutheit, meiner häufigen geistigen Abwesenheit auf sich hat.«

Der König lachte und schlug ihn auf die Schulter. »Das musst du nicht, Juanito. Man ist nicht immer gleich gestimmt, wir sind alle Menschen ...«

»Euer Verständnis freut und ehrt mich, aber es gibt gute Gründe, dass Ihr es wissen müsst.«

»Müssen!«

»Ja, Don Pedro, denn ich brauche Euch.«

»Also heraus damit!«

Sie hatten sich nach dem Nachtmahl in einen der verschwiegenen Nebenräume des neuen Palastes zurückgezogen. Hier gab es nur eine schmale Tür, vor der die stummen Wachen standen, und ein kleines vergittertes Fenster, das in den Garten schaute. Der Boden war mit Teppichen bedeckt, in den Ecken lagen üppige Polster und Kissen, dazwischen standen niedrige Tische.

Don Pedro liebte es, sich in die Polster zu kauern, halb sitzend, halb liegend, behaglich entspannt.

»Hat es dir die Rede verschlagen?«

»Nein, Don Pedro, ich versuche nur, die richtigen Worte zu finden.«

»Suche aber nicht zu lange, sonst begehst du die Todsünde der Höflinge – sie langweilen ihren König.«

»Warum ist das Einfache nur so schwierig auszudrücken? Also gut. Ich bin verliebt – nein, ich liebe von ganzem Herzen und will heiraten.«

Der König richtete sich auf. »Aber das ist doch eine gute Nachricht! Oder gibt es irgendwelche Hindernisse? Ist vielleicht ein Ehemann oder ein störrischer Vater im Weg?«

»Nein, Don Pedro, nichts von alledem. Sie ist eine Waise, wurde vom Vormund ins Kloster gesteckt, konnte entfliehen und ist nun Gast in meinem Haus. In einigen Monaten wird sie sechzehn, wir lieben uns und wollen heiraten. Die Hindernisse sind ein habgieriger Vormund und ein Kloster, das ihre Mitgift – als Braut Christi – behalten will.«

»Hast du sie aus dem Kloster entführt?«

»Nein, Don Pedro, ich schwöre es bei unserer Freundschaft. Sie konnte fliehen und hat Zaida – Miguels Frau – eingeweiht. Die Muslimin war mit ihr im selben Kloster, um Christin zu werden, und so blieb Manuela als einzige Zuflucht mein Haus.«

»Sie heißt also Manuela, und weiter? Wer ist ihr Vormund, wie hießen die Eltern?«

»Das weiß ich nicht.«

»Du weißt es nicht? Aber du kannst doch nicht eine namenlose Waise – nein, mein Freund, das geht nicht!«

»Sie musste diese Namen verschweigen, um sich nicht bloßzustellen und wieder im Kloster zu verschwinden. Ihr Vormund wollte sie zwingen, dort die Profess abzulegen, und so wäre er an den Nachlass ihrer Eltern gekommen, mit denen er entfernt verwandt ist. Der treibende Keil ist sein Vater, der aber krank ist und seine Ansprüche auf den Sohn übertragen hat. Mehr weiß ich nicht.«

»Und das hat diese Manuela dir erzählt?«

»Ja, aber sie will die Wahrheit offen legen, sobald sie mündig ist und die Nachstellung ihres Vormunds nicht mehr fürchten muss. Gleich nach ihrem Geburtstag wollen wir heiraten.«

Der König lachte. »Also, ich muss schon sagen ... Du bescherst mir immer neue Überraschungen. Natürlich können wir das Mädchen mit sechzehn als volljährig erklären, aber nur dann, wenn alle ihre Angaben der Wahrheit entsprechen.«

»Das lässt sich leicht nachprüfen.«

»Gut, Juanito, das überlasse ich dir. Ein paar Tage vor Manuelas Geburtstag möchte ich alles Notwendige auf dem Tisch haben, und dann wird ein königlicher Notar sich damit befassen – einverstanden?«

»Danke, Senyor.«

Als der Geburtstag nahte und damit die geplante Heirat, zögerte Juan keinen Augenblick, alles Notwendige in die Wege zu leiten. Der König stand zu seinem Wort.

»Wenn sie dein Eheversprechen hat, steht dem nichts mehr im Wege. Sie muss nur die Namen der Beteiligten nennen, dann wird sich einer meiner *abogados* mit ihrem Vormund und, wenn nötig, auch mit dem Kloster auseinander setzen.«

Manuelas Augen leuchteten. »Jetzt wird endlich reiner Tisch gemacht! Mein Vetter und Vormund ist Don Pero Martinez, und meine Eltern hießen Manuela de Soto und Luis Alvarez.«

Juan beugte sich vor. »Nein – nein, das glaube ich nicht«, sagte er mit tonloser Stimme.

Sie verstand ihn falsch. »Doch, mein Lieber, ich trage denselben Vornamen wie meine Mutter.«

»Ja, das gibt es ...«

»Was ist mit dir, Juan, du siehst so seltsam aus.«

»Nein, es ist nichts ...«

»Es ist doch etwas!«

»Nun gut, bei den Namen deiner Eltern sind in mir alte Erinnerungen erwacht. Die Familie de Soto stand damals – noch vor deiner Geburt – im Verdacht, mit den Gegnern des Königs zu konspirieren. Ich war am Rande damit befasst, die

Wahrheit herauszufinden, und die sah etwas anders aus. Die Sache war dann schnell bereinigt, und seither hatte ich nichts mehr mit dieser Familie zu tun.«

»Ein Onkel von mir – so hat es meine Mutter erzählt – soll dabei umgekommen sein.«

Das war mein Zweikampf mit José de Soto, dachte Juan, aber warum diese alten Geschichten aufrühren?

»Ja, mag sein, aber die Thronübernahme von Don Pedro hat vielen Menschen das Leben gekostet. Das ist lange vorbei …«

»Wie geht es jetzt weiter?«

»Nimm ein Stück Papier, schreibe alle Namen auf und was dir dazu noch einfällt. Wo habt ihr damals gewohnt, wann starben dein Vater und deine Mutter? Juristen interessiert so etwas, sie mögen es, wenn viele Einzelheiten vorliegen. Du brauchst keine Familiengeschichte zu verfassen – schreibe einfach das Wichtigste auf.«

»Kannst nicht du …?«

»Nein, es ist besser, diese Informationen liegen in deiner Handschrift vor. Ich lasse dich jetzt allein.« Er küsste sie auf die Wange und lief hinaus.

Miguel trat ihm in den Weg, doch Juan stieß ihn wortlos beiseite.

»Aber Herr, habe ich …«

»Du hast gar nichts! Geh zu deiner Zaida und sei glücklich! Oder halt – sattle mir mein Pferd.«

Es war später Nachmittag, die Wintersonne hing wie eine trübe Lampe über dem dunstigen Horizont. Juan lockerte die Zügel und ließ das Pferd traben, wohin es wollte.

Dass gerade die Tochter seiner damaligen Geliebten in sein Haus gefunden hatte, war ihm zuerst als ein dummer Zufall erschienen, doch bei längerem Nachdenken war es so seltsam auch wieder nicht. *Fidalgos* und *ricos* gab es auch in Sevilla nicht allzu viele, die meisten Familien kannten einander – das war eine Welt für sich. Der Name ihres Vormundes sagte ihm wenig, denn er kam häufig vor, und in jeder kastilischen Stadt gab es Dutzende von Familien Martinez. Er hatte damals erfahren, dass Manuela de Soto resignierte und sich in die Ehe mit dem alten Luis Alvarez fügte. Alt? Aus Juans damaliger Sicht eines sehr jungen Mannes war es ihm so erschienen. Dabei war es nicht viel anders als sein heutiges Verhältnis zu Manuela. Der Fall kostete Manuelas Bruder José das Leben, und Juan musste für längere Zeit aus Sevilla verschwinden. Don Luis aber lebte mit seiner jungen Frau in der Gegend von Huelva, und dass er mit ihr eine Tochter gezeugt hatte, blieb Juan verborgen.

Sein Pferd war zu den Auwiesen am Ufer des Guadalquivir getrabt und rupfte dort wählerisch die besten Kräuter ab. Juan klopfte es auf den Hals. »Jetzt geht es wieder nach Hause ...«

Dass diese Tochter wie ihre Mutter hieß und seit Wochen seine Geliebte war, schien ihm plötzlich ganz einleuchtend. Es war seltsam – gewiss, aber es gab eben viel Wunderliches auf der Welt, und jeder vernünftige Mensch musste sich damit abfinden. Manuela brauchte nicht zu wissen, dass ihre Mutter eine Jugendgeliebte war. Wie er sie einschätzte, würde sie es verstehen und hinnehmen, aber warum sollte er das Bild ihrer Mutter trüben?

Er gab dem Pferd die Sporen und lachte befreit auf. Nun schließt sich der Kreis, dachte er frohgemut – nicht die Mutter, sondern die Tochter war mir von Gott oder vom Schicksal oder vom Zufall bestimmt.

Als er Miguel das Pferd übergab und wenig später Manuela stürmisch umarmte, fühlte er sich so glücklich und froh wie lange nicht mehr.

»Du bist mir zum Liebsten und Kostbarsten geworden, was je in mein Leben trat. Wenn ich daran denke, wie viele schöne Jahre noch vor uns liegen, könnte ich zerspringen vor Glück!«

Er steckte sie an, und Manuela lächelte froh. »Ja, es ist schön, dass wir uns haben. Siehst du noch irgendein Hindernis?«

»Vielleicht gäbe es welche, hätten wir nicht den König auf unserer Seite.«

Am nächsten Tag übergab Juan die Aufzeichnungen Manuelas dem königlichen Notar, einem noch jungen Mann, der sich seines Ranges bewusst war, sich gesetzt bewegte und stets eine feierliche Miene zur Schau trug.

Juan erläuterte ihm, worum es ging. Der Jurist nickte mehrmals bedeutsam.

»Das Kloster, Don Juan, ist meine geringste Sorge. Wir werden der Mutter Oberin ein Drittel von Doña Manuelas Mitgift als Abfindung anbieten. Ist ihr das zu wenig, dann soll sie an den König appellieren.«

»Ich denke, das wird sie nicht tun.«

»Diese Meinung teile ich.«

»Wir müssen uns also mit dem Vormund auseinander setzen. Ist der alte Herr überhaupt verhandlungsfähig?«

»Er ist kürzlich gestorben und hat erwartungsgemäß seine ganzen Ansprüche – wie auch die Vormundschaft – auf seinen ältesten Sohn übertragen. Ich habe Don Pero Martinez eine Nachricht zukommen lassen, er lebt nahe Sevilla und wird in den nächsten Tagen hier eintreffen.«

»Er wird die Art seiner Verwandtschaft mit Don Luis Alvarez – Manuelas verstorbenem Vater – genau belegen müssen.«

»Soll ich dabei zugegen sein?«

»Es wäre schon angebracht, denn in Eurem Hause lebt Doña Manuela, seit sie aus dem Kloster – ich meine, seit sie das Kloster verlassen hat. Da gibt es noch immer einige Fragen, die vor einer Unterredung mit der Oberin gelöst werden müssen.«

»Zum Beispiel?«

»Darf ich offen reden?«

»Das erwarte ich von Euch.«

»Ihr werdet unweigerlich in den Verdacht geraten, das Mädchen aus dem Kloster entführt zu haben.«

Juan lächelte. »Werde ich das? Dann lasst Euch gesagt

sein – wer dergleichen laut ausspricht, wird sich vor mir, dem königlichen Kammerherrn und Grafen von Lebrija, verantworten müssen. Ich möchte nicht in der Haut des Betreffenden stecken ...«

Der Notar wiegte bedachtsam seinen Kopf hin und her. »Doña Manuela wird es trotzdem nicht leicht haben. Als Vormund kann Don Pero ihr mehr als einen Stein in den Weg legen, zudem ...«

»Nichts dergleichen wird geschehen! Einen Tag nach ihrer Volljährigkeit wird Doña Manuela mit mir vor den Altar treten. Wusstet Ihr das nicht?«

Die feierliche Miene des jungen Notars zerbröckelte und machte einem ehrlichen Erstaunen Platz. »Nein, Don Juan! Niemand hat mir gesagt ...«

»Es ging Euch ja auch bisher nichts an – jetzt aber müsst Ihr es wissen.«

»Damit scheint mir die Gefahr für Doña Manuela gebannt, und ich bitte Euch, meine aufrichtigen Glückwünsche entgegenzunehmen.«

»Seid bedankt. Sobald ihr Vormund in Sevilla ist, gebt mir Bescheid. Ich wünsche, dass die Besprechung in meinem Hause stattfindet.«

»Wir werden danach verfahren.«

Bis zu Manuelas Geburtstag Ende Januar waren es noch elf Tage. Sie liebten sich jede Nacht und nannten es spaßhaft »Übungsstunden für die Ehezeit«. Zaida begann schon neidische Augen zu machen, weil sie argwöhnte, ihr Miguel sei ein weniger feuriger, nicht so eifriger Liebhaber.

Miguel ließ sich nicht aus der Ruhe bringen. »Du hast nur vergessen, dass es bei uns anfangs genauso war, im Übrigen stillst du jetzt unser Kind und musst geschont werden. Die heftigen Stöße beim Liebemachen können der Milch schaden – sagen die Ärzte.« Zaida aber blickte skeptisch. »So, sagen sie das ...«

16

Der König von Kastilien und León berief einen Kriegsrat ein, an dem auch Juan de Tenorio und andere Vertraute des Königs teilnahmen. Don Pedro saß an der Stirnseite der langen Tafel, hob jetzt die Hand und das leise Raunen der Gespräche erstarb.

»*Caballeros!* So manchem mag es voreilig erscheinen, wenn ich unser heutiges Treffen schon einen Kriegsrat nenne, da es doch noch weit und breit keine Kampfhandlungen gibt. Leider habe ich allen Grund zu der Annahme, dass dies nur die berühmte Ruhe vor dem Sturm ist. Ich habe vor einiger Zeit drei Kundschafter nach Norden geschickt, und einer von ihnen kehrte gestern Abend zurück. Ob die anderen noch kommen, vielleicht getötet wurden oder übergelaufen sind, weiß bis jetzt niemand. Der gestern zurückkam, bereiste mit einer Theatertruppe als Gaukler den Norden von Kastilien und einen Teil von Aragón. Wenn ein *payaso* seine Späße macht, dann legen die Leute nicht jedes Wort auf die Goldwaage. Aus Bemerkungen, Gerüchten und Kneipengeflüster hat sich mein Mann ein gutes Bild von der Lage machen können. Vorerst scheint das Bündnis zwischen Don Enrique und dem König von Aragón zu halten. Der Conde de Trastámara ist zurzeit vermutlich in Frankreich, um dort eine Söldnertruppe anzuwerben. Ein betrunkener *capitán* hat sich in einer Kneipe laut damit gebrüstet, dass er mit ganzem Herzen dabei sei, wenn die Truppen aus Frankreich kämen, um den geizigen und grausamen Pedro vom Thron zu fegen.«

Der König hielt inne, um die Wirkung seiner Worte auf die versammelten Männer zu prüfen. Einige hatten den Kopf gesenkt, andere schüttelten ihn empört, die meisten aber zeigten zornige Mienen und stießen laute Verwünschungen aus.

»Gut, *caballeros*, lasst mich dies erläutern. Da ich in den letzten, zum Glück friedlichen Jahren einen Großteil meiner

Armee entlassen und das Geld für den Alcazar und zur Verschönerung von Sevilla verwendet habe, lasse ich mich gerne geizig nennen. Der nächste Schritt wäre gewesen, Gott durch den Umbau der Kathedrale in den traditionellen Formen einer christlichen Kirche für den Erhalt des Friedens zu danken. Don Juan Pérez de Orduña, mein frommer Hofkaplan, weiß von diesen Plänen und wird sie bestätigen können.«

Ein freundlich-strenger Blick des Königs blieb am Kaplan haften, der sich ratlos umsah, aber dann eifrig zu nicken begann.

Juan verbiss sich ein Lachen, denn er wusste nur zu gut, dass der König niemals auch nur einen Maravedi in Kirchen oder Klöster stecken würde.

»Nun zu dem Vorwurf der Grausamkeit. Wer dem König den schuldigen Gehorsam verweigert und zu einem Bastard überläuft, der das Blaue vom Himmel herunter verspricht, den kann man nicht nur dumm und treulos nennen – er ist ein Hochverräter und muss dafür büßen. Soll ich ein solches Verhalten nur mit Geldstrafen oder Verbannung belohnen? Das gäbe anderen ein schlechtes Beispiel und würde viele Nachahmer finden. Nein, wer sich so an dem legitimen von Gott eingesetzten König versündigt, der hat einen Tod verdient, der ihm noch auf Erden einen Vorgeschmack auf die Qualen der Hölle vermittelt. Künftigen Verrätern sei gewiss, dass sie schon der leiseste Verdacht auf die Folterbank bringt, dass es für sie kein Erbarmen gibt. Für solchen Abschaum werde ich *in ira Dei Rex Castiliae* sein – von Gottes Zorn der König von Kastilien. Da ich aber nicht die Seelen der Menschen vergewaltigen will, gewähre ich von jetzt an bis zum Beginn des Krieges einem jeden die Möglichkeit, sich ungestraft auf die Seite des Gegners zu schlagen.«

Da ging ein erstauntes Raunen durch den Saal, und der König wartete mit vergnügtem Lächeln ab, bis es erstarb.

»Seinen Besitz aber hat der Betreffende verwirkt, und wehe ihm, wenn wir den Krieg gewinnen!«

Beifall und Lachen erklangen und es war, als atme die Versammlung auf.

Später sagte der König zu Juan: »Ich weiß natürlich, dass mich trotzdem einige aus der heutigen Versammlung verraten werden, aber so kann mir niemand vorwerfen, ich hätte keine deutliche Warnung ausgesprochen. Wie geht deine Sache voran?«

»Morgen findet das Treffen in meinem Haus statt; ich glaube nicht, dass es Schwierigkeiten gibt.«

Die gab es aber schon, denn Don Pero Martinez – er hatte von seinem verstorbenen Vater die Vormundschaft übernommen – argumentierte so: »Jeder hat das Recht, ein Vermögen testamentarisch auf Frau und Kinder zu übertragen. Niemand hätte die letztwillige Verfügung von Don Luis Alvarez – Doña Manuelas Vater – angezweifelt, wäre nicht ihre Mutter, Doña Manuela de Soto, einige Jahre später verstorben und hätte eine Tochter gleichen Namens als unmündige Vollwaise hinterlassen. In Kastilien ist es von alters her ein ungeschriebenes, aber durch viele ähnliche Fälle belegtes Recht, dass dann der nächste männliche Verwandte des Vaters am Erbe beteiligt wird und die Vormundschaft des Kindes übernimmt. Nichts anderes ist hier geschehen, denn –«

Der königliche Notar schnitt Don Pero mit einer schroffen Handbewegung das Wort ab. »Halt! Hier liegt der *casus* anders, denn sonst würde sich dieses Gespräch erübrigen. Doña Manuela wurde gleich nach dem Tod ihrer Mutter in das Clarissinnenkloster gebracht, angeblich nur, um dort die Schule zu besuchen, in Wirklichkeit aber, um das Mädchen in ein Nonnendasein zu zwingen. Ein kleiner Teil des Nachlasses wurde als Mitgift der späteren Braut Christi an das Kloster übergeben. Dort übte man zunehmend Druck auf Doña Manuela aus mit dem Ziel, sie an ihrem vierzehnten Geburtstag zur Ablegung der Profess zu bewegen. Don Pero erschien mehrmals als Stellvertreter seines Vaters im Kloster, um Doña Manuelas Sinn zu ändern, doch sie blieb standhaft. Schließlich gelang es ihr, aus dem Kloster zu entfliehen und im Haus von Don Juan de Tenorio Zuflucht zu finden. Warum dies so war, wurde schon dargelegt, und wer von den hier Anwesenden noch Zweifel hegt, kann Don Miguel und seine Frau Zaida als Zeugen hören. Ich habe mich übrigens mit der Mutter Oberin des Klosters Santa Clara geeinigt und ihr ein Drittel von Doña Manuelas Mitgift überlassen. Die Oberin hat mir nochmals bestätigt, dass von Seiten der Vormundschaft ein ständiger Druck auf sie und Manuela ausgeübt wurde. In einem etwaigen Rechtsverfahren ist sie bereit zu beschwören, dass Doña Manuela keinen Augenblick in Erwägung gezogen hatte, ein Leben als Nonne zu führen.«

Der Notar hatte Juan unter vier Augen eröffnet, dass diese Bereitschaft ein schönes Extrasümmchen gekostet hatte. Juan hatte zugestimmt.

»Das Geld ist gut angelegt und wird Euch zusammen mit dem Honorar zurückerstattet.«

Don Pero hatte die Rede des Notars mit sichtbarem Unbehagen verfolgt. Manuela saß da, verzog keine Miene und richtete ihre klaren furchtlosen Augen auf den jeweiligen Redner. Noch ehe ihr Vormund etwas sagen konnte, fügte der Notar hinzu:

»Um diesen wichtigen Punkt gleich vorab zu klären, richte ich an Doña Manuela die Frage, ob sie jemals erwogen und dies zum Ausdruck gebracht hat, als Klosterschwester ihr Leben zu beschließen.«

»Nein, meine Herren«, ertönte ihre helle klare Stimme, »das habe ich niemals. Ich bin dem Kloster für meine schulische Ausbildung dankbar, aber zur Nonne fühlte ich mich niemals berufen.«

»Dann habt Ihr also gelogen, Don Pero?«, fragte der Notar.

Der Angesprochene fuhr auf. »Ihr wagt es, mich der Lüge zu bezichtigen?«

Der Notar des Königs hob beide Hände. »Ihr habt Doña Manuelas Aussage gehört. Euer Vater und später Ihr habt jedoch der Mutter Oberin mehrfach versichert, dass sich Euer Mündel nichts sehnlicher wünsche, als bei den Clarissinnen einzutreten. Darf ich das keine Lüge nennen?«

Don Pero blinzelte wie ein geköpfter Hahn und wand sich vor Verlegenheit. »Das kann nur ein Missverständnis sein. Mein Vater hat mir mehrmals versichert, dass Manuela nirgends besser aufgehoben sei als im Kloster, und aus ihrem Verhalten sei deutlich zu erkennen, dass sie später die Profess ablegen wolle.«

»Eine ebenso freche wie schamlose Lüge«, sagte Manuela mit ruhiger klarer Stimme.

Don Pero fuhr auf. »Ihr beleidigt das Andenken eines Verstorbenen!«

»Ob tot oder lebendig – die Wahrheit muss für jeden gelten.«

»Im Übrigen bin ich Euer nächster männlicher Verwandter und damit verbinden sich Rechte wie Pflichten. Ich bin keineswegs gewillt, mein Recht auf einen Teil des Nachlasses fallen zu lassen, und zu meinen Pflichten gehört, dass ich auch nach ihrer Volljährigkeit den Lebensweg von Doña Manuela überwache.«

Don Pero Martinez, ein junger Mann von angenehmem Äußeren, hatte sich in Eifer geredet. Juan hielt die Zeit für gekommen, ihm den entscheidenden Schlag zu versetzen.

»Das werde ich tun, Don Pero, denn einen Tag nach der vorzeitigen Volljährigkeitserklärung trete ich mit Doña Manuela Alvarez vor den Altar und sie wird den Nachlass ihres Vaters als Mitgift in die Ehe einbringen. Die ausdrückliche Genehmigung des Königs liegt vor.«

Don Pero war aufgesprungen. »Ihr wollt – Ihr wollt –«

»Doña Manuela heiraten – was ist daran so seltsam?«

»Nichts – nichts ...«, stammelte der junge Mann.

Bei der Frage, wo die Trauung stattfinden solle, blieb Manuela hart. »Als Braut eines Grafen und königlichen Kammerherrn stünde es mir zu, in der Kathedrale vor den Altar zu treten – das weiß ich und bin stolz darauf. Mein Herz aber verlangt danach, gerade in der Kirche zu heiraten, die meinen Abschied von der Welt gesehen hätte, nämlich in Santa Clara. Verspürst du keinen Triumph, dort die Stelle Christi einzunehmen, den für eine Nonne vorgesehenen Bräutigam?«

»Das klingt aber lästerlich ...«

»So war es nicht gemeint. Die Ehe ist schließlich ein heiliges Sakrament und müsste vor Gott eine höhere Bedeutung haben als die Profess einer Nonne.«

Juan küsste sie. »Vollzogen haben wir sie ja schon ...«

Manuela zog ihn am Ohr. »Da waren wir recht voreilig.«

»Das müssen wir vor der Hochzeit beichten.«

»Beichten schon, aber bereuen?« Ihre Augen lächelten.

»Ja, *mi amor*, das wird nicht leicht sein.«

Am Vortag von Manuelas sechzehntem Geburtstag überreichte man Juan in der königlichen Kanzlei die von Don Pedro gegengezeichnete Erklärung der Volljährigkeit für Doña Manuela Alvarez. Am Morgen darauf erschien Don Pero Martinez.

»Verzeiht, dass ich selber komme, aber es war mir ein Herzensbedürfnis, Euch die persönliche Hinterlassenschaft Eurer Mutter selber auszuhändigen.«

In den letzten Januartagen hatte es einen für Sevilla ungewöhnlichen Kälteeinbruch gegeben und so empfingen Manuela und Juan den Gast im Salon, wo seit dem frühen Morgen ein Kaminfeuer brannte.

Manuela nahm den schon etwas brüchigen Lederbeutel entgegen. Als sie die Schnur aufknüpfen wollte, zerbrach sie unter ihren Fingern wie Zunder. Sie zog einen kleinen, etwas blind gewordenen Handspiegel hervor, zwei Zierkämme, einen schmalen goldgestickten Gürtel und ein etwa faustgroßes, mit Lederbändern fest verschnürtes Paket. Sie legte es beiseite. »Das werde ich später öffnen.«

Don Pero verbeugte sich im Sitzen. »Hier habe ich noch die Aufstellung unserer während der Vormundschaft entstandenen Kosten.«

Juan nahm sie entgegen und legte sie ohne Nachprüfung auf den Tisch.

»Wollt Ihr nicht …?«

Juan winkte ab. »Das ist unter *caballeros* nicht üblich.«

Don Pero errötete. »Ihr habt Recht – verzeiht.«

Manuela sah ihn jetzt mit anderen Augen. Damals bei seinen kurzen Besuchen im Sprechzimmer des Klosters empfand sie ihn als die andere, die feindliche Seite. Jetzt aber hatte er sich den Tatsachen beugen müssen und dabei wohl auch erkannt, dass er bei einem Zwist mit Juan Tenorio immer auf der Verliererseite stehen würde.

»Habt Ihr nicht vor, eine Familie zu gründen?« Manuelas Frage ließ ihn jungenhaft erröten.

»Ich wollte das Trauerjahr um meinen Vater abwarten und mich dann umsehen.«

»Habt Ihr noch Geschwister?«

»Zwei ältere, schon verheiratete Schwestern.«

»Dann seid Ihr ja jetzt der Herr im Haus …«

»Gewiss, aber daran muss ich mich erst gewöhnen, außerdem lebt meine Mutter noch.«

Juan schmunzelte. »Dann ist es wohl erst die halbe Macht …«

Wieder errötete Don Pero. »In den Augen der Mutter bleibt man immer ein Kind.«

Sie plauderten noch Belangloses, dann verabschiedete sich Don Pero Martinez.

»Und Euch, Doña Manuela, bitte ich nochmals, mir die aufgezwungene Rolle als Euer Vormund zu vergeben. Mit meinen dreiundzwanzig Jahren war dies wenig passend, aber ich musste mich dem väterlichen Willen beugen.«

Sie gingen in den angenehm erwärmten Salon zurück. Miguel stocherte so ungestüm im Kamin herum, dass die Funken flogen.

»Schau, Manuela, da steht er am Feuer wie Vulcanus an seiner Esse, mit rußverschmiertem Gesicht – es fehlt nur noch, dass er hinkt.«

Miguel blickte verdutzt auf. »Warum soll ich hinken, Herr? Ihr legt es wieder einmal darauf an, mich zu kränken!«

»Aber nein, Miguel, es steht dir nur wieder einmal deine Unbildung im Weg.«

»Mir auch, denn ich verstehe die Anspielung ebenso wenig.«

»Jetzt seid nicht gleich beleidigt, ihr beiden! In der römischen Götterschar gab es den Schmied Vulcanus, Gatte der Liebesgöttin Venus. Er war der Sohn von Juno und Jupiter und kam schon lahm zur Welt. So fiel ihm die Rolle des Schmiedes zu, der braucht nicht viel herumzulaufen, da zählt nur die Kraft seiner Arme.«

Miguel blickte gelangweilt und räusperte sich. »Soll ich nachlegen oder das Feuer ausgehen lassen?«

»Lege kräftig nach, denn heute bleibe ich zu Hause. Der König hat seinen Mundschenk für eine Woche beurlaubt.«

Als Miguel gegangen war, griff Juan nach dem verschnürten Päckchen. »Darf ich?«

Manuela nickte. »Vermutlich noch etwas Schmuck ...«

So war es dann auch. Juan holte vier Ringe heraus, dazu zwei Armbänder und einige Spangen. Dann hielt er ein vielfach gefaltetes Papierstück in der Hand.

»Hier ist noch etwas.«

»Sieh nach, was es ist.«

Er faltete das schon etwas brüchige Papier behutsam auseinander. »Wohl ein Brief deiner Mutter ...«

»Lies ihn vor.«

Juan las die wenigen Zeilen und es war, als fiele ein schwarzer Vorhang herab. Ihm wurde siedend heiß und er zitterte wie unter Fieberschauern.

Juan streckte Manuela das Schreiben hin, doch als sie es ergreifen wollte, zog er seine Hand zurück.

»Es ist nur – nur eine Aufstellung ...«, sagte er tonlos, erhob sich und ging zum Kamin. »Wir brauchen es nicht ...«

Mit einer schnellen Bewegung wollte er das Papier ins Feuer schleudern, doch es wehrte sich gegen den Wurf, segelte durch die Luft und sank vor dem aufgeschichteten Holzstoß zu Boden. Manuela sprang auf und bückte sich danach.

»Tu es nicht, *mi amor*, ich bitte dich.«

»Warum, Juan? Zwischen uns soll es keine Geheimnisse geben.«

»Dies wäre besser eines geblieben.«

Sie setzte sich, legte den Brief auf den Tisch, glättete ihn, beugte sich darüber und begann halblaut zu lesen.

»Meine liebe Tochter, ich vermache dir den Schmuck, den meine Mutter mir hinterlassen hat. Ich hoffe, den Tag deiner Volljährigkeit noch zu erleben, aber wenn nicht, sollst du es aus diesen Zeilen wissen. Don Luis Alvarez war dir gewiss ein guter Vater, aber er hat dich nicht gezeugt. In Wahrheit bist du die Tochter von Don Juan de Tenorio, einem Kammerherrn unseres Königs. Sollte er noch leben, wenn du dies liest, dann überlasse ich es deinem Ermessen, ihn darüber aufzuklären. Mein Rat aber ist – tue es nicht. Lebe glücklich und gedenke im Guten deiner Mutter. Gott segne dich. Manuela de Soto.«

Sie blickte auf, mit Tränen in den Augen. »Du wolltest es verbrennen, Juan?«

»Ja, *mi amor,* denn unsere Liebe ist mir wichtiger als das Geständnis einer Toten. Woher will sie wissen, dass ...«

»Eine Frau weiß es, Juan. Hast du sie geliebt?«

»Ja, Manuela, und ich war bereit, sie zu heiraten. Aber ihr Vater machte daraus eine Staatsaffäre und der König nötigte mich, Sevilla für längere Zeit zu verlassen. Was wir – deine Mutter und ich – durch unsere Liebschaft verhindern wollten, geschah dann doch: Sie wurde gezwungen, Luis Alvarez zu heiraten.«

»Ich hätte dir gleich zu Anfang meinen vollen Namen nennen sollen.«

»Auch wenn ich gewusst hätte, dass du Manuela de Sotos Tochter bist, so wäre ... Ach Gott, ach Gott – was sollen wir nur tun?«

»Jedenfalls können wir nicht heiraten.«

»Lass mich den Brief verbrennen! Wir werden dann eisern schweigen und niemand wird ...«

»Juan, Juan! Mit diesem Wissen kann ich nicht vor den Altar treten! Eine solche Ehe verstieße gegen göttliches wie menschliches Gebot. Da hat uns ein großes Unglück getroffen, aber durch eine Ehe würden wir es zu einem gotteslästerlichen Fluch machen. Nein, Juan, wir müssen es tragen und auseinander gehen.«

Er hatte sich gerade gesetzt, sprang bei ihren Worten gleich wieder auf und schrie: »Du redest dich leicht! Ich lasse mir durch diesen Wisch nicht mein Lebensglück zerstören! Wer weiß, welche Gemeinheit hinter diesem späten Geständnis steckt? Vielleicht hat sie es mir nie verziehen, dass ich aus Sevilla verschwand. Aber was hätte ich tun sollen? Mich gegen den Willen der Familie de Soto stellen, da ich noch dazu deinen Bruder José ...« Er hielt verwirrt inne. »Verzeih – ich meine natürlich den Bruder deiner Mutter.«

»Was ist mit ihm?«

»Ich habe ihn getötet – ja, aber das lag nicht an mir! Er bestand darauf und hat mich gegen meinen Willen in diesen Zweikampf getrieben. Ich konnte mich doch nicht wehrlos von ihm abschlachten lassen.«

»Ich werfe dir nichts vor, Juan, aber ich gehe noch heute ins Kloster zurück.«

Er schaute sie entgeistert an. »Was? Das kann doch nicht dein Ernst sein!«

»Natürlich nicht, um Nonne zu werden! Aber ich muss mir über einiges klar werden und das kann ich nicht in deinem Haus. Bitte verstehe mich, Juan, unsere Lage hat sich geändert. Ich erwarte von dir, dass du Zaida und Miguel aufklärst. Sie müssen einfach vergessen, was hier geschah. Niemand sonst darf von unserer Verbindung wissen! Den Hochzeitstermin in Santa Clara musst du absagen oder teile ihnen mit, er müsse aus Familienrücksichten auf unbestimmte Zeit verschoben werden.«

»Niemand wird uns glauben, dass du meine Tochter bist.«

»Sie werden es müssen.«

»Ich ersticke hier!«

Er ging hinaus, sagte zu Miguel, er solle sich von Doña Manuela alles erklären lassen. Dann hüllte er sich in einen Mantel, zog den Hut tief in die Stirn und lief auf die Straße.

Die winterlich kühle Stadt erwachte gerade zum tätigen Leben, die Händler fuhren ihre Karren zu den Plazas und stritten lautstark um die besten Plätze. Auf den Treppen der Kirchen erwachten die Bettler, streckten noch im Halbschlaf ihre schmutzigen Klauen aus und krächzten ihre monotonen Rufe.

Blind und taub für das Treiben um ihn herum, stolperte Juan durch die Straßen und Gassen. In seinem Kopf kreisten – wütend wie gefangene Wespen – hilflos-zornige Gedanken: Wie kann das Schicksal mir so etwas antun? Unsere Liebe war klar wie ein Kristall, rein wie ein Gebirgsquell. Warum musste Manuela de Soto ihr Geheimnis preisgeben? Wem sollte es schaden – wem nützen? Ach – wäre er ein Gott, er würde diesen unseligen Brief einfach aus der Gegenwart tilgen, ihn nicht existent werden lassen. Aber da war nichts zu ändern, auch wenn er den Brief vernichtete, so war sein Inhalt doch unauslöschlich in sein und Manuelas Gedächtnis gebrannt, und wenn er heimkehrte, dann wussten es auch Zaida und Miguel.

Er ballte die Fäuste und tat einen ellenlangen gotteslästerlichen Fluch. Gäbe es den Teufel, dann würde er einen Pakt mit ihm schließen und sich mit Manuela in einen fernen Winkel versetzen lassen. Zuvor aber müsste Satan ihre Erinnerung löschen.

Nach stundenlangem Herumirren war Juan auf die Wiesen bei den Flussauen geraten.

Hier habe ich José de Soto getötet – das heißt, nicht ich habe es getan …

Er drängte sich durch das Gebüsch. Nach heftigen Regenfällen hatten sich kleine Seen entlang des Flusses gebildet, und Juan – durstig geworden – hielt sich an einem Strauch fest, um zu trinken. Da sah er sein von kleinen Wellen bewegtes Spiegelbild, blickte in seine Augen und erkannte, dass es auch die ihren waren. Heftig tauchte er sein Gesicht ins Wasser und trank.

Sie wird nicht umzustimmen sein, dazu wäre es jetzt auch zu spät. Er hätte wissen müssen, dass man ein Blatt Papier nicht werfen konnte wie einen Stein. Es ist leicht und flach, sperrt sich gegen die Luft und flattert ganz nach eigenem Belieben anderswohin. Das hättest du wissen müssen, Juan, ein erfahrener Mann wie du ... Man möchte gerne seines eigenen Glückes Schmied sein und ist es am Ende doch nicht. Sich jetzt nach vorne fallen lassen und er würde im Wasser verschwinden. Doch es flüsterte zurück: Um gleich wieder aufzutauchen, mein Lieber, denn du kannst schwimmen. Auch willst du nicht sterben – noch nicht.

Er trocknete sein Gesicht und stand auf.

Es ist vorbei, Juan, vorbei – vorbei. Du hast die Liebe deines Lebens gefunden, aber ins falsche Fach gegriffen. Sie ist deine Tochter, sie ist dir ähnlich in Wesen und Aussehen. Du hast dich in dein Spiegelbild verliebt wie weiland Narkissos, der schöne Götterjüngling, den Aphrodite mit unstillbarer Selbstliebe bestrafte. In der Klosterschule wurde das als schlechtes Beispiel hingestellt, denn Selbstliebe ohne Nächstenliebe ist lästerlich.

Juan lief in die Stadt zurück, und als er sein Haus betrat, war Manuela schon gegangen.

»Es ist fürchterlich, Herr ...«, stammelte Miguel, und Zaida schluchzte laut.

»Von euch verlange ich nur eines: absolutes Stillschweigen! Wenn ihr mich liebt und hier bleiben wollt, ist das von nun an euer erstes Gebot – Stillschweigen über das, was hier in letzter Zeit geschah. Solltet ihr gefragt werden, dann habe ich Manuela, meiner Tochter mit der verstorbenen Doña Manuela de Soto, in meinem Haus Obdach gewährt bis zu ihrer Volljährigkeit. Dass ich sie heiraten wollte, war eine Schutzbehauptung, um sie nicht zu gefährden. Verstanden?«

»Ja, Herr …«

Würde man ihm das glauben? Das kümmerte ihn nicht.

Der König runzelte die Stirn. »Ja, ich erinnere mich, der Fall de Soto. Du hast die Tochter im Hause ihres Vaters eine Woche lang gevögelt, bis es dann aufkam. Ich habe dich damals dafür bewundert …«

»Und dann aus der Stadt gejagt.«

Don Pedro hob den Zeigefinger. »Juanito, das stimmt doch nicht! Alles geschah in gegenseitigem Einvernehmen! *Tiempos pasados* – längst vorbei und vergessen. Und jetzt holt die Vergangenheit dich ein. Das ist schlimm, Juanito …«

»Ihr wisst ja, wie es schmerzt, wenn man die Geliebte verliert, die einzig wirkliche, und da kommt es nicht darauf an, ob sie stirbt oder wie Manuela sich in eine Tochter verwandelt. Was soll ich mit einer Tochter?«

»Sie lieben, Juan, denn das gehört sich so. Das ist wieder ein Zwillingsschicksal: Beide haben wir unsere Geliebten verloren, doch es bleiben unsere Töchter. Du nennst sie deine Geliebte, das heißt also, dass –?«

»Ja, natürlich, weder sie noch ich wollten bis zur Hochzeit warten.«

»Die jetzt nicht stattfindet. Wer kennt inzwischen die wahren Verhältnisse?«

»Ihr, ich, Manuela, Miguel und Zaida.«

»Ist auf deine Diener Verlass?«

»Ich denke schon.«

»Gut, dann lasse ich jetzt am Hof verbreiten, deine Absicht war es, die illegitime Tochter vor dem ungewollten Klosterdasein zu bewahren, und du hast ihr deshalb bis zur Volljährigkeit Asyl gewährt. Wo ist sie jetzt?«

»Wieder ins Kloster gegangen, doch diesmal als zahlender Gast, um einige Tage religiöse Einkehr zu halten.«

Der König seufzte und schlug mit der Faust auf den Tisch. »Warum nur müssen wir uns immer verstellen, immer lügen, immer die Wahrheit verdrehen?«

»Damit keiner Anstoß nimmt von den zahlreichen geistlichen und weltlichen Sittenwächtern.«

»So wird es wohl sein, und da kann sich sogar der König nicht immer darüber hinwegsetzen. Vielleicht möchtest du jetzt Abstand gewinnen und für eine Weile nach Lebrija gehen? Ich tue es nicht gerne, aber ich beurlaube dich, solange du willst.«

»Dafür danke ich Euch, aber ich möchte noch abwarten, was Manuela für ihre Zukunft plant. Schließlich ist sie meine Tochter ...«

Juan verkroch sich zu Hause, redete nur das Nötigste und verfiel in eine Art dumpfe Erwartung – so, als käme auf irgendeine Weise alles wieder ins Lot. Täglich stellte er sich mehrmals die Frage, wie er sich verhalten hätte, wäre ihm die Vernichtung des Briefes gelungen. Dann hätte nur er es gewusst, aber hätte er sie dann zur Frau genommen? Ja, das hätte ich, kam seine trotzige Antwort. Was scheren mich göttliche und irdische Gesetze, mir gegenüber bin allein ich verantwortlich, und ich hätte es auf mich genommen.

Die Tage gingen hin, von Manuela kam auch nach drei Wochen keine Nachricht, dafür aber kursierten in der Stadt die seltsamsten Gerüchte. Don Juan de Tenorio, der unverbesserliche *burlador,* habe eine Nonne aus Santa Clara entführt und sie vergewaltigt. Nein, sagten andere, so war es nicht. Don Juan habe die Nonne durch Zufall kennen gelernt, sich leidenschaftlich in sie verliebt und aus dem Kloster freigekauft. Aber das stimme doch nicht! Alle Welt wisse, dass seine Tochter, die Frucht einer heimlichen Liebe, von ihrer Mutter ins Kloster verbannt worden sei, bis Don Juan sie nach langem Suchen aufgespürt und befreit habe.

Diana de Ulloa, in ihrer geraden Art, fragte ihn nach der Wahrheit.

»Ja, Doña Diana, sie ist meine Tochter Manuela und lebte als angebliche Vollwaise im Clarissinnenkloster. Zufällig erfuhr ich, dass sie dort festgehalten wurde, und nahm sie bis zu ihrer Mündigkeit in mein Haus auf. Das Gerücht von der Heirat mit einer entflohenen Novizin habe ich selber in die Welt gestreut, um ihren Vormund irrezuführen.«

»Und das ist die ganze Wahrheit? Aber wo ist Manuela jetzt?«

»Wieder bei den Nonnen, aber diesmal freiwillig. Sie nimmt dort weiter Unterricht, und was danach wird, soll sie allein entscheiden.«

Mit ihren klaren blaugrauen Augen sah Diana ihn so durchdringend an, als wolle sie auf der Suche nach der Wahrheit in sein Herz blicken.

»Am Hof wird viel darüber geredet ... Es scheint, Euch traue man alles zu. Mein Gemahl ist der Ansicht, dass von allen Gerüchten mit Sicherheit das übelste der Wahrheit am nächsten käme. Was könne man, so meinte er, von einem durch und durch schlechten Menschen schon erwarten? Doch nur das Schlechteste ...«

Juan zog die Brauen hoch und lächelte spöttisch. »Manchmal seid Ihr schon sehr leicht zu durchschauen, meine Liebe. Nun wünscht Ihr, ich solle Euren Gemahl zur Rede stellen, in einen Streit verwickeln und ihn zum Zweikampf fordern. Zum einen glaube ich, dass es Eure Worte sind und nicht die seinen, zum anderen fordere ich niemals einen Krüppel zum Kampf, denn er ist im Nachteil und alle Schande fiele auf mich, den allzu leichten Sieger.«

Sie lachte böse, und es klang, als klirre Metall an Metall. »Als ob gerade Ihr die Schande fürchtet! Ihr lebt doch nach eigenen Regeln! Begriffe wie Anstand, Sitte, Gesetz, Gerechtigkeit und Gottesfurcht sind für Euch nur Worte ohne Inhalt oder gar Verpflichtung. Wenn Ihr wüsstet, was mein Gemahl derzeit im Sinn hat, dann –«

»Was Don José de Pedrosa tut, beabsichtigt oder schon getan hat, kümmert mich nicht. Das geht nur Euch und ihn etwas an.«

»So – meint Ihr? Und was ist mit seinen Töchtern? Wie er sich zurzeit um die Ältere bemüht, das hat mit Vaterliebe nichts mehr zu tun. Er küsst und herzt sie wie eine Geliebte. Das Mädchen weiß kaum noch, was es tun soll, und flüchtet sich in meine Arme. Das veranlasste Don José zu der Bemerkung, was ich ihm nicht geben könne und wolle, müsse er dann bei der Tochter suchen. Was sagt Ihr dazu? Überkommt Euch nicht die helle Empörung, wenn Ihr an Eure Tochter denkt? Wer das eigene Kind missbraucht, den trifft Gottes gerechter Zorn und der Teufel reibt sich die Hände.«

»Warum erzählt Ihr das mir? Geht damit zu Eurem Beichtvater, und der soll Don José schildern, was ihm droht, und ihn wieder auf den rechten Weg bringen.«

»Euch ist wohl nichts heilig?«

»O doch, manches schon, aber das geht Euch nichts an. Lebt wohl, Doña Diana.«

Das Gespräch fand im Patio del León statt, denn Juan war gerade auf dem Heimweg. Noch ehe er den Ausgang erreichte, lief ein Diener herbei und überreichte ihm ein gesiegeltes Schreiben. Es kam von Pero Martinez, der Juan um eine kurze Unterredung bat und am nächsten Morgen – falls es ihm recht sei – um die dritte Tagesstunde zu ihm ins Haus kommen würde.

Was kann der noch wollen? Bereute er die Abmachungen – fühlte er sich betrogen?

Juan erwartete ohne große Neugier Don Peros Kommen. Als Miguel ihn hereinführte, trug der junge Mann eine so feierliche Miene zur Schau, als stünde er am Altar und erwarte den Priester mit der Hostie.

»Was führt Euch zu mir, Don Pero?«

»Eine Bitte, Don Juan.«

»Setzt Euch.«

»Verzeiht, aber ich möchte mein Anliegen im Stehen vorbringen.«

Juan nickte. »Gut – ich höre.«

»Don Juan de Tenorio, ich möchte Euch in aller Form um die Hand Eurer Tochter Manuela bitten.«

Juan sank auf einen Stuhl. Hatte er recht verstanden?

»Ihr wollt meine Tochter zur – zur Frau nehmen? Eine sehr plötzliche Entscheidung ...«

»Nein, Don Juan, eine von uns beiden sehr wohl überlegte. Nachdem Doña Manuela ihre Exerzitien im Kloster abgeschlossen hatte, wollte sie nicht mehr in Euer Haus zurück, weil sie einen Entschluss gefasst hatte. Sie nahm dann Wohnung bei einer meiner Tanten. Ich besuchte sie dort häufig und so fanden wir zueinander.«

»Welchen Plan hatte sie gefasst? Sprach sie mit Euch darüber?«

»Nein, Don Juan. Eure Tochter ist ein sehr eigenwilliger Mensch.«

»Ja, das weiß ich. Kennt Ihr die näheren Umstände ihrer Familie?«

»Sie hat mir alles Nötige mitgeteilt.«

Juan erhob sich wieder. »Sagt mir ganz ehrlich, Don Pero: Hat Manuelas Erbe Euren Entschluss beeinflusst? Ihr musstet ja zuerst darauf verzichten und nun fällt es Euch wieder zu.«

»Wärt Ihr nicht mein künftiger *suegro*, müsste ich mir diese Frage verbitten, aber Euch beantworte ich sie gern: Wenn Ihr das tatsächlich von mir glaubt, werde ich Manuelas gesamtes Vermögen dem Clarissinnenkloster schenken aus Dank für den Schatz, den es einige Jahre beherbergt hat.«

Juan lachte wider Willen. »Das ist sehr schön gesagt, und ich bin bereit, Euch zu glauben. Ihr sollt sie haben, die Hand meiner Tochter – und alles Übrige dazu.«

»Und Ihr macht den Brautführer?«

»So ist es der Brauch: Der Vater führt seine Tochter zum Altar und übergibt sie dem Bräutigam.«

Als Pero Martinez gegangen war, stellte Juan – wie schon mehrmals zuvor – die Frage, ob er nun ein anderer sei, ob dieser Schlag ihn verändert hatte. Er schaute in den Spiegel und es war Manuelas Gesicht, das zurückblickte. Ich sehe Gespenster, dachte er, nahm den Handspiegel und trat zum Fenster. Das scharfe Morgenlicht ließ sein Gesicht härter und kantiger erscheinen und die kleinen scharfen Falten in den Augenwinkeln blieben auch, wenn er nicht lachte.

Aber das bedeutete nichts. Nach Manuelas Heirat würde sich vor ihm eine Leere auftun, vor der ihn schon jetzt schauerte. Bis zum Lebensende Kammerherr und Mundschenk des Königs? Graf von Lebrija? Was bedeutet das schon. Da kam ihm plötzlich ein Gedanke. Andere gab es, für die ein solcher Titel sehr schwer wog und die bereit waren, dafür ihre Seele zu verkaufen. Sollte Don Enrique de Trastámara – des Königs verräterischer Halbbruder – in dem bevorstehenden Krieg den Sieg erringen, dann gab es für Juan de Tenorio nur noch die Flucht ins Ausland, und seine Grafschaft war dahin. Er durchdachte seinen Plan und trug ihn bei nächster Gelegenheit dem König vor.

»Ich muss für eine Weile hier heraus und hoffe, Ihr werdet das verstehen.«

»Aber ich habe dir doch einen Urlaub angeboten!«

»Was ich vorhabe, wird kein Urlaub sein – es ist eher ein Abenteuer ...«

»Nun rede schon!«

»In einigen Wochen werde ich in der Klosterkirche von Santa Clara Doña Manuela zum Altar führen, aber nicht als Bräutigam, sondern als Brautvater. Was danach kommt, daran mag ich nicht denken – mir ist, als gähne mich eine dunkle Grabeshöhle an. Euch, Don Pedro, kann ich es sagen: Ich habe ernsthaft erwogen, in den Tod zu gehen, aber ich weigere mich, es mit eigener Hand zu tun. Dann hätte Gott oder das Schicksal oder ein grausamer Zufall mich besiegt. Das kann ich nicht zulassen! So habe ich den Ausweg in ein

Abenteuer gefunden, das mit großer Wahrscheinlichkeit tödlich endet. Ich werde – wenn Ihr es gestattet – nach Aragón reisen und versuchen, Don Enrique zu töten.«

Der König zeigte sich überrascht und bewegt. »Ist das dein Ernst, Juanito?«

»Ich habe es lange erwogen und bin fest entschlossen.«

»Aber wie? Ganz Kastilien weiß, wie eng du mit mir befreundet bist! Ehe du in seine Nähe kommst, hängst du am Galgen – nein, das lasse ich nicht zu.«

Juan schüttelte den Kopf. »Nein, Don Pedro, ich habe mir etwas ausgedacht, das in Don Enriques Ohren glaubhaft klingen muss. Ich sage ihm, ich sei nach reiflicher Überlegung zu der Überzeugung gelangt, dass er Euch mit französischer Unterstützung besiegen werde. Da ich aber nicht gesonnen bin, mit Euch unterzugehen, und bleiben möchte, was ich jetzt bin, nämlich Graf von Lebrija, stelle ich mich mit Herz, Hand und Vermögen zu seiner Verfügung – vorausgesetzt, er garantiert mir schriftlich meinen Lehnsbesitz.«

»Du wirst nicht der Einzige sein, der ein solches Ansinnen an ihn stellt.«

»Umso glaubhafter ist es. Gelange ich erst einmal in seine Nähe, werde ich herausfinden, wo seine Achillesferse ist. Er mag noch so argwöhnisch und misstrauisch, so umsichtig wie vorsichtig sein – auch er hat eine schwache Stelle, die ich nun herausfinden muss.«

Don Pedro schüttelte den Kopf. »Nein, Juan, du lässt besser die Finger davon. Ich rechne dir hoch an, dass du dies für mich tun willst, aber das ist, als begingst du Selbstmord.«

»Ich tue es auch für mich, und den Tod – ich sagte es schon vorhin – nehme ich bewusst in Kauf.«

»Und wenn ich es dir verbiete?«

»Das solltet Ihr nicht, Don Pedro. Gelingt mein Plan, dann wird ein großer Krieg nicht stattfinden, denn ohne Don Enrique müssen die Pläne des Königs von Aragón scheitern. Ich zweifle nicht, dass Ihr auch so den Sieg erringt, aber es wird Tausende von Leben und viele Tausende von Doblas kosten. Beides lässt sich besser verwenden.«

Der König schaute ihn nachdenklich an. »Da muss ich dir schon Recht geben. Angenommen aber, dein Mordplan wird vorzeitig entdeckt und sie unterwerfen dich der Folter? Dann stehe ich als der Brudermörder da, der zu feige war, sich mit dem Bastard in ritterlichem Kampf zu messen.«

Juan hob die Schultern. »Das müsst Ihr riskieren. Auf der Folter kann niemand dafür einstehen, was man aus ihm herauspresst. Im Übrigen ist es meines Erachtens völlig legitim, wenn Ihr dem Hochverräter nach dem Leben trachtet. Ob ihn Euer längst gefälltes Urteil durch Mord, im Kampf oder auf der Richtstätte trifft, ist nicht von Belang. Nach altem Völkerbrauch ist ein Mann, der sich gegen den König auflehnt, vogelfrei – friedlos und rechtlos. Wer ihn erschlägt, ob Bauer oder Adliger, ob Söldner oder Vagant, hat ein rechtmäßiges Urteil vollzogen und muss belohnt werden.«

Der König tätschelte Juans Arm. »Was soll ich dagegen einwenden? Es stimmt, was du sagst, aber nicht immer werden solche Akte der Gerechtigkeit von allen gutgeheißen. Das menschliche Herz richtet oft anders, als es geschrieben steht. Aber ich sehe schon, dass ich dich in deiner jetzigen Verfassung nicht beeinflussen kann. Du wirst es mit oder ohne meine Zustimmung wagen. Setze also deinen Plan um, aber nicht kopflos und tollkühn, sondern mit der gebotenen Umsicht – an der es dir ja sonst nicht mangelt!«

»Ich werde mich bemühen ...«

»Wann willst du aufbrechen?«

»Nach Manuelas Hochzeit.«

»Vielleicht hast du bis dahin deine Meinung geändert ...«

»Vielleicht ...«

»Du wirst sie nicht ändern – ich kenne dich!«

Je näher der Tag der Hochzeit rückte, desto mehr erschien es Juan, als gleite er in einen Traum hinein. Die Realität mutete ihn so töricht an, als sei sie von Narren erdacht. Sein Haus, das gräfliche Wappen über dem Portal, seine Bücher, sein Hofamt – alles wie ein Gauklerstück, in dem Miguel und Zaida sich wie hirnlose Marionetten bewegten. Zugleich aber entstand etwas wie eine Gegenwelt, die für ihn von Tag zu Tag wirklicher wurde. Nicht Pero Martinez war es, der Manuela heiratete, sondern er, Juan de Tenorio. Die Rollen, so schien es ihm, waren falsch verteilt – ein Irrtum, den es zu berichtigen galt. Es war, als irre er in einem Labyrinth herum, doch in der frohen Erwartung, sehr bald den Ausgang zu finden.

Es war dann ein wunderschöner Frühlingstag, eine Woche vor Dominica in Palmis, als eine blumengeschmückte Pferdekutsche den Weg quer durch die Stadt zur Kirche Santa Clara nahm. In dem Gefährt saß aufrecht die bräutlich geschmückte Manuela, angetan mit weißem Brautschleier, den ein Kranz aus roten Rosen und Nelken schmückte. Ihr gegenüber saß Zaida, heute in der Rolle einer Zofe, dazu zwei kleine muntere Nachbarskinder, ausersehen zum Blumenstreuen in der Kirche. Auf dem Kutschbock thronte Miguel, dessen rostrote Haare unter der Kappe hervorlugten und sich lustig im Wind bewegten. Voraus ritten zwei heraldisch gekleidete Diener – vom Hof entliehen –, die Wappenschilder der Familien Alvarez und Martinez vor sich her haltend. Den Schluss bildete Juan, dunkel und unauffällig gekleidet, mit einem angesehenen Hofbeamten, vom König als Stellvertreter und zum Trauzeugen bestimmt.

Es hatte sich schnell herumgesprochen, dass heute Doña Manuela Alvarez, die natürliche Tochter des Don Juan de Tenorio, Conde de Lebrija, mit ihrem Bräutigam vor den Altar treten würde, und so waren vor allem die Frauen gekommen, um ihn, den verrufenen *burlador*, zu sehen. Aber nicht nur deshalb drängte sich viel Volk um den Hochzeitszug. Die beiden in der Kutsche sitzenden Kinder griffen von Zeit zu Zeit in kleine Körbe mit Blancas und warfen lachend die Münzen unter die Leute, die sich darum balgten wie Hunde um einen Knochen – auch solche, die es nicht nötig gehabt hätten. Juan sah von der Braut nur den verschleierten Kopf, der sich in der rumpelnden Kutsche wie im Takt hin und her bewegte.

Santa Clara lag im Nordwesten der Stadt, umgeben von den Äckern und Wiesen der weitläufigen Klostergärten in unmittelbarer Nähe des Flusses. Die Vögel – jetzt in der Zeit des Nestbaus – sangen und tirilierten um die Wette, quasi als Brautchor für Manuela, die noch vor der Kirche von der Mutter Oberin im Kreise der Nonnen empfangen wurde.

»Nun hast du doch einen anderen Weg gewählt, liebe Tochter, als den von mir empfohlenen. Gott lasse dich glücklich werden und halte allezeit seine Hand über dein Haupt.«

Fast gleichzeitig erschien Don Pero Martinez im Kreis seiner Familie. Juan stieg vom Pferd.

Was wollen diese Leute, dachte er verwirrt. Dort ist die Braut – hier ist der Bräutigam ... Als aber die alte gebeugte Mutter von Don Pero ihrem Sohn den Arm bot, erwachte Juan in die graue Wirklichkeit hinein und zwang sich zu der Rolle des väterlichen Brautführers.

Oder war es doch ein Traum, aus der Angst geboren, Manuela zu verlieren? Stimmen prallten an sein Ohr, Menschen beugten sich, Hände streckten sich hin – Traumgestalten?

Er fühlte eine Fieberhitze in sich aufsteigen, die schnell seinen Kopf erreichte und die Gedanken durcheinander wirbelte wie der warme Frühlingswind die Blätter vom Vorjahr.

Miguel rüttelte ihn am Arm. »Was ist mit Euch, Herr? Ihr müsst die Braut führen – sie wartet!«

»Die Braut ...? Sie wartet ... ja, gut ...«

Er führte Manuela zum Altar, vor ihr ging die Mutter des Bräutigams.

»Komm!«, zischte er Manuela ins Ohr, »wir müssen vor ihnen da sein!«

Er drängte sich an dem Paar vorbei, zwang Manuela auf den Betstuhl und kniete sich daneben.

Don Pero berührte ihn leicht an der Schulter. »Das ist mein Platz, Don Juan.«

»Der Eure? So …«

Schwankend erhob er sich, Don Pero nahm seinen Platz ein, doch als er sich umwenden wollte, vernahm er ein lautes Brausen und eine heiße Woge schlug über ihm zusammen. Er sah noch, wie sich besorgte Gesichter über ihn beugten, dann verlor er vollends das Bewusstsein.

Stunden später schlug er zu Hause wieder die Augen auf. »Bin ich noch in der Kirche?«

Der Arzt befühlte seine Stirn. »Ihr seid zu Hause in Eurem Bett, Don Juan. Das Fieber hat etwas nachgelassen, aber erst nachdem ich Euch zweimal zur Ader ließ. Zeichen von Pestilenz kann ich bisher nicht an Euch erkennen, zudem sind in der Stadt keine Fälle gemeldet. Ich nehme an, Euch hat eines dieser tückischen Frühlingsfieber angefallen, aber das ist bald überstanden, nur Geduld, mein Freund.«

Warum nennt dieser Mensch im schwarzen Talar mich Freund?

Ist es schon der Tod?

»Seid Ihr der Tod?«

Der Schwarze lächelte. »Aber nein, Don Juan, ich bin sein größter Feind und bekämpfe ihn, wo und so gut ich kann.«

»Dann seid Ihr ein – ein Engel, ein Lebensengel?«

»Das Fieber trübt Euch noch ein wenig den Sinn. Ich bin ein Arzt, der zwei Gassen weiter wohnt, wir kennen uns vom Sehen und grüßen einander.«

Juan schloss die Augen. »So – dann ist es ja gut …«

Es dauerte doch länger, bis Juan endlich auf die Beine kam, denn es gab immer wieder Rückfälle, ausgelöst durch seine Ungeduld. Kaum genesen, unternahm er einen Ausritt zum Fluss, das Pferd machte im Sumpf einen Fehltritt, und er stürzte in einen Tümpel. Das verlängerte sein Krankenlager bis in den März hinein, aber dann erschien er zur Freude des Königs am Hof, voll Tatendrang und Ungeduld. Don Pedro nahm ihn gleich beiseite.

»Mein Plan ist fertig und wird dir gefallen. Du wirst als

mein persönlicher Bote reisen und Don Enrique ein Friedensangebot machen. So wird deine Reise glaubhaft, und wenn der Bastard – was anzunehmen ist – meinen Vorschlag zurückweist, dann kannst du dein mit mir schon abgesprochenes Liedchen singen, etwa so: Seine Truppenmacht habe dich so beeindruckt, dass du – da es nun doch keinen Frieden gibt – auf den Sieg meiner Gegner vertraust und in Don Enriques Dienst trittst.«

»Unter der Bedingung, das Lehen meiner Grafschaft wird bestätigt.«

»Das muss ihn überzeugen!«

»Ich hoffe es, denn nur wenn ich sein Vertrauen gewinne, kann ich seine Lebensumstände genau kennen lernen und –«

»– seine Achillesferse finden, ich weiß. Dennoch ist mir nicht wohl dabei ...«

»Es kann ebenso gut misslingen.«

»Ja, und zwar in jeder Beziehung! Dein Anschlag geht fehl, der Bastard bleibt am Leben und du verlierst das deine. Damit wäre überhaupt nichts gewonnen und dich kostet es den Kopf.« Don Pedro streckte heftig sein Knie und es ertönte ein lautes Knacken. »Zum Hierbleiben werde ich dich kaum überreden können?«

»Nein, Don Pedro. Ich glaube sogar, diesmal würde ich gegen Euren Befehl handeln – mir zuliebe.«

»Was heißt das?«

»Ich bin zwar körperlich jetzt gesund, aber meine Seele ist krank. Allein die Vorstellung, dass Don Pero mit meiner Ge... – nein, mit meiner Tochter unter einem Dach – in einem Bett –« Juan schlug mehrmals heftig mit der Faust auf den Tisch.

»Ich kann dir nicht raten, es zu vergessen, weil es nicht möglich ist. Aber versuche wenigstens, es aus dem Zentrum deines Kopfes in eine Ecke zu drängen – einen finsteren Winkel, in den nur ganz selten ein Lichtstrahl fällt.«

»Das geht nicht so einfach, aber sobald ich eine Aufgabe vor mir sehe, sobald ich Sevilla den Rücken kehre und es mit jeder Meile ferner rückt, dann –« Juan schwieg, ergriff Don Pedros große kräftige Hand und drückte sie fest. »Ihr seid mir allzeit ein guter verständnisvoller Freund gewesen und so kann ich Euch nur herzlich bitten – was immer man Euch zutragen wird –, meinen Verrat als Täuschung zu verstehen.«

Der König blickte erstaunt auf. »Aber das weiß ich doch – so war es geplant und abgesprochen.«

»Gewiss, aber es könnten Umstände eintreten, die Euch an meiner Treue und Wahrhaftigkeit zweifeln lassen.«

Der König schüttelte nur schweigend den Kopf.

Miguel gegenüber gab Juan nichts preis.

»Gut, also Folgendes: Ich gehe im Auftrag des Königs nach Aragón – mehr brauchst du nicht zu wissen. Jede Reise birgt Gefahren, das weißt du so gut wie ich, und um dich und Zaida für den Fall des Falles abzusichern, setze ich euch zu Erben meines Hauses ein, dazu sollt ihr die Hälfte von dem bekommen, was an Bargeld vorhanden ist. Die andere Hälfte fällt an Doña Manuela. Verstanden?«

Miguels Augen wurden feucht. »Aber das ist doch – das ist –«

»Nur angemessen, mein Lieber. Beim Notar des Königs ist alles Nötige hinterlegt.«

Pepe, der damals eingestellte Küchenjunge, hatte sich als sehr tüchtig und brauchbar erwiesen. Er tat nicht nur das, was ihm aufgetragen war, sondern versuchte, auch seinen Kopf zu gebrauchen. Geschickte Hände hatte er ja, denn sogar – als Miguel sich am Kamin die rechte Hand verbrannt hatte – zum Stutzen von Juans Bart stellte er sich recht geschickt an. Der Junge war kräftig herangewachsen und konnte körperlich als Mann gelten, doch sein frisches rundes Gesicht war noch bubenhaft und seine Augen blickten groß und staunend in die Welt. Natürlich hatte er erfahren, dass sein Herr auf eine lange Reise gehen würde, und so raffte er all seinen Mut zusammen.

»Herr, darf ich Euch etwas fragen?«

Juan lächelte. »Wenn es nichts Ungehöriges ist ...«

»N-nein, es ist nur, weil – weil Ihr jetzt fortgeht und Mi-Miguel hier bleibt –« Er senkte verwirrt den Kopf und wusste nicht mehr weiter.

»Ja und – was willst du mir sagen, Pepe?«

»Ihr braucht doch irgendwen, der – der Euch – auf den Ihr Euch verlassen könnt –«

»Der mich bedient, meine Kleider richtet, den Bart schert – meinst du das?«

»Ja, Herr, das meine ich!«

»Und du hältst dich dafür geeignet?«

Da wurde der Junge eifrig. »Aber ja, Herr! Ich will nicht mein Leben lang Hausdiener bleiben, will etwas sehen von der Welt und nicht nur bis zum nächsten Marktplatz kommen.«

»Ehrlich bist du ja, Pepe. Also gut, ich versuche es mit dir, aber wenn du mir nicht taugst, schicke ich dich gleich am nächsten Tag zurück!«

Der Junge lachte übers ganze Gesicht, küsste Juans beide Hände, so feucht und innig, dass er sie nachher trocknen musste.

Miguel war das gar nicht recht. »Dieser *mocoso* soll erst einmal etwas Rechtes lernen, ehe er eine so wichtige und verantwortungsvolle Aufgabe übernimmt. Der Bursche ist Euch nur im Weg, wird Euch mehr ärgern als nützen ...«

»Aber Miguel, was regst du dich auf? Waren wir in diesem Alter nicht alle Grünschnäbel, die von kaum etwas eine Ahnung hatten? Pepe ist anstellig und sehr bemüht, alles richtig zu machen. Ich hätte ohnehin einen Burschen fürs Grobe gebraucht, warum sich erst an einen Fremden gewöhnen? Ich kenne ihn, er kennt mich, und dass Pepe ein heller Kopf ist, wirst du nicht abstreiten.«

Man hätte Miguel foltern müssen, um ihm eine Zustimmung zu entreißen, aber nun hatte er den Herrn gewarnt und sah seine Pflicht als erfüllt an.

Als Juan sich von Diana verabschiedete, gab sie ihm die

dunklen Worte mit auf den Weg: »So wenig sicher es ist, dass Ihr je von dieser Reise zurückkehrt, so ungewiss wird es sein, ob ich dann noch da bin. Sollten wir uns aber wieder finden, dann –« Sie schwieg, küsste ihn heftig, biss seine Lippen blutig und rannte davon.

17

Es war, als löse sich die eine Existenz von der anderen. In Sevilla ließ er den Kammerherrn Juan zurück, den gräflichen Hausbesitzer, den Freund des Königs, Manuelas Vater. Der hier nach Norden zog, hatte sich von all dem frei gemacht, ließ sein altes Leben zurück wie ein abgetragenes Gewand, das man zwar nicht wegwirft oder verschenkt, aber beiseite legt.

Juan fielen unterwegs immer neue Vergleiche ein für das, was er jetzt darstellte: ein leerer Schlauch, aufnahmebereit für neuen Wein – für guten, für besseren, ein Sünder nach einer Generalbeichte mit fleckenloser Seele, weiß wie ein sonnengebleichtes Laken, bereit, neue, andere Sünden auf sich zu nehmen.

Anfangs hatte er noch an Don Pedros Rat gedacht, das Erlebte aus dem Zentrum des Kopfes in eine Ecke zu drängen, in einen finsteren Winkel, den kein Lichtstrahl trifft. Das war nun ganz von selber geschehen, fast ohne sein Zutun. Manchmal streifte ihn der Gedanke, dies habe ein anderer erlebt, der – so dachte er schadenfroh – nun selber damit fertig werden müsse.

Er ritt an der Spitze seiner Truppe von zwölf Mann, die ein junger *alferez* befehligte, der auf Juans Bitte am Tag der Abreise zum *capitán* befördert worden war. Der Bursche glühte vor Dankbarkeit und hätte auf Juans Befehl den Mond vom Himmel geholt und ihn zum Nachtmahl serviert.

Pepe hatte man in ein schmuckes Gewand gesteckt, und

am Gürtel baumelte eine *cuchilla,* mehr Küchenmesser als Dolch, gleichermaßen geeignet zur Verteidigung wie zur Bedienung seines Herrn an der Tafel.

Mit ihm hatte er den richtigen Griff getan. Pepe freundete sich mit dem Dasein eines Leibdieners schnell an, wenn Juan es auch bedauerte, dass er maulfaul war und nicht Miguels trotzig-frechen Widerspruchsgeist besaß. Er war treu und ergeben, mit ihm konnte man nicht streiten, denn allein die Vorstellung, eine Meinung oder einen Befehl seines Herrn in Frage zu stellen, war ihm so fremd wie die Kenntnis der Schrift. Pepe ritt auf einem Maultier hinter Juan, und sobald er die Stimme des Herrn vernahm, kam er schnell heran und beugte sich zur Seite, um ja alles genau zu verstehen. Sein rundes ernstes Bubengesicht brannte vor Eifer und wenn er einen Befehl oder dessen Sinn nicht verstand, wurde er rot, schüttelte ratlos den Kopf und stotterte: »Herr, verzeiht, könntet Ihr vielleicht …«

Juan war davon jedes Mal so erheitert und gerührt, dass er geduldig den Auftrag wiederholte und erläuterte.

Wie immer auf Reisen quer durch Kastilien konnten die Nachtquartiere sehr unterschiedlich sein. Nach einigen Tagen erreichte der Tross das Gebiet von Montiel, wo eine gewaltige vieltürmige Festung des Santiago-Ordens die in flache Täler geduckten Dörfer überragte.

Juan, mit einem persönlichen Empfehlungsschreiben des *maestre* von Santiago, wurde von dem alten *comendador* Don Garci Moran empfangen wie ein Staatsgast.

»Wir liegen hier ein wenig abseits und haben selten Gäste«, erläuterte der bärtige und etwas gebeugte Burghauptmann.

»Aber warum eine so gewaltige Festung, abseits von Straßen und Wegen?«

»Wenn unser Orden auftritt, dann tut er es machtvoll und prachtvoll«, erwiderte Don Garci stolz.

Da hier die Abgaben der dem Orden hörigen Bauern aus

den umliegenden Dörfern zusammengezogen und gelagert wurden, ließ der *comendador* seinen Gästen so reichlich auftischen, dass nicht einmal die ausgehungerten Krieger die Tafel abräumen konnten. Froh, heute nicht ihre Zelte aufstellen zu müssen, verkrochen sie sich satt und trunken in ihre Quartiere. Für Juan hatte Don Garci im Palas die Fürstenzimmer bereiten lassen, einige üppig ausgestattete Räume, die sonst für den *maestre* des Ordens bereitstanden – »falls er einmal des Weges käme …«, fügte Don Garci mit spöttischem Ton hinzu.

Juan lächelte. »Der Besitz des Ordens ist einfach zu groß, erstreckt sich über ganz Kastilien. Der Großmeister müsste hundert Jahre leben, um alle seine Güter besuchen zu können.«

»Da habt Ihr wohl Recht, Herr.«

»Eines Tages werdet Ihr vielleicht den König als Gast beherbergen«, scherzte Juan.

»Ich habe seinem Vater lange gedient und würde mich freuen, den Sohn kennen zu lernen. Sagt unserem König: Sollten alle ihn verlassen und verraten – hier in Montiel wacht Garci Moran, auf dessen Treue er allzeit bauen kann.«

Die Diener hatten zwar in Don Juans Schlafraum ein Feuer entfacht, aber draußen tobte ein nächtlicher Sturm, der immer wieder fauchend in den Kamin fuhr und einen feurigen Funkenregen ins Zimmer blies. So befahl Juan, die Flammen zu löschen, ließ sich von Pepe auskleiden und ging zu Bett. Für den Jungen war im Nebenzimmer ein Lager bereitet, doch er zögerte.

»Auf der ganzen Reise habe ich mit Euch im selben Raum, manchmal im selben Bett geschlafen. Es könnte doch sein, dass Ihr mich braucht …«

»Ich komme schon zurecht, Pepe. Lass die Tür offen, wenn dir das lieber ist.«

Gegen Mitternacht steigerte sich der Frühjahrssturm zu einem höllischen Crescendo – tobte, heulte, fauchte, pfiff und winselte in allen nur möglichen Tonarten. Juan verkroch sich unter die Decken und schlief dennoch ein, erwachte aber, als er neben sich eine Bewegung spürte.

»Herr, ich kann nicht schlafen und habe Angst.« Das war Pepes kleine verschüchterte Stimme, die heiser klang und manchmal noch vom kürzlich erfolgten Stimmbruch umkippte. »Es ist – es ist, als rüttle der Teufel an dieser Burg, um sie durch die Luft zu – zu entführen ...«

»Es gibt keinen Teufel – zumindest keinen, der Burgen durch die Luft davonträgt.«

»Mir ist kalt und ich habe Angst ...«, flüsterte Pepe, und es klang recht kläglich.

»Kriech zu mir ins Bett«, sagte Juan und rückte beiseite.

»Verzeiht, Herr, aber es soll nicht wieder vorkommen.«

»Ich mache dir doch keine Vorwürfe. Schlaf jetzt, morgen ist der ganze Schrecken vergessen.«

Juan berührte den Jungen an der Schulter und fühlte, wie er zitterte. Er umfasste den weichen jugendlichen Körper und dachte, er fühle sich an wie ein Hundewelpe.

»Warum ist es hier nur so kalt?«

»Pepe, du bist in Sevilla geboren und aufgewachsen. Das ist einer der wärmsten Orte von Kastilien, mit heißen Sommern und sehr milden Wintern. Um diese Zeit fegt hier noch ein kalter Ostwind aus der Sierra de Alcaraz über das flache Hügelland und bringt alles zum Zittern. Schau dich nur selber an ...«

Pepe hatte sich beruhigt und rückte näher an ihn heran. »Darf ich ...?«

»Seit wir unterwegs sind, schlafen wir ja nicht zum ersten Mal im selben Bett.«

»Nein, Herr.«

Juan küsste ihn leicht auf die runde kühle Wange und wollte sich gerade wegdrehen, als Pepe fragte: »Ihr seid doch sonst mit Frauen – also, was man in Sevilla so redet, aber auf der ganzen Reise habt Ihr nicht ein einziges Mal – ich meine, Ihr habt sie immer weggeschickt – verzeiht, wenn ich Euch das frage, aber jetzt – im Finstern –«

»Findest du den Mut dazu – nicht wahr? Aber du kannst mich das ruhig fragen, und ich gebe dir eine klare Antwort: Ich habe vorerst genug. Wer immer zu essen hat und niemals hungern muss, den ekeln die Speisen plötzlich an. Das heißt aber nicht, dass sie ihm eines Tages nicht wieder schmecken. Schlaf jetzt.«

»Ich selber habe noch nie mit einem Mädchen – Ihr wisst schon ...«

»Mir wäre es in deinem Alter nicht anders ergangen, hätte ich nicht schon früh mit dem Hofdienst begonnen. Als junger Kerl bist du dann für manche der Damen eine willkommene Beute. Sie zerren dich von Bett zu Bett, und am Ende ist deine Meinung vom weiblichen Geschlecht nicht mehr die beste. Lass dir nur Zeit, Pepe, aber wenn du meinst, es geht nicht mehr anders, und du fürchtest, deine Eier könnten platzen, dann kaufe ich dir bei nächster Gelegenheit eine hübsche junge Hure. Die können es allemal am besten ...«

Juan streifte versehentlich sein Gesicht. »Du bist ja glühend heiß geworden – haben dich meine Worte so aufgeregt?«

»Ja, Herr – ja ... Aber das mit einem Mädchen möchte ich schon, ich bin ja fast fünfzehn und ...«

Juan lachte leise. »Was haben wir denn da? Gerade denke ich mir, hat der Kerl sein Messer mit ins Bett genommen, dabei steht dir der Schwengel wie dem Bock das Horn. Da gab es früher einen *caballero* am Hof, der spielte den großen Frauenverführer, war aber tatsächlich nur hinter Burschen wie dir her. Der hätte dich jetzt längst auf den Bauch gedreht und dir – nein, Schluss jetzt! Besser, du weißt von solchen Dingen nichts.«

Zu seinem Erstaunen fühlte Juan sich selber erregt und die Lust in sich aufsteigen, es dem Knabenschänder Alburquerque nachzutun. Nein, das hatte Pepe nicht verdient! Er gähnte absichtlich laut.

»Jetzt wird endlich geschlafen! Der Sturm hat nachgelassen, der Teufel ist abgezogen, und wenn du nicht sofort still bist, schicke ich dich in dein Zimmer zurück.«

Zwei Tage später langten sie gegen Abend in Zaragoza an. Schon am Stadttor erfuhr Juan von der Abwesenheit des Königs – mehr wollte man ihm, dem Fremden, nicht sagen. So ritt er mit seinen Leuten zur Aljaferia, dem alten maurischen Herrscherpalast, jetzt Residenz des Königs von Aragón. Hier zeigte sich der *capitán* der Torwache höflich und zuvorkommend.

»Ein Botschafter des Königs von Kastilien! Welche Ehre! Nur muss ich Euch um etwas Geduld bitten, denn unser König ist mit Don Enrique nach Norden geritten, um dort auf die französischen Truppen zu treffen.«

Juan spielte den Unwissenden. »Französische Truppen? Was suchen die in Spanien?«

Der *capitán* schüttelte lächelnd den Kopf. »Aber Don Juan! Ihr könnt mir doch nicht vormachen, weniger zu wissen als hierzulande jeder Bürger oder Bauer. Wir bereiten uns auf einen Krieg gegen Euren König vor, und um der Überlegenheit Eurer Truppen zu begegnen, hat Don Enrique in Frankreich Söldner angeworben. Dieses Heer wird im Laufe der nächsten Monate hier eintreffen und sich mit unseren Truppen vereinigen. Da müsst Ihr Euch schon genau überlegen, verehrter Don Juan, auf welche Seite Ihr Euch schlagt.«

Juan runzelte die Stirn und tat, als denke er angestrengt nach. »Ihr habt Recht, *capitán,* so etwas muss genau bedacht sein. Andererseits bin ich ja hierher entsandt, um die Möglichkeit einer friedlichen Einigung zu prüfen. Wann erwartet Ihr den König zurück?«

»Nicht vor Ende Mai.«

»Dann werde ich ihm entgegenziehen.«

»Nein, mein Herr, das kann ich nicht erlauben. Ihr müsst ihn hier in der Aljaferia erwarten. Wenn Ihr Euch in der Stadt umtun wollt, wird Euch eine Wachtruppe begleiten.«

»Aber meine eigenen Leute ...«

»Werden entwaffnet und müssen hier ausharren.«

»Ich bin also Euer Gefangener?«

Der *capitán* tat empört. »Aber Graf! Dies alles geschieht

nur zu Eurer eigenen Sicherheit! Als *embajador* seid Ihr eine sakrosankte Person, und falls Euch etwas geschieht, dann kommt das einer Beleidigung Eures Königs gleich. Ihr seid unser hoch geehrter Gast und werdet hier wohnen wie ein Fürst.«

Das traf schon zu: Juan und Pepe erhielten im Gästehaus ein schönes Quartier und wurden täglich zur Hoftafel gebeten, doch mehr oder minder hielt man sie als Gefangene. Zwar konnte Juan sich auf dem weiten Palastkomplex der Aljaferia frei bewegen, aber wenn er sich dem Ausgang näherte, dann trat ein höflicher Mann an ihn heran und fragte: »Ein Ausflug in die Stadt gefällig, Don Juan? Wohin immer Ihr wollt, eine Ehrenbegleitung steht für Euch bereit.«

Warum das Angebot nicht nützen? Doch seine Begleiter ließen ihn nicht aus den Augen, und als er den noch aus maurischer Zeit stammenden Turm der Kirche Santa Magdalena besteigen wollte, versuchten sie ihn davon abzuhalten.

»Das ist mühsam genug, Don Juan, und was habt Ihr davon? Nur einen Blick auf Dächer …«

Doch er bestand darauf, und sie folgten ihm mit grimmigen Mienen. Als er oben auf der zinnenbewehrten Plattform stand und über den Ebro nach Norden blickte, konnte er sehen, was er vermutet hatte. Das ganze jenseitige Flussufer war mit Zelten übersät, und da und dort flatterten blaue Wimpel mit der *Fleur de lis*, der französischen Wappenlilie. Pepe riss Mund und Augen auf.

»Aber Herr, das ist ja ein Soldatenlager! Das sind Hunderte – Tausende …«

»Es werden noch mehr kommen, viel mehr.«

»Habt Ihr genug gesehen?«

Juan schwieg und wandte sich zum Gehen. Pepe sprang wie ein Wiesel die endlose Wendeltreppe hinunter, merkte dann, dass sein Herr zurückgeblieben war, und lief wieder aufwärts.

»Verzeiht, Herr, ich war wohl zu schnell.«

»Das schadet nicht, manchmal kann man gar nicht schnell genug sein.«

Anfang Mai trafen Pedro IV., König von Aragón, Don Enrique de Trastámara und der französische Heerführer Bertrand Duguesclin in Zaragoza ein.

Schon zwei Tage später bat der König Don Juan zur Audienz. Das Treffen fand im kleinen Kreise statt. Der König empfing ihn stehend und ohne ein Lächeln. Pedro von Aragón – obwohl schon weit über die Vierzig – wirkte alterslos. Sein faltenloses Gesicht war zu einer höflichen Maske erstarrt und zeigte keine Regung. Stämmig, etwas über mittelgroß, mit sparsamen, würdevollen Gesten war er das Gegenteil des neben ihm stehenden Don Enrique de Trastámara. Der zauste erregt seinen schwarzen Vollbart, die dunklen Augen bohrten sich in Juans Gesicht mit einem Ausdruck von Hass und Neugier.

»Die Herren kennen sich?«

Don Enrique nickte. »Ja, wir sind uns schon einmal begegnet. Euer Bruder, Don Juan, hat mir treu gedient, was Eurem König offenbar nicht gefiel. Treue zu anderen ist in seinen Augen stets Verrat, und da gibt es für ihn weder Verstehen noch Verzeihen. Da war auch Eure Fürsprache vergeblich ...«

»Die gab es nicht, Don Enrique. Ich mische mich niemals in die Angelegenheiten anderer Menschen und erwarte von ihnen das Gleiche.«

Der König wies auf einige Stühle. »Nehmen wir Platz.«

Juan zögerte. »Verzeiht, Senyor, darf ich eine Bitte äußern?«

Der König nickte.

»Ich möchte nur mit Euch und Don Enrique verhandeln. Es ist eine sehr heikle Sache ...«

Der Graf von Trastámara rief erregt: »Das ist eine Anmaßung! Vergesst nicht, wo Ihr seid und mit wem Ihr redet! Wenn es schon so –«

»Beruhigt Euch, Don Enrique. Warum sollen wir den Wunsch des Botschafters nicht erfüllen?«

Dann winkte der König die Höflinge und den Schreiber hinaus. Die zwei baumlangen Leibwachen blieben an der Tür stehen. Der König bemerkte Juans fragenden Blick.

»Das sind meine treuen Basken – die verstehen kein Wort Kastilisch.«

Juan wartete, bis die Herren Platz genommen hatten, überreichte jedem mit einer Verbeugung das an ihn gerichtete Schreiben und setzte sich. Für eine Weile war nur das Knistern des Papiers zu vernehmen, dann blickten beide fast gleichzeitig auf, und Don Pedro reichte Don Enrique sein Schreiben. Als dieser zögerte, sagte der König: »Ist es so persönlich, was der König von Kastilien Euch schreibt?«

»Nein – nein, Senyor.«

Wieder senkten sich die Köpfe. Dann fragte Don Enrique mit vor Erregung heiserer Stimme: »Wisst Ihr, wie diese Botschaften lauten, Don Juan?«

»Nur sinngemäß, nicht dem Wort nach.«

Don Enrique schlug mit der flachen Hand auf das Schreiben, als wolle er die Buchstaben erschlagen wie Ungeziefer. »Das hier ist eine Anmaßung – eine freche Zumutung! Ein so genanntes Friedensangebot, verbunden mit Bettelgeschenken! Der Herr Bruder bietet mir ein paar Städte, Dörfer und Burgen an, etwa im Wert dessen, was mich bis jetzt die französischen Söldner gekostet haben. Ich kann das nicht ernst nehmen, Don Juan.«

Der König nickte. »Mir schlägt mein königlicher Vetter Verhandlungen über strittige Grenzgebiete vor, wenn ich dafür mein Bündnis mit Don Enrique aufkündige. Für Don Pedro wäre das ein billiger Frieden, uns aber blieben nichts als Kosten und Mühen. Ihr habt den weiten Weg umsonst getan, Don Juan.«

»Vielleicht doch nicht so ganz …« Juan beugte sich vor und senkte die Stirn. »Don Enrique, ich bin mit der Absicht hierher gekommen, in Eure Dienste zu treten, und diesen

Plan habe ich nicht erst jetzt gefasst. Als ich in Sevilla davon hörte, dass Frankreich Euch mit Truppen unterstützt, geführt von dem in vielen Siegen bewährten Marschall Duguesclin, gab ich unsere Sache verloren. Don Pedro hat in den Umbau des Alcazars seinen ganzen Kronschatz gesteckt, und es wird ihm schwer fallen, auch nur einen Teil der Truppen anzuwerben, die er gegen Euch benötigt.«

Das Gesicht des Königs blieb regungslos, Don Enrique aber barst geradezu vor Überraschung.

»Was? Verstehe ich Euch recht? Ihr, einer der engsten Vertrauten des Königs, wendet Euch von ihm ab und lauft zur Gegenseite über? Ihr kennt doch seine Art, sich zu rächen? Er wird Eure Freunde und Verwandten abschlachten lassen, einen wie den anderen!«

»Verwandte habe ich nicht und befreundet war ich nur mit dem König.«

»Und diese Freundschaft setzt Ihr jetzt aufs Spiel?«

»Nein – sie besteht nicht mehr, und Don Pedro war es, der sie zerstörte.«

»Könnt Ihr das näher erklären?«, fragte der König ruhig.

»Seit Ihr, Senyor, Euch mit Don Enrique verbündet und französische Truppen angeworben habt, sah sich der König von lauter Verrätern umgeben. Sein ständiges Misstrauen, seine bohrenden Fragen, seine Vorwürfe und Verdächtigungen haben ein Maß erreicht, dem ich nur mit zwei Mitteln hätte begegnen können. Das eine wäre, ihn zum Zweikampf zu fordern, das andere, ihn zu verlassen. Da er der König ist, blieb mir nur die zweite Möglichkeit. Ein Rest von Vertrauen war noch vorhanden, und so konnte ich Don Pedro bewegen, mich als *embajador* hierher zu senden. Vielleicht wollte er sich damit meiner entledigen – wer weiß? Aber da ist noch etwas. Vor einigen Jahren hat mich der König zum Conde de Lebrija erhoben. Diesen glänzenden Rang würde ich in jedem Fall verlieren – entweder durch die Ungnade des Königs oder durch Euch, Don Enrique, wenn Ihr als Sieger in Sevilla einzieht. Doch ich möchte Graf von Lebrija bleiben und bitte

Euch schon jetzt – wenn Ihr nach dem Sieg König von Kastilien seid – mir das Lehen zu belassen.«

Don Enrique schüttelte ungläubig den Kopf. »Ich kann es einfach nicht begreifen, dass gerade Ihr, den der König nach allem, was man weiß, am höchsten schätzt ...« Immer noch den Kopf schüttelnd brach er ab, und in seinen dunklen Augen stand eine ratlose Frage.

Der König erhob sich jäh, gab aber den anderen durch Gesten zu verstehen, sie möchten Platz behalten. »Ich lasse die Herren allein, weil ich glaube, dass dieses Gespräch nur euch angeht.«

Die Wachen standen stramm und gaben die Tür frei. Don Enrique hatte dem König nachgeblickt und wandte sich jetzt zu Juan.

»Ich sehe Euch heftig nachdenken – vielleicht könnt Ihr Eure Gedanken in Worte fassen.« Das klang spöttisch und ein wenig herablassend.

»Meine Gedanken würden Euch wenig gefallen, Don Enrique.«

»Sprecht sie trotzdem aus.«

»Mir ging durch den Kopf, dass ich es vorziehen würde, weiterhin friedlich in Sevilla zu leben und Don Pedros Freundschaft zu genießen. Ich bin nicht freiwillig hier, Don Enrique, das Verhalten des Königs zwang mich dazu. Schließlich habe ich das Recht, Leben und Besitz zu verteidigen, und beides schien mir in letzter Zeit so gefährdet, dass ich den Weg zu Euch fand. Wenn Don Pedro sich weiterhin so unklug verhält, wird ihm am Ende nur noch die Unterstützung der kleinen Leute bleiben, aber damit kann sich kein König auf dem Thron halten. Die Stützen des Throns sind Adel und Klerus, und wer sich ihrer beraubt, wird fallen – daran glaube ich felsenfest.«

»Da muss ich Euch freilich beipflichten, Don Juan, aber nach allem, was man hört, ist Euer Verhältnis zur Kirche und zum Glauben etwas gespannt, um es ganz vorsichtig auszudrücken.«

»Ihr vertragt eine offene Sprache, das habe ich gleich erkannt, während ich bei Don Pedro in letzter Zeit jedes Wort auf die Goldwaage legen musste. So möchte ich Euch fragen, ob Ihr jedem Eurer Gefolgsleute die Glaubensfrage stellt oder es doch wichtiger ist, wenn sie mit Herz und Hand auf Eurer Seite stehen.«

»Ich dulde keine Ketzer in meiner Umgebung! Wer mit mir und für mich kämpft, muss fest im Glauben stehen und überzeugt sein, dass Gottes Segen auf unserer gerechten Sache liegt. Aber jetzt zu Euch! Ihr wollt mir also dienen mit Herz und Hand? In Euer Herz kann ich nicht schauen, aber was kann ich von Eurer Hand erwarten?«

Den Dolchstoß in die Brust oder eine Prise Gift in den Wein, ging es Juan durch den Kopf.

Dann lächelte er verbindlich. »Meine Mittel sind beschränkt, denn ich musste so auf die Reise gehen, als kehrte ich wieder zurück. Deshalb konnte ich nur mitnehmen, was an Münze vorhanden war, habe sogar insgeheim bei einem Juden mein Haus beliehen. Es würde genügen, Euch etwa zwanzig Mann anzuwerben und auszurüsten. Wenn Ihr mich nach dem Sieg als Graf von Lebrija bestätigt, dann werden es zweihundert Mann sein ...«

Don Enrique sprang auf und warf das zerfetzte Schreiben zu Boden. »Also gut, Conde de Lebrija, ich nehme Euer Angebot an, vorausgesetzt, Ihr erfüllt Euer Versprechen. Wenn Ihr meiner Sache bis zuletzt treu und ergeben dient, dann soll die Grafschaft Euer Lehen bleiben. Aber bis dahin ist noch ein weiter Weg und ich gebe Euch zwei Tage Bedenkzeit, ob Ihr ihn mit mir bis zum Ende gehen wollt. Es kann auch ein Ende mit Schrecken sein ...«

»Das ziehe ich nicht in Betracht, ich glaube fest an Euren Sieg.«

Am nächsten Tag ließ Juan seine kastilische Begleitmannschaft antreten.

»*Capitán! Caballeros!* Ich habe mich aus wohlerwogenen

Gründen entschlossen, in den Dienst von Don Enrique de Trastámara zu treten. Jedem von Euch steht es frei, dasselbe zu tun oder nach Sevilla zurückzukehren.«

Der junge *capitán* trat erregt vor. »Don Juan, Ihr begeht Verrat an unserem König! Hätte man mich nicht meiner Waffen beraubt, so würde ich Euch jetzt auffordern ...«

»Ihr erhaltet Eure Waffen zurück, und ich stehe zu Eurer Verfügung. Was ist mit den anderen?«

Wer Familie, Verwandte und Besitz in Kastilien hatte, scharte sich um den empörten *capitán*. Nur fünf der jüngeren Männer wollten bei Juan bleiben.

»Gut, Euer Sold wird um die Hälfte erhöht, sobald es in den Kampf geht. Die anderen bekommen draußen vor der Stadtmauer ihre Waffen zurück und können unbehelligt davonziehen.«

Die Eintracht zwischen König Pedro von Aragón und Enrique de Trastámara begann zu zerbröckeln, als die gefürchteten *companias blancas* des Marschalls Duguesclin plündernd und mordend durch ein Land zogen, das sie im künftigen Kampf verteidigen sollten. Sie besetzten Barcelona und zwangen den König von Aragón zur Bezahlung von 120 000 Doblas, sollte die Stadt verschont werden. Damit war für Pedro von Aragón das Maß voll, und er zog sich aus dem Vertrag zurück.

In den nächsten Tagen sammelte Don Enrique seine Leute, und sie verließen Aragón in Richtung Nordwesten, immer dem Verlauf des Ebro folgend. Der Marschall Duguesclin zog mit seinen Truppen voraus und wartete in dem weiten Flusstal beim Städtchen Calahorra auf seine Ankunft. Unter der Bedingung, Calahorra nicht zu betreten, erklärten sich die Stadtväter bereit, die Truppen nach Kräften mit Proviant zu versorgen.

Pepe hatte sich nicht zum »Verrat« seines Herrn geäußert, sondern nur bemerkt, ihn gehe es nichts an, denn er diene Don Juan und nicht dem König von Kastilien.

»Ich müsste nichts dazu sagen, aber ich will es. Was dir und anderen als Verrat und Treuebruch erscheinen mag, ist Teil eines geheimen Plans, über den ich nichts weiter sagen kann. Vertraue mir, Pepe.«

Pepe kniff die Augen zusammen. »Dann tut Ihr nur so, als ob –«

»Vertraue mir, aber versprich mir eines: Sollte ich festgenommen und ins Gefängnis gebracht werden, dann schau, dass du entfliehen kannst. Ich gebe dir für alle Fälle ein paar Reales – verstecke sie gut und schlage dich im Notfall nach Sevilla durch.«

»Ich weiß schon, wo ich das Geld hintun werde.«

»Und?«

»Ich stecke mir die Münzen in den Arsch – das habe ich im Findelhaus gelernt. Außerdem will ich Euch nicht verlassen, auch wenn ich mit ins Gefängnis muss.«

Juan zog ihn am Ohr und Pepe schnitt ein Gesicht, als werde er gemartert. »Das musst du schon mir überlassen …«

Der lang erwartete und angesagte Krieg begann in diesem Sommer, denn Marschall Duguesclin begann über Kastilien herzufallen wie die apokalyptischen Reiter. Städte und Ortschaften, die sich für Don Enrique erklärt hatten, wurden verschont und nur mit einer Art Kriegssteuer belegt, die anderen aber büßten ihre Treue zum rechtmäßigen König mit Plünderung und Brandschatzung.

Da entschloss sich Juan zum Handeln. Der Tod von Don Enrique würde den Krieg vorzeitig beenden, denn der König von Aragón sah das Bündnis für beendet an, die Franzosen würden in ihre Heimat zurückkehren und die von Don Pedro Abgefallenen könnte der König nach einer Amnestie in Gnaden wieder aufnehmen.

Er könnte schon, dachte Juan, aber er wird es nicht tun. Für Verräter gibt es keine Gnade, die sterben einen qualvollen Tod. Don Enrique aber soll nicht qualvoll, er soll schnell sterben. Wenn du ihn tötest, wirst du mit oder nach ihm sterben. Es gibt kein Entrinnen, keine Möglichkeit, sich davonzustehlen – keine Rettung. Aber genau das wolltest du doch, Juan? Oder hast du jetzt wieder Freude am Leben gewonnen?

Er fand keine Antwort, weil er keine wusste. Eines aber fühlte er mit Gewissheit: Er würde niemals Ruhe finden, wenn er die Tat nicht ausführte. Das hatte nichts mit Treue oder Zuneigung zum König zu tun, es hing irgendwie mit der verlorenen Geliebten zusammen, aber er fand nicht heraus, wie. Sein übervolles Herz war mit Manuelas Verlust leer geworden, und diese Leere schmerzte ihn auf eine Weise, die er nicht schildern konnte. Es gab nur ein Heilmittel, nämlich Don Enriques Tod. Und wieder die Frage: Wie hing eines mit dem anderen zusammen? Und wieder die Antwort: Ich weiß es nicht! Ich weiß es nicht!

Auf den ausgedehnten Uferwiesen des Ebro erstreckte sich ein riesiges Feldlager mit kleinen, bequem eingerichteten Zelten für Don Enrique, den Marschall und andere noble Herren, während die Söldner in großen *pabellones* für je dreißig bis vierzig Mann untergebracht waren. Anders als das Leben etwa im Alcazar fand hier alles in der Öffentlichkeit statt, meist unter freiem Himmel, und das machte es für Juan so schwer, unbemerkt in Don Enriques Nähe zu gelangen.

Wochenlang hatte er ihn genau beobachtet, es aber niemals erlebt, dass der Graf alleine und damit angreifbar gewesen war. Ob er aß, ritt, schlief, spielte, jagte oder die *letrina* aufsuchte – immer war er von seiner Leibwache oder von stets bewaffneten Freunden und Vertrauten umgeben.

Juan hatte den Gedanken an Gift erwogen, aber er konnte sich damit nicht anfreunden, hätte auch nicht gewusst, wie er es Speise oder Trank beimischen sollte. Die Köche schmeckten die Speisen vor, außerdem beschäftigte der stets argwöhnische Don Enrique zwei *praegustatoris,* die zuvor alles durchkosten mussten.

Schließlich war es Don Enrique selber, der eine Möglichkeit zu seiner Ermordung bot, als er sich bei einem Nachtmahl über die zunehmende Verwilderung der Söldner beklagte.

»Zur Untätigkeit verdammte *mercenarios* können allmählich zur Plage werden, aber ehe Don Pedro nicht mit einem Heer nach Norden zieht, wird es zu keinem entscheidenden Kampf kommen. Die Männer spielen, saufen, huren, und wenn der Sold nach ein paar Tagen vertan ist, werden sie rauflustig und schlagen einen Kameraden für ein paar Blancas tot. Wir werden künftig drei- oder viermal in der Woche Kampfspiele veranstalten, und zwar am späten Nachmittag, wenn die Langeweile am größten ist. Und, meine Herren, das darf nicht nur für die Mannschaften gelten – auch wir sollten uns für den bevorstehenden Krieg ertüchtigen, und zwar in den Morgenstunden, dann sind wir den anderen nicht im Wege.«

Don Enrique ging mit gutem Beispiel voran, jeder der hochrangigen Herren durfte ihn fordern, und sie fochten dann verbissen mit stumpfen, unscharf gemachten Schwertern gegeneinander. Da keiner der Herren bei diesen Scheinkämpfen Leben oder Gesundheit aufs Spiel setzen wollte, stülpte man einen schweren geschlossenen Helm über, der auch die stärkeren Hiebe aushielt. Natürlich trug jeder ein Kettenhemd über oder unter der Kleidung, und alle wussten, dass Don Enrique das seine – außer beim Schlafen – niemals ablegte.

Anfangs prüften erfahrene Fechtmeister vor dem Kampf die Waffen auf ihre Untauglichkeit im Schneiden oder Stechen, aber das wurde zusehends vernachlässigt.

Mit einer scharfen Waffe hier aufzutreten dürfte nicht schwierig sein, überlegte Juan, aber wo ist Don Enrique tödlich zu treffen? Sein Kettenpanzer reicht von den Schultern bis über die Oberschenkel, Hals und Kopf schützt der schwere Topfhelm. Die Augenschlitze sind so schmal, dass sie kaum oder nur durch Zufall zu treffen sind, außerdem sind die stumpfen Schwerter dafür zu breit.

Juan führte sich den Ablauf eines solchen Übungskampfes vor Augen. Don Enrique hatte sich schon zuvor einen Gegner erwählt; seltener geschah es, dass einer ihn um die Ehre bat, gegen ihn fechten zu dürfen. Am Rand des Zeltlagers waren kleinere und größere Felder abgesteckt. Ehe die Kontrahenten den Kampfplatz betraten, wurden ihnen die stumpfen Waffen überreicht, und dann stülpten ihnen ihre Diener oder Knappen die schweren Helme über den Kopf. Sie nahmen ihre Positionen ein, der Fechtmeister prüfte sie kurz und gab dann das Zeichen zum Beginn des Kampfes.

Genau genommen gab es nur zwei Möglichkeiten, Don Enrique tödlich zu treffen. Die eine war das ungeschützte Haupt, ehe der Diener den Helm aufsetzte, die andere war, dem Gegner das Schwert aus der Hand zu schlagen und dann blitzschnell mit dem Dolch einen der Augenschlitze zu treffen. Juan hatte nämlich beobachtet, dass Don Enriques rechter Arm etwas schwach war und es einem stärkeren Gegner mehrmals gelang, ihm mit einem schweren Hieb das Schwert aus der Hand zu schlagen. Seit dies bekannt war, hütete sich jeder davor, Don Enrique auf solche Weise bloßzustellen, aber Juan konnte diese Schwäche nutzen.

Ob dies oder das andere gelang – für jeden Zuschauer war klar zu erkennen, dass es sich nicht um ein Versehen, sondern um geplanten Mord handelte. Halt! Da gab es noch eine dritte Möglichkeit, die allerdings sehr viel Geschick erforderte: das an den Oberschenkeln lose hängende Kettenhemd mit der *espada* hinaufzuschieben und schnell zuzustechen. Da traf man zwar nur den Bauch, aber die meisten starben wenig später an solchen Verletzungen. Schon viele Männer waren bei Freundschaftskämpfen durch ein Ungeschick ihres Gegners zu Tode gekommen – warum nicht auch Don Enrique? Aber dazu durfte die Waffe nicht stumpf sein …

Eine Möglichkeit gab es schon. Juan ging zur Rüstkammer, einem schwer bewachten Rundzelt, wo jeder nach Belieben Waffen erwerben oder – natürlich für einen Spottpreis – verkaufen konnte. Er suchte sich ein altes schartiges Schwert aus, dessen Spitze aber noch intakt war. Er brauche es zur Übung für seinen Knappen und der Waffenmeister solle es zur Sicherheit stumpf schleifen.

»Und die Spitze?«, fragte der Mann misstrauisch.

»Wir üben vorerst nur den Schlag, nicht den Stich.«

Gegen Abend ging Juan alleine zum Fluss, wo er von Ausritten her eine große Lehmgrube wusste. Er nahm eine Hand voll Tonerde, knetete sie und verkleidete damit die Schwertspitze so, dass sie wie abgebrochen aussah. Zudem sprenkelte er die Klinge mit einigen Flecken, bis es aussah, als sei ihm das Schwert in den Schlamm gefallen. So musste es gehen.

Don Enrique schien sich zu freuen, als Juan ihn um die Ehre bat, bei einer Kampfübung sein Gegner sein zu dürfen.

»Ich habe mich schon gewundert, dass Ihr bisher nicht ...«

»Aus Respekt, Don Enrique, und weil es viele gibt, die ein größeres Anrecht darauf haben.«

»Aber ich bitte Euch! Als Grafen sind wir doch ranggleich ...« Da war kein spöttischer Ton, aber es war spöttisch gemeint.

Am Abend zuvor instruierte er Pepe. »Bis morgen Mittag hast du deine Sachen gepackt und führst deinen *mulo* am Zügel. Mit anderen Worten – du musst reisefertig sein. Bei meinem Kampf mit Don Enrique bist du unter den Zuschauern und sollte einer dich fragen, dann bist du im Auftrag deines Herrn unterwegs, um dringend etwas zu besorgen.«

»Aber Herr, ich kann doch nicht –«

»Halt's Maul, Pepe, und höre mich bis zu Ende an. Du wirst den Kampf verfolgen, und wenn du siehst, dass Don Enrique fällt und seine Leibwachen mich festnehmen, dann springe auf deinen Maulesel und mache dich schnell davon.«

»Wohin?«

»Nach Sevilla natürlich oder dahin, wo der König sich gerade aufhält. Er wird dich empfangen, wenn du sagst, es seien dringende Nachrichten von seinem Zwilling.«

»Was? Das versteh ich nicht ...«

»Das brauchst du auch nicht, aber der König wird es verstehen, wenn du ihm genau erzählst, was du hier gesehen hast. Ist in deinem Hintern noch Platz?«

Als Pepe grinsend nickte, gab Juan ihm drei Doblas.

»Sollten dich unterwegs Don Enriques Leute anhalten, dann sage nur, du bist auf dem Weg nach Córdoba, wo dein Vater – ein fahrender Händler – todkrank in einem Hospiz liegt. Wenn – was wahrscheinlicher ist – dich unsere Leute befragen, dann zeige ihnen dies hier.«

Juan hatte ein Schreiben an den König verfasst, in dem nur ein mit Don Pedro zuvor abgesprochener Satz stand: »Meine Heimkehr verzögert sich.« Das bedeutete: Die Ausführung der Tat steht unmittelbar bevor.

»Wo wirst du es verstecken? In deinen Hintern passt es wohl nicht mehr ...«

»Nein, Herr, ich klebe es mit Pech an meine *cojones*, da wird es schon keiner suchen, aber es wäre mir schon lieber, wenn ...«

»Ich will es so, Pepe, das ist ein Befehl deines Herrn!«

18

Im September machte sich der König von Kastilien auf den Weg nach Norden, und es war, als gäbe es Don Enrique nicht. Er wurde überall begeistert empfangen und mit Geschenken und Treuegelöbnissen überhäuft.

»Vielleicht war es doch voreilig, eine so große und teure Armee auf die Beine zu stellen. Aragón wird den Bastard nicht mehr unterstützen und ich frage mich, woher er noch das Geld für die französischen Söldner nimmt. Jeder Tag, der ins Land geht, muss ihn Unsummen kosten, und ich würde mich nicht wundern, wenn der Verräter bei meinem Kommen die Flucht ergreift.«

Die *comandantes* stimmten ihm natürlich zu, denn einem

König widerspricht man nicht, ehe die Tatsachen ans Licht kommen.

Bei Segovia machten sie einige Tage Rast, um einen Regensturm abzuwarten, der den Herbst einläutete und die Straßen in Schlammwüsten verwandelte. Am zweiten Tag wurde das Wetter besser, der Himmel klärte sich auf, und der König überlegte gerade, ob er für morgen die Weiterreise befehlen sollte, als ihm ein Bote gemeldet wurde.

»Er ist nass und ganz durchgefroren, sagt, er habe eine Nachricht von Don Juan de Tenorio, sagte auch etwas von einem Zwilling ...«

Der König sprang auf. »Von Don Juan? Herein mit dem Kerl!«

Pepe war abgemagert, seine Pausbacken waren verschwunden, die ungeschnittenen Haare hingen verfilzt unter der Kappe hervor. Der Diener riss sie ihm unwirsch vom Kopf.

»Du stehst vor dem König, Bote!«

Als Pepe niederknien wollte, rief der König ungeduldig: »Lass das! Wo kommst du her? Gibt es etwas Schriftliches?«

»Ich – ich komme aus Calahorra, Senyor, aber das ist schon eine Weile her ...«

Er kramte in seinem feuchten und verdreckten Wams und reichte dem König das winzig klein gefaltete Stück Papier. Don Pedro ergriff es mit spitzen Fingern, um es gleich darauf fallen zu lassen.

»Verflucht – das klebt ja vor Dreck!«

Pepe errötete. »Ich habe es – es immer verstecken müssen, auf – auf Befehl des Herrn ...«

Wo er es verborgen hatte, verschwieg er lieber. Ein Diener hob es auf und reichte es zurück.

»Meine Heimkehr verzögert sich.«

Ja, so hatten sie es abgesprochen. Sollte Juan eine Möglichkeit finden, seine Tat auszuführen, dann war dies die Nachricht. Don Pedro warf das Schreiben auf den Tisch.

Nun gab es drei Möglichkeiten: Entweder sie waren beide tot oder einer von beiden lebte – Don Enrique, weil der

Anschlag misslungen war, oder Juan, weil er nach der Tat fliehen konnte. Halt! Es gab noch eine vierte Variante: Juans Plan war vorzeitig entdeckt worden, aber ihm gelang die Flucht – dann lebten beide noch.

Pepe stand mit gesenktem Kopf da und zitterte.

»Badet den Jungen heiß und gebt ihm zu essen. Dann soll er kommen und mir berichten.«

Nachdem er Pepe instruiert und ihm die Botschaft an den König überreicht hatte, durchrieselte Juan ein frohes und sieghaftes Gefühl. Das in ihm stumpf gewordene Leben regte sich und mit ihm ein starkes Verlangen nach Wein, erlesenen Speisen, Frauen ...

»Zum Schlafen ist es noch zu früh und mir ist auch nicht danach.«

Er zog Pepe spaßhaft am Ohr. »Heute werde ich mein Versprechen einlösen und dir ein Mädchen besorgen!«

Pepe, der das längst für einen Spaß seines Herrn gehalten hatte, erschrak. »Ihr – Ihr meint, jetzt gleich – heute Abend?«

»Warum ein Vergnügen aufschieben? Wer weiß, was morgen sein wird ...«

Am Rande des Zeltlagers war nach und nach eine Ansiedlung aus primitiven Hütten, Unterständen und überdachten Ochsenwagen entstanden. Hier gab es alles zu kaufen, was ein Krieger benötigte, auch vieles, was er nicht brauchte, aber dennoch begehrte. Und es gab Huren – *putas* in allen Preislagen.

Pepe musste sich waschen, kämmen und sein bestes Gewand anlegen. Vor Aufregung war er stumm geworden, und er zitterte vor Neugier, Angst und freudiger Erwartung. Juan lachte ihn aus. »Aber Pepe, es geht nicht zur Hinrichtung, sondern zu schönen Frauen! Oder willst du etwa nicht?«

»Nein, Herr – das heißt, doch ...«

Das Hurenviertel war erkennbar an den blakenden roten Laternen, die vor den Hütten und Zelten hingen.

Juan nötigte Pepe zwei Becher Wein auf. »Das macht dich kühn und feurig!«

Sie betraten eine der niedrigen Holzhütten. Eine ältere, heftig geschminkte *matrona* musterte sie kritisch, sah Juans vornehme Kleidung und bat sie herein.

»Der Herr möchten das Söhnchen in die Freuden der Liebe einführen? Nun, groß genug ist er ja schon, der junge Mann ...«

Juan überging ihre Anspielung, und sie nahmen in dem niederen länglichen Raum Platz.

»Wünschen die Herren Speisen, Wein, Süßigkeiten?«

»Nein, *matrona,* unser Verlangen geht nur nach süßen Mädchen.«

»Gut, dann werde ich meine Schönen – soweit sie nicht beschäftigt sind – den Herren präsentieren.«

Für Juan waren sie nichts Besonderes, diese drei leicht geschürzten Mädchen, die mit süßlich-falschem Lächeln hereintänzelten, sich in einer Art Tänzerinnenpose streckten und dehnten. Eine von ihnen war dunkelhäutig mit Kraushaaren, Wulstlippen und flacher breiter Nase. Von den beiden anderen hob die eine stolz ihren Kopf und blickte Juan schmachtend an, öffnete den grell geschminkten Mund und ließ ihre Zunge auf schlüpfrig-geile Art tanzen. Sie wird es oft mit Erfolg erprobt haben, dachte Juan belustigt, aber ihn stieß es ab.

Die andere war schon in mittleren Jahren und verkörperte den gutmütig-mütterlichen Hurentypus, und sie war es, an der Pepes Augen haften blieben. Die Schwarze war ihm fremd, die Frech-Lüsterne jagte ihm Angst ein, doch bei der etwas üppigen, warm und verständnisvoll Lächelnden fühlte er sich aufgehoben.

»Ich will die Dicke«, flüsterte er Juan zu.

Er gab ihr einen Wink. »Mein junger Freund hat sich in dich vergafft, meine Schöne. Gehe behutsam mit ihm um, er hat noch keine Erfahrung und seine erste Liebesstunde soll ihm eine schöne Erinnerung sein.«

Juan stand auf und zog den noch etwas zögerlichen Pepe an der Hand hoch. »Mach's gut, mein Junge!«

Dann wandte er sich zu der Dunkelhäutigen, die ihn überrascht anlächelte. »Wo kommst du her, meine schwarze Wildrose?«

»Sie ist stumm, mein Herr. Vermutlich hat man ihr schon als Kind die Zunge abgeschnitten, denn eine stumme Sklavin kann nichts ausplaudern. Wenn Euch das stört ...?«

»Aber nein! Auch die Stummheit hat ihren Reiz ...«

Sie mühte sich redlich, ihm die Liebesstunde so abwechslungsreich und genussvoll wie möglich zu machen, und Juan war es recht. Sein Verlangen nach Frauen war seit Manuelas Verlust in ihm abgestorben gewesen, aber das spielte sich nur in seinem Kopf ab, denn die Natur geht ihre eigenen Wege und lässt sich auf die Dauer weder täuschen noch betrügen. Wäre sie eine Weiße gewesen und hätte nur eine entfernte Ähnlichkeit mit Manuela oder einer seiner früheren Geliebten gehabt, so wäre er hinausgegangen und hätte auf Pepes Rückkehr gewartet. Aber dieses dunkle stumme Mädchen kam seiner Verstörtheit entgegen, sie drang ihm nicht in den Kopf, beschäftigte sich nur mit seiner Leibesmitte.

Als Juan bezahlte, lobte er die Dunkle. »Dieses Mädchen müsst Ihr hüten wie einen Schatz. Sie weiß genau, was ein Mann erwartet, ist eifrig bemüht und von nettem Wesen.«

Die *matrona* strahlte. »Ihr seid nicht der Erste, der mir dies sagt. Doch Euer junger Freund findet kein Ende ...«

»Er hat viel zu lernen, und das braucht Zeit.«

Dann kam Pepe heraus, die *puta* hatte einen Arm um seine Schulter gelegt. Seine Pausbacken glühten wie im Fieber, sein Blick war entrückt.

»Na, Pepe, wie war's denn?«

Der Junge schwieg und blickte das Mädchen an. Sie lächelte mütterlich.

»Etwas ungestüm noch und ein wenig täppisch, aber er wird die Feinheiten schnell lernen und dann viele Frauen beglücken.«

Pepe strahlte und verbeugte sich linkisch. »Es war mir ein Vergnügen, meine Dame!«

Die *matrona* kicherte entzückt. »Der junge Mann weiß, was sich gehört.«

Ehe sie schlafen gingen, sprach Juan mit ihm alles noch einmal durch und Pepe – mit abwesendem Blick – nickte und versprach genaue Ausführung.

Am Morgen weckte ihn Pepe mit fröhlichem Gesicht. »Herr, es regnet – nein, es gießt, ein richtiges *aguacero!* Ein Kampf wird nicht stattfinden können!«

»Der Tag ist noch lang ...«

Wie das bei Platzregen so ist, sie kommen und gehen schnell und zur vierten Tagesstunde grinste die Sonne hämisch auf jene hinab, die sich ihre stumpfen Schwerter um die Ohren hieben.

Wenn Don Enrique kämpfte, nahmen es die Waffenmeister genau und prüften die Schwerter gewissenhaft auf ihre Ungefährlichkeit.

»Das ist mir gerade in den Dreck gefallen«, erklärte Juan die Schlammflecken. Der Waffenmeister nickte und fuhr mit seinem Daumen die Schneide entlang.

»Schön stumpf und die Spitze scheint abgebrochen.«

»Ja, schon lange. Mein Knappe übt manchmal damit.«

Bei Don Enrique schaute man kaum hin, denn der Graf von Trastámara war über jeden Verdacht erhaben. Die beiden Knappen setzten ihren Herren die Topfhelme auf und verließen die Kampfbahn. Juan konnte noch sehen, wie Pepe einem anderen die Zügel seines Maulesels aus der Hand nahm.

Sie stellten sich in Positur, hoben auf ein Zeichen des Fechtmeisters ihre Waffen und begannen loszuschlagen.

Juan missachtete alle Regeln und schlug wie ein Berserker auf den oberen Teil von Don Enriques Schwert.

»Don Juan!«, rief der Fechtmeister, »Ihr wisst doch, dass ...«

Seine Warnung ging unter, als Don Enriques Schwert klirrend zu Boden fiel. Nun hätte es der Regel entsprochen, dass Juan zurücktrat, um dem Gegner Gelegenheit zu geben, seine Waffe aufzuheben. Doch er trat vor, sah Don Enrique entsetzt zurückweichen, als er die auf ihn gerichtete Schwertspitze bemerkte, von der die Schlammkruste weggebrochen war. Juan schob das Kettenhemd hoch und stieß zu. Er traf auf Widerstand, Don Enrique taumelte zurück, glitt aus und stürzte so hart zu Boden, dass sein Helm sich löste und dumpf kollernd davonrollte. Um besser sehen zu können, riss sich Juan den eigenen Helm herunter, beugte sich über den Gestürzten und hob sein Schwert, um es ihm in die Kehle zu stoßen. Er hörte noch Don Enriques Ruf: »Nicht töten! Nicht!« Dann traf ihn ein schwerer Schlag auf den ungeschützten Kopf und er verlor das Bewusstsein.

Don Enriques Ruf war kein Flehen um Gnade gewesen, sondern galt den beiden Leibwächtern, die bei der seltsamen Wendung des Kampfes sofort herbeigestürzt waren und mit ihren Keulen ausholten. So fielen die beiden Schläge etwas milder aus. Der eine war an der Schläfe abgeglitten, hatte das linke Ohr gestreift und war auf die Schulter geprallt, der andere traf den Hinterkopf, aber – durch Don Enriques Warnruf – mit geminderter Wucht.

Um nicht zu schreien, presste Pepe seine Faust auf den Mund und riss – als er Juan stürzen sah – seinen Maulesel am Zügel hinter sich her, sprang auf den Sattel und verschwand in den Flussauen. Es hätte der Eile nicht bedurft, da keiner von den gebannten Zuschauern auf ihn achtete.

Juan erwachte im Zelt von Don Enrique, und sein erstes Empfinden war eine würgende Übelkeit und dann traf ihn der Schmerz, als presse sich ein glühendes Eisen auf seinen

Hinterkopf. Der Feldscher wartete schon, stützte seinen Kopf und hielt eine Schüssel bereit. Juan hätte sich nicht selber bewegen können, denn Hände und Füße waren gefesselt.

Don Enrique beugte sich über ihn und Juan bemerkte einige graue Haare in dem pechschwarzen Bart.

»Wie Ihr seht, ist Euer Mordanschlag nicht gelungen, denn was jeder Rossknecht hier weiß, habt Ihr offenbar missachtet. Ich trage unter dem Kettenhemd einen Lederpanzer. Dass meine Leibwächter Euch nicht getötet haben, werdet Ihr noch bitter bereuen, aber zuerst sollt Ihr Euch erholen und kräftigen, denn nur bei voller Lebenskraft tut die Folter ihre Wirkung.«

Juan schloss die Augen. Das schmerzhafte Pochen in seinem Kopf hatte seinen ganzen Körper ergriffen und fühlte sich an, als schlage ein Folterknecht auf eine offene Wunde. Das ließ seine Ohren taub werden für Don Enriques Stimme.

Nach vier Tagen war Juan so weit wiederhergestellt, dass ihn Don Enrique in den Kerker des Stadthauses von Calahorra bringen ließ. Aber zuvor wollte er ihn noch befragen, und zwar *de hombre a hombre* – ohne Zeugen.

So wurde Juan mit dem Rücken an einen Stuhl gefesselt, Hände und Füße waren derart verschnürt, dass er sich kaum noch bewegen konnte. Die Kopfschmerzen hatten sich zu einem leisen, erträglichen Pochen gemindert, das von der Keule gestreifte Ohr war von einem Heilpflaster bedeckt.

Don Enrique rückte seinen Feldstuhl nahe heran. »Ich möchte zunächst nur erfahren, was Euch zu dem Anschlag bewogen hatte. Seid Ihr schon mit diesem Vorsatz hierher gekommen?«

»Nein, als ich in Zaragoza eintraf, war ich Don Pedros Bote und hegte den Wunsch, mich Euch anzuschließen. Die Euch damals schon genannten Umstände zwangen mich dazu, außerdem war ich der festen Meinung, Ihr würdet für Kastilien der bessere König sein. Dann musste ich erleben, wie dieser

Marschall mit seinen Mordbrennern über unser Land herfiel und Ihr ließt ihn gewähren. Da musste ich mir meinen Irrtum eingestehen und in mir bildete sich der Wunsch, Kastilien von Euch und damit auch von den Franzosen zu befreien. Vielleicht – das gebe ich zu – wollte ich mich mit dieser Tat bei Don Pedro wieder in Gunst setzen.«

Don Enrique wiegte seinen schmalen Kopf, in seinen Augen stand der Zweifel. »Das klingt recht einleuchtend, nur eines stört mich daran, nämlich die Art Eures Anschlags. Ihr seid ein kluger Mann und musstet Euch sagen, dass es kein Entrinnen gibt, wenn Ihr mich sozusagen vor aller Augen erdolcht. Und es sollte um Don Pedros und Kastiliens willen geschehen? Nein, Don Juan, zwar kenne ich Euch nicht so gut, aber für solche Heldentaten seid Ihr nicht der Mensch. Ihr seid ein Spötter und Verführer – eben der berüchtigte *burlador* –, aber Euer Plan war weder waghalsig noch durchdacht, er war kopflos und ohne die geringste Aussicht auf Erfolg.«

»So sehe ich es nicht ... Wären mir Eure Leibwächter nicht zuvorgekommen, lägt Ihr jetzt mit durchschnittener Kehle im Grab.«

»Mag sein, aber Euch hätte es nicht gerettet – meine Freunde hätten Euch erschlagen wie einen tollwütigen Hund. Ich kann noch immer keinen Sinn entdecken. Freilich, Don Pedro hätte es vorerst genügt, für ihn wäre mit meinem Tod die schlimmste Gefahr gebannt gewesen. Sein Chronist hätte Euch dann als Märtyrer für die Krone von Kastilien in den Annalen verewigt. Ein solches Denken hätte vielleicht zum Cid Campeador gepasst, aber doch nicht zu Euch.«

»Kennt Ihr mich so gut? Wenn Ihr wüsstet, was zuletzt in meinem Leben vorging, dann würdet Ihr es verstehen – vielleicht ...«

Als hätte er Juans Hinweis nicht gehört, schüttelte Don Enrique heftig den Kopf. »Nein, mein Lieber – nein, mich könnt Ihr nicht täuschen! Der Anschlag war mit Don Pedro abgesprochen und Ihr habt Euch – gelockt durch irgendwelche Versprechen – dazu missbrauchen lassen.«

»Verzeiht, Don Enrique, jetzt widersprecht Ihr Euch selber. Vorhin habt Ihr mich noch einen klugen Mann genannt und jetzt unterstellt Ihr mir die Dummheit, für irgendwelche Versprechungen eine Tat zu begehen, die ich nach menschlichem Ermessen nicht überleben und demnach auch keinen Lohn dafür erhalten kann.«

»Dann sagt mir doch um Gottes willen die Wahrheit!«

»Vielleicht wollte ich Euch und mich gemeinsam aus der Welt schaffen?«

»Mord und Selbstmord? Mit einer solchen Sündenlast wolltet Ihr vor Gott treten? Das kann ich auch einem *burlador* nicht glauben.«

Juans Kopfschmerzen verstärkten sich. »Glaubt, was Ihr wollt, Don Enrique, und hängt mich an den nächsten Baum – vielleicht wird Euch dann wohler.«

»Für Eure Tat würde Euch jedes Gericht der Welt zum Tode verurteilen und ich sehe keinen Grund, Gnade walten zu lassen. Aber ich habe ein Recht auf Wahrheit. Wem von einem anderen Menschen das Leben abgesprochen wird, der muss wissen, warum. Das versteht Ihr doch?« Es klang fast flehentlich.

»Gewiss, aber mehr kann ich Euch nicht sagen, und von einem Gefolterten würdet Ihr ohnehin nur erpresste Lügen hören.«

Don Enrique ging ohne ein Wort hinaus, und Juan wurde nach Einbruch der Dämmerung in den Kerker des Stadthauses von Calahorra gebracht. Zum Schein fragte er, ob es ihm erlaubt sei, seinen Diener mitzunehmen, aber da kam nur die hämische Antwort, der Kerl habe längst das Weite gesucht.

Zu seiner besonderen Bewachung wurden zwei Männer abgestellt: Der eine war ein muskelbepackter Riese, der andere, klein und sehnig, galt als Schlaukopf.

»Das ist ja die richtige Mischung«, scherzte Juan, »Kraft

und Geist. Da werde ich mich anstrengen müssen, es Euch recht zu machen.«

Der Riese schaute nur dumpf und blöde, der Kleine aber grinste und nickte. »Ja, Don Juan, aber hier könnt Ihr nicht viel falsch machen – ein an Händen und Füßen Gefesselter kann im Grunde gar nichts machen.«

Den Kleinen und Schlauen nannte Juan bei sich Cuco, den tölpelhaften Riesen Torpe.

19

Im Kerker von Calahorra gab es einen Raum für hart gesottene Schwerverbrecher, und dort hielt man Juan fest. Es hätte keiner Fesselung bedurft, denn der durch eine hoch gelegene schmale Luke notdürftig erhellte Raum befand sich tief unter der Erde und war nur von der Decke aus durch eine Falltür zu erreichen.

Juan wurde an einem Strick hinuntergelassen, und da war nichts als ein stinkender Haufen von verrottetem Stroh, daneben ein Kübel für die Notdurft. Ohne an die Wand gekettet zu sein, waren seine Arme und Beine so aneinander gefesselt, dass er sich mit winzigen Schritten dahinschleppen und seine Hände zum Essen und Trinken benutzen konnte.

Einmal am Tag öffnete sich die Falltür und meist erschien das runde teigige Gesicht von Torpe, dem Riesen. Er rief »Heda!«, und wenn er Juans Ketten rasseln hörte, sandte er einen ellenlangen schweinischen Fluch hinterher, wobei er Juan regelmäßig als *cabron* – als Mistkerl – bezeichnete. Dann ließ er einen Korb mit Brot und Wasser hinab. Das Brot war meist alt und hart, aber das Wasser in dem angeschlagenen Krug schmeckte kühl und frisch.

Juan zwang sich dazu, die gegenwärtige Lage gelassen hinzunehmen, denn – so überlegte er – Don Enriques Situation war keine dauernde und das Lager vor Calahorra diente als Sammelpunkt für eine Truppe, die – so oder so – innerhalb der nächsten Wochen auf irgendeine Weise tätig werden musste. Dann würde man ihn von hier fortschaffen, aber wohin? Juan zwang seine Gedanken in eine andere Richtung. Warum sich Sorgen machen? Wenn es morgen oder übermorgen oder in einer Woche oder in einem Monat zur Entscheidungsschlacht kam, dann liefen seine Wärter davon und irgendwer würde ihn befreien.

Seltsam, heute erschien nicht der Rundschädel des Riesen Torpe, sondern Cucos schlaues Gesicht mit dem spitzen Kinn und den eng stehenden Augen. Mit hohntriefender Stimme flötete er herab: »Ah, Don Juan, eine gute Nachricht! Heute ist Freitag und damit Fasttag zu Ehren des Herrn! Was essen gute Christen am Fasttag?«

»Vielleicht einen schönen Fisch?«, versuchte Juan zu scherzen.

»Erraten! Ich sehe schon, Ihr habt Euren Verstand nicht eingebüßt. Den Fisch habe ich da – Achtung!«

Der Korb kam herab und darin lag tatsächlich auf einem irdenen Teller ein gebratener Fisch, gut eine halbe Elle lang.

»Das Wasser kommt später«, rief Cuco, doch Juan hörte kaum noch hin, sondern machte sich gierig über den Fisch her.

Ziemlich versalzen, aber er schmeckte köstlich! Juan schlang sogar die Gräten mit hinunter und aß dazu einen Rest Brot, der von gestern geblieben war. Wenig später kam der Durst.

»He – ihr da oben! Habt ihr mein Wasser vergessen?«

Es rührte sich nichts, die Falltür blieb ein längliches dunkles Viereck am Rand der gewölbten Decke. Der Durst stieg, Mund und Rachen brannten von der versalzenen Speise; Juan fühlte sich wie ein Drachen mit feurigem Schlund.

Mühsam hob er einen der herumliegenden Steine auf – wie waren die hierher geraten? – und versuchte, die hölzerne Falltür zu treffen, doch mehr als heftiges Kettengerassel brachte er nicht zustande. Er konnte seine locker gefesselten Hände zwar in einem gewissen Spielraum bewegen, aber damit nicht zu einem Wurf ausholen. Erschöpft fiel er auf sein Strohlager. Anfangs hatte ihn noch dessen fauliger Gestank gestört, doch jetzt nahm er ihn nicht mehr wahr. Auch seinen eigenen ungewaschenen Körper hatte er gerochen, aber dies alles, die Fesseln, der lichtlose Kerker, der Gestank, die Demütigungen von Cuco und Torpe, dies alles war belanglos geworden vor dem verzehrenden Feuer seines Durstes.

War nicht die Mauer unter dem Fenster immer etwas feucht? Er kroch auf allen vieren hin und – tatsächlich! – er ertastete etwas wie eine feuchte, sich schmierig anfühlende Stelle. Er saugte sich mit seinem Mund dort fest, versuchte verzweifelt, dieses Nass herauszusaugen, gab es aber bald auf.

In der Nacht fand er keinen Schlaf oder anders gesagt – er schlief schnell ein und wachte schnell wieder auf, gepeinigt von Traumbildern, die ihm das Element Wasser in allen möglichen Varianten vorgaukelten. Da war etwa eine hitzeglühende ausgedörrte Wüste, durch die er sich hinschleppte, während in der Ferne eine blinkende Wasserfläche lockte. Er kroch auf Händen und Füßen durch den brennenden Sand, das Wasser kam langsam näher – ja, er fühlte sogar seinen kühlen Hauch, und dann – endlich, endlich – tauchte er seine Lippen hinein, trank und fuhr vor Entsetzen zurück: Es war eine bittere, gallige, brackige Salzbrühe, die er sofort ausspie und dabei erwachte.

Ein anderer Traum führte Juan in eine üppig wuchernde Landschaft mit blühenden Büschen und Bäumen, grünen Feldern und bunten Blumenwiesen. Am verlockendsten aber waren die Bäche und Flüsse, die das Land durchzogen, die er plätschern und sprudeln hörte. Ein Paradies! Doch sobald er sich einem dieser Gewässer näherte, veränderte es sich. Die Flüsse schrumpften zu schmalen Bächen und diese verwandelten sich in trockene Rinnen, sobald er sich darüber beugte. Als er sich verzweifelt aufrichtete und um sich blickte, war die liebliche Landschaft zu einer steinigen Wüste verdorrt, aus der da und dort die geschwärzten Stämme verbrannter Bäume ragten. Verstört wachte er auf. Vor Erschöpfung schlief er dann gegen Morgen ein, um wenig später von Torpes polternder Stimme geweckt zu werden.

»Heda – *cabron!*«

Juan fuhr auf, blinzelte, und sofort überfiel ihn wieder der Durst. Er wollte etwas sagen, brachte aber kein Wort hervor, krächzte nur. Er hustete, räusperte sich und würgte schließlich heraus: »Wasser – Wasser – Durst ...«

Da verschwand Torpes dumm-feistes Gesicht und Cucos länglicher Frettchenkopf erschien.

»Ah, der Herr kann ja noch reden! Das bisschen Durst bringt doch einen *caballero* nicht um – oder?« Er lachte meckernd, und dann senkte sich der Korb herab, in dem nur ein runder Laib Brot lag.

»Das Wasser ...«, ächzte Juan, »wo bleibt das Wasser?«

Wieder ein hämisch meckerndes Lachen. »Zuerst wird gegessen, Euer Gnaden!«

Beim Anblick des Brotes gesellte sich ein nagender Hunger zu dem Durst und Juan würgte ein paar Brocken hinunter. Zu spät merkte er, dass diesmal sogar das Brot stark gesalzen war. Es gelang ihm noch, die letzten Bissen auszuspeien, dann brach er zusammen und fiel in einen ohnmächtigen Schlaf.

Tagsüber dämmerte er dahin, fing seinen Urin in der hohlen Hand auf und trank ihn, aber es war nicht viel, und bald brachte sein ausgedörrter Körper keinen Tropfen mehr hervor.

Als sich am Abend das Dämmerlicht der schmalen Fensterluke im Dunkel der Nacht auflöste, nickte Juan ein. Sein brennender Durst hatte sich zu einer Empfindung verdichtet, als sei sein Körper verdorrt und welk geworden wie ein herbstliches Blatt und so leicht, dass ein feiner Hauch ihn dahinschweben ließ. Ein schönes Gefühl, so schwerelos zu sein, aber es war begleitet von dem Unbehagen, aus Versehen anzustoßen und zu zerspringen. Oh, da musste er aufpassen!

Er konzentrierte sich darauf, still zu halten, gestattete sich nicht die kleinste Bewegung, atmete kaum. Da spürte er, wie sein federleichter Körper niedersank. Zugleich kam von der Fensterluke eine blendende Helligkeit. Hatte die Sonne im Herbst einen so tiefen Stand erreicht, dass ihre Strahlen die Luke erreichten? Langsam öffnete er seine Augen, und da war keine Sonne, sondern ein leuchtendes Bild. Er kicherte. Eine Heiligenerscheinung? Sollte Gott doch existieren und die ungläubige Seele mit einem Wunder betören wollen?

Das zuvor undeutliche Bild gewann an Schärfe, und dann gab es keinen Zweifel mehr: Diana de Ulloa blickte ihn lächelnd an. Ja, sie war es, die in strahlender altersloser Schönheit auf ihn herablächelte. Die blonden Haare bedeckten wie ein kostbares Gewebe ihre nackten Schultern. Auf dem schlanken Hals ruhte ihr stolzes Haupt, die blaugrauen Augen leuchteten ihn engelsgleich an. Diana ein Engel? Diana eine Heilige? Santa Diana? Hatte ein barmherziger Gott sie ihm in seiner Not als Retterin gesandt?

»Diana! Bist du es wirklich?«

Ihr Lächeln verstärkte sich, und mit langsamen feierlichen Bewegungen strich sie die Haarflut auf den Rücken und entblößte ihre kleinen festen Brüste.

»Komm – komm …« Ihre Stimme war nur ein Hauch, aber es genügte, um seinen gewichtlosen Körper anzuheben. Er schwebte zu dem Bild empor, sie umfasste ihre Brüste mit den Händen und aus beiden schoss ein dünner weißer Strahl.

Trinken! Trinken! Er versuchte, die Milch mit dem Mund aufzufangen, was ihm aber nicht gelang. Näher! Näher! Er musste ihren Trank spendenden Brüsten näher kommen, und als es ihm gelang, löste sich das schöne Bild auf, hinterließ einen lichten Schein, der schnell verblasste. Da sank sein Körper zurück ins Stroh, und um ihn wurde es dunkel. Schnell zogen wirre Traumbilder vorüber, die immer damit endeten, dass es irgendwo zu trinken gab, er aber stets daran gehindert wurde.

Gegen Morgen drang erfrischende Kühle in den stickigen

Kerker, und Juan vernahm ein feines gleichmäßiges Rauschen. Sein klarer Verstand kam für einen Augenblick zurück. Calahorra lag im Norden von Kastilien und die hier sehr heftigen Herbstregen hatten eingesetzt.

Regen ist Wasser, ist trinken, ist Wasser, ist trinken ... So kreiste es unaufhörlich durch seinen Kopf, und dann drängte sich die Erinnerung an eine bestimmte Szene dazwischen.

Es war in seinem Haus in Sevilla, da hatte Zaida vom Küchenfenster zum nächsten Baum eine Leine gespannt und Wäsche daran aufgehängt. Gegen Morgen war ein heftiger Regensturm niedergegangen und hatte das dem Fenster am nächsten hängende Wäschestück in die Küche geweht, ohne es von der Leine loszureißen. »Das ist eine schöne Bescherung!«, hatte man Zaidas empörte Stimme im ganzen Haus vernommen. Der Stoff hatte sich nämlich mit Wasser vollgesogen und es in einem stetigen Strom in die Küche geleitet, bis ein Teil des Bodens damit bedeckt war. Was Zaida damals geärgert hat, dachte Juan, kann jetzt deine Rettung sein.

Der Regen draußen hatte sich so verstärkt, dass feine Tropfen durch die Luke herabsprühten. Juan riss sich das schmutzstarrende Hemd vom Leib und versuchte es auf den Mauervorsprung der schmalen Fensteröffnung zu werfen. Er tat es – durch die Fesseln gezwungen – mit beiden Händen, aber das Hemd war zu leicht und die Luke zu hoch. Sein Körper glühte und seltsamerweise trat sogar Schweiß aus. Da muss doch noch irgendwo Wasser in mir sein ...

Schließlich sammelte Juan einige der in den Ecken liegenden Steine und Mörtelbrocken und knüpfte sie in einen der Hemdsärmel. Schon beim zweiten Versuch gelang der Wurf, und der schwer gewordene Ärmel blieb auf dem Mauervorsprung liegen, während der übrige Teil des Hemdes herunterhing.

Zu Tode erschöpft sank Juan auf sein Strohlager und schlief ein, erwachte aber nach etwa einer Stunde, vor Kälte zitternd. Sein brennender Durst erinnerte ihn sofort an das Hemd. Er kroch hin, hörte den Regen rauschen und sah den nassen Fleck, der sich schwarz auf dem Boden abzeichnete.

Wasser! Das Hemd war voll gesogen und spendete regelmäßige Tropfen, die in dem gestampften Lehmboden versickerten. Aber dort in der Ecke lag ein vergessener Krug mit abgebrochenem Henkel und schartigem Rand, doch sonst durchaus brauchbar. Juan stellte ihn unter das tropfende Hemd und zwang sich dazu, auf sein Lager zurückzukriechen. Dort wollte er abwarten, bis sich eine trinkbare Menge gesammelt hatte.

Das war aber nicht so einfach. Er hörte deutlich das Tropfen. Zuerst fiel es auf trockenen Grund und tönte ganz leise dong – dong – dong, dann aber hatte sich etwas Wasser gesammelt und nun vernahm er ein verlockendes, deutlich hörbares pitsch – pitsch – pitsch. Er hielt sich die Ohren zu und vergrub sein Gesicht im faulen Stroh, versank in einen Dämmerschlaf. Etwas schreckte ihn auf. Hatte er geträumt? Ah, da war es wieder: pitsch – pitsch – pitsch. Er kroch zum Fenster, nahm sachte den Krug und schüttelte ihn. Halb voll – mindestens! Wenn die Wärter es bemerkten, würden sie ihm das Hemd wegnehmen. Er streckte sich und zog es herab. Tropfnass fiel es in seine Arme, und nun galt es, den Stoff behutsam auszuwringen, um nur ja keinen Tropfen zu vergeuden. Er tat es und der Krug füllte sich fast bis zum ausgezackten Rand. Er suchte mit den Lippen eine glatte Stelle, trank und trank und trank.

Ihm war, als sei er von einer schweren Krankheit genesen. Er fühlte, wie das Wasser belebend seinen Körper durchdrang, ihn wieder schwer und lebendig machte. Und trotzdem war es nur der besagte Tropfen auf den heißen Stein. Juan hatte das Gefühl, als sei in seinem Körper noch Platz für ein Riesenfass voll Wasser.

Er breitete sein feuchtes Hemd zum Trocknen aus, versteckte den Krug in einem finsteren Winkel und legte sich hin. Die letzten Nächte, das war kein erquickender Schlaf gewesen, sondern nur von Durst gepeinigte Wachträume. Juan sank in tiefen traumlosen Schlaf und nicht einmal das Gepolter seiner Wächter konnte ihn wecken, als sie die Falltür öffneten.

»Don Juan ...«, flötete Cucos hämische Stimme.

»Er rührt sich nicht«, bemerkte Torpe.

»Das sehe ich selber!« Cuco beugte seinen schmalen Frettchenkopf weit hinab. »Wacht jetzt endlich auf! Wenn Ihr das da unterschreibt, dann gibt es sofort etwas zu trinken.« Er streckte ein Schriftstück vor, doch Juan blieb ruhig liegen, eingerollt, sein Gesicht in den Armen vergraben.

»Vielleicht ist er schon tot ...«, bemerkte Torpe und starrte mit offenem Mund hinab auf den Gefangenen.

Cuco fuhr zurück und blickte Torpe erschreckt an. »Du meinst – verdurstet?«

Torpe nickte. »Was sonst? Zu essen hat er ja gehabt.«

»Dann sitzen unsere Köpfe locker«, murmelte Cuco. »Du steigst jetzt hinab und prüfst das nach!«

Torpe grinste. »Und du Zwerg willst mich dann heraufziehen?«

Cuco wusste, dass er dazu kaum imstande war, und fauchte: »Dann gehe eben ich! Aber du behältst das Seil in der Hand und holst mich gleich wieder herauf, verstanden!«

Torpe nickte, und so band sich Cuco den Strick um den Leib und der andere ließ ihn langsam hinab.

Juan war von dem Getöse aufgewacht, stellte sich aber weiter schlafend und atmete ganz flach.

Cuco trat absichtlich geräuschvoll auf, berührte dann Juans angezogenes Bein mit seinem Stiefel. Er blickte zu Torpe auf, dessen teigiges Gesicht von oben besorgt herabschaute.

»Jetzt glaube ich auch, dass er tot ist ...«

Er beugte sich über Juans Kopf und zog ihn an den Haaren. Nichts. Da kniete Cuco sich hin, um den Körper des vermeintlich Toten umzudrehen. Er wollte es mit beiden Händen tun und beugte sich nieder, wobei sein an der Hüfte baumelnder Dolch in Juans Sichtweite kam. Mit seinen beiden gefesselten Händen riss er die Waffe gedankenschnell aus der Scheide, stieß sie Cuco in die rechte Seite und rollte sich weg.

Cuco winselte wie ein getretener Hund und tastete nach der Stichwunde.

»Halt!«, rief Torpe von oben, »was macht Ihr da? Lasst ihn sofort los oder ich komme herunter!«

Er griff mit beiden Händen nach dem Seil, doch Juan war aufgestanden, hatte von hinten Cucos Haarschopf ergriffen.

»Weg da oben oder ich ersteche ihn!«

Torpe zögerte, verschwand aber dann.

»Ich – ich habe ein Schriftstück mit Eurem Geständnis ...«, stöhnte Cuco.

Juan sah es am Boden liegen, war kurz abgelenkt und Cuco krallte sich in sein linkes Bein, um ihn niederzureißen. Juan stieß zu, spürte, wie Cucos Griff sich löste, und sah ihn ächzend und würgend nach vorne fallen.

Wenig später kam der *capitán* mit einigen Männern und ließ Juan nach oben bringen.

»Bravo, Don Juan! Gefesselt und halb verdurstet habt Ihr es geschafft, einen Eurer Wächter zu töten. Ich habe Don Enrique Bescheid gegeben.«

»Nehmt mir die Fesseln ab, *capitán!*«

»Ohne Don Enriques Zustimmung darf ich es nicht.«

Dann wurde er in die Wachstube gebracht, und als er sofort zu trinken verlangte, zuckte der *capitán* die Achseln. »Auch das darf ich nicht ... Ihr müsst Euch ein wenig gedulden.«

Wenig später kam von Don Enrique der Befehl, dem Gefangenen nach der Unterzeichnung des Schriftstücks jeden Wunsch zu erfüllen – außer ihn freizulassen.

Juan schüttelte störrisch den Kopf. »Meine Hände zittern vor Durst, meine Kleidung stinkt und wimmelt vor Ungeziefer. Ich sage hier vor Zeugen, dass ich mein so genanntes

Geständnis sofort unterschreibe, nachdem ich getrunken, gegessen und gebadet habe.«

Der *capitán* zögerte. »Euer Ehrenwort?«

Juan nickte.

Am Ende wurden sogar passende Kleider für ihn aufgetrieben, und sie führten ihn gesäubert und gestärkt zum *capitán*. Der schob ihm gleich den Federkiel hin. Juan lächelte, unterschrieb und lehnte sich zurück.

»Aber – aber wollt Ihr nicht wissen, was hier ...«

»Ich kenne den Inhalt, wenn auch nicht wortwörtlich.«

»Bitte lest es trotzdem.«

»Wenn Ihr es unbedingt wollt ...«

Er fühlte, wie eine Schwäche ihn ankam, und er hätte sich am liebsten auf den Boden sinken lassen und nur geschlafen – geschlafen. Mit Mühe riss er seine Augen auf und beugte sich über das offen daliegende Schriftstück.

»Ich, Juan de Tenorio, Conde de Lebrija, gebe hiermit freiwillig und ohne Anwendung der Folter bekannt, dass ich im Einvernehmen mit Don Pedro, bisher König von Kastilien, zu Don Enrique de Trastámara reiste, um ihn auf irgendeine Weise zu töten. Ich habe den Mordauftrag ausgeführt, doch er ist misslungen und ich erwarte eine angemessene Strafe.«

Juan schob das Papier von sich weg. »Und was weiter?«

Der *capitán* prüfte die Unterschrift und faltete das Schreiben zusammen. Allerdings war ihm nicht aufgefallen, dass das Signum lautete: Juan Tenorio, Conde de Lebrija. Mit Don Pedro hatte er einmal – halb im Spaß – beschlossen, wenn einer von ihnen in Schwierigkeiten sei und etwas unter Zwang zu unterzeichnen habe, dann gebe Juan es durch Weglassung des »de« vor dem Familiennamen zu erkennen. Don Pedro, der alle Dokumente mit »P. Yo el Rey« unterzeichnete, würde das »P« am Anfang weglassen. Ob der König sich an die Abmachung erinnerte?

Der *capitán* erhob sich. »Ich bin angewiesen, Euch bis zur Klärung verschiedener Umstände hier im Stadthaus Eurem Rang angemessen unterzubringen.«

Juan erhielt ein bequemes und lichtes Turmzimmer, dessen Fenster zwar vergittert war, aber einen freien Blick auf den Himmel und einige Baumkronen gestattete.

»Recht hoch«, bemerkte er.

»So hoch, dass Ihr Euch den Hals brechen würdet.«

Als der König von Kastilien und León das Schreiben mit Juans Geständnis erhielt, brach er in Lachen aus.

»Ich hätte gerne gewusst, wie sie ihn dazu gebracht haben. Freiwillig hat er jedenfalls nicht unterschrieben ...«

»Woran seht Ihr das, Senyor?« Der Geheimsekretär Fernando Sanchez stand neben dem Stuhl des Königs und versuchte, einen Blick auf das Schreiben zu erhaschen.

»Du bist wohl neugierig, Fernando? So kenne ich dich ja gar nicht.«

»Neugierig? Nur gewissenhaft, um Euch allezeit gut dienen zu können.«

»Nein, mein Lieber, dieses Geheimnis behalte ich für mich. Was sagst du zu der Lösegeldforderung?«

»Zehntausend Doblas sind nicht wenig ...«

Don Pedro tat empört. »Aber das muss uns mein lieber Freund Juan doch wert sein! Immerhin hat er versucht, meinen gefährlichsten Gegner aus der Welt zu schaffen. Setzt Euch jetzt ans Pult und bedenkt: Diesen Brief schreibt Ihr und nicht ich.«

Sanchez stutzte. »Ich, Senyor? Aber wie könnte ich mich erdreisten ...«

»Ihr schreibt in meinem Namen – also:

›An Don Enrique, Conde de Trastámara.

Ich, Don Fernando Sanchez, habe Euch im Auftrag meines Herrn, des Königs von Kastilien und León, Folgendes mitzuteilen: Der König hält Eure Forderung von zehntausend Doblas für die Auslösung seines Kammerherrn Don Juan de Tenorio zwar für angemessen, ist aber bereit, dafür einen höheren Preis zu zahlen, der freilich nicht an Geldeswert zu messen ist. Angesichts der mehrfachen Überlegenheit Eurer

Truppen hat sich Don Pedro entschlossen, mit seiner Familie nach England ins Exil zu gehen. Als Gegenleistung verlangt Don Pedro eine angemessene Abstandssumme und die Freilassung von Don Juan de Tenorio. Um Euch, Don Enrique, von der Ernsthaftigkeit des Königs zu überzeugen, mögt Ihr einige Gewährsleute hierher senden, die Don Pedro an den noch nicht feststehenden Ort seines Exils begleiten. Don Juan de Tenorio ist es freigestellt, dem König ins Exil zu folgen oder nach Sevilla zurückzukehren.

Ein Verzicht auf die Krone von Kastilien und León ist mit dieser Vereinbarung ausdrücklich nicht verbunden.

Im Auftrag von Pedro, dem König von Kastilien und León.

Gegeben am Tag nach Candelaria (3.2.) Anno Domini 1366.‹«

Fernando Sanchez legte langsam seine Schreibfeder hin. Der König schaute ihn starr an.

»Nun, worauf wartet Ihr?«

»Wie meint Ihr das, Senyor?«

»Setzt Euren Namen darunter und verseht das Schreiben mit meinem persönlichen Siegel.«

»Jawohl, Senyor.«

Der König stand auf und rieb sich geräuschvoll seine großen kräftigen Hände. »Bleib sitzen, Sanchez, und schreibe noch einige Zeilen an Don Juan.

›Gruß und Gesundheit für Don Juan de Tenorio. Die Umstände erfordern es, dass ich mich für immer aus Kastilien zurückziehe. Erholt Euch in Sevilla von Eurer Gefangenschaft und seid meiner Freundschaft gewiss.‹«

Don Pedro nahm das Schreiben und setzte darunter: »Yo el Rey«, faltete es eigenhändig und sah zu, wie Sanchez den Lack erhitzte und ihn behutsam auf das Papier goss. Er presste sein persönliches Siegel darauf und gab es dem Sekretär.

»Bringe beide Schriftstücke sofort auf den Weg und wähle dafür nur zuverlässige Leute. Don Juans Diener Pepe soll mitreisen, sein Herr wird ihn brauchen.«

Der König hatte im Laufe des Januars seine Töchter Constanza und Isabel nachkommen lassen und machte sich zur Abreise aus Burgos bereit. Beatriz, seine Erstgeborene, lebte schon seit einiger Zeit am portugiesischen Hof als Braut des Thronfolgers Fernando, den sie nach ihrer Volljährigkeit heiraten sollte. Don Pedro hatte inzwischen den König von Portugal an das alte Waffenbündnis und die künftige verwandtschaftliche Bindung erinnert.

Noch ehe sie bei Astorga die portugiesische Grenze erreichten, kam ihnen ein Zug Soldaten entgegen, als Begleitmannschaft der Infantin Beatriz. Der *comandante* überreichte ein Schreiben des Königs Pedro von Portugal, in dem dieser seinem Vetter in dürren Worten mitteilte, er sehe keine Veranlassung mehr, an den Heiratsplänen festzuhalten, und könne auch keine Waffenhilfe leisten. Er wolle sich in die verworrene innenpolitische Lage Kastiliens nicht einmischen und bitte um Verständnis.

Die zwölfjährige Infantin Beatriz weinte ständig und war kaum noch ansprechbar. »Ich werde in ein Kloster gehen«, sagte sie nur immer wieder.

Don Pedro entließ fast alle seine Truppen und reiste – nur von seiner Leibwache begleitet – an die französische Grenze, wo Don Enriques Gewährsleute auf ihn warteten. Der König gab sich gelassen und schien fest entschlossen, seinem Land den Rücken zu kehren. Fast fröhlich rief er: »Auf nach England!«

Doch das war keine weite Reise, denn gleich hinter der Grenze – auf dem Weg nach Bayonne – stand das Land unter englischer Herrschaft, verwaltet von Edward, Prinz von Wales und Erstgeborener des englischen Königs. Mit ihm hatte Don Pedro schon früher Verbindung aufgenommen, und als sie in Bayonne zusammentrafen, wurde der Plan durch einen Vertrag fixiert.

Danach ließ der König Don Enriques Gewährsleute kommen.

»Sobald in den nächsten Wochen eine sichere Überfahrt

möglich ist, werde ich mit meiner Familie nach London abreisen. Da die Herren dies gewiss bezeugen wollen, möchte ich sie bitten, bis dahin auszuharren.«

Mitte März legte eine englische *carabela* in Bayonne an und König Pedro von Kastilien verabschiedete sich von Don Enriques Gewährsleuten.

»Die Höflichkeit meinem künftigen Gastland und dessen König gegenüber verbietet es mir, Euch nach London mitreisen zu lassen. Aber wenn die Herren es wollen, so ist der Kapitän des Schiffes gerne zu Auskünften bereit.«

Von ihm erfuhren sie, dass ihn der englische König persönlich beauftragt habe, König Pedro von Kastilien nach London zu bringen.

Noch am gleichen Tag reisten die Herren nach Burgos zurück und wenig später, am 3. April 1366, ließ sich Don Enrique mit großem Pomp in Las Huelgas zum König von Kastilien und León krönen.

Die *carabela* mit Don Pedro an Bord nahm aber nicht Kurs auf London, sondern segelte einige Meilen der Küste entlang nach Norden und legte bei dem Städtchen Cap Breton an. Dort erwartete ihn Prinz Edward, genannt *El principe negro* – der Schwarze Prinz. Sein Vater, der englische König Eduard III., hatte seinem Erstgeborenen das Warten auf den Thron versüßt und ihn zum Fürsten von Aquitanien und der Gascogne ernannt – in Frankreich gelegene, aber der englischen Krone zugehörige Länder.

Im Gegensatz zu Pedro von Portugal hielt König Eduard an dem alten Waffenbündnis fest und erlaubte seinem Sohn, Don Pedro mit jeder Truppenmacht zu unterstützen.

In Cap Breton legte nun Prinz Edward den genauen, von ihm inzwischen ausgearbeiteten Schlachtplan vor. Der Prinz hatte sich als erfolgreicher Feldherr schon mehrfach bewährt, und vor allem die gegen eine gewaltige französische Übermacht für England gewonnene Schlacht bei Poitiers hatte seinen Namen in ganz Europa berühmt gemacht und ihn als Gegner gefürchtet werden lassen.

Im Frühsommer machte sich der neue König auf den Weg nach Sevilla, um dort vor aller Augen die Residenz seines Vorgängers zu beziehen. Die Tore des Alcazars flogen vor Don Enrique weit auf, und das Volk jubelte auf den Straßen. Don Pedros früherer Befehlshaber der Mittelmeerflotte, der Admiral Boccanegra, hielt mit seinen Männern den Palast besetzt und empfing den neuen König kniefällig. Er überreichte ihm den aus der Torre del Oro herbeigeholten Kronschatz von über dreißigtausend Pfund Gold, ein Gleiches an Silber und viele andere Kostbarkeiten.

Hier im Alcazar fühlte sich Don Enrique endlich seines Thrones sicher. Warum den schönen Staatsschatz durch ständige Zahlungen an Duguesclins Söldner mindern? Er besaß inzwischen genug eigene Truppen und entließ die meisten der französischen Söldner mit guten Abfindungen. Den Marschall behielt er mit fünfzehnhundert Mann Elitetruppen in seinen Diensten.

Juan musste seine Grafschaft an die Krone zurückerstatten und Miguel machte sich nach Einbruch der Dämmerung daran, das Wappen über dem Portal abzuschlagen.

»Hat nicht lange gedauert, die Herrlichkeit …«, murmelte er dabei und zeigte ein verbittertes Gesicht.

Die Nachbarn mieden jedes Gespräch mit Don Juan, einige sahen ihn nur mitleidig an.

Ihn aber belustigte es nur. »Wie man eben einem begnadigten Mörder begegnet, der eigentlich am Galgen hängen müsste. Aber es werden wieder andere Zeiten kommen, Miguel.«

Der Rotschopf war inzwischen zweifacher Vater geworden und Zaidas Leib wölbte sich schon wieder.

»Ich sehe, du bist fleißig am Werk«, scherzte Juan.

»Wenn Ihr es nicht tut …«, bemerkte Miguel mit frechem Grinsen und ehe er sich versah, hatte er eine so kräftige Maulschelle eingefangen, dass er ins Schwanken geriet.

»Willst du noch eine?«

Er rieb sich die Backe. »Nein, Herr.«

»Dann hüte in Zukunft dein loses Maul!«

Juan wurde bald über die neuen Verhältnisse aufgeklärt, als man ihn zu einem Festbankett in den Alcazar lud. Der Anlass dazu war, die neue Ämterverteilung am königlichen Hof bekannt zu geben.

König Enrique und Königin Juana saßen im Festornat auf dem Doppelthron, umgeben von Hofbeamten, Schreibern und Leibwachen. Rechts von Don Enrique stand Bertrand Duguesclin, frisch gebackener Graf von Trastámara, Günstling und Vertrauter des Königs.

Der Kanzler des Königs gab die neuen Amtsinhaber bekannt. Die Herren traten vor, küssten dem Königspaar Hand und Gewand und nahmen ihre Urkunden entgegen. Plötzlich hörte Juan seinen Namen. Hatte er sich getäuscht? Der Kanzler wiederholte:

»Don Juan de Tenorio – bitte vorzutreten.«

Er tat es, kniete vor dem Königspaar nieder, küsste Gewand und Hände, erhielt seine Urkunde.

Der Kanzler wandte sich mit erhobener Stimme an die Versammlung. »Don Juan de Tenorio hat der König in seiner unendlichen Gnade nicht nur volle Verzeihung gewährt – er will ihn auch mit einem sehr verantwortungsvollen Amt betrauen. Don Juan, von morgen an seid Ihr der Vorkoster des Königs und steht ihm bei jeder Mahlzeit zur Seite, um die Reinheit der Speisen zu erproben.«

Juan bedankte sich artig, sah schadenfrohe Blicke, hörte aus den hinteren Reihen leises hämisches Gelächter. Sein Platz an der Hoftafel war ganz unten, wo die namenlosen Leute saßen, die niedere Ämter versahen oder zeitweise in Ungnade gefallen waren.

Juan wartete auf den Zorn, der in seinem Innern auflodern würde, aber da kam nichts. Er blieb so kühl und gelassen, als würde er künftig seine alte Stellung als Kammerherr im Palast weiterführen.

Eines zumindest hatte seine Ernennung bewirkt. Man

grüßte ihn wieder sehr höflich, suchte manchmal sogar sein Gespräch. Hofamt war Hofamt! Nun hörte er auch, dass José de Pedrosa von seinem Dienst als Stallmeister zurückgetreten war und sich mit seiner Familie nach Sanlucar zurückgezogen hatte, einem Städtchen, wenige Meilen im Westen von Sevilla gelegen.

Überraschend sagten sich seine Tochter und ihr Gemahl zu einem Besuch an. Sie beglückwünschten ihn zu seiner neuen Tätigkeit, lobten die Gnade des Königs, der seine Feinde, anstatt sie zu strafen, ehrenvoll mit einem Hofamt betraue.

Juan lächelte. »Wie weiland Kaiser Augustus, nicht wahr? Ich hoffe nur, dass auch seine Widersacher – sollte es noch welche geben – so einsichtig sind und Giftanschläge auf den König unterlassen.«

Das junge Ehepaar sah sich betreten an, doch dann verhärtete sich Manuelas Gesicht.

»Vater, ich möchte gerne den von mir damals gepflanzten Zitronenbaum ansehen. Ist er etwas geworden?«

»Ich weiß nicht ... Zaida kann ihn dir später zeigen, wenn du willst.«

»Nein! Ich möchte ihn mit dir zusammen anschauen. Gleich!«

Don Pero zuckte ergeben die Achseln. »Sie will es so ...«

Gemeinsam gingen sie in den Garten hinaus. Das Bäumchen stand da, trug Früchte, grüne und gelbe.

»Der Baum war nur ein Vorwand.«

»Das habe ich mir gedacht – was gibt es zu bereden?«

Sie setzten sich auf die Bank an der hohen Mauer zum Nachbargrundstück.

»Zuletzt hast du mich noch geschwängert, Vater, doch ich konnte Pero weismachen, es sei sein Kind.«

»Dann hast du ... Ist es ein Knabe?«

Ihr Gesicht verzerrte sich voll Hass und Abscheu. »Es war ein Monster. Dein giftiger Samen hat eine Ausgeburt der Hölle gezeugt. Es kam tot zur Welt, und ich musste die *partera* mit zwei Doblas bestechen, damit sie die Teufelsbrut sofort verbrannte und sie nicht zum Pfarrer trug. Es liegt kein Segen auf deinem Dasein, Juan de Tenorio, und es wäre fast besser, du trätest in ein strenges Kloster ein. Damit könntest du vielleicht den Fluch mildern, der dein gottloses Leben begleitet.«

Manuela, die er geliebt und verehrt hatte wie keine andere Frau, erschien ihm plötzlich als eine Fremde. Ihr einst furchtloser Blick zeigte nur noch Hass und Abscheu.

20

Die Nachricht sollte zwar geheim gehalten werden, aber sie verbreitete sich dennoch in Windeseile. Die noch vor einigen Monaten dem neuen König bezeigte Ergebenheit brach zusammen wie ein zu hastig errichtetes Gebäude. Viele der von Don Enrique gemachten Versprechungen wurden nicht eingehalten oder durch heimliche Anhänger Don Pedros – an dessen Exil niemand mehr glaubte – hintertrieben. So fielen ganze Landstriche im Norden des Landes – vor allem in Galicia und Asturia – wieder ab, und das ging schneller, je mehr sich die Hinweise verdichteten, dass Don Pedro mit der gewaltigen Söldnerarmee des Schwarzen Prinzen auf dem Weg nach Kastilien sei.

Dass dies kein bloßes Gerücht war, erwies sich bald, und nicht wenige der neu ernannten Amtsträger machten sich in aller Stille davon, darunter war auch der andere Vorkoster, der sich bisher mit Juan im Dienst abgewechselt hatte. Schnell sprach es sich herum, dass der neue König seinen kaum viermonatigen Aufenthalt in Sevilla abbrechen werde, um seinen ins Wanken geratenen Thron zu retten. Die ganze Stadt befand sich im Aufruhr, Söldner strömten herein und hinaus, doch die Abreise des Königs verzögerte sich von Tag zu Tag.

»Jetzt würde ich einfach wegbleiben«, riet Miguel, und Juan tat es in der Erwartung, am nächsten Tag in Ketten abgeführt zu werden. Doch nichts geschah.

Für Don Enrique verschlechterte sich die Lage von Tag zu Tag. Die Nachricht von der gewaltigen englischen Heeresmacht, die dabei sei, die Pyrenäen zu überqueren, hatte sich in Windeseile verbreitet, und als er im Norden eintraf, hielten die meisten Burgen und Festungen ihre Tore geschlossen und in den Städten begegnete ihm kaum verhohlene Ablehnung. Die von ihm erteilten Privilegien waren hintertrieben oder verfälscht worden, die Steuerpächter hielten sich versteckt, der Respekt vor dem neuen König war dahin, auch die Hoffnung auf eine Besserung. Was hätte er dem entgegensetzen sollen? Bis auf fünfzehnhundert Mann hatte er die Söldner entlassen; um neue Truppen anzuwerben, fehlte es an Geld, zudem wäre es schwierig gewesen, weil viele der jungen Männer auf Don Pedro und seine englische Armee setzten und in Scharen zu ihm überliefen.

So zog Don Pedro mit den Engländern ungehindert in Kastilien ein, während der Bastard Sondersteuern erhob und, wo es nur ging, zwangsweise Geld eintrieb, um seine Truppen zu verstärken.

Im März bewegten sich die Heere in der Nähe von Burgos aufeinander zu, doch *El principe negro* war kein junger Hitzkopf, sondern ein kriegserfahrener Mann nahe der vierzig und unternahm – mit Don Pedros mürrischem Einverständnis – den Versuch zu einer friedlichen Beilegung des Zwistes.

Er richtete an den Grafen von Trastámara die Aufforderung, im Namen Gottes und des Heiligen Georg auf eine Schlacht zu verzichten und der Krone zu entsagen. Falls er auf Usurpation beharre, müsse man den Ausgang dem Willen Gottes anheim stellen.

Die meisten von Don Enriques Beratern rieten ihm ab, darauf zu antworten, er tat es aber dennoch in einem langen Schreiben voller Anwürfe und Anklagen. Dutzende von

Mordtaten waren darin aufgezählt – echte und erfundene –, Gottlosigkeit, Grausamkeit und Falschheit wurden Don Pedro angelastet und »Verbrechen, deren Aufzählung zu viel Zeit kosten würde«.

So nahm das Schicksal seinen Lauf, und am 3. April – auf den Tag genau ein Jahr nach Don Enriques Krönung – prallten die Heere der feindlichen Brüder aufeinander. Die Truppenmacht war etwa gleich stark, doch für die erfahrenen schlachtgewohnten Krieger des Schwarzen Prinzen waren die kastilischen Söldner – darunter viel schlecht bewaffnetes Fußvolk – keine ernsthaften Gegner. Anders die Männer des Marschalls Duguesclin, doch sie waren durch die Entlassungen so reduziert, dass sie das Kriegsglück nicht wenden konnten. Die Schlacht bei Najera dauerte bis zum Einbruch der Nacht, aber entschieden war sie schon Stunden vorher.

Don Pedro schonte sich nicht, scheute keinen Kampf mit wem auch immer, so dass seine Leibwache oft Mühe hatte, ihn aus gefährlichen Umklammerungen herauszuhauen.

Don Enrique de Trastámara, Bastard und Usurpator der kastilischen Krone, erlitt eine so völlige Niederlage, dass er jede Hoffnung begraben musste. Die meisten seiner Heerführer waren tot oder gefangen, ihm selber gelang im letzten Augenblick die Flucht. Unter den Gefangenen war auch Marschall Duguesclin, den der König mit ironischer Freude begrüßte.

»Ihr habt auf das falsche Pferd gesetzt, *mariscal,* und das wird Euch teuer zu stehen kommen.«

Der Schwarze Prinz beglückwünschte Don Pedro zu seinem Sieg und riet ihm dringend, die auf Don Enriques Seite kämpfenden Kastilier zu amnestieren.

»Macht Euch keine neuen Feinde, Senyor, dann steht Euer Thron künftig so fest wie kaum ein anderer in Europa.«

»So soll ich Verrat belohnen?«

»Nein, Senyor, Ihr sollt Fehlverhalten verzeihen.«

Der Hofkaplan Pérez de Orduña schlug in dieselbe Kerbe. »Denkt an die Worte des Evangelisten Lukas, Senyor: Es wird mehr Freude im Himmel sein über einen Sünder, der Buße tut, als über neunundneunzig Gerechte.«

»Im Himmel schon, Padre, aber noch befinden wir uns auf Erden.«

Don Pedro zog eine blutige Spur auf seinem Weg nach Sevilla. Wer immer in einer der Städte den Usurpator begünstigt oder von ihm ein Amt angenommen hatte, musste es nun mit dem Tod büßen. Diesmal gab es keine schrecklichen Schauhinrichtungen, denn der König hatte es eilig und konnte nicht warten, bis Scheiterhaufen errichtet oder Siedekessel erhitzt waren. Die Vornehmen wurden geköpft, die anderen gehängt, manchmal an eigens dafür errichteten Großgalgen gleich im Dutzend.

Die Kunde von Don Pedros Sieg und seinem schrecklichen Strafgericht erreichte Sevilla so schnell, als sei sie auf Flügeln dorthin gelangt. Wer immer von Don Enrique ein Amt, einen Titel oder eine andere Gunst erlangt hatte, machte sich schnell davon – nach Portugal, nach Aragón oder nach Frankreich, wo Don Enrique Exil gefunden hatte.

Juan ritt seinem König bis nach Merida entgegen und wurde sofort empfangen. Laut, damit alle es hören konnten, rief Don Pedro: »Das ist nun der erste Verräter, der freiwillig zu mir kommt – Respekt, Don Juan!«

Die anderen blickten sich betreten an und warteten ab.

Juan verneigte sich. »Ganz so sehe ich es nicht, Senyor. Als ich Don Enrique töten wollte, war es wohl mehr Dummheit als Verrat, dass ich seinen Lederkoller vergaß.«

Der König winkte ab. »Das ist nicht gemeint, doch Ihr habt dem Verräter in Sevilla bei Hof gedient.«

»Hat sich das schon herumgesprochen? Es gibt aber Ämter, die eher als Strafe denn als Belohnung aufzufassen sind. Ich glaube, die Aufgabe eines Vorkosters gehört dazu.«

Der König blickte sich lächelnd um. »Nun versteht er auch keinen Spaß mehr – Juan, Juan, was haben sie aus dir gemacht?«

In Sevilla stellte sich schnell heraus, dass viele von denen verschwunden waren, deren Namen auf der schwarzen Liste standen. So ließ Don Pedro alle Schuldigen zusammentreiben, die nicht rechtzeitig die Flucht ergriffen hatten. Da waren ein paar Große dabei wie der *almirante* Boccanegra, aber auch niedrige Beamte, die von Don Enrique ein Amt angenommen hatten.

Drei Tage lang leisteten Dutzende von Henkern Schwerstarbeit, und über der Stadt hing ein süßlicher Blutgeruch wie in einem Schlachthaus. Dann aber zog Don Pedro einen Schlussstrich und stellte alle Nachforschungen ein.

Mit anderen, die früher ein Hofamt ausgeübt hatten, kehrte auch Don José de Pedrosa zurück. Der König lobte sein Verhalten und gab ihm seine alte Stellung zurück.

Bei nächster Gelegenheit fragte Juan den König, ob er Doña Diana seit seiner Rückkehr schon gesehen habe.

»Nein – was ist mit ihr?«

»Das hätte ich auch gerne gewusst.«

»Ich lasse sie zu dem Festbankett anlässlich meiner Wiederkehr laden.«

Bei dem an die Dankmesse anschließenden Festmahl gab es eine Überraschung. Don Pedro hatte den Zeremonienmeister angewiesen, Diana de Ulloa als Tischdame neben Juan zu platzieren und ihren Gemahl außer Hörweite zu setzen. Juan suchte den Blick des Königs und nickte leicht, aber der hob nur die Schultern, als wisse er von nichts.

In einem großen zeremoniellen Hofbankett standen die Herren so lange hinter den Stühlen der Damen, bis diese ihre Finger gewaschen und getrocknet hatten und der erste Gang serviert wurde. Dann setzte man sich und, je nach Temperament, begann ein lebhaftes Schmausen, Schwatzen, Schäkern – oder, wer Pech hatte, ein mürrisches wortkarges Nebeneinanderhocken.

Diana rührte die Speisen kaum an, denn sie musste reden, reden – im Flüsterton, leicht zur Seite geneigt, so dass nur Juan es hörte.

»... als der neue König hier ankam, hat Don José das kleine Landgut in Sanlucar gekauft und es für mich zum Gefängnis gemacht. Die ältere Tochter flüchtete in die nächstbeste Heirat, die jüngere ging aus Verzweiflung ins Kloster. Dann hatte er nur noch mich als Ziel für seine Verbitterung und seine grausigen Lüste. Irgendwann beging ich den Fehler, Euch im Umgang mit Frauen als ritterliches Vorbild hinzustellen, und von da an hatten Don Josés Hass und Zanksucht ein zweites Ziel. Für ihn wurdet Ihr zum Inbegriff alles Verächtlichen. Er nannte Euch einen, der jederzeit mit der Macht liebäugelt, ihrem jeweiligen Träger in den Hintern kriecht und dabei am laufenden Band Frauen unglücklich macht. Für ihn wart Ihr nur der Speichellecker, Gotteslästerer und Nonnenschänder. Wenn ich dagegen sprach, schleifte er mich, rasend vor Wut, an den Haaren durchs Zimmer, sperrte mich tagelang ein, um dann wieder anzuhecheln wie ein Hündchen, das an Stellen gestreichelt werden will, die ich Euch nicht nennen kann.«

So ging es fort und fort. Als Juan fragte, ob Don José wieder sein Stadthaus in Sevilla bezogen hatte, bejahte sie es, aber der ganze Oberstock, den die Töchter bewohnt hatten, sei jetzt vermietet.

»Lauft ihm doch einfach weg, Diana, flüchtet in mein Haus und wartet ab, was er tut.«

Ein leises höhnisches Lachen. »Das kann ich Euch schon sagen: Er wird die Gerichte anrufen und mich zurückbringen lassen. Die Ehefrau ist Eigentum des Gatten, und sie gehört an seine Seite im Guten wie im Bösen. Das ist ein ehernes Gesetz, da wird auch Don Pedro nicht eingreifen.«

Juan musste ihr Recht geben, aber es drängte ihn, über ein Erlebnis im Kerker zu sprechen.

»Ihr wart meine Retterin in höchster Not, Doña Diana. Eure Erscheinung hat mich erquickt, hat mir den Weg gewiesen, weiterzukämpfen, weiterzuleben. Keine Frau hat mir jemals so viel bedeutet wie Ihr, das schwöre ich Euch, bei allem, was mir heilig ist.«

Sie lächelte flüchtig. »Ist Euch etwas heilig? Doch, ja, ich glaube Euch.« Ihre Stimme wurde fast unhörbar, wehte ihn an wie ein Hauch. »Ich hätte damals Euch heiraten sollen, dann wäre mir die Hölle auf Erden erspart geblieben.«

»Würdet Ihr es jetzt noch tun?«

»Ja, wenn das Trauerjahr um ist.«

Er glaubte, nicht recht zu hören, beugte sich näher zu ihr. »Ich habe nicht recht verstanden ...«

»Ja, wenn das Trauerjahr um ist«, wiederholte sie flüsternd, doch sehr deutlich.

»Das Trauerjahr? Für wen?«

»Für Don José natürlich.«

»Ist er denn so krank?«

Da traf ihn ein verächtlicher Blick und ihre Miene versteinerte. »Was seid Ihr nun – *hombre* oder *gallina?*«

Er schwieg und dachte: Mann oder Memme – ja, was bin ich?

Um das Volk zu unterhalten und seine Rückkehr zu feiern, ließ Don Pedro vor den Toren der Stadt eine *corrida de toros* veranstalten, an der sich jedermann beteiligen konnte. Da gab es Schaukämpfer, die von Ort zu Ort zogen und den Stierkampf beruflich betrieben, aber auch junge, vom Nichtstun gelangweilte *fidalgos,* die auf diese Weise Mut und Draufgängertum vor aller Welt – hauptsächlich vor den Damen – zeigen wollten. Der König erwarb bei den Züchtern der Umgebung Dutzende von jungen kraftvollen Stieren und schenkte sie dem Volk, damit es sich an ihrem tapferen Sterben ergötzen konnte.

An einem dieser Kämpfe nahm Don Pedro selber teil und – lag es an der Langsamkeit des Stieres oder an der Schnelligkeit seines Gegners – stach den Bullen so schnell und geschickt ab, als habe er sein Leben lang nichts anderes getan. Brausender Beifall kam von den Zuschauern, am heftigsten klatschten die Höflinge auf ihren vom Volk getrennten Holztribünen.

Als sich der Beifall gelegt hatte und man die Rückkehr des Königs erwartete, hinkte Don José heran. Eine knappe hölzerne Verbeugung, dann die lauten Worte: »Nun, Don Juan, wollt Ihr es unserem König nachtun?«

»Nein.«

»Ah – es ist wohl einfacher, einen Anschlag vorzutäuschen; das macht sich recht gut und man steht als Held da. Hier aber ist echter Mut gefragt, die Stiere lassen sich auf keinen Schwindel ein. Jetzt könntet Ihr beweisen, was in Euch steckt.«

»Das müsst Ihr schon mir überlassen.«

Don José blickte sich viel sagend um. »Ihr seid ein Feigling, Don Juan, das dürfen jetzt alle hören.«

Dann kam der König und ging zu seinem Thronsessel.

Don José lachte meckernd, blickte Juan höhnisch an und humpelte auf seinen Platz zurück.

Wer diese Beleidigungen gehört hatte, begann flüsternd auf Juan einzureden. »Das ist unerhört ... Ihr müsst den Kerl fordern ... Diese Anwürfe schaden Euch ... So etwas kann nur mit Blut abgewaschen werden ...«

Juan hatte schon während Don Josés hasserfüllter Rede einen Entschluss gefasst.

Am selben Abend meinte der König: »Natürlich wurde mir alles sofort hinterbracht. Du wirst auf Don Josés massive Beleidigungen reagieren müssen. Ich könnte es auch für dich tun, indem ich ihn fristlos entlasse – aber in Ehren. Mein *médico* wird in einer gelehrten Abhandlung bestätigen, dass Don José Pedrosas geistige wie körperliche Verfassung einem Hofamt nicht länger gewachsen ist. Das bleibt dann unter uns, und du musst dir nicht vorwerfen lassen, die Schwäche eines Kriegskrüppels ausgenutzt zu haben.«

»Für die angebotene Hilfe bedanke ich mich, aber ich möchte das Problem alleine lösen.«

Der König fragte nicht weiter, war wohl selber froh, sich nicht in den Streit mischen zu müssen.

Juan ließ sich für eine Woche beurlauben, ging jeden Morgen zu einem Fechtmeister, um dort stundenlang den Kampf mit der *espada* zu üben. Er hatte den Umgang mit der Waffe lange vernachlässigt, war ungeschickt und schwerfällig geworden.

Der Fechtmeister spürte sofort, woran es mangelte, versuchte die Fehler aufzuspüren und auszutilgen. Am Ende der Übungswoche sagte er: »Nun seid Ihr wieder halbwegs auf dem Laufenden, Don Juan, aber es würde zwei weitere Wochen brauchen, um aus Euch einen ernst zu nehmenden Gegner zu machen.«

Juan winkte ab. »Für meine Zwecke genügt es.«

Er hatte sich entschlossen, Don José de Pedrosa zu töten, aber nicht deshalb, weil der Krüppel ihn ständig beleidigte und herausforderte, auch nicht wegen seines Verhaltens Diana gegenüber. Wäre sie ihm gleichgültig gewesen, hätte er sich nicht eingemischt. Juan aber wollte Diana für sich, und darum musste Don José sterben. Es spielte nun auch keine Rolle mehr, ob Don José sich Diana gegenüber ungebührlich benommen hatte. Vielleicht log sie ihm das nur vor, um ihn gegen ihren Gemahl aufzuwiegeln?

Juan, als dem Beleidigten, stand das Recht zu, Zeit, Ort und Waffenart für den Zweikampf festzulegen. Er bestimmte den Tag nach *Todos los Santos* um die Mittagszeit auf der Wiese östlich vom Torre del Oro und wählte die für *caballeros* einzig mögliche Waffe – die *espada,* das lange leichte Schwert. Zum Kampfwart und Zeugen bestimmte er den Fechtmeister, mit dem er vor kurzem geübt hatte.

Don Josés Antwort am nächsten Tag lautete: »Nach gründlicher Überlegung und auf inständige Bitten meiner Gemahlin sehe ich mich veranlasst, Euch für mein ungebührliches Benehmen um Entschuldigung zu bitten. Weil dies in Anwesenheit des Königs geschah, trete ich von meinem Hofamt zurück.«

Dass diese Entschuldigung auf Dianas »inständige Bitten« zurückgehen sollte, machte Juan stutzig. Gerade sie war es doch, die seit langem nichts sehnlicher wünschte, als ihren Gemahl – auf welche Weise auch immer – loszuwerden.

Juan überlegte. Er könnte die Entschuldigung zurückweisen; das war sein Recht als der Beleidigte. Er könnte aber auch verlangen, dass Don José sie mündlich in Anwesenheit des Königs wiederholte. Zuerst aber musste er herausfinden, wie es um Diana stand und ob sie tatsächlich ihren Sinn gewandelt hatte.

Noch während er seinen nächsten Schritt überlegte, stürzte Miguel herein und rief: »Doña Diana ist gekommen!«

Juan lief nach draußen, und da stand sie – schwarz verhüllt – in der Kaminstube und schlug ihren Schleier zurück.

»Da bin ich«, sagte sie mit tonloser Stimme.

Juan führte sie in sein Arbeitszimmer und gab Miguel die Anweisung, falls hier nach Doña Diana geforscht würde, wisse er von nichts. Er wartete, bis sie Platz genommen hatte, setzte sich ihr gegenüber und nahm ihre Hand.

»Diana, was ist geschehen?«

»Don José las mir dein Schreiben laut vor. Dann rief er, es sei ihm nicht entgangen, mit welch lüsternen Augen du mich betrachtest; im Übrigen habe er erfahren, dass ich in Torrijos deine Turnierdame gewesen sei; daraus könne er schließen ... und so fort. Nach einer Weile hielt er inne und las nochmals dein Schreiben, stirnrunzelnd und mit gespannter Miene. Mehr zu sich selber sagte er dann: ›Jetzt geht mir ein Licht auf, warum Don Juan nun plötzlich auf meine Beleidigungen so prompt reagierte.‹ Er schlug sich mehrmals vor den Kopf und hielt mir das Papier vor die Nase. ›Dass ich da nicht gleich draufgekommen bin! Ihr beide steckt unter einer Decke, und euer Ziel ist es, mich zu vernichten. Mit diesem Zweikampf wird dies in jedem Fall geschehen, wie er auch enden mag. Tötet er mich, so ist es erreicht, töte ich ihn, dann wird es mir der König niemals verzeihen und mich umbringen oder auf Lebenszeit im Kerker verschwinden lassen. Am Ende bist immer nur du die Gewinnerin.‹

Er lachte schrill und humpelte wie ein Gehetzter auf und

ab. Dann blieb er stehen, sein Gesicht war bleich und hassverzerrt. Er sagte ganz ruhig, aber seine Stimme zitterte: ›Diesen Gefallen werde ich dir nicht tun. Ich werde mich bei Don Juan entschuldigen und zugleich beim König meinen Abschied einreichen. Dann gehen wir nach Sanlucar zurück, und du wirst mir für den Rest meines Lebens eine zärtliche und mustergültige Gattin sein.‹ Das sagte er mit einem so teuflischen Lächeln, dass ich mir schon denken konnte, was mir blühte. In diesem Augenblick war mein Entschluss gefasst, und ich nutzte den Siestaschlaf des Pförtners zu meiner Flucht. Hat er dir tatsächlich ...?«

Juan schob ihr das Entschuldigungsschreiben über den Tisch zu. Sie las es aufmerksam und höhnte: »Auf inständige Bitten meiner Gemahlin! Das macht sich immer gut, nicht wahr? Und wie geschickt er den König mit einbezieht!«

»Es wird ihm nichts nützen. Ich war gerade dabei, Don José eine Botschaft zu senden, dass ich seine Entschuldigung zurückweise. Ich habe mich entschlossen, ihm die Nachricht selber zu überbringen. Wo hält er sich jetzt auf?«

»Zu Hause, er hat sich wie du beurlauben lassen.«

»Gut, du wartest hier, bis ich zurück bin. Schließe das Zimmer von innen ab, meine Leute wissen Bescheid.«

»Was wirst du tun?«

»Wer weiß das schon so genau? Meist handelt man nach den Umständen und nicht nach Vorsätzen. Die werden häufig vor der Realität zunichte.«

»Ich liebe dich, Juan.«

»Ich dich auch – schon lange, aber du hast es mir nicht leicht gemacht.«

Sie lächelte fein. »Und so musstest du dich immer wieder nach Ersatz umsehen.«

»Ich bin ein Mann, was sollte ich tun?«

»Aber eines nach dem anderen – und vergiss nicht abzuriegeln.«

Er rief nach Miguel.

»Kleide dich anständig – wir reiten aus.«

»Wohin?«

»Wir werden Don José de Pedrosa einen Besuch abstatten.«

Miguel verdrehte die Augen. »O weh – o weh ...«

»Was hast du? Deiner kostbaren Haut wird nichts geschehen. Du musst nur Augen und Ohren weit aufsperren, um alles bezeugen zu können.«

»Bezeugen?«

»Ja – beeil dich jetzt!«

Der Pförtner führte sie in den Patio, Don José erschien wenig später. Er wollte etwas sagen, doch Juan fiel ihm ins Wort.

»Einmal bin ich hier, um Eure Entschuldigung zurückzuweisen, zum anderen möchte ich Euch mitteilen, dass Doña Diana in meinem Haus Zuflucht gefunden hat.«

Pedrosas hageres Gesicht verzerrte sich. »Ihr habt sie entführt!«

»Vielleicht hätte ich es tun sollen, aber sie ist in höchster Not geflüchtet. Ihr habt sie jahrelang gefangen gehalten, misshandelt, missachtet und ihr Dinge zugemutet, von denen eine ehrbare Frau keine Vorstellungen hat. Ihr seid ein Scheusal in Menschengestalt, und ich weise Eure aus Feigheit geborene Entschuldigung nicht nur zurück, ich ändere hiermit auch Zeit und Ort unseres Treffens und bestimme, dass der Zweikampf hier und jetzt stattfindet. Der hier anwesende Don Miguel – mein Kammerherr – wird mir als Zeuge dienen; Ihr könnt unter Eurem Hausgesinde wählen.«

Don José hatte es so die Sprache verschlagen, dass er mehrmals zu einer Entgegnung ansetzte, aber nur ein heiseres Krächzen herausbrachte.

»Wünscht Ihr Bedenkzeit?«

»Nein, wir gehen in den Garten.« Er wies auf einen neben der Tür stehenden Diener. »Und du gehst mit!«

Es war einer dieser kleinen Stadtgärten, begrenzt durch andere wie durch Nachbarhäuser, dicht bewachsen mit Nutzpflanzen: Zitrusbäumchen, Beerensträucher und Küchenkräuter. Aber da gab es einen freien Platz, der zur Wäschebleiche diente, groß genug für einen Zweikampf.

Don José war verschwunden, sein Diener – verstört und verschreckt – stammelte etwas von »Schwert holen« und presste dabei seine heftig zitternden Hände aneinander.

Es dauerte eine Weile, bis Don José zurückkam, und Juan sah sofort, dass er unter seinem Gewand ein Panzerhemd angelegt hatte. Er selber trug keines, hätte Don José zur Rede stellen müssen, aber er schwieg. Warum? Aus Stolz? Aus ritterlichem Ehrgefühl, um dem behinderten Gegner einen Vorteil zu verschaffen? Juan machte sich keine Gedanken darüber, er hatte sich dafür entschieden, diesen Umstand hinzunehmen, und dabei blieb es.

Schweigend begannen sie ihren Kampf, der zunächst nur ein Erkunden der gegnerischen Schwächen war. Juan merkte schnell, dass Don José Hieb und Stoß so kräftig wie geschickt führte, doch unsicher auf den Beinen war. Wurde er zum Zurückweichen gezwungen, tat er es stolpernd und schwankend, versuchte aber dieses Manko durch härteres Zuschlagen auszugleichen.

Juan wusste, dass er seinen Gegner nur vom Hals aufwärts tödlich zu treffen vermochte, während er selber am ganzen Körper verwundbar war und vor allem seine Brust zu schützen hatte. Um einem Stoß auszuweichen, drehte Juan seinen Oberkörper zur Seite, doch Don Josés Schwert traf ihn an der linken Schulter so schwer, dass er spürte, wie die Spitze auf den Knochen stieß, abglitt und den Oberarm aufschlitzte. Er sah etwas wie freudige Überraschung auf dem Gesicht des Gegners, die ihn einen winzigen Augenblick zögern ließ, was seine Parade verlangsamte. Juan nützte den Moment und stieß zu. Er traf Don José in den Hals, sah, wie ein törichtes Erschrecken das hagere gefurchte Gesicht weich werden ließ. Er taumelte zurück, ließ die *espada* fallen, ruderte heftig mit den Armen, sank in die Knie und fiel zu Boden. Sein Diener presste ein Tuch auf die stark blutende Wunde, doch es war zu spät.

Don José öffnete den Mund, Blut quoll heraus, seine Augen brachen, der Körper streckte sich.

Miguel machte sich unterdessen an Juans Verletzung zu schaffen, band den Arm mit seinem Halstuch ab, doch die Wunde lag zu hoch – es half nicht viel.

Juan fühlte seine Beine taub und kraftlos werden, die Umgebung verschwamm vor seinen Augen, die Sonne wurde seltsam fahl und die Stimmen ringsum klangen wie das dumpfe Gequake von Fröschen.

Miguel fing ihn auf, als er mit einem Seufzer zu Boden sank und gerade noch stammeln konnte: »Nach Hause ...«

Miguel trug den leichten Körper ohne Mühe hinaus, bestieg sein Pferd und hielt Juan fest an sich gepresst.

Der schnell gerufene Arzt schüttelte besorgt seinen bärtigen Gelehrtenkopf. »Die Wunde hat sich geschlossen, als Don Juan ohnmächtig wurde, aber der Blutverlust ist sehr groß.«

Er verklebte den langen Schnitt am Oberarm mit einem Pechpflaster und verordnete Eisenwein, um das verlorene Blut zu ersetzen.

Doña Diana de Ulloa hatte die Pflege des Kranken übernommen, wachte Tag und Nacht über sein Befinden, wärmte Juans ausgekühlten blutleeren Körper mit ihrem nackten Leib und tat instinktiv, was damals auch Lena getan hatte: Sie flüsterte aufmunternde Worte in sein Ohr, sprach von der gemeinsamen Zukunft und immer wieder davon, dass er sich jetzt, da sie endlich ein Paar werden könnten, nicht feige davonstehlen dürfe.

»Du bist zu meinem Retter geworden, Juan, hast mich von dem Scheusal befreit, hast zugestoßen wie ein rechter Jägersmann! Weidmannsheil – Weidmannsdank! Der Dank, mein Lieber, wird ganz nach deinem Geschmack ausfallen. Kannst du es erraten? Ich helfe dir auf die Spur ...« Dabei streichelte und kostete sie sein Geschlecht, fühlte, wie es sich nach Tagen zu regen begann, und nahm es als gutes Zeichen.

»Aber auch der Beute – dem erlegten Wild – müssen wir die schuldige Ehre erweisen«, flüsterte sie eindringlich. »Das ist der Brauch, das gehört sich so.« Sie lachte leise. »Nun ist Don José zwar kein Hirsch oder Eber gewesen, den man ausweidet, aber ich denke mir das so ...«

Juan war inzwischen fest eingeschlafen und so schwieg sie, deckte ihn sorgfältig zu und stand auf.

Am dritten Tag setzte das Wundfieber ein, Juans Körper glühte gefährlich auf, er begann um sich zu schlagen, stammelte wirres Zeug und erkannte die vertrauten Gesichter nicht mehr.

Don Pedro sandte seinen maurischen Leibarzt, der fiebersenkende Mittel von innen und außen anwandte.

Mit Miguel wechselte Diana sich ab, um die kühlenden Wadenumschläge halbstündlich zu erneuern, und beide achteten peinlich darauf, dass der Kranke regelmäßig seine Arznei einnahm. Wenn Juan den Kopf wegdrehte oder den Trank wieder ausspie, dann wurde der Versuch so lange wiederholt, bis es gelungen war.

Das vom König einberufene Ehrengericht kam einstimmig zu der Feststellung, dass der Zweikampf gerecht und fehlerfrei stattgefunden hatte – Miguel und zwei von Don Josés Dienern bezeugten es.

Die Eröffnung des Testaments brachte keine Überraschung. Don José de Pedrosa teilte sein Erbe in drei Teile. Ein Teil fiel an die beiden Töchter, einer an den nächsten männlichen Verwandten und einer an die mit Doña Diana gezeugten leiblichen Nachkommen. Gab es solche nicht, ging dieser Teil an die Armenkasse der Heimatpfarrei.

Doña Diana entlockte diese Nachricht ein helles fröhliches Lachen. Sie saß an Juans Bett und befühlte seine Stirn.

»Das Fieber hat dich nun endlich verlassen, mein Lieber, und so will ich dir die niederschmetternde Nachricht nicht vorenthalten: Du wirst eine Braut ohne Mitgift bekommen, Don José hat mich enterbt.«

Juan lächelte. »Umso besser ... Aus seinem Besitz hätte ich keine Blanca angerührt.«

Dann kam der Tag, da Juan zum ersten Mal sein Bett verließ. Schwankend und hohlwangig torkelte er durch das Zimmer, hielt sich immer wieder an Möbelstücken fest. Diana saß am Fenster, bereit, ihm aufzuhelfen, wenn er stürzte. Mühsam fand er den Weg ins Bett zurück. Sie setzte sich zu ihm.

»Mit Wissen und Zustimmung des Königs durfte Don Josés Witwe deine Krankenpflege übernehmen, unter der Bedingung, dass ich nach deiner Gesundung das Haus verlasse und das Trauerjahr in Abgeschiedenheit verbringe.«

»Aber ich bin noch nicht gesund, kann mich kaum auf den Beinen halten!«

»Dann lassen wir den Arzt entscheiden.«

Juan blickte zu ihr auf und sah, wie das Licht des späten Nachmittags goldene Funken in ihr blondes Haar zauberte.

»Ich liebe dich, Diana – ich begehre dich ...«

»Wenn das Trauerjahr um ist, dann –«

»Ich möchte nicht so lange warten.«

Sie strich sanft über sein Haar. »Es ist besser so.«

Eine Woche später erklärte der *médico,* dass Don Juan nun keiner Pflege mehr bedürfe.

»Morgen werde ich dein Haus verlassen, Juan. Kannst du mein Verhalten verstehen?«

»Ich bemühe mich ...«

Mit beiden Händen umfasste sie seinen Kopf und bedeckte sein Gesicht mit ungestümen Küssen.

»Wenn ich mich jetzt nach lebenslangem Zögern zur Ehe entschlossen habe, dann möchte ich es tun wie eine ehrbare Frau und die Trauerzeit abwarten, die für mich keine ist, denn jeder Tag ohne Don José ist für mich ein Freudentag.«

»Ich füge mich deinem Willen, Diana, weil ich spüre, dass du mir gehörst und ich mich – vielleicht zum ersten Mal – nicht damit begnüge, den Körper einer Frau erobert zu haben. Bisher dachte ich, hast du einmal mit ihr geschlafen, ergibt sich alles andere ganz von selber – aber so ist es nicht. Ich habe dich immer begehrt, konnte dich nie erreichen ... Nun aber weiß ich, dass mein Ziel nicht eine flüchtige Liebesstunde war, sondern ich wollte dich ganz, Diana, mit Leib und Seele, Haut und Haar, mit Vorzügen und Fehlern. Du hast mich lange in die Irre geführt, weil du dein Leben als Jägerin und stolze *virgo obstinata* nicht zugunsten eines Mannes aufgeben wolltest.«

»Jetzt aber werde ich es tun.«

Juan streichelte ihr Haar. »Diesmal glaube ich dir.«

Epilog

Der König empfing seinen Obersten Mundschenk, Kammerherrn und Zwilling im Geiste mit Freude und Erleichterung.

»Das hast du meinem Leibarzt zu verdanken! Diese muslimischen Gelehrten sind unseren Quacksalbern weit voraus. Im Übrigen sagt man, dass Zwillinge das gleiche Schicksal haben und nicht nur zur selben Zeit geboren werden, sondern auch gemeinsam die Welt verlassen. Glaubst du daran?«

»Die Erfahrung scheint es zu beweisen, doch wir sind nur Zwillinge im Geiste ...«

»Es kommt, wie's kommt. So wie es aussieht, wird das neue Jahr kein friedliches werden. Dem Bastard scheint gelungen, was er wohl selber nicht erwartet hatte: Er konnte den einfältigen König Charles von Frankreich dazu überreden, ihn bei einem weiteren Versuch zu einem Thronraub zu unterstützen.«

»Aber wie wollt Ihr dem Gegner entgegentreten? Wie man hört, soll der Schwarze Prinz todkrank sein und scheidet diesmal als Verbündeter aus.«

Don Pedro rieb sich vergnügt die Hände. »Sei unbesorgt, der Sultan von Granada hat mich wissen lassen, dass er mich mit seiner gesamten Armee unterstützen wird, das sind 7000 Berittene und 10 000 Mann Fußvolk – allesamt tüchtige Krieger.«

»Und König Pedro von Aragón? Auf welcher Seite wird er stehen?«

»Er wird sich neutral verhalten, bis der Sieger feststeht, und sich dem an die Brust werfen. Mir genügt es schon, wenn er den Bastard nicht unterstützt. Das Üble daran ist, dass

Enrique vermutlich im Norden angreifen wird und dahin ist es ein langer Weg. Jetzt aber heißt es abwarten, wo genau der Bastard in Kastilien einfällt. Ich spüre, dass es mein letzter Kampf mit Enrique sein wird, denn diesmal werde ich seiner habhaft werden, und dann wird vor dem Alcazar ein *patíbulo* errichtet – so hoch, dass halb Kastilien zusehen kann, wie ihm der Henker den Kopf abschlägt. Das wird die zweitglücklichste Stunde meines Lebens werden.«

Als Juan ihn fragend ansah, fügte Don Pedro hinzu:

»Du möchtest wissen, was meine glücklichste Stunde war? Ich dachte, du kannst es dir denken …«

»Eure Begegnung mit Doña María de Padilla.«

Der König wandte sich ab und ging zum Fenster. Ohne sich umzuwenden, sagte er mit gepresster Stimme: »Aber sie hat mir die Töchter geschenkt, und meine Aufgabe ist es, ihnen das Land und den Thron zu erhalten. Daran kann mich weder Gott noch Teufel hindern.«

Ende Februar berichteten Kundschafter, dass die feindlichen Truppen die aragonesische Grenze überschritten hatten und auf dem Weg nach Toledo seien, um sich dort mit Marschall Duguesclins Streitmacht zu vereinigen.

Der König atmete auf. »Damit tut er mir einen großen Gefallen. Der Weg nach Toledo kostet mich nur zwei bis drei Wochen und unterwegs kann ich neue Söldner anwerben. Die Schlacht bei Toledo wird die letzte sein!«

Pepe, zum Mann geworden, hatte Geschmack am reisenden Leben gefunden und bat Juan um die Erlaubnis, in die Armee des Königs eintreten zu dürfen.

Juan lächelte und maß den schon um einen halben Kopf größeren Burschen. »Du bist erwachsen, Pepe, und ein freier Mann. Tu, wonach es dich gelüstet, bedenke aber, dass es dich Leben oder Gesundheit kosten kann.«

»Das weiß ich«, sagte Pepe trotzig, »aber das juckt mich nicht.«

Anfang März setzte sich der Heereszug in Bewegung, kam aber – wie vorhergesehen – nur langsam voran, weil man vielerorts und oft tagelang auf Verstärkung zu warten hatte. Als sie sich auf etwa zwei Reisetage Toledo genähert und in einer Festung des Calatrava-Ordens Quartier genommen hatten, lud Don Pedro seine *comandantes* zu einer Lagebesprechung.

»Wir könnten spätestens übermorgen vor den Mauern Toledos stehen, würden wir den geraden Weg nach Norden nehmen. Das werde ich aber nicht tun, denn der Weg von hier nach Toledo ist zwar kurz, aber voller Gefahren. Wir haben dabei zahlreiche Pässe zu überqueren, die mit einer Hand voll Ortskundiger leicht zu verteidigen sind. Soll es uns ergehen wie Ritter Roland am Pass Roncevalles? Nein, meine Herren, wir nehmen den Umweg nach Osten über die flachen Hügel der Mancha, und wer sich uns dort in den Weg stellt, wird vernichtet!«

In Don Enriques Lager vor den Mauern Toledos war man durch Eilkuriere über das Nahen der königlichen Truppen unterrichtet und rüstete sich zum Kampf. Als dann die Nachricht kam, Don Pedros Heer sei nach Osten abgeschwenkt, waren die Generäle zunächst ratlos. Marschall Duguesclin argwöhnte ein Geheimbündnis mit dem König von Aragón und eine Vereinigung mit dessen Truppen. Don Enrique schüttelte heftig den Kopf.

»Das glaube ich nicht! Aber sollte es so sein, dann müssen wir dem zuvorkommen. Ich werde ihm mit einigen tausend Reitern den Weg abschneiden!«

Als Don Enrique am Morgen des nächsten Tages aufbrach, hatte König Pedro schon den Campo de Montiel erreicht, eine weite, nur durch flache Hügel unterbrochene Ebene. Auf der höchsten dieser Erhebungen ragte die Festung Montiel, Besitz der Santiago-Ritter.

»Dort ist Garci Moran *comendador* – ein treuer Gefolgsmann Eures Vaters. Auf meiner letzten Reise nach Norden war ich dort sein Gast. Für Euch, so sagte er mir, würde er durchs Feuer gehen.«

Don Pedro zuckte die Schultern. »Wer weiß, vielleicht stimmt es sogar.«

Der alte *comendador* sank in die Knie und küsste mit Inbrunst Don Pedros Hand.

»Dass ich das noch erleben durfte …«, stammelte er.

Der König wollte hier in Ruhe abwarten, bis die angekündigte Verstärkung aus Jaen und Murcia eingetroffen war, denn er wollte keineswegs riskieren, mit ungleicher Truppenmacht vor Toledo zu erscheinen. Er war sehr zuversichtlich und guter Dinge, scherzte mit seinen Leuten herum und zeichnete den gerührten Garci Moran mit kostbaren Geschenken aus.

Der König bewohnte den Palas der Burg mit seiner engsten Leibwache und einigen Freunden. Die inzwischen auf 1500 Mann verstärkte muslimische Leibtruppe war in Zelten zu Füßen der Festung untergebracht. Der größere Teil seiner etwa 5000 Mann zählenden Armee hatte sich notgedrungen auf die umliegenden Ortschaften verteilt, denn das Dörfchen Montiel hätte sie kaum verköstigen können.

In der Nacht vom 13. auf den 14. März erblickte die Turmwache auf den fernen Hügeln im Norden eine Kette von Lichtern, so dass der besorgte Garci Moran den König sofort weckte. Der gähnte und winkte sorglos ab.

»Das kann nur eine der erwarteten Verstärkungen sein, sonst würden sie nicht so viele Lichter aufstecken. Feinde pflegen im Dunklen zu kommen.«

»Nicht immer, Senyor.«

»Gut, schickt ein paar Kundschafter dorthin – und morgen wissen wir mehr.«

Die Kundschafter kamen noch vor Tagesanbruch zurück, abgehetzt und mit entsetzten Gesichtern. »Don Enrique ist hinter uns her!«, rief einer schon von weitem.

Der König zögerte nicht lange, legte Rüstung und Waffen an, und während er dies tat, diktierte er zwei Schreibern dringende Botschaften an seine ringsum verstreuten Truppenteile.

»Sorge dafür, dass die Schreiben hinausgehen«, rief er Juan im Wegeilen zu.

Don Pedro setzte sich an die Spitze seiner maurischen Leibtruppen, musste aber nach einer Stunde erkennen, dass er gegen eine mehrfache Übermacht kämpfte, und zog sich in letzter Minute auf die Burg zurück. Einer von Duguesclins Hauptleuten hatte ihn bis zur Zugbrücke verfolgt, die aber von der Torwache so schnell hochgezogen wurde, dass der *capitán* gerade noch sein Pferd vor dem Abgrund zurückreißen konnte.

Von der Burg aus mussten sie dann mit ansehen, wie Don Enriques Männer die maurische Leibtruppe auseinander sprengten und das Zeltlager in Brand steckten.

»Jetzt sitzen wir in der Falle«, sagte Garci Moran bedrückt.

Don Pedro wandte sich an Juan. »Sind die Botschaften hinausgegangen?«

»Ja, aber ob sie ihre Empfänger erreichen …«

Der König schwieg lange, wandte sich dann an den *comendador*. »Wie schnell kann diese Festung erobert werden?«

»Sie ist so gut wie unangreifbar und kann mit unserer Besatzung von etwa achtzig Mann so lange gehalten werden, wie der Proviant reicht. Wir sind bis weit in den Sommer hinein versorgt und haben hier eine eigene Quelle.«

Der König schlug Don Garci auf die Schulter. »Das hört sich gut an. Inzwischen werde ich mir etwas einfallen lassen.«

Am Abend bat er Juan zu sich.

»Sie sind dabei, rings um die Burg ihr Lager aufzubauen. Wir müssen in den nächsten Tagen herausfinden, ob der Marschall schon eingetroffen ist. Für mich gibt es nur einen – einen einzigen Weg in die Freiheit. Ich muss Duguesclin auf meine Seite ziehen, werde ihm das Dreifache von dem bieten, was Enrique ihm zugesteht. Unter den Freunden, die mit mir jetzt in der Falle sitzen, gibt es nur zwei, denen ich ganz vertraue und die ich für fähig halte, den Marschall zu überreden – das bist du und Don Rodriguez de Senabria. An ihm ist ein Fastenprediger verloren gegangen ... Euch beiden vertraue ich nicht nur mündlich meine Botschaft an, ich fertige eine Lehnsurkunde aus, die alles enthält, was der Marschall von mir zu erwarten hat. Er ist als geldgierig bekannt und wird kaum widerstehen.«

Juan mochte diesen Rodriguez de Senabria nicht besonders. Redegewandt, beherrscht und stets mit einer verbindlichen, aber herablassenden Höflichkeit begegnete er seinen Mitmenschen, ließ aber niemand im Zweifel, dass vor allen anderen dem König von Kastilien seine Sorge und Treue galt. Vor einiger Zeit hatte der König zu Juan bemerkt:

»Dieser Mann ist Gold wert und ich schätze ihn sehr, aber er lässt keinen in sein Inneres blicken. Wenn ich zu wählen hätte, würde ich dich, meinen Zwilling Juanito, vorziehen.«

Als am nächsten Tag das blaue Banner mit den goldenen Lilien über einem der Feldherrenzelte hochstieg, wussten sie Bescheid. Don Pedro sandte eine Botschaft an den Marschall und bat ihn, Juan de Tenorio und Rodriguez de Senabria zu einer geheimen Unterredung zu empfangen. Die Zusage erfolgte sofort, das Gespräch sollte in der kommenden Nacht stattfinden.

»Lass Senabria reden, höre gut zu und merke dir alles. Dieser Mensch hat die Fähigkeit, die größten Lügen wie kostbare Wahrheiten zu verkünden, aber so ganz traue ich ihm nicht.«

Eine Stunde nach Einbruch der Nacht wurde für sie der Belagerungsring geöffnet, und ein stummer Begleiter führte sie zum Zelt des Marschalls.

Die Zeit der Gefangenschaft, die durchstandenen Nöte und Mühen hatten den französischen Heerführer nicht verändert. Schlank, mittelgroß, in modischer erlesener Kleidung stand er im Hintergrund seines Zeltes und ging den Ankömmlingen einige Schritte entgegen. Sein bleiches beherrschtes Gesicht mit dem gestutzten Bart blieb unbewegt.

»Ah, Don Juan de Tenorio! Gerade Euch hätte ich nicht hier erwartet. Plant Ihr wieder einen Anschlag?«

Juan wollte antworten, doch sein Begleiter tat es für ihn.

»*Mariscal,* das sind Kindereien. Unsere Botschaft ist ernst und von schwerem Gewicht. Don Pedro lässt anfragen, ob Ihr gesonnen seid, wieder auf den gottgewollten Weg der Legitimität zurückzukehren und ihm aus seiner Zwangslage zu helfen.«

Der Marschall hob erstaunt die Brauen. »Wie soll ich das verstehen? Ich bin Untertan des Königs von Frankreich und im Sold von Don Enrique. Ich habe einen Vertrag unterschrieben, ihm beizustehen. Soll ich den brechen?«

»Don Bertrand – dieser Vertrag kann nach irdischem wie göttlichem Gesetz keine Gültigkeit haben, weil er sich gegen den legitimen König richtet. Don Enrique hat keinen wie auch immer gearteten Anspruch auf den kastilischen Thron. Aber Don Pedro hat Eure Bedenken vorhergesehen und wird Euch – falls Ihr ihm beisteht – zum ersten Mann nach dem König machen. Und dies sind nicht nur Worte – den bereits unterschriebenen Vertrag habe ich hier.« Er klopfte auf sein Wams. »Don Pedro verpflichtet sich darin, Euch und Euren Nachkommen die Städte Soria, Atienza, Almazán, Monteagudo, Deza und Serón zu übereignen und Euch überdies 200 000 Doblas auszuzahlen.«

In das Gesicht des Marschalls kam Bewegung. »Ein nobles Angebot für einen Verrat.«

»Aber Don Bertrand, es geht hier nicht um Verrat, sondern um ein in der ganzen christlichen Welt gültiges Recht. Don Enrique wird nicht behelligt und kann sich auf seine französischen Lehen zurückziehen.«

Bertrand Duguesclin nickte. »Gut, meine Herren, ich habe es vernommen und muss um einige Tage Bedenkzeit bitten.«

Auf dem Weg zur Burg flüsterte Don Rodriguez de Senabria: »Er hat angebissen! Seine Habgier ist größer als seine Treue …«

So schien es tatsächlich. Nach einigen Tagen sandte der

Marschall eine Nachricht, die Sache befinde sich auf dem besten Weg und es bedürfe nur noch einiger Vorbereitungen.

Don Pedro rieb sich lachend die Hände. »Ja, meine Herren, Geld und Besitz sind noch immer die stärksten Argumente. Unsere Tage auf Montiel sind gezählt …«

Alle zeigten fröhliche Zuversicht, auch Juan. »Es wird keine Schlacht geben, unser Sieg wird unblutig sein und einiges kosten, aber Schlachten sind meist noch viel teurer.«

»So ist es, Juanito – in einigen Wochen sitzen wir wieder im Alcazar und spielen Dame.«

Das entscheidende Treffen war in der Nacht zum 23. März angesetzt. Don Pedro, Juan und vier seiner Vertrauten ritten den Burgberg hinab, die Wachen gaben den Weg ins Lager frei. Einige vermummte Gestalten kamen ihnen entgegen. Der König stieg vom Pferd und fragte flüsternd: »Don Bertrand? Können wir aufsitzen?«

Da riss ihm einer der Vermummten die Zügel aus der Hand und zischte: »So schnell geht es nicht, Don Pedro, es bedarf noch einiger Vorbesprechungen. Bemüht Euch hier in das Zelt.«

Der König zögerte und blickte um sich, als suche er einen Ausweg, doch die anderen drängten ihn unsanft in das kleine, eher unscheinbare Zelt. Dort wurden sie sofort umringt wie Gefangene, und sie erkannten, dass es eine Falle war.

Dann öffnete sich eine Gasse und einige der Männer verneigten sich tief. Don Enrique, gerüstet wie zum Kampf, trat vor seinen Halbbruder und rief: »Wo ist der Bastard, der sich König von Kastilien nennt?«

»Hier bin ich – Pedro, der König von Kastilien! Alle Welt weiß, dass ich der legitime Sohn des verstorbenen Königs Alfonso bin. Der Bastard bist du!«

Don Enrique riss seinen Dolch aus dem Gürtel und fiel Don Pedro an wie ein wütender Wolf. Die anderen wichen zurück, keiner griff ein. In dem kleinen Zelt wurde es so eng, dass Juan mit anderen aus dem Eingang gedrängt wurde, aber auch von draußen alles sehen konnte.

Die beiden Kämpfer fielen auf ein niedriges Feldbett, doch Don Pedro – der Größere und Kräftigere – lag oben und versuchte seinen Bruder mit dem Dolch zu treffen. Dann entstand ein Getümmel, Juan konnte nicht genau sehen, was vorging, doch plötzlich war es Don Enrique, der auf seinem Gegner lag und tat, was Juan bei ihm versucht hatte: Er schob den Schuppenpanzer in die Höhe, der Dolch verschwand darunter, und Don Pedros Körper begann zu zucken, sein Arm sank kraftlos herab, seine Waffe fiel zu Boden.

Juan zögerte keinen Augenblick, eilte davon und scheuchte die ihm in den Weg tretenden Wachen zurück. »Don Enrique ist schwer verletzt! Schnell, eilt ihm zu Hilfe!«

Alle liefen zum Zelt. Juan sprang auf sein Pferd und preschte los. Wo immer man ihn aufhielt, rief er: »Don Pedro und Don Enrique sind nach einem Zweikampf schwer verletzt – niemand weiß, wer überleben wird.«

Das brachte solche Verwirrung, dass man ihn nirgends aufhielt. In Sevilla langte er spät nachts an. Der *capitán* an der Torwache erkannte ihn.

»Don Juan – schon zurück?«

»Ja, und Ihr sollt als Erster wissen, dass Don Pedro bei Montiel über den Bastard gesiegt hat. Es wird aber noch einige Zeit dauern, bis er in Sevilla als Triumphator einzieht.«

Sollte dieses Gerücht ruhig die Runde machen, bis wenig später auch hier die Wahrheit durchdrang.

Zu Hause musste er lange an die Tür pochen, und einige Nachbarn schimpften schon aus den Fenstern, bis der verschlafene Miguel endlich aufschloss.

»Ihr seid es? Um Himmels willen, was ist geschehen?«

»Nicht viel – ich musste nur für den König in aller Eile hierher und werde spätestens übermorgen wieder in den Norden reisen. Dort ist noch nichts entschieden, aber Don Pedro wird mit Sicherheit die Schlacht gewinnen.«

Juan war so übermüdet, dass er sofort einschlief, aber keine Ruhe fand. Schreckensträume hetzten ihn durch die Nacht, immer wieder fuhr er auf, schweißnass, wie im Fieber, um gleich darauf in seine wirren Traumbilder zurückzufallen.

Noch vor Sonnenaufgang verließ er sein zerwühltes Bett, wies Zaidas Morgenmahl zurück und ging zu Diana, die im Haus ihres verstorbenen Gemahls Wohnrecht bis zum Ende der Trauerzeit hatte. Er sah die Freude in ihrem Gesicht und sein Herz weitete sich.

»Du bist schon zurück? Was ist ...?«

»Don Pedro ist tot, von seinem Halbbruder im Zweikampf erstochen. Ich war Zeuge und konnte fliehen, werde jetzt in aller Eile mein Geld zusammenraffen und nach Portugal gehen.«

Ruhig blickte sie ihn an. »Ich gehe mit dir.«

»Und deine Trauerzeit?«

»Breche ich ab, für mich hatte sie ohnehin keine Bedeutung. Ich gehöre zu dir, möchte sein, wo du bist.«

»Spätestens morgen nach Sonnenuntergang werde ich dich hier abholen. Ist dein Pferd in Ordnung?«

»Bei einer Jägerin ist das selbstverständlich. Auch wenn ich es nicht brauche, wird es täglich bewegt.«

In Sevilla gab es zwei jüdische Familien, die mit königlicher Erlaubnis Geldgeschäfte betrieben, und bei Jacob ben Ruben hatte Juan nach und nach nicht benötigtes Geld auf Zinsen angelegt. Das geschah weniger des Gewinnes wegen, als das Geld vor Diebstahl und Brand in Sicherheit zu wissen.

Don Jacob hatte nach außen alles Jüdische abgelegt, trug weder Bart noch Schläfenlocken und unterschied sich in seiner Kleidung durch nichts von anderen wohlhabenden Bürgern.

»Don Juan? Willkommen! Hat Euch der König ein Geldgeschenk gemacht, das Ihr mir anvertrauen wollt?«

»Nein, Don Jacob. Wie lange braucht es, mein bei Euch angelegtes Vermögen nach Portugal zu transferieren?«

Der Geldhändler verzog keine Miene. »Don Pedro ist tot – ich weiß.«

»Aber woher so schnell?«

»Wenn wir Juden nicht immer als Erste Bescheid wüssten, dann wären wir längst ausgestorben. Für Euch gibt es zwei Möglichkeiten: Ich zahle Euch das Geld aus und Ihr müsst einen starken Begleitschutz mieten, um unbehelligt, aber nicht sehr schnell über die Grenze zu gelangen. Das kostet viel und birgt einige Gefahren. Einfacher wäre es, ich stelle Euch einen Überweisungsauftrag nach Santarem aus, wo mein Vetter – ebenfalls mit königlicher Erlaubnis – seine Geldgeschäfte betreibt. Dafür muss ich zwanzig Prozent an Gebühren berechnen.«

»Gut, Don Jacob. Kann ich das Dokument gleich mitnehmen?«

»Aber ja, Don Juan, ich werde es auf Dezember letzten Jahres zurückdatieren – zu unserer beider Sicherheit. Reist als Pilger, das ist sicherer. Der Weg nach Santiago de Compostela verläuft immer nahe der Grenze zu Portugal. Wenn Ihr bei Merida nach Osten abbiegt, habt Ihr noch einen Tag zur Grenzstadt Badajoz.«

»Danke für den Hinweis, Don Jacob. Wie werdet Ihr Euch verhalten?«

»Beim nächsten König sofort um eine Verlängerung der Konzession bitten ...«

»Viel Glück, Don Jacob!«

Die Franziskaner unterhielten in Sevilla eine Pilgerkanzlei, wo man neben einer Wegkarte auch die vorgeschriebene Kleidung erwerben konnte: den Hut mit der aufgenähten Jakobsmuschel, dazu Pilgermantel und Pilgerstab.

»Du besorgst zwei Pilgerausrüstungen, verpackst die eine in Sackleinen und bringst sie zu Doña Diana, zusammen mit diesem Schreiben.«

Miguel nahm den Brief mit spitzen Fingern und steckte ihn weg. Juan hatte geschrieben: »Wir reisen als Pilger; ich hole dich bei Sonnenuntergang ab.«

Als Miguel zurückkam, war es später Nachmittag geworden. Eine schon recht kräftige Aprilsonne bereitete die Stadt auf den Sommer vor.

»Es geht ein Gerücht in der Stadt um …«

»Ja, ich weiß, und jetzt sollst du auch die Wahrheit wissen. Don Pedro ist von Don Enrique im Zweikampf getötet worden, im Zeltlager von Montiel. Ich war unmittelbarer Zeuge, es gibt keinen Zweifel. In den nächsten Wochen wird der neue König hier einziehen, und ich fürchte, dass statt eines Hofamts der Henker auf mich wartet. Heute Nacht werde ich mich im Pilgerkleid davonmachen. Das Haus ist ja schon länger auf dich überschrieben, du wirst keine Schwierigkeiten haben. Wo ich bin, weißt du nicht, du hast mich seit meiner Abreise mit dem König nicht mehr gesehen.«

Miguel begann seinen Rotschopf zu zerwühlen, dann liefen ihm plötzlich Tränen über die gesprenkelten Wangen. Er wischte sie fort und es kamen neue. »Wir werden uns niemals wieder sehen«, schluchzte er laut und ergriff Juans Hand.

»Das würde ich nicht unbedingt sagen, Miguel. Auch Don Enrique hat viele Feinde, seine Regierung kann vielleicht sehr kurz sein. Jetzt trockne dein Gesicht und lass mich allein.«

Juan ging in sein Arbeitszimmer und setzte sich an den Tisch.

Don Pedro ist tot, dachte er, und empfand eine seltsame Leere. Auf seine Weise hat er mich geliebt, ist letztlich immer zu mir gestanden und hat mir vertraut wie keinem anderen. Mein Zwilling im Geist … Ihm war, als stünde Don Pedro im Zimmer, hoch aufgerichtet, das bleiche Gesicht mit den großen starren Augen auf ihn gerichtet. Dann flog das vertraute Lächeln über sein breitflächiges Gesicht. »Mein Weg ist vollendet, Juanito, aber du hast noch ein Stückchen vor dir. Sprich nicht zu schlecht von mir und sage allen, die mich grausam und ungerecht schelten, dass ich immer nur Frieden und Eintracht wollte. Sag es ihnen …«

Juan schüttelte das Bild ab, stand auf und blickte in seinen Bücherschrank. Was davon sollte er mitnehmen? Alle? Keines? Zwei, drei, vier? Er zog das Buch des Juan Ruiz heraus, blätterte und traf auf das Gedicht, worin der Erzpriester den Tod beschimpft.

Kein Irdischer entzieht sich deiner Macht
und keiner wagt mit dir die Schlacht.
Dein Nahen lässt ein Rätsel offen.
Bei dir gibt's Warten nicht noch Hoffen.

Den Reichen deine Wut verarmen lässt,
von seinen Gütern bleibt ihm nicht ein Rest:
und wessen Wappenschild im Adelsglanze blinkt:
Im Tod verfault, verwest er – stinkt.

Juan schlug das Buch heftig zu. Ein schlechtes Gedicht, dachte er, Binsenweisheiten, die jeder kennt. Wenn es um Liebe ging, dann glühte die Feder des Dichters, beim Tod wurde sie lahm und stumpf. Und dennoch werde ich dein Werk als Einziges mit auf die Reise nehmen, Juan Ruiz, du geiler Pfaffe.

Dann rüstete er eigenhändig und sorgsam sein Packpferd, ließ sich von Miguel ein Dutzend Doblas in den Pilgermantel nähen und ein weiteres Dutzend in sein Untergewand. Sorgsam umwickelten sie die Hufe von Reit- und Packpferd mit dicken Tüchern.

Als es zu dämmern begann, begleitete ihn Miguel zu Doña Dianas Haus. Juan wartete in einem Torbogen, während Miguel Dianas Pferd am Zügel führte.

»Seid Ihr bereit, Doña Diana?«

Sie ritt näher heran und beugte sich vor. »Zu allem bereit, aber einen kleinen Umweg möchte ich noch machen …«

»Was – einen Umweg? Die Wachen an der Puerta de la Barqueta sind bestochen, sie erwarten uns zu einer bestimmten Zeit …«

»Es ist nicht einmal ein Umweg. Das Zisterzienserkloster San Clemente liegt nahe dieser Pforte, und dort ist Don José begraben. Ich möchte von ihm Abschied nehmen …«

Noch ehe er antworten konnte, riss sie die Zügel an sich und wendete ihr Pferd.

»Adiós Miguel!«, rief Juan leise und ritt ihr nach.

Das Kloster San Clemente war weithin bekannt wegen seiner strengen Regeln und des Fleißes seiner Mönche. Es war von weiten Obst- und Gemüsegärten umgeben. Fromme Leute kauften sich hier gerne ein Grab, um an oder nahe der Kirche San Clemente ihre letzte Ruhe zu finden. Don José de Pedrosa hatte hier schon zu Lebzeiten eine Grabstätte an der Chormauer der Kirche für sich erworben, und hier stiegen sie nun ab und banden ihre Pferde fest.

»Diana, ich versteh dich nicht …«

»Was gibt es da zu verstehen? Nicht Trauer oder Frömmigkeit führen mich hierher, sondern Freude und Triumph. Du hast ihn getötet, um mich dem Leben wiederzugeben. Während deiner Krankheit habe ich davon gesprochen, dass auch die Beute, das erlegte Wild, auf seine Art geehrt werden will, und das werden wir jetzt tun.«

Sie holte einen strohumwundenen Krug aus ihrem Gepäck und ging voraus. Ein zu voller Leuchtkraft erglühter Mond hing wie eine festliche Ampel am sternenklaren Himmel und beschien das lebensgroße Standbild von Don José, dem *caballero valiente,* wie am Sockel geschrieben stand.

Juan lachte leise. »Das erinnert mich an das Denkmal für meinen Vater in der Kirche von Sobrado. Dort war die Rede von einem christlichen Helden, der im Kampf gegen die Heiden gefallen war. Don José aber ist für dich gefallen, Diana, das ist vielleicht noch verdienstvoller.«

Sie nickte. »Darauf wollen wir trinken!«

Sie füllte einen Silberbecher und reichte ihn Juan. Er trank ihn leer, ohne abzusetzen. Diana goss ihn wieder voll und tat es ihm nach. Don Josés steinernes Gesicht blickte starr und fremd aus dem offenen Visier. Diana hob den Krug und goss der Statue etwas Wein auf den Kopf – gerade so viel, dass dünne rote Bäche wie blutige Tränen über das Antlitz des Helden flossen. Diana lachte trunken.

»Was beweint Ihr denn so heftig, Don José? Euren Tod? Unser Glück?« Sie küsste ihn auf die weinbefleckte Nase. »Wenn schon nicht im Leben, dann sollt Ihr wenigstens im Tod etwas Zärtlichkeit erleben.«

Juan hatte den Becher wieder gefüllt, und hastig atmend trank sie ihn leer.

»Weißt du, zu was ich jetzt Lust hätte, Juan? Wir sollten uns ins Gras legen und uns lieben – vor seinen Augen. Ich kürze hiermit meine Trauerzeit ab, sie ist um – ich bin frei. Sein Standbild wird es nicht rühren, aber seine Seele wird erschauern. Doch zuvor sollst du ihn umarmen, Juan. Du hast ihn erlegt, und das Jagdopfer muss geehrt werden.« Obwohl sie leise sprach, war in ihrer Stimme der metallisch-silberne Ton.

Warum sollte er ihr den Wunsch nicht erfüllen? Doch etwas ließ ihn zögern.

»Hast du Angst, Juan? Du, der weder an Himmel und Hölle, an Gott oder Teufel – der an nichts glaubt?«

»Angst? Nein, aber es ist eine Kinderei …«

Er stellte sich vor die Statue und umarmte sie.

»Verzeiht, Don José, aber wenn zwei sich lieben, dann stört ein Dritter und so musstet Ihr sterben.«

Die von den Steinmetzen noch nicht an der Chorwand befestigte Statue begann zu wanken. Juan lachte.

»Er regt sich, er bewegt sich!«

Er umklammerte den kalten Stein fester, presste sich mit aller Gewalt dagegen, doch seine Kraft reichte nicht aus, er sah, wie das vom Wein befleckte Gesicht auf ihn herabsank, löste schnell die Umklammerung, aber es war zu spät, das steinerne Bild riss ihn zu Boden.

Juan wollte Atem holen, aber die schwere Last zerdrückte ihm die Brust. Das Blut rauschte in seinem Kopf. Ich liebe, dachte er, und werde geliebt. Nichts ändert sich – nichts …

Diana in ihrem dunklen Pilgergewand stand erstarrt. Der Silberbecher in ihrer Hand blinkte im Mondlicht wie die Schere der Göttin Atropos, der Todesbringerin.

Danksagung

Bei den komplizierten Recherchen zu der Epoche des König Pedro I. (1334–1369) von Kastilien hat mir Dr. Angel Diaz Arenas, Leiter der spanischen Bibliothek in München, wertvolle Hilfe geleistet. Mein Dank gilt seiner steten Geduld, seinem freundlichen Entgegenkommen und seiner Bereitschaft, mir in allen, manchmal recht schwierigen Fragen beizustehen.

Siegfried Obermeier im dtv

»So spannend kann Geschichte sein.«
Berliner Morgenpost

Caligula
Roman
ISBN 3-423-20353-6
Intrigen, Dolch, Gift und Henkerschwert waren Caligulas Werkzeuge auf dem Weg zur Macht ... Ein mitreißender Roman über den Gottkaiser und das lasterhafte Römische Weltreich.

Die Geschichte des Judas
Roman
ISBN 3-423-20500-8
War er wirklich der Mann, der Jesus für 30 Silberlinge verriet? Oder war er ein *homo universalis* seiner Epoche, Freund so bedeutender Männer wie Seneca und Petronius? Ist's auch nicht wahr, so ist's doch gut erfunden: das Leben eines vielgescholtenen Mannes.

... und baute ihr einen Tempel
Roman
ISBN 3-423-20542-3
Gottgleich regiert Ramses II. das Reich am Nil. Die Schranken zwischen Hof und Volk sind unüberbrückbar. Da verliebt sich der Baumeister Piay in die schöne Pharaonentochter ...

Mein Kaiser – Mein Herr
Roman
ISBN 3-423-20587-3
Das abenteuerliche Leben eines Königsboten Karls des Großen.

Sappho
Roman
ISBN 3-423-20677-2
Lesbos, um 600 v. Chr. Dort lebte und dichtete sie zum Lob des Eros: Sappho, die größte Dichterin der Antike.

Messalina
Roman
ISBN 3-423-20742-6
Sie war süchtig nach Leben, ihre Ausschweifungen unzählig. Niemand war sicher vor Messalinas geschickten Intrigen. – Ein farbenprächtiger Roman über die grausame Herrscherin.

Don Juan
Roman
ISBN 3-423-20777-9
»Ich muß Euch lieben, Doña Catalina, fast gegen meinen Willen.« – ›Don Juan‹ entführt in die faszinierende Welt des mittelalterlichen Spanien und Portugal.